Walker Dryden

Der vergiftete Thron

Walker Dryden

DER VERGIFTETE THRON

ROMAN

Deutsch von Urban Hofstetter

blanvalet

Die Originalausgabe erschien 2021 unter dem Titel
»The Poison Throne« bei Orion, London.

MIX
Papier aus verantwortungsvollen Quellen
FSC® C014496
FSC
www.fsc.org

Klimaneutral*
Druckprodukt
ClimatePartner.com/14044-1912-1001

Penguin Random House Verlagsgruppe FSC® N001967

1. Auflage 2022

Based on the BBC Radio 4 radio series Tumanbay

Redaktion: Catherine Beck
Umschlaggestaltung: Anke Koopmann | Designomicon
Umschlagmotive: Shutterstock.com (Kostsov; Lia Koltyrina; Picsfive; T Studio; Dim Dimich; mexrix)
BL · Herstellung: sam
Satz: Uhl + Massopust, Aalen
Druck und Bindung: GGP Media GmbH, Pößneck
Printed in Germany
ISBN 978-3-7341-6322-7

www.blanvalet.de

MW
Für Isolde & Augustine

JSD
Für meine Mutter Josephine,
die uns zu vielen Abenteuern mitgenommen hat,
und für meinen Vater Bill,
wegen seiner unkonventionellen Weisheit.

»Im Laufe seiner Audienz fragte mich der Sultan: ›Hast du je einen Stein gesehen, der vom Himmel fiel?‹ Ich erwiderte: ›Nein, und ich habe auch noch nie von einem gehört.‹ ›Nun‹, sagte er, ›vor unserer Stadt ist einer vom Himmel gefallen.‹ Er ließ den Stein von ein paar Männern hereintragen. Er war groß und glitzerte schwarz. Ich schätzte sein Gewicht auf einen Zentner. Der Sultan ließ vier Steinmetze kommen, die auf sein Kommando hin viermal gleichzeitig mit Eisenhämmern auf den Brocken einschlugen, doch zu meiner Verblüffung hinterließen sie keine Spuren auf seiner Oberfläche. Er befahl, den Stein wieder an seinen Aufbewahrungsort zurückzubringen.«

Ibn Batuta, Reisender, 1304–1369

»Die Seele nimmt die Farbe ihrer Gedanken an.«

Mark Aurel, römischer Kaiser und Stoiker, 121–180

Dramatis Personae

Maya: die mysteriöse Führerin eines brutalen Regimes, das das Reich erobert hat.
Effendi Rot: Regent von Tumanbay und Mayas Vertreter in der Stadt.
Barakat: der Inquisitor. Ein Priester, der von Maya beauftragt wurde, die Ketzer und Ungläubigen aufzuspüren.
Madu: der nominelle Sultan von Tumanbay und Neffe des ermordeten Sultans al-Ghuri.
Dorin: ein Arzt und Leiter des alten und verehrten Medizinischen Instituts der Stadt.
Gregor: ehemaliger Meisterspion und Kommandeur der aufgelösten Palastwache.
Cadali: ehemaliger Großwesir des Sultans. Wie Gregor hat er dem neuen Regime die Treue geschworen.
General Qulan: ehemaliger Kommandeur der Streitkräfte von Tumanbay und Gregors Adoptivbruder.
Manel: Qulans jugendliche Tochter.
Pushkarmi: Manels Mutter und Qulans Ehefrau.
Ibn Bai: ein Sklavenhändler und Sammler antiker Schriften.
Himmel: Ibn Bais Tochter. Sie erwartet ein Kind von:
Akiba: Prinz eines eroberten Landes und ehemaliger Sklave.
Alkin: eine Gelehrte, Ärztin und Reisende.
Der Hafiz: eine einflussreiche religiöse Symbolfigur in Tumanbay.

Bello: ein Priester und der persönliche Gehilfe des Hafiz.
Sarah: eine Spionin, die als Sklavin nach Tumanbay kam und Maya dabei half, die Stadt zu erobern. Sie ist die Frau von Effendi Rot.
Daniel: ein General in Mayas Armee, der ursprünglich als Sklave und Sarahs angeblicher Bruder nach Tumanbay kam.

Prolog

Ein gewöhnlicher Mann, vielleicht etwas kleiner als die meisten. Er trug einen unauffälligen braunen Kaftan, dazu Sandalen, die alles andere als neu waren, und hinkte merklich beim Gehen. Auf seinem Gesicht lag ein leises Lächeln, als ginge ihm gerade eine angenehme Erinnerung durch den Kopf. Hinter ihm Soldaten, bewaffnet und in Rüstung. Auf den ersten Blick war nicht zu erkennen, ob sie den kleinen Mann eskortierten oder abführten. Erst als er einen Moment lang an einer Kreuzung stehen blieb und die Soldaten Haltung annahmen, wurde klar, dass er ihr Befehlshaber war. Nachdem er erst in die eine, dann in die andere Richtung geblickt hatte, zog er ein Pergament aus dem Ärmel und studierte es. Schließlich hielt er, gefolgt von seiner sechsköpfigen Eskorte, auf die eleganten Häuser des Bulpassviertels zu. Während sie die Straße entlangliefen, machten die Passanten und Händler vor ihnen eilig den Weg frei und ließen sich erst wieder blicken, sobald die kleine Gruppe vorübergezogen war.

Sie waren so sehr auf ihr Ziel konzentriert, dass sie ihren Verfolger nicht bemerkten. Möglicherweise war es ein Bettler oder ein Ladenbesitzer, der wegen Wucherei mit Mayas Ordnungshütern in Konflikt geraten war. Er hielt sich bewusst ein ganzes Stück hinter ihnen und verbarg das Gesicht unter einer Kapuze.

Nach einer Weile blieb der kleine Mann vor einem imposanten Haus stehen und betätigte den verzierten Türklopfer, der den Eigentümer des Gebäudes als Olivenimporteur auswies.

Die Tür ging einen Spalt auf, und eine Dienerin lugte heraus.

»Friede sei mit dir«, grüßte der Mann sie freundlich.

»Und mit dir, Effendi.«

»Es tut mir leid, dass ich so spät am Nachmittag noch störe, aber ist dein Herr zu Hause?«

»Er ruht sich aus. Ich kann …«

Der kleine Mann hob eine Hand. »Lass ihn nur. Ich möchte mit dem Kind sprechen, das hier wohnt.«

Die Dienerin riss die Augen auf.

»Keine Sorge, es geht nur um eine Kleinigkeit.« Als er einen Schritt auf die Tür zu machte, öffnete die Dienerin sie unwillkürlich ganz, und er trat mit zwei seiner Männer ein. Die übrigen blieben auf der Straße zurück.

Anstatt zu ruhen, stand der Hausherr hinter der Tür, wo er offenbar dem Wortwechsel gelauscht hatte. »Ihr wollt mit meinem Sohn sprechen? Er betet gerade.«

Der kleine Mann verschränkte die Hände vor der schmalen Brust. »Gut, dann warte ich, wenn es recht ist. Entschuldige bitte meine Eskorte. Ich bin zu Fuß vom Palast hergekommen, und heutzutage … Nun ja, ich fürchte, es muss sein.« Er lächelte entschuldigend und drehte sich zu der Frau um, die nun den Raum betrat.

»Wo hast du nur deinen Kopf?«, schimpfte sie ihren Gemahl. »Du kannst einen frommen Mann doch nicht stehen lassen und ihm keine Erfrischungen anbieten.« Sie kniete sich hin und berührte die Füße ihres Gasts. »Es ist eine Ehre, dich in unserem Haus zu haben, Heiligkeit. Willst du etwas essen oder trinken? Du musst …«

»Wir brauchen nichts«, erwiderte er und berührte ihren Kopf. »Schwester, bitte mach dir … Aaaah.« Ein Lächeln breitete sich auf seinem Gesicht aus, als er den Jungen bemerkte, der durch die Tür auf der anderen Seite des Zimmers lugte. »Das muss euer Sohn sein. Komm, Kind, du musst keine Angst haben.«

Der Junge schob sich zögernd durch den Türspalt. Sein Vater eilte zu ihm und führte ihn an der Schulter in den Raum.

Der kleine Mann nahm auf einer Sitzbank Platz und klopfte auf das Kissen neben ihm. »Komm, setz dich zu mir. Wir müssen uns unterhalten.«

»Setz dich zu dem Heiligen Vater, Malik«, sagte die Mutter und verließ den Raum.

Der Junge sah zu den Soldaten, die an der Wand standen.

»Ach, mach dir wegen denen keine Gedanken, Malik«, sagte Barakat. »Man lässt mich nur aus dem Palast, wenn ich sie mitnehme. Kannst du dir das vorstellen?« Er gluckste.

Über das Gesicht des Jungen huschte ein Lächeln, während er Platz nahm.

»Sehr schön. Sag mal, wie gefällt es dir in der Schule?«

»Ganz gut …«, murmelte der Junge schüchtern.

»Ah, du hast Glück. Ich hatte nicht so eine gute Ausbildung wie du. Erzähl mir von deinem Lehrer.«

Stille senkte sich über den Raum. Nur das Ticken einer Uhr war zu hören, eine jener modernen Apparaturen, die von jenseits des Mittelmeers importiert wurden. Sie waren bei den Kaufleuten sehr beliebt, doch der Vater sah aus, als wünschte er sich, er hätte dieses Ding nie entdeckt oder könnte es jetzt einfach aus dem Zimmer werfen.

»Wie nennst du ihn?«

»Meister Odot.«

»Meister Odot. Gut, gut … Und lehrt dich Meister Odot die Heilige Schrift? Erklärt er dir, dass sich ein junger Mann an Gottes Gesetze halten muss?«

»Ja.«

Barakat neigte den Kopf zur Seite und betrachtete das Kind mit zusammengekniffenen Augen. »Ich habe gehört, dass er auch andere Dinge sagt.«

Der Junge errötete. Er sah zu seinem Vater hinüber, der ihm aufmunternd zunickte. »Erzähl dem Heiligen Vater alles, Malik. Du hast nichts zu verbergen.«

Seine Mutter kehrte in den Raum zurück, gefolgt von einem Diener, der ein Tablett voller Erfrischungen trug. »Nun denn, Heiligkeit, bitte beleidigt uns nicht, indem Ihr unsere Gastfreundschaft ausschlagt. Es ist heiß und …«

»Nein«, fuhr Barakat sie an.

»Aber Ihr müsst doch …«

»Ich habe Nein gesagt!« Er winkte sie weg, ohne den Blick von dem Jungen zu wenden. »Stell dich neben deinen Gemahl«, befahl er. »Und schick den Diener fort.«

Sie sah ihren Mann beunruhigt an und nickte dem Diener zu, der daraufhin den Raum verließ.

»Du wirkst besorgt, Malik«, sagte Barakat. Nun klang seine Stimme wieder freundlich. »Aber das ist nicht nötig. Weißt du, was uns stark macht? Mit stark meine ich, dass wir keine Angst davor haben, was uns zustoßen könnte.«

Der Junge schüttelte den Kopf.

»Nein? Die Wahrheit macht uns stark. Gott hat sie uns geschenkt. Deswegen bin ich, Barakat, dafür bekannt, dass ich nie lüge. Niemals. Das ist meine Stärke. Das kann auch deine Stärke sein. Verstehst du mich?« Er machte eine Pause. Offensichtlich wartete er auf eine Antwort. Schließlich nickte der Junge.

»Wir haben unseren Sohn dazu erzogen, immer die Wahrheit zu sagen, Heiligkeit«, warf der Vater ein. »Nicht wahr, Malik? Sei nicht so verstockt … sag es ihm.«

»Mir ist zu Ohren gekommen«, sagte Barakat an die Eltern gewandt, »dass es in der Schule eures Sohns einen Ketzer gibt.« Seine Worte klangen fast bedauernd.

»Ich schwöre, dass wir beide nichts davon wissen«, platzte die Mutter heraus.

»Natürlich. Woher auch? Ihr seid nicht dazu ausgebildet, die Wahrheit zu erkennen. Wenn ihr eure Kinder an die Schule schickt, erwartet ihr, dass die Lehrer ihnen den rechten Pfad weisen. Wir leben in gefährlichen Zeiten. Nicht jeder ist das, was er zu sein scheint.«

»Wollt Ihr damit sagen, dass der Lehrer unseres Sohns …?«

Barakat nickte traurig. »Er war zu Besuch.«

»Wie bitte?«

»In diesem Haus.«

»Ähm, Malik ist nicht mitgekommen … bei den Rezitationen. Wir haben seinen Lehrer für die Nachhilfe bezahlt …«

»Natürlich, ich verstehe.« Barakat nahm die Hand des Kindes in seine. »Wenn nur alle Eltern so gewissenhaft wären. Dann hätte ich in Tumanbay keine Arbeit.«

»Wenn unser Kind irgendetwas falsch gemacht hat«, rief die Frau aufgebracht, »dann sag es uns, und wir verpassen ihm eine Tracht Prügel!«

Barakat drehte sich zu dem Jungen um, den er nach wie vor an der Hand festhielt. »Heute waren Soldaten in deiner Schule und haben nach deinem Lehrer gesucht. Wo war er?«

Der Junge presste das Kinn auf die Brust und kniff die Augen zusammen, als versuchte er, die ganze Welt auszusperren.

»Hat ihm jemand verraten, dass die Soldaten kommen würden?« Er drückte dem Jungen beruhigend die Hand. »Du kannst es mir sagen, Malik. Ich weiß es bereits. Ich weiß alles. Du musst es mir nur noch sagen, damit ich erkenne, dass du ein guter Junge bist. Du weißt, wohin Meister Odot gegangen ist, nicht wahr?«

»Nein, das ist nicht … Woher soll er das wissen?«, jammerte seine Mutter.

Barakat beugte sich dicht zu dem Jungen und flüsterte: »Ich gebe dir eine Chance, dich selbst zu retten, Malik«, flüsterte er. »Wir wissen bereits alles.«

»Er ist doch noch ein Kind«, stieß die Mutter unter Tränen hervor.

»Jedes Kind, jeder Lehrer an jeder Schule, jede einzelne Seele ist uns wichtig, besonders wenn sie noch so jung ist wie deine.«

Malik begann zu schluchzen. Er atmete schwer, und seine Schultern zuckten.

»Du bist aufgeregt. Das ist ganz natürlich. Du versuchst, dich vor Gott zu verstecken, aber das schafft niemand. Er blickt durch meine Augen. Du weißt, wie du dich retten kannst. Ich frage dich also noch einmal: Wo ist dein Meister?«

Mit einem Mal schien sich der Junge zu beruhigen. Ohne ein Wort zu sagen, hob er den Kopf, schlug die Augen auf und sah Barakat ins Gesicht. Dann hob er den Arm und deutete auf die Tür, durch die er eingetreten war.

Barakat nickte. Die Soldaten liefen aus dem Raum.

»Nein«, sagte seine Mutter. »Er ist verwirrt. Ihr bringt ihn ganz durcheinander.« Sie klammerte sich an den Arm ihres Gemahls, als würde sie sonst zusammenbrechen.

Barakat ließ die Hand des Jungen los und stand langsam auf. Es war deutlich zu hören, wie die Soldaten das Nachbarzimmer durchstöberten. Sie kippten Möbel um und rissen Schränke auf …

Einen Moment später kehrten sie zurück. »Nichts, Eure Heiligkeit.«

Die Eltern stießen den angehaltenen Atem aus.

Barakat deutete auf die Haustür, einer seiner Männer öffnete sie. Die Soldaten, die auf der Straße gewartet hatten, traten zusammen mit einem Mann ein, der einen Lehrerkaftan trug und sich heftig in ihrem Griff wand. Er flehte um Gnade und stieß einen unartikulierten Angstschrei aus.

»Er ist hinten aus einem Fenster geklettert, Eure Heiligkeit. Genau wie Ihr es vorausgesagt habt.«

Die Mutter lief zu ihrem Sohn.

Barakat sah einen Moment lang gleichgültig zu, wie sie ihn umarmte und ihm mit den Fingern durch die Haare fuhr. »Nehmt die Eltern auch mit«, sagte er schließlich.

Drei Soldaten waren nötig, um die Mutter von ihrem Kind zu trennen. Der Vater starrte unterdessen wie betäubt die Uhr an, als wäre sie für ihr Unglück verantwortlich.

»Und das Kind?«, fragte einer der Soldaten.

»Lasst ihn hier. Er hat sich gerettet.« Barakat nahm noch einmal kurz wie ein freundlicher Onkel neben Malik Platz. »Siehst du? Gott passt auf – er passt auf uns alle auf. Und die Wahrheit befreit dich.« Dann erhob er sich und humpelte gemeinsam mit seinen Männern und den Gefangenen in die Nachmittagssonne hinaus.

Hinter dem knorrigen alten Feigenbaum auf der anderen Straßenseite beobachtete Gregors verhüllte Gestalt die traurige Prozession. Maya war nach Tumanbay gekommen, und der Inquisitor Barakat war ihr Werkzeug. Dieser schmächtige Mann personifizierte ihre Macht. Zum ersten Mal seit seiner Kindheit verspürte Gregor Angst.

»Die Wahrheit kann dich befreien«, murmelte er. »Vielleicht wird Barakats Wahrheit mich aber auch vernichten …«

TEIL I

Weit weg von hier steht eine Stadt …

Meine Eltern haben oft über sie gesprochen, als hätte sie schon immer existiert und als würde es sie ewig geben …

Ich hatte diesen reichsten und mächtigsten Ort der Welt auf Gemälden gesehen und Geschichten über ihn gelesen. Er war das Zentrum von allem. Diese Stadt zog aus allen Winkeln des Reichs und von jenseits seiner Grenzen Menschen an, die nach Reichtum und Macht gierten … oder in manchen Fällen nach noch mehr Reichtum und noch mehr Macht. Sie wurden von ihrer Schönheit geblendet …

Und dann fiel ein Schatten namens Maya auf das Reich und zersetzte es von innen. Ihre Gefolgsleute waren loyale Fanatiker, die mit ihrer Härte und Strenge jeden Widerstand, jede abweichende Meinung, jede

Freude und jede Hoffnung im Keim erstickten. Manche hielten Maya für die Witwe eines unbedeutenden Provinzgouverneurs, die eine göttliche Eingebung gehabt habe. Andere schworen, sie sei die Hand und das Schwert des Lehrers und gekommen, um die Sünder zu bestrafen. Wieder andere behaupteten, sie sei eine Illusion oder dass ihr Geist in hundert, möglicherweise tausend oder gar hunderttausend Menschen stecke.

Doch eines stand fest: Maya hatte Tumanbay fest im Griff und saugte der Stadt wie eine Spinne langsam, aber sicher alles Leben aus …

KAPITEL 1

Die Leichen

Gabreel ließ die Peitsche zwischen den Ohren seines alten Pferds schnalzen. Das Biest schüttelte den Kopf, ignorierte Gabreel ansonsten jedoch. Es schien zu wissen, dass er nicht wirklich zuschlagen wollte, da es sonst sicher umkippen und sterben würde. Und was täte er dann? Ein Kurier ohne Pferd, um seinen Karren zu ziehen. Das wäre wirklich ein Witz, so wie die Stadt Tumanbay, überlegte er. Allerdings ohne eine Miene zu verziehen, denn heutzutage konnte ein Mann schon allein wegen seiner Gedanken in Schwierigkeiten geraten.

Das Pferd furzte dröhnend.

»Dieses Tier hat wahrhaftig den Arsch des Teufels«, rief Gabreel dem Torwächter zu, der ihnen entgegenblickte.

Der Mann zeigte nicht einmal einen Anflug von Heiterkeit. Stattdessen streckte er die Hand aus und sagte: »Papiere.«

Gabreel befand sich in einer Zwickmühle: Sollte er die übliche Bestechungssumme zwischen den Passierschein und die Händlerlizenz stecken, oder nicht? Er kannte diesen Wächter nicht, und der Kerl verstand, was das furzende Pferd anging, offensichtlich keinen Spaß. Früher hätte seine Flatulenz mindestens für ein Lächeln gesorgt, doch mittlerweile wurde nicht mehr gelächelt …

»Hier, Exzellenz.« Ein bisschen Schmeichelei konnte nie schaden. »Ich habe eine spezielle Lieferung für die Universität.«

Der Wächter nahm die Dokumente entgegen und betrachtete sie mit der übertriebenen Sorgfalt eines Menschen, der kaum lesen konnte. Im Inneren der Stadt würde es noch weitere und gründlichere Überprüfungen geben, da Mayas Polizei die einzelnen Viertel mit Kontrollpunkten abriegelte.

»Die Universität?«, fragte der Wächter.

»Das ist richtig, mein Freund. Für einen Arzt, der dort arbeitet. Ein wichtiger Mann, der beim Inquisitor persönlich in hohem Ansehen steht.« Gabreel wusste zwar nicht, ob das stimmte, doch es erschien ihm wahrscheinlich. Er beschloss, etwas zu riskieren: »Ich sehe, dass du hier am Tor eine wichtige Arbeit verrichtest. Darf ich dir als Zeichen meiner Anerkennung …?«

»Wir arbeiten nur zum Ruhm Gottes«, entgegnete der Wächter und nahm geschickt die kleine Silbermünze aus Gabreels Hand, während er ihm die Ausweispapiere zurückreichte. »Du darfst passieren.«

Die große Hauptdurchgangsstraße war leerer, als er sie je gesehen hatte. Vor Jahren hatte Gabreel sie einmal um Mitternacht befahren müssen, und damals war sie voller gewesen als jetzt. Natürlich herrschte Verkehr: Kamelkarawanen und von Maultieren gezogene Karren, ein paar davon beladen, allerdings nur leicht, und niemand schien es besonders eilig zu haben. Es gab auch ein paar Fußgänger, die kreuz und quer unterwegs waren, und auch sie schienen beschäftigt zu sein. Aber das Ganze erinnerte Gabreel an die Bienenstöcke seines Vetters Attar, wenn eine Königin krank oder tot war und die Arbeiterbienen und Drohnen wie immer herumsummten … doch bei genauerer Betrachtung war gar nichts wie immer. Keine von ihnen hatte eine dringende Aufgabe zu erledigen, und sie taten bloß das, was sie immer machten, weil es sonst nichts zu tun gab. Genau das sah Gabreel auch jetzt, während er ein Viertel nach dem anderen durchquerte. Wobei er jedes Mal seinen Passierschein einem der schwarz gekleideten Funktionäre zeigte, die ihn sehr genau inspizierten. Denen bot er natürlich kein Schmiergeld an.

An vielen Straßenecken waren Galgen errichtet worden. Von den meisten hingen Leichen, alte und neue, und jeder dieser traurigen Kadaver war mit dem Verbrechen beschriftet, wegen dem er aufgeknüpft worden war. Gabreel las ein paar von ihnen, während die Toten an ihren Stricken schwangen und der Wind ihre Kaftane und die gekritzelten Zettel aufwehte. *Er hat falsche Maßangaben gemacht. Er hat seine Kunden betrogen. Sie hat das Auge der Heiligkeit beleidigt. Er hat mit seinem Atem gesündigt* – bedeutete das, dass dieser Mann Wein oder noch Schlimmeres getrunken hatte? Gabreel beschloss, während dieses Aufenthalts in der Stadt nüchtern zu bleiben. Er bezweifelte ohnehin, dass seine alten Stammlokale in dieser gesäuberten neuen Welt noch existierten. *Sein Mund hat das Ohr beleidigt.* Dieser Zettel war am Körper eines Kindes befestigt. Gabreel durchlief ein Schauer. Was konnte ein Kindermund sich zuschulden kommen lassen, das mehr als einen strengen Tadel oder einen Schlag auf den Hinterkopf rechtfertigte?

Soldatentrupps, oft nicht mehr als fanatische Freiwillige, deren Uniform lediglich aus einem schwarzen Kopftuch bestand, gingen in den Straßen auf und ab. Sie hielten scheinbar aufs Geratewohl Leute an und unterzogen sie einer Befragung. Er war sehr froh, dass seine Papiere über jeden Verdacht erhaben waren, auch wenn er sich nicht sicher sein konnte, ob so etwas in Tumanbay überhaupt noch möglich war. Diese Frage würde er sich allerdings für später aufheben – wenn er wieder zu Hause war, weit weg von dieser verpesteten Stadt. Er hatte beschlossen, dass dies seine letzte Lieferung sein würde. Außer natürlich, der Doktor bot ihm ... wie viel? Ja, fragte er sich, wie viel Gold benötigte ein Mann, der am Galgen baumelte?

»Du da. Bleib stehen.« Ein Schwarzer Wächter trat aus dem Schatten, einer von Mayas Elitesoldaten, die für den Schutz des Palasts verantwortlich waren. Seine Kleidung war abgerissen und schmutzig. Nur das schwarze Tuch um seinen Kopf wirkte neu. Ebenso das Schwert, das er in der Hand hielt.

»Exzellenz.« Gabreel hielt sein schnaubendes Pferd an und stieg vom Wagen. Seine Papiere waren zwar in Ordnung. Dennoch konnte es nie schaden, bescheiden und respektvoll aufzutreten.

»Wohin willst du? Was hast du vor?«

Gabreel leierte erneut alles herunter. War es das zehnte oder zwölfte Mal, seit er das Stadttor durchquert hatte? Wenn es in diesem Tempo weiterging, würde er niemals fertig werden.

Der Wächter wedelte mit den Dokumenten. »Hier steht nicht, was du dabeihast. Dieses Schreiben besagt nur, dass du zwei Kisten transportieren darfst. Wo sind diese Kisten?«

Gabreel ging um den Wagen herum, auf dem die mit einer Plane bedeckten Kisten weithin sichtbar auf der Ladefläche festgezurrt waren.

»Lass mal sehen.«

»Der Doktor …«

»Der geht mich nichts an. Du allerdings schon. Lass mich einen Blick hineinwerfen. Und mach schnell.«

»Natürlich, Effendi.« Gabreel sprang auf den Wagen, löste die Schnüre und schlug die Plane zurück. Er klopfte auf die Deckel. Hier und da sickerte Feuchtigkeit durch die Ritzen. »Hier, siehst du? Zwei Kisten, die dringend in die Universität müssen.«

»Und was befindet sich in deinen Kisten, Kurier?«

»Exzellenz?«

»Beantworte meine Frage.«

»Leichen, Exzellenz. Frische. Sie sind in Eis gepackt, aber wie du sehen kannst, schmilzt es bereits. Die Zeit wird knapp.«

Vielleicht fragte sich der Wächter, was zwei weitere Tote in einer Stadt zu suchen hatten, in der es bereits so viele gab. Doch was immer ihm durch den Kopf ging, etwas ließ ihn stutzen. Er betrachtete die Dokumente ein weiteres Mal, und diesmal blieb sein Blick an dem Zeichen ganz am Ende hängen, direkt neben dem offiziellen Wachssiegel. Es war das Insigne des Inquisitors. Schließlich sagte er: »Also gut, mach dich auf den Weg. Verliere keine Zeit. Na los!«

Schweigend deckte Gabreel die Kisten wieder zu und kehrte eilig zu seinem Sitz zurück. Während er die Zügel schnalzen ließ und losfuhr, betete er darum, dass das Pferd nicht wieder furzen und die Nase der Heiligkeit beleidigen würde. Vermutlich war mittlerweile auch das ein Vergehen, das mit dem Strang bestraft wurde.

KAPITEL 2

Gregor

Im Palast war es still.

Wie in den Straßen war auch hier etwas los: Diener gingen von Raum zu Raum, Würdenträger und Kämmerer erledigten die wenigen Aufgaben, die ihnen noch geblieben waren. Doch das unablässige Treiben, das an diesem Ort geherrscht hatte, der Strom an Aktivitäten, der Tag und Nacht wie Blut durch dieses Gebäude pulsiert war, die zigtausend Dinge, die getan werden mussten, um das große Reich von Tumanbay am Laufen zu halten – all das gab es nicht mehr.

Doch das Leben ging auf neue Weise weiter, und im Saal der Tausend Säulen – der seiner edlen Kacheln und Goldreliefs beraubt worden war – saß an einem schlichten Tisch, wo zuvor Sultan al-Ghuris prunkvoller Thron gestanden hatte, Effendi Rot. Er regierte die Stadt im Namen seiner Herrin. Gerade hielt er seine morgendliche Ratssitzung ab. Die Seidenvorhänge waren verschwunden, die mit Mondsicheln verzierten Bodenfliesen waren herausgebrochen und entfernt worden, die prächtig anzusehende Garde hatte Schwarzen Wächtern weichen müssen.

Ein Geistlicher im schwarzen Kaftan beugte sich über ein

aufgeschlagenes Buch und hielt darin in der Schreibweise seines Ordens alles fest, was gesagt wurde, sodass nichts abgestritten werden konnte, sollte es sich später als verräterisch oder – schlimmer noch – ketzerisch erweisen.

Es war ein heißer Morgen. Sonnenlicht flutete durch die hohen Fenster herein, aus denen im Augenblick auf knarzenden Holzgerüsten stehende Arbeiter die Buntglasscheiben entfernten. Doch hier drinnen erschien es Gregor so kalt wie in einer Leichenhalle. Und in Leichenhallen kannte er sich mittlerweile sehr gut aus. Er stand auf der Seite des Tisches, an der Rot saß, und blickte den Inquisitor Barakat an. Eine kleine Gruppe Palastbeamter wartete darauf, im Bedarfsfall hinzuzutreten. Sie hatten alle die Seiten gewechselt, um zu überleben. So wie Gregor. Er wurde zwar noch immer als Kommandeur bezeichnet, aber das bedeutete gar nichts, da es keine Palastwache mehr gab, die er befehligen konnte. Mittlerweile fungierte er nur noch als Mittelsmann für das neue Regime. Wenn er seine Position behalten wollte, musste er unbedingten Gehorsam leisten. Er wusste, dass das kein sehr würdevolles Verhalten war, doch andererseits: Was hatte seinem Bruder Qulan dessen Prinzipientreue eingebracht?

Im Moment sprach Barakat. »… die Häuser im alten Schlachthofviertel«, sagte er gerade. »Ich glaube, es hieß früher Fleischgasse oder so ähnlich.«

»Und was gibt es dort für ein Problem, Inquisitor?«, fragte Rot.

»Häresie. Wir glauben, dass da Ketzer aus der Stadt Unterschlupf finden. Die Menschen dort sind noch nie sonderlich gefügig gewesen. Die vorherige Regierung hat sie verabscheut und wie Diebe und Verbrecher behandelt.«

Rot fing Gregors Blick auf. »Stimmt das, Kommandeur?«

»Der Inquisitor hat wie immer recht, Exzellenz. Früher haben sich die Obrigkeiten nur selten dorthin getraut, und nie ohne eine Eskorte. Es heißt, die ursprünglichen Siedler seien Reisende gewesen, die …«

Barakat schnitt ihm das Wort ab: »Erspare uns die Geschichtsstunde. Hast du denn immer noch nicht begriffen, dass die Geschichte tot ist? Wir schaffen die Zukunft. Das ist unsere Aufgabe.« Seine Stimme troff vor Verachtung.

»Zurück zu diesem Problem«, sagte Rot. »Falls sich tatsächlich Ketzer dort befinden, was schlagt Ihr dann vor?«

»Hausdurchsuchungen haben sich als nicht besonders effektiv erwiesen. In diesem Punkt irrt der Kommandeur nicht.«

»Was schlagt Ihr also vor?«

»Brennt das Viertel nieder«, erwiderte Barakat völlig emotionslos, was die Aussage umso schockierender erscheinen ließ.

»Das wäre aber bedauerlich«, sagte Rot.

»Häresie ist eine Plage, Exzellenz, die sich rasch zur Rebellion auswächst. Diese Leute, diese Rebellen brennen unsere Tempel nieder. Sie vergiften unsere Brunnen und ermorden Würdenträger. Ihre Ideen werden in dieser Barackensiedlung gären und sich weiter ausbreiten. Das Problem muss gelöst werden, bevor es noch schlimmer wird.«

»Wenn wir das machen, werden auch einige Menschen sterben, die keine Ketzer sind.«

»Dann werden diejenigen in den paradiesischen Gärten wandeln, während die anderen bis in alle Ewigkeit brennen.«

Rot sah auf die Karte und wedelte mit der Hand. »Ich werde darüber nachdenken und beten.«

»Trotzdem …« Barakat ließ das Wort in der Luft hängen. Rot hob eine Augenbraue. Er war der einzige Mensch in der

Stadt, der den Inquisitor nicht zu fürchten schien und sich nicht seinem Willen unterwarf. *Der einzige freie Mensch*, dachte Gregor.

»Der Magistrat wird einen entsprechenden Befehl erlassen müssen.« Rot war kein Narr und wusste genau, dass ein weiser Eroberer die Ordnung am besten mit dem bereits vorhandenen System aufrechterhält. »Würdest du das, wenn nötig, arrangieren, Gregor?«

»Das werde ich, Exzellenz.« Die Frage war eigentlich unnötig. Gregor tat, was man ihm sagte.

»Und unser Sultan muss natürlich auch zustimmen.«

Die Funktionäre grinsten verstohlen. Sultan Madu der Glorreiche, der Adoptivsohn des alten Sultans al-Ghuri, war ein Strohmann, der die Einwohner von Tumanbay davon überzeugen sollte, dass alles ganz normal war, während die Stadt um sie herum auseinandergerissen wurde.

»Wie auch immer«, sagte Rot. »Wollt Ihr wirklich ein ganzes Stadtviertel niederbrennen?«

»Ich habe Maya in Maduk, Asyra, Saldan und in anderen Ländern gedient.«

»Keiner dieser Orte ist mit Tumanbay vergleichbar. Maduk ist eine kleine Wüstenstadt.«

Gregor wusste, dass er einem Machtkampf zwischen zwei ehrgeizigen Männern beiwohnte, die, soweit er es beurteilen konnte, nichts füreinander übrighatten.

Barakat legte den Kopf schief. »Es ist eine Festung, in der der Widerstand wie eine Krankheit neu aufgeflammt wäre, wenn er nicht – dank mir – unter Kontrolle gebracht worden wäre. Eine Eroberung ist nur der Anfang, mein lieber Regent. Jede Armee, sofern sie nur groß genug ist, kann ein Dorf, eine Stadt oder ein Reich einnehmen, aber um sie zu halten …« Er streckte die Hand aus und krümmte die Finger, als hielte er in ihnen tatsächlich ein winziges unsichtbares Reich. »... benötigt man keine Soldaten oder Sklaven, sondern die Seelen der Eroberten.« Er schloss die Hand, um seinen Worten Nachdruck zu verleihen. Waffen brachten gar nichts. Stattdessen kam es auf die richtige Geisteshaltung an. »Und das ist der Grund, weshalb Ihr mich braucht, Effendi Rot.«

Rot stand auf, schob den Stuhl zurück und verneigte sich. Dann sagte er ganz ruhig: »In dieser Stadt werden keine Viertel niedergebrannt. Nicht solange ich der Regent von Tumanbay bin. Ich danke euch allen für eure Zeit. Hiermit ist die Sitzung beendet.«

Die Schreibfeder des Geistlichen kratzte über das Pergament, während er rasch die letzten Worte notierte. Er verstreute weißen Sand auf dem Text, um die Tinte zu trocknen, blies ihn einen Moment später wieder weg und schlug das Buch zu.

Barakat verbeugte sich ebenfalls und erwiderte: »Wie Ihr wünscht, mein Gebieter.« Sie warteten ab, bis Rot den Raum verlassen hatte. Dann sagte Barakat: »Komm mit, Gregor.«

Dem blieb gar nichts anderes übrig, als dem Inquisitor zu folgen, der trotz seines lahmen Beins den Korridor entlangeilte. Gregor musste einen Zahn zulegen, um mit ihm Schritt halten zu können. Wohin gingen sie? Welche Aufgabe hatte Barakat für ihn?

»Ah, Heiligkeit!« Cadali, der ehemalige Großwesir und derzeitige Oberschleimer im Dienste Barakats, trat auf sie zu. »Ist es ein günstiger Zeitpunkt, Eure Heiligkeit?« Er stand da, als wäre er nicht über alle Maßen fett, sondern ein dünner Mann, der nur sehr wenig Platz in Anspruch nahm.

»Günstig für was?«

»Ich wollte Euch bloß darüber informieren, dass ich Maya, unserer Herrin und Lichtgestalt, eine weitere Fuhre mit Schätzen aus dem Palast geschickt habe.« Es gab keinen Winkel im Palast, den Cadali nicht kannte – keinen versteckten Lagerraum, keinen unbemerkten Korridor, keinen vergessenen Keller, keinen Wandteppich in einer unbeleuchteten Ecke und keine übersehene Geldschatulle im Dienstzimmer eines Würdenträgers. Daher war er von unschätzbarem Wert für die neuen Herren der Stadt, die mit diesen jahrhundertealten Preziosen weitere Kreuzzüge finanzieren wollten. Dennoch umwehte ihn stets ein ängstlicher Geruch.

Barakat nickte.

»Ich hoffe, Ihr seid … mit meiner Arbeit zufrieden, Eure Heiligkeit?« Cadali verbeugte sich so tief, dass sogar Gregor beeindruckt war.

Barakat dagegen nicht. »Zufrieden? Ich bin im Haus Gottes lediglich ein Diener. Wir stehen alle ihm und nur ihm allein Rede und Antwort.«

»Ähm, nun, ja«, murmelte Cadali. »Ja, ich wollte Euch nur wissen lassen … Euch nur auf dem … Friede sei mit Euch.«

»Und mit dir«, sagte Barakat und ging rasch weiter.

»Ich bin so froh, dass Ihr hier seid«, rief Cadali ihm hinterher.

»Cadali, du bist wirklich der Sultan unter allen Arschkriechern«, sagte Gregor.

Cadali sah ihn mit ängstlich zusammengekniffenen Augen an. »Ich muss mit dir sprechen, Gregor.«

»Worüber?«

»Nicht hier und nicht jetzt. Später.« Damit verschwand er, und Gregor hastete wieder hinter seinem Gebieter her.

»Was ist deine Meinung, Gregor?«

»Über Cadali, Eure Heiligkeit?«

Barakat hielt abrupt an, drehte sich um und blickte zu Gregor auf. »Cadali ist unwichtig, und das weißt du ganz genau. Ich spreche vom Regenten. Was sollte er deiner Meinung nach in diesem Fall tun?«

»Ich … würde auf den Rat von Mayas Inquisitor hören.« Manchmal schockierte Gregor sogar sich selbst, aber er hielt alles für erlaubt, was seinem Überleben diente. Tot würde er nichts mehr ausrichten können. Hätte doch bloß Qulan auch so gedacht, dann könnten sie jetzt vielleicht beide …

Barakat marschierte in seiner windschiefen Haltung weiter.

Gregor schloss zu ihm auf und sagte: »Alternativ würde ich sie mit Spionen unterwandern.«

»Und woher wüsstest du, dass du denen vertrauen kannst?«

»Ich würde ihnen sagen, dass ich weitere Spione auf sie angesetzt habe. Und außerdem würden sie für eine Sache eintreten, der sie sich voll und ganz verschrieben haben.«

»Den wahren Glauben?«

Gregor hätte ihm sagen können, dass es keine Rolle spielte, um was genau es sich handelte, solange die Spione nur daran glaubten. Jeder Traum, jede noch so vage Hoffnung würde ausreichen.

»Ganz genau, Eure Heiligkeit. Findet die wahren Gläubigen, die im Dienst für Maya alles riskieren würden.«

Sie betraten Barakats Verwaltungsbereich, der im ehemaligen Spiegelsaal untergebracht war. Die Wände waren mittlerweile kahl, das schöne Kristall und Glas verkauft, die kunstvollen Rahmen in den Küchenöfen verfeuert. An mehreren Tischen saßen Schreiber und notierten in dicken Kladden, was Geistliche mit staubbedeckten Kaftanen ihnen berichteten. Sie waren den ganzen Tag draußen unterwegs und sammelten Informationen.

Ein leitender Schreiber eilte mit einem aufgeschlagenen Buch herbei und hielt es dem Inquisitor hin. »Das sind die Haushaltsvorstände des Händlerviertels, Eure Heiligkeit. Wie Ihr befohlen habt.«

»Ich befehle nicht, mein Freund. Gott betraut uns mit dieser Aufgabe. Wir gehorchen ihm nur. Jeder, egal, ob Mann, Frau, Kind, Hund oder Bettler, muss in Tumanbay erfasst werden.«

»In der Tat, Eure Heiligkeit. Wir gehen von den alten Steuerlisten aus und bringen sie auf den aktuellen Stand.«

»Und was ist mit dem Schlachthofviertel?«

»Dort gibt es Bereiche, zu denen wir bislang noch keinen Zugang haben«, erwiderte der Schreiber.

»Siehst du, Gregor, das ist das Problem. Was nicht erfasst ist, bleibt unbekannt. Ich glaube, du kannst mir bei dieser Sache helfen.« Er nickte dem Schreiber zu, der daraufhin an seinen Platz zurückkehrte.

»Ich werde persönlich Nachforschungen anstellen, Eure Heiligkeit«, sagte Gregor.

»Natürlich wirst du das tun. Ach, bevor ich's vergesse: Sultan Madu …«

Gregor ließ sich nicht täuschen – der Inquisitor vergaß nie etwas.

»Ja, er war krank.«

»Jemand versorgt ihn mit Opiaten. Dem Regenten ist das egal. Er findet es sogar gut, wenn der Sultan vor sich hin vegetiert, aber ich würde gern wissen, wer dafür verantwortlich ist. Finde es für mich heraus.«

KAPITEL 3

Dorin

Die Leichen waren abgeladen und in die Universität geschafft worden. Dorin war wie üblich ungeduldig gewesen, aber das war Gabreel nur recht, da er nicht länger als nötig in dieser verdammten Stadt bleiben wollte. Als er wieder auf seinen Wagen gestiegen war, sagte er: »Vielen Dank, Effendi Doktor. Ich fürchte, das war meine letzte Fuhre.«

»Gibt es keinen Nachschub mehr?«

»Nein, es ist nur so, dass …«

»Dann lass dir von Hasaan die Passier- und Erlaubnisscheine für das nächste Mal geben.«

»Es sind diese Schwarzen Wächter. Sie …«

»… müssen dich nicht kümmern. Man wird dich nicht aufhalten. Und dein Lohn wird erhöht. Hier, ich gebe ihn dir im Voraus.«

Nun hatte Gabreel noch mehr Gold und wusste, wie viel nötig gewesen war, um ihn zu einer weiteren riskanten Fahrt zu überreden. Er schnalzte mit der Zunge, und das alte Pferd zog den Wagen aus dem Hof und in die Stadt zurück.

Dorin blickte ihnen nach und lief dann rasch ins Gebäude.

Ein Seminar wartete auf ihn, zu dem er nicht zu spät kommen wollte. Maya oder ihr Regent Rot hielten es für ihre heilige Pflicht, den Armen eine kostenlose Gesundheitsversorgung zukommen zu lassen. Daher waren die Krankenhäuser noch in Betrieb, genau wie die Medizinische Fakultät an der Universität. Dorin war vom einfachen Referendar zu ihrem Leiter befördert worden, nachdem sein alter Vorgesetzter wegen Ketzerei denunziert und verhaftet worden war. Auf keinen Fall wollte er aus mangelndem Eifer das Wohlwollen des neuen Regimes und seine Position darin gefährden.

Er nahm ein Skalpell aus dem ledergefütterten Etui, das auf der Platte neben dem ersten Leichnam lag, und bereitete sich auf den ersten Einschnitt vor. Dabei wandte er sich an seine studentischen Zuhörer, die auf erhöhten Bänken saßen und ihm bei der Arbeit zusahen. »Wie ihr seht, setze ich knapp oberhalb des Brustbeins zum Schnitt an. Die Körperflüssigkeiten sind in die hinteren Organe abgeflossen, und …«

Er verstummte, als ein paar Studenten entsetzt nach Luft schnappten. Eine großgewachsene Frau mittleren Alters hatte den Raum betretenen. Sie trug einen Umhang und Turban aus fließender Seide, hatte dunkle Augen und einen selbstsicheren Gang. Die Zuhörer begannen zu flüstern. Das musste diese Gestalt sein, von der sie gehört hatten: Alkin, eine Ärztin, wenn es so etwas überhaupt gab, die zu allen Bereichen der Universität Zugang zu haben schien.

Ohne Dorins Einladung abzuwarten, gesellte sie sich zu ihm und stellte sich neben die Leiche.

Widerwillig winkte Dorin den Studenten. »Geht und schreibt eure gestrigen Notizen ins Reine. Wir machen hier gleich wieder weiter.«

Sie verließen eilig den Raum.

»Was machst du hier, Doktor?«, fragte er.

»Ich sehe zu, Doktor. Und ich habe eine Frage.«

»Ich muss eine Obduktion durchführen.«

»Trotzdem habe ich eine Frage.«

»Und zwar?«, gab Dorin ungeduldig zurück.

»Dies hier ist die dritte frische Lieferung in ebenso vielen Wochen.«

»Und?«

»Gibt es in Tumanbay nicht genug Tote, die du …«

»Du stellst zu viele Fragen, Doktor.«

»Gehört das nicht zu unseren ärztlichen Aufgaben?«

»Damit hast du deine eigene Frage beantwortet«, sagte Dorin.

»Ach wirklich?«

Dorin trat vom Tisch weg und verschränkte die Hände hinter dem Rücken, wie er es immer tat, wenn er vor Publikum sprach.

Alkin lächelte über seine Eitelkeit.

»Denk doch darüber nach, um Gottes willen. Jeder weiß, dass Tumanbay ein Sündenpfuhl ist. Und die Sünde manifestiert sich in Form von Erkrankungen. Daher müssen die Bewohner der Stadt, zumindest ein Großteil der Sünder, krank sein. Tatsächlich ist die Sünde so endemisch, dass man sagen könnte, sie leiden an einer Krankheit der Seele.«

»Du willst doch nicht etwa …« Weiter kam Alkin nicht, da Dorin einfach weitersprach.

»Aus irgendeinem Grund hat der Regent dir Zutritt zur gesamten Universität gewährt, Doktor Alkin. Das gefällt mir zwar nicht, aber ich muss es akzeptieren. Gleichzeitig erwarte ich jedoch, dass du auf meine Stellung hier Rücksicht nimmst. Ich werde es nicht hinnehmen, dass du mich vor meinen Studenten unterbrichst, ganz gleich, wer dein Mentor ist. Wenn du zusehen möchtest, dann nur in respektvollem Schweigen. Ist das klar?«

Alkin neigte wortlos den Kopf.

»Also gut. Dann tu mir bitte den Gefallen und ruf die Studenten wieder herein, damit wir weitermachen können.«

Alkin nickte erneut. »Ich will dich nicht zum Feind haben, Doktor, und ich rate dir, auch mich nicht wie eine Feindin zu behandeln. Heute werde ich mich dir fügen.« Sie verließ den Raum und kehrte kurz darauf wieder zurück, gefolgt von den Studenten, die die Situation eindeutig missbilligten.

Die Obduktion war bereits in vollem Gange, als der Inquisitor und Gregor den Raum betraten.

Dorin machte gerade einen Einschnitt in die Brusthöhle. Er führte ihn zu Ende und trat einen Schritt zurück. »Ah, Eure Heiligkeit. Wie kann ich Euch behilflich sein?«

»Mach bitte weiter. Wir werden dir zusehen.« Barakat nickte der großen Frau zu. »Doktor Alkin.«

»Eure Heiligkeit«, murmelte sie.

Während Dorin mit seiner Arbeit fortfuhr, wobei er jeden Schritt der Prozedur erläuterte, zog Barakat Gregor zum Rand des Raums und sagte leise: »Ich selbst verstehe die heiligen Wissenschaften zwar nicht, aber ich glaube, dass sie uns viele unserer Fragen beantworten können.«

Gregor hatte den Inquisitor bislang nicht für einen Förderer der Wissenschaft gehalten. Hatte er ihn etwa falsch eingeschätzt? »Die Medizin kann vielen Menschen helfen, Eure Heiligkeit.«

Barakat schien ihm gar nicht zuzuhören. »Die Seele zum Beispiel«, fuhr er fort.

»Die Seele?«

Dorin zog derweil die Eingeweide des Leichnams zur Seite und sagte: »Nun dringen wir in die Geheimkammern des Körpers vor...« Die Studenten beugten sich vor.

Barakat sagte: »Wenn wir herausfinden, wo im Körper die Seele sitzt, können wir die Sünde möglicherweise direkt an der Lebensquelle heilen.«

»Die Organe, die ihr hier vor euch seht«, dozierte Dorin derweil weiter, »werden in den alten Büchern beschrieben. Sie enthalten die Körpersäfte...«

»Die Sünde ist eine Erkrankung der Seele«, sagte Barakat, »die sich häufig in körperlichen Gebrechen äußert. Denk nur an die Verkrüppelten, die Gelähmten und Leprakranken. Wenn wir die Seele behandeln können, werden wir auch diese Leiden heilen, verstehst du?«

Ich verstehe, dachte Gregor, *dass ich mich in Gesellschaft eines Wahnsinnigen befinde.* Laut erwiderte er: »Natürlich, Inquisitor, das klingt einleuchtend.«

»Wir studieren am Objekt«, sagte Dorin. »Dann vergleichen wir unsere Beobachtungen mit der Weisheit der alten Texte und heiligen Schriften und ziehen daraus unsere eigenen Schlussfolgerungen.«

Zum ersten Mal, seit Gregor den Inquisitor kannte, bemerkte er hinter seiner kontrollierten Fassade so etwas wie Aufregung.

»Daher vergleichen wir die Körper bekannter Sünder, also der Bürger von Tumanbay, mit Leichnamen, wie der Doktor gerade einen untersucht. Sie stammen aus ländlichen Gemeinden, die nicht mit der Verderbtheit der Stadt in Berührung kommen.

Wir wollen die Unterschiede zwischen ihnen ergründen und hoffen, so den Sitz der Seele zu entdecken...« Barakat erhob die Stimme: »Stimmt's, Doktor? Wir wollen herausfinden, wo die menschliche Seele sitzt.«

Dorin blickte auf. Er kam Gregor wie ein Mann vor, der sich auf einem schmalen Pfad durch Treibsand zu tasten versuchte. »Ja, ganz richtig. Das ist unsere Hoffnung.«

Gregor fing Alkins Blick auf, die das Geschehen von der anderen Seite des Raums verfolgte und nicht erkennen ließ, was sie dachte. Wieso sie sich völlig frei bewegen durfte, war ihm ein Rätsel. Früher hätte er sie in seinen Keller mitgenommen und all seine Fragen beantworten lassen, doch unter den gegebenen Umständen war sie für ihn undurchschaubar.

Barakat ging zum Untersuchungstisch. »Natürlich«, sagte er an den Raum gewandt, »können wir nicht sicher sein, dass die angelieferten Leichname wirklich rein sind. Woher stammt dieser hier?«

Ehe Dorin antworten konnte, ergriff Alkin das Wort: »Aus einem Dorf in der Nähe der Sümpfe.«

»Dort haben wir all unsere Exemplare her«, fügte Dorin hinzu, dem deutlich anzumerken war, was er von dieser Frau hielt.

Barakat ignorierte ihn und drehte sich zu Gregor um. »Doktor Alkin ist eine Reisende aus dem Osten. Sie ist sehr klug. Ich habe sie in Asyra entdeckt. Sie saß da fest, bis Maya die Stadt befreit hat.«

»Ich wäre dort wahrscheinlich gestorben, wurde aber, wie der Inquisitor sagt, durch das Schwert Gottes in Mayas Hand gerettet. Seither konnte ich den einen oder anderen kleinen Beitrag zu ihrer heiligen Mission leisten.«

»Wichtige Beiträge«, sagte Barakat. »Deswegen möchte ich, dass sie unseren renommiertesten Arzt bei seinen Forschungen unterstützt.«

Dorin wurde noch blasser als der Leichnam auf dem Tisch. Darauf war er offensichtlich nicht gefasst gewesen. »Inquisitor, ich kann Euch versichern, dass ich keine …« Er verstummte, als Barakat den Zeigefinger der rechten Hand hob.

Der Inquisitor sagte nichts, er lächelte bloß. Es war kein angenehmes Lächeln.

Dorin schluckte nervös und drehte sich zu seinem Publikum um. »Ich glaube, für heute sind wir hier fertig.«

Die Studenten verließen den Raum und begannen, noch ehe sie durch die Tür waren, aufgeregt miteinander zu flüstern.

Dorin griff indessen nach dem Begräbnistuch, um den Leichnam damit zuzudecken.

Doch Alkin hielt ihn davon ab. »Warte, Doktor.« Sie nahm sein Skalpell und schob damit einen Muskel zur Seite. »Sieh nur, hier bei den Lungenflügeln. Da ist eine Läsion.«

»Ja, die ist mir auch aufgefallen. Solche Verletzungen sind in ländlichen Gegenden ziemlich weit verbreitet. Sie werden vom Getreidestaub verursacht.«

»Vielleicht«, sagte Alkin. »Vielleicht aber auch nicht.«

Barakat beugte sich ebenfalls vor. »Was ist das? Kann es … die Seele sein? Hat Doktor Dorin sie gefunden?«

»Nein, ich glaube nicht, dass das die Seele ist. Aber sicher kann ich es erst sagen, wenn ich den anderen Leichnam untersuche.«

Dorin hielt sich eine Linse vors Auge und inspizierte damit die Wunde. Er und Alkin mochten sich nicht, aber sie waren beide Experten auf ihrem Gebiet. Zögernd sagte er: »Ja, wir müssen uns das ansehen. Darf ich …?« Er nahm Alkin die Klinge aus der Hand und schnitt damit rasch die Lunge auf. »Hier sind weitere Läsionen.« Die beiden sahen sich an.

»Was ist das?«, verlangte Barakat zu wissen.

Dorin trat einen Schritt zurück und überließ es seiner Kollegin, die schlechten Neuigkeiten zu verkünden.

»Wo diese Toten herstammen, grassiert eine Krankheit. Ich kenne die Symptome.«

Dorin nickte. »Es ist eine sehr ansteckende Krankheit. Ich fürchte, wenn wir nichts dagegen unternehmen, wird sie sich bis nach Tumanbay ausbreiten.«

KAPITEL 4

Cadali

Im großen Hof, in dem al-Ghuris Statuen aus der alten Welt gestanden hatten, gab es keine Skulpturen mehr. Ein Großteil der Sammlung war weggeschafft und verkauft worden. Zuvor hatten die Schwarzen Wächter jedoch die gotteslästerlichsten Exponate zerschlagen. Die Trümmer lagen nach wie vor zwischen all dem anderen Schutt auf dem Boden verstreut.

Cadali bückte sich und hob ein Gipsstück auf. Als er es umdrehte, blickte er in ein kunstvoll geschnitztes Auge. Es war mandelförmig und trotz seines desolaten Zustands noch immer bezaubernd. Vielleicht hatte es zu der Statue gehört, die Shajah, die Frau des alten Sultans, darstellte, die von Mayas Leuten ermordet worden war. Cadali ließ es in den restlichen Schotter zurückfallen.

Von oben, wo Arbeiter den ersten der großen Kronleuchter demontierten, rieselte Staub herab. Insgesamt waren es zehn, und jeder enthielt Fassungen für tausend Kerzen, die nach Einbruch der Dunkelheit die Galerie erhellt hatten.

Cadali dachte daran, wie der Raum im Kerzenlicht ausgesehen hatte. Wie es gewesen war, sich unter die Höflinge, Botschafter und Besucher aus aller Welt zu mischen und der Musik zu lauschen, die oft eigens für diese Abende komponiert worden war. Er erinnerte sich an den Anblick der Tänzer, die sich durch einen feinen Nebel aus Parfüm bewegten. Bei diesen Anlässen hatte sich Tumanbay von seiner schönsten Seite präsentiert.

Und jetzt … dies hier.

»Cadali … Cadali …« Eine wehleidige, doch zugleich schmeichelnde Stimme. Madu betrat den Raum. Er sah aus wie ein Verbrecher und nicht wie der Sultan von Tumanbay. Mit gierigem Blick bahnte er sich einen Weg durch den Schutt und zog Cadali am Ärmel. »Hast du es?«

»Hier, Majestät.« Cadali reichte ihm ein kleines, in Silberpapier gewickeltes Päckchen.

Madu nahm es entgegen wie ein ordinärer Händler, der Schmiergeld einstrich. So tief war er gesunken. Cadali hatte den Jungen nie sonderlich gemocht. Sein ungehöriges Benehmen und seine nicht standesgemäßen Beziehungen hatten ihm schon immer missfallen. Doch wenigstens war Madu sich früher seiner Stellung bewusst gewesen und hatte bis zum Verschwinden seines geliebten Daniel ein gewisses Maß an Würde gewahrt. In seiner Position als Schattensultan war er dagegen bloß noch ein drogensüchtiges Wrack.

»Ist es Maguilla?«

»Ja, das allerbeste.«

Der Sultan klappte eine Ecke des Päckchens auf und schüttete sich etwas von dem Pulver auf den Handrücken. »Lass es mich versuchen …« Er schniefte es lange und tief ein.

»Majestät«, sagte Cadali, »nicht hier, ich bitte Euch. Macht das doch in Euren Räumen.«

Madu lächelte. In sein Gesicht trat ein friedlicher Ausdruck.

»Es ist mir egal. Es kümmert mich nicht, was sie mit mir machen.« Er ließ das Päckchen unter seinem Kaftan verschwinden.

»Nein, aber es könnte mich in Schwierigkeiten bringen. Und wo bekommt Ihr dann Euer Maguilla her. Das ist Euch doch nicht egal, oder?«

»Jaja, ich werde …«

Hinter ihnen fiel ein Holzstock zu Boden. Das Klappern hallte von den Wänden wider. Schritte knirschten im Steinstaub. Mit einer bösen Vorahnung wirbelte Cadali herum und sah sich … Gregor gegenüber. Er stieß den Atem aus. Der Anführer der Palastwache war zwar nicht mehr tödlich, aber er konnte ihm noch immer gefährlich werden.

»Kommandeur, was führt dich hierher? Solltest du nicht … irgendetwas inspizieren?«

»Ich wollte nur sichergehen, dass Seine Majestät sich wieder besser fühlt. Er hat die morgendliche Sitzung des Regenten verpasst.«

Cadali hörte deutlich die unausgesprochenen Worte: *Zu der du nicht eingeladen warst.*

»Danke der Nachfrage, Gregor«, erwiderte Madu. »Wenn ihr mich jetzt bitte entschuldigt. Ich muss mich … um etwas kümmern.« Damit eilte er davon.

Cadali und Gregor sahen ihm nach. Von oben ertönte ein weiterer Ruf. In einem Netz aus Tauen und einer gewaltigen Staubkaskade sank der Kronleuchter herab. Die beiden Männer wichen zur Wand zurück.

»Ein Reich zu zerlegen ist keine einfache Aufgabe«, sagte Gregor.

Cadali ging nicht auf die Bemerkung ein. »Was willst du, Gregor?«

Der ehemalige Meisterspion vergewisserte sich, dass niemand in Hörweite war, und sagte dann leise: »Du musst damit aufhören. Ich meine die Drogen. Sie beobachten dich. Das wird kein gutes Ende nehmen. Nimm diesen Rat als mein Geschenk an dich.«

»Und wie so viele deiner Geschenke ist auch dieses vergiftet.«

»Inwiefern?«

»Ich bitte dich, Gregor, behandle mich nicht wie einen Idioten. Ja, der Inquisitor will herausfinden, wer Madu mit Drogen versorgt. Oh, überrascht es dich, dass ich das weiß?«

»Eigentlich nicht. Sprich weiter.«

»Gleichzeitig möchte Effendi Rot, dass Madu als Symbolfigur funktioniert. Und dafür braucht er die Drogen.«

In der Mitte des Saals sank derweil knarzend und ächzend der Kronleuchter weiter herab. Aus diesem Blickwinkel wurde deutlich, wie riesig er war. Solange er noch unter der Decke gehangen hatte, dachte Cadali, hatte er luftig und leicht gewirkt, doch nun sah er sperrig und unförmig aus.

»Es … es ist ein Albtraum«, sagte er. »Sie wollen alles erfassen, jedes kleinste Detail. Was es im Palast gibt, wer was tut, wo sie es tun, wie lange es dauert … Alles muss aufgeschrieben werden. Und wenn alles aufgeschrieben *ist*, was dann? Werden wir dann …« Er musste damit aufhören. Aus irgendeinem Grund hatte ihm der Anblick des herabsinkenden Kronleuchters dieses Geständnis entlockt. Er war ein Narr, Gregor so viel Macht über sich zu geben, und trotzdem wollte er mit ihm sprechen … ihn um Rat fragen. War es total idiotisch von ihm, seinen Feind um Hilfe zu bitten?

»Du musst dich selbst unersetzlich machen«, sagte Gregor.

»Wie?«

»Indem du ihnen nicht alles erzählst. Halte Informationen zurück.«

»Für dich ist das leicht. Du bist ein Mann der Tat und kennst dich mit all diesen körperlichen Dingen aus. Dem Töten und dem Foltern …«

»Nun, man könnte sagen, dass ich auf diesem Gebiet inzwischen meine Meister gefunden habe.« Gregor lachte trocken.

»Das ist nicht lustig.«

Arbeiter schoben einen eisenbeschlagenen Wagen in den Raum, auf den der Kronleuchter geladen werden sollte. Die Räder knirschten laut, und Cadali nutzte den Lärm, um Gregor rasch ein weiteres Geständnis zu machen: »Ich habe eine Gemäldesammlung. Seltene Miniaturporträts aus der *Vilantia*-Schule. Sie sind schön, perfekt, realistisch …« Ein Schluchzen entrang sich seiner Kehle, und er bekam feuchte Augen. »Wenn irgendwer sie entdeckt … Wir wissen beide, was dann passiert.«

»Wieso hast du mir das erzählt?«, fragte Gregor wütend. »Wieso ziehst du mich da mit rein? Schmeiß sie weg, verbrenne sie, werde sie los.« Hatte Gregor etwa Angst? Bei ihm wusste man nie, an was man war, aber in letzter Zeit war er nicht mehr der Alte.

»Ich kann nicht. Verstehst du das nicht? Sie sind so … schön. Wenn sie der Welt verloren gehen …«

Gregor brachte ihn mit einer zornigen Geste zum Schweigen. »Erzähl mir doch nicht, dass dir etwas an der Welt oder an irgendetwas anderem außer dir selbst liegt, Cadali. Sag mir die Wahrheit, oder ich gehe.«

»Ja, die Wahrheit.« Cadali wusste nicht, was er sonst tun sollte. Gregor konnte ihn ohne Weiteres anschwärzen. »Wenn ich abhauen muss, brauche ich etwas, um meine Flucht zu bezahlen. Die Schmuggler, den Kapitän des Schiffs.«

»Aha, das klingt schon glaubwürdiger.«

Einer der Arbeiter schimpfte auf seine Kameraden ein, während sie versuchten, den Kronleuchter vorsichtig auf dem Wagen abzusetzen – ein monotoner, nicht endender Strom an Beleidigungen. Das schien Cadali eine gute Untermalung für diese trostlose Szene zu sein. »Ich will sie verkaufen, zu einem günstigen Preis. Aber alle Kunsthändler haben entweder die Stadt verlassen oder sind hingerichtet worden.«

»Du willst also meinen Rat?«

»Du kennst doch jeden und überhaupt die ganze Stadt wie deine Westentasche, Gregor.«

»Ich nehme an, das meinst du als Kompliment.«

Cadali nickte nachdrücklich. »Natürlich. Du weißt, ich respektiere seit jeher deine … Hilf mir, bitte. Ich flehe dich an.«

»Verbrenne sie.«

»Ich kann nicht«, jammerte Cadali. Er brauchte das Geld. Alles andere hatte er Maya gegeben. Damals war ihm das klug erschienen. »Sie sind meine Versicherung. Jeder muss sich auf eine mögliche Flucht vorbereiten. Auch du. Ist dir das denn nicht klar, Gregor?«

Hinter ihnen brach die Schimpftirade plötzlich ab. Beide Männer drehten sich um.

Der Schutt bereitete dem Inquisitor keine Probleme. Er schien fast darüber hinwegzugleiten – quer durch den Raum, an den Arbeitern vorbei, bis zu dem Anbau, in dem die beiden standen. Cadali fühlte, wie ihm der Schweiß auf der Stirn ausbrach und an seiner Nase herabrann …

»Ah, Gregor, da bist du ja.«

Gregor verbeugte sich.

»Ich habe eine Nachricht von Regent Rot. Er will, dass du deinen Bruder besuchst.«

Cadali glaubte, seinen Ohren nicht trauen zu können. War das wieder eines von Barakats Spielen?

»Anscheinend braucht der Regent ihn«, sagte Barakat und zuckte die Achseln. »Das ist eine Chance für dich. Verschwende sie nicht.« Mit diesen Worten machte er sich auf den Rückweg, doch dann drehte er sich noch einmal zu Cadali um. »Worüber habt ihr gerade gesprochen?«

Der ehemalige Großwesir öffnete den Mund, um zu antworten, brachte aber keinen Ton heraus. Ein Schweißtropfen perlte ihm von der Nasenspitze und fiel auf seine Notizen. »Über nichts«, presste er angestrengt hervor.

»Aber ihr habt miteinander geredet«, sagte der Inquisitor. »Dabei kann es doch nicht um nichts gegangen sein. Kein Mensch spricht über nichts. Das ergibt keinen Sinn. Hm?«

Hinter ihnen ertönte ein Ruf: »Macht ihn los! Macht ihn los, aber ganz vorsichtig.« Danach hörten sie die Taue knarzen, als der Flaschenzug wieder nach oben befördert wurde.

»D-die Kronleuchter«, stammelte Cadali. »Wir … wir sprachen darüber, wie man sie … sicher transportiert … wie, äh … sobald sie alle abgehängt sind, versteht Ihr?« Ein Schweißfilm bedeckte sein Gesicht.

»Reich mir deine Hände«, sagte Barakat. Als Cadali sich nicht bewegte, ergriff er sie selbst. Seine Hände sahen im Vergleich zu Cadalis pummeligen Fingern ganz dünn und knochig aus. »Sie zittern. Wieso?«

Cadali spürte, wie seine Lippen bebten. Er war kurzatmig und völlig sprachlos.

»Du kannst es mir sagen, Cadali. Und wenn du willst, dass es unter uns bleibt, dann erzähle ich es nicht weiter. Wir können auch Gregor wegschicken, wenn du das möchtest. Jeder weiß, dass ich niemals lüge. Die Wahrheit befreit dich, stimmt's, Gregor?«

»Ja, Inquisitor.«

»Ja, Gregor. Also, worüber habt ihr gesprochen, Cadali?«

Mit einer Anstrengung, die ihm fast die Seele zerriss, sagte Cadali: »Ich fürchte, dass ich nicht so gut dienen kann, wie ich es gern möchte. Sosehr ich es auch versuche, ich scheitere ständig. Es gibt immer wieder etwas Neues, das ich tun könnte, aber ich habe nie genug Zeit dafür. Ich will aus tiefstem Herzen dienen, aber ich versage.«

Ein paar Arbeiter rollten den beladenen Wagen aus der Kammer. Die übrigen schoben unterdessen das Gerüst zum nächsten Kronleuchter. Der Lärm übertönte fast Barakats Antwort. »Bete und faste und diene ihr immer fleißig. Nur Gott ist perfekt.« Damit klopfte er Cadali auf die Schulter und ging davon.

»Siehst du, Gregor, keiner ist sicher. Er hat uns zu verstehen gegeben, uns beiden, dass das Schwert jederzeit auf jeden herabsausen kann.«

»Wenn du die Nerven behältst …«

»Ich hätte verurteilt werden können, weil meine Hände zittern … Wir leben von geliehener Zeit. Der Feind steht vor der Tür, und wir sprechen nicht mal seine Sprache. Wie können wir da je wieder sicher sein? Wenn es hart auf hart kommt, brauche ich eine Fluchtmöglichkeit.«

Danach verfielen die beiden Männer in Schweigen und hörten den Arbeitern zu, die wieder zu fluchen begonnen hatten, nachdem der Inquisitor verschwunden war. Wie um zu beweisen, dass sie echte Handwerker aus Tumanbay waren.

Schließlich nickte Gregor, als hätte er einen Entschluss gefasst. »In der Stadt gibt es einen Sklavenhändler. Er hat seltene Bücher, Schriftrollen und solche Dinge gesammelt. Ich kann dir natürlich nicht garantieren, dass er dir helfen wird. Sein Name ist Ibn Bai. Da du die Melderegister hast, wirst du ihn wahrscheinlich finden können. Aber ich sage es noch einmal, Cadali: An deiner Stelle würde ich sie verbrennen.«

Einen Moment lang war Cadali danach, seinen alten Feind zu umarmen, doch das hätte Gregor bestimmt missfallen. »Vielen Dank, Gregor, du weißt, dass du dich immer auf mich verlassen kannst.«

»Das bezweifle ich, Cadali. Du weißt ja, was man über Katzen und Hunde sagt: Ein Hund erinnert sich an einen einzigen freundlichen Moment sieben Jahre lang, eine Katze braucht dagegen nur einen Augenblick, um sieben Jahre voller Freundlichkeit zu vergessen. Du warst schon immer eine Katze. Und ich werde abstreiten, dass wir diese Unterhaltung geführt haben.« Gregor drehte sich um und ging davon.

Während Cadali ihm nachblickte, überlegte er, ob es ihm möglicherweise mehr einbringen würde, den Ex-Meisterspion zu verraten, als seine Hilfe anzunehmen.

KAPITEL 5

Ibn Bai

Die heißeste Stunde des Nachmittags; Staub hing reglos in der windstillen Luft. Die am Hafen vertäuten Kamele waren genauso apathisch wie ihre Besitzer, da es im einst so geschäftigen Hafen von Tumanbay kaum noch Arbeit gab. Keine einlaufenden ausländischen Schiffe, keine Fracht, die von schwitzenden halb nackten Männern abgeladen oder mit Hebezeug in wartende Lastkähne gehievt wurde. Heutzutage fuhren auch nur noch wenige Fischkutter aufs Meer hinaus. Seit Maya die Stadt übernommen hatte, fand kaum noch Handel stand. Die wenigen Schiffe, die noch beladen wurden, krochen voll Beutegut aus dem Palast an der Küste entlang bis in ihr Heimatland hinauf.

In einem schattigen Büro spielten zwei Schreiber auf einem kunstvoll verzierten Brett Tabruk. Die weißen, roten, grünen und schwarzen Spielsteine waren über das Schlachtfeld mit seinen stilisierten blauen Wellen verteilt. Es war vollkommen still, während die Spieler sich auf ihre Züge konzentrierten, mit dem sie das Schicksal, die Winde und ihren Gegner zu lenken und ihre eigene Strategie durchzusetzen versuchten.

Es klopfte an der Tür. Ein Schatten fiel auf das Tabruk-Brett. Die beiden Männer blickten nervös auf…

»Oh, entschuldigt bitte die Störung. Ich suche nach dem Expedienten.«

Die Spieler wagten wieder, Atem zu holen. Unerwartete Besucher verhießen dieser Tage nur selten etwas Gutes. Doch dieser Mann wirkte recht freundlich. Er war dünn und etwas blass. Seine Kleidung sah teuer aus. Wahrscheinlich ein Kaufmann, und damit genauso beschäftigungslos wie sie beide.

»Wer bist du?« Der ältere der beiden Männer erhob sich. Er überragte den Besucher deutlich.

Sein Kollege ging derweil zur anderen Seite des Raums und nahm einen Knüppel, der dort an der Wand lehnte.

»Ich heiße Ibn Bai und bin Sklavenhändler. Ich habe in diesem Hafen viele Sklaven importiert… früher.«

»Ich bin der Expedient. Was willst du? Ich bezweifle, dass du demnächst eine Lieferung bekommst. Zumindest hoffe ich das für dich.«

Ibn Bai schüttelte grinsend den Kopf. »Keine Lieferung. Erwartest du mich denn nicht?«

Eine Stille setzte ein, die lediglich von den knarzenden Bodendielen durchbrochen wurde, als der Mann mit dem Knüppel zu ihnen herüberkam.

»Ich suche nach dem Iblis«, sagte Ibn Bai schließlich.

Der große Schreiber nickte, während sein Kollege einen Schritt zurücktrat. »Komm mit mir, Händler«, sagte er und verschwand durch eine Tür, die ins Gebäudeinnere führte.

Ibn Bai fragte sich, ob er ihm folgen sollte. Schließlich wusste er überhaupt nichts über den Mann. Vielleicht würde er ihn berauben oder umbringen… Andererseits hatte er viel für den

Kontakt bezahlt. Und konnte er überhaupt umkehren und an dem Mann mit dem Knüppel vorbei wieder aus dem Gebäude hinausgehen? Ibn Bai trat achselzuckend ebenfalls durch die Tür und nahm auf einem Kissen Platz.

»Wer hat dir vom Iblis erzählt?«

»Der Händler Mitra. Er ist ein alter Freund. Er sagte, du würdest mich erwarten.«

»Er hat zu viel geredet.« Die Miene des Schreibers war ausdruckslos. Ibn Bai war geübt darin, in Gesichtern zu lesen, doch in diesem konnte er nichts erkennen. Das Schweigen zog sich erneut in die Länge, bis der Schreiber unvermittelt aufstand und zu einem Schrank hinüberging. Er zog eine dicke Kladde heraus und schlug sie auf. »Ihr seid zu dritt?«

»Du bist der Iblis, stimmt's?«

»Ich bin der Mann, der euch aus dieser Stadt rausbringen kann. Mehr musst du nicht wissen. Ihr seid zu dritt?«

»Ja, meine Tochter, sie erwartet ein Kind…«

Der Iblis winkte ab, als spielte das alles keine Rolle. »Zu dritt. Heute Nacht.«

»Das ist genau der Punkt«, sagte Ibn Bai. »Deswegen bin ich gekommen. Ich muss unsere Abfahrt verschieben. Der Mann meiner Tochter ist verschwunden, und sie will nicht ohne ihn aufbrechen.«

»Unmöglich.« Der Iblis war offensichtlich nicht sehr redselig.

»Ich habe bereits bezahlt. Es fährt doch bestimmt noch ein anderes Boot…«

»Da du es anscheinend nicht verstehst, sage ich es dir klipp und klar, mein Freund. Es gibt für dich nur ein einziges Boot, und das legt heute Nacht ab. Sobald ihr auf hoher See seid, werdet ihr auf das Schiff eines ibbraxischen Händlers umsteigen, das euch nach Cyrene bringt. Dafür hast du bezahlt, und das wirst du auch bekommen. Eine Chance. So wie die Dinge stehen, bekommst du vielleicht keine weitere mehr. Nichts ist mehr sicher.«

»Aber es muss doch…«

Die Angst, die in Ibn Bais Stimme mitschwang, schien den Iblis ein wenig zu erweichen. Er legte dem Händler eine Hand auf die knochige Schulter. »Schaff deine Tochter aus Tumanbay heraus, um ihretwillen und um des Kindes willen. Unsere Zeit in dieser Welt ist knapp bemessen, und ein Enkelkind, das eine Brücke in die Zukunft schlägt, ist ein kostbares Geschenk. Der Ehemann ist vermutlich von einer der Patrouillen verhaftet worden…«

»Er hat ein aufbrausendes Temperament«, räumte Ibn Bai ein.

»Dann kannst du ihm wahrscheinlich nicht helfen. Falls er entkommt, ist er vielleicht in der Lage, die Wüste allein zu durchqueren, aber eine schwangere Frau schafft das nicht.« Er schüttelte mitfühlend den Kopf. »Die Entscheidung liegt bei dir. Dies ist das letzte Boot.« Er verlangte einen Betrag, der deutlich höher war als der, den Mitra ihm genannt hatte, doch Ibn Bai war klar, dass auf diesem Marktplatz die Anbieter die Preise bestimmten. Achselzuckend zog er eine Börse heraus und legte dem Iblis zehn Goldmünzen in die Hand, worauf der ihm einen Zettel reichte, auf dem ein Ort sowie der Zeitpunkt notiert war, zu dem sie das Schiff besteigen mussten.

»Du hast eine weise Entscheidung getroffen. Für Männer wie dich gibt es hier keinen Platz mehr. Es ist besser, wenn du verschwindest.« Er ging zur Tür und hielt sie auf.

Ibn Bai trat an der Rückseite des Gebäudes in die stickige Luft hinaus. Er brauchte einen Kaffee oder einen Pfefferminztee und musste darüber nachdenken, wie er seine Tochter Himmel zum Aufbruch überreden sollte. Ibn Bai kannte zwei Lokale, die von im Hafen tätigen Händlern frequentiert wurden. Das erste war geschlossen, doch das andere hatte noch offen. Er trat schnell ein, um der Hitze zu entkommen.

Ein paar Tische waren besetzt, doch Ibn Bai entdeckte unter den Anwesenden kein einziges bekanntes Gesicht. Vor Maya war das Taubencafé von Gesprächen und Gelächter erfüllt gewesen. Die Händler hatten hier von früh bis spät Geschäfte gemacht und das Preisgefüge der verschiedenen städtischen Sklavenmärkte bestimmt, während sie Unmengen starken schwarzen Kaffee tranken und dazu Honigkuchen, Datteln, Cremegebäck und andere Leckereien aßen. Das Lokal war der erste Anlaufpunkt für alle gewesen, die in Tumanbay Fuß fassen wollten. Nach ein paar Tagen und der Investition einiger Goldmünzen hatte er hier rund fünfzig Männer und Frauen kennengelernt, die im Sklavenhandel etwas zu melden hatten. Ibn Bai hatte die Tage hier sehr genossen und war traurig, als er sah, wie schäbig und leer das Taubencafé inzwischen war.

Ein gelangweilter Kellner stellte unaufgefordert Kaffee, Wasser und einen Kuchen vor Ibn Bai hin und nickte ihm zu. »Dich haben wir hier ja schon lange nicht mehr gesehen.«

»Der Markt ist nicht mehr das, was er früher einmal war, mein Freund.« Und es stimmte. Die Besatzer hatten die stärksten und gesündesten Sklaven genommen und sie zur Verstärkung von Mayas Eroberungsarmeen in ferne Weltregionen geschickt. Den Händlern in der Stadt hatten sie nur zweitklassige Ware zurückgelassen.

»Nun, vielleicht kann ich dir zu einer Geschäftsgelegenheit verhelfen.« Der Kellner deutete in eine Ecke des Cafés, wo ein fetter Mann in einem unauffälligen Kaftan saß, die Knopfaugen fest auf Ibn Bai gerichtet. »Dieser Typ hat nach dir gefragt.«

»Namentlich?«

»Ja, er wollte wissen, ob du oft hier bist. Er war gestern Nachmittag auch schon da. Er sagt, er sei aus dem Palast. So wie er stinkt, hat er Todesangst. Er will nur reden. Dafür will er dir das hier geben.«

Der Kellner ließ eine Münze aus dem Ärmel gleiten und legte sie neben Ibn Bais Becher.

»Das ist keine gute Zeit, um mit Fremden zu sprechen, mein Freund. Das solltest du ihm …« Aber es war bereits zu spät. Der massige Mann kam herüber, wobei ihn nicht nur sein Kaftan, sondern – genau wie der Kellner gesagt hatte – auch ein Geruch der Angst umwehte. Er arrangierte seine Gesichtszüge zu einem Ausdruck, der mit viel gutem Willen als Lächeln bezeichnet werden konnte.

»Früher war ich gern hier, um mir die Sklaven anzusehen. Große, kleine, dunkle, hellhäutige. Damals gab es so viel Auswahl, aber inzwischen …« Er zuckte die Achseln.

»Das stimmt«, sagte Ibn Bai und wartete.

»Daher muss man … sich auf andere Waren verlegen.«

Ibn Bai trank einen Schluck Kaffee. Er warf auch einen Blick auf den Kuchen, merkte aber, dass er keinen Appetit mehr hatte. »Vielleicht«, entgegnete er und wartete ab.

»Zum Beispiel Bücher, Gemälde und andere Kunstwerke.«

»Das wäre verboten.«

Wieder dieses Lächeln. Ibn Bai war mittlerweile sicher, dass der Mann ein Höfling war – ein Vertreter des alten Regimes, nicht des neuen.

»Und gerade deswegen lukrativ, oder nicht? Ich habe gehört, dass du dich mit solchen Dingen auskennst.«

Das war ein gefährliches Gesprächsthema. Kein Wunder, dass der Mann so verängstigt war. Ibn Bai schob seinen Stuhl zurück und stand auf. »Tut mir leid, Effendi«, sagte er so laut, dass jeder potenzielle Spion im Lokal es hören konnte, »ich weiß nicht, wer du bist und wovon du sprichst.« Nachdem er seinem Gegenüber noch einen Moment lang in das blasse, gequälte Gesicht geschaut hatte, eilte er aus dem Lokal und lief, so schnell er konnte, nach Hause.

Trotz der schweren Zeiten beschäftigte Ibn Bai noch immer einen Torwächter, der sah, wie sein Herr sich keuchend und schwitzend dem Anwesen näherte. Als das Tor aufschwang, eilte der Händler hindurch, ohne stehen zu bleiben, und direkt ins Haus, wo seine Tochter Himmel bereits auf ihn wartete.

Mit ihrem runden Bauch erinnerte sie immer mehr an ihre Mutter im hochschwangeren Zustand. Ibn Bai packte jedes Mal die Sehnsucht nach seiner verstorbenen Frau, wenn er sie ansah. Noch dringender war jedoch das Bedürfnis, seine Tochter – koste es, was es wolle – in Sicherheit zu bringen.

Sie blickte ihn fragend an. »Konntest du die Abfahrt ver…?«

»Das letzte Boot legt heute Nacht ab«, unterbrach er sie. »Wir müssen es nehmen. Es wird keine weitere Chance geben.«

»Dann musst du allein gehen, Vater.« Wieder erinnerte sie ihn an ihre Mutter. Die gleiche Art, den Kopf zu neigen, die leicht verengten Augen, die angespannten Kiefermuskeln. Sie würde sich nicht von ihrem Entschluss abbringen lassen. Dennoch musste es ihm gelingen, damit sie überlebten.

»Akiba kann sich um sich selbst kümmern, Himmel. Das weißt du doch.«

Sie schüttelte den Kopf. Natürlich wusste sie es, aber sie liebte diesen Mann, und sie würde bis zum bitteren Ende zu ihm stehen. Die beiden waren sich an Bord des Sklavenschiffs begegnet, das sie und ihre Mutter als Passagiere nach Tumanbay bringen sollte. Akiba hatte Himmel als Geisel genommen und war mit ihr geflohen. Nach vielen gemeinsamen Abenteuern hatten sie es schließlich bis nach Tumanbay geschafft. Unterwegs hatten sie zuerst gelernt, sich gegenseitig zu respektieren, und sich dann ineinander verliebt. Die Hochzeit, die Ibn Bai für seine Tochter arrangiert hatte, war daraufhin abgesagt worden, denn Akiba und Himmel waren untrennbar miteinander verbunden.

»Du musst an das Kind denken.«

»Soll ich Tee kommen lassen? Und etwas zu essen. Du solltest dich ausruhen, Vater. Du siehst …«

»Frustriert aus, mein liebes, liebes Kind.«

»Ich werde gehen und …« Sie wandte sich um und wollte den Raum verlassen.

»Bitte warte, Himmel, und hör mich an. Du musst nicht antworten, nur zuhören. Wirst du das tun?«

Sie drehte sich um und stand mit einer Hand auf dem gewölbten Bauch und der anderen in der Hüfte da – wobei sie wieder genau wie ihre Mutter aussah. Ibn Bai fragte sich, ob er seinem Vater ebenso sehr ähnelte.

»Sprich weiter.«

»Es ist inzwischen drei Tage her. Er ist gegangen und seitdem nicht zurückgekehrt. Das bedeutet, dass er entweder verhaftet wurde oder in irgendeinem abgeriegelten Teil der Stadt festsitzt. Du weißt, dass sie die Häuser nach Wertsachen durchsuchen. So oder so kannst du nichts für ihn tun, und ich kann ihm auch nicht helfen. Meine Kontakte sind allesamt untergetaucht. Vor allem hilfst du ihm nicht, indem du hierbleibst. Er würde wollen, dass du und das Kind in Sicherheit seid. Er weiß, wohin wir wollen. Wenn er entkommt, kann er die Wüste durchqueren und ein Schiff nehmen, das nach Cyrene fährt. Er wird uns finden, das weißt du ganz genau. Dieser Mann ist nicht aufzuhalten.«

Ein Lächeln kräuselte ihre Lippen.

»Er ist ein Überlebenskünstler, Himmel. Er wird auf seine Chance warten. Wenn er hierherkommt und sieht, dass wir fort sind, wird er wissen, was zu tun ist ... und ...« Er verstummte.

»Und was?«, fragte sie. »Was ist heute passiert, Vater?« Sie las genauso mühelos in seinem Gesicht, wie ihre Mutter es immer getan hatte. »Sag es mir.«

»Jemand hat mich angesprochen.«

»Jemand? Wer? Was meinst du damit?«

»Ich glaube, er kam aus dem Palast. Er wollte mir Dinge verkaufen, verbotene Dinge. Keine Ahnung, vielleicht wollte er mich nur ... prüfen. Vielleicht hat er es aber auch ernst gemeint. Ich weiß es nicht ... Ich glaube, ich stehe wegen meiner Bibliothek auf irgendeiner Liste ... Gegen mich wird vermutlich ermittelt.«

KAPITEL 6

Cadali

Es war dumm von ihm gewesen, seiner Schwäche nachzugeben. Er hätte nicht auf dem Markt herumwandern und diesen Händler einfach so ansprechen dürfen. Schließlich wusste er nicht, wer ihn in diesem Lokal belauscht haben könnte. Er hatte sich im Laufe der Jahre weiß Gott genug Feinde gemacht, und nun lieferte er sich selbst ans Messer.

Es ging das Gerücht, Maya habe nach der Eroberung einige Zeit in der Stadt verbracht. Es hieß, sie sehe alles und vergebe nichts. Es stand jedenfalls fest, dass sie Tumanbay in einem eisernen Griff hielt, der gleichzeitig so fein war wie eine Spinnwebe im Wind. Und das nicht nur wegen ihrer Prälaten, Schwarzen Wächter oder sogar dem Inquisitor. Die kontrollierten die Straßen, Plätze und Gassen, die Konzile und Komitees. Maya kontrollierte jedoch jede Seele in der Stadt. Sie war alles und nichts. Sie lebte in den Wunsch- und Albträumen der Einwohner. Sie war unbegreiflich und schrecklich, und die Leute raunten, eines Tages würde sie verschwinden und damit das Ende der Welt heraufbeschwören.

Ohne langsamer zu werden, erklomm Cadali die Wendeltreppe zu seinen Gemächern, als wäre er ein viel jüngerer und leichtfüßigerer Mann. Natürlich würde er seine Bilder und Schriftrollen in Sicherheit bringen müssen, doch das war kein Problem. Schließlich kannte er sich im Palast sogar noch besser aus als der geheimnisvolle Gregor. Cadali schloss die Tür auf und betrat hastig seine Wohnräume. Je schneller er sich von seinen Bildern trennte, desto besser. Und er würde etwas gegen Gregor unternehmen müssen, der zu viel über …

»Was …?« Auf dem Sofa, dem Boden und dem Fenstersims waren Bilder verstreut, Miniaturen aus seiner Sammlung. Er hatte sicher nicht … natürlich hatte er nicht …

Galle stieg ihm in die Kehle, als der Inquisitor aus dem Schlafzimmer trat, in der Hand ein Buch von jenseits des Mittelmeers, mit Stichen aus der alten Welt …

»Hattest du einen anstrengenden Tag?« Barakat reichte das Buch Cadali, der es aus seinen leblosen Fingern fallen ließ. »Ich habe nach dir gesucht.«

»Ach, ja …« Eine Maus wäre lauter gewesen.

»Ich bin in den Spiegelsaal gegangen. Als ich dich dort nicht fand, dachte ich, na ja, vielleicht ist er im Goldzimmer und kümmert sich um die nächste Lieferung, trägt jeden Gegenstand in eine Liste ein. So ein gewissenhafter Mann. Aber da warst du auch nicht.« Er nahm eine Miniatur vom Fenstersims und betrachtete sie. »Das sind schöne Arbeiten. So naturgetreu. Wie bekommen diese Künstler das hin?«

»Ich … glaube, sie verwenden Linsen, um, äh …« Führte er gerade wirklich diese Unterhaltung? Das war verrückt. Wie war Barakat hier hereingekommen … und hatte die Tür wieder abgeschlossen? Besaß er etwa Schlüssel zu jedem Raum im Palast?

»Linsen?«

»Um das Bild scharfzustellen und zu verkleinern …« Natürlich hatte er die Schlüssel. Genau wie die Pest konnte der Inquisitor überallhin gelangen. Wie dumm von ihm zu glauben, irgendwer könnte in dieser Hölle sicher sein.

»Nun, Cadali, ich wundere mich, dass diese Objekte nicht in der Liste der Schätze auftauchen. Wurden sie vielleicht gestohlen?«

»Nicht von mir, Eure Heiligkeit … Nie würde ich auch nur daran denken … nein, nein … niemals …« Er verstummte, atmete tief durch und begann noch mal in aller Unschuld von vorn: »Ich habe fein säuberlich jeden Wertgegenstand im Palast katalogisiert. Diese hier waren, sie waren …« Er merkte, dass er schnurstracks auf den Rand einer Klippe zumarschierte.

»Deine?«, fragte Barakat. Er hob das Album vom Teppich auf, legte es auf das Sofa und blätterte durch die Seiten. Sie zeigten sanft schwellende Kurven und mächtige Muskeln. Helden und Heldinnen aus einer vergangenen Zeit, zuerst mit Marmor und dann mit diesen Stichen unsterblich gemacht – in diesem Buch, auf seinem Sofa, in seinem Raum, in seinem Besitz. Hätte er tatsächlich am Rand einer Klippe gestanden, wäre er jetzt vielleicht ins Leere getreten. »Sie befinden sich in meiner Obhut«, nuschelte er.

Barakat schlug das Buch zu. Es schloss sich wie ein Sargdeckel über Cadalis Zukunft. »Ich frage mich, wieso ein frommer Mann solche Gegenstände aufhebt? Wieso würde jemand, der an Maya und ihre Mission glaubt, etwas Derartiges verstecken wollen? Beabsichtigt er, die Gedanken anderer zu verdrehen, die Wahrheit zu verhöhnen, das Götzendienerische zu bewahren, den Ungläubigen in die Hände zu spielen?« Jede Frage war ein weiterer Nagel im Sargdeckel. »Oder ist er bloß schwach?« Ein

Hoffnungsschimmer. »Überlege dir deine Antwort gut, mein Freund. Schwäche und Gier kann ich verstehen, aber Blasphemie …«

»Es war Gier, Eure Heiligkeit, Schwäche. Ich hatte vor, sie zu verkaufen. Ich habe Gregor um Rat gebeten, und er hat mir gesagt, dass ich auf den Markt gehen soll. Ich bin schwach, so schwach. Helft mir, stark zu sein, Eure Heiligkeit.« Er fiel auf die Knie und vergrub die Hände im Kaftan des Inquisitors.

»Ich verstehe. Alle machen Fehler.«

»Danke, danke.«

Barakat zog seinen tränennassen Kaftan aus Cadalis Griff und kauerte sich hin, sodass sie sich auf Augenhöhe befanden. »Ich kann dir helfen. Wenn du dich mir anvertraust, Cadali, wirst du gerettet werden. Ich lüge nicht, ich lüge nie. Wirst du dich mir mit deiner ganzen Seele anvertrauen?«

»Ja, ja«, schluchzte Cadali. »Ich werde Euer Mann sein, Heiligkeit.«

»Dann können wir uns gegenseitig helfen. Würde dir das gefallen?«

Cadali nickte. Es war, als wäre ihm eine große Last von den Schultern genommen worden.

Barakat erhob sich und half auch dem derangierten, verheulten Ex-Großwesir auf die Beine. »Gut. Also, wen hast du auf dem Markt gesehen? Welchen Namen hat Gregor dir genannt?«

KAPITEL 7

Gregor

Tumanbay mochte gefallen und seither eisernen Glaubens- und Verhaltensregeln unterworfen sein, doch bislang wurde es noch nicht vom Geruch des Heiligen durchweht, das laut den alten Texten nach Safran und Vanille duftete, nach Rosenwasser und süßen Orangen, Akazienblättern und Honig. Zumindest nicht in den Zellen unter dem Palast. In all seinen Jahren als Kommandeur der Palastwache hatte Gregor noch nie einen derartigen Gestank und so viele Gefangene erlebt.

Während er die von Wandleuchtern erhellte Wendeltreppe hinabstieg – wobei er alle paar Schritte an Wächtern vorbeikam, von denen einige früher unter seinem Befehl gestanden hatten –, konnte er sich an keine Zeit erinnern – nicht einmal als Sultan al-Ghuri besonders misstrauisch gewesen war –, in der hier unten so viele arme Halunken festgehalten worden waren. Und dabei befanden sich im Palastkerker nur die sogenannten wichtigen Häftlinge. Das einfache Volk war in den überfüllten städtischen Gefängnissen untergebracht oder hinter hölzernen Palisaden im alten Armeeviertel. Internierung war in dieser neuen Welt zu einem eigenen Wirtschaftszweig geworden.

Gregor bemerkte, dass sich die Wächter hier unten ihre schwarzen Kopftücher vor die Gesichter gebunden hatten. Seine Augen brannten von all dem Urin, der unter den Türen der vollgepackten Zellen hervorrann und auf den Treppenstufen Lachen bildete. Das heulende Gebrüll der Verrückten und Verzweifelten erzeugte eine nicht enden wollende Kakofonie. Die Flammen verloschen fast in der kaum atembaren Luft und warfen ein gespenstisches Licht, das aus der Hölle selbst zu dringen schien. Und hier, ganz unten, im tiefsten Süden der Seele, erreichte Gregor sein Ziel.

Der Wächter vor der Zellentür nahm Haltung an. Gregor spähte den Mann durch die Finsternis an. Er hatte unter ihm gedient, doch in seinem Blick lagen weder Erkennen noch Freundschaft.

»Du möchtest den Gefangenen sehen?«

»Ja.«

Der Wächter entriegelte die Tür und reichte Gregor eine Fackel.

Im Inneren der Zelle hob Qulan den Kopf und kniff angesichts des unerwarteten Lichts die Augen zusammen. Er war dünner, das Gesicht ausgezehrt und faltig, aber seine Miene wirkte genauso entschlossen wie eh und je. Er saß auf einem Steinsims, das ihm gleichzeitig als Bett und Tisch diente. Darauf stand ein irdenes Gefäß, neben dem eine Brotkruste lag.

»Wer immer du bist, du musst die Fackel senken. Hier unten sind wir kein Licht gewohnt. An der Wand findest du eine Halterung. Daran kannst du sie befestigen.« Seine Stimme klang noch immer gebieterisch.

Gregor tat wie geheißen und stellte sich in die Mitte der Zelle.

»Ach, du bist das«, sagte Qulan. »Hast du endlich die Zeit gefunden, mich zu besuchen? Oder besser gesagt, den Mut?«

»Wie geht es dir, Bruder?«, erwiderte Gregor.

»Besser denn je. Und dir? Sorgen deine neuen Herren gut für dich? Du siehst wohlgenährt aus.«

»Du könntest auch ausreichend zu essen bekommen, Bruder. Die Wahl liegt ganz bei dir.«

Qulan schnaubte abfällig. »Und weshalb haben sie dich zu mir heruntergeschickt?«

»Maya hat gesiegt, sie regiert die Stadt«, sagte Gregor laut und deutlich. »Ihr Regent, Effendi Rot, hat nichts gegen dich. Er respektiert deine Fähigkeiten und will, dass du dienst und nicht hier unten verrottest. Begreifst du es nicht, Bruder? Mayas Wahrheit kann uns alle retten.«

Qulan schüttelte den Kopf. »Ach, kleiner Bruder, was ist bloß aus dir geworden?«

Gregor trat dichter an Qulan heran und senkte die Stimme: »Sie hören zu.«

Qulan versuchte, Gregors Hände zu ergreifen, doch seine Ketten hinderten ihn daran. »Was ist mit meiner Familie?«, flüsterte er.

Gregor blickte zur Tür zurück und beugte sich zu Qulan vor. »Das habe ich nicht herausfinden können«, sagte er. »Ich stehe permanent unter Beobachtung. Aber von meinen Informanten weiß ich, dass sie in der Nähe des Midan untergekommen sind.« Ein Geräusch von draußen ließ ihn ruckartig zurückweichen. »Du kannst dich selbst retten, Bruder. Erkenne das Licht und leiste den Eid.«

»Mit Licht kenne ich mich nicht mehr aus.«

»Was kannst du hier drinnen ausrichten? Es ist besser, zu

leben und zu kämpfen, als zu sterben in diesem…« Er verstummte, als er Qulans verächtlichen Blick bemerkte.

»Es ist besser zu sterben, als unehrenhaft zu dienen«, entgegnete Qulan. »Richte das deinen neuen Herren aus.«

Ehe Gregor antworten konnte, hörte er draußen im Korridor Schritte. In der Zellentür wurde ein Schlüssel gedreht, und der Wächter trat ein.

»Ich bin hier noch nicht fertig«, fuhr Gregor ihn an.

»Doch, bist du«, drang eine vertraute Stimme aus der Dunkelheit. Cadali trat zusammen mit einem Priester und vier von Mayas Schwarzen Wächtern ein. Sie gingen rasch auf Qulan zu und lösten die Ketten um seine Hand- und Fußgelenke.

»Was soll das, Cadali?«, verlangte Gregor zu wissen. »Wieso bist du hier?«

»Ich wurde geschickt, um den General zu holen.« Er wirkte zerknirscht und schuldbewusst.

»Warum? Wohin bringt ihr ihn?«

Nach einem kurzen Blick zum Geistlichen, den dieser nickend erwiderte, sagte Cadali: »General Qulan, die Zeit ist gekommen.«

Qulan stand auf und rieb sich die Handgelenke.

»Aber ich spreche doch noch mit dem General«, sagte Gregor. Er flehte fast. »Ich habe Fortschritte gemacht.«

Qulan stieß ein amüsiertes Lachen aus. »Bruder, Bruder, bist du wirklich so blind? Sie haben dich nicht hergeschickt, um mich zum Eid zu überreden, sondern damit du bei meiner Hinrichtung zusiehst. Habe ich nicht recht, Cadali?«

Cadali stand in der Tür, das Gesicht zu einer bestürzten Grimasse verzogen.

»Nein«, protestierte Gregor. »Sie haben bislang dein Leben verschont. Warum …?«

»Du bist ein Idiot, Gregor. Glaubst du etwa, sie wollten mich vor meinen Soldaten töten? Glaubst du, dass sie einen Märtyrer aus mir machen möchten? Nein, sie werden mir in der Dunkelheit die Kehle aufschlitzen und meinen Leichnam zusammen mit all den anderen armen Bastarden entsorgen, von denen keiner weiß.«

Als die Wächter Qulan packten, wand er sich in ihrem Griff. »Lasst mich los. Ich werde furchtlos in den Tod gehen.« Sie zwangen ihn auf die Knie.

Der Geistliche zischte: »Du wirst wie ein Hund auf den Knien sterben und zur Hölle fahren, wo du bis in alle Ewigkeit brennst.«

Cadali, der aussah, als würde er sich jeden Moment übergeben, trat zurück, als sie Qulan die Beine wegtraten und er mit dem Kopf auf dem Boden aufschlug. »Du kannst dem ein Ende machen, Qulan«, sagte Cadali mit bebender Stimme. »Füge dich. Beuge das Knie, schwöre Treue und finde Erlösung. Sag es ihm, Gregor, damit er es versteht. Es bedeutet gar nichts. Tu es, und du wirst gerettet werden.«

»Nein«, entgegnete Qulan. »Ich würde verloren sein.« Als die Wächter ihn in den Gang hinauszerrten, drehte er sich noch mal zu Gregor um. »Kümmere dich um meine Familie. Das ist das Mindeste, was ich von dir erwarte, Bruder.«

Was für ein dürftiger Abschied, dachte Gregor und ließ sich auf das Steinsims sinken, auf dem Qulan gesessen hatte. Es war noch immer warm. Nachdem sie als Jungen in Tumanbay angekommen waren, hatte Qulan gesagt, diese Stadt würde ihr Schicksal sein. Gregor hatte es damals nicht verstanden und seither nicht darüber nachgedacht, doch nun begriff er es: Tumanbay war der Ort, an dem alles enden würde.

»Komm, Gregor«, sagte Cadali und hielt ihm eine verschwitzte Hand hin. »*Uns* wollen sie auch dort oben haben.«

Gregor ignorierte ihn und trat aus der Zelle. Er gab sich keine Mühe, seine Verachtung zu verbergen.

Cadali lief ihm hinterher. »Und glaube nicht, du wärest besser als ich. Ich bin wenigstens ehrlich zu mir, aber du … hältst du dich etwa immer noch für den Mann, der alles weiß und sämtliche Fäden in der Hand hat?« Cadali sah Gregor ausdruckslos an. Im Fackelschein wirkte er leichenblass. »Nein, du bist nur einer von den Sklaven.«

KAPITEL 8

Ibn Bai

Die beiden Monde hingen niedrig über Tumanbay, zwei schlanke hinter dunklen Wolkenbänken verborgene Sicheln. Gelegentlich schienen sie durch Lücken, bevor der Wind drehte und sie wieder verschwanden. Ibn Bai zog seinen Kaftan enger um sich zusammen. Die Nacht war nicht kalt, aber er trug ein weißes Hemd und hatte Angst, damit neugierige Blicke auf sich zu ziehen. Himmel hatte ebenfalls einen dunklen Kaftan an. Sie trug eine kleine Tasche mit persönlichen Erinnerungsstücken, Ibn Bai hatte die größere Tasche mit ihren wichtigsten Habseligkeiten dabei. Alles andere hatten sie weggesperrt und Ayeesha, der Zofe, das Haus anvertraut. Sie hatten ihr mehr als genug Geld dagelassen, um alles in Ordnung zu halten.

Der hügelige Pfad war eng und gewunden. Hinter ihnen ragte die Stadtmauer auf. Ihr Ziel, eine verlassene Felsbucht mit starken Gezeiten, lag hinter dem Hafen. Ein kurzer Küstenabschnitt, der früher im Ruf gestanden hatte, Anlaufpunkt für Schmuggler und Piraten zu sein. Heute verbrachten dort Familien ihre Ferien, oder hatten es zumindest getan, solange Vergnügungen noch nicht verboten gewesen waren. Auf ihrem

Weg den Pfad hinauf begegneten sie anderen, kleinen Gruppen, Familien und Einzelpersonen. Sie waren alle verhüllt, trugen Bündel und ignorierten einander. Der Wind fegte über das lange Gras hinweg, über ihnen raschelten die trockenen Blätter der Grappenbäume.

Der Hügelkamm zeichnete sich als dunkler Umriss gegen den Nachthimmel ab. Ibn Bai spürte den Aufstieg in den Beinen. »Wenn wir oben sind, wird es leichter«, sagte er, eher um sich selbst als Himmel Mut zuzusprechen.

»Ist alles in Ordnung, Vater? Ich kann die Tasche auch tragen.«

»Nein, nein, ich werde …«

»Mach Platz, wenn du nicht mithalten kannst, Bruder«, knurrte jemand hinter ihnen. Sie waren Teil einer langen Prozession, die sich zur Hügelspitze hinaufschlängelte. Außer vor Ibn Bai war nirgends eine Lücke zu sehen. Er zwang sich, schneller zu gehen. Während er das tat, drehte Himmel sich um und sah sich einem riesigen Mann gegenüber, dessen kahler Kopf weiß von der Dunkelheit abstach.

»Bleib mir von den Hacken, Bruder, wenn du nicht gebissen werden willst!«

Ibn Bai war sich nicht sicher, aber er glaubte, etwas Scharfes in Himmels Faust schimmern zu sehen. Der große Mann ließ sich zurückfallen, und sie gingen weiter. Seine Tochter war nicht mehr das Mädchen, an das er sich von früher erinnerte, aber in solchen Zeiten war das vielleicht auch besser so.

Schließlich kamen sie oben an. Unter ihnen lag die Bucht. Einen Moment lang spiegelten sich die Mondsicheln im ruhigen Wasser und beleuchteten das Boot, eine nicht sonderlich große Dau mit einem einzigen Segel, das schlaff am Mast hing.

Ein halbes Dutzend lange Ruder stand in alle Richtungen vom Rumpf ab. Angesichts der vielen Menschen, die zur Bucht hinunterstiegen, wirkte dieses Gefährt sehr klein.

»Ist es das?«, fragte Himmel.

»Ich glaube, ja. Zumindest sehe ich kein anderes Schiff.«

»Das ist Schwachsinn, Vater. Auf dem finden nie und nimmer alle Platz.«

Die Leute hinter ihnen drängelten sich rüde an ihnen vorbei. Viele von ihnen trugen pralle Säcke und Kisten oder hatten sich wie schwer beladene Esel Tragekörbe auf den Rücken geschnallt. Es war, als könnten die Leute die Vorstellung nicht ertragen, auf der Flucht ihr altes Mobiliar zurückzulassen.

»Wir müssen weiter«, sagte er. »Komm mit.« Er nahm ihre Hand und begann, sie bergab zu ziehen.

Zum Glück wurde der Pfad an dieser Stelle breiter. Andernfalls wären viele auf die Felsen hinuntergestürzt. Die disziplinierte Schlange hatte sich aufgelöst, die Menge eilte wie eine durchgehende Viehherde den Hügel hinab. Dabei blieben sie noch immer so leise, wie man es ihnen eingeschärft hatte. Es war unheimlich, unnatürlich. Ibn Bai sah Gestalten hinfallen. Frauen, die Kinder trugen, wurden niedergetrampelt, doch niemand hielt ihretwegen an. Tatsächlich konnte man in diesem Gedränge gar nicht stehen bleiben. Er und Himmel wurden so schnell den sandigen Hang hinabgeschoben, dass ihre Füße kaum noch den Boden berührten. Unten angekommen, hatte Himmel ihre Tasche verloren, doch es hatte keinen Sinn, kehrtzumachen und sich der nachfolgenden Meute entgegenzustemmen.

Eine Handvoll Männer trieb die Ankommenden hastig die Landeplanke hinauf. Irgendwer rief: »Macht Platz, macht

Platz! Geht unter Deck, nach unten!« Fäuste wurden erhoben und Knüppel geschwungen. Schreie durchbrachen die Stille. Ibn Bai winkte hektisch dem Iblis zu, der am oberen Ende der Planke am Schanzkleid stand und sich an einem Tau festhielt. Alle um ihn herum winkten, um seine Aufmerksamkeit zu erregen, er drohte in einem Meer aus Händen zu ertrinken. Ein Ellbogen krachte an Ibn Bais Nase. Es knackte, und er spürte, wie ihm heißes Blut über die Oberlippe rann. Himmel schrie etwas. Er versuchte sich zu ihr umzudrehen und klammerte sich an jemanden, um nicht von ihr abgetrieben zu werden. »Halt dich an mir fest«, rief er ihr zu.

Ibn Bai zog Himmel vor sich hin und versuchte, sie gegen die Fäuste und Tritte der Nachfolgenden abzuschirmen, während eine Woge aus Leuten sie die Landeplanke hinauf und an Deck trug. Sie drängten sich bis zum Bug durch. Dort pressten sie sich ans Schanzkleid und blickten auf den Strand hinunter, wo sich die Menge nicht lichtete, sondern immer weiter anwuchs.

»Legt ab, legt ab …« Von wem kam der Ruf, von den Passagieren oder der Besatzung? Ibn Bai sah, dass der Iblis und seine Männer die Menschen an der Planke mit ihren Knüppeln zurückschlugen.

Am Strand drängten derweil die Nachzügler auf den Anlegesteg. Die Leute vor ihnen versuchten, sie zurückzuhalten, doch sie hatten keine Chance und fielen ins Wasser. Eine schreiende Frau warf ihren Säugling in Richtung Schiff. Auch andere Bündel wurden geworfen, doch sie fielen ins aufgewühlte Meer. Dutzende ertranken, aber niemand kümmerte es. Andere versuchten an der Bordwand hinaufzuklettern, wurden jedoch zurückgestoßen, nicht von der Schiffsbesatzung, sondern von Passagieren.

Himmel wurde gegen ihn gedrückt. »Blutest du?«

»Meine Nase. Nicht so schlimm. Es ist nur meine Nase.«

»Es sind zu viele.«

»Sobald wir auf dem Meer sind, werden sie uns auf ein größeres Boot verfrachten.«

Die Wolken rissen auf, und Mondlicht fiel auf den Strand. Ibn Bai sah, wie sich der Iblis und seine Männer mit ihren Knüppeln einen Weg durch die wogenden Massen und den Pfad hinauf bahnten. Dann schoben sich die Wolken wieder zusammen, und es wurde erneut dunkel. Himmel umarmte ihn und schrie ihm ins Ohr: »Es wird kein anderes Boot geben. Wir werden mit diesem hier untergehen.«

»Nein«, sagte er, »der Iblis hat es mir versprochen. Auf hoher See wartet ein richtiges Schiff auf uns.« Aus dem Mund des Iblis hatte es ganz vernünftig geklungen. Jetzt konnte Ibn Bai jedoch kaum glauben, dass er darauf vertraut hatte.

»Wir müssen zurück, Vater.«

Hinter ihnen ertönten Befehle, das große Segel wurde gehisst und knallte im Wind. Die Dau kippte auf eine Seite. Das Meer stieg an der Bordwand hoch und war schon bald nur noch eine Handbreit vom Schanzkleid entfernt.

»Jetzt, wir müssen jetzt sofort verschwinden!«, kreischte Himmel. Sie löste sich aus seiner Umklammerung, stieg aufs Schanzkleid und ließ sich ins Meer gleiten. Er rief ihren Namen, doch seine Stimme ging im Lärm unter. Eine Hand packte ihn hinten am Kaftan und riss ihn von seiner Tochter fort. Er trat verzweifelt aus und stürzte sich ebenfalls ins Meer. Erst als er Salzwasser schluckte und würgend um sich schlug, fiel ihm wieder ein, dass er gar nicht schwimmen konnte.

Eine andere Hand, klein, stark, zog ihn nach oben … Während das Meer in ihn hinein und durch ihn hindurchfloss, senkte sich Dunkelheit auf ihn herab. Er glaubte, die Monde durch fließendes Wasser schimmern zu sehen. Dann traf ihn ein Schlag.

»Vater … Papa … Sieh mich an …«

Die Stimme drang wie aus weiter Ferne zu ihm. Ein weiterer Schlag, und er holte tief Luft.

»Mach die Augen auf. Bitte.«

Er klammerte sich an einem Felsen am Rand der Bucht fest, und Himmel hielt ihn nach wie vor fest.

»Du kannst ja schwimmen«, stieß er absurderweise aus.

Sie lachte. »Akiba hat es mir beigebracht.«

»Das wusste ich ja gar nicht.« Er weinte – weil ihre Flucht fehlgeschlagen war, weil er nicht nur Himmel und ihr Kind, sondern auch Ila hängen gelassen hatte. Weil alles verloren war.

»Schon gut, Vater, uns wird etwas anderes einfallen. Alles wird gut.«

Der Iblis und seine Männer hatten den Strand verlassen. Die Dau war aus der Bucht geschlingert. Der Wind schwoll an und versetzte das Meer und den Teppich aus Toten, der darauf trieb, in Bewegung. Dutzende Leichen. Jene, die man zurückgestoßen hatte, andere, die gesprungen waren, und herzzerreißend junge Kinder, die von Eltern, die auf das Mitgefühl von Fremden gezählt hatten, zum Schiff geworfen worden waren – obwohl sie doch hätten wissen müssen, dass es in Tumanbay kein Mitgefühl mehr gab. Die Überlebenden, die Zurückgelassenen, erklommen wieder den Pfad und machten sich auf den Rückweg zur Stadt. Ein paar blieben jedoch auf dem Strand. Sie sammelten Treibholz, entfachten Feuer und nahmen schweigend darum Platz. Es gab nichts mehr zu sagen.

TEIL 2

KAPITEL 9

Manel

Ein schlanker junger Mann balancierte mit erhobenem Arm geschickt ein Tablett voll leerer Teller und Tassen zwischen den Tischen hindurch. Unterwegs blieb er kurz bei einem allein sitzenden Gast stehen.

»Wir schließen jetzt«, sagte er und fügte hinzu: »Wegen der Ausgangssperre.«

Der Mann legte zwei Münzen auf den Tisch und verließ das Café.

Der junge Kellner räumte seine Tasse, das Glas und den Teller ebenfalls ab und trug das Tablett in die Küche. »Das ist für heute alles«, sagte er zu Harkon, dem Wirt, einem untersetzten Mann, der sich über die Spüle beugte und mit den Armen im Seifenwasser herumrührte. Dann ging er wieder hinaus und stapelte die Stühle aufeinander.

Einen Moment später kam auch Harkon heraus. Er trocknete sich die Hände an einem Tuch ab, nahm Platz und starrte die leere Straße an. »Früher war es hier immer gedrängelt voll«, sagte er wehmütig. »Jetzt verdiene ich nur noch die Hälfte.«

»Und zahlst auch nur die Hälfte.«

Harkon schnaubte und begann, seine liebste Shisha mit einer Mischung aus Beifuß und Lavendel zu stopfen. »Findest du irgendwo eine bessere Arbeit?«, fragte er leise und bedachte den jungen Kellner mit einem Seitenblick. »Es gibt nicht viele, die ein Mädchen einstellen würden, auch wenn es sich als Junge verkleidet.«

»Glaubst du etwa, die Stadt wäre nicht voll von Frauen, die Männerarbeit erledigen, seit die meisten Männer tot oder versklavt sind?«

»Wohl wahr. Die Stadt ist nicht mehr so, wie ich sie kenne. Dir geht es sicher genauso, wo immer du ursprünglich herkommst.«

»Nach so etwas fragt heute keiner mehr.«

»Oder wir beten darum, dass niemand uns danach fragt«, sagte er. In einer der Feuerschalen war immer noch etwas Glut. Harkon nahm eine Zange, holte ein Stück Kohle heraus und blies vorsichtig darauf. Als es wieder zu glimmen begann, legte er es vorsichtig mitten auf die getrockneten Kräuter. Schon bald würden die neuen Machthaber auch das Pfeifenrauchen, eine seiner wenigen verbliebenen Freuden verbieten. Harkon führte das Mundstück an die Lippen und inhalierte tief. Im nächsten Moment ließ er sich mit geschlossenen Augen zurücksinken und verschwand an einen anderen Ort oder besser gesagt in eine andere Zeit, als das Café Schwarze Katze noch eines der beliebtesten Nachtlokale in der Stadt gewesen war. Ein Ort, an den man kam, um den neuesten Klatsch zu hören und die angesagte Mode zu sehen, um die Gesellschaft von Tumanbays berüchtigtsten Tunichtguten und klügsten Köpfen zu genießen. Er schlug die Augen wieder auf und sah, dass das Mädchen abwartend vor ihm stand. Sie hatte sich ihren Mantel übergestreift – ein schweres vielfarbiges Kameltreibervlies, in dem sie wie ein ganz gewöhnlicher Junge aussah.

»Bist du fertig?«, fragte er.

»Dein Stuhl ist der einzige, der noch reingebracht werden muss.«

»Das mach ich selbst. Es wird allmählich spät, und du solltest dich nach Beginn der Ausgangssperre besser nicht draußen erwischen lassen.«

Sie nickte. »Dann mach ich mich mal auf den Weg.«

»Sei vorsichtig. Man weiß nie, was diese verdammten Rebellen als Nächstes tun. Hier ein Feuer, da ein Toter. Und die Patrouille kann jeden anhalten.«

»Du machst dir zu viele Sorgen«, sagte sie, während sie sich hinkniete und respektvoll seine Füße berührte. Dann drehte sie sich um und ging davon.

»Ich lebe schon zu lange, um mir keine zu machen«, rief er ihr nach. Er nahm einen weiteren Zug von seiner Shisha und sah zu, wie ihre Gestalt mit der Dunkelheit verschmolz, bis sie nicht mehr zu sehen war. Harkon spürte, dass sie nicht nur irgendein Mädchen aus der Stadt war, das sich den Lebensunterhalt verdienen wollte. Sie war etwas Besonderes und verfolgte irgendein Ziel.

Manel ging mit gesenktem Blick. Vor ihr fiel Licht aus einer offenen Tür, und sie sah drei Gestalten. Eine spähte in das Gebäude, die beiden anderen warteten bei einem Gefangenentransporter. Manel wechselte die Straßenseite, um ihnen aus dem Weg zu gehen. Während sie das tat, vernahm sie die Stimme einer Frau. »Warum kommt ihr nicht morgen früh, wenn mein Mann wieder da ist?«

Manel blickte hinüber und sah, wie eine massige Frau im Nachthemd von einem Soldaten der Stadtwache aus dem Haus gedrängt wurde. Hinter ihr standen ein paar verängstigte Kinder im Flur. Die Frau versuchte, ruhig zu bleiben, doch Manel spürte ihre wachsende Panik. »Mein Mann ist nicht hier«, versuchte sie zu erklären. »Ich weiß nicht, wo er steckt. Bitte … wir sind gute Menschen.«

»Natürlich seid ihr das«, sagte der Soldat und schob sie zum Wagen. »Komm einfach mit. Dann klären wir alles auf.«

»Fass meine Kinder nicht an«, rief sie einem zweiten Soldaten zu, der die Kleinen zur Tür führte.

»Geh nicht nach draußen, Mikah«, wies sie ihren Ältesten an. »Du bleibst und kümmerst dich um die anderen.« Doch der Soldat hatte ihre Kinder bereits auf die Straße gedrängt und trieb sie ebenfalls zum Wagen. »Nein!« Die Frau riss sich los und schlang die Arme um sie.

Manel ging weiter. Hausdurchsuchungen waren in der ganzen Stadt an der Tagesordnung. Es hatte keinen Sinn, sich einzumischen. Die Stadtwache bestand aus Bürgern von Tumanbay, die sich Maya angeschlossen hatten und nun herumzogen und alle verhafteten, die auf ihren Tagesbefehlen vermerkt waren. Man konnte nicht vernünftig mit ihnen reden. Sie handelten aus Angst und Selbsterhaltungstrieb und taten zum Beweis ihrer bedingungslosen Loyalität zum neuen Regime alles, was man von ihnen verlangte.

Mit zusammengebissenen Zähnen ging sie schneller, um so rasch wie möglich von diesem Ort wegzukommen, doch eine kleine Gestalt, ein Junge, schnitt ihr den Weg ab und schlang fest die Arme um ihre Hüften. »Hilf uns, bitte, hilf uns …« Er war acht oder neun Jahre alt und sah mit schreckensgeweiteten Augen zu ihr auf.

Sie nahm seine kleinen Hände und löste sie von ihrem Mantel. Das Kind begann zu kreischen, wie eine verletzte Katze.

Ein Wächter kam herbei. »Geh weiter und misch dich nicht ein, Bürger.«

»Nein, natürlich nicht«, sagte Manel und wich mit erhobenen Händen zurück.

»Du musst schnell nach Hause, Bruder. Demnächst beginnt die Ausgangssperre.«

Manel nickte.

»Friede sei mit dir, Bruder«, murmelte der Wächter und zerrte das Kind weg.

»Und mit dir«, sagte Manel, die Augen fest auf das Kind gerichtet.

Sie wartete und sah zu, wie die Familie in den Käfig auf der Ladefläche des Wagens gestoßen wurde. Die Kinder hörten nicht auf zu heulen. Kein Nachbar war herausgekommen, um nachzusehen, was hier los war. Die Straße war vollkommen leer, bis auf den Wagen, der nun mit seiner Fracht aus menschlichem Elend losfuhr, und den Soldaten, die einen frommen Gesang anstimmten, während sie zur nächsten Verhaftung aufbrachen.

Manel gelangte an eine Kreuzung und ging nach links auf einen Platz. Die Läden, die ihn säumten, waren geschlossen. Vor dem Untergang der Stadt waren sie bis Mitternacht oder sogar noch länger geöffnet gewesen, wenn Kunden kamen und etwas kaufen wollten. Sie blieb stehen und sah sich um. Obwohl sie ganz allein war, hörte sie ein Geräusch, ein eigenartiges Klicken. Erst nach einer Weile merkte sie, dass es von den Schnallen ihres Mantels stammte. Sie zitterte vor Zorn und konnte nichts dagegen tun. Ihr war so eng um die Brust, dass sie kaum atmen konnte. Sie hockte sich an eine Wand, schnappte nach Luft und versuchte, sich zu beruhigen.

Nach einer Weile bemerkte sie eine Bewegung und blickte

auf. Auf der anderen Seite des Platzes war jemand stehen geblieben und sah in ihre Richtung. Sie wusste nicht, ob er sie sehen konnte, da sie im Schatten verborgen war, doch er schien den Blick über die Ladenreihe gleiten zu lassen und nach irgendetwas oder jemandem zu suchen. Vorsichtig stand sie auf. Da Verstöße gegen die Ausgangssperre streng geahndet wurden, musste sie dringend nach Hause.

Manel schlich zu einer schmalen Passage. Dort angekommen, drehte sie sich noch einmal um und sah zum Platz zurück. Der Mann war verschwunden.

Rasch ging sie durch das Gewirr aus kleinen Straßen und engen Gassen. Hier kannte sie sich aus und würde schon bald in der Hütte sein, die sie und ihre Mutter bewohnten. Ihre Mutter würde sie mit Fragen über ihren Tag löchern, von denen sie keine einzige beantworten wollte.

Manel hielt an und lauschte. Hatte sie nicht gerade Schritte gehört? Sie sah sich um und spähte ins Zwielicht. Nein, es war nur das Wasser, das die schräge Gasse herabrann, und der Wind, der zwischen den überfüllten Baracken seufzte. Manel erklomm eine wackelige gewundene Treppe. Die Häuser, an denen sie vorbeikam, sahen aus, als könnten sie jeden Moment den Hügel hinunterrutschen – einen von fünf, auf denen die Stadt aufgebaut war. Einige Gebäude waren mit Sparren abgestützt und fest vertäut oder mit Ketten verankert.

Die Spitze des Hügels war flach und unbewohnt. Hinter einer teilweise verfallenen Mauer sah man einen Garten und einen Tempel aus Zedernholz. Dieses Bauwerk war einzigartig in der Stadt. Seine sieben Seiten führten in immer kleineren Stufen bis zur silbernen Mondsichel an der Spitze hinauf. Sie kannte den Tempel seit ihrer Kindheit. Damals hatte er sich in einem jämmerlichen Zustand befunden. Viele Schnitzereien waren zersplittert und verrottet gewesen, und jemand hatte die Silberbeschichtung des Monds entfernt. Doch offenbar hatte Maya Gefallen an dem Tempel gefunden, denn nun war er eingerüstet und wurde restauriert und neu gestrichen.

An den Stellen, wo die Wand eingestürzt war, gab es ebenfalls Anzeichen für Reparaturarbeiten: Eimer, Stapel aus unbehauenen Steinblöcken, Hämmer und Flachmeißel, Leitern und Mörtelsäcke. Das Material wurde nicht bewacht, aber das war auch nicht nötig, da seit Beginn der Besatzung kaum noch etwas geklaut wurde. Dafür hatten die Hände von mehreren Hundert Dieben gesorgt. Sie waren amputiert und ans Osttor genagelt worden, wo jeder sie sehen konnte.

Manel schlüpfte durch einen Mauerdurchbruch und ging seitlich am Tempel entlang. Nach ein paar Metern blieb sie stehen. Vor ihr stand wieder der Mann. Diesmal konnte sie ihn genauer ausmachen – ein junger Kerl in einem langen Mantel und mit einem Bart, wie ihn viele Geistliche trugen. Er stand mitten auf dem Pfad und versperrte ihr den Weg.

Sie wirbelte herum und zwängte sich durch die Mauer zurück. Draußen hastete sie zum oberen Treppenabsatz und rannte die Stufen so schnell hinunter, dass sie fast ins Stolpern geriet. Unten angekommen, schnappte sie kurz nach Luft und lief dann schnell in das Labyrinth aus schäbigen Baracken hinein. Hier drinnen würde sie ihren Verfolger leicht abhängen können. Sie seufzte erleichtert und riskierte einen Blick zurück. In einem schmalen Spalt zwischen zwei Hütten stand ein dunkler Umriss. Der Mann rief: »Halt, bleib stehen!«

Sie rannte weiter, sprang über eine Mauer und riss eine Wäscheleine mit sich. Dann setzte sie über eine weitere Mauer hinweg und bog in eine Gasse, die sich als offener Abwasserkanal erwies. Sie lief platschend darin entlang, überwand erneut eine Mauer und schlitterte in einer Lawine aus Geröll und Erde einen Hang hinab, bis sie unten heftig mit dem Knie aufschlug. Sie schrie auf und humpelte unter eine niedrige Brücke.

Manche Leute glaubten, dass an solchen Orten nach Einbruch der Dunkelheit Dämonen und noch Schlimmeres hausten, doch sie wusste es besser. In der Finsternis versammelten sich die Verlorenen, die Sterbenden, die Verzweifelten und wer sonst noch einen Unterschlupf benötigte – so wie in diesem Moment sie.

Manel lehnte sich gegen die Wand und versuchte, wieder zu Atem zu kommen. Jemand knallte gegen sie und riss sie zu Boden. Gleich darauf zog er sie wieder hoch und schmetterte sie gegen die gewölbte Wand.

»Nimm die Hände von mir«, spie sie aus. »Ich habe nichts verbrochen.«

»Und wieso bist du dann davongerannt?« Er war fast genauso außer Atem wie sie.

»Lass mich in Ruhe!« Sie gab sich Mühe, nicht zu laut zu schreien.

»Wieso bist du davongerannt?« In seiner Faust schimmerte ein Messer. War er ein Dieb? Sie hatte nichts Wertvolles dabei.

»Ich hatte Angst, wegen der Ausgangssperre. Alle rennen davon.«

»Nicht alle«, entgegnete er. »Nur wer etwas zu verbergen hat.« Er schob sein Gesicht dicht an ihres heran und musterte sie eingehend, bevor er hinzufügte: »Manel, Tochter von General Qulan.«

Manel hatte gewusst, dass so etwas passieren würde. Maya

hatte überall in der Stadt Spione. Sie sahen ganz normal aus und trugen weder schwarze Kaftane noch Uniformen. Sie waren Nachbarn oder einfach nur der Junge vom anderen Ende der Gasse – bis sie es auf einmal nicht mehr waren. Die Besatzer suchten nach der Frau und der Tochter des größten Generals von Tumanbay, seit diese untergetaucht waren. Daher war es nur eine Frage der Zeit gewesen, bis man sie entdeckte.

»Wir halten schon eine ganze Weile nach dir Ausschau«, sagte der junge Mann, der sie immer noch festhielt. »Ich lasse dich erst los, wenn du aufhörst, dich zu wehren.«

Als Manel nickte, löste er sich von ihr.

»Ich werde dir nicht wehtun«, sagte er. »Ich will nur mit dir sprechen.«

»Worüber?«

»Wir wollen dir helfen.«

»Helfen? Ich brauche keine Hilfe von …« Sie spürte seine Hand auf dem Mund und das Gewicht seines Körpers, als er sie unter die Brücke zurückschob. Dort hielt er sie erneut einen Moment lang fest und lauschte angespannt. Manel konnte sich weder bewegen noch atmen. Schließlich hörte sie klirrende Rüstungen und das Geräusch von vielen Stiefeln, die über sie hinwegmarschierten. Als die Schritte verklangen, lockerte er seinen Griff wieder.

»Tut mir leid, aber ich kann kein Risiko eingehen.«

»Wer bist du?«, fragte sie. »Ich verstehe nicht, was das soll.«

»Natürlich nicht. Wie auch? Du bist auf dich allein gestellt. Es ist ein Wunder, dass du und deine Mutter noch nicht verhaftet wurdet. Wenn wir euch finden können, dann schaffen die Besatzer es auch. Ihr seid in großer Gefahr.« Er trat einen Schritt zurück. »Lauf nicht weg, wenn ich dich loslasse. Abgemacht?«

Als sie nickte, stand er langsam auf und klopfte den Staub von sich ab.

Als er den Kopf kurz zur Seite drehte, um auf die Straße hinauszuschauen, rannte Manel los. Blitzschnell stellte er ihr ein Bein. Dann zog er sie wieder vom Kopfsteinpflaster hoch und zog sie in die Deckung zurück. »Vor zwei Monaten hast du vor dem Palasttor Mayas Banner verbrannt. Letzte Woche hast du verdorbenes Öl in den Blauen Brunnen gekippt. Und seit ein paar Abenden gehst du immer diesen Umweg am Maydantempel vorbei. Was hast du dort vor? Willst du ihn anzünden?«

»Nein.«

»Wir wissen genau, was du tust, uns interessiert nur, warum du es machst.«

»Sie haben meinen Bruder und meinen Vater getötet.«

»Das ist heutzutage nichts Besonderes.«

»Ich hasse sie!«, stieß sie bitter hervor.

»Genug, um im Kampf gegen sie zu sterben?«

»Mein Leben bedeutet mir nichts.«

»Dann sorge dafür, dass es Tumanbay etwas bedeutet. Schließe dich unserem Kampf an.«

»Und wer seid …« Sie verstummte abrupt. Unter der Brücke konnten sie die Monde nicht sehen, aber das Licht, das auf einmal hereinschien, stammte nicht von ihnen. Es war erst warm, dann heiß. Sie drehten sich gleichzeitig um und sahen zum Himmel hinauf. Es war, als wäre aus dem Nichts eine völlig verkehrte Dämmerung angebrochen. Sie stieg im Westen herauf und hatte eine Farbe, die nichts mit dem Morgengrauen zu tun hatte.

KAPITEL 10

Gregor

Feuer am Himmel.

Es kam aus dem Westen und zischte an den Mondsicheln vorbei, ein blendendes Licht, begleitet von einem Rauschen wie von Schmelzwasser im Frühling, nur lauter. Die Leute hielten sich die Ohren zu und kauerten sich hin, während der Feuerball über den Nachthimmel brauste. In den Straßen ertönten Schreie. War das Gottes Zorn, der da brennend vom Himmel fiel? Und es kam noch mehr, wieder aus dem Westen, ein Licht, zu grell, um es anzuschauen. Ein ganzes Bündel von Lichtern, geschmolzene Steine aus Gottes Hand. Sie brachen, noch immer brennend, auseinander und verschwanden im Osten.

Gregor spähte hoch, als ein weiteres Lichtbündel über ihn hinwegbrauste, und dachte: *Der Himmel brennt. Die Nächte in Tumanbay sind noch eigenartiger als die Tage. Die Sterne fallen vom Firmament, und vielleicht wird auch der Himmel selbst herabstürzen.*

»Schlagen sie auf der Erde auf?«, fragte der Regent. »Wo gehen sie nieder? Verlöschen sie?«

Sie standen auf dem Balkon von Rots Privatgemächern.

Cadali, der in dem schrecklichen Licht noch blasser aussah als sonst, erwiderte: »Hinter der Stadt. Ich glaube, hinter den Hügeln. Vielleicht in den Sümpfen.«

Rot sah einem Feuerball nach, der über sie hinwegflog. Sein Blick war berechnend und neugierig. Er wirkte weder ängstlich noch abergläubisch, dachte Gregor. Dieser Mann war ein Rätsel. Er war zwar ein ergebener Diener Mayas, jedoch ganz anders als der Inquisitor und sein Haufen Geistlicher.

»Sie sind auf ihre ganz eigene Weise schön«, sagte Rot. »Und erschreckend. Was wäre, wenn einer von ihnen hier zwischen uns herunterfiele? Wie groß sind sie?« Er deutete auf einen weiteren, der in eine Lichtaura gehüllt und mit einem grellen Schweif in der Ferne verschwand. »Bestehen sie ausschließlich aus Feuer, oder haben sie einen festen Kern?«

Das Feuer der Schöpfung …?

Rot wandte sich zu Gregor um. »Ein interessanter Gedanke, Kommandeur.«

»Entschuldigung, Effendi«, sagte Gregor. »Mir war gar nicht klar, dass ich laut gesprochen habe.«

»Das ist für einen Mann, der Geheimnisse für sich behalten muss, eine beunruhigende Eigenschaft, Gregor«, erwiderte Barakat ruhig.

Gregor lachte. »Ich habe keine Geheimnisse mehr, Eure Heiligkeit.«

»Alle Menschen haben Geheimnisse, mein Freund. Solche, die sie verbergen, und andere, die sie nicht verbergen können, da sie selbst nichts von ihnen wissen. Letztere sind diejenigen, die wir aufspüren und ans Tageslicht zerren müssen.«

Rot ignorierte ihn. Der Inquisitor war auf dem Privatbalkon des Regenten eindeutig nicht willkommen. Und dennoch war er hier, fiel Gregor auf. Es gab keinen Ort in der Stadt, zu dem er sich nicht Zugang verschaffen konnte.

»Woher kommen sie, diese feurigen Boten?«, fragte Rot. »Vielleicht sollten wir die gelehrten Doktoren rufen. Möglicherweise könnten sie es uns erklären.«

»Wir sollten besser danach fragen, warum sie kommen.« Barakat schloss die Augen und zitierte: »Keine Blume blüht in dieser Welt, und kein Echsenschatten fällt auf den Sand, die nicht ein Wort Gottes an die Menschen wären.«

Rot sah ihn an. »Ihr solltet diese Passage noch mal nachlesen. Tatsächlich heißt es in der Schrift, dass diese Dinge den Menschen an Gottes Größe erinnern sollen.«

Cadali hob die Hände, sein lächelndes rundes Gesicht sah aus wie ein Ziegenkäse. »Ich bin sicher, der Inquisitor wollte damit nicht sagen, dass ...«

Ein Blick von Barakat schnitt ihm effektiver das Wort ab als das Henkersbeil der Schwarzen Wächter den Kopf eines Ketzers. »Ich bin sicher, Effendi Rot wollte nicht sagen, dass die Dinge einfach so geschehen. Alles, was von Gott kommt, hat einen Grund. Ich glaube, dass er uns vor einer Gefahr in unserer Mitte warnen will. Derjenige, der Augen hat, soll sehen.«

Cadali nickte. »Ah, das ist es. Seine Heiligkeit hat den Nagel auf den Kopf getroffen. Wir müssen alle den Blick nach innen wenden.«

In einer Ecke des Balkons war ein Sofa aufgestellt worden, auf dem Sultan Madu es sich bequem gemacht hatte. Er sah sie an. »Ich wünschte«, sagte er, »ich wünschte, es wäre möglich, im feurigen Licht eines Sterns zu brennen und für immer am Himmel zu leben.«

»Kann es sein, dass sich der Sultan müde fühlt?«, fragte Rot.

»Der Sultan, der große Sultan von Tumanbay fühlt … was immer man ihm sagt, dass er fühlen soll. Was soll ich fühlen, Effendi Rot? Barakat? Bitte, ich vertraue auf Eure Weisheit. Sagt es mir, unterweist mich.«

»Ihr solltet Euch von der Hölle fernhalten, Majestät, und die Dämonen in Euch ziehen lassen«, sagte Rot.

»Wisst Ihr denn nicht, mein Regent, dass die Dämonen das Einzige sind, was mich davon abhält, mir selbst meine wertlose Kehle aufzuschlitzen?«

Rot sah aus, als würde er Madu diese Aufgabe gern abnehmen.

»Cadali«, sagte Gregor, »begleite den Sultan doch zu seinen Gemächern, damit er sich dort ausruhen kann.«

Der Ex-Wesir erkannte sofort seine Chance. Er nahm Madu am Arm, zog ihn vom Sofa hoch und eilte mit ihm davon. Als sie durch die Tür traten, rief der Sultan: »Ich möchte zusehen, wie die Sterne vom Himmel fallen, und um sie weinen.«

»Er findet nach wie vor irgendwo in der Stadt diese Opiate und auch Alkohol«, sagte Barakat. »Es gibt immer noch einiges zu tun.«

Rot blickte auf die Pfeife hinab, die Madu auf dem Sitzkissen zurückgelassen hatte. »Er fürchtet das Leben, aber noch mehr den Tod. Er ist zwischen dem Feuer und dem Eis der Hölle gefangen und schwankt auf der Suche nach Erleichterung unaufhörlich zwischen beiden Extremen hin und her.«

»Ich fürchte, der Sultan weiß nicht zu schätzen, dass Maya ihm die Herrschaft über Tumanbay überlassen hat«, sagte Gregor und bereute sofort seine Worte. Diese eigenartige Nacht hatte ihm die Zunge gelockert, und er war zu weit gegangen. »Ich entschuldige mich, Inquisitor, ich bin nicht sehr wortgewandt. Aber ich tue meine Arbeit. Ich diene Gott, und ich diene Maya.«

Hoch über ihnen flog ein weiteres Bündel Lichter hinweg, die wie kalte Sterne aussahen. In ihrem schwachen Schein waren Barakats Augen, die Gregor betrachteten, nicht zu erkennen. Er hatte das Gefühl gehabt, zu einer Art Einigung mit dem Inquisitor gelangt zu sein und eine funktionierende Beziehung zu ihm aufgebaut zu haben. Doch nun merkte er, dass er rein gar nichts wusste und sich über nichts sicher sein konnte.

Barakat hob einen Zeigefinger, wie er es immer tat, wenn er predigte oder Befehle erteilte. »Sie ist weise, und ihre Wege sind für uns unergründlich. Wir sind Feldarbeiter, die die Ernte einbringen, aber …«

»Ah, von Euch kommt immer ein ›aber‹, Meister Inquisitor«, sagte Rot.

»Aber wir waren nachlässig. Es gibt in der Stadt immer noch Häretiker, von denen wir nichts wissen, sogar im Palast. Jede Nacht brennt es, Tiere werden gestohlen, unsere Patrouillen werden angegriffen. Wir sind hier, um der Wahrheit zu ihrem Recht zu verhelfen, und trotzdem machen Händler immer noch falsche Größen- und Gewichtsangaben. Wir müssen ihnen beibringen, dass ein Betrug an den Menschen auch ein Betrug an Gott ist.«

»Darin stimme ich Euch zu«, sagte Rot. »Wir müssen für korrekte Maße und einen fairen Handel sorgen. Damit werden wir die Bürger für uns gewinnen.«

Mit nach wie vor erhobenem Finger fuhr Barakat fort: »Im Händlerviertel allein gibt es achthundertfünfundvierzig Häretiker. Wir müssen ihnen gnadenlos das Handwerk legen. Was fällt dir dazu ein, Gregor?«

»Achthundertfünfundvierzig? Wie könnt Ihr das so genau wissen?«

»Meine Schreiber notieren die Beschwerden der Leute. Du tätest gut daran, sie zu lesen und entsprechend zu handeln. Wir alle werden immerzu an unseren Taten gemessen, an jedem Tag, in jedem Augenblick – auch jetzt. Die Vergangenheit ...«

»... existiert nicht«, sagte Rot und ging zur Tür, die zu seinen Gemächern führte. »Alle unsere Anstrengungen müssen auf die Zukunft gerichtet sein, wie die Dichter sagen. Ich wünsche Euch eine gute Nacht, Eure Heiligkeit. Passt auf den Stufen auf.« Einer seiner Wächter schloss die Tür hinter ihm zu. Damit war klar, dass Gregor und Barakat auf der Wendeltreppe zum Palast hinuntersteigen mussten. Rot hätte sie den Weg durch seine Gemächer nehmen lassen können, aber damit hätte er es dem Inquisitor natürlich zu leicht gemacht.

Gregor bot Barakat einen Arm an. Der akzeptierte ihn, und sie stiegen gemeinsam in die Tiefe. Unterwegs musste Gregor an eine alte Geschichte denken, die er irgendwo mal gehört hatte, vielleicht während einer Vernehmung.

Sie lautete folgendermaßen:

Eines schönen Tages lernten sich mitten auf der Straße an einem schönen Dunghaufen eine Krähe und ein Käfer kennen. Während sie daran herumpickten und knabberten, stellten sie sich einander vor, und die Krähe begann, – wie es ihrer Natur entsprach – damit zu prahlen, wie toll es sei, eine Krähe zu sein.

»Ich kann über die Berge und Ebenen fliegen«, sagte sie. »Und in alle Häuser, Paläste und auch Bordelle eindringen. Und wenn ich mich dort niederlasse, höre ich zu und lerne dabei vieles. Du wirst also sicher zugeben, mein Freund mit dem schimmernden Rücken, dass ich das weiseste aller Tiere bin.«

»Hmm, kann sein«, entgegnete der Käfer, der damit beschäftigt war,

hübsche kleine Kugeln aus dem Dung zu formen. »Aber vergiss nicht, Effendi Krähe, dass ich in den Schatten krabble und die Katzen kenne, die sich dort verstecken und nur auf eine Gelegenheit lauern, dich in Stücke zu reißen. Im Vergleich dazu bist du ein Nichts.«

Als die Krähe das hörte, machte sie sich vor Angst ins Federkleid.

Schließlich erreichten sie den unteren Treppenabsatz, wo eine Kutsche wartete. Gregor half Barakat hinein.

Sobald der Inquisitor auf der Sitzbank Platz genommen hatte, beugte er sich aus dem Fenster. »Als ich sagte, dass wir alle immerzu geprüft werden, meinte ich das nicht im übertragenen Sinne, Gregor. Du musst jederzeit bereit sein, deine totale Hingabe unter Beweis zu stellen. Und ich warne dich: Was dann von dir erwartet wird, ist nicht das, womit du im Überfluss ausgestattet bist, sondern das Rarste und Wertvollste, was du besitzt. Das ist es, was du Maya geben musst.«

Die Kutsche fuhr ohne ein Kommando ihres Passagiers davon. Gregor blieb stehen und sah zu, wie sie in der Nacht verschwand. Schon bald würde die echte Morgendämmerung den Himmel im Osten golden färben, doch im Moment dominierten noch immer die herabfallenden Feuer den Himmel. Während Gregor zu seinen Gemächern zurückkehrte, dachte er darüber nach, dass er sich in Barakats Gegenwart nie wie der Käfer fühlte.

KAPITEL 11

Cadali

Nachdem sie Rots Balkon verlassen hatten, war Cadali mit dem Sultan in dessen Gemächer im alten, mittlerweile leeren Harem gegangen. Beim Eintreten hatte der Ex-Wesir einen Moment geglaubt, das Echo von Stimmen hören zu können: Gelächter und laute Rufe, glückliches Juchzen von Kindern und all die anderen Klänge, die das Leben ausmachten. Aber nein, die Stille hier drinnen wurde lediglich vom Geräusch des Feuers unterbrochen, das noch immer über den Palast hinwegfegte. Madu ließ sich auf ein Sofa sinken und holte ein kleines Gefäß aus seinem Kaftan. Er kippte sich etwas von dem Pulver darin auf den Handrücken und schniefte es ein.

Cadali zuckte zusammen.

»Ich hasse sie«, murmelte Madu. »Ich hasse ihre Arroganz und ihre dreckigen Hände, mit denen sie unsere Stadt im Griff halten.«

»Und warum tut ihr dann nichts, Majestät?«

»Das ist es, was ich tue.« Madu kippte sich ein weiteres Häuflein auf den Handrücken und saugte es erneut durch die Nase ein. »Was soll irgendwer von uns sonst unternehmen?«

Cadali wollte gehen, aber der Sultan hielt ihn am Kaftan fest. An Madus verrotzter Hand klebte etwas von dem weißen Pulver. Cadali versuchte, ihn nicht zu berühren. Er wollte nichts mit diesem Zeug zu tun haben, vor allem seit der Inquisitor herauszufinden versuchte, woher es stammte. Madu sah ihn mit geröteten Augen an. »Du machst deine Sache gut, Cadali«, murmelte er. »Wenn je eine Zeit für Belohnungen kommt, sorge ich dafür, dass du deine als einer der Ersten empfängst.«

»Weil ich Euch mit Mitternachtsblumen versorge?« Cadali zuckte zusammen, als ein besonders laut tosendes Feuer über sie hinwegzog. Vom Deckenstuck rieselte Staub herab. »Das ist kein gutes Omen, Majestät.«

»Feuer vom Himmel?« Madus Stimme klang dank des weißen Pulvers wieder fester. »Wann wäre das je gut gewesen?«

»Vor allem nicht jetzt und hier, in dieser Stadt. Am Ende von allem. Erkennt Ihr nicht, dass wir etwas unternehmen müssen. Lasst uns fliehen. Hier gibt es keine Zukunft für uns, nur Tod und Zerstörung … Wir müssen … wir müssen …«

»Wir können nicht gehen, Cadali. Ich brauche meine Medizin.«

»Das versuche ich Euch ja zu erklären, Majestät. Ich kann das nicht mehr machen. Ich kann Euch nichts mehr besorgen. Sie überwachen uns die ganze Zeit. Es ist zu gefährlich.«

»Ich bin der Sultan, und ich befehle dir, sie mir zu holen!«

»Und ich bin der Wesir – und schaut uns beide doch mal an. Selbst ausgehungerte Hunde würden sich von uns abwenden.«

»Ich kann ohne das Zeug nicht mehr leben, Cadali.«

Während seines Aufstiegs in der Palasthierarchie war Cadali immer derjenige gewesen, der alles beschaffen konnte. Davon hatte er unter Sultan al-Ghuri, dessen Brüdern und all ihren

Frauen und Ministern stets profitiert. Daher widerstrebte es ihm sehr, Madu zu enttäuschen, aber hier und jetzt musste er eine Grenze ziehen. »Dann müsst Ihr es Euch selbst besorgen. Ihr wisst ja, woher es kommt.« Dieses Problem hatte er zwar nicht mit seiner üblichen Eleganz gelöst, aber er hatte es gelöst.

»Was, ich soll den Palast verlassen?« Madu wurde blass. Ein weiteres Feuer flog über sie hinweg, aber keiner der beiden bemerkte es, da sie nur aufeinander konzentriert waren. »Du hast gesagt, dass sie uns die ganze Zeit überwachen.«

»Wenn Ihr es so sehr wollt, wird Euch schon etwas einfallen. Ich weiß noch gut, dass Ihr nie Probleme hattet, Euch hinauszuschleichen, um den Bädern und Bordellen einen Besuch abzustatten. Sagt ihnen, dass Ihr geht, um Euch einen Segen abzuholen. Den benötigen wir schließlich weiß Gott alle.«

»Das kann ich nicht«, jammerte Madu.

Cadali eilte zur reich verzierten Tür und zog sie auf. »Dann lasst es bleiben, Majestät, und kommt ohne das Zeug zurecht.«

KAPITEL 12

Himmel

Als Himmel die Treppe zum Flachdach ihres Hauses erklomm, zogen immer noch ein paar Feuer über die Stadt hinweg. Am östlichen Horizont zeigte sich das erste Morgengrauen. Ihr Vater spähte nach oben, neben ihm ein optisches Glas auf einem Stativ, das normalerweise in der Bibliothek stand.

»Sie sind schön, findest du nicht?«, fragte er.

»Sind das fallende Sterne?«

»Irgendwo habe ich gelesen, es seien Steine vom Boden des Paradieses, die zur Erde herabstürzen. Ich habe versucht, ihre Flugbahn mit dem Glas zu verfolgen, aber sie sind zu schnell.«

»Weshalb brennen sie?«, fragte Himmel.

»Wer weiß? Vielleicht aus reiner Freude über ihre Existenz. Irgendein weiser Mann muss etwas darüber geschrieben haben. Ich werde später in der Bibliothek nachsehen. Dort gibt es Schriften über den Himmel und die Sterne.«

»Steht denn alles in Büchern, Vater?«

»Ich habe einmal zu Kommandeur Gregor gesagt, dass es nicht nötig sei, alle Informationen über die Welt zu kennen. Man muss nur wissen, wo man sie nachschlagen kann.«

»Vielleicht könnte er uns bei der Suche nach Akiba helfen?«

Ihr Vater sah sie liebevoll, aber auch besorgt an. »Gregor ist ein gefährlicher Mann, selbst in diesen Zeiten. Akiba wollte ihn töten.«

»Aber er hat es nicht getan«, wandte sie ein.

»Nein, er hat etwas gefunden, für das es sich zu leben lohnt.«

»Und jetzt ist er verschwunden.« Ihre Augen füllten sich mit Tränen.

Ibn Bai legte die Arme um sie, und sie weinte, während sich das Kind in ihrem Bauch bewegte. Am Himmel war es endlich ruhig geworden. Die ersten morgendlichen Sonnenstrahlen fielen auf die Stadt. »Akiba ist ein starker Mann. Ihm wird schon nichts passieren.«

»Wenn ich unser Kind zur Welt bringe, will ich ihn dabeihaben. Er muss dabei sein.«

»Na ja, das Boot ist weg. Vielleicht ist es das Beste, wenn wir hier hinter unseren Mauern bleiben. Dann weiß er, wo er uns findet, sobald er zurückkehrt. Und das wird er sicher tun.«

»Und du bist froh« – sie trat zurück und sah ihm in die Augen – »dass du deine Bücher nicht zurücklassen musst.«

»Bin ich das? Vielleicht ja. Sie sind mir das Wichtigste auf der Welt – nach dir und meinem Enkelkind natürlich. Gott segne ihn oder sie. Dieses Kind wird ein großes Geschenk sein. Besser als alle Bücher der Welt. Aber …« Er lächelte, und seine Augen funkelten wie schon seit Monaten nicht mehr. »… ich bin froh, dass ich in meine Bibliothek gehen kann, denn das ist auch ein großes Geschenk. So, jetzt müssen wir vom Dach runter. Der Gebetsruf ertönt …«

Himmels Gesicht verfinsterte sich. »Mayas Anhänger sollen alle verflucht sein.«

»Keine Flüche«, sagte Ibn Bai. »Das Kind soll nicht mit ihnen aufwachsen.« Er nahm die optische Röhre und das dazugehörige Stativ und trug beides umständlich ins Haus hinunter.

Während er damit in die Bibliothek zurückkehrte, begab Himmel sich in den Hauptraum, wo die Zofe gerade Wasser kochte.

»Gibt es auf dem Markt denn immer noch Tee, Ayeesha?«

»Wenn man vor Sonnenaufgang dorthin geht und die richtigen Leute kennt … Ich habe auch günstige Lebkuchen gefunden. Wenigstens haben die Händler mittlerweile alle zu viel Angst, um ihre Kunden zu betrügen.« Die kleinen rechteckigen Kuchen lagen auf einem dekorierten Teller, sie waren mit einer glitzernden süßen Glasur bedeckt. Seit Himmel schwanger war, schmeckten sie ihr besonders gut. Sie nahm einen und biss mit Wonne hinein. »Nimm dir einen, Ayeesha, und schenk dir auch Tee ein. Gegen diese Leute müssen wir alle zusammenhalten.«

»Sie sind mir zu süß, und ich habe bereits einen Tee getrunken, aber vielen Dank, Herrin.« Wenn Himmel den Gesichtsausdruck der Zofe gesehen hätte, wäre sie vielleicht besorgt gewesen, doch sie bemerkte ihn nicht.

»Was ist draußen los?«, fragte sie.

Ayeesha schüttete kochendes Wasser über die Tee- und Pfefferminzblätter. Duftender Dampf stieg auf. »Meine Freundin aus dem Schlachthaus sagt, dass sie junge Männer von den Straßen holen.«

»Wen holen sie und wohin?«, fragte Ibn Bai, der gerade aus der Bibliothek kam. »Lebkuchen! Ayeesha, du bist ein Genie.« Er nahm einen.

»Sie verhaften junge Männer«, sagte die Zofe. »Wer weiß, warum? Vielleicht für Mayas Streitkräfte. Das glaubt zumindest meine Freundin. Sie schicken Karawanen durch die Wüste. Marta meint, dass sie Tumanbay Stein für Stein, Einwohner für Einwohner auseinandernehmen, bis außer Sand nichts mehr übrig ist. Sie sagt, dass deswegen der Himmel einstürzt.«

»Das ist ein sehr verstörender Gedanke, Ayeesha«, sagte Ibn Bai. »Nimm dir doch auch einen Lebkuchen.«

Erneut schüttelte die Zofe den Kopf. Dann entschuldigte sie sich und ließ Ibn Bai und seine Tochter allein zurück.

»Glaubst du, dass das stimmt, Vater?«

»Diener wissen oft mehr als ihre Herren. Ayeesha mag nicht sehr gebildet sein, aber sie ist klug. Ich frage mich, ob sie sich fürs Bleiben oder fürs Weggehen entscheiden würde.«

»Du hast doch gesagt, dass keine Boote mehr auslaufen.«

»Möglicherweise gibt es ja noch andere, sicherere Fluchtwege. Vielleicht sollte ich mit einem Karawanenführer …« Als er ihren Gesichtsausdruck sah, erstarben ihm die Worte auf den Lippen.

»Wir werden abwarten, Vater. Wir warten auf Akiba. Ich weiß, dass er kommen wird.«

KAPITEL 13

Gregor

Früher hatte Gregor den Markt sehr gemocht. Es war ein Vergnügen gewesen, sich in das Gedränge zu stürzen, wo Kunden sich gegenseitig wegschubsten, um an die besten Früchte zu kommen, und mit den Händlern um die niedrigsten Preise feilschten. Es war ein Wettkampf gewesen, an dem sich sowohl die Käufer als auch die Verkäufer mit großem Genuss beteiligt hatten – so etwas wie der Nationalsport von Tumanbay, beliebter noch als Pferderennen, Ringen und die Falkenjagd. Nicht zuletzt, weil jeder daran teilnehmen konnte: Männer und Frauen, Diener und Kinder. Damals hatte niemand den zuerst aufgerufenen Preis gezahlt. Doch nun herrschten strengere Sitten. Die Preise und Gewichte mussten deutlich sichtbar sein, und die Gespräche zwischen Verkäufern und Kunden verliefen ruhig und gesittet. Selbst die Taschendiebe und die Jugendlichen, die Schnüre mit Haken von den überhängenden Dächern und Balkonen baumeln ließen, um die Geldbörsen der Passanten zu angeln, waren verschwunden.

Gregor stellte den Kragen seines Kaftans auf. Er zitterte, aber nicht wegen der Kälte. Er beobachtete, wie sich eine Patrouille aus freiwilligen Wächtern näherte. Sie wurden von einem Geistlichen angeführt. Er blieb bei einem Brotstand stehen und ließ den finsteren Blick über die ausgestellten Waren gleiten. Die Umstehenden merkten, dass gleich etwas passieren würde, und auch Gregor trat dichter heran.

Der Eigentümer des Stands lächelte freundlich. »Wie kann ich dir dienen, Heiligkeit?«

Der Geistliche deutete auf einen Brotlaib. »Der da.«

»Natürlich. Soll ich ihn wiegen?«

Der Geistliche nickte, und der Händler legte das Brot auf eine Waage. Er lächelte erneut, diesmal entspannter. Offensichtlich war das angegebene Gewicht korrekt. Der Geistliche winkte seinen Feldwebel und einen der anderen Männer nach vorn. Der Wächter holte eine zweite Waage aus der Tasche, und der Feldwebel legte den Laib in ihre Kupferschale. Der Händler erblasste und stieß einen leisen Klagelaut aus. Die Nadel zeigte ein zu geringes Gewicht an. Er nahm den Laib und drückte ihn an sich wie einen Säugling. »Effendi, ich schwöre, dass ich das nicht wusste. All meine Brote sind ehrlich deklariert, das schwöre ich. Ich schwöre vor Gott, dass …«

Der Geistliche wandte sich zur Menge um. »Ergreift ihn und nehmt die Brotlaibe. Sie werden alle untersucht. Es ist ein Verbrechen, die Menschen hereinzulegen.«

Der Händler versuchte davonzulaufen, doch die Leute hielten ihn für die Wächter fest.

Gregor nutzte die Gelegenheit, um sich in eine enge Gasse zu verdrücken. Falls irgendwelche Spione auf ihn angesetzt waren, würden sie ihn in diesem Chaos gewiss aus den Augen verlieren. Als sich die Lage wieder beruhigte, saß er bereits mit einem halben Dutzend anderer unbescholtener Gäste im Café Schwarze Katze.

Harkon, der Wirt, kam herbei. »Was kann ich dir servieren, Effendi? Süße Datteln, Honiggebäck aus den Ebenen, Tee, süßen Tee, Pfefferminztee, Safrantee, süßen Kaffee, Kaffee, der trockener ist als die weit entfernten Wüsten und dunkler als …« Gregors Blick ließ ihn mit erhobener Augenbraue innehalten.

»Dunkler als was …?«, fragte Gregor.

»Als die Nacht, Effendi, dunkler als die schwärzeste Nacht. Genau das Richtige für einen Prinzen wie dich.«

»Ich glaube, ich nehme nur einen Pfefferminztee.«

»Sehr wohl, Effendi.« Harkon eilte davon. »Junge, Pfefferminztee für Seine Ehren«, rief er und klatschte in die Hände. »Lass unsere Gäste nicht warten.«

Gregor lächelte über das Getue, schließlich saß er noch nicht lange an seinem Tisch. Immerhin eine kleine Erinnerung an das alte Tumanbay.

Als der Junge schließlich den Kessel, die Tasse und ein Glas kaltes Wasser brachte, beugte Gregor sich zu ihm vor. »Dein Vater lebt, Manel.«

Sie schenkte den Tee ein, ohne einen Tropfen zu verschütten. Offenbar hatte sie sich gut im Griff. Ihre Antwort klang trotzig, als wäre sie tatsächlich ein heranwachsender Junge: »Willst du Zucker in den Tee?«

»Manel«, flüsterte er, »ich bin nicht dein Feind.«

»Einen Mandelkuchen, Effendi? Ein paar Stücke haben wir noch.«

»Ich muss mit deiner Mutter sprechen.«

»Kein Kuchen? Wäre das dann alles?«

»Ich muss mit ihr reden. Um deines Vaters willen.«

»Beeil dich, wir haben auch noch andere Kunden«, rief Harkon hinter der Theke hervor.

»Nach der Arbeit«, sagte Gregor. »Ich werde am Ende der Straße auf dich warten.«

Sie ging, ohne zu antworten, rasch zu einem anderen Gast. Gregor fragte sich, ob er zu ihr durchgedrungen war. Sie hatte keinen Grund, ihm zu vertrauen, aber er hatte ihr eine wichtige Neuigkeit überbracht: Qulan lebte! Wie sehr sie ihrem Vater doch ähnelte. Das gleiche rechtschaffene Pflichtgefühl. Aber der Ast, der sich dem Sturm widersetzt, bricht, während der biegsame Grashalm überlebt. Gregor trank seinen Tee aus, legte Geld auf das Tablett und ging.

Er wartete wie angekündigt an der Ecke, wusste aber nicht, ob sie kommen würde, schließlich konnte sie auch auf anderen Wegen nach Hause zurückkehren. Doch der Samen war gesät: Ihr Vater lebte. Was immer sie für Gregor empfand, darüber würde sie mehr herausfinden wollen.

Der Himmel war wolkenlos, die Monde wurden mit jeder Nacht voller. Es hatte keine herabfallenden Feuer mehr gegeben. Die Straßen waren leer und abgesehen von den Patrouillen und den Rufen der Wächter ruhig.

Kurz vor Beginn der Ausgangssperre ging sie vorüber, und er schloss sich ihr an. Sie beachtete ihn nicht.

»Manel …«

»Ich bin nicht an einem Gespräch mit dir interessiert, Onkel. Du hast Tumanbay verraten.«

»Habe ich das?«

Zum ersten Mal sah sie kurz zu ihm herüber. Sie hatte die Augen ihres Vaters und den gleichen vorwurfsvollen Blick. Er streckte die Hand aus …

»Fass mich nicht an!« Sie zuckte zurück, als wäre er eine Giftschlange.

Gregor zog die Hand zurück, und sie ging weiter. Er folgte ihr.

Eine ganze Weile lang sagte sie gar nichts, doch er wusste, dass ihre Neugier und die Liebe zu ihrem Vater ihr früher oder später die Zunge lösen würden.

»Na gut, Onkel, da du ständig durch den Palast kreuchst, kannst du mir also etwas über meinen Vater erzählen.«

»Wie gesagt: Er lebt. Zumindest noch.«

»In einer Zelle.«

»Vielleicht sollte ich dir nicht erzählen ...«

»Aber du wirst es natürlich trotzdem machen. Tu doch nicht so, als würdest du auf meine Gefühle oder die meiner Mutter Rücksicht nehmen.«

Sie bog abrupt von der Straße in eine schmale Gasse ab, die zum alten Schlachthofviertel hinaufführte. Er hatte schon länger vermutet, dass sie und ihre Mutter dort untergeschlüpft waren, wo Mayas mörderische Herrschaft noch nicht endgültig Fuß gefasst hatte. Er roch den Gestank von Fleischabfällen und hörte Jauche zum großen Abwasserkanal hinunterfließen.

»Sie führen ihn ständig zu seiner Hinrichtung ab und bringen ihn dann wieder in seine Zelle zurück. Sie glauben, ihn auf diese Weise brechen zu können.«

»Dann sind sie Idioten.« Sie sprach ganz ruhig, während sie den Hang mühelos hinaufstieg. Gregor spürte dagegen, wie ihm eng um die Brust wurde. Er war nicht mehr so jung und ausdauernd wie früher.

»Du hast dich verändert«, keuchte er, während er mit ihr Schritt zu halten versuchte.

»Inwiefern, Onkel?«

»Was ich sage, scheint dir gar nichts auszumachen.«

»Ist dir noch nicht aufgefallen, dass sich alles verändert hat, Onkel? Was sollen wir denn tun? Uns hinlegen und auf das Schlaflied des Sandvogels warten? Hast du das nicht immer zu uns gesagt, als wir noch Kinder waren?«

Einen Moment lang sah Gregor vor sich, wie seine Nichte sorglos durch den Obstgarten auf Qulans Anwesen rannte und ihren Bruder Pesha jagte. Ihr Gelächter klang ihm in den Ohren. Doch nun starrte Manel ihn mit einem kalten, desinteressierten Blick an.

Nach einer Weile blieben sie inmitten des Straßenlabyrinths vor einer der vielen gleich aussehenden Lehmhütten stehen. Manel klopfte in einem bestimmten Rhythmus an die Tür, offensichtlich ein Signal, dass die Luft rein war. Sie sah sich um und rief: »Ich habe jemanden mitgebracht. Onkel Gregor. Lass uns bitte ein.«

Gregor hatte Pushkarmi seit der Niederlage nicht mehr gesehen, als er ihr und Manel geraten hatte, ihr Haus zu verlassen und in der Stadt unterzutauchen, ohne ihm oder sonst irgendjemandem zu sagen, wo sie sich versteckten. Er hatte gehofft, sie mithilfe seines alten Netzwerks aufspüren zu können, falls er mit ihnen Kontakt aufnehmen musste. Bis dahin hätte das neue Regime ihren Aufenthaltsort nicht einmal unter der Folter aus ihm herauspressen können.

Endlich öffnete sich die Tür, und er folgte Manel hinein. Pushkarmi umarmte ihre Tochter und sagte leise: »Du bist spät dran.« Dann sah sie Gregor vorwurfsvoll an. »Du gehst ein Risiko ein, wenn du hierherkommst. Deinen neuen Herren würde das nicht gefallen. Oder bist du etwa in ihrem Auftrag hier?«

»Keiner weiß, dass ich hier bin, Pushkarmi. Ich habe nur euer Wohl im Sinn. Ich bin gekommen, um dir zu sagen, dass dein Ehemann lebt.«

Mit dieser Information brachte er Pushkarmis Entschlossenheit ins Wanken. Hätte Manel sie nicht an den Schultern festgehalten und auf einen Stuhl gesetzt, wäre sie hingefallen. Eine ganze Weile lang herrschte Stille, während sie mit geschlossenen Augen dasaß und abgehackt atmete. Schließlich fasste sie sich mit großer Mühe ein Herz, ergriff die Hand ihrer Tochter und stand auf. »Wie lange weißt du das schon, Gregor?«

»Seit gestern. Aus irgendeinem Grund scheint Effendi Rot zu wollen, dass Qulan der neuen Stadtregierung dient.«

»Dass er Tumanbay verrät«, sagte Manel. »Er wird ihnen niemals zu Diensten sein.«

»Nein. Aber sie tun alles in ihrer Macht Stehende, um ihn zu brechen.«

Pushkarmi sah ihn fragend an. »Ihn zu brechen? Was meinst du damit?«

Manel warf Gregor einen eindringlichen Blick zu. Sie wollte nicht, dass er die vorgetäuschten Hinrichtungen erwähnte. Er konnte es ihr nicht verdenken.

»Es zählt nur, dass sie ihn leben lassen. Er ist wichtig für sie. Er hat mir aufgetragen, euch zu sagen, dass er nicht tot ist.«

»Weiß er über seinen Sohn Bescheid?«, fragte Pushkarmi.

»Nein, ich habe es ihm nicht gesagt. Noch nicht …«

»Er muss es erfahren, damit er sich darauf gefasst machen kann, Pesha im Paradies zu sehen.«

Gregor hätte gern ihren Glauben geteilt.

»Nimm Platz, du wirst mit uns essen«, sagte sie.

»Wir haben nicht genug, und er kann sich sein eigenes Essen

leisten.« Manels Miene war verschlossen, kalt und wütend. Es würde lange dauern, bis sie ihm verzieh, dass er ihrer Meinung nach mit dem Feind unter einer Decke steckte. Er selbst sah es genauso, schließlich ließ es sich nicht verleugnen. Pushkarmi hob mahnend eine Hand, und Manel setzte sich hin.

Gregor gesellte sich zu ihnen, trank aber nur einen Tee. »Er wollte, dass ich euch etwas Geld gebe, damit ihr es leichter habt.« Er legte eine Börse auf den Tisch.

»Behalt es, wir brauchen deine Almosen nicht. Ich verdiene genug, um uns zu ernähren, und es ist ehrlich verdientes Geld.«

»Sei still, Manel«, sagte Pushkarmi, dann wandte sie sich zu Gregor um. »Es ist sehr schwer für sie. Ihr Bruder ist tot, ihr Vater ist nicht hier. Was soll man machen?« Sie nahm die Börse.

Manel stand abrupt auf, ging zur Tür und riss sie auf.

»Wo willst du hin? Die Ausgangssperre …«

»Jeder Moment, den dieser Mann in unserem Haus verbringt, beschädigt die Ehre meines Vaters. Ich gehe etwas Luft schnappen.« Damit schlug sie die Tür hinter sich zu.

Einen Moment lang herrschte Schweigen. »Was soll ich bloß tun?«, beendete Pushkarmi es schließlich. »Sie hatte alles: ein Zuhause, eine Familie, einen Mann, den sie liebte. Und jetzt das hier. Meine Tochter ist wütend, so schrecklich wütend.«

»Ich mache, was ich kann, Pushkarmi, aber die Zeiten sind schwer. Wenn sie Schwierigkeiten macht, schadet sie damit ihrem Vater. Sie werden es gegen ihn verwenden. Glaubst du … Ist es möglich, dass sie zum …?« Er fürchtete, dass Manel zum Widerstand gehörte, entweder als Teil einer Gruppe oder auf eigene Rechnung. Pushkarmis Blick verriet ihm alles, was er wissen musste.

»Manchmal kommt sie sehr spät nach Hause und riecht nach Rauch … oder sie hat Kratzer und Spreißel, die sie sich nicht bei der Arbeit holen kann. Ich habe Angst um sie, Gregor. Ich kann sie nicht auch noch verlieren. Das wäre mein Ende.«

Er nahm ihre Hand. Es gab nichts, womit er sie trösten konnte.

Um nicht während der Ausgangssperre erwischt zu werden, kehrte Gregor erst morgens zum Palast zurück und schlüpfte durch einen der Seiteneingänge hinein. Im Innenhof spürte er die Blicke der Wächter auf sich. Während er den Gang zu seinen Gemächern entlanglief, tauchte plötzlich wie aus dem Nichts der Inquisitor vor ihm auf.

»Ah, bist du schon so früh auf den Beinen?«

»Das wusstet Ihr natürlich bereits, Eure Heiligkeit, da Ihr mich ja beobachten lasst.«

»Wir stehen alle unter Beobachtung, mein Freund«, erwiderte Barakat und lächelte, als hätte er eine unwiderlegbare Wahrheit ausgesprochen.

»Wenn man immer im Palast bleibt, kann man leicht den Überblick verlieren«, sagte Gregor. »Damit mir das nicht passiert, spaziere ich gern durch die Straßen, beobachte die Patrouillen und stelle sicher, dass sie ihre Aufgaben ordentlich erledigen.«

»Und, tun sie das?«

»Im Großen und Ganzen ja. Auf dem Markt sah ich sie einen Bäcker verhaften, weil er seine Kunden betrogen hatte.«

Sie gingen wortlos durch den düsteren Korridor, vorbei an Wachen, die mit tanzenden Schatten neben flackernden Wandleuchtern standen. Schließlich durchbrach Barakat das Schweigen: »Die Sünde. Sie beginnt ganz klein und breitet sich immer weiter aus. Deswegen werden wir hier gebraucht.«

»In der Tat«, sagte Gregor und hielt bei einer Treppe an. »Wenn Ihr mich entschuldigen würdet. Ich habe einiges zu erledigen.«

Barakat hob einen Zeigefinger, eine winzige Geste, in der jedoch viel Autorität steckte. »Wie kommst du voran?«

Gregor blieb stehen und drehte sich um. »Womit?«

Mit der Suche nach der Frau und der Tochter deines Bruders? Der Regent hat dir den ausdrücklichen Befehl erteilt, sie zu suchen.«

»Unsere Ermittlungen sind noch im Gange«, erwiderte Gregor betont zuversichtlich. »Aber ich fürchte, dass sie möglicherweise vor einiger Zeit mit einer Karawane aus der Stadt entkommen sind. Einer meiner Informanten …«

»… meldet sich nicht?«

»Ja.«

»Wie schade.«

Gregor nickte ernst. »Das ist richtig, aber wir müssen erst herausfinden, ob mein Verdacht stimmt. Wenn irgendetwas Neues …«

»… ans Licht kommt?«, fragte Barakat strahlend.

»Genau.« Gregor fragte sich, ob Barakat mit ihm spielte. Hatte ihn etwa am Abend zuvor jemand in das Viertel verfolgt, in dem Pushkarmi und Manel lebten? Sein Instinkt als Meisterspion sagte ihm, dass es nicht so gewesen war. Doch was suchte dann dieses wissende Lächeln in Barakats Gesicht …? »Ihr müsst mich jetzt bitte entschuldigen«, sagte Gregor und drehte sich um.

»Nein, du musst *mich* entschuldigen. Ich brauche dich.«

»Effendi Rot …«

»… ist einverstanden. Komm mit, Gregor.« Barakat setzte sich in Bewegung, und Gregor blieb gar nichts anderes übrig, als sich ihm anzuschließen. Damit führte der Inquisitor ihm seinen neuen Status im Palast vor Augen: Er war ein Gefolgsmann, der Gottes Diener diente und auch allen anderen Mistkerlen Mayas, die ihn herumkommandieren wollten.

»Wie gut kennst du diese Korridore? Wahrscheinlich in- und auswendig, oder? Ich habe gehört, dass es unter den tiefsten Kerkern noch weitere Katakomben gibt. Eine Hölle unter der Hölle.«

»Ihr kennt die Baupläne des Palasts doch, oder?«

»Ja, das tue ich, aber auf denen ist nichts verzeichnet. Es geht das Gerücht, dass unter dieser Stadt eine weitere existiert, in der ganze Gemeinden leben.«

»Ich weiß nicht, was Euch da zu Ohren gekommen ist, Eure Heiligkeit. Sprecht Ihr von Dämonen in den Feuergruben?«

Barakats Antwort war wie eine zuschnappende Schlange, sein Tonfall wie ein Giftzahn. »Ich spreche von Rebellion, von Verrat, von dunklen Horden, die wie Käfer unter Steinen herumkrabbeln, bis sie entblößt und von der Sonne verbrannt werden.« Er sah abwartend zu Gregor auf. »Nein? Nun, vielleicht wirst du ja eines Tages dazu bereit sein, diese Informationen mit mir zu teilen, Gregor. Wir dienen mittlerweile alle demselben Gott.« Nun sprach er im Plauderton. Dass er permanent sein Verhalten änderte, war ein weiterer Trick von ihm. Seine Stimme klang fast kameradschaftlich. »Als Sklave musst du hart gearbeitet haben. Dennoch sind deine Hände ganz weich.«

»Wir hatten einen guten Herrn. Er hat sich dazu entschieden, uns zu unterrichten und sich unsere Talente zunutze zu machen.«

Sie stiegen die Stufen zum Erdgeschoss hinauf. Im dunklen Treppenhaus fielen Lichtstrahlen herab, in denen Staubflocken tanzten.

Barakat hob die Hände. Sie waren runzlig, voller Flecken und rau. »Gott sieht alles. Er sieht meine Hände. Die Hände eines Arbeiters. Die Hände eines Heilers. Hände, die nicht davor zurückschrecken, sich in seinem Dienst schmutzig zu machen.«

Sie erreichten den oberen Treppenabsatz und traten auf den Übungsplatz hinaus, wo Truppen exerzierten. Feldwebel trieben sie an und bellten Befehle, allerdings ohne die üblichen Beleidigungen. Zweifellos lag das an der Gegenwart der beiden Schwarzen Wächter, die jeweils auf einer Seite des Platzes Stellung bezogen hatten.

Gregor sah einen Schatten über den Sand huschen. Er sah auf und erblickte einen Raike, einen riesigen Raubvogel aus dem Gebirge. Er war weiß wie ein Gespenst, hatte gegabelte Schwanzfedern und augenförmige Kreise auf den Schwingen. Raikes zeigten sich selten über der Stadt und galten als schlechtes Omen, da Weiß in der alten Religion die Farbe des Todes war. Er stieß einen durchdringenden Schrei aus und flog über die Dächer davon.

»Talente sind schön und gut, Gregor, aber man braucht auch Leidenschaft und den Mut, das zu tun, was nötig ist. Man darf keine Angst haben, dem Ketzer mit der Faust ins Gesicht zu schlagen, wenn man ihn sieht.«

»Darf ich fragen, wozu genau Ihr mich benötigt, Inquisitor?«

»Wir gehen einen Freund von dir besuchen.«

KAPITEL 14

Himmel

Der Sonnenschein, der sich im herabfallenden Wasser des Brunnens brach, warf Regenbogen auf die Kacheln und auf Himmels nackte Füße, die sie unter dem Sprühregen kühlte. Eine derart drückende Hitze hatte sie in dieser Stadt noch nie erlebt. Was vielleicht daran lag, dass sie schwanger war und kurz vor der Niederkunft stand. Würde sie einen Jungen oder ein Mädchen gebären? Akiba hatte gesagt, es sei ihm völlig gleichgültig. Das Kind würde in jedem Fall ein Wunder für ihn sein, da er geglaubt hatte, niemals eines in den Armen halten zu können. Ihrem Vater schien auch alles recht zu sein, obwohl sie vermutete, dass er insgeheim auf einen Enkelsohn hoffte. Vielleicht war sie für ihn ja der Sohn gewesen, mit dem er seine Bibliothek hatte teilen wollen. Wenn ja, war das ihr Glück, denn er hatte sie immer seine Liebe spüren lassen. Dieselbe Liebe, die ihn jetzt unermüdlich dazu antrieb, nach Fluchtmöglichkeiten Ausschau zu halten.

Sie hatte es ihm klipp und klar gesagt: Ohne Akiba würde sie nicht gehen. Ihr Vater verstand das zwar, trotzdem suchte er nach wie vor einen Ausweg aus der Stadt – eine Karawane, ein weiteres Schiff, einen fliegenden Teppich …

Die Zofe kam aus dem Haus, um zu fragen, ob sie eine Limonade haben wolle.

»Nein, vielen Dank, Ayeesha. Ich werde etwas trinken, wenn mein Vater nach Hause kommt.«

Die Zofe blieb stehen und schien noch etwas sagen zu wollen.

»Ja?«

»Werdet ihr wirklich von hier weggehen? Der Herr hat gesagt, ich kann auch mitkommen, wenn er findet … was immer er sucht.«

»Ich gehe nicht, Ayeesha, und ich glaube, er auch nicht. Tut mir leid.«

»Das muss es nicht, Herrin. Ich habe ihm ohnehin gesagt, dass ich nicht mitkomme. Was sollte ich auch woanders anfangen?« Sie wollte noch etwas hinzufügen, als die Glocke am Tor läutete. Der Wächter, den ihr Vater erst vor Kurzem angeheuert hatte, war, ohne einen Grund anzugeben, einfach verschwunden. Nach einem kurzen Nicken von Himmel ging die Zofe zum Tor und unterhielt sich mit dem Besucher, der außer Sicht blieb.

»Der Herr ist nicht zu Hause.«

»Dann spreche ich mit der Herrin.« Mit diesen Worten betrat Gregor das Anwesen zum ersten Mal, seit er und Akiba einander mit gezogenen Dolchen gegenübergestanden hatten. Er blickte sich um, als müsse er sich erst wieder zurechtfinden, und verbeugte sich dann vor Himmel.

»Ist Ibn Bai nicht zu Hause?«

»Wie die Zofe gesagt hat: Er kommt später, wenn du mit ihm sprechen möchtest, Kommandeur.«

Eine Gestalt schlüpfte an Gregor vorbei. Ein kleiner, drahtiger Mann. Er trug einen braunen, staubigen und nicht allzu neuen Kaftan und dazu Sandalen, die ebenfalls schon bessere Zeiten und – wie es schien – auch bessere Füße gesehen hatten. »Wir werden warten«, sagte er mit dem Anflug eines Lächelns. »Wenn es dich nicht stört.«

»Dann solltet Ihr besser hereinkommen.« Tatsächlich befanden sich beide Männer bereits im Garten. »Wenn Ihr wollt, könnt Ihr im Haus auf ihn warten, wo es kühler ist, oder am Brunnen. Kann ich Euch eine Erfrischung anbieten? Ayeesha kann uns Tee bringen.«

Gregor überließ dem kleinen Mann die Entscheidung, was Himmel ein wenig nervös machte.

»Dann warten wir beim Brunnen, wenn's recht ist. Ich liebe das Geräusch fallenden Wassers. Es ist in der Tat ein Gottesgeschenk. Ich heiße Barakat.« Er machte eine Verbeugung. Ein kalter Schatten schien vor der Sonne vorbeizuziehen. Himmel hatte von ihm gehört. Sie wusste, wer er war und was er tat. Wieso war er hier? Was wollte er? Ein stechender Schmerz schoss von ihrer Hüfte ins Bein hinab. Sie verzog das Gesicht zu einer Grimasse und setzte sich behutsam auf den Brunnenrand.

»Fühlst du dich nicht gut?«, fragte der kleine Mann.

»Das ist nur das Kind. Der Schmerz kommt und geht. Bitte macht Euch darüber keine Gedanken.«

»Ach ja. Wo ist deine Mutter?« Als Himmel nicht reagierte, fragte er noch einmal: »Deine Mutter?«

»Sie ist tot. Die Pest. An Bord eines Schiffs.« Himmel fühlte eine Woge von Trauer über sich zusammenschlagen.

Der kleine Mann, Barakat, schloss die Augen und hielt sich die zusammengelegten Fingerspitzen vors Gesicht. »Die Mutter einer jungen Frau. Ein wirklich großer Verlust in so einer Zeit. Dass sie nicht miterlebt, wie ihr Enkelkind zur Welt kommt. Dass sie dir nicht helfen und dich anleiten kann, wenn das Wunder geschieht. Eine wunderbare Zeit und gleichzeitig eine sehr traurige.«

»Sie schien immer zu wissen, was zu tun ist. Ich wünschte, sie wäre hier.«

Barakat drehte sich zur Zofe um. »Ayeesha, könntest du bitte einen Pfefferminztee zubereiten? Deine Herrin ist traurig. War sie eine fromme Frau?«

Der abrupte Themenwechsel traf Himmel unvorbereitet. »Was?«

»Fromm. Deine Mutter?«

»Sie betete und befolgte ...«

»Und dein Ehemann?«

»Verzeihung?«

»Dein Ehemann. Wo ist er?«

Sie schüttelte den Kopf.

Gregor trat vor, aber Barakat gab ihm ein Zeichen, sich nicht einzumischen. »Ich frage nur, weil deine Mutter oder dein Mann dich vielleicht wegen deines Kleids gewarnt hätten. Es ist sehr dünn und nicht schicklich für eine werdende Mutter.«

»Ich befinde mich im Haus meines Vaters. Wie ich mich kleide ...«

Er schnitt ihr das Wort ab: »Kinder sind so kostbar. Sie sind wie leere Seiten, die darauf warten, mit dem Wort Gottes beschrieben zu werden. Aber solange sie noch nicht im Glauben aufgenommen sind, befinden sie sich in Gefahr. Wir müssen alle gut auf die Kinder aufpassen. Darf ich dieses heilige Leben in deinem Leib fühlen?« Es war keine echte Frage.

Nun bedauerte sie es, dass sie nicht ihr dickstes Kleid trug. Gregor zuckte mit den Achseln, als wollte er sagen: *Mir sind die Hände gebunden.* Barakat trat vor und legte eine Handfläche auf ihren gewölbten Bauch. Himmel fragte sich, wie viel Macht er über den Kommandeur besaß.

»Ich segne dieses Kind im Namen des Allmächtigen. Möge sein Weg durch dieses Leben zur Erlösung im nächsten führen.« Er trat zurück und verneigte sich. Sie erwiderte die Verbeugung.

Erneut ertönte die Torglocke, es war das Klingelzeichen ihres Vaters. Plötzlich hatte sie das Bedürfnis, ihm zuzurufen: *Geh weg, lauf davon und kehr nie zurück!* Doch stattdessen bat sie Gregor aufzumachen und ihn hereinzulassen.

Ibn Bais erste Worte lauteten: »Gregor, was machst du hier?«

»Vater, das ist Barakat«, sagte Himmel.

Der Inquisitor trat vor und hob einen Finger, um sie zum Schweigen zu bringen, doch Himmel ignorierte ihn und fuhr fort: »Er kommt aus dem *Palast.*« Das letzte Wort betonte sie ganz besonders.

»Was hat das mit mir zu tun?«, fragte Ibn Bai. »Gregor.«

»Du solltest ihn anhören, Ibn Bai, er ist ein einflussreicher Mann.«

»Was meinst du mit einflussreich?«

»Dein alter Freund macht Witze, Ibn Bai. Ich habe überhaupt keinen Einfluss, aber ich bin neugierig.« Der Inquisitor lächelte breit, als wäre er wirklich nur ein wissbegieriges Kind.

»Worauf seid Ihr neugierig, edler Herr?« Ibn Bai gebrauchte die Anrede, die in den Gewürzstädten gebräuchlich war.

»Auf deine …« Barakat musterte sie alle: Gregor, Himmel und sogar Ayeesha, die aus dem Haus kam, um zu verkünden, dass der Tee in Kürze fertig sei. Dann beendete er den Satz: »... Bibliothek.«

»Meine Bibliothek?«

»Ich habe gehört, sie ist ...« Erneut legte er eine Pause ein, in der sich Ibn Bai nervös räusperte. Dann sagte Barakat: »Danke, Ayeesha, wir kommen rein.« Da es nicht sein Haus war, stand ihm so eine Aussage nicht zu, dachte Himmel, doch niemand wies ihn darauf hin. Stattdessen folgten sie ihm alle widerspruchslos hinein.

Drinnen wandte sich Barakat erneut an die Zofe: »Bereite bitte den Tee vor. Wir werden dich nicht lange aufhalten.« Er lächelte und legte Ibn Bai eine Hand auf die Schulter. »Die Bibliothek, mein Freund. Wenn es dir nichts ausmacht.«

»Ich habe nichts zu verbergen«, sagte Ibn Bai. »Kommandeur Gregor kann sich bestimmt noch gut an sie erinnern.«

»Das stimmt.« Gregor klang keinen Deut glücklicher als Himmels Vater.

»Dann kannst du uns ja vielleicht den Weg dorthin weisen«, sagte Barakat.

Es war ein großzügig geschnittener Raum. Er hatte keine Fenster, doch durch die kuppelförmige Buntglasdecke fiel farbiges Licht auf den hellen Holzfußboden, die Schreibtische und die Regalreihen, von denen einige mit unterschiedlich großen Buchrücken, andere mit Schriftrollen oder Pergamenten gefüllt waren. Wo keine Regale standen, hingen herrlich bunte Wandteppiche mit unterschiedlichen Mustern und Formen. Ins Gewebe waren Halbedelsteine und Texte gestickt. Barakat stand wie gebannt vor dem größten Teppich an der östlichen Wand. Er zeigte einen See mit Schwänen, Enten und Reiher. Aus dem Wasser sprangen große Fische. Schilfrohre reckten sich den herabhängenden Zweigen von Trauerweiden entgegen. Dem Himmel, an dem Gänse flogen, war der nahende Winter anzusehen. Die Sonne wirkte kalt, die weißen Wolken waren mit kleinen Eiskristallen bedeckt. Die Schrift, die sich um den See wand, war in Tumanbay nicht bekannt. Sie bestand aus lauter Ideogrammen, kleine Bilder, die wer weiß welche Geschichte erzählten.

»Das ist… atemberaubend«, sagte Barakat endlich und drehte sich zu ihnen um. »Ich habe nur wenige solche Privatsammlungen gesehen. Es muss dich Jahre, viel Geld und große Mühe gekostet haben, sie zusammenzustellen, Ibn Bai.«

»Ich komme viel herum, wisst Ihr. In meinem Gewerbe besuche ich immer wieder Märkte und treffe auf die unterschiedlichsten Leute. Wenn sie etwas zu verkaufen haben…«

Der Inquisitor öffnete eine Schublade. Sie war mit Samt ausgeschlagen und enthielt eine geöffnete Schriftrolle. Sie war mit bunter Tinte beschrieben. Die intensiven Farben erinnerten an reife Früchte.

»Aha… du hast auch Buchrollen…«

»Manche sind sehr alt, edler Herr, und mit heiligen Texten verziert. Zum Ruhm Gottes.«

»Braucht Gott Verzierungen?« Barakat schloss die Schublade wieder.

»Es sind Werke aus der Vergangenheit. Damals hatte man noch nicht das gleiche Verständnis wie… wie…« Ibn Bai verstummte.

Himmel wollte rufen: *Hör auf damit!* Sie sah Gregor an, doch der ließ noch immer keine Regung erkennen.

Barakat nahm ein Buch aus dem Regal und schlug es auf. Die Pergamentseiten knarzten, als er es flach auf einen Schreibtisch legte. Eine Seite enthielt Text, auf die gegenüberliegende war eine Gestalt gemalt. Sie trug eine Rüstung und einen weißen Überwurf. Mit einer Hand reckte sie ein Schwert in die Höhe, mit der anderen hielt sie einen Schild, der mit einem blutroten Kreis bemalt war.

»Ein Balarac-Ritter«, erklärte Ibn Bai. »Das ist eine Geschichte ihres Ordens.«

»Geschichte, Geschichte. Geschichte ist eine Lüge, Ibn Bai, das weißt du doch sicher.«

»Nein!«, entfuhr es Himmel. »Das ist nicht wahr.«

Barakat lächelte sie an. »Vielleicht bist du müde. Vielleicht solltest du gehen und dich ausruhen. Trink etwas von dem Tee, den Ayeesha für uns gemacht hat.«

»Ja, bitte geh, meine Liebe.«

»Vielen Dank, aber ich werde bleiben, Vater.«

Barakat zog weitere Bücher aus dem Regal, wobei er jedes Mal sehr aufpasste, wenn er sie öffnete und die Seiten umblätterte. Wenn er Bilder von Männern und Frauen sah, hielt er inne … und stellte sie wieder zurück. Über ihren Köpfen zog derweil die Sonne über die Buntglaskuppel.

Schließlich sagte er, während er eine Seite umschlug: »Ich frage mich, wozu diese Bücher dienen. Und die Antwort lautet, dass sie die Köpfe der Menschen verdrehen und sie von ihren Pflichten abhalten sollen. Ich muss sagen, Ibn Bai, es überrascht mich, dass du deine Tochter sehenden Auges diesem Gift aussetzt. Und nun kommt auch noch ein Enkelkind …« Er hielt die Illustration eines tanzenden Mädchens in die Höhe. Sie war beringt und mit Glöckchen behängt. »Ihr seht doch sicher ein, dass das sehr gefährlich ist.«

»Aber Ihr müsst verstehen, dass ich nur ein Sammler bin, edler Herr. Ich … ich lese nur selten … Ich sammle.«

»Würdest du in einem Haus, in dem Kinder herumlaufen, auch Skorpione sammeln? Aber sei's drum. Da deine Tochter es für nötig hielt, bei uns zu bleiben, sollten wir ihr jetzt den Gefallen tun und Tee trinken gehen. Allerdings wage ich zu behaupten, dass er inzwischen kalt ist. Vielleicht macht die Zofe uns ja einen neuen. Nach all dem Staub habe ich eine ganz trockene Kehle.«

Barak blies auf die Tasse. Dann schnupperte er daran und trank einen vorsichtigen Schluck. »Der ist ganz ausgezeichnet, Ibn Bai. Du musst mir verraten, wo du den gekauft hast. Guter Tee ist in Tumanbay nicht leicht zu finden.«

»Die Zofe besorgt ihn auf dem Markt«, sagte Himmel.

»Natürlich. Ich gehe davon aus, dass sie dort jemanden kennt, nicht wahr?« Er lächelte, leerte die Tasse und stand auf. »Wir müssen jetzt gehen, Herrin. Gregor, Ibn Bai …«

»Was heißt das?« Himmel drehte es den Magen um.

Ihr Vater wurde leichenblass.

»Dein Vater wird uns zur weiteren Befragung begleiten, Herrin.«

»Schon gut, Himmel, ich werde nur … Alles wird gut …« Ibn Bai stand auf. Sie musste ihn stützen, damit er nicht hinfiel.

»Nein!«

»Nur um ein paar Dinge zu klären. Damit alles seine Richtigkeit hat.« Barakat ging lächelnd um den niedrigen Tisch herum und nahm ihren Vater am Arm. »Wollen wir gehen? Ihr müsst nichts einpacken. Mach dir keine Sorgen, Herrin. Ich werde ihm kein Leid zufügen. Das verspreche ich dir und deinem ungeborenen Kind. Und Barakat lügt nie.«

»Ich komme später wieder, Himmel, mach dir bitte keine

Gedanken.« Mit der Hand des Inquisitors fest um seinen Ellbogen geschlossen, schaffte er es irgendwie, aus dem Haus zu gehen. Im Hof blieben sie stehen.

Himmel stellte sich vor Gregor und versperrte ihm den Weg. »Du musst ihm helfen.«

»Ich tue, was ich kann, aber es ist nicht einfach. Im Grunde bin ich selbst ein Gefangener. Ich habe keine …«

»Er ist dein Freund.« Sie sah ihm geradewegs in die Augen und wollte, dass er versprach, ihren Vater zu retten … dass er *irgendetwas* sagte.

»Gregor, komm, das Tor«, sagte Barakat.

Gregor trat nickend um sie herum aus dem Schatten des Hauses. Er ging über den sandigen Hof bis zum Tor und öffnete es. Während die drei Männer hindurchtraten, blickte er nicht zurück.

KAPITEL 15

Madu

Madu, Sultan der Sultane, Löwe des Glaubens, Adler … der Feigheit, der zu ängstlich war, um auf eigene Faust und ohne Erlaubnis den Palast zu verlassen, kauerte in der Familienkutsche, in der auch seine Mutter Shajah schon immer durch die Stadt gefahren war. Er zog einen der Vorhänge einen winzigen Spalt auf und lugte hinaus. Ja, er hatte sie begleitet und war später auch mit Daniel hergekommen, seinem Geliebten. Daniel, der in den tumultartigen letzten Tagen des Reichs verschwunden war. Daniel, der Madus gesamten Mut, seine Hoffnung und Liebe mitgenommen hatte.

»Halt, halt«, rief er. Der Fahrer, einer der wenigen Leute, denen er noch vertraute, auch wenn er zweifellos irgendwem Bericht erstattete, brachte die Kutsche vor dem Tempel zum Stillstand. Das Gebäude war seit Madus letztem Besuch ausgebessert worden. Als direkter Nachfahr des Lehrers war der Hafiz wichtig für die neuen Machthaber, auch wenn er ein hoffnungsloser Trinker und oft nicht ganz bei Sinnen war. Mit ihm als Galionsfigur konnten sie ihre Exzesse rechtfertigen. Madu war das egal, solange seine Exzesse ebenfalls gerechtfertigt waren. Er fragte sich, ob er diese Sache durchziehen konnte. War er überhaupt am richtigen Ort? Cadali, diese feige Schlange, hatte ihm gesagt, das gute Zeug stamme vom Hafiz, aber stimmte das auch?

Er öffnete den Wagenschlag und kniff im grellen Sonnenlicht die Augen zusammen. Wenn er weitermachen wollte, musste er es tun.

Der Kutscher beugte sich zur Seite und sah zu ihm herunter. »Kann ich Euch helfen, Majestät?« Grinste er etwa? Die meisten taten es, wenn sie ihrem Sultan begegneten. *Nun, wie hieß es doch so schön: Wünsche allein machen keinen Armen reich.*

»Warte hier auf mich«, sagte er und stieg in den Sand hinab. Ein warmer Wind wehte und wirbelte die Blätter und den Müll auf den Stufen zum Tempel auf. Madu richtete sich gerade auf und stellte einen Fuß auf die erste Stufe, anschließend den anderen auf die zweite, und siehe da: Er stieg die Treppe hinauf. Und da war auch schon der Haupteingang, eine riesige, mit Messing und Eisen beschlagene Tür. Sie stand einen Spalt offen. Ein saurer Geruch strömte heraus, als er gegen sie drückte. Einen Moment später schwang sie knarzend auf, und er trat ein. Nun hatte er das Gefühl, dass er es schaffen konnte. Was er benötigte, befand sich in greifbarer Nähe, und wenn er schon nicht wie ein Held ausschritt, dann doch wenigstens wie ein Mann, der früher einmal ein Sultan gewesen war.

Als er etwas tiefer im Gebäude eine zweite Tür aufstieß, sah er sich einem kleinen runden Mann gegenüber, der ihn anlächelte und sich unterwürfig die Hände rieb.

»Majestät, es ist uns eine Ehre, dass Ihr uns …«

»Ich kenne dich. Dich habe ich schon mal gesehen.«

Der kleine Mann tanzte fast vor Freude. »Wie freundlich

von Euch, Majestät, dass Ihr Euch an eine unwürdige Person wie mich erinnert. Wir sind uns tatsächlich schon mal begegnet, und ich habe damals, genau wie heute angeboten, dem Sultan zu dienen.« Er verbeugte sich, und gleich darauf noch einmal.

»Ist er hier? Ich muss ihn sprechen.«

»Ich heiße Bello, Majestät. Ihr wisst sicher noch, dass ich dem Hafiz diene.«

Was schwatzte dieser fette Idiot da bloß? »Was interessiert mich dein Name? Ich brauche den Hafiz, die Medizin. Er hat meine Medizin. Cadali ist immer hierhergekommen, richtig?«

»Der Wesir? Ja, natürlich, Majestät. So ein vortrefflicher Mann. Vergebt mir bitte, ich bin etwas langsam.«

Madu schüttelte den Mann, bis ihm die Zähne klapperten und die Pupillen unter den Lidern verschwanden. Dann stieß er ihn so fest von sich, dass er auf dem Hintern landete. Madu lachte. Seine Wut hatte ihn stark gemacht. Ja, er konnte das tun. Und sobald er seine Medizin hatte, würde er alles schaffen. Er zog den Dolch aus der Scheide und drückte die Spitze an den Hals des fetten Schwachkopfs. Ein kleiner Blutstropfen quoll hervor. »Ich sage es dir noch einmal: Ich will den Hafiz sehen. Sofort.«

Der Mönch rappelte sich auf und wich eilig zurück, bis er außer Reichweite war. Dann verbeugte er sich, scheinbar völlig unbeeindruckt von Madus Angriff. »Natürlich, der Wunsch des jungen Prinzen wird erfüllt werden. Kommt mit.« Er glitt davon, und Madu folgte ihm.

Der Mönch blickte im Gehen über die Schulter zurück. »Der Hafiz hat Medizin für die Seele. Ich dagegen … Unter welchen Symptomen leidet Ihr, Majestät?«

»Unter dem Leben.« Madu lachte fast. »Unter dem Leben, mein fetter Freund. Zeig mir den Weg.«

Im Zimmer des Hafiz stank es immer noch genauso wie beim letzten Mal, und er schien sich seither weder die Haare noch die Nägel geschnitten oder auch nur gewaschen zu haben. Er saß an einem Tisch, vor sich eine Steinschüssel und eine Flasche. In einer Hand hielt er eine dünne Perlenkette und bewegte sie unablässig durch seine langen Finger. Sie sahen aus wie Spinnenbeine. Seine Lippen bewegten sich stumm, während er Madu ansah.

»Seid Ihr wegen eines Segens gekommen?« Er sprach verwaschen, aber mit fester Stimme. »Oder würdet Ihr lieber etwas trinken?« Er lachte.

»Ich will Euer Gift nicht, Ihr alter Säufer. Ich will das, was Cadali von Euch bekommen hat. Das Pulver.«

Der Hafiz hob die Schale an die Lippen und nahm einen tiefen Schluck. Dann stellte er sie wieder hin und schenkte sich nach. Der fette Bello stand in den Schatten und lächelte den alten Mann an.

»Seht Euch nur an«, sagte der Hafiz. »Der letzte der großen Sultane von Tumanbay. Euer Vater, der große Krieger, Euer Onkel hat Düfte komponiert und Tempel erbaut, Eure Mutter … nun das war eine Frau. Wenn sie regiert hätte … was, Bello, wenn Shajah die Zügel fest in den Griff genommen hätte … hehe …« Der Lehrer und sein Schüler lachten leise. »Ja, Majestät, ich bin ein alter Säufer, der in seinem Leben viel geleistet hat. Ich habe es mir verdient zu sein, was ich jetzt bin. Aber Ihr, was habt Ihr Euch verdient?«

Er stand auf und verließ erschreckend schnell den Raum. In der Dunkelheit ging eine Tür auf und fiel wieder zu.

»Gebt mir, was ich brauche!«, rief Madu.

Die Worte verhallten. Madu fühlte, wie seine Entschlossenheit und sein Mut dahinschwanden. Er beugte sich über den Tisch und blickte auf die Schale hinab. Etwas nagte in seinem Bauch. Ja, es war sein Verlangen nach der Droge. Er wurde von seinem eigenen Hunger verschlungen. Wie konnte das sein?

Eine Stimme ertönte an seinem Ohr. Der Atem des Mannes roch nach Veilchen. »Sprecht mit mir, Majestät. Ich bin's, Bello. Ich bin hier, um Euch zu helfen.«

»Ich brauche es. Ich habe Gold. Gib es mir. Ich zahle dir, was immer du verlangst.«

»Gewiss tut Ihr das. Wenn man es so lange nimmt wie Ihr, nun, dann wird es irgendwann so wichtig wie die Luft zum Atmen, nicht wahr?«

Madu streckte die Hand aus, um den kleinen Wurm zu packen und, und … Aber er war weg. Plötzlich stand er auf der anderen Seite des Zimmers. In seiner Hand lag das bunt umwickelte Päckchen.

»Ja, ja, gib es mir. Ich werde dich bezahlen.«

»Alles, was Ihr tun müsst, Majestät, ist, darum zu bitten.«

»Jajaja, ich bitte dich doch darum, du fetter Narr. Bist du etwa taub?«

»Sagt nur meinen Namen und bittet mich darum, das ist alles.« Der Mönch kam näher.

Madu griff nach ihm, aber er war erneut verschwunden. Er befand sich hinter dem Tisch, in der Zimmerecke, vor ihm, neben ihm.

»Wie heiße ich?«

»Bitte, ich kann mich nicht mehr daran erinnern. Ich muss es haben, den Segen …«

»Mein Name ist Bello. Sagt ihn. *Sagt ihn!*«

Madu spürte, wie ihm vor Selbstmitleid heiße Tränen die Wangen hinabrannen. »Bello, bitte, kann ich meinen Segen haben? Ich habe das Gold …«

»Euer Geld nützt Euch hier nichts. Dies ist ein Haus Gottes. Wir sind hier, um zu helfen. Bello ist hier, um zu helfen.«

Und dann befand sich das Päckchen wie durch ein Wunder in Madus Hand, und er eilte zur Kutsche zurück. Dabei hing ihm noch immer der Geruch nach getrockneten süßen Veilchen in der Nase.

KAPITEL 16

Manel

Manel servierte gerade, als der Junge zurückkehrte. Er war verschwunden, als in jener Nacht die Feuer vom Himmel fielen. Er sagte, es wäre eine perfekte Tarnung, da in den Straßen so viel Panik herrschen würde, dass die Nachtwache ansonsten nichts mehr mitbekam. Er hatte sie nach ihrem Namen gefragt, und sie hatte ihn ihm gesagt. Sein Name war Khaled. Und er sagte, er würde sich mit ihr in Verbindung setzen. Seither waren mehr als zehn Tage vergangen, und allmählich hatte sie geglaubt, dass er gar nicht mehr auftauchen würde.

Sie fertigte den Gast ab und ging zu seinem Tisch hinüber.

»Guten Tag, Effendi, was kann ich dir bringen?«

»Kaffee, süßen, bitte. Und hast du Mamoul?« Sie gaben nicht zu erkennen, dass sie einander kannten.

»Mandel, Rosenwasser oder Orangenwasser?«

»Ich nehme Mandel.« Dann flüsterte er ihr zu: *»Ich lasse meinen Fez hier liegen, lauf mir damit hinterher.«* Er bezahlte sofort. Sie brachte ihm seine Bestellung und machte mit ihrer Arbeit weiter. Als er ging, vergaß er wie angekündigt seinen Fez. Sie nahm ihn rasch vom Tisch und winkte damit dem Wirt, der ihr zunickte.

»Ja, ja, lauf ihm nach und gib ihn ihm zurück. Mach schnell, beeil dich.« So etwas wie ein vergessener Fez konnte heutzutage zu Schwierigkeiten führen, wenn sich deswegen jemand bei den Geistlichen beschwerte.

Er ging gerade am Wagen eines Olivenhändlers vorbei, als sie ihn einholte und ihm auf die Schulter tippte. Er drehte sich ganz unschuldig um.

»Effendi, den hast du vergessen.«

»Ah, vielen Dank, mein Freund.« Er blickte sich um. Es waren keine Wächter in der Nähe, nur die übliche, wenn auch etwas spärliche Käuferschar. Er zog sie hinter den Wagen. »Der Olivenhändler ist vertrauenswürdig. Hier sind wir sicher. Ich habe deine Anweisungen. Willst du sie hören?«

»Das weißt du doch.«

»Ein Doktor verlässt die Stadt und reist nach Dar Salah. Weißt du, wo das ist?«

»Mein Vater hat mich mal dorthin ...«

»Jaja, schon gut. Sag nicht mehr, als du musst. Was wir nicht wissen, kann uns auch nicht unter der Folter abgepresst werden.«

»Dann ja.«

»Gut. Es wird auch ein Führer dabei sein. Du wirst dich ihnen anschließen und sagen, du seist eine Haussklavin und dass deine Reisegesellschaft von Banditen überfallen worden ist. Dein Herr wurde getötet, und du hast als Einzige überlebt. Sie werden dich aufnehmen.«

»Woher weißt du das?«

»Stell keine Fragen, die nicht unmittelbar mit deiner Aufgabe zu tun haben. Du reist mit ihnen. Unterwegs bringst du den Doktor und den Führer um. Hier ist ein Gift.« Er zeigte ihr ein kurzes Messer mit eingeölter Klinge. Dann ließ er es wieder in die Scheide zurückgleiten. »Sei vorsichtig, es ist sehr scharf. Du wirst keine Kraft aufwenden müssen. Töte zuerst den Doktor – das ist wichtig. Der Doktor muss sterben. Dann verscharre die Leichen im Sand. Wir stellen einen Führer, der dich aus der Stadt bringt. Er wird dir auch sagen, wie du wieder zurückkehren kannst. Bist du bereit, diese Aufgabe für den Widerstand zu erledigen?«

»Ja, ja, das bin ich.«

»Du wirst Gold benötigen. Hier.« Er reichte ihr einige Münzen. »Damit bezahlst du deine Führer, aber erst wenn sie ihr Versprechen erfüllt haben. Und jetzt geh.«

»Was wäre gewesen …«, fragte sie. »Was wäre gewesen, wenn ich gesagt hätte, dass ich das nicht tun kann?«

Khaled sah sie an. »Ein Messer kennt keine Loyalität. Du benutzt es, oder jemand benutzt es gegen dich. Das ist eine ernste Angelegenheit, Manel. Es geht um Leben und Tod. Möge Gott mit dir sein.«

Und damit war er verschwunden.

KAPITEL 17

Cadali

Die Tür flog auf, und Gregor kam wie ein tosender Wüstenwind hereingestürmt. Cadali stand an seinem Schreibtisch. Um ihn herum lagen Dokumente verstreut.

»Was hat das zu bedeuten?«

Gregor blieb nicht stehen. Er durchquerte mit wenigen Schritten das Zimmer des Ex-Wesirs, packte ihn am Kragen seines Kaftans und trug ihn halb zum Fenster. Dort angekommen, stieß er die Läden auf und schob Cadali halb hinaus, sodass er in einem schrecklichen Winkel über dem weit unten gelegenen Hof hing.

»Bist du wahnsinnig geworden, Gregor?«, krächzte Cadali. »Was machst du denn?«

»Ich werfe dich aus dem Fenster, du fetter verräterischer Haufen Scheiße.« Gregor schob ihn noch weiter hinaus.

Cadali klammerte sich am Fensterrahmen fest. »Du drehst komplett durch. Hör bitte auf…« Seine Finger lösten sich vom Holz. Das Pflaster schien ihm entgegenzukommen. Er sah ganz deutlich die einzelnen Steine. »Ich bitte dich aufzuhören. Was habe ich denn getan?«

Dann schrie er. Er stürzte. Nein, doch nicht, er befand sich wieder im Zimmer und lag auf dem Teppich. Gregor ragte über ihm auf. Der Zorn, der in ihm brannte, schien so heiß wie ein Schmiedefeuer zu sein.

»Der Sklavenhändler. Ich habe dir wegen deiner verdammten Miniaturen seinen Namen genannt, und jetzt ist er verhaftet. Du hast ihn verraten.« Er hielt ein Messer in der Hand und hatte eindeutig vor, es zu benutzen.

»Nein, das habe ich nicht. Ich schwöre es.« Darüber hätte er nachdenken sollen, bevor er mit Barakat gesprochen hatte, aber er hatte kaum eine andere Wahl gehabt. Doch hatte er die je? »Bei meinem Leben, Gregor.«

Die Klingenspitze schwebte über seinem rechten Auge.

»Ja, ich habe den Mann gesehen. Er konnte mir nicht helfen und ist wie eine verängstigte Antilope davongelaufen. Aber ich habe ihn nicht betrogen. Ich bin loyal. Das schwöre ich.«

Gregor lachte fast. »Du und loyal, Cadali?«

»Ja, mir selbst gegenüber. Ich will überleben. Gilt für dich nicht das Gleiche, Gregor?« Mehr sagte Cadali nicht. Das war genug gewesen, und er wollte nicht zu weit gehen. Stattdessen wartete er ab.

Nach längerem Schweigen ließ Gregor das Messer in die Scheide zurückgleiten.

»Aber ich habe den Bericht zu diesem Fall gelesen«, ergriff Cadali wieder das Wort. Er streckte eine Hand aus und ließ sich von Gregor hochziehen.

»Ich warte. Es ist hoffentlich was Gutes, weil du immer noch aus dem Fenster fliegen kannst. Das wäre bloß ein bedauerlicher Unfall. Du hast dich zu weit rausgelehnt, bist gestürzt und hast dir dabei den Hals gebrochen. Und den willst du ja unbedingt retten, nicht wahr?«

»Die Zofe ist eine Spionin. Wusstest du das nicht? Du solltest wirklich die Dokumente lesen, die sie archivieren. Alle Diener in der Stadt arbeiten für die Behörde des Inquisitors. Sie berichten alles – nichts ist zu unbedeutend. Als du mir seinen Namen genannt hast, habe ich seine Familie recherchiert. Es steht alles in der Akte, jedes Detail. Wieso sollten die Diener auch loyal sein, wenn der Glaube sie zum Gegenteil ermutigt?«

»Was weißt du sonst noch über diese Angelegenheit. Was haben sie vor?«

»Ich habe keine Ahnung. Mehr habe ich nicht gesehen. Es gab nicht mehr. Macht es dir etwas aus, wenn ich die Fensterläden schließe? Die Sonne scheint ziemlich grell.«

Gregor setzte sich aufs Sofa und nickte.

Cadali schloss und verriegelte die Läden. »Ich stehe auf deiner Seite, Gregor.«

»Und was für eine Seite soll das sein?«

»Du weißt genauso gut wie ich, dass wir kooperieren müssen, um zu überleben. Es bringt gar nichts, wenn wir beide tot im Sand liegen, sobald die Zeit kommt. Richtig?«

Gregor lachte.

»Was ist so komisch?«

»Gar nichts. Sprich weiter.«

Cadali holte tief Luft. »Es gibt etwas, das du sehen solltest.«

»Worum geht es?«

»Um den Widerstand«, flüsterte Cadali.

Gregor lachte erneut. »Das ist jetzt aber wirklich amüsant. Cadali, der große Patriot, solange es um das Großreich von Cadali geht. Du erwartest aber nicht ernsthaft, dass ich dir vertraue, oder?«

»Morgen Mittag in der Menagerie des Sultans. Dort gibt

es genügend Galerien und Fenster, durch die du alles im Auge behalten kannst.«

»Wieso sollte ich mir diese Mühe machen? Du hast keine Ahnung, was ich möchte.«

Cadali gestattete sich ein Lächeln. »Nein, aber ich weiß, was du nicht willst. Du willst nicht wie ein Hündchen an der Leine hinter Barakat herdackeln.«

Gregors Hand zuckte zum Messergriff. »Für diesen Satz könnte ich dich töten.«

»Früher vielleicht, aber heute nicht mehr. Wie bist du vorhin übrigens durch die Tür gekommen? Ich bin sicher, dass ich sie abgesperrt habe.«

»Ich habe immer noch die Schlüssel.«

»Du hast Duplikate anfertigen lassen. Natürlich hast du das. Nun, in diesem Moment hättest du mich aus einem leidenschaftlichen Impuls heraus umbringen können, obwohl ich das bezweifle. Dir war nur wichtig, dass ich ein bisschen bettle und quietsche. Das habe ich getan, und ich muss gestehen, dass es einen Augenblick lang ziemlich unangenehm war, aber jetzt sind wir hier … Und obwohl deine Drohungen früher etwas bedeutet haben, tun sie das heute aus irgendeinem Grund nicht mehr. Wenn du die Bücher, die unsere Herren führen, und all die Berichte gelesen hättest, hättest du deinen Freund vielleicht retten können, aber das hast du nicht getan. Das tut mir leid, aber es ist nicht mein Fehler. Dann bis morgen Mittag.«

»Vielleicht, vielleicht aber auch nicht.« Gregor ging, ohne noch etwas zu sagen, und Cadali stieß einen erleichterten Seufzer aus. Das Ganze wurde zu riskant, dachte er. Irgendwie musste er aus dieser Sache herauskommen. Aber wie?

KAPITEL 18

Pushkarmi

Pushkarmi schlief schlecht. Die Nacht schien ewig zu dauern. Sie machte sich Sorgen um ihre Tochter, die neben ihr lag. Manel war in letzter Zeit reizbar und distanziert geworden. Als sie am Vorabend aus dem Café zurückgekehrt war, in dem sie arbeitete, hatte sie kaum ein Wort gesagt. Hatte Gregors Besuch sie so sehr aufgeregt? Während sie ihren Haferschleim aßen, versuchte Pushkarmi ihre Tochter zu beruhigen. »Es ist besser, dass er weiß, wo wir wohnen«, sagte sie. »Er kann uns helfen und uns Essen und Gold bringen.«

»Und wenn er stattdessen Soldaten bringt?«, entgegnete Manel leise, ohne von ihrer Schale aufzuschauen.

»Dein Onkel Gregor mag viele Fehler haben, Manel, aber er würde niemals seinen Bruder und dessen Familie verraten. Ich vertraue ihm.«

»Du weißt gar nichts, Mutter«, sagte Manel. Dann stand sie auf und ging ins Nebenzimmer.

Als Pushkarmi den Tisch abgeräumt und sich fürs Bett fertig gemacht hatte, lag Manel bereits auf den Schaffellen, die sie auf dem Erdboden ausgebreitet hatten, und schlief. Pushkarmi zog eine Decke über sie und legte sich ebenfalls hin. Die Nacht, in der sie die Körperwärme ihrer Tochter neben sich spürte, war normalerweise ihre liebste Tageszeit. Dieses wunderbare, schöne und sture Kind, das sie zur Welt gebracht hatte, war nicht nur wegen ihrer derzeitigen Armut ihr allergrößter Schatz. Aber weshalb war Manel in letzter Zeit so feindselig? Wurde sie bei der Arbeit schikaniert? Irgendetwas ging mit ihrer Tochter vor, und sie verstand einfach nicht, was es war.

Kurz nachdem Pushkarmi endlich eingeschlafen war, hallten die Morgengebete durch die Stadt, und damit war es Zeit, wieder aufzustehen. Sie ließ Manel weiterschlafen und ging durch die Fleischgasse zu der Reinigung, in der sie seit Kurzem als Wäscherin arbeitete. Unterwegs kam sie an einer Ziege vorbei, die an einer Tür festgebunden war. Das Tier reckte den Hals, um an einen Korb voller Stroh zu kommen. Im Laufe des Vormittags würde es vermutlich von einem Fleischhaken hängen und bei Sonnenuntergang aufgespießt in einem der vielen Kebabläden der Stadt serviert werden.

Pushkarmi blieb stehen, nahm etwas Stroh aus dem Korb und hielt es der Ziege hin. Die kaute hastig darauf herum und leckte dann mit ihrer rauen Zunge an Pushkarmis Hand. Was für ein Segen, sein Schicksal nicht zu kennen.

Sie dachte an ihren armen geliebten Ehemann Qulan und daran, wie sehr er leiden musste. Doch hätte er gewusst, dass sie seinetwegen traurig war und Mitleid mit ihm hatte, wäre er hart mit ihr ins Gericht gegangen. Ihr gemeinsames Leben war gut gewesen, aber nie einfach für Pushkarmi. Sie war die Tochter eines der reichsten Händler der Stadt. Qulan war dagegen als Sklave nach Tumanbay gekommen und mit seiner Entschlossenheit und Disziplin bis in den höchsten Rang der imperialen

Armee aufgestiegen. Auf das kärgliche Leben, das ihr Ehemann ihr abverlangte, war sie nicht gefasst gewesen.

Am Tag ihrer Hochzeit hatte er ihr befohlen, das Haus zu putzen. Sie war gekränkt und beleidigt gewesen. Das war nicht das Leben, das ihre Eltern ihr in Aussicht gestellt hatten. Während die meisten anderen hochrangigen Würdenträger ganze Heerscharen von Dienern beschäftigten, hatte ihr Mann von ihr erwartet, dass sie selbst auf den Markt einkaufen ging. Doch im Laufe der Jahre hatte sie begonnen, Qulan aus tiefstem Herzen zu lieben, genau wie er sie. Und das manchmal raue, aber immer praktische Leben, das sie als die Ehefrau von Tumanbays oberstem General führen musste, hatte sie gut auf das hier vorbereitet: ein Leben in den Schatten, bei dem sie jeden Tag nur hoffen konnte, nicht entdeckt zu werden.

Sie wollte gerade die Fleischgasse weiter entlanggehen, als ihr einfiel, dass sie Alia, einer älteren Frau, die mit ihr in der Reinigung arbeitete, eine Kerze versprochen hatte. Pushkarmi war bereits spät dran, doch sie hasste es, ein Versprechen zu brechen, und war noch nicht sehr weit von ihrem derzeitigen Zuhause entfernt. Also rannte sie zur Hütte zurück. Um Manel nicht zu wecken, stieß sie leise die Tür auf und betrat den Hauptraum, in dem die Kerzen waren.

Manel, die mittlerweile komplett angezogen war, stand auf einem Stuhl und hielt die Dose, in der sie ihre Ersparnisse aufbewahrten.

»Was tust du da?«, fragte Pushkarmi.

Manel nahm, ohne zu antworten, mehrere Münzen aus der Dose und stellte sie auf das hohe Regal zurück, bevor sie wieder vom Stuhl stieg.

»Das sind die Münzen, die dein Onkel Gregor uns gegeben hat.« Pushkarmi war verwirrt. Klaute ihre Tochter etwa das Wenige, was sie besaßen? Warum?

»Ich leihe es, Mutter«, sagte Manel.

»Was hast du da drin?« Pushkarmi deutete auf die Umhängetasche, die Manel trug. »Wohin gehst du?«

Manel bewegte sich rasch durch den Raum, wobei sie ein paar Kleidungsstücke und Lebensmittel nahm und in die Tasche steckte.

»Bitte sprich mit mir, Manel! Du warst immer so ein aufrichtiges Mädchen. Du hast sogar den Ladenbesitzern Süßigkeiten zurückgebracht, wenn sie dir zu viele gegeben hatten. Was ist bloß aus dir geworden?«

Manel blieb vor der Tür stehen und drehte sich um. Dann kehrte sie zu ihrer Mutter zurück und küsste sie auf die Stirn. »Ich bin erwachsen geworden.«

»Worauf hast du dich eingelassen?«

»Nichts, weswegen du dir Sorgen machen müsstest.«

Doch Pushkarmi kannte die Antwort bereits. Sie hatte von den Rebellen gehört, die das Regime zu unterwandern versuchten, indem sie die städtische Infrastruktur sabotierten. Die meisten von ihnen waren jung und idealistisch, so wie Manel. Sie hielten sich für unbesiegbar und unsterblich. Und jeden Tag wurden sie zusammengetrieben und hingerichtet.

»Du bist die Tochter des Oberbefehlshabers der Armee von Tumanbay. Das ist kein richtiges Leben für dich.«

»Doch, genau das ist das richtige Leben für mich.«

»Aber dein Onkel Gregor …«

»Erwähne seinen Namen nicht in diesem Haus, Mutter! Er ist der Feind. Er ist für uns gestorben.«

Pushkarmi sah ihrer Tochter an den Augen an, dass es keinen

Sinn hatte, mit ihr zu streiten. Ihr war bereits der Sohn und der Ehemann abhandengekommen, und nun hatte sie das überwältigende Gefühl, dass dies das letzte Mal sein würde, dass sie ihre Tochter sah.

»Ich habe dich auch verloren. Bitte nicht auch noch meine Tochter.«

»Ich bin nicht verloren, Mutter, ich wurde gerade erst gefunden«, sagte Manel und trat, ohne sich noch einmal umzudrehen, durch die Tür hinaus.

KAPITEL 19

Alkin

»Ich bin von einem Ende der Welt zum anderen gereist und, ja, auch wieder den ganzen Weg zurück«, sagte Alkin zu ihrem Führer, einem Mann mit groben Gesichtszügen, der den Blick fest auf die Hügel in der Ferne gerichtet hielt. Sie waren nun einen halben Tag von der Stadt entfernt. Ein sanfter Wind blies über den Sand, als die zwei Kamele die zerstörten Bögen des Tors der Morgenröte durchquerten. Die Sonne stand niedrig am Horizont, und die Reisenden warfen lange schwankende Schatten über den Sand. Hinter ihnen glitzerte die prächtige Stadt Tumanbay wie ein kleiner Edelstein über der Wüste.

»Ich war in Sine«, fuhr Alkin fort, »auf der Beduola-Halbinsel und im Land der Khwajer. Dort wäre ich fast umgekommen.« Sie warf ihrem Begleiter einen Seitenblick zu und wartete auf eine Reaktion. Nach einem Moment nickte er ernst, bat sie aber nicht fortzufahren. Die Führer von Tumanbay waren für ihre Abenteuergeschichten bekannt. Wie hatte sie es bloß geschafft, einen zu finden, der nichts von sich zu erzählen hatte? Als Alkin ein paar Stunden zuvor ihre Unterhaltung mit der Frage begonnen hatte, ob er je außerhalb der Grenzen des

Reichs unterwegs gewesen sei, hatte er nur die Achseln gezuckt und den Kopf geschüttelt.

»Und weißt du, was ich auf meinen Reisen gelernt habe?«, fragte sie.

»Nein, was, Doktor?« Er wandte den Blick nicht von den Hügeln vor ihnen ab.

»Egal, wohin man geht oder was man tut, die Menschen sind überall gleich.«

Der Führer zuckte die Achseln und nickte. Keine Fragen, kein Nachhaken, kein Interesse. Das würde eine lange Reise werden, dachte Alkin. Sie liebte es, sich zu unterhalten und mit den Leuten um sich herum zu beschäftigen. Sie interessierte sich für alles. Das war der Grund, weshalb sie immer unterwegs war. Die Welt und alle, die sie bevölkerten, faszinierten, entzückten und erstaunten sie. Und sie konnte nicht verstehen, wieso es nicht jedem so ging, der das Glück hatte, hier und jetzt am Leben zu sein.

»Ich erzähle dir mal was über die Leute in Diyar Baskr«, sagte sie, »die in Höhlen in einem Berghang wohnen. Sie hatten dort eine Rattenplage. Der Gouverneur, ein sehr wohlhabender Mann namens … äh … Kinbaya …« Sie zögerte. Hatte er wirklich so geheißen? Nein, Kinbaya war der König der Parser gewesen, der sie für eine Göttin gehalten hatte. Egal, dachte sie, solche Feinheiten kümmerten diesen Mann ohnehin nicht. »Wie auch immer«, fuhr sie fort. »Der Gouverneur wollte dieses Problem beseitigen, also bot er ein Goldstück für jede eingefangene Ratte.«

Der Führer wandte sich, plötzlich neugierig, zu ihr um. »Ha, das klingt wie ein Ort, an dem ich gern leben würde!«, sagte sie.

»Aber dieser Gouverneur sagte: ›Ich zahle die Belohnung

nur für lebende Ratten.‹« Alkin freute sich, dass sie endlich die Aufmerksamkeit des Führers hatte.

»Wieso lebend?«, fragte er.

»Er wusste, wenn er den Leuten erlaubt hätte, ihm *tote* Ratten zu bringen, dann hätten sie sie auf jede erdenkliche Weise abgemurkst. Sie hätten Brunnen vergiftet und in den Straßen Pfeile auf sie abgefeuert und damit den Einwohnern von Diyar Baskr geschadet. Das wollte er nicht.«

»Dann war er ein raffinierter Mann.«

»Raffiniert vielleicht, aber er kannte sich nicht mit der menschlichen Seele aus. Anfangs war der Plan ein voller Erfolg. Aber es kamen immer mehr Ratten, und dem Gouverneur ging schon bald das Gold aus. Schließlich hatte er gar nichts mehr und starb als armer Mann. Und in der Stadt gab es mehr Ratten denn je.«

Der Kopf des Führers ruckte zu ihr herum. »Aber das verstehe ich nicht, Doktor«, sagte er. »Wie konnte das passieren?«

»Ah, genau darauf will ich hinaus, mein Freund. Alle Leute, die ich auf meinen Reisen getroffen habe, glichen sich in einem Punkt …« Sie wurde von einem entfernten Schrei unterbrochen. Er war schrill und klang dringend.

»Was war das?«, fragte Alkin.

Der Führer zog an den Zügeln und hielt sein Kamel an. Alkin tat dasselbe, und sie lauschten in die Wüste hinein.

»Die Leute glauben, die Wüste wäre leer«, sagte er schließlich. »Aber …«

Ein weiterer Schrei ertönte, wie von einem kleinen Vogel, der von einem Falken angegriffen wurde.

»Binguare«, sagte der Führer.

»Was?«

»Wüstenwölfe. Sie jagen in der Abenddämmerung.« Er spornte das Kamel an und ritt weiter. »Wir müssen in Bewegung bleiben. Vor uns liegt ein altes Kloster. In seinen Ruinen können wir unser Nachtlager aufschlagen. Dort werden wir sicher sein. Komm…«

Alkin folgte ihm.

»Normalerweise greifen sie keine Menschen an«, sagte er. »Außer sie sind hungrig…« Er lachte.

Was für ein merkwürdiger Mann, dachte sie. Vertrieb er sich so die Zeit – indem er seine Kunden erschreckte? Wenigstens sprach er nun mit ihr.

»Erzählst du deine Geschichte zu Ende?«, fragte er.

»Was?«

»Die Ratten…? Du hast gesagt, es sind immer neue gekommen.«

»Ach ja.« Alkin nickte. Dann hatte er also wirklich zugehört. »Die Einwohner von Diyar Baskr haben die Ratten in ihren Höhlen gezüchtet. Dann haben sie sie zum Gouverneur gebracht und sich ihr Gold abgeholt. Die Ratten wurden zu einer wertvollen Handelsware.«

»Ich verstehe«, sagte er.

»Was verstehst du?«, fragte sie. »Was lernst du aus dieser Geschichte?« Sie war neugierig, wie weit der Verstand ihres Führers reichte.

»Sie haben herausgefunden, wie sie reich werden können!«

Alkin seufzte. »Ja, aber begreifst du nicht den wahren Kern der Geschichte? Es geht darum, dass die Leute überall nur auf ihren eigenen Vorteil aus sind. Sogar in Tumanbay, da vielleicht sogar ganz besonders. Das ist die menschliche Natur. Wenn du das erkennst, beginnst du, die Menschen zu verstehen.«

»Vielleicht gilt das für die Städte«, sagte der Führer. »Aber in der Wüste funktioniert das nicht.«

»Wie meinst du das?«

»In der Wüste müssen wir einander helfen. Wenn wir das nicht tun, wird keiner von uns …«

Erneut erklang der Schrei. Diesmal klang er menschlich.

»Das ist kein Wolf«, sagte Alkin.

»Reite weiter«, befahl der Führer. Alkin bemerkte die Dringlichkeit in seiner Stimme. Er schnalzte mit der Zunge, und sein Kamel begann, schneller zu laufen.

»Glaubst du, dass wir verfolgt werden?«, fragte Alkin.

»Lass uns einfach ein bisschen schneller reiten«, erwiderte er.

Eine Zeit lang folgte sie ihm schweigend und merkte, dass sie immer unruhiger wurde. Sie hatte die Welt bereist und war dabei in viele gefährliche Situationen geraten. Sie hatte sie zwar alle überlebt, aber das hatte sie nicht selbstgefällig und unvorsichtig werden lassen. Mit zunehmendem Alter war ihr immer bewusster geworden, wie schnell aus dem Nichts eine Gefahr auftauchen konnte.

»Werden wir vor Einbruch der Dunkelheit dort sein?«, fragte sie.

Der Führer hob eine Hand, um sie zum Schweigen zu bringen, und hielt abrupt sein Kamel an.

Alkins Herz pochte. »Was ist los?«, fragte sie.

Er deutete nach vorn. »Da ist jemand auf der Straße.«

Alkin strengte die Augen an. In der Dämmerung stand eine einsame Gestalt mit erhobenen Armen auf dem sandigen Pfad.

»Sollen wir hinreiten und nachsehen?«

»Nein.« Der Führer bog vom Pfad in die Wüste ab. »Wir nehmen diesen Weg … Komm.«

Alkin starrte die Gestalt an, die sich ihnen nun näherte und dabei etwas rief. »Es ist eine Frau«, sagte sie. »Ich glaube, sie braucht Hilfe.«

»Das ist eine Falle«, entgegnete der Führer. »Banditen. Sie verstecken sich neben der Straße und …«

Doch Alkin ignorierte ihn. Sie trat dem Kamel mit den Absätzen in die Flanken und ritt weiter auf die Frau zu. Sie hörte, wie der Führer ihr hinterherrief, dass sie zurückkehren solle, aber sie trieb ihr Reittier weiter voran, bis sie nahe genug heran war, um die Frau deutlich zu sehen. Sie war jung, noch ein Mädchen, und trug einen Schleier und eine Schultertasche.

»Friede sei mit dir«, rief Alkin ihr zu.

»Mit dir sei Friede«, erwiderte das Mädchen. »Und der Segen und die Gnade Gottes.« Während sie sich Alkin näherte, gaben ihre Beine nach, und sie geriet ins Stolpern.

Alkin stieg ab und reichte dem Mädchen ihre Wasserflasche. Es begann gierig zu trinken. »Langsam, sonst wird dir schlecht«, mahnte Alkin, doch das Mädchen antwortete nicht und trank weiter.

»Sie versteht dich nicht«, sagte der Führer, der sich neben sie gestellt hatte. »Wahrscheinlich ist sie eine *Bedhu.*«

Alkin, die sich in vielen Sprachen verständigen konnte, begann *Bedhu* mit dem Mädchen zu reden.

»Schon gut«, unterbrach das Mädchen sie. »Ich spreche eure Sprache.«

»Wer bist du?«, fragte Alkin.

»Eine verirrte Reisende.«

»Bist du allein.«

»Ja …«, antwortete das Mädchen zwischen zwei Schlucken. »Meine Gruppe … wir wurden angegriffen …«

»Komm zurück, Doktor«, drängte der Führer und legte Alkin eine Hand auf die Schulter. »Hier ist es nicht sicher, und…«

Alkin fuhr herum. »Was hast du mir gerade eben über die Wüste gesagt, mein Freund? Dass wir dort zusammenhalten müssen?«

Das Mädchen starrte Alkin an. »Du… *du* bist der Doktor?«, fragte es zaghaft.

Alkin sah es an. Was für eine merkwürdige Frage. »Hast du mich erwartet?«, fragte Alkin.

»Nein. Es ist nur… Du bist eine Frau.«

»Glaubst du?« Alkin lachte. »Woher weißt du das? Ich glaube, du bist auch eine.«

Zum ersten Mal lächelte das Mädchen.

Alkin kniete sich hin. »Was ist passiert? Bist du verletzt?«

»Nein…«

»Wir sollten uns auf den Weg machen«, sagte der Führer mit einem nervösen Blick auf die Hügel vor ihnen und den dunkler werdenden Himmel.

Doch Alkin war damit beschäftigt, das Mädchen zu untersuchen. »Du sagst, dass ihr angegriffen wurdet?

»Von Banditen. Ich bin eine Sklavin. Mein Herr wurde ausgeraubt und getötet. Ich versuche, nach Heraz zurückzugelangen.«

»Eine Sklavin aus Heraz? Ich habe noch nie eine Sklavin mit so weichen Händen gesehen.«

Das Mädchen zog rasch die Hände zurück und vergrub sie in die Taschen seiner Tunika. »Ich bin eine Kammerzofe«, sagte es und stand auf.

»Wie heißt du?«

»Kara.«

Alkin lächelte. Das war ein ungewöhnlicher Name für eine Sklavin aus Heraz. Sie wusste, dass das Mädchen log. Und das Mädchen wusste, dass sie es wusste.

»Ich … stamme nicht von dort. Ich komme ursprünglich … aus dem Dara-Bezirk.«

»Ah …«

Alkin beobachtete Kara einen Moment lang. Was tat sie hier in der Mitte der Wüste? Was hatte sie vor? Kara wandte den Blick ab.

»Nachts ist es hier nicht sicher«, sagte Alkin schließlich. »Du wirst dir mit meinem Begleiter das Kamel teilen …«

»Das halte ich nicht für klug, Doktor …«, sagte der Führer.

Alkin ignorierte ihn. »Wir werden in Kürze unser Lager aufschlagen und haben genug zu essen dabei. Ich lade dich ein, Kara.«

Das Mädchen nickte dankbar und sah zu dem Führer hin, der seinen Blick mit gerunzelter Stirn erwiderte. Nach einem Moment hob er Kara wortlos hoch und setzte sie unsanft auf das Kamel. Anschließend bestieg er es selbst und zog an den Zügeln. Nachdem sich das Kamel spuckend zu seiner vollen Größe aufgerichtet hatte, ritten sie weiter und folgten der Ärztin zu den immer dunkler werdenden Hügeln.

KAPITEL 20

Gregor

»Dort entlang, Gregor«, flüsterte Cadali und blickte sich nervös um, ob jemand sie gesehen hatte. »Wir müssen uns beeilen.«

Gregor folgte ihm durch einen leeren Korridor. Sie befanden sich in einem unbenutzten Flügel des Palasts. Dennoch lohnte es sich, vorsichtig zu sein. Es wurde immer schwieriger, nicht von Barakat bemerkt zu werden. Doch während der größten Hitze des Tages, wenn alle schliefen … Hoffentlich schliefen auch wirklich alle, dachte Gregor.

Er konnte Cadalis Schweiß riechen, der ihm vermutlich wegen einer Mischung aus Angst und Aufregung ausbrach. Gregor wusste, dass er dem Mann nicht trauen konnte – niemand konnte das –, aber er war neugierig auf seinen Plan.

Sie eilten durch einen riesigen Saal mit Glasdecke auf ein Dickicht aus Bäumen zu. Gregor wusste sofort, wo sie sich befanden, auch wenn sich dieser Ort erheblich verändert hatte: Dies war die alte Menagerie des Sultans. Ohne die Gärtner und Tierpfleger, die alle hier lebenden Pflanzen und Geschöpfe gehütet hatten, war die einst weltberühmte Menagerie zu einem undurchdringlichen Dschungel verkommen.

Cadali blieb unter dem Ast eines Banyanbaums stehen und bedeutete Gregor mit einem Nicken, es ihm gleichzutun.

»Und jetzt?«, fragte Gregor.

»Nun müssen wir Geduld haben. Vertrau mir, Gregor. Du wirst mir hierfür noch dankbar sein.«

Das konnte Gregor sich kaum vorstellen. In was für einen dämlichen Plan wollte Cadali ihn da bloß hineinziehen? Er hatte nicht den geringsten Zweifel daran, dass der Ex-Wesir ihn verraten würde, wenn es ihm nützlich erschien. Umgekehrt würde er es schließlich genauso machen. Das Problem war jedoch, dass in dieser auf den Kopf gestellten Welt niemand wusste, was Maya als wertvoll erachtete. Spielten er und Cadali in diesem neuen Tumanbay überhaupt noch eine Rolle?

Gregor bemerkte einen Schatten, der über den Boden zuckte, und wirbelte herum. Es war eine Frau.

»Gregor … danke, dass du gekommen bist«, sagte sie. »Ich weiß, wie schwer das heutzutage ist.«

Cadali trat vor. »Darf ich dir Dona Ana vorstellt. Sie gehört zur diplomatischen Mission des Königreichs von …«

»Ich weiß, wer sie ist«, erwiderte Gregor, den Blick fest auf sie gerichtet und die Hand am Schwertgriff. »Wir sind uns auf dem Wehrgang begegnet. Dein Mann hat dem früheren Sultan Kanonen verkauft.«

»Das stimmt. Die *Hand Gottes* und die *Hand des Sultans*. Und du hast mir unterstellt, dass ich jemand anders bin, als ich behaupte.«

»Unser Gregor ist sehr misstrauisch«, sagte Cadali. Er lachte unaufrichtig und hörte gleich wieder damit auf, als weder Gregor noch Dona Ana in sein Gelächter einstimmten.

»Geh ein Stück mit mir.« Dona Ana deutete auf eine Lichtung. Gregor nickte und schloss sich ihr an. Als Cadali ihnen folgen wollte, drehte sie sich zu ihm um. »Bleib hier. Ich glaube, es ist besser, wenn du Wache hältst.«

Es war keine Frage, sondern ein Befehl und überhaupt nicht das, was Cadali wollte, aber er fügte sich. »Ja, gewiss. Ich werde hierbleiben. Nur für den Fall.«

»Gut«, sagte Dona Ana. Dann schloss sie zu Gregor auf, der vor ihr ging. »Als mein Mann und ich in Tumanbay eintrafen, hat uns der große Sultan al-Ghuri persönlich durch diese wunderbare Menagerie geführt. Was für ein Wunder sie doch war! Es gab darin Giraffen, Leoparden und alle möglichen anderen exotischen Geschöpfe. Die gibt es jetzt nicht mehr …«

»Genau wie die diplomatischen Missionen.«

Sie blieb stehen, unsicher, was Gregor damit andeuten wollte. »Die diplomatischen Missionen?«, fragte sie.

»Sie haben alle lang vor der Ankunft von Mayas Armee die Stadt verlassen. Es überrascht mich, dass du nicht mit ihnen abgezogen bist.«

»Nun, sie haben unsere Waren beschlagnahmt. Wie können wir da von hier weggehen?«

»Bei allem Respekt, Dona Ana, wenn es dir wirklich um eure beschlagnahmten Waren ginge, würden wir uns nicht heimlich treffen.«

Sie nickte. »Ich glaube, du weißt, weshalb du hier bist.«

»Ach ja?«

Sie hatten die Lichtung erreicht und waren nun von dichtem Dschungel umgeben. Gregor fragte sich, ob wirklich alle Geschöpfe, die in der Menagerie gehaust hatten, verschwunden waren oder ob immer noch welche hier lauerten und nach ihrer nächsten Mahlzeit Ausschau hielten.

»Mein König«, sagte Dona Ana und hielt ihm ein zusammengefaltetes Pergament mit Wachssiegel hin, »will dir helfen.«

Gregor nahm es entgegen und erbrach das Siegel.

»Er wird dir alles geben, was du brauchst, um dieses Regime zu stürzen«, sagte sie, während Gregor den Brief überflog. »Wir wissen, dass es einen Widerstand gibt. Aber er ist unorganisiert und benötigt einen Anführer.«

»Einen Anführer?«, fragte Gregor und drehte sich zu ihr um. »Deinen Bruder vielleicht?«

»General Qulan sitzt im Kerker.«

»Aber du, Gregor, befindest dich in einer Position, in der …«

»Ihr habt einen Fehler gemacht, Dona Ana.«

Sie runzelte verwirrt die Stirn.

»Es ist nur eine Frage der Zeit, bis du und dein Ehemann verhaftet werdet.«

»Niemand hat mich herkommen sehen …«

»Cadali. Er ist kompromittiert. Es ist eine Falle. Du kannst mir nicht helfen, und ich dir auch nicht. Verlasst den Palast und verschwindet so schnell wie möglich aus Tumanbay.«

Er wandte sich zum Gehen, doch Dona Ana hielt ihn an der Schulter fest. »Dieses Regime wird enden«, sagte sie. »Und die Frage ist, auf welcher Seite du stehen willst, wenn es so weit ist. Du wirst dich früher oder später festlegen müssen, Gregor.«

Ich habe *mich bereits festgelegt,* dachte er. *Darauf, dass ich nicht wegen dieser unfähigen Außenstehenden getötet werden möchte, die keine Ahnung haben, mit wem sie es zu tun haben.* Er machte sich auf den Rückweg zu Cadali, der am Eingang der Menagerie auf sie wartete.

»Hast du seine Augen gesehen?«, rief Dona Ana ihm hinterher.

Diese Frage traf Gregor unvorbereitet. Wovon sprach sie? »Wessen Augen?«, fragte er.

»Die des Inquisitors. Barakats.« Jetzt hatte sie Gregors Aufmerksamkeit. »Mir ist etwas darin aufgefallen«, fuhr sie fort. »Wenn du ganz genau hinschaust, wirst du einen winzigen Zweifel in ihnen entdecken.«

Das war eine unglaublich gute Beobachtung. Gregor hatte es selbst schon bemerkt: Hinter Barakats kaltem, schlangenartigem Starren verbarg sich etwas anderes, das er bislang nicht hatte deuten können. Vielleicht hatte sie recht, und es war wirklich Zweifel.

»Entdecke den Grund dafür«, sagte sie. »Und mach ihn dir zunutze. So kannst du all das beenden …«

Gregor starrte sie einen Moment lang an. Sie hatte keine Ahnung, in welcher Gefahr sie sich befand. Schließlich sagte er: »Ich fürchte, ich weiß nicht, wovon du sprichst.«

»Das wirst du schon noch merken«, entgegnete sie.

Gregor verbeugte sich und ging davon. Als er Cadali passierte, fragte der, ob alles zu seiner Zufriedenheit verlaufen sei.

»Vollkommen«, erwiderte Gregor und kehrte zum Palast zurück. »Wieso auch nicht?«

Gregor eilte in den Thronsaal, wo Effendi Rot sich gerade über Sultan Madu beugte.

»Nehmt es, Majestät«, sagte der Regent und reichte Madu das königliche Siegel. Der sah es an, als hätte er es noch nie zuvor gesehen, und hielt es sich blinzelnd dicht vor die Augen. Gregor bemerkte, dass seine Hand zitterte. Er wirkte benommen und teilnahmslos. »Lasst mich Euch helfen«, sagte der Regent und führte Madus Hand zu dem Pergament mit dem geschmolzenen roten Wachsklecks, das vor ihm lag. Madu brach das Siegel auf.

»Entschuldigt bitte, Effendi«, sagte Gregor. »Ich bin so schnell wie möglich gekommen.«

Rot blickte auf. Er schien die Dringlichkeit in Gregors Stimme zu bemerken. »Worüber sprichst du?«, fragte er.

»Ich muss mit dir sprechen, Regent.« Gregor deutete mit dem Kopf kaum merklich auf Madu. »Unter vier Augen.«

Effendi Rot nickte. »Majestät, wieso …?«

»Darf ich gehen?«, fragte Madu, plötzlich munter.

»Ihr könnt tun, was immer Ihr wollt, Majestät …«

Madu stand auf, ließ das Siegel im Wachs liegen und holte tief Luft. Dann ging er unsicheren Schrittes zur Tür am anderen Ende des Thronsaals. Als er Gregor bemerkte, blieb er stehen und sah ihn einen Moment lang forschend an. »Du siehst sehr, sehr … ernst aus, Gregor. Ist es ernst?«

»Ich fürchte, ja, Majestät«, erwiderte Gregor.

»Oje, oje, oje …«, sagte Madu und schüttelte den Kopf. Dann kehrte er noch mal zurück, als hätte er etwas vergessen. Er blieb dicht vor dem Regenten stehen und beugte sich zu ihm vor. »Ich habe unterzeichnet, worum Ihr mich gebeten habt. Was ist mit meinem … meinem …?«

»Ihr werdet bekommen, was Ihr wollt, wenn ich es für richtig halte«, entgegnete Rot.

Madus Atem beschleunigte sich. »Ich brauche es jetzt. Bitte, ich … ich brauche es jetzt.«

»Begleitet Seine Majestät zurück zu seinen Gemächern«, sagte der Regent zu einem der Höflinge, die weiter hinten im Saal herumstanden. Als der Mann vortrat, hob Madu eine Hand. »Nein! Fass mich nicht an! Ich kann gehen. Ich habe Beine.« Mit diesen Worten stakste er zur großen Tür des Thronsaals. Unterwegs stieß er gegen einen Tisch.

»Was willst du, Gregor?«, fragte der Regent.

»In Tumanbay hält sich eine Spionin auf, die den Widerstand unterstützt und organisiert.«

»Ich verstehe.«

Gregor zog den Brief, den Dona Ana ihm gegeben hatte, aus der Tunika und reichte ihn Rot.

»Ein Schreiben von ihrem König.«

Rot nahm den Brief und las ihn. »Wie bist du daran gekommen?«

Gregor hatte auf diesen Moment gewartet. Eine Chance, sich Effendi Rots Vertrauen zu verdienen. »Durch den Ex-Wesir, Cadali. Er hat uns miteinander bekanntgemacht.«

»Aha«, murmelte Rot und inspizierte weiterhin den Brief, als enthielte er noch etwas anderes als Wörter.

»Es war meine Pflicht …« Gregor ließ den Satz im Raum stehen. Wegen des Verrats an Cadali hatte er kein schlechtes Gewissen. Der hatte das Treffen mit Dona Ana so gut wie sicher nur eingefädelt, um sich seinerseits mit Barakat auf guten Fuß zu stellen. Gregor hoffte nur, dass Dona Ana seine Warnung beherzigte und rechtzeitig die Stadt verließ.

Effendi Rot faltete den Brief zusammen und wollte etwas sagen, doch stattdessen fing er an zu husten.

Er hatte in letzter Zeit kränklich und geschwächt gewirkt, dachte Gregor. Als Rots Husten endlich abklang, sah er ihn fest an. »Zweifelt nie an meiner Loyalität, Effendi …«

Effendi Rot nickte und setzte sich auf einen Stuhl.

KAPITEL 21

Himmel

»Irrtümlich inhaftiert?«, fragte der Beamte mit einem gelangweilten Blick, der geradewegs durch Himmel hindurchzugehen schien.

»Ja.« Sie hatte den ganzen Vormittag im Gerichtsgebäude gewartet und war von den Verwandten der anderen Gefangenen des Regimes herumgeschubst worden, die alle mit jemandem sprechen wollten. Dies war bereits ihr vierter Besuch. Sie war erst zu diesem Schalter, dann zum nächsten geschickt worden, hatte Formulare ausgefüllt, die Geschäftsunterlagen ihres Vaters und die Grundbucheinträge seines Hauses eingereicht, dazu eidesstattliche Erklärungen und alle möglichen anderen Dokumente, und war heute endlich zum Urkundenbeamten des Gerichts vorgelassen worden.

»Mir wurde gesagt, dass ich die hier abgeben kann«, erklärte sie und legte die Unterlagen auf den Schreibtisch vor den Beamten, einem bärtigen Mann, der einen langen weißen Dschilbab trug.

Er blickte angewidert zu ihr auf. »Deine Haare, Schwester.«

»Was?«

»Deine Haare«, wiederholte er und deutete gereizt auf eine Locke, die seitlich unter ihrem Kopftuch herausgerutscht war. »Bist du auf der Suche nach einem Ehemann?«

»Nein, ich …«

»Dann komm hier nicht rein wie eine Prostituierte«, sagte er. »Bedecke dich gefälligst.«

Sie schob die Locke rasch wieder unter das Tuch zurück.

Er schüttelte abfällig den Kopf und blickte auf die Unterlagen. »Der Name des Gefangenen?«

»Der steht hier«, sagte sie und deutete auf die entsprechende Stelle. »Ibn Bai. Er ist mein Vater. Er wurde irrtümlich verhaftet.«

»Das behaupten alle, die hierherkommen.«

»Das kann sein, aber mein Vater kam her, um Fragen über ein paar Bücher zu beantworten. Zur Klärung. Er stand nicht unter Arrest. Das war alles ein Irrtum …«

»Ein Irrtum?«

»Ja, ihm wurde nichts vorgeworfen. Schau.« Sie zog ein Dokument aus dem Stapel. »Siehst du, es ist vom Richter unterschrieben …«

Der Beamte überflog es kurz, dann reichte er es ihr zurück. »Du benötigst einen Stempel des Gerichtsdieners.«

»Was?«

»Das muss abgestempelt werden.« Er war mit ihr fertig und winkte den Nächsten in der Schlange heran.

»Aber sie haben gesagt, dass ich nur eine Unterschrift brauche.«

»Es muss abgestempelt werden. Der Nächste! Ja, tretet vor …« Zwei junge Männer schoben sich an Himmel vorbei und streckten dem Beamten ihre Dokumente entgegen. Einer von ihnen drehte sich um und rief einer Frau etwas zu, die einen älteren gebrechlichen Mann begleitete. Die beiden wollten ebenfalls an Himmel vorbei.

»Nein, warte«, rief Himmel und blieb vor dem Schreibtisch des Beamten stehen. »Ich habe drei Tage gebraucht, um diese Unterschrift zu bekommen. Ich habe keine Zeit …«

»Ist das etwa meine Schuld?«, fragte der Beamte.

»Es muss doch etwas geben, dass du tun …«

Der Beamte hob mit strenger Miene die Hand. »Ich habe dir bereits sehr höflich erklärt, was du tun musst. Wenn du mich jetzt also …«

»Es gibt immer noch irgendetwas, das man tun muss, nicht wahr?« Sie spürte, dass sie zitterte, und versuchte, ruhig zu sprechen.

Doch nun wurden die übrigen Antragsteller ungehalten. »Wir warten hier alle!«, rief ein Mann, der hinter ihr in der Schlange stand.

»Mein Vater steckt mittlerweile seit drei Tagen in einer Zelle …«

»Schwester, bitte«, sagte einer der beiden Männer, die nach vorn gerufen worden waren. »Wir haben alle Verwandte, denen wir zu helfen versuchen. Du musst zurücktreten und tun, was der Bruder dir gesagt hat. Geh jetzt.«

»Das werde ich nicht«, rief Himmel. »Ich rühre mich nicht vom Fleck …«

Der Beamte hob einen Arm, sah quer durch den Raum und schnippte mit den Fingern.

»Alle müssen sich an die Regeln halten«, fuhr der Mann fort, doch Himmel hörte ihm gar nicht mehr zu.

Sie sah, dass sich zwei Wächter einen Weg durch die Menge

bahnten, und hielt sich am Tisch fest. »Helft mir!«, schrie sie. »Um Gottes willen, irgendwer muss mir helfen!« In diesem Moment war sie so wütend, dass sie eher sterben oder zu ihrem Vater in eine stinkende Zelle gesteckt werden wollte, als diesen Leuten ihren Willen zu lassen.

Jemand legte sanft einen Arm um sie. »Komm, Schwester«, sagte einer der Wächter freundlich. Das war nicht die Konfrontation, mit der sie gerechnet hatte. Im Raum war es still geworden. Sie fühlte sich verwirrt und desorientiert. Tränen rannen ihr über die Wangen. »Gehst du freiwillig, oder …?«

»Ja«, sagte sie und ließ sich an den starrenden Blicken vorbeiführen. »Schon gut. Ich … ich werde gehen. Ich komme schon seit Tagen hierher …«

»So ist es gut. Da geht's raus.« Der Wächter öffnete vor ihr eine Tür. »Beruhige dich, Schwester. Komm morgen wieder.«

Die Tür schloss sich hinter ihr, und Himmel stand wieder auf dem gerammelt vollen Hof, auf dem ihr Gang durch die Instanzen begonnen hatte. Sie blieb einen Moment lang stehen, um sich zu sammeln, und sah sich um: all die nervösen Verwandten, die mit Dokumenten in der Hand vor verschiedenen Räumen Schlange standen, und die lächelnden Beamten, die scheinbar zielgerichtet von hier nach dort gingen und wirkten, als machten ihnen die Sorgen und all der Kummer um sie herum nicht das Geringste aus.

Irgendwo musste es doch irgendjemanden geben, der ihr helfen konnte. Und dann fiel ihr tatsächlich jemand ein.

KAPITEL 22

Bello

Aus der Ferne betrachtet wirkte der junge Mann hinten in der Kutsche reglos. Aus der Nähe sah man ihn jedoch ungeduldig mit den Fingern auf die Oberschenkel trommeln. Sein hektischer Atem verriet sein unablässiges Verlangen. Er schaute zu, wie der kleine fette Mönch durch die große Tür des Hafiz-Palasts trat und ohne jede Eile erst den Säulengang durchquerte und dann die Stufen herabschritt. Er lächelte verhalten, als wüsste er von einer geheimen Glücksquelle, zu der niemand sonst Zugang hatte. Es gab keinerlei Zeremonie, kein »Friede sei mit Euch«. Stattdessen öffnete der Mönch einfach den Wagenschlag, stieg ein und nahm dem jungen Mann gegenüber Platz.

»Wie geht es Seiner Majestät heute?«, erkundigte er sich nach einem Moment.

»Ich bin nicht in Gesprächslaune«, erwiderte Madu. »Mach einfach.«

»Ich nehme an, Ihr seid wegen Eures … Segens vom Hafiz gekommen?« Der Mönche durchwühlte seine Tasche.

»Schnell, Bello. Ich werde überwacht.«

»Ah, jeder wird überwacht, Majestät. Und dafür müssen wir dankbar sein. Er wacht über uns alle, die Armen, die Reichen, die Würdigen, die …«

»Spar dir deine Predigten für die Leichtgläubigen auf. Ich will meine Segnungen!«

Bello holte eine kleine Glasphiole aus seiner Tasche und hielt sie Madu hin. »Hier, Majestät.«

Madu nahm das Fläschchen ungeduldig entgegen.

»Geht jetzt!«, sagte Bello und legte die Hand auf den Türgriff. »Seid gesegnet, seid voll der Freude, seid …«

»Warte! Lass es mich erst versuchen.« Madu entkorkte die Phiole vorsichtig, beugte sich darüber und schnupperte an ihrem Inhalt. Einen Moment später fiel sein Kopf nach hinten, und seine Augenlider flatterten.

»Ist es nicht gut, Majestät? Es ist das Reinste. Aus den Megalla-Hügeln.«

»Rein wie die Hügel … und das Meer …«, murmelte Madu und versank in einem Nebel. Bello sah ihn einen Moment lang ungerührt an. Als klar wurde, dass das Gespräch damit zu Ende war, öffnete er die Tür und trat hinaus.

»Bis zum nächsten Mal, Majestät«, sagte er und neigte leicht den Kopf. Dann wandte er sich an den Fahrer. »Der Sultan möchte nach Hause zurückkehren.« Es wäre für alle Beteiligten peinlich, wenn jemand Seine Majestät in betäubtem Zustand vor dem Palast des Hafiz fände.

Als die Kutsche davonrollte, wollte Bello wieder hineingehen, doch sein Blick blieb an einer jungen Frau hängen, die mit bedecktem Kopf am Tor stand und ihn ansah. Er wusste, dass es überall von Spionen wimmelte, die alles beobachteten und dem Inquisitor meldeten, aber normalerweise verhielten sie sich nicht derart dreist. Sollte der Hafiz etwa …? Nun kam sie direkt auf ihn zu.

»Hallo«, rief er ihr entgegen. »Willst du etwas?«

»Ich muss mit dem Hafiz sprechen.« Sie war jung, nicht älter als zwanzig, und obwohl sie eine lange, weite Tschaderi trug – die unter dem neuen Regime vorgeschriebene Bekleidung für Frauen –, erkannte er, dass sie schwanger war.

»Jeder will mit dem Hafiz sprechen«, sagte er. »Er sorgt für die spirituelle Gesundheit von Tumanbay und ist ein viel beschäftigter Mann.« Damit drehte er sich um und stieg die Marmortreppe zum Palast hinauf. Einen Moment später spürte er ihre Hand auf dem Arm.

»Bitte«, sagte sie. »Ich kann nirgendwo sonst hin.«

Bello hatte gehört, dass der Inquisitor Spione schickte, die missliebigen Leuten Fallen stellten, doch diese junge Frau benahm sich nicht wie eine Spionin. Sie war schwanger, und er konnte sehen, dass sie geweint hatte.

»Um was geht es denn?«, fragte er.

»Mein Vater ist verhaftet …«

Er schnitt ihr mit einer knappen Geste das Wort ab. Natürlich war sie eine der vielen Verzweifelten, die glaubten, der Hafiz könnte dieses spezielle Problem lösen. Von diesen armen Seelen gab es weiß Gott genug, und jeden Tag wurden es mehr. Bello hatte schon viele abgewiesen. Es war ja nicht so, dass er oder der Hafiz kein Mitleid mit ihnen hatten, doch ihnen waren die Hände gebunden.

»Er wurde wegen des Besitzes von Büchern verhaftet«, fuhr sie hastig fort. »Es ist alles ein Irrtum. Er ist mitgegangen, um ein paar Fragen zu beantworten und …«

»Und du musst zum Gericht gehen und …«

»Ich war bei Gericht. Ich habe mir Siegel und Unterschriften geben lassen und mit Gerichtsbeamten gesprochen …«

»Ich fürchte, der Hafiz kann nichts für dich tun. Die Gerechtigkeit muss ihren Gang gehen.«

»Aber kümmert sich der Hafiz denn nicht um Gottes Gerechtigkeit?«, fragte sie und warf sich ihm zu Füßen. »Bitte, edler Herr«, flehte sie, »mein Vater ist ein guter Mann. Ein Sklavenhändler von tadellosem Ruf. Wenn ich mit dem Hafiz spreche, kann er in diesem Fall vielleicht vermitteln. Ich habe niemand sonst, an den ich mich wenden kann.«

»Steh auf, Kind«, sagte Bello und schaute sich um, ob sie beobachtet wurden. »Bitte, steh auf.«

Doch sie verharrte in ihrer Kauerstellung und ließ weiter die Hände auf Bellos Füßen liegen.

»Hör zu«, sagte er und berührte ihren Kopf.

Sie sah hoffnungsvoll zu ihm auf und suchte in seinem Gesicht nach einem Anzeichen von Mitleid.

»Vertraue auf Gott. Er wird dich leiten. Friede sei mit dir und deiner Familie.« Bevor sie reagieren konnte, drehte er sich um, hastete in den Palast des Hafiz zurück und schlug die Tür zu. Einen Moment lang lehnte er sich zurück, um sich zu sammeln. Er wartete darauf, dass sich sein Herzschlag beruhigte und sich seine Augen an die Dunkelheit gewöhnten. Doch sein Frieden wurde von schweren Schlägen an die Tür gestört.

Das verrückte Mädchen schrie durch das Holz hindurch: »Wieso hilfst du mir nicht? Wieso hilft mir denn niemand?«

Bello schloss die Augen und wartete ab. Endlich gab sie auf, und es wurde wieder ruhig. Als er in die große leere Basilika zurückkehrte, kam ihm der Hafiz halb ausgezogen entgegen.

»Heiligkeit«, sagte Bello. »Ihr sollt Euch doch ausruhen. Weshalb habt Ihr Eure Schlafkammer verlassen?«

»Ich habe ein Mädchen gehört«, sagte der Hafiz. »Sie hat geweint.«

»Macht Euch darüber keine Gedanken«, sagte Bello und führte den Hafiz zum Vestibül auf der anderen Seite der großen staubigen Halle zurück. »Ihr dürft das Unglück jenseits dieser Tür nicht an Euch herankommen lassen.«

»Aber ich muss doch denjenigen helfen, die mich brauchen.«

»Natürlich müsst Ihr das, natürlich.« Bello setzte den Hafiz auf eine Sofakante und schenkte ihm Wasser in eine Schale, in die er auch noch einen großzügigen Schuss Arak goss. »Trinkt das! Es ist ein ganz besonderer, von den Mönchen destillierter Schnaps.«

»Ich hatte einen Traum«, sagte der Hafiz und nahm die Schale entgegen.

»Ach ja?«

»Alles brannte. Sogar die Menschen. Sie riefen nach mir, aber ich konnte nicht sprechen. Ich hatte keinen Mund.«

»Das zeigt«, sagte Bello, während er die staubige Pritsche richtete und die Kissen aufschüttelte, »dass Ihr nicht ausgeruht seid, Heiligkeit. Daran gebe ich mir die Schuld.« Er half dem Hafiz sanft dabei, sich hinzulegen.

»Was bin ich, Bello? Was sind wir jetzt, da wir keine Funktion mehr haben …?«

»Aber die haben wir doch! Ihr seid noch immer …«

»Noch immer was?«, fragte der Hafiz mit leerem Blick.

KAPITEL 23

Manel

»Hast du deine Zunge verschluckt?«, fragte die Ärztin sie mit verschmitztem Lächeln. Manel hatte den ganzen Abend lang fast gar nichts gesagt und ein Stück entfernt von der Ärztin und ihrem Führer Platz genommen, die am Feuer saßen und aßen.

Die Frau hatte sie tagsüber freundlich behandelt, und nun würde Manel sich dafür mit einem Verrat revanchieren. Sie versuchte, nicht darüber nachzudenken, was sie in dieser Nacht zu tun hatte. Khaled hatte ihr gesagt, dass sie unter allen Umständen teilnahmslos bleiben musste. Die Frau war eine Feindin und Kollaborateurin. Und dennoch …

Ihr war nicht klar gewesen, dass es sich bei dem »Doktor«, den sie ermorden sollte, um eine Frau handelte, noch dazu um eine so humorvolle und liebenswürdige. Stattdessen hatte sie mit einem brutalen Kerl gerechnet.

Die Ärztin setzte sich neben sie in den Sand. »Hast du neulich Nacht die Feuer vom Himmel fallen sehen?«

Manel nickte.

»Im Palast hielten sie sie für eine Botschaft Gottes. Vielleicht waren sie das ja auch, aber die Priester konnten sich nicht einigen, ob Gott damit sein Wohlwollen ausdrücken wollte oder ob sie ein schlechtes Omen waren. Was meinst du dazu?«

»Ich mache mir über so etwas keine Gedanken«, erwiderte Manel leise.

»Hmm … Stell dir das nur mal vor – Steine, die vom Himmel fallen.« Alkin blickte nach oben, wo sich in dieser Nacht nichts bewegte. »Vielleicht finden wir ja welche in der Wüste, Kara. Ich habe so ein Phänomen bislang erst einmal erlebt. Das war, als ich im Land der …«

»Du musst doch müde sein, Doktor«, sagte Manel abrupt und erhob sich. »So lange, wie du schon unterwegs bist.«

Die Ärztin lächelte sie neugierig an. Manel wurde mit einem Mal verlegen. Sie war nicht sie selbst, so sprach sie normalerweise nicht mit anderen Leuten. Und sie war sicher, dass die Ärztin sie durchschaute. Sie musste unbeteiligt bleiben, durfte aber gleichzeitig keinen Verdacht erregen.

»Du musst mich nicht Doktor nennen, Kara. Ich bin zwar so etwas wie eine Doktorin, aber das macht mich nur zum Teil aus. Nenn mich Alkin. So heiße ich nämlich.«

»Alkin«, wiederholte Manel. »Was bedeutet das?«

»Es bedeutet ›mannigfaltig‹, und das heißt, dass ich allen möglichen Pfaden folge. Außerdem heißt es … du hast recht.« Alkin erhob sich ebenfalls. »Ich rede zu viel. Lasst uns ausruhen. Mit Gottes Hilfe werden wir morgen den Großen Damm erreichen.«

»Den Großen Damm?«, fragte Manel und wünschte sofort, sie hätte es nicht getan.

»In Dar Salah. Angeblich ein Wunder der Ingenieurskunst. Er wurde während der Herrschaft von Sultan Sayf din Aybak erbaut.« Alkin sah Manel fragend an. »Du stammst nicht aus Heraz, stimmt's?«

»Wieso sagst du das?« Manel fühlte eine Welle von Panik in sich aufsteigen.

»Wegen deines Akzents und deiner Hautfarbe. Und weil du noch nie vom Großen Damm von Dar Salah gehört hast.«

Manel erstarrte.

»Bist du auf der Flucht, Kara? Vor dem Regime.«

Sie wäre gern geflohen – und zwar vor den lächelnden Augen dieser Frau.

»Schon gut«, fuhr Alkin fort und trat dichter an sie heran. »Ich bin zwar deren Gast, aber ich werde dich nicht verraten, egal, was du getan hast. Das verspreche ich dir.«

Manel sah zum Feuer, wo der Führer ein paar Felle ausgebreitet hatte und nun tief und fest auf einem von ihnen schlief. Dann verlor sich ihr Blick in der Dunkelheit dahinter.

»Wenn du bereits vermutet hast, dass ich mich als jemand anders ausgebe, wieso hast du dann erlaubt, dass ich euch begleite?«

»Wieso nicht?«, entgegnete Alkin. »Du hast ein freundliches Gesicht und steckst offensichtlich in Schwierigkeiten. Ich habe das Gefühl, dass ich dich kenne.«

»Du kennst mich nicht, Doktor.«

»Ja, na gut, aber du bist so alt wie meine Tochter. Ich hätte sie gern auf meinen Reisen dabeigehabt. Vielleicht ist das der Grund.«

Im Licht der allmählich verlöschenden Flammen entdeckte Manel Anzeichen von Trauer und Reue in Alkins Gesicht. Ohne es zu wollen, fragte sie: »Wo ist deine Tochter jetzt?«

»Das erzähle ich dir ein andermal«, sagte Alkin und wandte

endlich den Blick ab. »Es ist schon spät. Ich werde im Zelt schlafen. Es macht dir doch nichts aus, hier draußen beim Feuer zu bleiben, oder?«

Manel nickte und beobachtete, wie Alkin in der Dunkelheit verschwand.

Manel schlief nicht. Sie lag auf einem Fell und hielt Augen und Ohren offen. Die glühenden Kohlen pulsierten im Rhythmus der langen Atemzüge des Führers. Es war faszinierend zu beobachten: ein Stück brennendes Holz und eine lebende Gestalt, zwei völlig verschiedene und voneinander unabhängige Dinge, die durch eine unsichtbare Energie miteinander verbunden waren. Doch woher stammte diese Energie?

Es war so weit.

Langsam setzte sie sich auf. Der Führer rührte sich nicht. Sie nahm das Messer, das sie in ihrer Tunika versteckt hatte, stand auf und schlich barfuß zum Zelt der Ärztin. Dort angekommen, stellte sie sich an den Eingang und lauschte.

Nichts.

Sie hob die Zeltklappe an und trat ein. In der Finsternis konnte sie nur Alkins Umriss ausmachen. Sie lag auf dem Rücken, ihre Brust hob und senkte sich mit jedem Atemzug. Als sich Manels Augen an die Dunkelheit gewöhnt hatten, fiel ihr Blick auf Alkins Gesicht. Sie war schön. Nicht in oberflächlicher Hinsicht, sondern innerlich. Selbst im Schlaf wirkte sie wie eine Frau, die mit der Welt und sich selbst im Reinen war.

Vorsichtig hob Manel das Messer. Ein rascher, sauberer Schnitt durch die Kehle, und ihre Aufgabe war erledigt. Damit würde sie beweisen, dass sie eine würdige Bürgerin Tumanbays war. Und es würde sich nicht mehr rückgängig machen lassen.

Sie würde sich verwandeln – in eine Kämpferin für eine ehrbare Sache, die Tochter ihres Vaters, des größten Kommandeurs von Tumanbay. Die Frage, die sich mit jedem verstreichenden Moment immer weiter in ihr Bewusstsein drängte, lautete jedoch, ob sie es tun konnte.

»Und jetzt bist du gekommen, um mich zu töten, Kara?«

Manel sah keine Bewegung. Im ersten Moment glaubte sie, die Stimme erklänge in ihrem Kopf.

»Es tut mir leid, Alkin«, flüsterte Manel und spürte, dass sie am ganzen Körper zitterte.

»Dann tu es schnell«, sagte Alkin, die nach wie vor vollkommen reglos dalag.

»Hast du denn keine Angst?«, fragte Manel.

»Vor dem Tod? Wieso sollte ich? Er ist nur eine weitere Reise.«

Manel starrte sie verständnislos an. Sie versuchte, Luft zu holen, schaffte es aber nicht und spürte, wie ihr Tränen über die Wangen strömten.

»Was ist los?«, fragte Alkin freundlich.

Manel ließ langsam das Messer sinken und wich zurück. Alkin rührte sich noch immer nicht. Als Manel den Zelteingang erreichte, drehte sie sich um und lief in die Dunkelheit hinaus, wobei sie lautstark Geschirr und die Krüge mit dem Proviant umstieß.

Sie hatte es nicht für nötig gehalten, eine Flucht zu planen. Sie trug ja noch nicht einmal Schuhe. Während sie rannte, schlitzte sie sich die Fußsohlen an Steinen auf. Es waren die Überreste der alten Klosterruine, vom Wind abgetragene Mauern, die in der Dunkelheit unmöglich zu sehen waren. Und so landete Manel schon nach wenigen Schritten mit dem Gesicht voran im Sand. Ihre Schienbeine und Oberschenkel schmerzten, wie sie es noch nie zuvor erlebt hatte.

Sie rappelte sich auf und lief weiter. Nun befand sie sich in der offenen Wüste. Sie warf einen Blick zurück. Das Feuer und das Zelt schienen bereits ein Stück hinter ihr zu liegen, doch bei diesen Lichtverhältnissen war das schwer zu beurteilen. Sobald sie weit genug weg war, würde sie langsamer werden. Sie brauchte Zeit zum Nachdenken.

Sie hörte ihre Schritte im Sand, ein konstanter, beruhigender Rhythmus. Aber Moment... waren das überhaupt ihre eigenen Schritte? Ein Schlag traf sie an der linken Schulter. Es war, als wäre etwas vom Himmel auf sie herabgefallen. Ihr Beine knickten ein, und sie krachte zu Boden. Sie konnte sich nicht bewegen und brauchte einen Moment, um zu erkennen, dass jemand auf ihr lag.

»Ganz ruhig...« Sie erkannte diese Stimme. Sie gehörte dem Führer. Erst als er ihr Handgelenk packte und es fest verdrehte, wurde ihr bewusst, dass sie immer noch das Messer festhielt. Er wand es ihr aus den Fingern. »Ich habe sie, Doktor«, rief er zum Lager zurück.

Manel hörte weitere Schritte und sah Alkin aus der Dunkelheit auftauchen. Während sie sich ihnen näherte, war deutlich zu sehen, dass sie nicht mehr lächelte. »Wer hat dich geschickt?«

»Niemand. Ich...«

»Wieso wollen sie mich töten?«, fragte sie.

»Keine Ahnung. Ich weiß nicht. Man hat mir nur gesagt, dass ich...«

»Wer?«

Manel versuchte, sich aus dem Griff des Führers zu befreien.

»Dummes Mädchen. Du bist hinters Licht geführt worden.«

»Ich glaube, ich weiß, wem ich in Tumanbay vertrauen kann und wer ein Verräter ist.«

»Tust du das?« Alkin gab dem Führer ein Zeichen. Er vergrub eine Faust in ihren Haaren und riss sie auf die Knie, damit die Ärztin sie anschauen konnte. »Wer bist du?«

»Ich heiße Manel und bin die Tochter eines Generals, die Schwester eines ermordeten Jungen und die Feindin aller, die das Regime unterstützen.«

»Nun … das nützt dir im Moment nicht viel.«

»Überlass sie mir, Doktor«, sagte der Führer. »Geh und ruh dich aus.«

»Und was willst du mit ihr anstellen?«, fragte Alkin.

»Zerbrich dir darüber nicht den Kopf. Ich bringe sie in die Wüste und …«

»Nein, es hat schon zu viel Tote in Tumanbay gegeben. Fessele sie und behalte sie bis zum Morgen im Auge.«

Als der Führer Manels Haare losließ, entwand sie sich ihm und rannte davon. Doch Alkin packte sie, und sie stürzten beide zu Boden.

»Wehr dich nicht. Wehr dich nicht. Du kannst nirgends hin. Barshat, hilf mir! Barshat? Wo bist …?«

Manel spürte ein Kitzeln am Hinterkopf. Es war nicht schmerzhaft, noch nicht einmal unangenehm. Sie versuchte, eine Hand zu heben, um zu fühlen, was es war, aber ihr Arm reagierte nicht. Ihr ganzer Körper erschlaffte. Zuletzt dachte sie noch, wie merkwürdig es doch war, dass sie die Ärztin gerade zum ersten Mal den Namen des Führers hatte sagen hören. Und dann fiel ihr noch auf, wie fest und stark Alkins Körper sich anfühlte, als sie sich an sie klammerte wie an eine Geliebte.

Ein abgehacktes Summen. Es lenkte sie ab. Sie befand sich im Garten vor dem Haus ihres Vaters. Daniel hatte gerade ihre Hand ergriffen. Er war älter, als sie ihn in Erinnerung hatte, und sie waren verheiratet. Sie hatte keine Ahnung, woher sie das wusste, aber so war es. Und sie war sehr glücklich gewesen, bis sie allein im Bett aufwachte und merkte, dass die Sonne bereits hoch am Himmel stand. Sie rief nach ihm und ihren Kindern – sie hatten drei. Im Garten sah sie Daniel, der sich über etwas beugte. Als sie sich ihm näherte, stand er mit der Sonne im Rücken auf, und sie sah die Kleidungsstücke, die rings um ihn verstreut lagen. Sie war verwirrt. Er lächelte sie beruhigend an und winkte sie mit einer ausgestreckten Hand zu sich her.

Doch irgendetwas stimmte nicht. Manel spürte, wie sich ihr Herzschlag beschleunigte und es ihr eng um die Brust wurde. Sie wollte rennen, aber ihre Füße versagten ihr den Dienst. Sie versuchte verzweifelt, die drei Kleiderhaufen auf der Erde zu betrachten, doch sie schaffte es nicht. Manel wusste, dass es ihre ermordeten Kinder waren.

Und dann ergriff Daniel ihre Hand. Sie wollte ihn fragen, wieso er es getan hatte, konnte aber nicht sprechen. Eine Fliege summte vor ihrem Gesicht herum. Sie hätte sie gern vertrieben, aber ihre Arme ließen sich noch immer nicht bewegen. Daniel strich ihr sanft mit einer Hand übers Gesicht, dann sagte er etwas, doch kein Laut drang ihm über die Lippen. Dabei sah sie ihm am Gesicht an, dass er ihr etwas sehr Wichtiges mitteilen wollte.

Die Fliege kehrte zurück, diesmal flog sie in ihr Ohr. Manel riss den Kopf zur Seite und sah eines ihrer Kinder. Es lag friedlich auf dem Rücken, als schliefe es. Nirgends war Blut zu sehen. Es war erwürgt worden. Sie wusste, dass nichts es zurückbringen konnte. Und auch die Hoffnung und die Freude, die sie in Daniels Armen gespürt hatte, waren für immer verloren. Sie und die Welt hatten sich in diesem Moment von Grund auf verändert.

Erneut war die Fliege da, diesmal in ihrem Auge. Sie labte sich an ihren Tränen. Und wieder spürte sie, wie eine Hand sie sanft vertrieb.

»Manel?«, fragte Daniel. Aber es war nicht seine Stimme. Sie gehörte einer Frau.

Manel spürte einen pochenden Schmerz in ihrem Hinterkopf.

»Sie wacht auf«, sagte die Stimme.

Manel blinzelte gegen die Sonne an. Ein Kopf tauchte auf, und sie sah die großen grünen Augen der Ärzte, die in ihre schauten. Manel versuchte, sich aufzusetzen – vergeblich, da ihre Arme hinter dem Rücken gefesselt waren. Am liebsten wäre sie in den Garten zurückgekehrt, um herauszufinden, was geschehen war und was Daniel ihr sagen wollte, doch der Traum verblasste bereits.

»Wieso tötet ihr mich nicht einfach?«, murmelte sie nach einer Weile.

»Wir werden dich nicht töten«, erwiderte Alkin.

Manel spürte, wie eine Woge aus Trauer über sie hinwegspülte. Noch nie hatte sie sich so verloren gefühlt. Sie begann, zuckend zu schluchzen.

»Du hast schon lange keine Tränen mehr zugelassen, mein Kind«, erklang Alkins besänftigende Stimme.

»Ich konnte es nicht tun. Ich konnte es nicht tun!«

»Es ist Gottes Wille, Kind.«

»Ich bin kein Kind. Ich habe schreckliche Dinge getan und verdiene es nicht zu leben.«

Sie spürte, wie Alkin den Arm um sie schlang und sie in eine sitzende Position hochzog. Das Lager war abgebrochen worden. Die Kamele standen, mit den Vorräten der Ärztin beladen, in der Nähe und kauten auf einem trockenen Dornenbusch herum.

»Hör mir gut zu, Manel. Ich habe im Leben schon viel gesehen. Daher rate ich dir, dich an nichts zu binden – weder an einen Glauben noch an eine Idee von Loyalität oder Brüderlichkeit. Lass nicht andere bestimmen, was aus dir wird. Finde deine eigene Stimme und lerne, damit zu sprechen. Und wenn sie noch nicht dazu bereit sind, dich anzuhören, dann sprich mit einer Stimme, die sie verstehen. Wir Frauen sind anders als die Männer. In uns steckt mehr. Wir können mehr tragen und auch ertragen. Kein Mann wird das je begreifen. Lass das, was in dir steckt, nicht sterben. Lebe dein Leben, Manel.«

»Es tut mir leid. Du bist die ganze Zeit so nett zu mir gewesen, und ich … Es tut mir leid, Doktor.«

»Barshat!«, rief Alkin.

Das grobe, unrasierte Gesicht des Führers tauchte auf und blickte zu Manel herab. Sein Atem roch nach getrocknetem Fisch.

»Binde sie los.«

»Ich glaube nicht, Doktor, dass das …«, sagte er zögerlich. »Ich würde dir raten …«

»Tu, was ich sage!«

Er verschwand aus Manels Sichtfeld. Einen Moment später wurden ihre Arme zurückgezogen, und sie hörte, wie er ihre Fesseln durchschnitt. Als sie ihre Arme vorstreckte, waren sie von den Schultern bis zu den Fingerspitzen taub.

Alkin nahm Manels Hände in ihre. »Du hast schöne Hände.«

»Nichts an mir ist schön«, erwiderte Manel und versuchte, ihre Hände zurückzuziehen. Doch Alkin hielt sie fest und strich mit den Daumen über ihre Handflächen. »Sie mögen verbrannt, von blauen Flecken übersät und zerschnitten sein, aber darunter erkenne ich lange siegreiche Linien, die mir sagen, dass du dich erheben und deine Stärke in dieser Welt finden wirst.«

Sie stand auf. »Es ist bereits ziemlich spät, und wir haben noch eine ziemliche Strecke vor uns.« Sie wandte sich zum Führer um. »Bring mir dieses sture Kamel, das mir so viele Schmerzen bereitet hat.«

Der Führer zog das Tier an den Zügeln. Es widersetzte sich und reckte den Hals, um noch ein letztes Mal vom Busch abzubeißen. Der Führer stupste es mit dem Stock an und zog erneut an den Zügeln. Daraufhin folgte ihm das Kamel widerwillig zur Ärztin und ließ sich, scheinbar reumütig, auf die Knie nieder, um seine Reiterin aufsteigen zu lassen.

»Aah! Ich schwöre, ich werde ein paar Tage lang nicht laufen können!« Als Alkin dem Kamel mit den Fersen in die Flanken trat, stand es auf und schwankte auf den Pfad zu, der in einiger Entfernung gerade noch zwischen all dem Sand auszumachen war.

»Kommst du mit?«, rief Alkin und drehte sich zu Manel um, die immer noch auf dem Sand saß.

»Doktor«, sagte der Führer. »Du kannst sie nicht weiter mit uns reisen lassen. Du hast ihr geholfen. Das war eine gute Tat. Du hast mehr für sie getan, als sie erwarten durfte. Sie sollte sich glücklich schätzen. Mehr musst du nicht tun.«

Alkin ignorierte den Führer. »Kommst du oder nicht?«, wiederholte sie.

Manel stand auf und sah sich um. Die Sonne stand inzwischen hoch am Himmel. Um sie herum war nichts außer trockener Wüste. Sie machte ein paar Schritte und fiel fast hin. Ihr Kopf pochte immer noch. Schließlich fasste sie sich ein Herz, atmete tief durch und stapfte hinter der Ärztin und ihrem Führer her.

KAPITEL 24

Madu

Madu saß in der Kutsche, seine Knie wippten nervös auf und ab. Wo war er? Wo steckte dieser selbstgefällige kleine Scheißkerl? Madu hasste ihre flüchtigen Zusammentreffen, doch in diesen schwierigen Zeiten ließen sie sich nicht vermeiden. Niemand sonst in Tumanbay konnte ihm geben, was er brauchte. Cadali war eine zuverlässige Quelle gewesen, aber nun war er so nervös wie eine in die Ecke getriebene Gazelle und nicht mehr vertrauenswürdig. Alle waren nur noch auf ihren eigenen Vorteil bedacht. In der Stadt selbst wimmelte es von Spionen. Anscheinend wollten Mayas Anhänger sämtliche Bereiche des Lebens kontrollieren. Die Bürger wurden in Tumanbay gefangen gehalten, und Madu war in seinem eigenen Reich ein versklavter Sultan.

Er beugte sich vor und sah zum baufälligen Palast des Hafiz hinüber. Nirgends war ein Zeichen von Bello zu sehen. Was, wenn er nicht auftauchte? Würde Madu dann aus der Kutsche aussteigen und an die Tür klopfen? Was, wenn er dabei gesehen wurde? Ohne Genehmigung durfte er den Palast nicht verlassen. Was würde er sagen, falls ihn jemand nach dem Grund für sein Hiersein fragte? Dass er den geistigen Beistand des Hafiz benötigte? Dann würden sie ihn vielleicht wieder im Keller einsperren, und das konnte er nicht ertragen.

Madu drängte den Gedanken aus seinem Bewusstsein und lehnte sich zurück, um sich zu beruhigen. Er vermisste Daniel so sehr. Es wäre alles ganz anders gekommen, wenn er bei ihm geblieben wäre. Mit Daniel an seiner Seite hätte er es geschafft. Sie hätten ein eigenes Netzwerk aus Spionen gegründet, den Widerstand koordiniert und die Besatzer besiegt. Oder sie wären in den Gebirgspalast seiner Mutter geflohen.

Ein Klopfen am Fenster riss Madu aus seinen Gedanken.

Es war der Mönch. Er strahlte übers ganze feiste Gesicht. »Wie geht es Euch heute, Majestät?«

»Ich … ich brauche meine Segnungen.«

»Natürlich tut Ihr das. Ihr seid früher zurück, als ich erwartet hatte …«

»Dein hohles Geschwätz interessiert mich nicht«, fuhr Madu ihn an. »Bring mir, was ich brauche.«

»Natürlich, Majestät. Vergebt mir mein …« Er lächelte unterwürfig. »… hohles Geschwätz. Ich habe Eure Segnungen hier. Es ist wie immer alles vorbereitet.«

Er zog eine Ziegenlederbörse aus seiner Kutte. Madu riss sie ihm aus der Hand und befahl dem Fahrer, ihn zum Palast zurückzubringen. Die Kutsche setzte sich in Bewegung.

»Bis zum nächsten Mal«, rief der Mönch und verschwand außer Sicht. Madu zog den Fenstervorhang herunter und öffnete eilig die Börse. Sie enthielt ein pinkfarbenes Pulver. Er befeuchtete einen Finger mit der Zunge, stippte ihn in das Pulver und führte ihn sich an die Lippen. Dann schloss er die Augen. Sehr fein, sehr rein, dachte er und spürte sofort, wie sich die

Anspannung in seinen Schultern löste. Obwohl sich der Priester wie ein widerlicher kleiner Scheißkerl benahm, war er dieser Tage der Einzige, auf den man sich verlassen konnte. Daran bestand kein Zweifel. Madu zog sein Messer aus der Scheide und legte es auf den Schoß. Dann holte er einen kleinen Spiegel hervor, den er ständig für solche Gelegenheiten mitführte, und schüttelte vorsichtig etwas von dem Pulver darauf. Anschließend zerteilte er das Pulver mit dem Messer in zwei gerade Linien.

Genau in diesem Moment ruckte die Kutsche nach rechts und schleuderte Madu zur Seite. Hätte er sich nicht so stark konzentriert, wäre ihm dabei bestimmt der Spiegel aus der Hand gefallen.

»Fahrer«, rief er und klopfte gegen das Kabinendach. »Langsam. Das ist kein Wettrennen!«

Die Kutsche wurde langsamer, und Madu widmete sich wieder seiner Aufgabe. Er hob sich den Spiegel an die Nase, hielt ein Nasenloch zu und schniefte eine Pulverlinie. Dann bedeckte er das andere Nasenloch und saugte die andere Linie ein. Anschließend schloss er die Augen und legte einen glückseligen Moment lang den Kopf an die Sitzlehne. Er fühlte eine Welle der Zuversicht in sich aufsteigen. Mayas Besatzung würde schon bald enden. Er würde sich als der großartige Sultan entpuppen, zu dem das Schicksal ihn bestimmt hatte, der Retter von Tumanbay, der alles überwand, was sich ihm in den Weg stellte.

Er öffnete den Vorhang und blickte in die Stadt hinaus. Seine Stadt, sein Volk.

»Ach, ich bin wirklich gesegnet«, murmelte er. »Diese wunderbare Stadt…« Sie schien heller zu sein als sonst, so viel…

Aber irgendwas stimmte nicht. Sie durchquerten das Bulpassviertel.

»Fahrer«, rief er und schlug erneut an die Decke. »Ich sagte: zurück zum Palast. Das ist die falsche Richtung.«

Die Kutsche fuhr weiter. Nun passierten sie die Gruben, in denen Tierhäute gegerbt und gefärbt wurden. Nur mit Lendenschurzen bekleidete Männer stampften in übelriechenden Decken auf Büffelfellen herum.

»Das ist nicht der Weg in den Palast«, rief Madu mit gepresster Stimme, während die Panik in ihm wuchs. »Wir fahren in die falsche Richtung.«

Sie fuhren an Reihen von Rahmen vorbei, auf denen die Häute trockneten. Ein kurzes Stück vor ihnen lag die Nekropolis, eine riesige jahrhundertealte Begräbnisstätte. Als die Stadt gewachsen war, hatten die Menschen begonnen, zwischen den Gräbern und Gruften zu leben, und schließlich war sie zu einer Stadt innerhalb der Stadt geworden. Grabsteine waren als Baumaterial zweckentfremdet worden, und in einigen Fällen waren Leute einfach in die alten Mausoleen eingezogen.

Die Kutsche hielt vor einem dieser Mausoleen. Auf seinen rissigen Wänden war ein Relief zu sehen. Es zeigte eine trauernde Familie, die zu einem dahinscheidenden Patriarchen aufblickte.

»Was soll das?«, schrie Madu. »Warum sind wir hier? Was hast du vor …«

Eine der Türen ging auf, und ein junger Mann kletterte herein. Er war attraktiv, gut gekleidet und bärtig.

»Wer … wer bist du?«, stotterte Madu.

»Ein Freund, Majestät«, erwiderte der Mann und betrachtete Madu eingehend.

»Was hast du…?« Und dann dämmerte es ihm. Natürlich hatten sie ihn hierher, in den abgelegensten Teil der Stadt, gebracht, um ihn umzubringen. Aber wer? Und weshalb? Die Rebellen? Er hatte gehört, dass sich eine Widerstandsbewegung gegen Mayas Besatzung formiert hatte. Glaubten sie etwa, er stünde auf Seiten der Besatzer? Nur weil er weiterhin Sultan war? Natürlich glaubten sie das. Sie würden seine Ermordung als Sieg über Maya betrachten.

Madu packte den Türgriff und versuchte, den Wagenschlag zu öffnen. Doch der Eindringling war zu schnell und zu stark. Er stieß ihn in seinen Sitz zurück und hielt ihn dort fest.

»Ihr habt nichts zu befürchten«, sagte der Mann. »Wir wollen Euch nichts tun. Tot nützt Ihr uns nichts.«

»Was wollt ihr dann? Sag mir, was ihr wollt!«

Der junge Mann, der Madu immer noch an die Sitzlehne presste, nickte jemandem außerhalb der Kutsche zu. Eine Hand schob sich durch das Fenster. Sie hielt eine Art Sack.

»Was macht ihr da?«, kreischte Madu und versuchte, sich zu befreien. »Nein! Bitte! Neeeiiiin…« Er wurde in Dunkelheit gehüllt. Sie hatten ihm den Sack über den Kopf gestreift und fesselten seine Hände hinter dem Rücken.

Madu hörte, wie andere in die Kutsche einstiegen. Er spürte Hände auf sich. Dann wurde er angehoben und über unebenes Terrain getragen. Aus Angst zu fallen hörte er auf, sich zu wehren. Es kam ihm vor, als würde er schweben.

Bald darauf hörte er das Echo von Schritten auf Stein und wusste, dass sie nicht mehr draußen waren. Er wurde Stufen hinuntergetragen. Dann hörte er eine Tür aufgehen und eine geflüsterte Unterhaltung. Madu merkte, dass er durch Gänge und über Treppen tief unter die Erde gebracht wurde.

»Wohin bringt ihr mich?«, fragte er mit wachsender Panik. »Bitte!« Als niemand antwortete, begann er erneut, sich zu widersetzen. »Hilfe, Hilfe!«, schrie er und wehrte sich mit aller Kraft. Er spürte, wie er seinen Entführern aus den Händen rutschte, und stürzte seitlich auf den harten Boden. Schmerz schoss ihm durch die rechte Schulter und den Arm.

»Ich fürchte, hier unten kann Euch keiner hören, Majestät.« Es war die Stimme des jungen Mannes, der als Erster die Kutsche bestiegen hatte. »Ich kann Euch allein gehen lassen, wenn Ihr das lieber wollt. Aber Ihr müsst aufhören, Euch zu sträuben. Versteht Ihr mich?«

Madu nickte. »Ja.«

»Also gut.« Er half Madu auf die Beine. »Ich werde Euch führen. Es wird schon gutgehen. Folgt mir einfach.«

Madu trottete hinter dem Mann her. Nach einiger Zeit packte ihn jemand an der Schulter, und er hielt an. Dann hörte er jemanden laut an eine Tür klopfen. Eine Klappe ging auf.

»Hoher Baum«, ertönte eine Stimme hinter der Tür.

»Immer noch belaubt«, entgegnete der junge Mann. Die Klappe wurde wieder geschlossen, ein Schlüssel drehte sich, und die Tür schwang knarzend auf. Madu wurde hindurchgeschoben.

»Ihr habt ihn?«, hörte er jemanden fragen.

»Ja«, erwiderte der junge Mann.

»Keiner hat euch gesehen?«, fragte jemand Drittes.

»Ich glaube nicht.«

»Gut gemacht, Bruder Khaled.« *Khaled* – nun kannte Madu also den Namen seines Entführers. Vielleicht würde ihm das später nützen.

»Setzt Euch hierhin, Majestät«, sagte Khaled und führte ihn sanft zu einem Stuhl.

»Befreit ihn von den Fesseln«, erklang eine Stimme auf der anderen Seite des Raums. Sie gehörte einem wesentlich älteren Mann. Madu spürte, wie sich der Strick um seine Handgelenke löste. »Und nehmt ihm den Sack vom Kopf.«

Madu tauchte aus der Dunkelheit auf. Blinzelnd schaute er sich in dem Raum um, der nur von einer Lampe erhellt wurde. Er hatte das Gefühl, dass sich in den Schatten mindestens ein Dutzend Leute aufhielten und ihn beobachteten, aber er war sich nicht sicher.

»Habt keine Angst, wir sind hier, um Euch zu helfen«, sagte der ältere Mann.

»Helfen? Ich will eure Hilfe nicht.«

»Nein, natürlich nicht.« Ein uraltes, faltiges Gesicht tauchte aus der Dunkelheit auf. So ehrerbietig, wie die anderen mit ihm umgingen, schien er das Sagen zu haben.

»Was haben sie Euch nur angetan?«, murmelte er besorgt, während er Madus bleiches Gesicht und seine eingesunkenen Augen musterte.

»Was genau wollt ihr von mir?«, fragte Madu.

»Majestät«, sagte der alte Mann und fiel auf die Knie. »Ich heiße Baracken und bin Euer demütiger Diener. Die anderen auch. Ich habe für Euren Onkel, Sultan al-Ghuri, gearbeitet. Ich war ein Schreiber im Skriptorium. Davor war ich für Euren Vater tätig. Und ich war auch sein Freund.«

»Ich kenne dich nicht«, erwiderte Madu.

»Ihr wart noch ein Kind, als ich zum letzten Mal im Palast gewesen bin. Ein fröhliches Kind, voller Hoffnung.«

»Ich will jetzt gehen, Baracken«, sagte Madu, der merkte, dass er hier so etwas wie Autorität besaß.

»Ihr seid unser Sultan.«

»Das bin ich in der Tat, und ich befehle euch, mich zum Palast zu eskortieren.«

Doch der alte Mann schien ihn nicht zu hören. Er verharrte mit gesenktem Kopf auf den Knien. »Ihr seid der Spross von Tumanbays größten Kriegern, und Ihr werdet unser Anführer sein.« Er nahm Madus Hände in seine. »Das ist Eure Bestimmung.«

»Bitte, ich will nicht euer Anführer sein. Ich will nur ...«

»Ihr könnt Eurem Schicksal nicht entgehen. Ihr werdet ein großartiger Anführer sein. Eine Inspiration für den gesamten Widerstand.«

»Hört mal, ich bin nicht gesund. Was immer ich Eurer Meinung nach tun soll ... ich kann es nicht. Ich schaffe das nicht. Ich brauche meine ... ich brauche meine Medizin.«

»Keine Sorge. Darum werden wir uns kümmern.«

Madu befiel eine dunkle Vorahnung. Wer immer diese Leute waren, sie schienen zu schlecht ausgerüstet, um sich mit Maya und ihrem Regime anzulegen, und er wollte nichts mit ihnen zu tun haben. Andererseits hatte er das Gefühl, dass sie ihm nichts antun wollten. Und er glaubte, dass Baracken als alter Diener seines Vaters und Onkels früher oder später seine Befehlsgewalt anerkennen und sich seinen Wünschen beugen würde. Je länger er darüber nachdachte, desto positiver erschien ihm die Situation, in die er hier geraten war.

Dann klopfte es an der Tür. Baracken erhob sich. In der Dunkelheit ertönte ein Flüstern, und eine weitere Stimme drang durch die Tür. »Bedeckt sein Gesicht.« Der Sprecher schien ein Mann in seinen mittleren Jahren zu sein. Die Stimme klang kalt und emotionslos, und sie kam Madu irgendwie vertraut vor.

»Das ist nicht nötig«, sagte Baracken.

»Ich will nicht, dass er mich sieht«, blaffte der andere.

»Dorin«, rief Madu aus. »Der Arzt. Ich kenne dich.«

»Nein, das tut Ihr nicht«, gab der Mann vor der Tür irritiert zurück.

»Ich habe dich im Palast gesehen. Du leitest das Medizinische Institut.«

Im Raum war es leise geworden. Die Tür schwang auf, und der Doktor trat ein.

»Was machst du mit …?«, stammelte Madu. »Was soll das …? Ich verstehe nicht.«

»Wir sind Eure Diener, Majestät«, sagte Baracken und bedeutete Madu, sich zu setzen. »Wir sind immer loyal gewesen. Erlaubt dem Doktor jetzt, Euch zu untersuchen.«

Dorin hatte bereits seine Tasche geöffnet und nahm verschiedene Gegenstände heraus.

»Hier«, sagte er und hielt Madu eine Phiole hin. »Schnieft das.«

»Ja, vielen Dank.« Madu erkannte, was die Phiole enthielt, und nahm sie gierig entgegen. »Endlich!« Er saugte das Pulver durch ein Nasenloch ein. Einen Moment später spürte er ein Brennen in der Kehle und kippte nach vorn. »Was zur Hölle ist das?«, fragte er, während er mit dem Kopf zwischen den Knien zu würgen begann. »O Gott. Gift. Das ist Gift.«

»Nein, kein Gift«, sagte Dorin. »Nur etwas zur Reinigung. Es wird Euch auf Eurem Weg helfen.«

Madu fühlte, wie sich seine Stirn erhitzte. Schweiß rann ihm über das Gesicht. Und dann schoss ihm, wie bei einem Vulkanausbruch, sein gesamter Mageninhalt mit solcher Wucht aus dem Mund, dass er, soweit Madu blicken konnte, den Boden bedeckte.

Baracken stand reglos dicht neben ihm. Madu bemerkte, dass seine Schuhe mit zähflüssigem Erbrochenen bedeckt waren. »Ihr werdet uns wieder führen, Sultan«, sagte er. »Aber erst müsst Ihr auf eine Reise gehen.«

»Eine Reise?«, fragte Madu und hob den Kopf. »Wohin?«

Baracken drehte sich zu den Schatten um. »Nehmt ihn mit«, sagte er.

Zwei Männer traten vor und hoben Madu von seinem Stuhl.

»Wohin gehen wir?« Er wurde wieder besorgt. Diese Leute waren unberechenbar. Hier im Untergrund konnte alles Mögliche geschehen, ohne dass je jemand davon erfuhr. Er würgte erneut und übergab sich. Sein Mund schmeckte nach Galle.

»Nirgendwohin, Majestät«, erwiderte Baracken und folgte ihm. Madu wurde durch einen Korridor in einen kleinen Raum mit einer Pritsche an der Wand geschleift. Daneben stand in einer Nische eine Lampe. Die beiden Männer ließen ihn los und schlossen die Tür hinter sich. Er hörte, wie auf der anderen Seite ein Riegel vorgeschoben wurde.

Dann öffnete sich eine kleine Klappe in der Tür.

»Ihr werdet die Dämonen in Eurem Blut ausschwitzen«, sagte Baracken. »Und Ihr werdet so lange hier drinnen bleiben, bis der letzte Tropfen Gift aus Eurem Körper verschwunden ist.«

»Nein, bitte nicht!«, schrie Madu. »Das könnt ihr mir nicht antun. Ich befehle euch …«

Die Klappe wurde zugeschlagen.

Er sah sich nach irgendetwas um, mit dem er seinem Elend ein Ende bereiten konnte. Der Tod wäre ihm lieber als das, was nun unausweichlich geschehen würde. Die Lampe im Alkoven? Sie befand sich knapp außerhalb seiner Reichweite hinter einem Metallgitter. Madu versuchte, die Pritsche anzuheben, aber sie war am Steinboden befestigt. Vielleicht konnte er versuchen, sich an der Wand den Schädel einzuschlagen.

Nachdem er eine Weile geschrien hatte, ließ er sich erschöpft und von seiner Panik überwältigt auf die Pritsche sinken.

KAPITEL 25

Gregor

Ding, Ding. Die Glocke hallte durch die Säulenkammer, während Effendi Rot halb nackt auf die Knie sank, eine Hand ins Wasser tauchte, den Schrein berührte und sich die Finger anschließend an die Lippen führte. Als er Rot, der damals noch ein Abgesandter Mayas gewesen war, zum ersten Mal gesehen hatte, war er von seiner körperlichen Erscheinung erstaunt gewesen. Er war muskulös gewesen, mit einem starken Nacken und straffer Haltung. War dies derselbe Mann, der Sultan al-Ghuri den abgetrennten Kopf eines Provinzgouverneurs vor die Füße geschleudert hatte? Sechs Wächter waren nötig gewesen, um ihn aus dem Thronsaal zu entfernen. Während er sich nun über den Schrein beugte und seine Morgenandacht abhielt, sah er blass und ausgemergelt aus.

Gregor reichte ihm ein Handtuch und verbeugte sich.

»Soll ich gehen, Effendi?«, fragte er.

»Nein, bleib, Gregor.«

Gregor verbeugte sich erneut und zog sich auf eine Seite des Raums zurück. Mit seinem Verrat an Cadali hatte er bis zu einem gewissen Grad das Vertrauen des Regenten gewonnen, doch er wusste sehr gut, dass »Vertrauen« nur eine zerbrechliche Brücke über einen tödlichen Abgrund war, die er nur mit allergrößter Vorsicht überqueren durfte.

Rot hustete mehrmals.

»Fühlt Ihr Euch krank, Effendi?«, fragte Gregor.

»Das liegt am Rauch«, erwiderte Rot und wedelte den Weihrauch weg, der vom Schrein aufstieg. Dann ging er zu einem Fenster, atmete ein paarmal tief durch und blickte auf die Stadt zu seinen Füßen hinaus. »Wer hätte gedacht, dass die größte Stadt auf Erden so leicht zu erobern sein würde?«, fragte er.

Gregor gesellte sich zu ihm. In einiger Entfernung zeichnete sich der Al-Suliman-Tempel, einst berühmt für seine glänzende Kuppel, matt gegen den blauen Himmel ab. Monatelang hatten die Invasoren seine kostbare Goldhülle entfernt, eine gewaltige Aufgabe, für die Gerüste und Hunderte Arbeiter nötig gewesen waren.

»Der Glaube, Gregor«, fuhr Rot fort. »Der Glaube erobert alles.«

Gregor nickte bedächtig. In der Stille, die nun folgte, wagte er endlich zu fragen, was ihm seit der Nacht der Eroberung auf der Zunge lag. »Eure Frau, Sarah?«

Rot wandte sich zu Gregor um.

»Wird sie zurückkehren … und sich Euch anschließen?«

»Weshalb willst du das wissen?«

»Sie ist verschwunden, nachdem … nachdem ich sie mit den Schriftrollen bei Euch abgeliefert habe.«

»Du hast mal geglaubt, sie würde nach deiner Pfeife tanzen«, sagte Rot und sah Gregor forschend an. »Hast du etwas für sie empfunden?«

»Ich?«, fragte Gregor ruhig. Wenn er etwas konnte, dann

seine Gefühle verbergen. »Natürlich nicht. Ich war nur neugierig.«

Rot lächelte und setzte zu einer Erwiderung an, doch in diesem Moment trat Barakat vor.

»Friede sei mit Euch, Effendi Rot«, sagte er und nickte Gregor zu.

»Wie lange steht Ihr da schon?«, fragte Rot.

»Nicht lange. Ich wollte Euch berichten, was wir entdeckt haben. Ich hoffe, ich störe Euch nicht bei Eurem Gespräch.«

Rot schüttelte den Kopf und ging in den Thronsaal zurück. »Habt Ihr sie aufgespürt?«, fragte er.

»Die ausländische Spionin ist verhaftet worden. Sie kam widerstandslos mit, als hätte sie uns erwartet.«

Gregor fragte sich, ob sie in Wahrheit für Barakat arbeitete. War das Treffen etwa nur eine ausgeklügelte Falle gewesen, der er Gott sei Dank entkommen war?

»Du hast Tumanbay einen großen Dienst erwiesen, als du sie uns gemeldet hast, Gregor.«

»Ich habe nur Tumanbays Bestes im Sinn«, erwiderte Gregor. »Konnte sie etwas über das Verschwinden des Sultans sagen?«

»Wenn sie etwas über seinen Verbleib weiß, hat sie es nicht verraten … noch nicht. Aber meine Männer haben auch gerade erst mit ihrer Befragung begonnen. Vielleicht dürfen wir dich dabei ja um deine Unterstützung bitten, Kommandeur Gregor.«

»Sehr gern, Inquisitor. Ich helfe, wo ich kann.«

»Schließlich hat, nach allem, was man hört, niemand mehr Verhörerfahrung als du.«

»Ihr schmeichelt mir.«

»Nein, gar nicht! Dein Ruf eilt dir voraus.«

»Ihr seid sehr freundlich.« Gregor lächelte, doch dieses Gespräch gefiel ihm nicht. Barakats durchdringender Blick war beunruhigend.

»Glaubt Ihr, dass er geflohen ist?«, fragte Rot.

»Wieso hätte er das tun sollen?«, entgegnete Barakat.

»Von meinen Informanten weiß ich, dass unser junger Sultan regelmäßig den Hafiz besucht hat«, sagte Gregor. Damit befand er sich wieder auf sicherem Terrain. Er hatte etwas anzubieten, mit dem er seinen Wert unter Beweis stellen konnte. »Er war auch heute Vormittag dort«, fügte er hinzu.

»Und wohin ist er danach gegangen?«, fragte Rot.

»Nun, er ist ein sturer junger Mann. Wenn er sich etwas vornimmt, ist er nur schwer davon abzubringen. Glaubt mir, ich habe es schon oft versucht. Er war ein Problem für seinen Onkel, Sultan al-Ghuri. Und wie Ihr wisst, hat er … gewisse Schwächen.«

»Das ist der Grund, wieso wir uns um seine Sicherheit sorgen«, sagte Barakat, »und weshalb du, Gregor …«

»Er war nicht *mein* Gefangener«, warf Gregor ein, bevor der Inquisitor ihm vor dem Regenten die Schuld in die Schuhe schob. »Ich habe etwas gehört, weiß aber nicht, ob es stimmt. Die Gerüchte, die man sich in der Stadt erzählt, finden früher oder später immer den Weg zu mir …« Er machte eine Pause. Nun hatte er ihre volle Aufmerksamkeit.

»Sprich weiter«, drängte Rot.

»Daniel«, sagte Gregor. »Er ist mit Eurer Frau, Sarah, nach Tumanbay gekommen. Wusstet Ihr, dass er und der Sultan sich nahestanden? Sehr nahe.« Gregor war nicht sicher, ob diese Information neu für sie war. »Meine Informanten haben mir berichtet, dass sie ihre gemeinsame Flucht geplant hatten. In die Berge …«

»Nein, das ist unmöglich!«, sagte Rot.

»Wo steckt Daniel jetzt?«, fragte Gregor.

»Wo er gebraucht wird«, erwiderte Rot.

»Ich versuche bloß, es zu verstehen. Es ist wichtig, dass ich weiß ... Daniel und Sarah sind als Sklaven hergekommen. Sie haben behauptet, Geschwister zu sein. Aber stimmt das?«

»Du und Qulan behauptet, Brüder zu sein«, entgegnete Barakat. »Aber stimmt das?«

Gregor schwieg. Der Inquisitor hatte recht: Er war immer sehr gut darin gewesen, aus anderen Leuten Informationen herauszuholen, doch bei Barakat und Rot versagte sein Talent. Ganz gleich wie viele verlockende Details er ihnen als Köder hinhielt, Barakat schien ihm immer einen Schritt voraus zu sein.

»Nicht alles auf der Welt«, sagte der Inquisitor, als könnte er Gregors Gedanken lesen, »ist, wie es scheint. Die Wahrheit ist schwer zu enthüllen. Gott gibt dir nicht alle Antworten, sondern erwartet, dass du nach ihnen suchst. Immerhin ist das der Grund, aus dem wir hier sind – um nach der Wahrheit zu suchen. Du musst überall nach ihr Ausschau halten, vor allem dort, wo du sie am wenigsten erwartest – in einem Nest voller Lügen.« Barakats Gesicht war nun dicht vor Gregors und lächelte ihn wissend an. »So wie du überall nach unserem jungen Sultan suchen solltest.«

»Wollt Ihr, dass ich nach ihm suche, Regent?«, fragte Gregor und drehte sich zu Effendi Rot um.

»Wer kennt sich in der Stadt besser aus als du? Finde ihn. Wir müssen herausfinden, ob wir es nur mit einem verzogenen Jungen oder mit etwas Ernsterem zu tun haben.«

Gregor zog sich zurück. Als er fast an der Tür war, rief Barakat hinter ihm: »Warte draußen auf mich, Gregor. Ich brauche dich noch.«

Gregor nickte und ging ins Vestibül. Die Tür ließ er offen stehen.

Effendi Rot hustete wieder.

»Wisst Ihr, Effendi«, sagte Barakat, »manchmal drückt Gott mit Krankheiten sein Missfallen aus.«

Gregor ging dichter an den Türspalt heran und lauschte. Barakat sprach mit gesenkter Stimme und war schwer zu verstehen. Es klang, als würde er Effendi Rot leise tadeln, und der schien das hinzunehmen. Gregor verstand immer noch nicht, in welcher Beziehung die beiden zueinander standen. Rot hatte in Tumanbay eindeutig die höchste Befehlsgewalt. Er war derjenige, der die Entscheidungen traf, doch Barakats Einfluss auf ihn schien ständig zu wachsen.

»Möchtet Ihr, dass ich Euch die Hände auflege, Regent?«, hörte er Barakat fragen, bekam aber Rots Antwort nicht mit. »Dann erlaubt mir wenigstens, mit Euch zu beten«, fuhr Barakat fort. »Zwei Gebete sind stärker als eines. Ihr tragt große Verantwortung auf Euren Schultern.« Gregor hörte eine Bewegung. Dann rief Barakat einem der Sklaven zu: »Bring die Ikone, damit Effendi Rot sie küssen kann.«

Darauf folgte Stille. Gregor trat von der Tür weg und lief unruhig auf und ab, bis Barakat heraustrat.

»Ah, Gregor, komm mit«, sagte er und ging den Korridor entlang. Gregor folgte ihm.

»Warum hast du nicht zuerst an mich berichtet?«, fragte Barakat.

»Verzeihung, was …«

»Die ausländische Spionin. Ich hätte sie sofort festnehmen lassen.«

»Ich weiß nicht, ich …«

»Indem du dich an Effendi Rot gewendet hast, der mit so vielen Staatsangelegenheiten beschäftigt ist, hast du ihr Zeit für die Flucht verschafft. Hätten wir nicht so gut aufgepasst, wäre sie vielleicht entwischt. War das deine Absicht?«

»Nein, natürlich nicht, Inquisitor. Wieso hätte ich sie überhaupt melden sollen, wenn …«

»Ja genau, warum?« Barakat drehte sich zu Gregor um. »Das werden wir zweifellos noch herausfinden.« Gregor hielt seinem Blick stand. Hatte Dona Ana recht gehabt? Sah er in Barakats Augen einen Funken Zweifel. *Falls ja, werde ich den Grund für diesen Zweifel herausfinden, mein Freund. Ganz bestimmt …*

Barakat wandte den Blick als Erster ab. Er nickte Gregor kaum merklich zu und hinkte durch den Korridor davon.

KAPITEL 26

Manel

»Warum wollen sie dich deiner Meinung nach tot sehen?«

»Ich schätze … weil ich bekanntermaßen ein Gast des Regimes, aber unbewacht bin. Ich bin ein leichtes Ziel.«

Inzwischen hatten sie die Wüste hinter sich gelassen und erklommen langsam das Vorgebirge. Manel teilte sich mit der Ärztin deren Kamel. Die Bewegungen des Tiers ließen sie wie bei einem eigenartigen Tanz vor und zurück schwanken. Bei jedem Schritt wurde die Ärztin gegen Manel gedrückt. Barshat war ein Stück vorausgeritten. Sein Kamel war mit den Vorräten der Ärztin beladen.

»Wieso bist du hierhergekommen?«, fragte Manel.

»Ich soll in den Dörfern ein paar medizinische Untersuchungen anstellen …«

»Für das Regime? Damit sie noch mehr Leute versklaven können? Wieso unterstützt du sie?«

Alkin schwieg eine Weile. »Als Reisende bekomme ich alle möglichen Dinge zu sehen«, sagte sie schließlich. »Die Menschen führen unterschiedliche Leben. Meine Aufgabe besteht nicht darin, etwas zu verändern. Ich will nur verstehen.«

»Dann bist du lediglich eine Beobachterin und kümmerst dich nicht darum, was geschieht?«

»Ich darf mich nicht einmischen. Ich bin eine Außenstehende.«

»Dann ist es also in Ordnung, dabei zuzusehen, wie Leute verletzt und getötet werden? Unschuldige Menschen, die nichts verbrochen haben.« Manel verstummte einen Moment. »Hast du irgendeine Vorstellung, wie Tumanbay früher gewesen ist?«

Alkin drehte sich im Sattel um und nickte. »Ja, du hast recht.«

Manel runzelte die Stirn. Wollte die Ärztin wirklich einfach so nachgeben? Manel war auf einen Streit aus.

»Was du sagst und die Fragen, die du stellst«, fuhr Alkin fort. »Das sind alles Dinge, über die ich nachdenken muss. Ich danke dir.« Sie drehte sich wieder um und blickte zum Horizont. Sie näherten sich dem Ende des Anstiegs.

»Hast du bisher etwa noch nie darüber nachgedacht?«, fragte Manel.

»Wenn ich auf meinen Reisen eines gelernt habe, dann, dass nichts ewig währt, nicht einmal Tumanbay. Daran kann man nichts ändern.«

»Das ist keine Antwort«, rief Manel aus, die allmählich wütend wurde. »Was machst du hier überhaupt?«

»Das ist eine lange Geschichte. Ich könnte sie dir erzählen, wenn du …« Alkin wurde von einem Ruf unterbrochen.

Barshat hatte sich umgedreht und winkte ihnen zu. »Hier oben, Doktor«, schrie er. Seine Stimme hallte von den Hügeln wider.

»Was ist da?«, rief Alkin zurück. Sie zog an den Zügeln, doch ihr Reittier sträubte sich. Sie zog fester und zischte ihm zu: »Das ist eine Sache zwischen dir und mir, du Sohn des Teufels, und ich verliere nicht gern.« Während das Kamel nachzudenken schien, bohrte Alkin ihm die Fersen in die Flanken. Es spuckte grunzend, drehte sich um und trottete zum Führer hinauf. Alkin stieß einen leisen Triumphschrei aus.

Manel gestattete sich den Anflug eines Lächelns. Die Frau war also doch ein Mensch.

Ein Stück weiter oben sahen sie noch mehr Hügel, die sich bis in die Ferne erstreckten und den Horizont verbargen. Barshat führte sie den Hang hinauf, über mit Buschwerk bewachsenen Felsuntergrund. Ganz oben blickten sie auf ein Tal, das an einen großen Sumpf grenzte. Dahinter erhob sich eine Felswand und ganz zuletzt, in weiter Ferne, das Gebirge.

»Was denkst du, Doktor?«, fragte Barshat. »Habe ich dir nicht gesagt, dass das ein ziemlich eindrucksvoller Anblick ist?«

»Es ist kleiner, als ich es mir vorgestellt habe ... und ...« Alkin ließ sich vom Kamel gleiten und erklomm ein paar Felsen, um sich einen besseren Überblick zu verschaffen. »Komm, Manel, das musst du auch sehen«, rief sie nach unten.

Manel stieg ebenfalls ab und folgte ihr. Der Hang war steil und mit losem Gestein bedeckt. Sie rutschte ein paarmal aus. Als sie keuchend oben ankam, blickte Alkin über das Tal hinweg. »Es ist eine Schande«, sagte sie.

»Was meinst du?«

»Dass sie ihn nicht besser instand gehalten haben. Er konnte genug Wasser aufstauen, um die Wüste zu bewässern. Ich habe Bilder davon gesehen. Alles war grün, so weit das Auge reichte. Aber schau nur, wie es jetzt hier aussieht.«

»Wieso haben sie es nicht getan?«

»Das war der verrückte Sultan, der vor vielen Generationen

regierte. Er hat sein Gold lieber für die Verzierungen an seinem Palast ausgegeben als … ach, na ja.«

Hinter ihnen rief der Führer: »Vergiss nicht die Bewohner des Dorfs, Doktor. Sie warten auf dich. Du musst deine Arbeit erledigen, und dann kehren wir in die Stadt zurück.«

»Ja, wir dürfen keine Zeit vergeuden«, sagte Alkin. Sie nahm Manel an der Hand und führte sie wieder hinunter.

Als sie fast den Pfad erreicht hatten, nahm Manel einen widerlichen Geruch wahr. Ein paar Meter vor ihnen sah sie in einer flachen Rinne Fliegen um einen Kadaver herumschwirren. »Ein totes Tier«, sagte sie und kam sich dumm vor, weil sie das Offensichtliche aussprach.

»Nein«, sagte Alkin. Sie hielt sich die Nase zu und trat dichter heran. »Kein Tier. Es ist … ein Mann … oder eine Frau. Komm, soll die Natur sich darum kümmern.«

Sie ging zu Barshat hinunter, der neben den Kamelen in den Schatten eines Dornenbuschs kauerte. Als er Alkin kommen sah, sprang er auf.

Vor ihnen gabelte sich der Pfad. Die eine Abzweigung führte ins Tal hinunter und die andere durch ein zweites Tal, das bisher verborgen gewesen war.

Alkin stieg auf ihr Kamel und drehte sich zu Manel um. »Wenn du uns verlassen möchtest, kannst du das jetzt tun, Manel«, sagte sie und deutete auf den zweiten Pfad. »Von hier ist es nicht weit bis Heraz.«

Manel wusste, dass Alkin ihr eine Chance anbot. Sie hatte versucht, die Frau zu ermorden, und es wäre gewiss vernünftig, sich jetzt davonzumachen. Sie besaß immer noch die Münzen, die sie ihrer Mutter gestohlen hatte, und Heraz war höchstens anderthalb Tagesmärsche entfernt. Sobald sie dort war, konnte sie in die Stadt zurückkehren und diese ganze unglückselige Erfahrung verdrängen.

Doch was war mit Khaled und der Rebellengruppe? Sie würden Manel aufsuchen und wissen wollen, wieso ihre Mission gescheitert war. Darüber hatte sie sich bereits den ganzen Tag den Kopf zerbrochen. Sie hatte versagt. Aber war Versagen ein ausreichender Beweis für mangelnde Hingabe? Sie glaubte, sie würde Khaled erklären können, dass der Mord unter den gegebenen Umständen unmöglich gewesen sei.

»Der Mord« – so hatte Khaled es ausgedrückt. Sie schauderte, wenn sie darüber nachdachte, was sie in jener Nacht Alkin beinahe angetan hatte. Dieser Frau, die sie zu schätzen gelernt hatte, ja sogar zu bewundern – auch wenn sie von ihrer unerschütterlichen Gelassenheit genervt war. Manel hatte sich ihr ganzes Leben lang allein und missverstanden gefühlt. Alkin arbeitete für den Feind, und dennoch hatte sie etwas an sich, das den Wunsch in Manel weckte, Zeit mit ihr zu verbringen.

»Ich würde dich gern begleiten, wenn ich darf.«

»Dann bist du uns willkommen«, erwiderte Alkin und bedeutete Manel, wieder auf das Kamel zu steigen. Sie schnalzte mit der Zunge, und das mittlerweile fügsame Tier ließ sie beide nach vorne kippen, während es sich erhob. Dann folgten sie Barshat auf dem Pfad, der über den Hügel hinweg und ins Tal hinunterführte.

Bei Sonnenuntergang hatten sie das Tal erreicht und bahnten sich einen Weg durch den stinkenden Sumpf.

»Ohne den Damm«, sagte Alkin, die während des Abstiegs geschwiegen hatte, »ist die Wüste auf der anderen Seite trocken, und der Sumpf … nun, du riechst es ja selbst. Er steht.«

Sie kamen nur langsam voran, vor allem wenn die Kamele durch knietiefen Morast wateten. Der Gestank war so ekelerregend geworden, dass Manel die Nase in ihrer Tunika vergraben musste.

Alkin bemerkte es und riss einen Stoffstreifen aus ihrem Kaftan. Eine Hälfte reichte sie Manel, die andere band sie sich selbst vors Gesicht. »Wir werden schon bald auf der anderen Seite sein«, sagte sie. »Das Dorf liegt vor uns. Sie werden uns mit einem Festmahl willkommen heißen. Obwohl sie kaum etwas besitzen, sind sie bemerkenswert gastfreundlich. Ich habe erst einmal Leute erlebt, die Reisende ähnlich großzügig empfangen. Das war in einer ansonsten verlassenen Region in …«

Doch Manel hörte ihr nicht mehr zu. Alkin hatte den ganzen Tag lang geredet. Die Geschichten über ihre Reisen in aller Welt waren zwar faszinierend, aber Manels Verstand konnte nichts mehr aufnehmen. Ihr war heiß. Sie war verschwitzt und hungrig. Der harte Sattel war unbequem, und der Gestank verursachte ihr Kopfschmerzen. Sie sehnte sich in das behagliche Haus ihres Vaters zurück, mit seinen Innenhöfen und Brunnen, den kühlen Marmorböden und weichen Kissen. Allmählich fragte sie sich, ob sie je den Weg aus diesem Sumpf herausfinden würden. Doch dann hörte sie, wie der Führer einen merkwürdig heulenden Ruf ausstieß: »Hurrrrupppp! Hurrrrupppp!«

Manel merkte, dass sie trockenes Land erreicht hatten. Barshat trieb sein Kamel aus dem Matsch heraus. Ein kurzes Stück vor ihnen ragten in der Dunkelheit Hütten auf. Das war also endlich das Dorf …

»Wo sind bloß alle?«, flüsterte Alkin, während sie sich der Siedlung näherten. Es brannten keine Feuer.

Sie hielten an und stiegen ab.

»Wartet hier.«

Als Alkin auf die Hütten zuging, bemerkte Manel in den Schatten eine Bewegung. »Stopp!«, rief sie und streckte den Finger aus. »Schau … dort drüben …«

»Das ist nur eine Ratte«, sagte Barshat, der ebenfalls in die Finsternis spähte.

»Sie sind überall!« Manels Augen passten sich an die Dunkelheit an. Sie spürte, wie etwas an ihrer Ferse zupfte, und sah nach unten. Zwei Ratten wuselten um ihre Füße herum. »Haut ab!«, rief sie und trat so fest gegen die beiden Pelztiere, dass sie über den Sandboden flogen. »Wo sind die Leute?« Sie rannte hinter Alkin her, die in der Finsternis verschwunden war. »Doktor?«, rief sie und stieß eine klapprige Hüttentür auf. Das Innere des Gebäudes war sauber und ordentlich. Manel sah ein paar Möbelstücke sowie Töpfe und anderes Kochgeschirr, doch offenbar war seit einiger Zeit niemand mehr hier gewesen. Es gab kein Feuer und auch keine anderen Lebenszeichen. Dafür hing ein modriger Geruch in der Luft.

Eine sanfte Brise wehte durch eine Öffnung in der Hüttenwand. Manel stand einen Moment lang nur da und atmete tief durch. Die kühle Nachtluft linderte ihren Kopfschmerz. Als einer der Monde kurz hinter einer Wolke hervorlugte, drehte sie sich um und blickte in ein Gesicht, das sie unverwandt anstarrte. Es war ein Kind, das auf einer Pritsche lag. Sein Kopf war in den Nacken geworfen, und es sah zum Fenster hinauf. Im nächsten Moment war das Hütteninnere wieder in Dunkelheit gehüllt.

»Doktor«, rief sie erneut, »hier drinnen ist jemand.« Sie hörte Alkin näher kommen und sah ihren Umriss in der Tür. »Hier ist ein Kind«, sagte Manel. »Da drüben.«

Alkin trat ein und ging zur Pritsche. »Tot«, sagte sie. »Alle sind tot.« Sie nahm Manel an der Hand und zog sie zur Tür. »Bedecke dein Gesicht, Manel. Hier gibt es nur Tote.«

»Ist das Dorf angegriffen worden?«, fragte Manel.

»So könnte man es auch ausdrücken. Genau das habe ich befürchtet.«

»Wieso?«

»Ich habe Leichen untersucht, die vor ein paar Wochen nach Tumanbay gebracht worden sind. Aber das hier ist viel schlimmer als …«

»Doktor!«, rief Barshat. »Schau mal hier.« Er stand neben einer großen Grube.

Als Alkin und Manel zu ihm gingen, erkannten sie, dass sie mit Leichen gefüllt war.

»Was hat sie getötet?«, fragte Manel.

»Die Pest«, sagte Alkin und lief zu den Kamelen. »Wir müssen von hier verschwinden, oder wir werden ebenfalls sterben.«

TEIL 3

KAPITEL 27

Das Gesetz

Die Geistlichen kamen im Morgengrauen. Himmel war bereits aufgestanden. Sie war die ganze Nacht wach gewesen und hatte besorgt darüber nachgedacht, was sie tun sollte und wen sie noch um Hilfe für ihren Vater bitten konnte. Sie war sicher, dass Ibn Bai als harmloser Gelehrter und Geschichtshüter rehabilitiert sein würde, sobald die ganze Situation aufgeklärt und seine Sammlung alter Manuskripte und Texte von den Experten untersucht worden war. Vielleicht hätte er die Sammlung eher anmelden und ein paar Werke dem Skriptorium des Palasts stiften sollen, aber er hatte nichts falsch gemacht und kein Verbrechen begangen. Der Inquisitor Barakat hatte gesagt, dass er ihren Vater lediglich »zur Klärung« mitnehme. Doch seitdem waren zwei Tage vergangen, und niemand konnte ihr sagen, wo sich ihr Vater befand und weshalb er festgehalten wurde.

Sie hatte Angst um das Leben, das in ihr heranwuchs. Was würde die Zukunft in dieser chaotischen Welt für ein neugeborenes Kind bereithalten? Sie streichelte sanft über ihren Bauch und nahm unter der weichen Seide ihres Nachthemds ein Kitzeln wahr. Sie wollte Akibas starke Arme um sich spüren. Er wusste immer, was zu tun war. Sie fühlte sich vollkommen allein.

»Herrin«, sprach Ayeesha sie an. »Die Priester sind hier und wollen mit dir sprechen.«

Himmel bedeckte den Kopf mit einem Schal und folgte Ayeesha durch den Hof zum Vordereingang, wo ein Priester mit mehreren Freiwilligen von der Straßenwache auf sie wartete.

»Wir sind hier, um die Bibliothek zu inspizieren«, sagte der Geistliche.

»Und wer seid ihr?«, fragte Himmel.

»Das geht dich nichts an. Aber du kannst dir sicher sein, dass wir im Rahmen unserer Befugnisse handeln.« Er deutete durch die Tür auf ein paar Soldaten, die draußen auf der Straße warteten. Ihre schwarzen Kopftücher zeugten von ihrer Treue zu Maya und dem brutalen Regime.

»Und mein Vater?«, fragte Himmel. »Wann wird er zu seiner Familie zurückkehren?«

»Das werden die Gerichte klären, Schwester. Wir kümmern uns nur um die Bibliothek.«

Himmel nickte und führte sie durch das Haus zu dem Raum, in dem ihr Vater seine Sammlung untergebracht hatte. Als sie eintraten, geriet die versteinerte Miene des Priesters, über dessen Stirn eine tiefe Narbe verlief, ins Wanken. Sichtlich erstaunt, ließ er den Blick über die ledergebundenen Bücher und Pergamente in den zahlreichen Wandregalen gleiten.

»Mein Vater ist auf der Suche nach der Wahrheit, Heiligkeit«, sagte Himmel. »Er hat vor, Teile dieser schönen Sammlung Maya zu überlassen, zum Ruhm …« Sie spürte, wie ihre Wangen brannten.

»Und warum hat er das dann noch nicht getan? Er hatte genügend Zeit dazu.« Der Geistliche ließ die Bücherregale nicht aus den Augen und würdigte Himmel keines Blickes. »Er hätte uns zurufen können: ›Brüder, kommt und seht mein Geschenk!‹ Wieso hat er damit gewartet, bis seine Sammlung entdeckt wurde?«

Darauf wusste Himmel keine Antwort. »Mein Vater will nichts anderes als Maya dienen«, erwiderte sie schließlich matt und kam sich dumm dabei vor. Ihr war übel.

Der Kleriker zog ein Pergament aus einem der Regale und entrollte es behutsam. Die Ränder waren mit fein gezeichneten goldenen Eidechsen und silbernen Schlangen verziert.

Himmel beobachtete, wie er den Text überflog. »Kannst du die alten Sprachen lesen?«, fragte sie.

»Das spielt keine Rolle«, erwiderte er. Er nahm ein kleines rundes Glasinstrument, das um seinen Hals hing, hielt es über die Schriftrolle und linste hindurch, wie ein Juwelenhändler, der einen Diamanten beäugte. Schließlich rollte er das Pergament zufrieden wieder zusammen und klemmte es sich unter den Arm. Dann drehte er sich zu seinen Assistenten um. »Die Wächter sollen sie rausschaffen«, befahl er. »Alles, was besonders aussieht, handbemalte oder mit Gold verzierte Bücher mit Bildern und Karten, sollen sie mir zeigen.«

Himmel sah zu, wie die Wächter Kisten mit den Büchern ihres Vaters füllten. Nachdem der Geistliche sie begutachtet hatte, kippten sie sie kurzerhand auf der Straße auf einen Haufen. Das Ganze dauerte ziemlich lange, und im Laufe des Vormittags bildete sich eine Traube von Zuschauern. Vom Anführer der Straßenwache aufgestachelt, skandierten sie: »Verbrennt sie, verbrennt sie, verbrennt sie …«

Der Priester mit der Narbe stand neben einem Wagen, zwischen dessen Deichseln ein wohlgenährtes Maultier angeschirrt war, und beobachtete das Geschehen. Hin und wieder fiel sein Blick auf ein besonders altes oder schönes Buch oder Pergament. Dann untersuchte er es mit seiner Linse und legte es hinten auf den Wagen.

Gelegentlich tadelte er einen Wächter, der nicht vorsichtig genug war. »Nicht auf den Boden! Bring es mir! Siehst du denn nicht, dass das wertvoll ist?« Anschließend drehte er sich zu seinem Assistenten um und sagte: »Schreib es auf – das ist wichtig.«

Worauf sein Assistent, ein weiterer schwarz gekleideter Priester, den Fund in einem Buch notierte.

Aus der Menge erhob sich eine Stimme. Sie gehörte dem Mann, der den Sprechgesang geleitet hatte. Nun reckte er eine brennende Fackel in die Höhe. »Verdamme uns nicht zur Dunkelheit, sondern verhelfe uns zum Licht«, sagte er. »Hilf uns, dass wir uns nicht abwenden.«

»Sagt Nein zur Dunkelheit«, kreischte eine Frau, und der Mann ging auf den Bücherhaufen zu.

Himmel rannte bestürzt hinzu. »Du kannst sie nicht anzünden«, rief sie und versuchte, ihm den Weg zu versperren. »Mein Vater hat sie sein ganzes Leben lang gesammelt. Einige von ihnen sind selten und uralt.«

Eine Hand zog sie an der Schulter. Es war einer der Wächter. »Tritt zurück, Schwester. Du darfst Seine Heiligkeit nicht berühren.«

Himmel drehte sich zu dem Priester um, der die Aktion leitete. »Du bist ein gebildeter Mann«, flehte sie und versuchte, seinen Blick aufzufangen. »Das habe ich daran erkannt, wie du die Schriftrolle in der Bibliothek meines Vaters untersucht hast. Halt sie auf. Das sind sehr wichtige Werke aus längst vergangener Zeit. Sie beinhalten Wissen. Das weißt du. Wenn sie zerstört werden, ist es für immer verloren. Will Maya das?«

Der Mann wandte sich zu ihr um. Als er sah, dass die anderen mit der Menge beschäftigt waren, bedachte er sie mit einem raschen Blick, der einen Funken Mitgefühl enthielt. »Mir sind die Hände gebunden. Tut mir leid. Am besten gehst du ins Haus deines Vaters zurück und bleibst dort.« Er deutete auf ihren Bauch. »Um deines Kindes willen.« Damit drehte er sich wieder um. »Bringt die da ins Lagerhaus«, sagte er zum Fahrer des Wagens, der das Maultier antrieb. »Die restlichen sollen brennen.«

Als die Menge das hörte, jubelte sie und nahm ihren Sprechgesang wieder auf. Der Mann warf die Fackel auf den Haufen, und Himmel beobachtete, wie jahrhundertealte Erkenntnisse über Schönheit, Liebe und Glauben sowie die Früchte aller möglichen anderen Bemühungen vor ihren Augen in Flammen aufgingen. Der dabei entstehende Rauch stieg in den Himmel empor, vielleicht um all das verlorene Wissen an einen anderen Ort oder in eine andere Zeit zu transportieren.

»Herrin Himmel, was tust du hier draußen?«, fragte Ayeesha. Sie war auf den Markt gegangen, um Einkäufe zu erledigen.

»Ayeesha.« Himmel warf sich ihrer Zofe weinend in die Arme. »Wo warst? Weshalb bist du so lange fort gewesen?«

»Ich habe den Markt noch nie so voll gesehen, Herrin! Es ist, als gingen der Stadt das Brot und die Oliven aus. Ich habe keine Ahnung, weshalb so viele …« Als sie die brennenden Bücher bemerkte, verstummte sie entsetzt.

»Irgendjemand hat ihn verraten«, sagte Himmel leise. »Jemand im Haus, irgendwer, dem wir vertraut haben …«

»Das wäre schrecklich, aber vielleicht stimmt es nicht«, sagte Ayeesha. »Schließlich wussten sie, dass ihr gehen wollt. Das war bekannt, nicht wahr? Deswegen …«

Himmel sah sie forschend an. »Wie?«

»Überall treiben sich Spione rum … Sie wusste sicher Bescheid, glaubst du nicht?«

»Sie?«, fragte Himmel verwirrt.

»Maya«, erwiderte Ayeesha. »Wer immer Maya ist.«

Ein Wagen näherte sich. Das Pferd wich erschrocken dem Feuer aus.

»Vorsichtig«, rief Ayeesha und zog Himmel auf das Haus zu. Als der Wagen vorüber war, strich sie den Staub von Himmels Kleid. »Was würdest du nur tun, Herrin, wenn Ayeesha nicht hier wäre, um auf dich aufzupassen? Komm …« Sie führte Himmel hinter die Mauern des Anwesens zurück. »Wenn du meinen Rat hören willst«, sagte sie mit gesenkter Stimme, »dann nimm dir mal Hassan vor. Er ist immer in der Küche und hört alles …«

»Er ist der Koch! Natürlich ist er in der Küche …«

»Pssst …«, sagte Ayeesha und hielt sich einen Finger an die Lippen. Sie sah sich um, als wollte sie sichergehen, dass niemand sie belauschte. »Ihr habt ihm vertraut und ihn immer anderen vorgezogen …«

»Das stimmt nicht …«

»Ich habe es euch gesagt. Mein Bruder hätte für euch kochen können, aber nein, dein Vater hat es ja besser gewusst.« Ayeesha schüttelte traurig den Kopf.

Vielleicht hatte sie recht, dachte Himmel. Ihr Vater neigte dazu, den falschen Leuten zu vertrauen. Ayeesha war schwierig und zu streitlustig für Ibn Bais Geschmack, aber immerhin sagte sie immer offen, was sie dachte.

»Komm mit nach drinnen, Herrin«, drängte die Zofe. »Du bist müde und musst dich ausruhen. Ich werde dir einen Pfefferminztee und etwas zu essen machen.« Sie legte Himmel eine Hand auf den Arm. »Heute Nachmittag werde ich zum Gericht gehen. Dort arbeitet ein Vetter von Maryam, die ich vom Markt kenne. Vielleicht weiß der was. Ich werde mit ihm sprechen und herausfinden, was da los ist. Aber jetzt komm erst mal rein.«

Himmel blickte zur Straße zurück. Das Feuer war inzwischen verloschen. Der Priester und seine Gefolgsmänner hatten zusammengepackt und waren auf dem Wagen davongefahren. Die Zuschauermenge hatte sich ebenfalls aufgelöst. Alles, was von der Sammelleidenschaft ihres Vaters noch übrig war, war ein rauchender Aschehaufen.

Himmel nickte und folgte Ayeesha ins Haus.

Während er wartend dasaß, überlegte Ibn Bai sich Antworten auf alles, was sie ihn über seine Bibliothek fragen konnten, über sein Interesse an Geschichte und altertümlichen Sprachen, seinen Haushalt, weshalb er in die Stadt gezogen war, über seinen Sklavenhandel, sein Einkommen und seine Steuerzahlungen – kurz gesagt über alles, was sie möglicherweise interessieren würde. Wenn sie ihn dazu drängten, würde er zugeben, dass er zu passiv gewesen war und angesichts der Veränderungen in der Stadt die Behörden nicht schnell genug über seine Buch- und Textsammlung informiert hatte. Er war sicher, dass es eine einfache und elegante Methode gab, die Dinge wieder geradezurücken. In seiner Zeit als Händler hatte er sich in den unterschiedlichsten Gesellschaften mit völlig gegensätzlichen Regeln und Gebräuchen immer irgendwie zurechtgefunden. Im

Grunde waren alle Menschen vernünftig, und wenn schon nicht vernünftig, dann zumindest gierig. Es gab immer irgendeinen Ausweg, den ein findiger Händler wie er entdecken konnte. Zumindest redete er sich das ein.

Er beschloss, in diesem Fall dem Verantwortlichen mehrere seiner teuersten – und wertvollsten – Bände als Geschenk für Maya anzubieten beziehungsweise jedem, der von ihnen Gebrauch machen wollte. Auf diese Weise würde er hoffentlich alle Missverständnisse ausräumen können.

Doch obwohl er bislang durch eine ganze Reihe von Büros und Zellen geschleift worden war, wo er warten musste, hierherkommen, sich dorthin setzen oder da drüben stehen, hatte ihn bislang noch niemand nach etwas anderem gefragt als seinem Namen und seiner Adresse. Und so saß er auf einer Bank in einem nichtssagenden Raum, neben anderen, die kamen und gingen, und keiner von ihnen sprach. Gelegentlich tauchten Beamte auf, die den einen oder anderen mitnahmen. Die so entstehenden Lücken wurden gleich wieder mit Neuankömmlingen gefüllt. Ibn Bai kam es vor, als wäre er bereits seit Stunden hier. Der Kopf sackte ihm auf die Brust, und er dämmerte weg, nur um gleich darauf hochzuschrecken und sich zu fragen, wie er nur so dumm sein konnte. Er musste bei klarem Verstand bleiben und sich eine Verteidigung zurechtlegen, um …

»Der Händler Ibn Bai?« Der Beamte fügte die Adresse hinzu, und Ibn Bai nickte. »Komm mit.«

Ibn Bais linker Fuß war eingeschlafen, sodass er fast hinfiel, als er aufstand. Der Beamte nahm ihn am Arm. »Komm jetzt.«

»Geht es um meinen Fall. Wird er jetzt verhandelt?«

Der Mann antwortete nicht.

Sie gingen Korridore entlang, stiegen Treppen hinauf und

hinunter, durchquerten Vorräume und gelangten schließlich zum Gericht, wo ihm der Weg in eine Wartekabine gewiesen wurde, in der bereits mehrere andere Gefangene saßen. An einem Ende des Raums befand sich eine Schwingtür, durch die die Delinquenten hinausgeführt wurden, wenn ihr Fall aufgerufen wurde. Die Scharniere mussten geölt werden. Jedes Mal wenn jemand hindurchging, gaben sie eine Art verzweifeltes Seufzen von sich. Ein paar Plätze weiter saß ein kleiner dicker Mann, auf dessen Stirn Schweißperlen standen. Sie sahen einander kurz in die Augen, sagten aber nichts. Ibn Bai wurde mit einem Mal bewusst, wie heiß es hier drinnen war und dass seine feuchte Kleidung, die er seit seiner Verhaftung trug, vor Dreck starrte.

»Fall Nummer drei-sechs-sechs-drei, Euer Ehren …«, rief einer der Schreiber. Eine weitere Gefangene, eine junge Frau, wurde aus der Kabine gezerrt. Ibn Bai wurde einen Platz weitergeschoben, dichter an die Tür, die seufzend hin und her schwang.

Da immer drei Anhörungen gleichzeitig stattfanden, herrschte großes Stimmengewirr, und es fiel Ibn Bai schwer zu verstehen, wem man was vorwarf, ehe die Gefangenen aus dem Gericht geführt wurden und die Kabinentür erneut seufzte. Allerdings spürte er deutlich die Angst, das Elend und die Zerknirschtheit der Männer, Frauen und manchmal auch Kinder, die in einem steten Strom durch das Gericht geschleust wurden. Das waren alles Verbrecher, dachte er. Er selbst hatte dagegen nichts angestellt. Nicht im eigentlichen Sinne. Sobald der Richter alle Fakten kannte, würde er ihn bestimmt in die Freiheit entlassen.

»Fall drei-sechs-sechs-zwei-sieben.«

Jemand packte ihn fest am Arm und zerrte ihn aus der Kabine. Die Scharniere verabschiedeten ihn mit ihrem Seufzer.

»Ibn Bai, Euer Ehren«, hörte er jemanden rufen. »Ein ehemaliger Sklavenhändler.«

»Exzellenz«, sagte Ibn Bai und verbeugte sich. Da er diejenigen gesehen hatte, die vor ihm dran gewesen waren, wusste er, dass ihm nur wenig Zeit für Erklärungen blieb. »Die Bibliothek war eine reine Sammlung …«

»Eine Sammlung aufwieglerischer Texte, die dieser Mann gehütet hat«, las einer der Schreiber, der vor dem Richterpult saß, aus einem Buch vor.

»Nein, nein …«

»Es gibt eine Zeugin, die angehört werden muss«, sagte der Schreiber und gab jemandem in der Menge ein Zeichen. »Die Zofe des Angeklagten. Die Diener wissen immer am meisten.«

Ibn Bai drehte sich um und sah zu, wie Ayeesha hereingeführt wurde. Sie stellte sich neben ihn und blickte starr geradeaus, als der Richter sie dazu aufforderte, ihren Namen und ihre Position in Ibn Bais Haushalt zu nennen.

»Dein Herr, der Angeklagte, war er ein eifriger Leser?«, fragte der Richter.

»O ja, er hatte nichts anderes im Kopf, Exzellenz …«

»Aber hast du ihn auch lesen sehen?«

Sie holte ein paarmal tief Luft, ehe sie antwortete. »Die Bücher waren die Liebe seines Lebens, Euer Ehren. Ich habe natürlich für die Seele des ungeborenen Kindes gebetet. Seine Tochter ist schwanger, von irgendeinem Ausländer, der allerdings verschwunden ist. Mein Herr hat auch versucht, aus der Stadt zu fliehen. Gott hat es verhindert. Gott sieht alles. Gepriesen sei sein Name, weil er heute einen Ketzer seiner gerechten Strafen zuführt.«

Ibn Bai starrte Ayeesha verständnislos an. Seit er nach

Tumanbay gekommen war, hatte sie in seinem Haushalt gearbeitet. Er hatte sich um ihre Familie gekümmert, ihr ein Dach über dem Kopf gegeben, sie unterrichtet und die Medikamente für ihre kranke Mutter gezahlt. Wieso fiel sie ihm jetzt in den Rücken?

»Ich fürchte, er ist schuldig«, sagte der Richter und drückte einem Dokument sein Siegel auf.

»Darf ich selbst nichts dazu sagen, Exzellenz?«

Der Richter sah den Schreiber an. Der schaute wiederum Ibn Bai an, der mit offenem Mund dastand. Allerdings nur kurz, dann hob er eine Hand, um den nächsten Gefangenen heranzuwinken.

Während Ibn Bai zur Tür am anderen Ende des Saals geführt wurde, durch die auch alle anderen Angeklagten hinausgegangen waren, blickte er noch mal zurück und sah, dass Ayeesha ihm mit einem triumphierenden Lächeln hinterherschaute.

Nach seiner Begegnung mit dem Richter wurde Ibn Bai in eine Zelle im Keller des Gerichtsgebäudes geführt, wo er gemeinsam mit anderen Übeltätern eingepfercht wurde. Als der Wächter die Ketten von seinen Handgelenken löste, fragte Ibn Bai ihn, wie lange er hier festgehalten werden würde.

»Bis du abtransportiert wirst«, entgegnete der Mann.

»Wohin abtransportiert?«, fragte Ibn Bai verwirrt und voller Panik.

»Wohin glaubst du wohl?«, kam die Antwort, als die schwere Zellentür ins Schloss fiel. Ibn Bai packte die Gitterstäbe und versuchte, die Tür wieder aufzuschieben.

»Effendi … mein Herr, bitte. Es hieß, ich dürfte meine Beweise vorlegen.«

Ein Riegel wurde vorgeschoben, und der Wächter drehte den Schlüssel im Schloss herum.

»Effendi, sie haben mir versichert, dass ...« Aber es nützte nichts. Der Wächter ging, taub für Ibn Bais flehentliche Rufe, in die Schatten davon.

Ibn Bai versuchte, sich zu beruhigen. Das kurze Aufeinandertreffen mit dem Richter war sicher nur eine erste Anhörung gewesen. Er musste geduldig bleiben. Während der eigentlichen Gerichtsverhandlung würde er einem echten Richter seine Sicht der Dinge darlegen können. Er würde einen Anwalt brauchen und musste seine Freunde und Geschäftspartner bitten, seinen guten Leumund zu bestätigen. Er musste ...

Irgendwo in der Nähe flüsterte jemand ein leises Gebet. Der Mann kauerte mit geschlossenen Augen an der feuchten Wand. Sein Kopf, der bis auf ein paar graue Stoppeln kahl war, wippte von einer Seite auf die andere. Als Ibn Bai ihn an der Schulter berührte, brach der Mann ab und blickte erschrocken zu ihm auf.

»Weshalb bist du hier, mein Freund?«, fragte Ibn Bai. »Was hast du dir zuschulden kommen lassen?«

»Alkohol«, erwiderte der Mann.

Ein jüngerer Mann tauchte neben ihm auf. »Wir waren die Huren des Weins, Effendi«, sagte er strahlend. »Mein Vater und ich. Wir hatten einen Laden, in dem wir Alkohol verkauft haben. Und jetzt sind wir hier Gott sei Dank eingesperrt. Gelobt sei sein Name.«

Ibn Bai starrte ihn an. Wieso war dieser Mann so fröhlich?

»Ich habe mich bei dem Gerichtsbeamten bedankt«, fuhr der Vater fort. »›Danke, Euer Heiligkeit‹, habe ich gesagt. ›Danke, dass du mir den rechten Pfad gewiesen hast.‹«

»Ich war ein Lehrer.«

Ibn Bai wandte sich zu einem schlanken Mann um, der den Kaftan eines Erziehers trug. Das Kleidungsstück war schmutzig und zerschlissen.

»Ich habe geglaubt, ich würde die Kinder unterrichten. In Wahrheit habe ich sie jedoch vom Glauben abgebracht. Inzwischen bin ich Gott sei Dank geheilt…« Er hob einen Finger zur Decke, aber sein Kopf regte sich nicht, und er hielt die Augen geschlossen.

Ibn Bai fand den Anblick verstörend. »Bist du blind?«, fragte er.

»Ja«, erwiderte der Lehrer. »Und die Dunkelheit, in der ich mich befinde, ist gut. Ich habe Schmerz nie mit Freude verbunden und die Dunkelheit nicht mit Licht, aber…«

»Dies hier ist das wahre Hospital, mein Freund«, sagte jemand anders über Ibn Bais Schulter. Er war widernatürlich dünn, und sein Atem stank nach verwesendem Fleisch. »Nimm die Medizin.«

»Ich habe um hundert Peitschenhiebe gebeten, bevor sie mich hängen«, sagte einer der beiden Alkoholhändler – der Vater. »Sie sagten fünfzig, aber ich entgegnete: ›Nein, Bruder! Peitscht mich aus!‹« Der Arm, mit dem er wedelte, endete in einem Stumpf.

»Deine Hand – was ist damit passiert?«, fragte Ibn Bai.

Mit seiner verbliebenen Hand riss sich der Mann das Hemd auf und entblößte ein Gewirr aus Sehnen und Knochen, das darunter an einem Lederband hing. »Ich trage sie um den Hals!«, erwiderte er stolz. »Damit ich niemals Gottes Gnade vergesse.«

Erschrocken wich Ibn Bai in die Arme des Lehrers zurück, der daraufhin zu einem Gebetsgesang anhob. Die anderen schlossen sich ihm an.

»Hol mich, Gott! Lass mich den Preis für das Paradies zahlen! Hol mich, o Gott! Ich bin bereit!«

Kurz darauf stimmten auch die Gefangenen in den Nachbarzellen mit ein.

»Aber ich bin unschuldig«, rief Ibn Bai.

Der Lehrer lächelte, als wüsste er, was dieser Sünder durchmachte. »Das glauben wir anfangs alle«, sagte er.

»Nein, ich bin wirklich … ich bin …« Tränen verschleierten seinen Blick.

»Er sagt, er wäre unschuldig!«, rief der Lehrer den anderen zu, worauf Gelächter die Zelle erfüllte.

»Er glaubt, die hiesigen Behörden würden einen Unschuldigen verhaften!«, rief der Spirituosenhändler. »Das ist es, was er glaubt!«

Ibn Bai ließ den Blick über die verrückten und gebrochenen Zelleninsassen schweifen. Inzwischen lachten alle. Er ließ sich in die Hocke sinken und legte den Kopf auf die Knie.

Er war müde, so müde.

KAPITEL 28

Dorin

Dorin spürte den Atem des Inquisitors im Nacken, während er das Mädchen vom Brustbein abwärts aufschnitt. Es war eine schwierige Aufgabe, noch dazu eine sinnlose, die Barakat ihm ohne Vorankündigung abverlangte. Der Inquisitor verbrachte mittlerweile viel Zeit im Medizinischen Institut und beraumte immer öfter spontane Autopsien an. Um diese hier durchführen zu können, hatte Dorin eilig eine andere Verabredung – ein Treffen mit seinen Mitverschwörern – absagen müssen.

»Dreh sie um«, sagte er zu seinem Assistenten, einem der Eunuchen, die am Institut lebten und die Aufgabe hatten, die Leichen zu präparieren und die Ausrüstung sauber zu halten. »Nicht zu weit«, fuhr er ihn an. Der Assistent hatte das Mädchen auf die Seite drehen müssen, damit Dorin das Ende einer Metallklammer in ihre Brusthöhle einführen konnte. Sobald sie sich an der richtigen Stelle befand, drehte Dorin am Griff des Geräts und spreizte so die Rippen langsam auseinander.

»Du meine Güte«, flüsterte Barakat und beugte sich vor. »Was ist das?«

»In der Brust liegt das Zentrum des Lebens. Lasst mich das

Gewebe ein bisschen zur Seite ziehen, damit Ihr es besser sehen könnt. Magal, den Retraktor!«

Der Assistent reichte Dorin den entsprechenden Apparat, und der Doktor setzte ihn ein.

»Sie ist nicht frisch, Dorin…«, sagte Barakat.

»Ich fürchte, Eis schmilzt«, entgegnete der Doktor, ohne aufzublicken. Während Sultan al-Ghuris Herrschaft hatte es jede Menge Eis gegeben. Es war in großen mit Sackleinen bedeckten Blöcken von den Gipfeln des Saldin herabgeholt und ein paar Tage lang durch die Wüste transportiert worden. Seit der Besatzung war der Handel damit jedoch beinahe komplett zum Erliegen gekommen, und so war es fast unmöglich, Leichen länger aufzubewahren. Der Inquisitor, der zu einem der wichtigsten Förderer des Medizinischen Instituts geworden war – oder es zumindest in Betrieb hielt –, hatte Dorin jede erdenkliche Unterstützung versprochen. Doch trotz Dorins fortgesetzter Bitten waren keine neuen Eisvorräte eingetroffen, und die Eisbunker im Keller waren mittlerweile so gut wie leer.

»Seht her, da ist das Herz, das Zentrum von allem…«

»Kann die Seele darin existieren, so klein, wie es ist?«, fragte der Inquisitor.

»Sie ist erst neun Jahre alt«, erwiderte Dorin und versuchte, seine Verachtung für den Inquisitor zu verbergen. Wenn er Tumanbay wirklich dienen wollte, musste er dabei helfen, Mayas Besatzung zu beenden. Und dafür war es wichtig, dass er Barakats volles Vertrauen gewann, egal, was er dabei empfand.

»Ich verlasse mich auf dein Urteil, Doktor«, murmelte der Inquisitor und drehte sich zu einem der bärtigen Geistlichen um, die an der Tür warteten. Er gab dem Mann ein Zeichen, dass er ihm beim Ablegen der Schürze helfen solle. »Ich muss dich nun verlassen. Ich habe noch etwas zu tun.«

Als er zur Tür ging, bemerkte Dorin, dass er noch stärker hinkte als sonst. Vielleicht weil er den Großteil des Tages auf den Beinen gewesen war, um »Gottes Werk zu verrichten«.

Barakat drehte sich noch einmal zu Dorin um. »Hast du genügend Exemplare? Die kranken Kinder gehen uns nicht aus. In dieser Hinsicht meint es Gott gut mit uns. Ich erwarte deinen Bericht.«

Sobald er weg war, legte Dorin sein Operationsbesteck ab und ging zum Becken, um sich zu waschen. Er hoffte, dass dieses Affentheater bald enden würde, doch bis auf Weiteres musste er sich den Inquisitor gewogen halten, und dazu gehörte, dass er ihm bei seiner lächerlichen Suche nach dem Sitz der menschlichen Seele half.

Wenigstens war er diese Alkin los, die Barakat ihm zur Unterstützung bei seinem »großen Werk« an die Seite gestellt hatte. Sie hatte Dorin in letzter Zeit ein wenig zu genau beobachtet, und er war sicher, dass sie entweder an den Inquisitor oder den Regenten, Effendi Rot, berichtete. Vielleicht hatte sie sogar versucht, Barakat darauf hinzuweisen, dass Dorins angebliche »wissenschaftliche Untersuchungen« nirgendwohin führten. Auch wenn der Inquisitor es ihr wahrscheinlich nicht geglaubt hätte. Dieser Mann war ein Fanatiker und gegen jegliche Logik immun. So oder so verrottete ihr von Hyänen ausgeweideter Leichnam mittlerweile in der Wüste – sofern die neue Rekrutin ihre Aufgabe ordentlich erledigt hatte.

»Sind wir fertig, Doktor?«, riss Magal ihn aus seinen Gedanken.

»Natürlich nicht. Nimm die Lungenflügel heraus und pack den Kopf weg. Morgen mache ich das Herz.«

Er hörte näher kommende Schritte und drehte sich um. Die Tür flog auf, und Alkin trat ein. Diese verdammte Frau war zurückgekehrt! Sie hatte ihre Reisekleidung an und trug einen Stapel Bücher. Dorin starrte sie erstaunt an.

»Im Korridor bin ich dem Inquisitor begegnet«, sagte sie und ging eilig zu einer der Marmorplatten, auf der gerade keine Leiche lag.

»Ja, er hat mich konsultiert …«

»Schließe die Tür, mein Freund, und« – sie deutete auf den Assistenten – »schick ihn weg.«

»Wieso bist du schon wieder da, Alkin …?«

»Es ist dringend, Doktor. Bitte tu, was ich dir sage.«

Dorin ging zur Tür und hielt sie auf. »Du kannst gehen, Magal.«

»Aber du wolltest doch, dass ich …«

»Geh!«

Der Assistent ließ alles stehen und liegen und ging. Dorin schloss hinter ihm die Tür und gesellte sich zu Alkin, die eines der Bücher geöffnet hatte und ihm mehrere Darstellungen von Beulen und Abszessen zeigte.

»Was wir gefunden haben«, sagte sie, »war die Pest. Fünf Tagesritte von hier entfernt.« Sie tippte auf eines der Bilder. »Die ansteckende Variante. Ich nehme an, sie stammt von den Insekten, die dort im brackigen Sumpfwasser leben, aber vielleicht findest du etwas anderes heraus, wenn du die Situation vor Ort untersuchst.« Umständlich schlug sie ein zweites Buch auf. »Schau mal hier – es gibt ein Gegenmittel, das wir erzeugen können, wenn wir die nötigen Mittel dazu …«

»Die Pest, wo?« Dorin konnte ihr kaum folgen. Was machte Alkin überhaupt hier? Hatte das Mädchen sie denn nicht gefunden?

»In einem Dorf nicht weit von Heraz.«

»Warst du allein unterwegs? Hast du … irgendjemanden hinzugezogen …?«

Alkin sah auf. »Was?«

»Warst du allein?«

»Da war ein Mädchen.«

»Ein Mädchen?«

»Wir haben sie unterwegs aufgelesen und mitgenommen. Willst du eine Zweitmeinung? Was ist bloß los mit dir? Ich erkenne die Pest, wenn ich sie sehe.«

»Was ist das da?«, fragte Dorin und deutete auf die offene Seite vor ihm. Sie schien Zeichnungen und Pläne eines Wasserwerks zu enthalten.

»Das ist der Fluss Yantai. Ich durfte dort einen Teil von Kaiser Mos Bewässerungssystem inspizieren. Verstehst du, worauf ich hinauswill? Fließendes Wasser ist unsere erste Verteidigung gegen die Pest. Das Sumpfwasser stagniert und muss durchgespült werden. Das geht nur, wenn wir den Kanal reparieren und das Schleusensystem erneuern. Darüber müssen Barakat, Effendi Rot und alle, die es angeht, sofort informiert werden. Es ist wichtig, dass wir der Pest mit aller Entschlossenheit entgegentreten und eine Strategie für die öffentliche Gesundheit ausarbeiten. Dafür müssen du und ich zusammenarbeiten und unsere Differenzen …« Sie bemerkte den Leichnam auf der anderen Platte und betrachtete ihn mit schief gelegtem Kopf. »Was ist das?«

»Du weißt, was das ist. Eine Obduktion …«

»Ich sehe natürlich, dass das eine Obduktion ist, aber das ist ja das reinste Gemetzel. Wonach genau suchst du?«

Dorin seufzte. »Wo ist das Sklavenmädchen jetzt?«, fragte er.

»Was?«

»Das Sklavenmädchen, mit dem du unterwegs warst.«

Alkin starrte ihn einen Moment lang mit gerunzelter Stirn an. »Habe ich gesagt, dass sie eine Sklavin war?«

»Ja«, erwiderte Dorin entschieden. Er ärgerte sich über sich selbst. Wie hatte ihm das nur rausrutschen können? Er war über die Mission unterrichtet gewesen und hatte gewusst, dass das Mädchen behaupten sollte, sie wäre eine Sklavin, die nach einem Banditenüberfall von ihrem Herrn getrennt worden sei. Aber hatte Alkin das erwähnt? Er hatte so viel um die Ohren, dass er sich nicht an alle Einzelheiten erinnern konnte.

»Ich bin mir nicht sicher, was sie war«, fuhr Alkin fort. »Ja, sie hat behauptet, sie wäre eine Sklavin, aber ich hatte von Anfang an das Gefühl, dass sie das nur vortäuscht…«

»Wie?«

»Was?«

»Sie hatte es vorgetäuscht, aber…«

»Wieso bist du so überrascht, Dorin? Tumanbay ist besetzt, und eine Besatzung sorgt für Widerstand. Du musst doch wissen, dass das ein ganz typischer Nebeneffekt einer Tyrannei ist.«

War das etwa eine Falle? *Tyrannei? Widerstand?* Sie sprach ganz unverblümt. Dabei waren das Worte, die einen die Freiheit kosten konnten. Versuchte sie, ihn hereinzulegen? Vielleicht stand Barakat mit seinen Wächtern auf der anderen Seite der Tür und würde sofort hereinstürmen, sobald Dorin seine Zugehörigkeit zu den Rebellen verriet.

»Sie kannte übrigens deinen Namen.«

Dorin wich blinzelnd zurück. »Woher?«

»Sie wusste sogar, wo du wohnst.«

»Wo ist sie hin?«

»Wieso willst du das wissen?«

Dorin stand einen Moment lang mit offenem Mund da und spürte, wie ihm am ganzen Körper kalter Schweiß ausbrach. Seine Beine drohten unter ihm nachzugeben. Sein Fluchtimpuls war beinahe übermächtig, aber er musste unbedingt ruhig bleiben. Ganz langsam und ein wenig schwankend ging er zum Fenster.

»Was ist los?«, fragte Alkin.

»Ich bin nur … so erleichtert, dich zu sehen …« Er beugte sich aus dem Fenster und atmete tief die kühle Nachtluft ein.

Alkin gesellte sich zu ihm. »Hör mal, wir müssen dringend etwas unternehmen. Ich kann doch mit deiner Unterstützung rechnen, oder?«

Dorin drehte sich zu ihr um. Ihr Gesichtsausdruck war entschlossen und besorgt. Wenn das eine Täuschung war, war sie sehr, sehr gut.

»Natürlich«, erwiderte er. »Danke, dass du mir davon erzählt hast. Ich werde es in meinen morgigen Bericht aufnehmen und den Inquisitor vollumfänglich über die Lage informieren.«

»Morgen?«, fragte sie und schüttelte ungläubig den Kopf. »Nein, ich halte es für besser, wenn ich gleich jetzt in den Palast gehe und mit dem Regenten darüber spreche.« Und damit ging sie hinaus und ließ hinter sich die Tür offen stehen.

Was für eine merkwürdige, ungestüme Gestalt, dachte Dorin. Nun, er wusste, was er jetzt zu tun hatte. Dorin ging in den Hof, wo seine Kutsche auf ihn wartete.

»Eine Nachtsitzung, Doktor?«, fragte der Fahrer.

»Ganz genau«, erwiderte Dorin und stieg ein.

Der Fahrer ließ die Peitsche knallen, und die Kutsche rollte über die Pflastersteine auf die leere Straße hinaus. »Nach Hause, Doktor?«, fragte er.

Dorin beugte sich vor. »Nicht nach Hause, vielen Dank. Zu dem anderen Ort.«

Der Fahrer lächelte. »Es war wohl ein besonders anstrengender Tag, oder?«

»Das kann man wohl sagen«, erwiderte Dorin und gab dem Fahrer ein paar Münzen.

Majib war berühmt für seine Bordelle und Nachtlokale. Seit der Besatzung hatte sich das Viertel an die veränderte Lage angepasst und florierte wundersamerweise nach wie vor, wenn auch weniger offensichtlich. Während Majib früher ein lauter und kunterbunter Ort voll betrunkener Nachtschwärmer gewesen war, wirkte es jetzt, zumindest auf den ersten Blick, wie eine Wohngegend. All die Trinkgelage und lasziven Feierlichkeiten fanden mittlerweile hinter verschlossenen Türen in ungekennzeichneten Etablissements statt. Natürlich wussten die Machthaber darüber Bescheid, doch Mayas Regent kümmerte sich bislang nicht darum. Andere Dinge waren ihm wichtiger.

Viele bezeichneten Majib scherzhaft als den letzten Halt auf dem Weg zur Stadt der Toten. Und das nicht nur wegen der vielen jungen Männer und Frauen, die bei den Exzessen dort ihr Leben verloren, sondern auch weil das Viertel an die großen Gräberfelder der alten Nekropolis grenzte. Als der Fahrer Dorin aussteigen ließ, ging er durch die gewundenen Gassen zu den Katakomben in der Stadt der Toten.

Eine verfallene Hütte, die einst Bestattern als Werkstatt gedient hatte, stand malerisch im Mondlicht. Er schlüpfte hinein und stieg auf einer Wendeltreppe zu den Verbindungsgängen zwischen den Katakomben hinab. Dabei musste er sich an einem Seil entlangtasten. Nach mehreren Windungen gelangte er an eine Tür und klopfte. Eine Luke glitt auf, und er sah ein schwaches Licht auf der anderen Seite.

»Friede sei mit dir«, sagte er.

»Hoher Baum«, kam die Antwort.

Dorin beugte sich zur Öffnung vor und flüsterte: »Immer noch belaubt.« Während er wartete, dachte er irritiert darüber nach, dass sie die Parole häufiger wechseln mussten. Zumindest alle paar Tage. Er nahm sich vor, mit Baracken darüber zu sprechen.

Als die Tür aufschwang und er die Höhle betrat, sah er, dass mehrere seiner Mitverschwörer hochblickten, ein paar nervös, andere neugierig, um zu sehen, wer sich zu so später Stunde noch zu ihnen gesellte. Am anderen Ende saß auf ein paar Kissen ihr Anführer Baracken.

»Bist du hier, um Seine Majestät, den Sultan, zu sehen?«, fragte er.

»Sie ist zurück«, sagte Dorin.

»Wer ist zurück? Das Mädchen oder …?«

»Die aufdringliche Verrückte, dieser plappernde Inkubus, die Lieblingsexpertin des Regimes. Sie weiß zu viel und kann nicht die Klappe halten. Wenn wir ihrer Zunge nicht Einhalt gebieten, werden sie uns allen die Kehle aufschlitzen.«

»Aber *ihr* wurde doch die Kehle aufgeschlitzt«, sagte einer der Verschwörer.

»Ich habe mich gerade eben mit ihr unterhalten!«, entgegnete Dorin. »Wenn ihre Kehle wirklich aufgeschlitzt war, ging es ihr damit erstaunlich gut. Also, was ist aus diesem Mädchen geworden? Wie hieß sie noch mal? Unsere ach so zuverlässige unerprobte Attentäterin.«

»Manel«, sagte Baracken. »Wir haben Manel damit beauftragt, die Tochter des Generals. Khaled, du hast sie angeworben.«

Ein entspannt wirkender junger Mann trat vor. »Sie wurde ordentlich eingewiesen. Ich weiß, dass sie dazu bereit…«

»Nun, es ist aber nichts passiert«, fiel Dorin ihm ins Wort. »Außer dass sie sich anscheinend lange mit dem Menschen unterhalten hat, den sie eigentlich töten sollte.«

»Ich werde dem gleich mal auf den Grund…«

»Wenn wir eine Zielperson anvisieren, bleibt sie nicht am Leben, Khaled«, sagte Baracken.

»Das weiß ich, Effendi. Dass Messer sticht zu…«

»Das Messer wird gezückt und sticht zu. Also finde das Mädchen. Wenn sie die Seiten gewechselt hat…«

»Das ist unmöglich«, erwiderte Khaled bestimmt.

Dorin sah ihn an. War es möglich, dass dieser junge Mann in die älteste Falle der Welt getappt war? War dieses Mädchen geschickt worden, um sein Herz zu erobern, und würden sie nun alle dafür bezahlen müssen?

Baracken stand auf. Offensichtlich dachte er das Gleiche. »Was weiß sie über unser Netzwerk?«

»Nichts, sie weiß nichts«, sagte Khaled mit leicht zitternder Stimme. Seine entspannte Art war einer deutlichen Abwehrhaltung gewichen.

»Weiß sie über mich Bescheid?«, fragte Dorin. Er merkte, dass er die Stimme erhoben hatte. »Weiß sie, dass ich zu dieser… inkompetenten…?« Ihm versagte die Stimme.

»Khaled?«, bohrte Baracken nach.

Khaled schwieg.

»O Gott«, murmelte Dorin und massierte sich die Schläfen. Das war ja noch schlimmer, als er es sich vorgestellt hatte. Wieso hatte er sich bloß mit diesen Leuten eingelassen?

Baracken legte ihm eine Hand auf die Schulter. »Du musst ruhig bleiben, Doktor, und wenn diese Alkin irgendeinen Verdacht äußert, streitest du alles ab. Du bist genau an der richtigen Stelle: Du bist Barakats Mann, niemand ist näher an ihm …«

»Wieso stellt ihr mich dann so bloß?«, blaffte Dorin ihn an.

»Weil wir uns im Krieg befinden und Risiken eingehen müssen.«

Khaled beugte sich vor. »Hört zu, ich bin bereit, Manel mein Leben anzuvertrauen.«

»Und wie es scheint, auch meins. Das werde ich dir nicht verzeihen …«

»Lass es«, sagte Baracken und schob Khaled sanft fort. »Wir haben etwas zu tun und müssen diesen Vorfall komplett aufarbeiten.« Er wandte sich zu Dorin um. »Da du schon mal da bist, Doktor, kannst du vielleicht noch einen Blick auf unseren Patienten werfen.«

Dorin starrte ihn einen Moment lang an. Und er hatte geglaubt, es könnte nicht noch schlimmer werden. »Ist er etwa immer noch hier unten?«, fragte er ungläubig. »Ich dachte, er soll aus der Stadt geschmuggelt werden.«

»Das war nicht möglich.«

»Er braucht frische Luft. Das habe ich euch doch gesagt.«

»Wir konnten ihn nicht raufbringen«, erwiderte Baracken. »Er war … Seine Schreie wären oben zu hören gewesen, Doktor. Wir mussten ihn fesseln.«

»Ihr müsst ihn wachhalten und mit ihm sprechen.«

»Das machen wir.«

»Ich schaue ihn mir mal an.«

Baracken nahm eine brennende Fackel. Er führte Dorin durch einen Gang und ein paar Stufen hinunter. Sie blieben vor einer Tür stehen, die von einem der Verschwörer bewacht wurde. Während sie darauf warteten, dass er sie aufschloss, bemerkte Dorin einen dunklen Fleck auf einem seiner Schuhe und bückte sich, um ihn wegzuwischen.

»Ist das Blut?«, fragte Baracken.

»Ich bin direkt aus dem Institut hergekommen. Es ist ...« Er richtete sich auf. »Meine Arbeit unterscheidet sich im Moment grundlegend von eurer.«

»Was meinst du damit?«

»Ich beschäftige mich mit Leichen, und ihr scheint nicht imstande zu sein, jemanden zu töten.«

Sie traten durch die Tür und gelangten gleich darauf zu einer weiteren, in die ein Eisengitter eingelassen war. Dorin hörte auf der anderen Seite jemanden stöhnen und spähte hinein, aber es war zu dunkel, um etwas zu erkennen. Der Gestank, der durch das Gitter herausdrang, ließ ihn hustend zurückweichen.

»Ich lasse dich hier allein, Doktor«, sagte Baracken. »Und mach dir keine Sorgen: Ich werde herausfinden, was mit dem Mädchen passiert ist.« Er bedeutete dem Wächter, die Tür zu öffnen, und eilte davon.

»Majestät?«, rief Dorin und betrat die Zelle. »Wie fühlt Ihr Euch heute?«

Aus dem Gang fiel Licht herein und enthüllte eine Gestalt, die zusammengesunken auf dem Boden kauerte. Sie war mit Ketten gefesselt, die bis in eine Ecke verliefen.

»Mord, Mord«, murmelte Madu.

Dorin hockte sich hin, um ihn zu untersuchen. Der Wächter näherte sich mit einer Fackel. »Pass auf, Doktor«, sagte er. »Manchmal ist er ganz ruhig, so wie jetzt, und im nächsten Moment ist die Hölle los. Gestern haben wir geglaubt, er hätte sich die Zunge abgebissen.«

Der junge Sultan schien unruhig zu träumen. Dorin hob seinen Kopf an und zog ein Augenlid nach oben. Die Pupille blieb trotz der Fackel geweitet.

Dorin öffnete einen Medikamentenbeutel und holte eine kleine Phiole heraus. Der Blick des Wächters fiel auf das darin erhaltene Pulver.

»Das ist ein Gemisch aus Hirschhornsalzen«, erklärte Dorin. »Löse einen Löffel davon in Wasser auf. Das wird … ihn stabilisieren.«

»Wie lange wird es noch dauern, Doktor?«

»Vielleicht zwei Tage … Er hat das Schlimmste bereits hinter sich. Aber sieh ihn dir mal an. Könnt ihr ihn nicht mal waschen?«

»Er hat versucht, mich zu beißen, Effendi.«

Der Patient hob ruckartig den Kopf und starrte entsetzt Dorin an. »Kommt er nach Hause …?«, schrie er und zappelte so wild mit den Beinen, dass sie sich in den Ketten verfingen.

»Er muss wissen, dass er gepflegt wird und nicht … gefoltert. Nehmt ihm diese Ketten ab. Ich habe euch richtige Fesseln gegeben …«

»Die haben nicht ausgereicht«, sagte der Wächter.

»Das ist dein zukünftiger Herrscher, den wir wiedereinsetzen und verehren werden! Du musst mit ihm sprechen. Verstehst du mich?«

»Ja, Doktor.«

Dorin schloss seine Tasche und stand auf. Er musste nach Hause. Seine Frau fragte sich bestimmt bereits, was ihm zugestoßen war. Er ging durch die Gänge und die Wendeltreppe hinauf. Oben angekommen, kehrte er durch die gewundenen Gassen von Majib zu seiner wartenden Kutsche zurück.

»Fühlst du dich erholt, Effendi Doktor?« Der Fahrer grinste, als Dorin ihm eine weitere Münze zusteckte.

»Vollkommen«, erwiderte er und ließ sich an die Lehne zurücksinken. Er hatte sich nie für jemanden gehalten, der sich selbst wissentlich in Gefahr brachte. Er war von Natur aus vorsichtig und kein Mensch, der für eine gerechte Sache kämpfte. Und dennoch …

KAPITEL 29

Gregor

Wenn Gregors alter Herrscher, Sultan al-Ghuri, einen Würdenträger seinen Zorn spüren lassen wollte, hatte er gern ein altes Sprichwort aus einer der Wüstenstädte zitiert: *Was für die Katze ein Spiel ist, ist für die Maus der Tod.* Seine Augen hatten sich in grausamer Vorfreude verengt, wenn sie den Übeltäter fixierten, der Gregors Gnade überlassen werden sollte. Nun gab es keinen Sultan mehr, und wenn irgendwer Gefahr lief, gefoltert zu werden, dann Gregor selbst. Er und all die alten Würdenträger wandelten auf des Messers Schneide, und auch wenn es ihm im Moment noch besser erging als seinem Bruder Qulan, der in einer Zelle vor sich hin rottete, so war seine Stellung doch alles anders als gesichert.

Früher hatte er sich gern vorgestellt, er wäre wie der Sumpfskorpion, der stundenlang reglos auf einem Grashalm sitzen und auf den richtigen Moment warten konnte, ohne sich auch nur eine Sekunde lang von seiner Aufgabe ablenken zu lassen – die pfeilschnelle Attacke mit dem Schwanzstachel, das Opfer, das sich wand, während das Gift zu wirken begann. Nun war er jedoch die Beute – die Maus.

Daher war es nicht weiter überraschend, dass er in letzter Zeit sehr lebhafte und verstörende Träume hatte. Sie entsprangen nicht seiner Fantasie, sondern drehten sich um die Vergangenheit, vor allem um seinen Verrat an dem eigenartigen verletzten Jungen namens Varsi, hoch oben auf dem Bergpass, als sie sich zu dritt im Schnee verirrt hatten und in größter Gefahr gewesen waren.

»Wir sind zu dritt, ja«, hatte Varsi ständig wiederholt. Er hatte Angst davor gehabt, in der Kälte als Fressen für die Wölfe zurückgelassen zu werden, und Qulan, für den Loyalität das Wichtigste war, wäre um jeden Preis bei ihm geblieben.

»Drei ist besser als zwei«, jammerte die Stimme erneut in Gregors Kopf. Wieso suchte der Junge ihn immer wieder in seinem Schlaf heim? Gregor sah sein hoffnungsvolles und ernstes Gesicht in der Kälte zittern.

»Zwei werden gemeinsam sterben, aber drei! Einer ist immer wach und kann Ausschau halten …«

Der Wind wehte, Vögel kreisten am Himmel. Gregor hörte ihre Schreie. Einer setzte sich auf den Kopf des Jungen und starrte Gregor mit seinen roten Knopfaugen an. Anklagend. In der Ferne knallte es, wie von einer Trommel. Das Geräusch wurde immer lauter. Was war das?

Gregor schlug die Augen auf. Er lag auf dem Sofa in seinen Gemächern. Draußen war es dunkel, doch auf dem Fensterbrett saß eine Krähe und kakelte. Gregor warf ein Kissen nach ihr, und sie flog davon.

»Kommandeur!«, rief jemand auf der anderen Seite der Tür und klopft erneut.

Gregor setzte sich auf. »Was ist los?«

»Mach auf!«

Er war es nicht gewohnt, herumkommandiert zu werden. Vor

dem Fall Tumanbays, als er noch in seinen alten Gemächern tief in den Eingeweiden des Palasts gewohnt hatte, hätten es nur wenige gewagt, ihn zu stören. Doch nun war alles anders. Als einer von denjenigen, die nun Maya dienten und damit ihr Mäntelchen in den Wind gehängt hatten, traute man ihm nicht mehr über den Weg, wenn er sich dort unten außer Sicht befand. Ob er wohl verhaftet werden sollte? Gregor stand auf und riss die Tür auf.

Draußen warteten zwei Wächter. »Du musst zu einer Notfallsitzung mitkommen, bei der deine Erfahrung gebraucht wird«, sagte einer von ihnen. Er klang ziemlich unhöflich.

Gregor machte grummelnd kehrt und ging sich anziehen.

Kurz darauf betrat er den Thronsaal, wo Barakat und der Regent heftig miteinander diskutierten. Barakat erklärte gerade mit erhobener Hand und ausgestrecktem Zeigefinger, dass sich seiner Meinung nach Gott um irgendwelche Kranken kümmern würde. Als er Gregor sah, brach er ab und wandte sich zu ihm um. »Gregor, du kommst genau zur rechten Zeit – wie immer.« Er meinte es offenkundig nicht als Kompliment.

Gregor machte Anstalten, auf die Knie zu fallen und sich zu verneigen, doch Effendi Rot hob eine Hand. »Spar dir das. Es gibt etwas, wozu wir deine Meinung hören wollen.«

Gregor blickte forschend zwischen Rot und Barakat hin und her.

»Du kennst ja unsere Freundin«, sagte der Regent. »Die Reisende, Ärztin, Ratgeberin und möglicherweise unsere Retterin …«

»Kommandeur Gregor.« Es war Alkin, die Frau, die er gesehen hatte, als Barakat ihn ein paar Wochen zuvor durch das Medizinische Institut geführt hatte. Gregor verneigte sich.

»Sie hat einen Pestausbruch entdeckt«, fuhr Rot fort.

»Hier?«, fragte Gregor und sah Alkin an. Er hatte bereits zweimal erlebt, wie die Pest die Stadt verwüstete, und wusste aus bitterer Erfahrung, welche Gegenmaßnahmen in so einer Situation nötig waren und dass die Zeit drängte. Sofort begann er damit, sich einen Notfallplan zurechtzulegen: Ganze Stadtviertel mussten unter Quarantäne gestellt und die Tore verschlossen werden. Die Schwarzen Wächter würden ausschwärmen und ...

»Nein, nicht hier, noch nicht«, erwiderte Alkin. »In einem entlegenen Dorf in der Nähe des Großen Damms von Heraz.«

»In diesen abgeschiedenen Gemeinden«, nahm Barakat den Faden auf, »kann die Sünde wild wuchern, wenn der Teufel dort ungehindert sein Unwesen treibt. Ich habe eigentlich geglaubt, ihr einfaches Leben weitab von der Stadt würde die Menschen dort schützen, doch anscheinend habe ich mich getäuscht. Die Macht des Bösen ...«

»Lasst die Ärztin berichten, was sie gesehen hat, Barakat!«, fuhr der Regent ihn sichtlich gereizt an. Die Anstrengung brachte ihn zum Husten.

»Geht es Euch gut, Regent?«, fragte Barakat.

»Ja ... es ist nur ein ...« Aber der Husten wollte nicht aufhören. Sie sahen alle zu, wie Rot davonging, sich an eine Säule lehnte und zu würgen begann.

Barakat winkte einem der Diener. »Einen Eimer! Schnell. Und bring Wasser. Du siehst doch, dass der Regent leidet.« Bevor irgendjemand helfen konnte, schoss dunkelgrüne Galle aus Rots Mund und ergoss sich auf den Boden.

Die Diener rannten panisch los und brachten endlich einen Eimer, Wasser und ein Handtuch.

Nachdem sich Rots Magen ein letztes Mal krampfhaft geleert hatte, ließ er sich auf einen Stuhl sinken. »Es ist nicht die Pest, wenn ihr das denken solltet«, sagte er. »Meine Ärzte kümmern sich um mich. Sie sagen, dass ich allergisch auf Katzen reagiere. Es kommt, und es geht. Erzähl bitte weiter, Doktor.«

Sie gingen in den Vorraum, während der Schmutz beseitigt wurde. Alkin fuhr fort. »Wir sind ins Dorf Dar Salah gereist. Soweit wir es feststellen konnten, sind all seine Bewohner tot. Ich habe schon ähnliche Pestfälle erlebt und kenne die Anzeichen.«

»Ich sage bloß, dass wir nicht vorschnell urteilen dürfen«, meldete sich Barakat wieder zu Wort. »So wie es verschiedene Sünden gibt, existieren auch unterschiedliche natürliche Bestrafungen …«

»Es ist die Pest, und wir müssen entsprechend handeln«, sagte Alkin nachdrücklich.

»Die Meteorsteine sind ganz in der Nähe gelandet, richtig?«, fragte Barakat.

»Ja. Und?«

»Wir müssen die Zeichen beachten …«

»Möchtet Ihr einen aufschneiden und in seinem Inneren nach einer Botschaft suchen? Altare aus den Steinen herstellen und ein paar Kinder darauf opfern?«

Barakat sah Alkin mit zusammengekniffenen Augen an. »Nein, das will ich nicht, aber das instinktive Vertrauen in menschliche Einmischung muss infrage gestellt werden …«

Rot schnitt dem Inquisitor das Wort ab: »Nicht solange ich Regent bin. Wir müssen etwas unternehmen, oder die Krankheit breitet sich aus.«

Barakat schürzte die Lippen. In praktischen Dingen hatte

der Regent offensichtlich nur wenig Geduld mit dem Inquisitor. »Gregor wird sich um alles kümmern, Alkin«, sagte er. »Zeig ihm die Karte.«

Alkin entrollte ein großes Pergament auf dem Tisch.

»Hier sind die Sümpfe«, sagte sie und deutete auf die entsprechende Stelle. »Ein Stück vom Dorf entfernt.«

»Da war ich schon mal«, sagte Gregor. »Vor vielen Jahren.«

»Dann kennst du dich dort ja aus. Die Schleusen und Kanäle befinden sich in einem schlechten Zustand. Mit ein paar Hundert Arbeitern können sie jedoch wiederhergestellt werden, damit wir frisches Wasser durch das ganze Gebiet …«

»Es wird auch die Sümpfe durchspülen.«

»Ganz genau. Es wird das Brackwasser und damit die Krankheit auswaschen.«

Rot hustete erneut, Barakat stützte ihn. »Ihr müsst Euch ausruhen, Exzellenz«, sagte er sanft.

»Ich habe es Euch doch gesagt. Es ist nur eine Reaktion auf …«

»Ich rate Euch zu zehn Tagen beten und fasten …«

»Ich rate zur sofortigen Entsendung unserer besten Ingenieure, die von … wie vielen Arbeitern unterstützt werden sollen?« Rot sah Alkin fragend an.

»Fünfhundert sollten genügen«, erwiderte sie.

»Sklaven …«

»Fünfhundert Sklaven«, sagte Barakat, »die für Maya bestimmt sind.«

»Wenn wir die Sümpfe nicht ablassen, wird sie Leichen erhalten, und es werden nicht nur fünfhundert sein, Barakat, sondern fünfzigtausend.«

Barakat wollte einen weiteren Einwand erheben, aber Rot

hob eine Hand. »Wieso lasst Ihr uns nicht allein? Ihr seid doch für die seelische Gesundheit der Stadt verantwortlich. Geht und erledigt Euer …« Rots Husten und Würgen begann von Neuem. Er lehnte sich an den Tisch und beugte sich mit bleichem und verschwitztem Gesicht über eine Schüssel.

Barakat warf Alkin und Gregor einen vielsagenden Blick zu. Für ihn war das eindeutig ein Zeichen, dass sich der Regent auf irgendeine Weise gegen Gott versündigt hatte. Nach ein paar Momenten versuchte er, ihn zum Stuhl zu führen.

»Geht«, keuchte Rot. Er atmete ein paarmal tief durch und gewann seine Fassung wieder.

»Seid Ihr sicher, dass Ihr …?«

»Geht.«

Barakat ging rückwärts zur Tür. Als er weg war, drehte Rot sich zu Gregor um. »Ich brauche deine Hilfe. Du musst mit deinem Bruder sprechen.«

»Mit Qulan?«

»Wir können nicht nur Sklaven diese Arbeit erledigen lassen. Sie müssen organisiert und diszipliniert werden. Wir brauchen einen Mann, der es gewohnt ist, Männer zu führen.«

»Aber er befindet sich …«

»Im Kerker? Du wolltest, dass ich ihn verschone, nicht wahr? Nun, wenn er schon nicht Maya dienen will, dann vielleicht wenigstens Tumanbay.«

»Und der Inquisitor.«

»Was ist mit ihm?«

»Er würde sicher nie erlauben, dass …«

»Dafür ist nur meine Erlaubnis nötig. Sprich mit deinem Bruder. Seine Befugnisse werden eingeschränkt sein, und er wird mir unterstehen.«

Gregor neigte den Kopf und wandte sich um Gehen, doch dann kam ihm ein Gedanke. Der Regent schien ihm zugewandter zu sein, seit er mit dem Hinweis auf die ausländische Spionin seine Loyalität bewiesen hatte. Vielleicht konnte er ihn ja zu einem weiteren Zugeständnis bewegen. »Effendi, es gibt da etwas, das ich Euch erzählen muss – eine vertrauliche Angelegenheit.«

»Ja?«

»Ich werde Euch allein lassen«, sagte Alkin und ging zur Hauptkammer zurück, um ihre Karten und Dokumente einzusammeln.

»Ibn Bai.«

»Wer?«

»Er ist nur ein Händler, dessen einziges Vergehen darin bestand, ein paar Bücher zu sammeln …«

»Nein! Das geht mich nichts an, und das weißt du auch. Bring mich nicht in einen Interessenskonflikt mit Barakat. Ich habe gerade deinem Bruder eine Überlebenschance eingeräumt! Es gibt keine weiteren Gefallen. Geh jetzt und sprich mit ihm.«

Die Stadt erwachte zum Leben, während Gregor über den Hinrichtungsplatz auf die Baracken der Schwarzen Wächter zuging. Ein paar von den Männern hatten zuvor unter Gregor in der Palastwache gedient, aber mittlerweile genau wie er den neuen Herrschern Treue geschworen.

Als er den Hauptraum betrat, kam er ihm kleiner und schäbiger vor, als er ihn in Erinnerung hatte. An den Wänden befanden sich Kratzer, das große Wandgemälde, auf dem hypnotisierende geometrische Muster das Siegel des Sultans umgeben hatten, war verschandelt worden.

»Ich bin gekommen, um mit General Qulan zu sprechen«, sagte Gregor zu einer Gruppe von Wachmännern, die im Kreis saßen und Tee tranken. Er erkannte keinen von ihnen, doch ihre schwarzen Kopftücher wiesen sie als Mitglieder der Schwarzen Wache aus.

Ihr Anführer stand auf und ging, ohne Gregor eines Blickes zu würdigen, wortlos zu einem Tisch, auf dem eine offene Kladde lag. Er nahm eine Feder aus einem Tintenfass und begann, etwas hineinzuschreiben. Nach einer Weile streckte er erwartungsvoll die freie Hand aus. Gregor reichte ihm die Vollmacht, die ihm ein Assistent des Regenten mitgegeben hatte. Der Mann starrte sie einen Moment lang an und übertrug sorgfältig eine darin enthaltene Information in das Buch. Anschließend stempelte er den Eintrag ab und brachte das Dokument zu einem anderen Wächter, der hinter einem vergitterten Fenster saß.

»Der Gefangene ist vor fünf Tagen hergebracht worden«, sagte er. »Aus dem Zentralgefängnis. Er befindet sich in den Käfigen.« Gregor wusste, dass es gängige Praxis war, Gefangene immer wieder in neue Zellen zu verlegen und sie auch in andere Gefängnisse zu überstellen. Diese Ortswechsel verwirrten sie und machten sie verwundbar. Allerdings konnte er sich kaum vorstellen, dass diese Methode auch bei Qulan funktionierte.

Der sitzende Wächter las den Befehl ebenfalls sorgfältig durch, dann stempelte er ihn ab und legte ihn in ein hölzernes Fach. Daraufhin schlenderte der erste Wächter zu dem eisernen Tor am Ende des Korridors. Es schien, als wollten sie Gregor mit dem ganzen Brimborium klarmachen, dass er hier über keinerlei Befehlsgewalt mehr verfügte.

»Folge ihm«, sagte er zu Gregor und deutete auf einen weiteren Wächter, der ihn durch das Tor winkte.

Der Mann führte Gregor mit klimpernden Schlüsseln in den Kerker hinunter. Schließlich blieb er an einer massiven Metalltür stehen und schloss sie auf. Gregor wusste aus Erfahrung, dass ihm gleich der Gestank aus den Zellen entgegenschlagen würde, und bedeckte schnell sein Gesicht. Dem Wächter schien der Geruch nichts auszumachen. Er ging lässig vor ihm her und wechselte gelegentlich ein paar Worte mit irgendwelchen gesichtslosen Gefangenen, die ihm aus der Dunkelheit etwas zuriefen.

»Hast du eine schöne Zeit?«, verspottete er einen von ihnen im Vorübergehen.

Gregor ging auf die unverwechselbare Gestalt von Qulan zu, der auf der anderen Seite des Käfigs stand. Selbst in der Dunkelheit wirkte seine Silhouette noch trotzig, stark und verächtlich. Hinter ihm erstreckte sich unter der niedrigen Decke eine Reihe von identischen Käfigen. Ein paar von ihnen waren besetzt, andere leer.

»Ich überbringe dir einen Vorschlag«, sagte Gregor.

»Wo ist Manel?«

»Sie lebt … noch. Sie spielt mit Dummköpfen und dem Feuer.«

»Gut«, brummte Qulan zufrieden.

»Tumanbay braucht dich, Bruder.«

»Bist du etwa gekommen, um mich auf das vollkommen Offensichtliche hinzuweisen, Bruder?«

»Ich kann dich hier herausholen, ohne dass du Maya einen Eid schwören musst. Du wirst kein bisschen kompromittiert.«

Gregor wartete auf eine Reaktion, doch Qulans Haltung veränderte sich nicht.

»Du musst etwas tun, Bruder. Für Tumanbay, nicht für Maya. Tumanbay hat dir immer am Herzen gelegen. Es ist gefährlich. Da will ich dir nichts vormachen …«

»O nein, Gregor. Soll das etwa heißen, dass ich mein Leben aufs Spiel setzen muss?«

»Ja.«

»Das ist der grundlegende Unterschied zwischen uns beiden, nicht wahr?«, fragte Qulan und reckte sich. »Du hast Angst vor dem Tod, während ich mich auf ihn freue.«

Gregor wusste, dass Qulan recht hatte. Qulan würde sich für seine Überzeugungen opfern, während er selbst einen starken Selbsterhaltungstrieb besaß. Gregor klammerte sich am Leben fest, auch wenn er vergessen hatte, wieso. »In den Dörfern rund um Heraz wütet eine Krankheit. Wenn nichts dagegen unternommen wird, breitet sie sich auch in Tumanbay aus. Der Große Damm muss repariert werden, damit die Sümpfe durchgespült werden können. Dazu sind Männer nötig, und die brauchen einen Anführer.«

»Sie lassen mich aus diesem Käfig, damit ich eine Armee anführe?«

Gregor nickte. »So könnte man es ausdrücken.«

»Eine Armee, die zum Sterben in die Sümpfe geschickt wird?«

»Immer noch besser als das hier, nicht wahr? Wenigstens ist es eine Überlebenschance.«

»Bring mir sauberes Wasser«, befahl Qulan einem Wächter, als wäre er immer noch der Kommandeur der imperialen Streitkräfte von Tumanbay. »Ich muss die Hände waschen«, sagte er und schaute Gregor dabei an, als fühlte er sich durch dessen Gegenwart besudelt. Der Wächter eilte gehorsam davon. Trotz der vielen Monate im Gefängnis hatte Qulan kein bisschen von seiner Autorität eingebüßt.

»Ich gehe jetzt und lasse dich darüber nachdenken«, sagte Gregor. »Wenn du zustimmst, musst du dich auf keine weiteren Kompromisse einlassen.«

Als er in den Eingangsbereich zurückkehrte, wartete dort Barakat auf ihn. Er sah aus wie eine sprungbereite Spinne. »Was hat er gesagt?«

»Er ist bereit zu dienen«, erwiderte Gregor.

»Die Frage ist nur, auf welcher Seite.«

»Es gibt keine Seiten.«

»Dann hast du Großes geleistet«, sagte Barakat. »Du hast uns wiedervereint.«

»Was meinst du damit?«

Barakat sah Gregor einen Moment lang amüsiert an, ging jedoch nicht auf Gregors Frage ein. »Also gut«, sagte er schließlich. »Ich werde dir heute Morgen etwas Besonderes zeigen. Die Sonne geht auf, und der Tag verspricht, schön zu werden. Komm, es wird dir gefallen. Die Kutsche wartet.« Lächelnd führte er Gregor aus dem Gebäude hinaus.

KAPITEL 30

Himmel

»Kann ich dir noch irgendetwas bringen?«, fragte die Zofe und schüttete vorsichtig Wasser in die Schüssel.

Himmel, die unter dem Olivenbaum saß, blickte überrascht auf. Sie war in Gedanken versunken gewesen und hatte gar nicht gemerkt, dass Ayeesha den Hof betreten hatte. »Nein, vielen Dank, Ayeesha. Das wäre alles.«

Ohne ihren Vater wirkte das Haus leer. Sein ständiges Kommen und Gehen, all seine neuen Ideen, seine Energie und Begeisterung für alles, sein Optimismus. Wenn er sich über etwas freute, konnte man nur schwer mit ihm Schritt halten. Seine Gedanken huschten permanent hin und her – von der Neuigkeit, dass seltene und wegen ihrer Kletterkünste sehr begehrte Sklaven aus den Wäldern in Bittokka im Hafen eingetroffen waren, bis hin zur Passage in einem antiken Text, die auf einen geheimen Garten im alten Teil der Stadt hinwies, der dort im Verborgenen vielleicht immer noch existierte. Er würde die Sklaven erwerben und an ein Bauunternehmen weiterverkaufen, damit sie für die neuen Machthaber das Gold von den alten Kuppeln und den Turmspitzen in Tumanbay holten, und dann würde er aufbrechen, um den Geheimgarten in der alten Stadt zu suchen.

»Ich habe heute Morgen mit meiner Freundin vom Markt gesprochen«, sagte Ayeesha. Sie war immer noch da und sah Himmel mitfühlend an.

»Ja?«

»Sie kennt jemanden im Palast und hat gehört, dass sie die Männer, die von den Patrouillen verhaftet wurden, in die alten Armeebaracken gebracht haben. Ein paar sind entkommen.«

»Hat sie gesagt, dass Akiba dabei war?«, fragte Himmel hoffnungsvoll.

»O nein, so genau wusste sie das nicht. Aber ich habe gedacht … Er ist so stark. Immerhin ist er ein König.«

Himmel verlagerte ihr Gewicht und spürte, dass ihr ungeborenes Kind dasselbe tat. Sie hob den Bauch mit beiden Händen an, um den stechenden Schmerz zu lindern. Das Kind würde bald zur Welt kommen. Ohne Vater und nun auch ohne Großvater. Dieser Gedanke machte ihr Angst.

»Gib die Hoffnung nicht auf.«

»Danke, Ayeesha.«

»Und dein Vater wird auch bald frei sein. Davon bin ich überzeugt.«

Sie streckte die Hand aus, und Himmel ergriff sie. Sie war der Zofe für ihre freundlichen Worte und ihre Anwesenheit dankbar. Sie hatte so viele liebe Menschen verloren, und Ayeesha schien zu begreifen, wie sehr sie das belastete.

»Du hast uns immer gut gedient. Ich weiß nicht, was ich ohne dich täte.«

Ayeesha nickte und trat von einem Fuß auf den anderen. »Kann ich heute Nachmittag freinehmen, Herrin?«

»Warum?«

»Vielleicht kann ich noch mehr herausfinden, wenn ich …«

Sie wurde von lautem Klopfen am Tor unterbrochen. Die beiden Frauen schauten sich an.

»Ist das Vater? Glaubst du, sie haben ihn zurückgebracht?« Himmel rappelte sich auf und rückte ihr Kopftuch zurecht. Das Hämmern wurde lauter und fordernder.

»Das sind sicher Soldaten«, sagte Ayeesha. »Soll ich sie einlassen?«

Himmel nickte.

Das Tor schwang auf und gab den Blick auf einen uniformierten Angehörigen der Schwarzen Wache frei. »Himmel, Tochter des Ibn Bai«, sagte er. »Auf Befehl des Palasts …«

»Du bist festgenommen«, sagte ein anderer Mann. Er trat vor und packte Himmel am Arm. Er wirkte ungepflegter als der andere. Das Gesicht unter dem schwarzen Kopftuch war unrasiert. Einer der fanatischen Freiwilligen, aus denen die Besatzerarmee bestand. »Halt die Klappe und hol die Ketten …«

Himmel versuchte, sich ihm zu entwinden, doch der Soldat hielt sie fest, seine langen Fingernägel bohrten sich in ihre Haut.

»Fass sie nicht an!«, schrie Ayeesha. »Nimm die Hände von ihr!«

»Wieso?«, fragte Himmel. »Was wollt ihr …? Nein …« Himmel widersetzte sich, als die beiden Soldaten versuchten, ihr die Ketten anzulegen.

»Na, na«, sagte der ungepflegte Wächter. »Sie hat eine besondere Verabredung. Leute warten auf sie …«

Als die Ketten befestigt waren, wurde Himmel eilig zu einem bereitstehenden Wagen gebracht.

»Achte auf deinen Kopf«, sagte der Wächter und stieß sie hinein.

Die Fensterklappe war verschlossen, sodass es dunkel wurde, als die Tür hinter Himmel zufiel. Einer der Wächter pfiff, und der Boden unter ihren Füßen begann zu vibrieren und zu knarzen. Sie fuhren los. In Gedanken hörte sie, was ihr Vater immer zu ihr gesagt hatte, wenn sie als Kind nachts ängstlich aufgewacht war: »Vor dem Morgengrauen ist es immer am dunkelsten.«

Vielleicht graute ja endlich der Morgen. Sie würden mit ihnen sprechen und alles erklären, bis sie einsahen, dass sie einen Fehler begangen hatten. Sie würden es ganz sicher einsehen. Himmel konzentrierte sich auf das Licht.

KAPITEL 31

Barakat

Eine unscheinbare Kutsche holperte über das Kopfsteinpflaster. Von außen ließ sich nicht erkennen, wer sich in ihrem Inneren befand. Barakat mochte es, die Stadt unbemerkt zu durchqueren. An vielen offiziellen Fuhrwerken wehte Mayas schwarze Flagge, an seiner jedoch nicht. Und er lehnte es auch ab, sich ständig von Wächtern begleiten zu lassen. Barakat hielt sich für einen bescheidenen Mann und glaubte an die göttliche Vorsehung. Mit dem Tod hatte er bereits Bekanntschaft gemacht und war auf ihn vorbereitet, wann immer er ihn erneut aufsuchen wollte. Sein Ruf eilte ihm jedoch voraus und sorgte dafür, dass die Leute vor der unauffälligen Kutsche auswichen. Ein paar von ihnen unterbrachen, was immer sie gerade taten, und sahen ihr hinterher.

Barakats Aufmerksamkeit galt seinem Mitfahrer, der ihm mit dem Rücken zur Fahrtrichtung gegenübersaß. Sein Blick zuckte hin und her, während er herauszufinden versuchte, wohin sie fuhren. Barakat hatte nicht vor, es ihm zu verraten. Er genoss es, ihn im Ungewissen zu lassen. Barakat betrachtete Gregors Gesicht. Sein Anblick hatte etwas Tröstliches, ja sogar Vertrautes. »Wir arbeiten gut zusammen, du und ich«, sagte er schließlich.

Gregor sah ihn an. Barakat konnte fast sehen, wie sein Verstand arbeitete. Er versuchte abzuschätzen, welches Spiel der Inquisitor mit ihm trieb. Sollte er zustimmen, oder würde ihm das als offensichtliche Lüge oder gar als Zeichen der Schwäche ausgelegt werden? Barakat beobachtete gern, wie Gregor sich seine nächsten Schritte überlegte.

»Aber Ihr vertraut mir nicht«, erwiderte er schließlich.

»Das ist nicht wahr.«

»Bei allem Respekt, ich glaube, dass Ihr nicht einmal Eurer eigenen Mutter vertraut habt. Wahrscheinlich habt Ihr sie beobachten lassen, während sie Euch stillte …«

»Meine Mutter ist bei meiner Geburt gestorben. Ich musste schnell erwachsen werden. Du und Qulan, ihr wart die Glücklichen.«

»Waren wir das?« Gregor wirkte verwirrt. Zweifellos fragte er sich, woher der Inquisitor so viel über ihn wusste.

Barakat genoss diese kleinen Überraschungen und wartete auf die unvermeidliche Frage, die Gregor ihm auch prompt stellte: »Was wisst Ihr über mich und meinen Bruder?«

»Seid ihr bluts- oder wahlverwandt?«

»Wollt Ihr unsere Lebensgeschichten hören?«

»Nein, nein – aber ich schätze euch beide. Zwischen euch besteht ein außergewöhnliches Band, obwohl ihr … ganz unterschiedliche Gemüter habt. Können wir ihm vertrauen?«

»Er ist mein Bruder – ich würde ihm mein Leben anvertrauen.«

»Wie es zwischen Brüdern üblich ist«, sagte Barakat nachdenklich. »Oder zumindest sein sollte.« Tatsache war, dass er solche zwischenmenschlichen Verbindungen bewunderte, aber noch nie persönlich erlebt hatte. Wenn er selbst jemandem vertraut hatte, war er unweigerlich verraten worden, immer und immer wieder … Bis Maya in sein Leben getreten war. Sie hatte als Einzige sein Vertrauen nie enttäuscht und ihm die Kraft gegeben, an etwas zu glauben. Dank ihr wusste er, dass sein Leben einen Sinn hatte.

»Bei mir ist das anders, Gregor. Was, wenn du in meiner Position wärst? Andererseits hört der Regent auf dich. Ich habe Respekt vor seiner Weisheit. Aber ist er stark genug?«

»Was meinst du mit stark?«

»Du bist scharfsinnig und weitsichtig, aber wahre Stärke bemisst sich anders. Nimm zum Beispiel mich, ein zerbrochenes Schilfrohr mit einem verdrehten Bein. Ich kann weder marschieren noch Waffen tragen, und du hörst ja selbst, wie ich hinter dir herhinke und meinen Fuß nachziehe. Aber ich kann eine Stadt kontrollieren – vergiss das nicht. Diese Leute …« Er winkte zum Fenster. Sie durchquerten gerade einen belebten Marktplatz, und die Kutsche fuhr langsamer. Neben ihnen ging ein Mann her, der vier kopfüber hängende Hühner trug. Vor ihnen eilten mehrere mit Körben beladene Frauen über die Straße. »Sie sind Gottes Fußsoldaten. Vergiss das nicht, wenn du dich beim Regenten einzuschmeicheln versuchst. Wenn ein Felsbrocken den Hang hinabrollt, solltest du dich nicht darunter stellen.«

»Glaubt Ihr etwa, ich hätte mich Euch widersetzt?«

»Nein, nein …«

»Wenn die Pest in der Nähe der Stadt wütet, sind wir verpflichtet zu handeln …«

»Die Pest ist überall um uns herum. Davon muss man mich nicht überzeugen, und wenn die Menschen glauben, dass der Große Damm sie wegspült, dann soll es so sein. Was ist mit unserem geliebten Sultan? Das ist viel wichtiger! Gibt es immer noch keinen Hinweis auf seinen Verbleib?«

»Ich tue mein Bestes.«

»Das tust du immer. Für dich selbst und auch für Qulan, und…«

»… für Tumanbay…«

»Immer die gleiche Leier. Ich kann es allmählich nicht mehr hören. Glaubst du übrigens an Magie?«

»Nein, wenn ich einen Magier sehe, weiß ich, dass ich einen Ketzer vor mir habe.«

Barakat lächelte. Gregor hatte die Sprache der Besatzer schnell gelernt. Umso mehr genoss er es, ihn aus dem Tritt zu bringen. »Ich glaube an Magie«, sagte er. »An die Magie der Transformation – und die wirst du jetzt erleben… Wir sind auf dem Weg zur Universität.«

»Weshalb?«

»Weil das der Ort ist, wo die Leute lernen«, erwiderte Barakat und betrachtete Gregor genau. In seiner selbstsicheren Fassade entstanden erste Risse. Er wirkte nervös. »Lass mich deine Hand fühlen.« Barakat beugte sich vor und ergriff sie. »Ich erkenne die Charakterstärke eines Menschen immer daran, wie sich seine Hand anfühlt, und… deine ist heiß.«

»Vielleicht bin ich krank.«

»Ach du lieber Gott, sag das nicht – nicht einmal im Scherz…«

»Dann lasst mich los.«

Barakat tat es nicht. »Nein, nein… ich muss sagen, du hast dich bewiesen! Die Ergreifung der ausländischen Spionin: Die Rolle, die du dabei gespielt hast, hat mir gefallen…«

»Ich habe nur meine Pflicht…«

»Nun werde ich es dir vergelten. Ich werde dir wahre Liebe und Erlösung zeigen.«

Sie wurden von den Rufen des Fahrers unterbrochen, der sich einen Weg durch die Menschen zu bahnen versuchte. Die Menge war dichter geworden, sodass sie mittlerweile fast standen.

»Ach, diese Straßen«, seufzte Barakat und blickte aus dem Fenster. »Alle kommen zu den Hinrichtungen. Es ist ein Volksfest, kein Blutbad. Du sprichst zwar noch die alte Sprache, aber ich weiß, dass du ein williger Schüler bist. Ich sehe das Licht in dir. Und auch in Qulan.« Er ließ Gregors Hand los und lehnte sich zurück. »Ich habe gehört, dass seine Frau und seine Tochter geflohen sind.«

»Sie werden vermisst.«

»Wenn sie selbst dir – einem Meisterspion – entwischen können, dann müssen sie für uns wahrlich verloren sein. Entschuldige, aber das muss sein …« Er zog ein rechteckig zusammengefaltetes Pergament aus seinem Umhang. »Es ist wichtig, dass wir den offiziellen Weg einhalten«, sagte er und breitete das Schriftstück sorgfältig aus. »Und Gott sei Dank haben wir ein umfassendes Geständnis.«

»Was für ein Geständnis?« Gregor schien verwirrt und besorgt.

»Oh, er hat es gestern unterschrieben, aber heute wird er es bestimmt widerrufen …«

»Von wem stammt das, Barakat?«

»Kannst du den Namen nicht lesen? Ich glaube, dass seine Finger gebrochen waren, als er es unterzeichnet hat, aber man kann ihn trotzdem erkennen.«

Gregor musterte das Pergament einen Moment lang und versuchte, die Unterschrift am unteren Rand zu entziffern. »Ibn Bai. Händler.«

»Du hast ihn liebgewonnen. Das mag ich an dir: Du lässt dich auf andere ein.«

»Er ist unschuldig.«

Barakat genoss die Situation. »›Ich sammle Bücher, Exzellenz‹«, jammerte er, wobei er Ibn Bais cyrenischen Akzent und seine auffallend hohe Stimme nachahmte. »›Aber ich lese sie nicht!‹ Was für eine Verteidigungsstrategie!«

Die Kutsche hatte angehalten, und die Leute strömten um sie herum.

»Schau sie nur an! Sie haben Picknicks dabei und Stühle und …«

Ein fliegender Bananenhändler ging an ihnen vorüber. Barakat lehnte sich aus dem Fenster und rief: »Fünf. Fünf reife, nicht die da …« Er begann mit dem Mann zu verhandeln, wobei er ihm vorwarf, dass er ihn übers Ohr hauen wolle. »Ich weiß genau, wie viel Bananen kosten, mein Freund.« Als er sich mit der Staude in der Hand wieder zurücklehnte, bot er Gregor eine Banane an. »Das wird ein langer Tag«, sagte Barakat, als Gregor ablehnte. »Ich werde sie mitnehmen, und wenn du Hunger bekommst, sagst du es einfach.« Er begann, vorsichtig eine zu schälen. Als er von ihr abbiss, verzog er das Gesicht. Sie war weniger reif, als ihm lieb war. »Ich glaube, es ist hoffnungslos, was meinst du?«, fragte er und freute sich über Gregors verwirrte Miene. »Diese Fahrt in der Kutsche, meine ich. Hoffnungslos, stimmt's? Lass uns zu Fuß weitergehen.«

»Fühlst du dich im Freien denn sicher?«, fragte Gregor.

»Ich bin von lauter Beschützern umgeben«, sagte Barakat und deutete auf die Menge, während er seine Banane kaute. »Sie sind überall um uns herum. Die Leute lieben mich.« Er öffnete den Wagenschlag und stieg aus. »Komm, komm, in meiner Nähe bist du sicher.«

KAPITEL 32

Gregor

Als sie auf der Straße standen, bemerkte Gregor erst die vielen Schwarzen Wächter in ihrer Nähe. Sie waren der Kutsche offenbar gefolgt. Barakat ging fröhlich plaudernd voran und achtete gar nicht auf die Menge, während seine Eskorte den Weg für ihn freimachte. Es war, als spazierte er durch einen Garten.

Sie gelangten an ein großes Tor. Barakat hüpfte die Stufen hinauf und grüßte freundlich den Wächter, der am oberen Treppenabsatz stand. »Wie geht es deiner Mutter?«, erkundigte er sich.

»Nicht sehr gut, Heiligkeit, danke der Nachfrage.«

»Gib ihr das hier«, sagte Barakat und legte ihm ein paar Münzen auf die Handfläche. Der Soldat berührte seine Stirn, überkreuzte die Arme vor dem Herzen und küsste Barakat die Hände.

»Wie spät ist es genau?«, fragte Barakat und drehte sich zu einem seiner Leibwächter um. »Ich habe ihnen gesagt, dass sie auf mich warten sollen.«

Sie bogen um eine Ecke und gelangten in einen Hof, wo sich eine Gruppe heruntergekommen aussehender Männer im

Schatten einer Mauer drängte. Sie trugen keine Schuhe und auch sonst kaum Kleidung an ihren ausgezehrten Leibern und waren aneinandergekettet.

Einer von ihnen sprang begeistert auf, als er Barakat sah. »Willkommen, Heiligkeit!«, rief er. »Ich bin bereit, o Gott ...!«

»Heilt mich!«, schrie ein anderer.

Er wurde von einem Dritten zur Seite gedrängt. »Erst mich! Ich bitte Euch, Heiligkeit ...«

Nun riefen alle Gefangenen durcheinander, sodass nicht mehr zu verstehen war, wer was sagte.

Gregor spürte, wie sich sein Magen in einen bodenlosen Abgrund verwandelte. Er musste die Kontrolle wiedergewinnen. Normalerweise war er gut darin, eine Situation zu seinem Vorteil zu wenden, doch Barakat war es gelungen, ihn komplett aus dem Gleichgewicht zu bringen, indem er eine verwirrende Bemerkung nach der anderen machte.

»Wieso habt Ihr mich hergebracht, Euer Heiligkeit?«, fragte er ihn.

Doch Barakat schien zu begeistert, um ihm antworten zu können. »Siehst du diesen Mann da?«, rief er und deutete auf einen Gefangenen, der ihm eifrig zuwinkte. »Ich habe zehn Minuten mit ihm verbracht ...«

»Heiligkeit, Heiligkeit!«, jubelte der Mann.

Barakat erwiderte sein Winken. »Er hat seine eigene Tochter in die Prostitution verkauft«, sagte Barakat und schüttelte traurig den Kopf.

»Weil er arm war?«, fragte Gregor.

»Und jetzt ist er reich. Seine frische, reine Seele ist ein unbezahlbares Juwel, und Gott – gelobt sei sein heiliger Name – wird es in seinem Diadem tragen. Er ist bereit, siehst du?«

Der Verurteilte stammelte Dankesworte, wobei er wie ein Kind abwechselnd lachte und weinte.

Barakat führte Gregor durch weitere Höfe. Die betenden Sprechchöre wurden immer lauter, und die Menge, die wusste, was nun kam, begann zu johlen.

In der Nähe des Eingangs stand ein kleiner Junge mit geschorenem Kopf. Gregor hielt ihn zuerst für einen Bettler, weil er die Handflächen zu einer Segnung erhoben hielt.

»Er wurde betrunken aufgegriffen.« Barakat nahm die Hände des Jungen in seine und küsste ihn auf die Stirn. In den Augen des Kindes stand schreckliche Angst, sein Gesicht war tränenüberströmt. »Nimm die Schultern zurück«, sagte Barakat. »Die Seele ist stark.«

»Weshalb trinken Jungs Alkohol?«, fragte Gregor und spürte, wie Zorn in ihm aufstieg.

Barakat drehte sich zu einem der Wächter um, die auf die Gefangenen aufpassten. »Er ist zu klein zum Hängen«, sagte er. Der Junge riss die Augen auf und sah ihn hoffnungsvoll an. »Nehmt für ihn ein längeres Seil und lasst ihn, wenn nötig, zweimal fallen.« Im Weitergehen sagte er: »Jungs trinken, weil ihnen in der Schule keine Disziplin vermittelt wird und die Eltern nicht auf sie aufpassen …«

»Oder vielleicht, weil sie Hunger haben?«, hielt Gregor dagegen. »Weil der Schnaps den Schmerz dämpft?«

Barakat ignorierte ihn.

»Erlöse mich Vater, erlöse mich von meinen Sünden«, schrie ein Mann, als sie an ihm vorübergingen.

Barakat hob segnend die Hände und bedeutete Gregor, ihm durch einen steinernen Torbogen zu folgen. Anschließend erklommen sie zwei Treppen, wobei Barakat immer zwei Stufen auf einmal nahm. Oben angekommen, sahen sie, dass sich die Menge auf dem großen Platz, so weit das Auge reichte, in alle Richtungen erstreckte. Ein ohrenbetäubendes Brüllen erhob sich. Der Inquisitor reckte die rechte Hand in die Höhe und zeigte mit ausgestrecktem Finger in den Himmel, während er, das lahme Bein hinter sich herziehend, über das Podium lief und das Publikum weiter anstachelte.

Seit sie vom Palast aufgebrochen waren, hatte Gregor Barakats Aufmerksamkeit als erdrückend empfunden. Während der Kutschfahrt hatte der Inquisitor ihn kaum je aus den Augen gelassen. Doch nun war er von den vielen Menschen abgelenkt, und Gregor konnte sich ungestört umschauen.

Er kannte diesen Ort gut. Unter der Herrschaft von Sultan al-Ghuri und seinen Vorgängern hatte er als ein Hort großen Wissens gegolten und von überall Gelehrte angelockt. Auf genau diesem Podium, wo nun auf einem Holzpodest drei Galgen aufragten, hatte er gesessen und Vorträgen und Aufführungen beigewohnt. Er hatte mit Shajah, der Ersten Ehefrau des Sultans, verliebte Blicke gewechselt, während die besten Musiker der Welt für sie spielten. Sein Puls hatte sich beschleunigt bei der berauschenden Aussicht auf das, was sie beide tun würden, sobald sich der ältliche Sultan – immer vor dem Ende des Konzerts – in seine Gemächer zurückzog. Er hatte genau an dieser Stelle gleichzeitig Verlangen und Angst empfunden, als er anbot, die Erste Ehefrau zum Palast zurückzueskortieren. Wie gut sie ihr Geheimnis gehütet hatten. Wenn auch nur einer der Höflinge oder Beamten etwas geahnt hätte …

»Dein Freund erwartet uns. Siehst du ihn?« Barakat, der nun neben Gregor stand, deutete zu einem der Galgen, an dem gerade ein Mann die provisorischen Stufen hinaufgeführt wurde.

Seine Kleidung, die mal elegant gewesen sein musste, war dreckig und zerrissen. Er ließ den Kopf hängen, als hätte er jede Hoffnung verloren und kein Interesse mehr daran, in dieser Welt zu verweilen. Als er oben ankam, befahl man ihm, sich vor den Galgen zu stellen. Gregor überkam ein schreckliches Gefühl von Unausweichlichkeit, wie in einem Traum, in dem man erkennt, dass etwas Unerträgliches geschehen wird und man nichts dagegen tun kann. Seit Barakat ihm das Geständnis gezeigt hatte, war ihm klar gewesen, was er vorhatte. Dennoch hatte er gehofft, dass es anders kommen würde. Was für ein Narr er in seinem Traum doch war!

Der Mann stand einen Moment lang gebeugt da und starrte bestürzt die Menge an. Als sein Blick Gregor fand, erkannte er ihn sofort und hob den Kopf.

»Ich kenne Ibn Bai seit vielen Jahren, Barakat. Er ist ein unbescholtener Bürger, der nie vom rechten Weg abgekommen ist.«

Doch der Inquisitor hörte ihm gar nicht zu. Stattdessen ergriff er aufgeregt Gregors Hand und zog ihn auf die Galgen zu. »Es ist nur ein kleiner Schritt – selbst ich kann ihn machen! Die Podeste sind gut konstruiert …« Als er merkte, dass Gregor sich ihm widersetzte, blieb er stehen und blickte ihn besorgt an. »Gregor, du hast ja wieder Angst …«

Wieder? Wovon sprach er?

Der Inquisitor drehte sich um, und sie stiegen gemeinsam auf die Plattform hinauf, von wo Ibn Bai Gregor hoffnungsvoll entgegenblickte.

»O Gott«, sagte er.

»Er ist bei dir, Bruder«, versicherte Barakat.

»Gregor. Ich danke dir. Bin ich frei? Bitte sag es ihnen. Ich bin ein unschuldiger Mann – du weißt das. Ich habe Bücher gesammelt und …«

»Wo ist die Tochter?«, fragte Barakat einen der Wächter. »Wurde sie verhaftet? Sie sollte hier sein.«

»Sag es ihnen, Gregor«, flehte Ibn Bai. »Du kennst mich und vertraust mir. Wir haben gute Geschäfte miteinander gemacht. Habe ich je ein Verbrechen …?« Er verstummte und erstarrte wie betäubt. Himmel wurde zu ihm heraufgeführt.

»Komm, Schwester, geselle dich zu uns«, sagte Barakat.

Als Himmel Ibn Bai sah, stieß sie einen gequälten Schrei aus und rannte auf ihn zu. »Vater … Vater. O Gott, dein Gesicht, deine Hände …«

»Himmel, nicht … wein doch nicht.«

»Lasst ihn gehen! Er hat nichts getan …«

Ein Wächter trat vor und versuchte, sie von ihrem Vater wegzuziehen, zunächst ganz sanft. »Bitte, Schwester«, flehte er, »du trägst ein Kind unter dem Herzen. Das ist nicht recht …«

Doch sie setzte sich zur Wehr und stieß ihn mit wedelnden Armen von sich.

»Gebt gut auf sie Acht!«, sagte Barakat und wandte sich zu Gregor um. »Das ist alles, woran wir denken: Kinder sind die einzigen Unschuldigen hier. Und manchmal … nun, manchmal findet alles ein gutes Ende.«

Himmel starrte den Inquisitor an.

»Manchmal«, fuhr er fort und sprach dabei so laut, dass auch diejenigen weiter unten vor dem Podest ihn hören konnten, »ist es möglich, der Sünde ein Ende zu bereiten.«

Nun hingen alle an seinen Lippen.

»Aber der Sünder muss wollen, dass man ihn heilt.«

»Heilt mich, heilt mich!«, rief ein Gefangener von unten

herauf. Gleich darauf schlossen sich ihm noch weitere Verurteilte an und buhlten um die Aufmerksamkeit des Inquisitors.

Barakat brachte sie mit erhobener Hand zum Schweigen und trat dicht an Ibn Bai heran. »Möchtest du von deinen Sünden befreit werden?«, fragte er ihn.

Ibn Bai zitterte so heftig, dass er gar nicht anders konnte, als unentwegt zu nicken. Barakat nickte wissend zurück und winkte den Henker herbei. Ibn Bai blickte sich entsetzt und verwirrt um, als man ihm eine Kapuze über den Kopf zog und zu einem rechteckigen, in den Boden des Podests gesägten Loch führte. Mit gedämpfter Stimme schrie er: »Gregor, bitte, ich bitte dich, hilf uns!«

Barakat drehte sich mit fragendem Blick zu Gregor um.

»Es ist nicht … Ihr könnt nicht …« Die jämmerlichen Worte blieben ihm in der Kehle stecken.

Als der Henker die Schlinge um den Hals ihres Vaters festzog, entfuhr Himmel ein herzzerreißender Schrei.

»Leg den Kopf in den Nacken und hoch mit dem Kinn«, riet Barakat.

»Heiligkeit, bitte! Bitte! Nein!«, bettelte Himmel und versuchte, sich dem Griff des Wächters zu entwinden. Sie warf Gregor einen zutiefst verzweifelten Blick zu.

»Himmel«, rief Ibn Bai aus und wandte sich wie ein Blinder zu ihrer Stimme um. »Ich hab dich lieb, Himmel. Du wirst eine wunderbare Mutter sein, und …« Er verlor das Gleichgewicht und drohte zu fallen, doch Barakat hielt ihn gerade noch rechtzeitig fest.

»Schon gut, ich habe dich«, sagte er und schlang beide Arme um den Sklavenhändler. Da die Panik vorbei und die Situation nun gerettet war, begann Barakat zu lachen. »Du musst ruhig stehen bleiben und den Anweisungen folgen, Bruder. Beuge nicht die Knie! Gerade, gerade! So ist es richtig.« Er bugsierte Ibn Bai wieder zu seiner Position vor dem rechteckigen Ausschnitt zurück.

»Ihr habt es versprochen«, klagte Himmel. »Ihr habt gesagt, dass ihm kein Leid zugefügt wird.«

»Das stimmt, ich habe gesagt, dass ich ihm kein Leid zufügen werde. Und Barakat lügt nie.«

Himmel nickte heftig. Als Barakat beide Arme hob, zuckte sie zusammen.

»Schon gut, ich habe heilende Hände«, sagte er und legte sie ihr auf den Bauch. Dabei gab er besänftigende Laute von sich, als wollte er ein Pferd beruhigen. »Wie geht es dem Kleinen, Schwester?« Er strahlte. »Ah, es tritt. Es tanzt für Gott. Egal ob Junge oder Mädchen – es wird in Mayas Armee kämpfen. Daran habe ich keinen Zweifel.«

»Er wird loyal sein, genau wie mein Vater …«

»Die Loyalität ist in ständiger Bewegung, Schwester. Sie ist wie der Mond, der kurz aufblitzt und dann wieder hinter den Wolken verschwindet.« Barakat frohlockte beinahe.

»Heiligkeit, Heiligkeit, lasst ihn gehen!« Gregor konnte kaum noch atmen. Die Worte drangen als ersticktes Krächzen aus seiner Kehle, als wäre es *sein* Hals, um den sich die Schlinge zusammenzog. Er saß hilflos in der Falle, genau wie Barakat es beabsichtigt hatte, und hatte keine Chance, dieser ultimativen Demütigung zu entkommen. Wie ein Sinnbild der Nutzlosigkeit stand er reglos da.

»Bist du eine Gläubige, Schwester?«, fragte Barakat und nahm Himmels Hände in seine.

»Ja, Heiligkeit, ja.«

»Wandelst du auf dem rechten Pfad?«

»Ich versuche es, Heiligkeit. Immer.«

»Verschreibst du dein Leben und das deines ungeborenen Kinds Maya und dem Weg zur Wahrheit.«

»Ja, ja, ja.«

Barakat sah ihr einen Moment lang in die Augen. Er lächelte heiter, als hätte er gerade eine verlorene Seele gerettet. »Dann zeige deine Treue zu Maya und dem wahren Weg, indem du deinen Vater hinunterstößt. Damit wirst du deinen Gehorsam und deine Treue beweisen, und er wird erlöst ...«

Himmel starrte ihn eine Weile wie betäubt an, dann sank sie auf die Knie.

»Gib ihm einen Stoß, süße Himmel.«

»Hilf uns!« Himmel streckte die Arme aus und hielt sich an Gregor fest, während ein Wächter sie hochzuziehen und hinter Ibn Bai zu schieben versuchte.

Ihre Berührung brannte auf Gregors Arm, so wie sich ihr Blick in seine Seele brannte. Und in diesem Augenblick, am Ende von allem, wusste Gregor, was er zu tun hatte, ganz gleich, was es ihn kosten würde.

»Töte mich, Himmel«, drang Ibn Bais gedämpfter Schrei unter der Kapuze hervor. »Wenn es das ist, was er will. Er ist wahnsinnig ... Ich hab dich lieb ...«

»Er sieht Gott!«, rief Barakat der Menge zu und erntete dafür lauten Jubel.

Gregor ging auf Ibn Bai zu, wobei er Himmel und ihren Wächter zur Seite schob. Dem Henker schlug er so fest ins Gesicht, dass er mit blutender Nase nach hinten taumelte.

»Was tust du da?«, schrie Barakat. *»Nein!«*

Gregor packte den Sklavenhändler, hielt ihn fest und flüsterte eindringlich: »Vergib mir, mein Freund. Lass nicht zu, dass dein Geist mich oder die Meinen heimsucht. Geh in Frieden.«

Dann stieß er ihn von sich, und Ibn Bai verschwand in dem Loch. Das Seil straffte sich und schwang wie ein Pendel hin und her.

Die Menge, die Wächter auf dem Podest und Barakat wurden still. Alle außer Himmel, die weinte und immer lauter schrie.

Ein Wächter eilte zu ihr hin. »Sie braucht Hilfe, Heiligkeit«, rief er. »Das Kind kommt.«

»Schafft sie weg. Bringt sie … bringt sie ins Krankenhaus.«

Während sie die Stufen hinuntergetragen wurde, ging Gregor zum Inquisitor. Er hatte Ibn Bai umgebracht und damit sich selbst gerettet. Nachdem er nun seine Fesseln abgeschüttelt hatte, konnte er wieder genauso unbeschwert lügen wie früher: »Ich habe es getan, um Euch meine Treue zu beweisen, Inquisitor. Wollt Ihr, dass ich auch noch die Restlichen erledige? Ich bin ein Soldat, und das ist eine Aufgabe für einen Soldaten, nicht wahr? Es ist nicht schwer, einen Menschen zu töten.«

Barakat lächelte. »Du tötest sie nicht immer, nicht wahr, Gregor? Manche von ihnen kommen wieder zurück.«

TEIL 4

KAPITEL 33

Himmel

Sonnenschein fiel durch das herabprasselnde Brunnenwasser und erzeugte vielfarbige Lichtflecken, die auf den Kacheln tanzten. Angesichts des sanften Sprühregens, der Vögel, die in den Mandelbäumen sangen, und des fröhlich vor sich hin gurgelnden Säuglings, der Perle hieß, kam es Himmel vor, als befänden sie sich tatsächlich im Paradies; allerdings in einem diesseitigen.

Ibn Bai beugte sich mit einem breiten Lächeln über die Wiege. Noch nie in der Geschichte von Säuglingen und Großvätern hatte ein Opa so sehr gestrahlt wie er. »Sie ist wunderschön. In dieser Welt voller Sorgen und Kümmernisse ist sie für einen alten Mann wie mich ein Geschenk der Götter.«

Himmel streckte die Hand aus und fing seine Tränen auf, ehe sie auf Perles Gesicht tropfen konnten. Leise lachend, lehnte sich Ibn Bai zurück und wischte sich die Augen.

»Sie ist für uns alle ein Geschenk, Vater, und du bist kein alter Mann! Du wirst sie aufwachsen sehen und ihr genau wie mir die Freuden und die Wunder deiner Bibliothek näherbringen. Unter deiner Anleitung wird sie wundersame Reisen zu den Gewürzstädten, den Weißen Bergen und den Purpurmeeren am Rand der Welt unternehmen.«

»Wenn doch nur deine liebe Mutter ...« Ibn Bai schüttelte den Kopf. Er nahm sich Ilas Verlust immer noch sehr zu Herzen. »Aber weißt du was? Perle erinnert mich an sie. Sie hat ihr Kinn und ...«

Perle machte ein Bäuerchen.

»... und ihr Lächeln. Schau nur, sie lächelt ihren Großvater an.«

»Sie hat Blähungen!« Himmel hob die Kleine hoch und legte sie sich über die Schulter. Während sie sprach, streichelte sie ihr in kleinen Kreisen über den Rücken und gab ihr hin und wieder einen sanften Klaps. »Sie schlingt ihr Essen genauso gierig in sich hinein wie ihr Großvater.«

Ibn Bai strahlte übers ganze Gesicht, das wie ein im Spätherbst gepflückter Apfel aussah. Sein Blick verlor sich in der Ferne, und irgendwo kippelte eine Kupferschale auf dem Rand eines Tischs, und die Zeit blieb stehen, und die Schale fiel und landete auf dem Steinfußboden und begann zu schrillen.

Licht und Geräusche, keine sanften, sondern grässlich laute Töne, bohrten sich in Himmels pochenden Schädel. Als sie sich hochstemmte, schoss ihr ein scharfer Schmerz durch Bauch und Hüften. Sie konnte nichts sehen. Ihre Haare hingen ihr vor den Augen. Sie schob sie beiseite und bemerkte links und rechts von sich zahlreiche Betten. Ein Mann in einem weißen Kaftan ragte über ihr auf. Sein Gesicht wirkte erschöpft. Sie sah ein kegelförmiges Metallwerkzeug in seiner Hand. Er trat einen Schritt zurück.

»Vater!«, schrie Himmel mit aller Kraft. »Vater!«

»Ganz ruhig, du hast viel Blut verloren. Du bist geschwächt

und musst dich ausruhen.« Hände drückten sie sanft, aber bestimmt auf die Matratze zurück. Die Hände einer Frau.

»Was ist los, wo …?«

Und dann konnte sie sich wieder erinnern. An alles. Als würden ihr sämtliche Steine von Tumanbay gleichzeitig ins Gesicht geschleudert – eine unvorstellbar grauenvolle Last, die sie unter sich begrub. »Mein Vater, mein Kind!«, kreischte sie.

»Schrei bitte nicht, du störst die anderen Patienten«, erklang die Stimme der Frau an ihrem Ohr. »Dies ist ein Ort der Heilung und der Stille. Du musst dich wirklich ausruhen.«

Doch Himmel schrie erneut: »Wo ist mein Kind?«

»Deinem Kind geht es gut«, sagte der Mann. »Keine Angst.« Er lächelte sie beruhigend an.

»Ich will sie sehen.«

»Du musst dich beruhigen, meine Liebe. Warte, bis deine Lebensgeister wieder erwachen. Alles wird gut.«

»Wo ist mein Kind?«, schrie sie ihn an.

Schweigen breitete sich in dem großen Raum aus. Die Frau trat vor sie hin.

»Deinem Kind geht es gut«, erwiderte der Mann. »Eine gute, eine heilige Familie hat es bei sich aufgenommen. Jetzt musst du dich ausruhen und still sein.« Er warf der Frau einen Blick zu. Sie hob eine Hand und winkte …

»Ich will mein Kind sehen.« Himmel setzte sich mühevoll auf und ließ die Beine über den Bettrand baumeln … doch sie wurde von fest zupackenden Händen zurückgehalten. Etwas wurde ihr gegen die Lippen gepresst. Eine Schale, eine Kupferschale, die mit etwas Bittersüßem gefüllt war …

Während die Dunkelheit sie umhüllte, sah sie noch, wie sich der Mann mit mitfühlendem Blick über sie beugte. Wie konnte das sein? »Du wirst sehen, so ist es das Beste … besser für das Kind … eine gottgefällige Familie, eine fromme …«

Mit dem Rand der Schale an den Zähnen, dem bitteren Geschmack auf den Lippen und der Süße im Mund spürte sie, wie die Welt um hundertachtzig Grad kippte, und glaubte, in die riesige, leere und tiefblaue Himmelsschüssel zu stürzen.

KAPITEL 34

Manel

Im Café Schwarze Katze war so viel los wie immer heutzutage, wenn die Leute auf dem Heimweg von der Arbeit hereinschauten. Die Stammgäste aus den guten alten Zeiten wussten, dass es sich bei dem Jungen, der sie mit einem freundlichen Lächeln, aber wenigen Worten bediente, in Wahrheit um ein Mädchen handelte. Sie würden es nicht verraten – eine kleine Rebellion gegen die neuen Machthaber in ihrer Stadt. Für die Übrigen war Manel nur der Junge.

Einer von ihnen, ein kleiner Mann im Staubmantel eines Getreidehändlers, winkte sie schlecht gelaunt zu sich her. »Junge, ich warte darauf, dass du mich bedienst. Also, wenn du nichts Besseres zu tun hast …«

Manel ging mit einem Tablett voller Becher, Tee in einer Eisenkanne, Kandiszucker und kühlem Wasser zu ihm. »Tee, Effendi?«

»Woher weißt du, dass ich keinen Kaffee möchte, hä?«

»In den letzten drei Tagen wolltest du immer Tee haben, Effendi. Ich entschuldige mich, wenn ich mich geirrt haben sollte.«

Auf der anderen Seite des Raums lachte jemand. »Da hat er dich erwischt, Bruder. Er kennt dich.«

»Na gut, für den Anfang nicht schlecht.« Der Mann nickte Manel zu, die zwei Becher, Wasser und Kandiszucker auf den Tisch stellte und in einen der beiden Becher Tee aus der Eisenkanne schenkte. Nach Pfefferminz duftender Dampf stieg auf. Der Gast beugte sich vor und schnupperte. »Hmmm, gut.« Dabei blieb er mit dem Mantelärmel am Becher hängen und stieß ihn um. Während er sich rasch zurücklehnte und die Beine anzog, damit sie von der heißen Flüssigkeit verschont blieben, rief er: »Du Tollpatsch! Schau nur, was du angerichtet hast.«

»Es tut mir leid, Effendi.«

»Mach das sofort sauber.«

Manel nahm das Tuch, das sie über dem Arm trug, und wischte damit den Tee auf. Als sie sich über den Tisch beugte, murmelte der griesgrämige Gast ihr zu: »Gehörst du immer noch zu uns?«

»Ja, natürlich«, erwiderte sie. Vor diesem Augenblick hatte sie sich seit ihrer Rückkehr in die Stadt gefürchtet. Sie hatte gewusst, dass die Rebellen sie aufspüren und fragen würden, wieso sie es nicht geschafft hatte, die Ärztin zu töten.

»Was ist passiert?«, verlangte der Mann zu wissen.

Manel kauerte sich hin und wischte den Boden. »Ich hatte keine Chance, es zu tun.«

»Du hast versagt.«

»Ich bin nie mit ihr allein gewesen«, log Manel.

Bei ihrem Abschied vor der Stadtmauer hatte Alkin versucht, Manel dazu zu überreden, dass sie mit ihr kam und ihr bei der Suche nach einem Mittel gegen die Krankheit half. Doch Manel hatte sich gesträubt. Hätte sie sich der Ärztin angeschlossen, die sie mittlerweile sehr mochte, wäre sie eine Kollaborateurin gewesen. Und Manel hasste Mayas Regime aus tiefstem Herzen.

»Das erlebe ich auf meinen Reisen immer wieder«, hatte Alkin nachgehakt. »Idealistische Kinder, die …«

»Ich bin kein Kind«, entgegnete Manel. »Nicht mehr.«

»Ich bin an ihren abgeschlagenen Köpfen vorbeigekommen, Manel. Tote Augen strahlen nicht – nicht so wie deine.«

Doch ihre Überredungsversuche hatten nicht gefruchtet. Bevor sie schließlich auseinandergingen, hatte Alkin Manel an sich gezogen und sie auf die Stirn geküsst.

»Du wirst mich brauchen«, hatte sie gesagt und ihr ein letztes Mal über die Haare gestrichen. Das war eine verblüffende Bemerkung gewesen, über die Manel seither viel nachgedacht hatte. Sie fragte sich, wo Alkin sich gerade befand und ob sie sie je wiedersehen würde.

Manel sah zu dem Gast auf. »Weshalb wolltet ihr sie töten?«

»Deine Aufgabe besteht nicht darin, Fragen zu stellen, sondern zu gehorchen.«

Harkon, der Eigentümer des Cafés, kam mit einer neuen Tasse. »Es tut mir so leid, Effendi. Der Junge ist sehr ungeschickt.« Er verpasste Manel eine Ohrfeige. »Ich werde dir den Tee nicht berechnen. Darf ich dir ein Stück Honigkuchen anbieten?« Ohne eine Antwort abzuwarten, blaffte er: »Junge, bring dem Effendi einen Kuchen.«

Manel nahm die leere Tasse, lief in die Küche und kehrte mit einem Kuchen zurück.

»Hier, Effendi.« Flüsternd fügte sie hinzu: »Ich bin immer noch loyal. Das schwöre ich.«

»Du hast Glück – Baracken hat beschlossen, dir eine weitere

Chance zu geben. Geh bei Sonnenuntergang zu dem Olivenverkäufer an der Ecke der Blumenstraße. Frag nach den kleinen grünen Oliven aus Smyrna.« Er wedelte Manel weg und widmete sich seinem Kuchen. Als er ihn aufgegessen hatte, pickte er mit einer Fingerspitze die letzten Brösel auf, trank seinen Tee aus und ging ohne ein weiteres Wort.

Einer der Stammgäste blickte ihm hinterher. »Gut, dass wir diesen fiesen Typen los sind. Er arbeitet wahrscheinlich für den Palast.« Der Mann sprach so leise, dass nur der Junge ihn hören konnte, der in Wahrheit ein Mädchen war.

KAPITEL 35

Qulan

Die Armee überquerte den höchsten Pass des Mhujjibgebirges. Links und rechts von ihnen ragten die niedrigeren Gipfel vor dem fast schmerzhaft blauen Himmel auf. Über ihnen kreisten ein paar Bussarde und warteten auf die kleinen Nagetiere, die von den Stiefeln der Soldaten aufgeschreckt werden würden.

Qulan schloss die Augen und dachte lächelnd daran zurück, wie er diese Berge überwunden hatte. Der anschließende Sieg hatte ihm die Position des zweithöchsten Kommandeurs der Armee von Tumanbay eingebracht. Qulans unkonventioneller Plan hatte es seinen Streitkräften ermöglicht, dem Feind nach einem Marsch, der gemeinhin für unmöglich gehalten worden war, in den Rücken zu fallen.

Nun marschierte er wieder, wobei er alle drei Schritte kehrtmachen musste, wie er es jeden Tag tat, bis sie sich entschieden haben würden, was sie mit ihm anstellen wollten. Nach dem Gespräch, das er vor ein paar Tagen mit seinem Bruder geführt hatte, war er sich nicht mehr sicher, ob er wirklich hingerichtet werden würde.

Damals war er immer weitermarschiert. Die Soldaten, die

ihm folgten, sahen, dass er genau wie sie gegen den Wind gestemmt durch den Schnee stapfte, die Mahlzeiten, die kalten Zelte und den unruhigen Schlaf mit ihnen teilte. Seine Anwesenheit hatte sie mit Hoffnung auf eine bessere Zukunft erfüllt. Auf einen großen Sieg.

Qulan fragte sich, ob es in seinem Leben noch weitere große Siege geben würde. Er zuckte die Achseln und ging weiter auf und ab, bis die Käfigtür aufschwang und ein Wärter eintrat.

»Hast du dich entschieden? Wirst du dienen?« Eine einfache Frage, doch die Antwort darauf war es nicht. Er erinnerte sich an etwas, das sein Herr zu ihm gesagt hatte, als Qulan bloß ein Sklavenjunge auf der anderen Seite der Berge gewesen war. Er hatte ihn und Gregor vor die Wahl gestellt: eine vergiftete Nadel oder ein Stück Kandiszucker. Leben oder Tod. Wenn sie das Leben wählten, hatte er gesagt, sollten sie auch etwas daraus machen. Im Grunde war die Antwort auf die Frage sehr einfach. Qulan hatte keine Angst vor dem Tod. Er würde ihn willkommen heißen, wenn er zu ihm kam. Bis dahin war er ein Soldat, jemand, der etwas tat.

»Ich werde keinen Eid leisten, aber davon abgesehen: Ja, ich werde dienen.«

»Sehr gut, dann bist du frei.«

Qulan befand sich im Badehaus, das früher die Kämmerer und hohen Palastbeamten besucht hatten. Er selbst war nie gern hergekommen, da er weder Gerüchte noch Hinterzimmerintrigen mochte, doch heute war er sehr froh, als er in das warme Wasserbecken stieg. Die Marmorböden und Wände waren unversehrt geblieben, die Gold- und Silberverzierungen und auch die wunderschönen bunten Fliesen, die angeblich mehrere Tausend Jahre alt gewesen waren, hatte man dagegen alle entfernt und verkauft. Aber das kümmerte ihn nicht, während er sich den Grind von seiner Gefangenschaft mit einer Bronzebürste abschrubbte. Es war wie eine Wiedergeburt, wenn auch zugegebenermaßen in eine gefährliche Welt. Er wusste, dass sie ihn jederzeit erneut in eine Zelle stecken konnten, doch als typischer Soldat war er zufrieden damit, den Moment zu genießen. Und das tat er, bis er hinter sich die Schritte von Sandalen auf dem nassen Marmorboden hörte.

»Ah, da bist du ja, General.« Qulan drehte sich um und sah Cadali, der so korpulent und glatt wirkte wie ein Seeelefant von der anderen Seite des Großen Ozeans. »Wie schön, dass du endlich wieder frei bist.«

Qulan wandte sich wieder seiner Körperpflege zu.

»Dein Bruder hat dir sicher erzählt, dass wir uns alle sehr um deine Freilassung bemüht haben.«

Qulan tauchte unter und rieb sich fest über die Haare. Als er wieder hochkam, sprach Cadali immer noch.

»Ich kann dir gar nicht sagen, wie sehr sich das Leben in unserer wunderbaren Stadt unter dem Schutz und der Führung von Maya verbessert hat. Es überrascht mich, dass du so lange gebraucht hast, um die Vorteile …«

Qulan zog sich am Beckenrand aus dem Wasser, stieg die Marmorstufen hinauf und ging zum Spülbecken hinüber.

»Wie hast du das nur überstanden?«, plapperte Cadali derweil weiter. »Die ganze Zeit in diesen Zellen, ohne je sicher sein zu können, dass du den nächsten Morgen erlebst. Der Dreck. Die Ratten – ich hasse Ratten. Ich meine, selbst Ratten hassen Ratten, stimmt's? Ich hätte das nie geschafft. Ich bin nur ein Wurm, aber wenigstens ein menschlicher Wurm.«

Qulan machte sich nicht die Mühe, ihn auf die Absurdität dieser Aussage hinzuweisen.

»Ich habe Angst, ich weine, ich hoffe.« Cadalis Stimme klang nun anders: Ein gewisser Trotz, vielleicht sogar Wut auf den unerschütterlichen Mann im Spülbecken schwang in ihr mit. »Ich meine, ich wollte am Leben bleiben, aber du nicht – du hast ihre Angebote voller Verachtung ausgeschlagen, du hast dich über Angst und Schrecken lustig gemacht. Wie konntest du deine Familie nur so leiden lassen …?« Cadali weinte fast während seiner triumphierenden Selbstkasteiung. »Oh, die Götter mögen mir beistehen, ich bewundere dich. Das tue ich wirklich. In all der Zeit hast du dich kein einziges Mal gebeugt. Trotz deiner Freunde und deiner Familie wolltest du nicht nachgeben. Anders als alle, die schwächer sind als du, die Würmer, die es nur irgendwie schaffen wollten, ihre Familien zu retten und ihre Kinder vor dem Tod zu bewahren. Aber, o nein, nicht General Qulan … nein, nein, das macht nichts.« Er hob eine Hand, als hätte Qulan sich tatsächlich entschuldigt. »Ich habe geglaubt, ich würde mich besser verhalten, wenn es zu so einer Situation käme. Das habe ich wirklich. Und dann habe ich es doch nicht getan. Keiner von uns hat das.«

Qulan stieg aus dem Becken. Man konnte sehen, wie hart die Gefangenschaft für ihn gewesen war. Sein Körper war vom Hunger und von zahlreichen Schlägen gezeichnet, doch er stand aufrecht und ohne Scham da und wandte sich nun endlich dem Wesir zu. »Cadali«, sagte er.

»Ja, ja …« Der Wesir blickte den General hoffnungsvoll an.

»Tu mir den Gefallen und gib mir das Handtuch.«

Der Regent, der von Schwarzen Wächtern flankiert auf einem Sofa saß, wirkte nicht gesund. Dennoch dominierte er den Raum. Es dauerte einen Moment, bis sein wild hin und her zuckender Blick an Qulan hängen blieb. »Willkommen zurück, General, wir haben dich vermisst.«

»Ich war nie weg, Regent.«

»Natürlich.« Rot lächelte. Als Qulan den Regenten das letzte Mal gesehen hatte, hatte er darauf gewartet, dass seine Männer, die zu Verrätern geworden waren, ihn bei lebendigem Leib verbrannten. Damals war Rots Gesicht voller blauer Flecke gewesen, die Gregor ihm während seiner Gefangenschaft vor der Invasion zugefügt hatte. Nun war Qulan immer noch ein Gefangener, Rot war dagegen mittlerweile der Herrscher von Tumanbay. Wie die Zeiten sich doch änderten.

Hinter dem Regenten tauchte die dünne Gestalt des Inquisitors auf. »Wir müssen noch ein paar Formalitäten erledigen, General.«

Der Blick, mit dem Barakat Rot bedachte, erinnerte Qulan an ein Raubtier. Ihm wurde bewusst, dass die beiden sich zwar für die gleiche Sache einsetzten, aber keine Freunde waren.

»Du musst unserer Herrin, Maya, den Treueid schwören«, sagte Barakat, als wäre das die normalste Sache der Welt.

»Und wer bist du?«

»Wir sind uns schon mehrere Male in deiner Zelle begegnet, Qulan, wie du sehr wohl weißt.«

»Es war dunkel«, erwiderte Qulan, »und es gab dort viel Ungeziefer. Ich kann mich nicht an alles erinnern.«

Huschte etwa ein Lächeln über die Lippen des Inquisitors? Die beiden Männer sahen sich an, Qulan mit Desinteresse, Barakat mit … etwas anderem.

Cadali durchbrach die Stille: »Ich bin sicher, der General wollte gegenüber Eurer Heiligkeit nicht respektlos erscheinen. Das war bloß … bloß …« Er verstummte.

»Sollen wir mit dem Eid fortfahren?«, fragte Barakat.

»Ich diene dem Sultan von Tumanbay. Den sehe ich hier nicht. Anderen Leuten schwöre ich keine Eide. Das habe ich klar und deutlich gesagt. Wenn du von etwas anderem ausgehst, hat man dich falsch informiert.« Hatte Gregor mehr versprochen, als er halten konnte, oder hoffte Rot, ihn mit irgendetwas unter Druck setzen zu können? Der Regent beugte sich vor und stützte das Kinn auf die rechte Faust. Qulan erinnerte sich daran, dass al-Ghuri auch immer so dagesessen hatte, wenn er sich irgendetwas Schlaues ausdachte.

»Du musst doch einsehen, dass das notwendig ist«, sagte Rot schließlich.

»Wir sind alle Menschen und vor Gott gleich, General«, schloss Barakat sich ihm an. Mittlerweile klang er wütend. »Wir geben und nehmen, aber letzten Endes sind wir doch alle nur Blätter im Wind. Vielleicht willst du es dir um deiner Frau willen ja doch noch mal anders überlegen.«

Ah, das war ihr Druckmittel. Zwei Wächter führten Pushkarmi herein. Zwischen den beiden sah sie winzig aus. Sie wirkte genauso erschöpft wie Rot, aber entschlossen. Push-karmi schüttelte den Griff der Wächter ab und lief quer durch den Raum auf Qulan zu. Sie umarmten sich. »Ich werde für dich stark sein«, flüsterte sie ihm zu.

»Und ich für dich. Unsere Tochter …«

»Ja, eure Tochter Manel«, fiel Barakat ihm ins Wort, während die Wachen Pushkarmi erneut packten und von Qulan wegzerrten. »Wir suchen sie gerade. Wir haben den Verdacht, dass sie sich mit einer Verbrecherbande eingelassen hat. Wir werden sie finden.«

Pushkarmis Blick drückte aus, was ihre Zunge nicht sagen durfte: *Sie führt den Kampf fort.* Laut sagte sie: »Mein Gemahl, ich fürchte, wir haben Manel an dem Tag verloren, als die Soldaten ihren Bruder ermordet haben.«

»Wir müssen durchhalten, Pushkarmi. Ich bedauere nur, dass ich unseren Sohn nicht beerdigen konnte, wie es sich gehört. Ich habe meine Pflicht gegenüber meiner Familie nicht erfüllt – aber das werde ich wiedergutmachen.«

»Bringt sie weg«, befahl Barakat. Die Wachen zogen sie hinaus.

»Wenn ihr meine Hilfe wollt«, sagte Qulan direkt an den Regenten gewandt und ohne den Inquisitor zu beachten, »dann nehmt mich so, wie ich bin, oder schafft mich wieder dorthin zurück, wo ich war. Ehrlich gesagt gefällt mir die Gesellschaft dort unten ohnehin besser.«

»Und deine Frau?«, zischte Barakat.

»Du wirst also nicht unterschreiben?«, fragte Rot.

Qulan gab keinem der beiden Männer eine Antwort.

»Dann kann ich dir nicht helfen«, sagte Rot. »Entschuldigt mich, ich muss mich noch um andere Angelegenheiten kümmern. Cadali, komm bitte mit.«

Als sie an Qulan vorbeigingen, presste Cadali hervor: »Was nicht nachgibt, bricht oft, General.«

»Dann könnt ihr mich ja jetzt in meine Zelle zurückbringen.«

Barakat stand dicht, zu dicht, vor Qulan und schaute zu ihm herauf. »Ich glaube, du verkennst deine Lage. Du wirst nun nicht als Anführer, sondern als Sklave und in Ketten in die Sümpfe gehen, um dort zusammen mit den anderen unter Peitschenhieben in der prallen Sonne zu arbeiten. Ich habe keine Ahnung, wie lange du das überleben wirst, und ehrlich gesagt – ich bin übrigens immer ehrlich – ist es mir auch egal. Es wird eine kleine Truppe sein. Fünfhundert gut bewachte Männer. Du wirst schuften und wissen, dass deine Anstrengungen die Stadt retten.«

»Ich bin ein Mann wie jeder andere auch, und mir ist bewusst, dass ich wie jeder andere sterben kann, aber falls es nicht dazu kommt, werde ich eines Tages mit dir abrechnen, Barakat.«

»Siehst du, ich wusste doch, dass du meinen Namen kennst. Ich glaube, du bist so stark, weil du immer nach vorn schaust, aber dabei übersiehst du, was um dich herum und hinter deinem Rücken geschieht. Wenn du die Stadt verlässt, wirst du ein Niemand sein, genau wie vor deiner Ankunft. Und was deine Tochter Manel anbelangt: Ich glaube, sie weiß nicht, dass ihre Mutter verhaftet worden ist – sie war nicht zu Hause, als meine Männer dort ankamen. Aber wenn sie heute Abend zurückkehrt, werden wir auf sie warten, und dann haben wir sie beide und werden sie für deine Arroganz bezahlen lassen.«

Sie starrten sich gegenseitig schweigend an, bis Qulan schließlich knurrte: »Du solltest besser einen oder zwei Schritte zurücktreten, Inquisitor, weil ich sonst versucht sein könnte, dir das Genick zu brechen.«

Erstaunlicherweise rührte Barakat sich nicht. Er lächelte sogar ein wenig. »Wenn es Gottes Wille ist, dann sei es so, aber ich glaube nicht, dass ich heute sterben werde.«

Während der Inquisitor sich umdrehte und den Raum verließ, gingen die Wächter mit vorgereckten Stäben auf Qulan zu. Er tat ihnen nicht den Gefallen, sich zu widersetzen. Wie es schien, hatten Rot und Barakat gerade ihren ersten Fehler gemacht.

Die Pferche mit den Gefangenen erstreckten sich weiter, als das Auge reichte. Qulan glaubte, dass unter den großen Staubwolken und der gnadenlos stechenden Sonne mehrere Tausend Männer und Frauen inhaftiert waren. Er war Teil einer Kolonne aus frisch Verurteilten. Die lange Kette, an die man sie gefesselt hatte, war am Heck eines Wagens befestigt, der von einem Schwarzen Wächter gelenkt wurde. Ihre Eskorte, die aus Mayas Soldaten bestand, marschierte stur geradeaus, ohne auf die gelegentlichen Rufe und flehentlichen Bitten der Gefangenen zu achten. Wann immer ein Mann oder eine Frau hinfiel, wurden sie mitgeschleift, bis einer ihrer Kameraden ihnen wieder auf die Beine half.

Schließlich hielten sie an und wurden an die Gefängniswärter übergeben, die sie zu ihren jeweiligen Pferchen schickten. Qulans Handschellen wurden nicht abgenommen, aber dafür seine Fußfesseln. »Du musst morgen weitermarschieren«, sagte der Wärter, während er ihn in den Pferch schob und das Gittertor hinter ihm zuschlug.

Qulan sah sich einem muskulösen Mann mit schmalem Kopf gegenüber, der ihn böse angrinste. Aus einer seiner Hände ragte eine kurze Klinge. Er hielt sie niedrig, damit die Wächter sie nicht sahen. »He, alter Mann, was kannst du mir als Wegezoll bieten. Hier drinnen gibt es Regeln, und die erste lautet …« Der Mann verstummte jäh und stürzte keuchend zu Boden.

Über ihm ragten zwei weitere Gefangene auf. Ein Berg von einem Mann – er war derjenige, der zugeschlagen hatte – und ein dünner angegrauter Kerl mit nur einem Arm. Letzter sah wie ein Holzstück aus, das in ein Feuer geraten und von den Flammen zu etwas noch Festerem und Unbeugsameren gebrannt worden war.

»Wieso habt ihr das getan?«, brachte der am Boden Liegende heraus.

»Weißt du denn nicht, mit wem du da sprichst, du Schwachkopf?«, knurrte der Grauhaarige.

»Was?«

»Das ist General Qulan. Erweise ihm gefälligst ein bisschen Respekt.«

Qulan half dem Mann auf. »Wir sind hier alle Sklaven«, sagte er und wandte sich dann an den Einarmigen. »Kenne ich dich?«

»Wir haben zusammen an der Burg Param gekämpft und an jenem Tag eine ganze Armee aufgehalten.«

Qulan versuchte vergeblich, sich ein Lächeln zu verkneifen. Der Mann war ihm auf Anhieb sympathisch. »Ich glaube, da waren noch ein paar andere dabei. Hast du dort deinen Arm verloren?«

»Aye, und du hast mich auch zum Feldwebel befördert.«

»Und danach musste ich dich wieder degradieren, weil du betrunken auf dem Exerzierplatz erschienen bist, stimmt's?«

Ein Grinsen zerteilte das verwitterte Gesicht. Qulans Gedächtnis für die Männer, die an seiner Seite gekämpft hatten, war legendär und einer der Gründe, weswegen seine Soldaten ihm treu ergeben waren.

»Anscheinend muss ich dich jetzt wieder befördern, Feldwebel. Wer ist der Riese da?«

Der große Mann trat vor. »Ich kann für mich selbst sprechen. Ich heiße Akiba.«

»Du bist kein Soldat. Wie bist du hierhergekommen?«

»Ich war unterwegs, um nach Brot zu suchen, und wurde von einer Patrouille festgenommen. Sie haben mich hergeschickt. Vermutlich brauchten sie neue Sklaven.«

»Wie es scheint, kannst du mit deinen Fäusten umgehen.«

»Ich weiß, wie man kämpft, wenn es nötig ist.«

»Weißt du auch, wie man stirbt?«

Der große Mann blickte mit zusammengekniffenen Augen zu ihm herab. »Ich hatte nicht vor zu sterben. Nicht heute.«

»Sie schicken uns in die Sümpfe, Akiba. Dort grassiert die Pest.«

Wissendes Gemurmel erhob sich unter den Männern, die sich um sie versammelt hatten und ihrem Gespräch lauschten. Sie sahen erst einander und dann Qulan an, als warteten sie auf etwas.

»Wir sollen den Damm und die Schleusen reparieren. Sie glauben, dass sie den Sumpf neu bewässern und die Krankheit wegspülen können, bevor sie die Stadt erreicht.« Qulan spuckte in den Staub. »Vielleicht ist die Stadt es gar nicht mehr wert, gerettet zu werden. Vielleicht sollten wir sie alle sterben lassen.«

»Ich habe eine Frau und vielleicht auch schon ein Kind dort«, sagte Akiba. »Ich muss für sie überleben und sie finden.«

»Ich hoffe, dass du das schaffst, mein Freund.« Der Feldwebel legte Qulan die Hand auf die Schulter. »Wir haben uns schon aus schlimmeren Situationen herausgekämpft, General.«

»Die Pest ist ein Gegner, den man nicht sehen kann, Feldwebel. Und was meine Führung anbelangt: Ich bin bloß einer von Mayas Sklaven.«

»Nun, Herr, dann kann es ja nur besser werden«, sagte der

Feldwebel. Qulan spürte, wie sich die Stimmung unter den Männern veränderte. Ihre ängstliche Anspannung verwandelte sich in etwas anderes. Es war der erste Schritt hin zu einer erfolgreichen Gegenwehr. Köpfe wurden gehoben, Rücken durchgedrückt …

»Früher war ich ein König, jetzt bin ich ein Sklave wie du«, sagte Akiba. »Ich werde wieder ein König sein und du ein General.«

Überall um sie herum begannen die Männer im Käfig leise zu lachen.

KAPITEL 36

Dorin

Dorin schüttete vorsichtig eine viskose Flüssigkeit aus einem kleinen Tiegel in eine dünnwandige Glasretorte. Die darin enthaltenen Kristalle glitzerten in den hellen Sonnenstrahlen, die durch das kuppelförmige Deckenfenster herabfielen. Die Retorte stand in einem Metallgestell über einer winzigen Kerzenflamme. Während die beiden Substanzen sich vermischten, veränderten die Kristalle ihre Form. Erst wurden sie weich wie Teig, dann verfestigten sie sich zu einer bernsteinartigen Masse, von der ein kaum sichtbarer Dampf aufstieg. Dorin hatte ein Glasbehältnis über die Retorte gestülpt. Darin kondensierte der Dampf. Als sämtliche Tropfen durch ein raffiniert gestaltetes Röhrchen in eine dritte Flasche geronnen waren, verkorkte er diese und versiegelte sie zuletzt mit Wachs. Während er das tat, flackerte die Kerzenflamme. »Ich bin beschäftigt. Verschwinde.«

»Entschuldige, Doktor.« Die Stimme des Inquisitors war wie immer ruhig, dennoch machte ihr Klang Dorin nervös. Ihm war klar, dass er bei der Suche nach den Seelen auf einem schmalen Grat balancierte. Er war eitel und genoss seinen hohen Posten an der Universität, aber er war kein Dummkopf und wusste, dass ein einziger Fehltritt ihn zu Fall bringen konnte. Vielleicht war es verrückt von ihm gewesen, sich auf dieses Unternehmen einzulassen, doch nun gab es kein Zurück mehr. Und was war, wenn Barakat recht hatte: In den alten Texten gab es viele vage Passagen, und vielleicht war es tatsächlich möglich, an der menschlichen Seele herumzudoktern. Falls er diesen Generalschlüssel zu den Mysterien der Natur wiederentdeckte, würde sein Name niemals in Vergessenheit geraten.

»Ich bin hier, um zu sehen, wie du vorankommst.«

»Natürlich, Inquisitor, Ihr seid immer willkommen. Ich habe nur … Hier, ich will Euch etwas zeigen.« Dorin nahm das Fläschchen, das er gerade versiegelt hatte, und pulte das noch immer weiche Wachs ab. Dann griff er nach der Kerze, hielt die Flamme unter das Glas und lehnte sich zurück. Eine grelle Flamme schoss daraus hervor und erlosch einen Moment später wieder.

»Das sieht aus wie ein Wüstengeist«, sagte Barakat.

»Damit liegt Ihr gar nicht so falsch, Inquisitor. Was Ihr gesehen habt, war die feurige Essenz des Salamanders, wie sie sich in der Welt manifestiert.«

»Ich bin nicht an irgendwelchen Echsen interessiert, Doktor. Was ist mit unserer Arbeit?«

»Ihr müsst geduldig sein, Heiligkeit. Diese Essenz, die auch als al-Terabinth in Gasform bekannt ist, soll die Linimente der Seele hervorbringen und verfestigen können. Sie wird es uns also ermöglichen, die Seele zu beobachten und an ihr zu arbeiten, sobald wir sie lokalisieren.« Damit hatte der Inquisitor etwas, worüber er nachdenken konnte. Und wenn er Quellenkunde betreiben wollte, würde er all das bestätigt finden. Dorin verfolgte im Moment jedoch andere Pläne. »Wir nähern uns der Vollendung dieses großen Werks, doch es lässt sich nicht im Handumdrehen erledigen«, fuhr er fort. »Weise Männer haben jahrhundertelang nach Antworten gesucht, und es ist ihr Wissen, auf das ich mich stütze. Wir sind dem Ziel näher denn je. Ich muss nur … noch mehr forschen.« Den letzten Satz hatte er nur zögerlich ausgesprochen, denn auf seiner Forschung lag ein Schatten, den er nicht zu erkunden wagte. Wenn die Menschen tatsächlich eine Seele besaßen, war seine nämlich gewiss in größter Gefahr.

»Sprich weiter«, erwiderte Barakat. »Ich habe versprochen, dass ich dir, so gut es geht, helfen werde. Du musst mir nur sagen, was du benötigst.«

Damit war der Moment gekommen: »Nun, Heiligkeit, diese Reisende, Alkin …«

»Was ist mit ihr, Doktor?«

»Sie ist neugierig, wie so viele Frauen.«

»Das liegt in der weiblichen Natur. Effendi Rot hält große Stücke auf sie.«

»Wie dem auch sei. Sie stellt zu viele Fragen über meine Arbeit. Sie ist viel zu wissbegierig.« Damit ging Dorin ein Risiko ein, da er nicht sicher wusste, wie wichtig die Suche nach der Seele für Barakat war. Er hatte das Gefühl, sehr wichtig, aber Gefühle konnten trügen.

»Sie ist ein Doktor.«

»Ich weiß nur, dass sie ein Ärgernis ist. Vielleicht wird sie mit Effendi Rot darüber sprechen, was sie hier gesehen hat. Und was wird er dazu sagen?«

»Also gut.« Der Inquisitor nickte. »Ich werde sehen, was ich tun kann. Mach inzwischen hier weiter, Doktor.«

Im alten Skriptorium war mehr los als unter der Herrschaft von al-Ghuri. Boten eilten zwischen schwarz gekleideten Priestern, die aus der Stadt zurückkehrten, und den Schreibern hin und her, die an ihren großen Tischen Berichte verfassten und sie zum Inquisitor brachten.

»Die Zahlen aus dem fünften Bezirk liegen vor, Heiligkeit.«

Barakat nahm die Kladde und blätterte die Seiten um. »Alle?«

»Alle Häuser und Läden in jeder Straße. Wir haben selbst die Bettler und Tiere erfasst. Außerdem die Grundbucheinträge, die Wohlfahrtsstiftungen und die öffentlichen Einrichtungen. Nichts wurde übersehen.«

»Das will ich auch hoffen. Macht mit dem nächsten Bezirk weiter.« Er reichte dem Mann das schwere Buch zurück und blickte lächelnd zu Alkin auf, die vor ihm stand. »Vielen Dank, dass du mir deine Zeit opferst, Doktor.«

»Zu Euren Diensten, Barakat.«

»Hier entlang bitte.« Er zeigte auf einen kleinen Raum, der von dem großen Saal abging. Früher war er das Büro des leitenden Bibliothekars gewesen. Der hatte inzwischen jedoch die Freuden körperlicher Betätigung für sich entdeckt und war Teil eines Arbeitstrupps, der eiserne Kanaldeckel einsammelte, die anschließend eingeschmolzen und verkauft wurden. »Dort können wir uns ungestört unterhalten.«

Alkin folgte ihm. »Eure vielen Akten überraschen mich immer wieder«, sagte sie. »Maya ist doch die Königin eines Wüstenvolks. Warum seid Ihr so versessen darauf, jede Straße und jeden Mauerstein zu zählen?«

»Steht nicht geschrieben, dass der gute Hirte sämtliche Tiere seiner Herde kennen soll, damit er auf dem Markt Rechenschaft über sie ablegen und einen angemessenen Preis verlangen kann.«

»Wenn Tiere auf dem Markt verkauft werden, wandern sie zur Schlachtbank, nicht wahr?«

Barakat schloss die Tür und schnitt damit die Geräusche aus dem Skriptorium ab. »Setz dich«, sagte er.

Doch Alkin blieb stehen. Sie war einen Kopf größer als der Inquisitor und sah ungerührt auf ihn herab.

Barakat zuckte die Achseln und nahm selbst Platz. »Ich bin froh, meine Beine entlasten zu können. Ich bin nicht mehr so jung, aber wer ist das schon?« Er lächelte gewinnend. »Du bist in Tumanbay ein geschätzter Gast, Doktor.«

»Das stimmt.«

»Und du verfügst über ein sehr umfangreiches Wissen. Du hast in vielen Ländern studiert, nicht wahr?«

»Das stimmt ebenfalls.«

»Du weißt also, wie die Dinge funktionieren, sowohl … äh …« – er machte eine Handbewegung, als fischte er nach Worten – »zwischen Männern und Frauen als auch in der Welt im Allgemeinen. Ich höre oft zu, wenn du mit Effendi Rot über derlei Dinge sprichst.«

»Auch das ist wahr. Der Regent interessiert sich sehr für praktische Angelegenheiten.«

»Richtig. Er will immer genau wissen, wie dieses oder jenes funktioniert.«

»Wie dieses oder jenes funktioniert«, wiederholte sie.

»Gut, wir brauchen deine Hilfe bei dieser Sache in den Sümpfen. Ich habe gehört, es geht um Rinnen und Abflüsse, Schleusen und Kanäle.«

»Das nennt man Hydraulik, Inquisitor. Eine alte Wissenschaft. Man kann sich in den Texten des *al-Ard-al-Kabira* darüber informieren.«

»Genau! Ich wäre dir sehr verbunden, wenn du die Arbeiter dorthin begleiten würdest.«

»In den Sümpfen wütet die Pest. Keiner weiß das besser als ich.«

»Das ist mir auch bewusst, Doktor.«

»Wieso habe ich bloß das Gefühl, dass das keine Bitte ist?«

»Du willst dich doch bestimmt dafür erkenntlich zeigen, dass Maya dich so freundlich behandelt hat, obwohl du eine Ungläubige und Ketzerin bist.«

»Ja, natürlich.« Ein Lächeln umspielte ihre Lippen. »Andererseits möchte ich ungern sterben.«

»Das liegt in Gottes Hand beziehungsweise in meiner, wenn du in der Stadt bleibst. Du wirst von vielen Seiten beschuldigt, eine Frau zu sein, die eher selbst entscheidet, als ihren Herren zu gehorchen. Nun, lass es mich so sagen: Diese Entscheidung liegt tatsächlich ganz bei dir. Wenn du mich jetzt bitte entschuldigen möchtest.«

Alkin nickte und verließ ohne ein weiteres Wort das Büro.

KAPITEL 37

Manel

»Halt dich nicht mit dem Wischen auf, überlass das mir. Es ist spät, und die Patrouillen sind bald unterwegs. Du solltest jetzt gehen. Hier …« Harkon warf ihr eine Münze zu. »Das war ein erfolgreicher Tag. Kauf dir davon etwas. Und jetzt beeil dich.«

Manel bedankte sich mit einem Nicken, streifte ihr Kameltreibervlies über und trat durch die Tür. Sie hörte, wie Harkon hinter ihr zuschloss.

Manel zog die Schultern hoch. Rennen wollte sie nicht. Damit würde sie sich nur verdächtig machen und Aufmerksamkeit erregen. Andererseits durfte sie das Treffen mit der Kontaktperson nicht verpassen. Nach Ansicht der Rebellen hatte Manel sie bereits einmal hängen lassen, jetzt musste sie es unbedingt hinbekommen. Andernfalls lief sie Gefahr, dass sie sie wegschickten oder noch Schlimmeres mit ihr anstellten … doch darüber konnte und wollte sie jetzt nicht spekulieren. Sie würde erfolgreich sein und Mitglied des Widerstands werden.

Der Standbesitzer machte gerade dicht. Er bedeckte die Schalen mit den Oliven, die grün und schwarz glänzten und das Mondlicht reflektierten. Als sie den Stand erreichte, zog er den Rollladen herunter. »Willst du etwas kaufen, Junge?«, fragte er. »Zu spät, ich mache zu.«

»Ich wollte nur ein paar von den kleinen Grünen aus Smyrna.«

Er nickte, schob ein Vorhängeschloss durch die Haken am Rollladen und ließ es zuschnappen. Dann reichte er ihr eine Holzkiste. »Nimm die.«

»Was machen wir?«

»Wir stellen keine Fragen«, erwiderte er und nahm seinerseits zwei große Eimer mit Metalldeckeln. »Wir folgen mir und halten den Mund.«

Der Mann legte ein ziemliches Tempo vor, und sie trottete hinter ihm her. Die Kiste war schwer und aufgrund ihrer Form nicht leicht zu halten. Als sie zu einer Reihe hoher Mauern gelangten, die Gott wusste was umschlossen, brannten ihre Rückenmuskeln und ihre Unterarme vor Anstrengung.

Während sie im Schatten der Mauern dahingingen, wandte der Standbesitzer sich zu ihr um. »Hier, merk dir die Stelle gut. Beim nächsten Mal musst du allein da rein. Über die Mauer kommst du ganz leicht.« Er zeigte auf den knorrigen Stamm eines Baobabbaums, dessen Äste über die Mauer ragten. »Daran kannst du leicht hochklettern. Der Wächter ist faul und macht nur zweimal pro Nacht seinen Rundgang. Einmal früh am Abend und dann kurz vor Sonnenaufgang. Er pfeift immer, wenn er unterwegs ist, damit er auf keinen Fall irgendetwas zu tun bekommt.«

Sie gelangten zu einer doppelflügeligen Tür. Als der Standbesitzer an der Klingelschnur zog, hörte Manel ein Stück entfernt ein Läuten. Einen Moment später schwang einer der Türflügel knarzend auf, und ein misstrauisches, säuerlich dreinblickendes Gesicht spähte heraus. »Was wollt ihr? Es ist spät.«

»Wir bringen Vorräte für die Küche. Oliven und Kapern. Und ich weiß, dass es spät ist. Deswegen habe ich einen Erlaubnisschein für mich und den Jungen besorgt. So wie letzte Woche und die Woche davor.«

Der Torwächter kniff die Augen zusammen. »Das war ein anderer Junge.«

»Die kommen und gehen. Wie die Oliven und Kapern. Willst du sie? Oder muss der Koch ohne sie auskommen?«

Der Mann schnaubte und zog die Tür komplett auf. »Dann kommt rein und haltet den Mund.«

»Auch dir Friede und Segen auf allen Wegen, mein Freund«, knurrte der Standbesitzer und ging auf dem festgetretenen Schlammboden zu einem Gebäude, das auf Manel wie eine kleine Burg wirkte.

Hohe Steinmauern mit winzigen Fenstern, hinter denen nur wenig Licht brannte. Der Anblick hatte etwas Brutales, dachte Manel, wie die Stirn eines Mannes, kurz bevor er sie einem ins Gesicht rammte. Der Haupteingang war ebenso massiv wie die Tür, durch die sie das Anwesen betreten hatten, doch sie benutzten ihn nicht. Der Standbesitzer eilte an der Vorderfassade entlang und bog um die Ecke, hinter der eine schmale Treppe zu einer Kellertür hinunterführte. »Der Bolzen sitzt locker. Ein ordentlicher Stoß, und er zerbricht. Dann kannst du reingehen.« Er schob ihn zurück, und sie folgte ihm in eine geräumige Spülküche mit Steinfußboden, mehreren Becken, Lagerregalen und großen Holztischen, deren Oberflächen mit Schnitten und Flecken verunziert waren.

Zwei Küchenhelfer spülten laut klappernd Töpfe aus. Sie nickten Manel und dem Standbesitzer zu, während die an ihnen vorbei in die Küche gingen. Beim Eintreten schlug ihnen die Hitze eines großen offenen Feuers entgegen, um das mehrere Spieße und eisernes Kochgeschirr verteilt waren. Wie es aussah, war der Arbeitstag beendet.

Sie wurden von einem einzelnen Mann mit einer Schürze und einem verschwitzten roten Gesicht in Empfang genommen. Er schaute sie fragend an.

»Oliven, Kapern und auch ein paar Gewürze.« Während der Standbesitzer die Eimer in die Höhe hielt, stellte Manel die Kiste dankbar auf einer Arbeitsplatte ab.

Der Koch nickte zu einer begehbaren Speisekammer hinüber und fragte: »Trinkst du einen Schluck?«

Der Standbesitzer machte eine Verbeugung. »Es ist mir wie immer ein Vergnügen, Effendi. Ich habe auch ein paar kleine Extras dabei.« Er deutete auf einen Beutel, den Manel bisher noch nicht bemerkt hatte.

Der Koch lächelte und ging in die Speisekammer voran.

»Nutze die Gelegenheit, um dich umzuschauen. Geh ein Stockwerk hinauf und durch den großen Raum. Zähle bis fünfhundert und sei bis dahin wieder da. Wenn du angehalten wirst, sind das hier deine Papiere. Ansonsten stell dich einfach dumm.« Er drückte ihr einen Passierschein in die Hand und schob sie auf eine Tür zu. Dann gesellte er sich zum Koch.

Als Manel die Küche verließ, hörte sie Flüssigkeit in eine Schale plätschern, und die beiden Männer lachen. Sie erklomm eine Dienstbotentreppe mit breiten flachen Stufen, auf denen man Essen aus der Küche nach oben tragen konnte. Oben angekommen, fand sie sich in einem Saal mit langen Tischen wieder, die sich wie Rippen in Zweierreihen über die gesamte Länge des Raums erstreckten. Die Fenster waren klein und vergittert. Obwohl keine Lampe brannte, konnte sie an den Wänden Texte ausmachen. Sie schienen religiöser Natur zu sein. Die Stühle waren ungewöhnlich klein und vermutlich für Kinder gedacht, auch wenn dieser Saal für Kinder viel zu trostlos wirkte. Sie eilte zum anderen Ende und öffnete vorsichtig eine Tür, die zu einem langen dunklen Korridor führte. Sie hörte einen Mann sagen: »Und es steht geschrieben, wer immer seinen Vater und seine Mutter mehr liebt als mich, liebt mich nicht.«

Dann zittrige Kinderstimmen, die das Ganze wiederholten: »Und es steht geschrieben, wer immer seinen Vater und seine Mutter mehr liebt als mich, liebt mich nicht.«

Danach wieder der Mann: »Avim, weshalb weinst du?«

Keine Antwort. Der Mann wiederholte die Frage. Immer noch keine Antwort. Ein Kind schrie, und dann wieder diese Worte: »Und es steht geschrieben, wer immer seinen Vater und seine Mutter mehr liebt als mich, liebt mich nicht.«

Hatte sie bereits bis fünfhundert gezählt? Hatte sie überhaupt gezählt?

»Denn es steht geschrieben, wer immer seinen Sohn oder seine Tochter mehr liebt als mich, verdammt das Kind zu ewigen Schmerzen im Feuer, und sie werden zwar brennen, aber nicht verbrennen, und die Schmerzen werden nie aufhören.« Danach wieder die mitleiderregend stammelnden Kinderstimmen …

Manel rannte zurück durch den freudlosen Speisesaal und die Treppe hinunter. Als der Standbesitzer und der Koch mit rosig leuchtenden Gesichtern aus der Speisekammer traten, wartete sie bereits in der Küche auf sie. Sie hob die mittlerweile zum Glück leere Kiste auf, und der Standbesitzer nahm die ebenfalls geleerten Eimer. Nachdem sich die beiden Männer voneinander verabschiedet hatten, kehrten sie durch die

Spülküche in die warme Nacht zurück. Der Standbesitzer warf ihr einen mahnenden Blick zu und sagte nichts, bis der immer noch mürrisch dreinblickende Pförtner die Tür hinter ihnen geschlossen hatte. Dann knurrte er: »Gesegnet seist du, du zitroniger Bastard.«

»Was ist das für ein Ort?«, fragte Manel.

»Ein Waisenhaus. Die Kinder von Ketzern werden zur Umerziehung hierhergeschickt oder, falls sie noch Säuglinge sind, damit sie von Anfang an in Mayas Sinne erzogen werden.«

»Ich habe eine Art Unterricht belauscht. Ich hätte mich am liebsten übergeben.«

»Das wollen die auch.«

»Was meinst du damit?«, fragte sie ihn.

»Übelkeit bringt gar nichts. Was ich will, was der Widerstand will, sind Taten. Wir wollen etwas dagegen unternehmen. Sie haben mir gesagt, dass du Mist gebaut hast. Bist du hierfür bereit, oder wird dir bloß wieder schlecht?«

»Ich werde tun, was immer getan werden muss.« Sie spürte heißen Zorn in sich aufsteigen und wusste, dass sie diesmal, im Kampf gegen diese Leute, nicht versagen würde. Die andere, Doktor Alkin … die war … Manel schüttelte den Gedanken ab. »Sag mir, was ich tun soll.«

Eine Patrouille näherte sich, und der Standbesitzer zog sie in eine dunkle Gasse. Sie warteten ab, bis die Straße wieder leer war.

»Wir haben zwar gültige Pässe, aber unsere Anwesenheit würde bemerkt werden, und das könnte gefährlich sein. Also gut, heute Nacht steigst du zwei Stunden nach Mitternacht über die Mauer und brichst die Tür auf. Dann gehst du durch den großen Saal, durch den Gang an den Klassenzimmern vorbei und ein Stockwerk hinauf. Wenn du oben bist, gehst du weiter geradeaus, bis du eine Tür siehst, die mit geschnitzten Weintrauben verziert ist. Die führt zu den Privaträumen des Direktors. Er ist ein Mann mit festen Gewohnheiten und wird bereits schlafen. Du trittst ein und legst direkt neben seinem Kopf einen Dolch auf sein Kissen. Danach gehst du wieder.«

»Und dann?«

»Was dann passiert, geht dich nichts an.«

»Aber warum?«

»Warum, geht dich auch nichts an. Wirst du es tun oder nicht?«

»Natürlich. Ich mache alles.«

»Gut. Du bleibst bei mir. Es ist besser, wenn du jetzt nicht nach Hause gehst.«

»Ich werde es mir schon nicht anders überlegen«, protestierte sie.

»Ich weiß, dass du das nicht wirst.« Er zog einen nadeldünnen Dolch aus dem Ärmel. Die Klinge schimmerte matt im Mondlicht. »Weil dir klar ist, dass du entweder mitmachst oder stirbst. Komm.«

KAPITEL 38

Rot

Das letzte Zwielicht war bereits verblasst, als der Regent seine Arbeit beendete und erschöpft durch den Wandelgang zu seinen Gemächern zurückkehrte. Er musste den Palast auf dem Heimweg nicht unbedingt verlassen, aber er fühlte sich wie ein Gefangener seiner endlosen Verwaltungstätigkeiten und vermisste die weite Welt. Es war eine wichtige Aufgabe, die er gewissenhaft für Maya erfüllte, doch er liebte es, wann immer es ging, ein paar kostbare Minuten lang im Sonnenschein oder im Mondlicht auf die Stadt zu blicken. Heute Nacht waren die Monde »zunehmend fett«, wie die Bewohner von Tumanbay es ausdrückten. Sie bestrichen die Dächer, die er zum ersten Mal vor einem Jahr bei seiner Ankunft in der Stadt gesehen hatte, mit ihren silbrigen Strahlen. Damals war er von den kunterbunten Dachziegeln entzückt gewesen. Im Mondschein glitzerten sie dagegen alle im gleichen Grau, was durchaus hübsch anzuschauen war. Aber er vermisste die Farben.

Er spürte einen Luftstoß. Eine Gestalt trat aus dem Schatten und stellte sich neben ihn. Barakat. Hatte er etwa auf ihn gewartet? War Rot so berechenbar geworden?

»Jemand hat mir erzählt, dass Sultan al-Ghuri immer von hier aus beobachtet hat, wie seine Armee hinausmarschiert ist, um den Frieden zu wahren.«

»Das hat ihm nicht viel genützt«, murmelte der Inquisitor. »Die Gottlosen haben selten Erfolg.«

Rot fragte sich, ob Barakat sich je entspannte und über etwas anderes sprach als seine heilige Mission, sämtliche Ketzer auszulöschen. Hatte er abgesehen von seiner Arbeit noch irgendwelche anderen Interessen, die nichts mit ihrer ruhmreichen Aufgabe zu tun hatten?

»Nun, Tumanbay hatte immerhin schon tausend Jahre lang existiert, bevor wir kamen, Barakat.«

»Die Zeit ist bedeutungslos für den Herrn der Ewigkeit. Wann brechen die Sklaven auf?« Wie immer ging es bei Barakat nur um die Pflicht.

»Morgen, bei Tagesanbruch. Sie werden von Soldaten der alten Armee eskortiert. Wenn nötig können die auch mitarbeiten.«

»Und falls sie sterben, *wenn* sie sterben?«

»Dann entsenden wir weitere. So viele wie nötig, um diese Arbeit zu erledigen und der Stadt die Pest zu ersparen.«

»Wenn es Gottes Wille ist.«

»Dann wird es so geschehen«, sagte Rot. »Aber es ist auch Mayas Wille, dass Tumanbay Gewinn abwirft, bis wir hier fertig sind.«

»Manchmal frage ich mich …« Der Inquisitor verstummte.

»Kommen Barakat, dem braun gekleideten Unbestechlichen, etwa Zweifel?« Wenn es so ist, dachte Rot, dann ist das wirklich ein erinnerungswürdiger Tag.

»Nein, nie. Maya hat ihre Gründe. Wir müssen sie nicht kennen. Sie ist Gott ganz nah. Es heißt, sie spricht mit ihm. Er betrachtet sie und ihre Arbeit gewiss mit Wohlgefallen.«

»Und Eure Arbeit?«

»Die läuft gut – mit Gottes Segen.«

»Ich habe Gerüchte von einem ›großen Werk‹ gehört. Worum geht es dabei?« Rot spürte, wie der Inquisitor sich versteifte. Wäre der Mann eine Katze gewesen, hätte sich in diesem Moment sein Fell gesträubt.

»Großes Werk?« Barakats Stimme klang neutral und verriet nichts, was bei ihm äußerst ungewöhnlich war.

»Die Reisende Alkin hat erwähnt, dass Ihr Euch oft in Dorins Institut und im Waisenhaus aufhaltet. Gibt es dort irgendetwas zu tun?«

»Nur die Umerziehung der Jugend, Effendi, so wie wir es …« Er verstummte.

Effendi Rot hörte ihm nicht mehr zu. Er hatte gequält die Augen geschlossen und presste die Lippen zu einem schmalen Strich zusammen. Völlig unvermittelt hatten ihn starke Schmerzen durchzuckt. Nein, das stimmte nicht. Rot wurde schon seit einer ganzen Weile von diversen Zipperlein und einem generellen Unwohlsein geplagt. Jeder wusste es, doch niemand hatte ihn direkt darauf angesprochen. Bis jetzt.

»Mein Herr, seid Ihr krank?«, fragte Barakat. »Lasst mich Euch helfen.« Er fasste Rot am Arm und stützte den Regenten halb, während sie gingen.

»Ihr habt recht, ich bin müde und werde mich in meine Gemächer zurückziehen.«

Barakat führte ihn die Treppe hinab, die zu dem Balkon führte, auf dem sie die fallenden Feuer beobachtet hatten. Die Tür zur Wohnung des Regenten stand auf.

»Soll ich mit Euch beten, Effendi?«

»Das wird nicht nötig sein. Ich muss mich nur ausruhen. Das ist alles. Dann wird das schon ...« Er brach ab, als ein weiterer Schmerz sein Gesicht verzerrte.

»Ihr arbeitet ohne Unterlass, mein Herr«, sagte Barakat. »Das tun wir alle. Aber wir schulden Gott und Maya unser Bestes – die Vormittage, nicht die Abende. Ihr solltet einen Arzt rufen. Soll ich Euch Dorin oder den alten Doktor des Sultans schicken? Ich bitte Euch inständig: Lasst Euch untersuchen. Wir können nicht auf Euch verzichten.«

Rot richtete sich mit großer Mühe gerade auf. »Ich muss mich nur ausruhen«, wiederholte er und betrat seine dunklen Gemächer.

Der Inquisitor blieb draußen stehen, als erwartete er, hineingerufen zu werden. Doch es war nichts zu hören, und so drehte er sich nach einer Weile um und ging davon. Dabei flüsterte er lautlos: »Ihr müsst Euch ausruhen.«

KAPITEL 39

Cadali

»Dann ist der Regent also krank«, sagte Cadali.

»Scheint so«, erwiderte Gregor. Sie standen an einem Fenster im Turm der Morgenröte, der so hieß, weil er so hoch war, dass man durch seine nach Osten gerichteten Fenster das erste Sonnenlicht lange sehen konnte, bevor es die niedrigeren Mauern und Straßen beleuchtete.

»Ich frage mich, was der Inquisitor gerade zu ihm gesagt hat.«

»Du kennst ihn besser als ich, Cadali. Vielleicht hat er ihm ja erklärt, wie besorgt er um sein Wohlergehen ist.«

Cadali zuckte die Achseln und blickte eine Zeit lang in die Dunkelheit hinaus. Er wirkte an diesem Abend ungewöhnlich melancholisch. »Ich glaube«, sagte er schließlich, »von der Wüste steigt ein Wind auf. Schau, wie sich die Tamarindenbäume, die sich selbst in den oberen Mauern angesät haben, in der Brise bewegen. Als ich jung und ganz neu in Tumanbay war, hieß es, dass ein solcher Wind Sanddämonen in die Stadt trägt. Sie wären dumm, wenn sie jetzt hierherkämen.«

»Es ist immer noch dieselbe Stadt«, erwiderte Gregor. Er

stützte sich auf das Fenstersims und blickte hinaus. »Im Mondlicht wirkt sie unverändert.«

»Nein, es sind zwei Städte«, sagte Cadali. »Eine wurde der anderen aufgezwungen, aber die erste verblasst allmählich zu einer Erinnerung. Wie dein Bruder … der in die Sümpfe geht. Auch er wird zu einer Erinnerung. Aber in gewisser Weise beneide ich ihn. Er entgeht alldem hier.«

»Wieso hast du dann nicht darum gebeten, dich ihm anschließen zu dürfen? Barakat hätte es dir sicher erlaubt.«

»Weil sie alle sterben werden«, stieß Cadali hervor. Nach kurzem Nachdenken fügte er hinzu: »Hast du je Angst, Gregor? Ich spreche von markerschütternder, kastrierender Angst. Nein, wahrscheinlich nicht. Du wirst nur wütend und … tötest irgendwen. Ich dagegen, mein Freund, bin ein Meister der Angst. Das bin ich immer schon gewesen. Früher habe ich geglaubt, dass sie mich vitalisiert und meine Sinne schärft. Doch jetzt schlitzt mir die Schärfe meiner Angst die Kehle auf.« Cadali sah Gregor einen Moment unsicher an, dann beugte er sich zu ihm hinüber. »Ich kenne einen Mann«, flüsterte er, »der behauptet, er könne mich durch das Tor schleusen.«

Gregor sah ihn entgeistert an. »Wovon sprichst du?«

»Ich muss weg von hier. Du solltest auch mitkommen.«

Gregor lachte. »Willst du mir etwa schon wieder eine Falle stellen, Cadali? Du bist ein armseliger Spion. Hat Barakat dich auf diese Idee gebracht?«

»Ich meine es ernst, Gregor. Es wäre sicherer, wenn wir zusammen gingen, sicherer für uns beide. Das ist alles. Ich bin kein Kämpfer, kein Mörder, zumindest nicht mit Schwertern und Messern.«

»Ich dagegen schon?«

»Du weißt, was du bist«, sagte Cadali. »Wirst du mich begleiten, jetzt, heute Nacht?«

»Nein.«

Cadali wandte sich enttäuscht ab. Nun hatte er also ganz umsonst sein Geheimnis ausgeplaudert. »Wirst du mich verraten?«, fragte er.

»Macht es irgendeinen Unterschied, wenn ich Nein sage?«

Cadali schüttelte den Kopf. Es käme aufs selbe hinaus. Man konnte niemand mehr vertrauen. »Hör mal, Gregor«, sagte Cadali, plötzlich lebhaft. »Wieso sind wir nicht ein einziges Mal ehrlich zueinander? Können wir nicht einmal ganz offen miteinander sprechen? Ich schütte dir gerade mein Herz aus. Wir wissen doch beide, dass das Leben hier unerträglich geworden ist. In Tumanbay gibt es für uns nichts mehr zu holen. Maya hat den Saft, das Leben, das Fleisch und alles andere aus dieser Stadt gesaugt wie eine Spinne aus einer Fliege. Sie hat sie von innen ausgehöhlt, und nun ist nur noch ein leerer Kadaver übrig. Wir müssen gehen. Wir müssen abhauen. Komm mit mir. Hilf mir, Gregor, hilf mir …« Er machte eine Pause, um Atem zu schöpfen. Er war über sich selbst erstaunt und eigenartig erleichtert. Es war, als wären ihm auf einmal seine aufgestaute Frustration und die Angst, die Last eines ganzen Lebens, wie durch ein Wunder von den Schultern genommen worden.

»Jeder von uns besitzt ein Schwert«, sagte Gregor. »Und wir haben alle die Wahl: Entweder lassen wir es ungenutzt, oder wir nehmen es in die Hand. Du hast dich entschieden, es in die Hand zu nehmen, also solltest du es auch benutzen.«

»Was soll das heißen?«, fragte Cadali.

Gregor trat vom Fenster zurück und ging. An der Tür blieb er noch mal stehen und drehte sich um. »Geh jetzt. Beeil dich. Pack nichts ein und halt dich nicht länger auf. Geh.«

Er brachte es nicht über sich, einfach alles zurückzulassen und zu verschwinden. Er hatte so viele Jahre damit verbracht, seine kleinen Schätze zusammenzusammeln, hatte bereits seine Miniaturen und die Bücher verloren. Die wenigen Dinge, die ihm noch geblieben waren – ein paar Diamanten, Rubine und die goldenen Ohrringe, die Shajah, der Frau seines verstorbenen Herrn, gehört hatten –, ließen sich leicht verstecken und verkaufen. Doch ehe er die verborgene Schublade in seinem Diwan öffnen könnte, klopfte es an die Tür, und Barakat trat ein.

»Eure Heiligkeit, wie kann ich Euch dienen?«

Barakat schnupperte.

Cadali konnte selbst riechen, was da von seinem Körper aufstieg: der Geruch von Schweiß. Angstschweiß.

Barakat nickte zu der kleinen Tasche hinüber, die offen auf dem Diwan lag. »Packst du?«

»Nein, nein, Heiligkeit. Äh … das sind Dinge, Dinge, die ich habe … zu viel Besitz, der mich beschwert. Wer leicht reist, ich meine im Leben, die … die spirituellen Dinge … wenn Ihr wisst, was ich meine.«

»Du wirkst nervös, mein Freund.«

»Nein, überhaupt nicht, nur ein bisschen außer Atem.«

Barakat klatschte in die Hände, und Cadali fuhr erschrocken zusammen. »Gut, Cadali, denn du sollst wissen, dass du mein vertrauenswürdigster Verbündeter im Palast bist. Die Arbeit, die wir hier verrichten, wäre ohne dein Wissen, dein Talent und deine Hingabe nicht möglich. Dafür verdienst du eine Belohnung.«

»Danke, Heiligkeit, vielen Dank.« Auf Cadalis fettem Gesicht breitete sich ein glückseliges Lächeln aus. »Ich versuche nur zu helfen.«

»So wie wir alle. Und es gibt da etwas, das du heute Nacht für mich tun kannst, Cadali, etwas äußerst Wichtiges. Danach wird es für dich keine Ungewissheiten mehr geben.«

KAPITEL 40

Manel

Manel landete leichtfüßig im Inneren des Anwesens. Eine Wolke zog vor einem der Monde vorbei. Sie nutzte den Schatten, den sie warf, dazu aus, über das offene Gelände erst zum Gebäude zu laufen und dann um die Ecke herum zu der Treppe, die ihr der Standbesitzer bei ihrem ersten Besuch gezeigt hatte.

Manel stieg rasch die Stufen hinab und lehnte sich an die Tür. Sie ließ sich ein bisschen bewegen. Das Schloss war zugesperrt, aber lose und gab sofort nach, als sie mit der Schulter gegen das Türblatt drückte. Manel fing den herabfallenden Bolzen auf und legte ihn auf den Boden. Anschließend betrat sie die Spülküche, in der es feucht und nach Seife roch. Sie wartete einen Moment lang ab, bis sich ihre Augen an die Dunkelheit gewöhnten. Dabei spürte sie ihr pochendes Herz und machte langsame, tiefe Atemzüge, um sich zu beruhigen – wie ihr Vater es ihr beigebracht hatte –, ehe sie den Raum durchquerte und in die Küche ging. Dort war es dunkler als in der Spülküche, weil vor den winzigen hoch angebrachten Fenstern zahlreiche Kupferpfannen hingen… Als sie merkte, dass sie nicht allein im Raum war, blieb ihr fast das Herz stehen.

Sie erstarrte und griff nach dem eingewickelten Dolch in ihrem Gürtel, doch sie hatte keine Zeit, ihn auszupacken. In einer Küche musste es Messer oder Hackbeile geben, doch es war zu dunkel, um irgendetwas anderes als die Gestalt zu sehen, die auf sie zuglitt. Weiße Hände reckten sich wie Klauen nach ihr und packten ihre Arme. Manel stellte sich einen Dschinn vor, irgendeine Schreckensgestalt aus der Wüste, die gekommen war, um sie heimzusuchen, doch die gequälte Stimme, die sie hörte, gehörte einer Frau: »Ich will mein Kind, sie haben mir mein Kind weggenommen. Ich will mein Kind. Bitte, ich flehe dich an. Gib mir mein Kind. Ich habe mein …«

Manel legte der Frau eine Hand auf den Mund. »Pssst, sei still«, zischte sie, erleichtert, dass diese Gestalt genauso wenig hier sein durfte wie sie. »Du musst leise sein.«

Als sie die Hand wegnahm, begann die Frau von Neuem mit ihrem Singsang: »Mein Kind, sie haben mir mein Kind weggenommen.«

Mondlicht fiel durch die schmalen Fenster herein und fing sich in den großen verängstigten Augen der Frau. Manel legte ihr die zitternden Finger an die Lippen und versuchte, sie zu beruhigen. »Du musst still sein. Sonst werden sie dich hören … und dann wirst du dein Kind nie finden. Verstehst du mich?« Sie musste es zweimal sagen, ehe die Frau, den Göttern sei Dank, endlich verstummte … »Kannst du mich loslassen?«, flüsterte Manel.

Der entsetzlich feste Griff um ihre Arme löste sich. Manel streckte die Hand aus und berührte vorsichtig die Frau. Sie trug eine Art weißes Kleid, der Stoff war verkrustet. Irgendetwas war darauf getrocknet. Im Mondlicht wirkte es schwarz, aber Manel hatte schon genug derartige Flecken gesehen, um zu wissen, worum es sich handelte. »Du hast geblutet.«

»Ich war im Krankenhaus. Ich bin davongelaufen. Ich will mein Kind zurück.«

»Weshalb bist du hier?«, fragte Manel und provozierte damit einen weiteren Redeschwall.

»Sie haben meinen Vater umgebracht. Sie haben mir mein Kind weggenommen. Das hier ist das Waisenhaus. Hierher werden die Kinder gebracht. Ich will mein Kind.«

Manel führte die Frau durch die Küche zu dem Raum, in dem sich der Standbesitzer und der Koch zwischenzeitlich aufgehalten hatten. Dort fand sie einen Stuhl und setzte die Frau darauf. Dann brachte sie ihr Wasser. »Hier, trink das.«

Die Frau leerte die Schale in einem Zug. Manel füllte sie erneut auf. »Wie heißt du? Wie bist du hergekommen? Hat dich in diesem Zustand denn niemand aufgehalten?«

Die Frau trank nun langsamer. »Ich weiß es nicht, und ich heiße Himmel. Ich bin einfach gegangen und gegangen und irgendwie hierhergekommen. Ich glaube, mein Vater hat mir geholfen.«

»Du hast doch gesagt, dein Vater sei tot.«

»Ich habe seine Stimme gehört. Er hat mir gesagt, wohin ich gehen muss und wann ich mich verstecken soll.«

»Bei allen Göttern im Himmel und unter der Erde«, seufzte Manel, »was soll ich bloß mit dir machen?«

»Hilf mir, mein Kind zu finden.«

Manel sah ein, dass die Frau an nichts anderes denken konnte und dass sie sich nicht von ihrem Ziel abbringen lassen würde. Nun, dann würde sie eben improvisieren müssen. »Wenn ich dir helfe, bist du dann still und tust, was ich dir sage?«

»Ja.«

»Gut. Dann folge mir. Aber sprich nicht und tu, was ich dir sage.«

Im Speisesaal, der von den Monden hell erleuchtet war, erkannte Manel, dass die vermeintliche Frau tatsächlich eher ein Mädchen und kaum älter als sie selbst war. Erfreulicherweise schaffte sie es, ihre Anweisungen zu befolgen. Außerdem war sie leise. Ihre Füße steckten in Filzsandalen, die vermutlich aus dem Krankenhaus stammten, das sie erwähnt hatte. Nur die Götter wussten, welche Höllenquallen sie durchgemacht haben musste, doch darüber konnte Manel sich im Augenblick keine Gedanken machen. Sie führte sie aus dem Saal hinaus, an den Klassenzimmern vorbei und ein Stockwerk hinauf, in einen Korridor, an dessen Ende sich eine mit geschnitzten Weintrauben verzierte Tür befand. Manel blieb stehen. Zum zweiten Mal in dieser Nacht setzte ihr Herz einen Schlag aus – noch ein Gespenst! Diesmal ein kleines Mädchen, das im Mondlicht stand. Sein Nachthemd war schrecklich weiß …

»Seid ihr meinetwegen gekommen?«

»Nein«, sagte Manel, »alles ist gut. Geh wieder ins Bett.«

Das Kind sprach sehr ernst, als würde es immer noch schlafen. Vielleicht tat es das ja auch. »Nein, nichts ist gut. Sie kommen nachts und nehmen uns mit, und wir kehren nie mehr zurück.« Sie ging an ihnen vorbei, wobei ihre offenen Augen nichts zu sehen schienen, und stellte sich vor eine weitere Treppe, die hinaufführte.

»Hier geschieht irgendetwas Schlimmes«, flüsterte die Frau namens Himmel.

Manel kniete sich neben das Mädchen und nahm es in die Arme. »Alles ist gut, meine Süße«, flüsterte sie. »Soll ich dir etwas sagen?«

Das Kind nickte.

»Wenn du ins Bett zurückgehst, dich ganz ruhig hinlegst und die Augen schließt, dann kannst du das Schlaflied des Sandvogels hören.« Sie berührte das Mädchen am Rücken und gab ihm einen sanften Stups, worauf die Kleine die Stufen hinaufstieg und gleich darauf verschwunden war.

»Komm mit«, sagte Manel zu Himmel und ging auf die geschnitzte Tür zu. Kurz dachte sie darüber nach, Himmel draußen stehen zu lassen, entschied sich dann jedoch dagegen. Es war besser, sie in ihrer Nähe zu behalten. Die Tür war, wie vom Standbesitzer angekündigt, unverschlossen und führte in einen großen Empfangssalon. Manel freute sich, dass endlich mal etwas nach Plan verlief, doch gleich darauf merkte sie, dass sie sich getäuscht hatte. Aus dem angrenzenden Raum drangen Stimmen oder besser gesagt eine einzelne Stimme. Sie klang barsch und einschüchternd. »Die Zeichen deiner Schande und das Zeugnis Gottes auf deinem sündigen Körper.« Ein Knall ertönte, gefolgt vom Schrei eines Kindes.

Manel fragte sich, ob es irgendetwas gab, worin sich dieser sogenannte Widerstand nicht täuschte.

»Wir müssen abwarten«, sagte sie. »Eigentlich sollte er schlafen.«

Eine Wand des Vorraums war mit begehbaren Schränken gesäumt. Manel machte einen auf und spähte hinein. Zwischen den Umhängen und Lehrerkaftans, die darin hingen, war genügend Platz für sie beide. Als sie die Tür hinter sich und Himmel zuzog, vernahm sie erneut die Stimme: »Du wirst noch viel mehr Tränen vergießen, Junge. Du bist das Kind von Ketzern und selbst ein Ketzer. Sie haben für ihre Sünden bezahlt, du kannst dagegen noch gerettet werden.« Dann ertönten weitere schrille Schmerzensschreie, die weder von der geschlossenen Tür noch von den Kleidungsstücken um sie herum gedämpft wurden.

Die Zeit verging. Sie hörten, wie die Tür zum Nachbarzimmer aufging. Die Stimme sagte: »Geh und denke über deine Sünde nach.« Anschließend öffnete und schloss sich die Eingangstür, dann wieder die Tür zum Nachbarzimmer.

»Und was jetzt?«, hauchte Himmel.

»Jetzt warten wir.«

»Und mein Kind?«

»Wir werden nach deinem Kind suchen, das verspreche ich dir. Aber jetzt sei still und versuche zu schlafen. Setz dich auf den Boden. Ich halte Wache.«

Noch mehr Zeit verstrich. Himmel hatte sich hingesetzt und war eingeschlafen. Der Mann inzwischen sicher auch. Vorsichtig öffnete Manel den Schrank und trat hinaus. Sie beschloss, Himmel bis zu ihrem Aufbruch schlafen zu lassen. Nachdem Manel ihre Aufgabe erledigt hatte, würde sie sich überlegen, wie sie das Kind finden konnten. Sie wickelte das Messer aus, schlich zur Tür zum Nachbarraum und öffnete sie ganz langsam einen Spalt. Als sie regelmäßige tiefe Atemzüge hörte, machte sie sie so weit auf, dass sie hindurchschlüpfen konnte. Der Mann schlief tatsächlich. Sie seufzte erleichtert und ging zum Bett. Auf dem Kissen war genügend Platz für den Dolch.

Als sie ihn gerade ablegen wollte, platzte plötzlich Himmel herein und beugte sich über den Schlafenden. »Wo ist mein Kind?«, zischte sie und drückte ihm etwas an den Hals – eine kurze Klinge, wie ein Arzt sie verwenden würde. »Rühr dich nicht, oder ich schlitze dir die Kehle auf.«

Manel musste einen frustrierten Schrei unterdrücken.

Der Mann wachte auf.

»Beweg dich nicht, oder ich werde dich töten.«

Überraschenderweise klang er wütend: »Wie kannst du es wagen …?« Er machte Anstalten, sich aufzusetzen, ließ sich jedoch gleich wieder zurückfallen, als Himmel die Klinge fester an seinen Hals drückte. »Gut, gut. Was wollt ihr?« Obwohl er Angst hatte, war sein Blick berechnend, als er sie beide betrachtete und die Situation einzuschätzen versuchte.

»Wo ist mein Kind? Es ist ein neugeborener Säugling, sag mir, wo er ist.«

Er antwortete ruhig und überdeutlich. Als spräche er mit einem Kind, dachte Manel. »Weißt du, wie viel Ärger du dir damit einhandelst? Ich bin der Direktor. Inquisitor Barakat hat mich mit der bedeutenden Aufgabe betraut, die Verlorenen zu retten.«

»Wo ist mein Kind?«

Er schaute zu Manel hinüber. »Ist sie verrückt?«

»Sag ihr einfach, wo ihr Kind ist.«

»Woher soll ich wissen, wo das Kind dieser Schlampe ist? Sehe ich etwa wie eine Amme aus?« Er war wieder wütend. Selbst in der Gegenwart einer Verrückten mit einem Messer hielt er sich für den Allergrößten. Manel wurde bewusst, dass sie ihn – gleich nach Daniel – von allen Menschen, denen sie je begegnet war, am meisten hasste.

»Du siehst aus wie jemand, der gleich sterben wird«, entgegnete sie. »An deiner Stelle würde ich mir gut überlegen, was ich als Nächstes sage. Sie wird dich umbringen.«

Er schwieg einen Augenblick, dann fragte er: »Wer hat dein Kind an sich genommen?«

»Ich weiß es nicht. Bei der Hinrichtung, danach …« Sie begann zu weinen.

Manel legte ihr eine Hand auf die Schulter.

»War es ein Junge oder ein Mädchen?«

»Keine Ahnung, ich weiß es nicht. Ich bin im Krankenhaus aufgewacht und da … da …«

»Hier kommen keine Säuglinge her. Wir erziehen Kinder, führen sie zum Glauben zurück.«

»Ja, das haben wir gehört«, sagte Manel. »Wohin kommen die Säuglinge?«

»Zu Familien, Pflegemüttern.« Er schloss die Augen und legte die Stirn in Falten, um ihnen zu demonstrieren, dass er nachdachte und kooperierte. »Vielleicht gibt es eine Möglichkeit. Werdet ihr mich gehen lassen, wenn ich sie euch verrate?«

»Ich schwöre es«, schluchzte Himmel.

Er schaute Manel an und sah, dass sie nickte. »Mittlerweile wird alles schriftlich in Akten festgehalten. Jeder Bürger, jeder Diener und Sklave. Es gibt ein Verzeichnis mit sämtlichen Waisenkindern, auch den Säuglingen. Ja, ja, ich kann sie euch zeigen. Lasst mich aufstehen, dann …«

Himmel trat zurück. Darauf hatte der Direktor offensichtlich nur gewartet. Er sprang vom Bett auf, packte ihr Handgelenk und verdrehte es, bis sie die Waffe fallen ließ. »Du Schlampe, du dumme, verrückte Schlampe.« Er ließ seinem Zorn freien Lauf und hob die Faust, um Himmel damit ins Gesicht zu schlagen und sie für das, was sie ihm angetan hatte, leiden zu lassen. Seine Eitelkeit und sein Wunsch, ihr wehzutun, waren so übermächtig, dass er gar nicht mitbekam, wie Manel ihm mit dem gebogenen Dolch den Hals aufschlitzte. Als ein dicker Blutschwall die Vorderseite seines Nachthemds durchweichte, blieb ihm gerade noch genug Zeit um »O Gott hilf mir« zu murmeln, dann starb er.

In plötzlicher Panik schrie Himmel: »Blut, Blut!«

Manel nahm sie und schüttelte sie. »Halt den Mund und komm mit.« Sie zog die schwankende Frau in den Vorraum und holte einen Kaftan aus dem großen Schrank. »Zieh den an. Du siehst aus wie ein Gespenst. Wenn man dich so sieht, kommen wir nicht weit.« Während Himmel sich den Kaftan über den Kopf zog, fuhr Manel fort: »Ich haue jetzt ab. Wenn du mitkommst, werden wir versuchen, dein Kind zu finden. Ich habe es dir versprochen und auch so gemeint. Aber du musst tun, was ich dir sage, und leise sein. Wenn nicht, lass ich dich allein. Möchtest du das?«

»Nein, ich will mein Kind zurückhaben.«

»Dann komm jetzt mit.«

Die Nachtpatrouille marschierte vorbei. Sie gingen deutlich langsamer als zu Beginn ihrer Schicht. Offenbar wollten sie keine Scherereien bekommen, sondern nur noch ungestört in ihre Baracken zurückkehren, etwas essen und dann schlafen. Wie so viele in Tumanbay hatten sie ihr Leben nach den Wünschen der neuen Herrscher ausgerichtet. Manel nahm an, dass die meisten Leute fast alles hinnehmen würden, um in Ruhe gelassen zu werden.

Sie und Himmel verbargen sich hinter Eimern voller Getreide und Kisten mit Datteln, die nach Tagesanbruch verkauft werden sollten. Die Patrouille verschwand am Ende der Straße außer Sicht, doch Manel rührte sich nicht. Sie war müde, sogar erschöpft, und fragte sich, was sie ihrer Mutter erzählen sollte, wenn sie endlich nach Hause kam. Wie sollte sie ihr Himmel und all das Blut erklären. Mutter würde sich aufregen, wütend werden und wahrscheinlich weinen. Es war alles viel komplizierter geworden, als Manel es sich vorgestellt hatte. Sie seufzte.

»Es tut mir leid«, sagte Himmel. Mittlerweile klang sie ruhiger.

»Was meinst du?«

»Was da passiert ist, dieser Mann.«

»Er hat den Tod verdient.« Manel war selbst überrascht, wie kalt es sie ließ.

»Du hättest ihn eigentlich nicht töten sollen, nicht wahr? Das war meinetwegen, weil …« Himmel geriet ins Stocken und begann zu weinen, diesmal jedoch weniger gequält. Die Trauer, die sie nun überkam, schien nichts mehr mit dem Wahnsinn von vorhin zu tun zu haben.

Manel rutschte dichter an sie heran und legte ihr einen Arm um die Schultern. »Ich nehme an, Gott hat es so gewollt.«

»Wieso macht er es uns so schwer? Warum musste mein Vater sterben, wieso haben sie mir mein Kind weggenommen? Ist es das, was er für uns will?«

»Ich weiß nicht, was Gott will«, entgegnete Manel. »Ich kann nur sagen, was ich will.«

»Und was ist das?«

Manel schwieg einen Moment, dann sagte sie: »Die Luft ist jetzt rein. Wir können gehen. Halt dich im Schatten der Mauern. Wenn jemand kommt, bleibst du stehen und überlässt alles Weitere mir.«

Manel kannte sich in diesem Viertel aus und wusste, dass sie Himmel rasch und ohne sich übertriebene Sorgen wegen etwaiger Patrouillen machen zu müssen, durch das Netz aus engen Straßen und Gassen lotsen konnte. Es war schon immer eine gesetzlose Gegend gewesen – weswegen sie und ihre Mutter hier Zuflucht gesucht hatten. Doch an diesem frühen Morgen stimmte etwas nicht. Es war zu leise und zu menschenleer.

Als sie bei ihrem Zuhause ankamen, hielt sie Himmel zurück. »Warte.« Ihre Hütte stand auf der anderen Seite eines kleinen Platzes mit einem offenen Abwasserkanal, in dem Schlachtabfälle von den Hügeln und der darüber liegenden Fleischgasse trieben. Die Fenster waren dunkel. Manel wusste jedoch, dass ihre Mutter niemals nachts die Lampe löschte, solange ihre Tochter noch nicht zu Hause war. Wenn nötig, blieb sie bis zum Morgengrauen auf und füllte immer wieder Öl nach.

Manel nahm einen Stein und warf ihn. Ihr Arm war stark, und sie zielte gut. Der Stein prallte mit einem Knall von der Tür ab. Einen Wimpernschlag später flog sie auf, und Soldaten liefen heraus. Während sie auf dem Platz ausschwärmten, rief ihr Anführer: »Dieses Gebäude ist auf Befehl des Inquisitors versiegelt. Komm heraus und zeig dich, sonst werden wir dich holen.« Keine Antwort. Sie rückten vor, blieben aber, wie Manel es geahnt hatte, kurz vor dem stinkenden Graben stehen. Als sie ihn überquert hatten, wobei ein paar von ihnen nicht weit genug gesprungen waren und nun selbst stanken, waren die beiden jungen Frauen bereits in der Dunkelheit verschwunden. Es gab nichts mehr zu sehen.

KAPITEL 41

Barakat

Der Regent saß an seinem Schreibtisch, als es sachte an die Tür klopfte. »Herein.« Die Tür schwang leise auf, und Inquisitor Barakat trat ein. Rot erhob sich, wobei er sich auf die Rückenlehne seines Stuhls stützte. Seine Augen waren dunkel. Er hatte während der Nacht kaum geschlafen, und seinem Gesicht waren die Schmerzen anzusehen, die ihn immer häufiger zu überfallen schienen. Er deutete auf den Tisch und die Unterlagen, die darauf ausgebreitet waren. »Wir haben viele Bücher verbrannt, Barakat, und nun scheinen wir die Bibliotheken mit unseren eigenen Listen und Akten wieder aufzufüllen.«

»Da besteht ein Unterschied, mein Herr. Unsere Arbeit beschäftigt sich nur mit Dingen, die echt sind. Wir fördern den Glauben.« Während er sprach, durchquerte er den Raum, bis die beiden Männer einander gegenüberstanden. »Ich komme so früh, um mich nach Eurem Befinden zu erkundigen. Ich muss sagen, gestern Abend habe ich mir Sorgen um Euch gemacht.«

»Es geht mir nicht besser.« Rot hustete und krümmte sich

vor Schmerzen zusammen. »Aber Gott bürdet uns nicht mehr auf, als wir erdulden können. Es wird entweder vorbeigehen oder nicht.« Er lächelte matt. Sein Gesicht war blass, doch auf seinen Wangen zeigte sich eine beunruhigende hektische Röte. Er nahm eine Wasserschale und trank einen Schluck. »Ich werde es einfach hinnehmen müssen. Wenn es die Pest ist, dann soll es eben so sein. Sie verbreitet sich genauso schnell wie der Wüstenwind.«

»Sie taucht überall dort auf, wo Gott sie haben will, Effendi, um die Ketzerei und das Böse zu beseitigen.«

Rot wischte sich nachdenklich mit einer Serviette über die Lippen. »Gute Männer und Frauen sterben ebenfalls.«

»Sie sterben aus gutem Grund, mein Herr. Das ist der Unterschied zwischen uns beiden. Ihr vertraut auf die Säuberung der Sümpfe, ich auf Gottes Weisheit. Ich frage mich, wer von uns beiden recht hat.«

»Tut Ihr das?«

»Wie bitte?«

»Fragt Ihr Euch das wirklich? Oder sonst irgendetwas? Habt Ihr überhaupt noch irgendwelche Zweifel, oder seid Ihr Euch über alles vollkommen sicher?«

»Gott ist sich sicher. Sollen wir um seine Gnade beten?«

»Ja, wieso nicht?« Rot ließ den Stuhl los und ging zu einer kleinen Gebetsglocke an der Wand. Sie ragte an einer Metallfeder aus einer Ikone, die das noch ungeformte Wasser der Welt vor der Schöpfung darstellte. »Wie Ihr sehen könnt, Barakat, mag ich ebenfalls die Gewissheit. Ich folge meiner täglichen Routine und läute die Glocke an dieser Ikone …« Er streckte die Hand aus, tippte zweimal an die Glocke und kehrte zu seinem Stuhl zurück. Diesmal hielt er sich nicht an der Lehne fest, während er den Inquisitor anschaute. Da sie beide kleingewachsen waren, befanden sie sich auf Augenhöhe miteinander. »Ich läute die Glocke, dann küsse ich meine Finger.« Er hob die Hand und legte Zeige- und den Mittelfinger wie für eine Segnung aneinander. »Wollt heute Morgen Ihr meine Finger küssen, Barakat?«

»Wieso sollte ich das tun, mein Herr?«

»Küsst meine Finger. Euer Regent befiehlt es Euch.«

»Nein«, sagte Barakat kühl. Es klang nicht wie eine Weigerung, sondern wie eine Feststellung.

Effendi Rot lachte leise, holte angestrengt Luft und lachte erneut. »Wie lange geht das schon so?«, fragte er.

»Was meint Ihr?«

Rot kehrte zur Ikone zurück und läutete die Glocke noch dreimal. »Ein langsam wirkendes, aber dennoch effektives Gift, solange die Routine eingehalten wird. Meine Routine.« *Ding! Ding!* Vier, fünf, sechs weitere Glockenschläge. »So sollte es noch besser wirken, meint Ihr nicht?«

»Ich verstehe von solchen Dingen nichts, mein Herr.« Der Inquisitor neigte leicht den Kopf, als wollte er die Worte abtun, doch Rot ließ nicht locker.

Er kam zurück und suchte erneut Barakats Blick. Hätten sie anstelle von Augen Messer im Gesicht gehabt, wäre Blut auf die Bodenfliesen gespritzt. »Das Problem, Eure Heiligkeit, ist, dass ich genug weiß. Außer Euch hat niemand Zugang zu allen Räumen in Tumanbay. Was habt Ihr verwendet?« Er ließ die Hand vorschnellen und packte den Inquisitor an der Kehle.

Barakat rang nach Luft, blass vor Zorn, weil er in dieser Weise angefasst wurde.

Rot verstärkte den Griff um seinen Hals und streckte die

rechte Hand aus. »Es wird ganz schnell gehen, wenn ich Euch meine Finger in den Rachen schiebe. Jetzt macht Euren verräterischen Mund auf.«

Barakat hob ganz ruhig die Arme und packte Rots Handgelenke. Er zog Rots linke Hand von seinem Hals und drückte die rechte nach unten. Dann schob er den Regenten rückwärts über den Boden. Rot suchte nach einem Halt, doch seine Sandalen rutschten über die Porzellanfliesen.

»Ich bin bloß ein Werkzeug Gottes.« Barakats Stimme klang trotz der Anstrengung unmenschlich gelassen. »Ich tue, was er von mir verlangt, und Ihr, mein lieber Effendi Rot, könnt mit all Eurem Wissen nicht das Geringste dagegen ausrichten. Ihr seid immer noch schwach, während ich über die Stärke der Engel verfüge.«

Und tatsächlich schien es, als besäße der Inquisitor wundersame Kräfte. Rot wehrte sich, aber er konnte sich ihm nicht entwinden und wurde in die Nische zurückgedrängt, bis er schließlich flach auf dem Schlafsofa lag.

Barakat griff nach einem bestickten Kissen und drückte es dem Regenten unerbittlich ins Gesicht, wobei er nicht nur alles Licht vor dessen Augen, sondern auch das Leben selbst abschnitt. »Es tut mir leid«, sagte er. »Ich wünschte, ich müsste es nicht tun, aber ich habe keine andere Wähle.«

Rots Gegenwehr wurde immer schwächer. Er sagte etwas, doch die Worte wurden von dem Kissen gedämpft.

Barakat hob den Blick zur Decke, die mit Sternbildern bemalt war – dem Wal, dem Katarakt, den Tempelmauern, der weißen Ameise. Er begann laut zu beten: »Schöpfer aller Dinge, empfange die Seele deines Dieners Rot und schenke ihm deine Gnade, denn er hat dein Werk nach bestem Wissen und Gewissen verrichtet.« Er sah auf die Gestalt unter seinen Händen hinab. »Haltet jetzt still … Ihr werdet bald bei unserem Herrn im Paradies sein.«

Schließlich legte sich Frieden über den sterblichen Körper des Regenten von Tumanbay, Mayas willfährigen Diener, Effendi Rot.

KAPITEL 42

Dorin

Früher waren die Nächte von Leben erfüllt gewesen; die Lustmolchgasse ebenso wie die breiten Straßen im Händlerviertel. Egal, ob in den Palästen der Reichen oder den Kneipen und Bordellen am Hafen und auch im Künstlerviertel … Tumanbay war eine Stadt gewesen, die niemals schlief. Aber damit war es jetzt vorbei. Während der Ausgangssperre waren die Straßen leer bis auf die Müllsammler, die wussten, wie man mit den Schatten verschmilzt … Doch in dieser Nacht war etwas Ungewöhnliches zu sehen, eine mit gesenktem Kopf dahineilende Gestalt. Ihr Kaftan bauschte sich, während sie, ohne nach links oder rechts zu blicken, eine dunkle und leere Durchgangsstraße entlanghastete. Daher sah sie den Nachtwächter nicht, der aus einer Seitenstraße trat, und schaffte es gerade noch, einen Zusammenstoß mit ihm zu vermeiden.

»He, du, was machst du hier?«, verlangte der Wächter zu wissen.

»Ich bin in offizieller Mission unterwegs«, kam die scharfe Antwort. Die Stimme klang arroganter und selbstsicherer, als man es dieser Tage in der Stadt gewohnt war.

Der Wächter winkte einen seiner Männer herbei. »Halt die Lampe hoch.«

Der Lichtschein erhellte das lange und mürrisch dreinblickende Gesicht eines Mannes. Er hielt einen Passierschein mit dem Siegel des Inquisitors in die Höhe. »Ich heiße Dorin und bin der Arzt des Waisenhauses. Ich kümmere mich um die Gesundheit der Kinder. Normalerweise werde ich nicht angehalten und befragt. Das solltest du eigentlich wissen.«

»Es tut mir leid, Effendi Doktor, ich habe dich nicht gleich erkannt. Es hat einen … Weißt du, also … Sie haben die Tore verschlossen. Heute Nacht darf niemand rein oder raus.«

»Was ist passiert?«

Der Wächter zögerte kurz, aber er wusste, dass der Doktor wichtig und einflussreich war. Eine Beschwerde von ihm konnte einen Mann seine Stellung kosten. Und wer arbeitslos war, landete womöglich im Gefängnis. »Der Direktor, Effendi … Er wurde in seinem Bett ermordet.«

»Oh, das tut mir leid.«

»Brutal ermordet – von Terroristen. Aber wir kriegen sie. Gottes Hand wird sie zerschmettern.«

»Gibt es irgendetwas, wobei ich helfen kann?«

»Ich glaube nicht, Effendi Doktor. Es darf wie gesagt keiner raus oder rein. Und wir dürfen auch mit niemand darüber sprechen. Sie wollen es unter Verschluss halten. Soll dich einer meiner Männer nach Hause begleiten?«

»Das ist nicht nötig, Wachtmeister. Unter Mayas Herrschaft sind die Straßen sicher. Ich komme allein nach Hause. Gute Nacht. Ich hoffe, ihr findet die Mörder.«

»Das werden wir, Effendi, das werden wir.« Der Wächter salutierte.

Dorin nickte und eilte davon. Als er sein Haus betrat, wartete seine Frau, Amanthi, bereits auf ihn. Sie war blass und wirkte aufgeregt.

»Was ist los? Ich war gerade mitten in einer Operation, als deine Nachricht kam. Was ist passiert?« Er zog seinen Umhang aus und reichte ihn ihr. »Nun?«

Sie deutete wortlos auf die Tür zum Atrium, wo er am liebsten Zuflucht vor all seinen Sorgen suchte. Dort gab es ein Becken, in dem ein Brunnen plätscherte, und das Dach war zu den Sternen hin offen. Doch heute zog es ihn nicht dorthin. Sein Bauch fühlte sich an, als schlösse sich eine kalte Hand um seine Eingeweide. Was wartete hinter dieser auf ihn? Vergeltung? Er stand reglos da, bis Amanthi ihm einen Schubs gab. »Du musst etwas unternehmen«, zischte sie. »Sie können nicht hierbleiben.«

Tatsächlich standen da zwei Mädchen. Die Größere der beiden, die wie ein Junge aussah, starrte ihn halb wütend und halb ängstlich an. Die andere hatte zerzauste helle Haare und einen wilden Blick. Sie schlang einen Lehrerkaftan eng um sich. Die Sandalen, die sie trug, konnten das getrocknete Blut an ihren Knöcheln nicht verbergen.

»Es tut mir leid, aber wir konnten nirgendwo anders hin«, sagte die Größere. Dorin erkannte sie. Es war Khaleds Freundin, Manel, die angeblich so zuverlässige Rekrutin, die ihre erste Mission vermasselt hatte, und nun scheinbar auch die zweite.

Er wusste nicht, ob er erleichtert sein sollte, weil es keine Schwarzen Wächter waren, oder wütend, weil diese Närrinnen ihn derart kompromittierten.

Amanthi sprach laut aus, was er dachte, als sie ihm durch die Tür folgte: »Wie oft habe ich dir schon gesagt, dass ich nicht in diese Dinge verwickelt werden will und dass du sie von uns fernhalten sollst?«

Er legte ihr beschwichtigend eine Hand auf den Arm. »Wie seid ihr hierhergekommen?«, verlangte er zu wissen.

Das goldhaarige Mädchen glotzte ihn ausdruckslos an. Sie schien unter Schock zu stehen.

»Woher wisst ihr, wo ich wohne?«

»Khaled hat es mir erzählt«, erwiderte Manel.

Khaled war ein Idiot, dachte Dorin, der sie vielleicht alle den Kopf kosten würde.

»Er sagte, dass ich hier in Sicherheit wäre, wenn ich je Hilfe bräuchte.«

»In Sicherheit? Hör mal, ich weiß ja nicht, was ihr von mir erwartet, aber ...«

»Wir kommen vom Waisenhaus.«

Dorin sah sie an. Das war nicht gut. Er musste sich sammeln und einen klaren Kopf bekommen. »Also gut«, sagte er schließlich. »Warum hast du nicht getan, was dir aufgetragen wurde? Du solltest ihn nicht töten, sondern nur den Dolch auf sein Kopfkissen legen.«

»Ich weiß«, erwiderte Manel, »aber ...«

»Es ist meine Schuld«, unterbrach das andere Mädchen sie.

»Wer ist das?«, fragte Dorin.

»Sie heißt Himmel«, sagte Manel. »Wir sind uns im Waisenhaus begegnet. Sie haben ihr ihren Säugling weggenommen.«

»Wir haben ihn umgebracht«, sagte Himmel teilnahmslos.

»Es war ein Versehen«, fügte Manel hinzu. »Er ist aufgewacht, als ich den Dolch auf sein Kopfkissen legte. Er wollte Alarm schlagen, und Himmel ...«

»Natürlich wollte er Alarm schlagen, verdammt noch mal!«,

platzte es aus Dorin heraus. »Ihr wart Einbrecher, Rebellen. Was hätte er eurer Meinung nach denn sonst tun sollen?« Er wandte sich zu seiner Frau um. »Bitte, Amanthi, wir müssen das klären. Bring ihnen Wasser, vielleicht auch ein bisschen Milch und etwas zu essen für die da. Sie sieht halb verhungert aus.« Amanthi verließ das Atrium. Gleich darauf konnte er sie in der Küche hören. Er dankte Gott, dass sie in ihrem Haus keine Diener beschäftigten. Seit er zum Widerstand gehörte, war ihm das zu gefährlich erschienen. Und jetzt das!

»Es war kein Versehen«, fuhr Himmel fort. »Er sagte, er würde mein Kind finden. Er hat gelogen. Wir haben ihn getötet.«

Dorin starrte sie an. Sie schien nicht bei Sinnen zu sein. Er hoffte, dass sie nicht gewalttätig war. Sie brauchte ganz offensichtlich Schlaf, so geschwollen, wie ihre Augen waren. Und er selbst musste nachdenken.

»Irgendetwas geht dort vor«, sagte Manel. »Sie nehmen die Kinder mit und stellen irgendetwas mit ihnen an. Keine Ahnung, was …«

Dorin betete, dass sie es nie herausfinden würde. Selbst seine Mitverschwörer, die vieles akzeptierten, solange es ihren Zwecken diente, würden nicht gutheißen, was er getan hatte – was er jede Nacht tat.

»Ich habe mit einem der Kinder gesprochen …«

»Großer Gott«, entfuhr es Dorin.

»Sie hat gesagt, sie kommen mit Messern und nehmen Kinder mit.«

»Und habt ihr mit sonst noch wem gesprochen, als ihr dort wart?«, fragte Dorin wütend.

Manel schüttelte den Kopf. »Nein, aber als ich nach Hause kam, warteten dort Soldaten auf mich.«

»Ach du meine Güte, was habt ihr uns da nur angetan?«, fragte Amanthi, die mit einem Tablett in der Tür stand.

»Du hast wirklich keinen blassen Schimmer, oder?«, fragte Dorin. »Sie müssen dich gesehen haben. Warum wären sie sonst bei dir zu Hause gewesen? Und dann kommst du ausgerechnet in *mein* Haus!«

»Es tut mir leid«, sagte Manel. »Aber ich habe gedacht …«

»Nein, du hast überhaupt nicht nachgedacht!«, fuhr Dorin sie an.

»Wir konnten nirgendwo sonst …«

Es pochte an der Tür. Jemand benutzte den Messingtürklopfer, der wie ein Doktorstab geformt war.

Dorin wurde übel. Er schaute in Amanthis blasses Gesicht … dann blickte er die beiden erstarrten Mädchen an. Erneut klopfte es.

Amanthi regte sich als Erste. »Kommt mit«, blaffte sie die Mädchen an. Dann drehte sie sich zu Dorin um. »Ich stecke sie in den Rübenkeller.« Sie schlug einen Teppich zurück und enthüllte die in die Fliesen eingelassene hölzerne Falltür. »Hilft mir vielleicht mal jemand?«, rief sie.

Dorin eilte herbei, packte den im Holz versenkten Ring und klappte die Tür auf. Die Treppe, die nun sichtbar wurde, führte in einen düsteren Raum hinab, in dem Gemüse, Reis und Getreidekrüge mit großen Henkeln lagerten. Er winkte den Mädchen. Wieder betätigte jemand den Klopfer, diesmal lauter und nachdrücklicher.

»Mach auf und bete … los jetzt«, zischte Amanthi.

Dorin war kein tapferer Mann. In seinem bisherigen Leben hatte er nur selten etwas riskiert. Seinen Aufstieg verdankte er allein seiner Intelligenz und seinem Ehrgeiz. Aber als er in dieser Nacht die Tür öffnete und die schmale Gestalt des Inquisitors Barakat vor sich sah, bewies er echten Mut und große Entschlossenheit. Anstatt sich vor Angst einzunässen, gelang ihm ein Lächeln. »Eure Heiligkeit, was für eine unerwartete und freudige Überraschung. Bitte, tretet doch ein.« Er wandte sich um und rief: »Amanthi, wir haben einen Gast, bring uns ein paar Erfrischungen.«

All das tat er, ohne nachzuschauen, ob der Inquisitor von Schwarzen Wächtern begleitet wurde, die ihn verhaften sollten.

Barakat betrat das Haus allein. Bei näherer Betrachtung wirkte er selbst ein wenig verunsichert. Sein Gesicht war röter als normal, und Dorin schien es, als hielte er den Kopf in einem ungewöhnlichen Winkel.

»Hier entlang, bitte. Setzt Euch doch. Ihr seid noch nie hier gewesen. Es ist mir eine Ehre.« Der Teppich lag, den Göttern sei Dank, wieder an Ort und Stelle. »Nehmt Platz. Das ist meine Frau …«

Amanthi machte eine tiefe Verbeugung. »Darf ich Euch etwas reichen, Heiligkeit?« Ihre Hand zitterte, aber ihre Stimme war fest.

»Nichts, meine Dame, vielen Dank.« Barakat machte eine Kopfbewegung, als wollte er sie wegschicken.

Sie wich zurück und stellte sich an das Becken. Dorin sah ihr Stirnrunzeln und hatte den Eindruck, dass sie ihm damit etwas mitteilen wollte.

»Du warst nicht im Institut, Doktor. Ich habe dort nach dir gesucht.«

»Ja, ich musste nach Hause und etwas nachschauen. In einem der alten Bücher.« Er glaubte, im Gesicht des Inquisitors eine gewisse Skepsis zu bemerken. »Die Ausgabe, die wir im Institut hatten, ist von Eurer Wache konfisziert worden.« Sollte er das doch mal verdauen.

»Gottes Wache, meinst du wohl, Doktor.«

»Gewiss, Heiligkeit. Jedenfalls habe ich die Information darin gebraucht. Über die Gallenwege ...« Er wusste, dass der Inquisitor nicht viel von Medizin verstand, aber es reichte, um ihn bei einer unvorsichtigen Lüge zu ertappen. Dorin hatte tatsächlich am Nachmittag im *al-Nuwary* die Gallenwege nachgeschlagen.

Barakat winkte ab. »Wie dem auch sei ...« Er verstummte und betrachtete die Schale auf dem niedrigen Tisch neben dem Sofa, wo das verrückte Mädchen gesessen hatte. »Hattet ihr Gäste?«, fragte er.

Schweigen breitete sich aus. Amanthi war blass geworden. Das war es also, wovor sie ihn hatte warnen wollen.

»Nach Beginn der Ausgangssperre?«

»Ich ... glaube nicht, Heiligkeit. Damit würde ich schließlich kein gutes Beispiel abgeben.« Dorin schaffte es zu lächeln, merkte aber, dass er allmählich ans Ende seiner Kräfte gelangte, während Barakat, dieser unermüdliche Spürhund, niemals zu schwächeln schien.

»Ist das da an der Schale etwa Blut?«

Dorin war sprachlos. Also antwortete Amanthi an seiner Stelle: »Mein Gemahl behandelt kostenlos die Leute aus der Nachbarschaft. Als Arzt fühlt er sich dazu verpflichtet, Heiligkeit. Steht nicht geschrieben, dass diejenigen, die etwas besitzen, ihren Reichtum teilen sollen? Und findet Ihr nicht auch, dass medizinisches Wissen wahrer Reichtum ist?«

Dorin stieß den Atem aus.

»Hm, ja«, erwiderte Barakat. »Nun, Doktor, jetzt müssen

wir mit unserem großen Werk weitermachen. Auf dich wartet ein weiteres Untersuchungsobjekt.«

»Heute Nacht, zu dieser Stunde?« War er überhaupt in der Lage, noch eine von diesen blasphemischen Operationen durchzuführen?

»Das große Werk kann nicht warten. Je frischer das Exemplar, desto besser, meinst du nicht? Draußen steht eine Kutsche. Mit der können wir Zeit und Kraft sparen.«

Dorin verbeugte sich und holte seinen Mantel. Er hätte fragen können, wer es war – welche unschuldige Seele in dieser Nacht ihr Leben ausgehaucht hatte. Doch Amanthi wusste nichts von seiner schändlichen Arbeit. In ihren Augen war er ein erfolgreicher Arzt, und ihrer beider gesellschaftliche Stellung war ihr wichtiger als alles andere. Daher und weil er für ihre Schlagfertigkeit dankbar war, betete er, während er dem Inquisitor zur Kutsche hinausfolgte, dass sie nie herausfinden mochte, was für ein unheiliges Werk er für seine Heiligkeit Barakat in Wahrheit verrichtete.

KAPITEL 43

Qulan

Der nächtliche Wind hatte die Temperatur fallen lassen, und so lag nun Tau auf den wenigen kümmerlichen Pflanzen und den fingerförmigen Auswüchsen der großen Blätter, denen die hiesigen Palmenbäume ihren Namen verdankten. Schon bald würden die hellen Tropfen von der Hitze der aufsteigenden Sonne verdampft werden, doch als die Sklaven und ihre Wächter die Pferche in der Stadt verließen, war es in der glitzernden Wüstenlandschaft um sie herum noch immer kühl. Qulan zitterte und zog den zerschlissenen Kaftan enger um seine Schultern. Er sagte sich, dass dieser Aufschub ihm im Rückblick wie eine kleine Gnade vorkommen würde, wenn erst die brennende Sonne auf sie einstach. Er hatte bereits viele Wüstenmärsche hinter sich gebracht, aber noch keinen wie diesen, als einer von fünfhundert hinter einer Phalanx von Wagen, die mit allem beladen waren, was aus irgendjemandes Sicht nötig war, damit sie – solange sie lebten – ihre Arbeit machen konnten.

Da es im Moment nichts anderes für ihn zu tun gab, trat Qulan hocherhobenen Haupts aus dem Pferch und lachte.

»Was ist so lustig, General?«, fragte der drahtige Feldwebel, der respektvoll einen halben Schritt hinter ihm ging.

»Ein neuer Tag, ein weiterer Marsch, Feldwebel.«

»Ein Tag näher am Pesttod.«

Der große Mann, der den beiden folgte, schnaubte. »Im Moment habe ich noch nicht vor zu sterben.«

»Wir sind besser dran als die Wächter«, sagte Qulan. »Ihre Helme werden sich im Laufe des Vormittags aufheizen und ihnen die Gehirne grillen. Irgendwer hätte den Befehl geben sollen, ihnen Turbane auszuteilen.«

»Glaubst du, dass auch nur einer von denen dich nicht mehr respektiert, General?«, erwiderte der Feldwebel. »Aye, und sie wissen, dass die Pest vor überhaupt niemand Respekt hat und sie genauso schnell erledigt wie uns.«

Qulan nickte grimmig.

»Hey, du narbengesichtiger Mistkerl …«, rief der Feldwebel.

Ein Wächter drehte sich um und wickelte die schwere eingeölte Peitsche von seinem Gürtel ab.

»Du warst doch bei den Pionieren, als wir Altimira eingenommen haben, richtig?«, fragte der Feldwebel.

»Was geht dich das an?«

»Ihr habt wie ein Sommersturm ihre Mauern eingerissen. Die verdammten Steine sind auf den Rest von uns nur so runtergeprasselt. Das habt ihr echt gut gemacht.«

Der Wächter nickte misstrauisch. »Und?«

»Wieso arbeitest du dann für diese Dreckskerle?«

»Und wieso gehst *du* in Ketten?«

Der Feldwebel sah dem Mann fest in die Augen. »Die Frage lautet doch eher, wieso der General in Ketten geht.«

Der Wächter verfiel einen Moment lang in Schweigen. Schließlich sagte er: »Dafür kann ich nichts … mir gefällt das auch nicht.«

Bevor er noch etwas sagen konnte, tauchte neben ihm ein Reiter auf. Das schnaubende Pferd wirbelte Sand auf und zwang den Wächter dazu, sich zurückfallen zu lassen. Der Reiter beugte sich herab, wobei sich das Ende seines Turbans löste und das Gesicht einer Frau enthüllte. Sie war schlank und braun gebrannt. »Auf ein Wort, General Qulan.«

Qulan verließ die Marschordnung und sah zu der Frau hinauf.

»Du darfst nicht mit den Gefangenen sprechen, meine Dame«, rief ein Wächter und griff nach seiner Peitsche. Als er Qulan erkannte, hielt er inne.

»Keine Sorge, Soldat, ich werde keinen Fluchtversuch unternehmen«, sagte Qulan.

Nach kurzem Zögern nickte der Wächter. »Also gut, General, aber passt auf, dass euch nicht alle sehen können.« Damit ritt er davon.

»Du bist vermutlich die Reisende, von der ich gehört habe«, sagte Qulan.

»Du hörst Dinge, sogar im Gefängnis?«

»Sogar im Gefängnis.«

»Ich habe von dir gelesen, General, in Cathay, bevor ich nach Tumanbay gekommen bin. Die Belagerung von Altimira. Ein großer Sieg.«

»Daran scheinen sich immer noch einige zu erinnern, meine Dame. Und dennoch bin ich hier. Vielleicht sollte uns das eine Lehre sein, dass sich die Welt ständig verändert.«

»O ja, alles befindet sich in permanentem Wandel.« Sie

beugte sich weiter vor und betrachtete ihn genauso eingehend wie er sie. »Du bist als Kind in die Stadt gekommen?«, fragte sie.

»Das haben damals viele getan. Heute eher weniger. Wir haben in der Hoffnung auf ein besseres Leben die Berge und das Meer überquert.«

»Ein besseres Leben als Sklaven?«

»Immer noch erstrebenswerter, als zu verhungern. Drei Jungs auf der Suche nach … Wir wussten nicht was, ein anderes, hoffentlich günstigeres Schicksal. Und wir sind hierhergekommen, mein Bruder Gregor und ich, und haben etwas aus uns gemacht. Zumindest haben wir das geglaubt.«

»Deinen Bruder habe ich bereits kennengelernt. Was ist aus dem dritten Jungen geworden?«

»Nicht alle überleben so eine Reise. Gott will es so.«

»Tut er das, General?«

»Wenn man den Ehrgeiz gehen lässt und das Glück salzt, bekommt man ein schönes Brot.«

»Binsenweisheiten passen nicht zu dir.« Die Worte klangen amüsiert, doch sie lächelte nicht.

»Und was machst du hier, meine Dame? Das ist wohl kaum der rechte Ort für eine Frau.«

»Und genauso wenig für einen General. Was mich angeht: Ich mache, was man mir sagt.«

»Du siehst gar nicht aus wie eine Frau, die macht, was man ihr sagt. Es heißt, du seist eine Ärztin. Stimmt das?«

»Findest du das widernatürlich?«

»Ich finde es nützlich.« Er verstummte kurz. »Nein, um genau zu sein: Wenn ich tatsächlich noch ein General wäre, *fände* ich es in Anbetracht unseres Ziels nützlich.«

Diesmal lächelte sie tatsächlich. »Nun, wer weiß«, sagte sie, »wie sich die Welt und die Dinge darin verändern?« Sie trat ihrem Pferd in die Flanken. Das Tier bäumte sich auf, und sie preschte in einer Staubwolke zur Spitze der Kolonne.

KAPITEL 44

Die Leiche

Es war noch früh. Die ersten Gebetsrufe, die aus weit entfernten Tempeln durch die Stadt hallten, waren selbst in den alten Sklavenunterkünften zu vernehmen.

Früher war dieser Teil des Palasts luxuriös gewesen, um die Sklaven, die dort lebten, daran zu erinnern, dass sie es in Tumanbay mit genügend Geschick und Fleiß bis ganz nach oben schaffen konnten – oder aber im ewigen Höllenfeuer enden, wie ihnen der Galgen, der in einer Holzhütte in einem schattigen kleinen Innenhof stand, ebenfalls ständig vor Augen führte. Inzwischen waren die Sklavenquartiere jedoch wie alles andere in der Stadt auch ausgeschlachtet worden und nur noch ein rein zweckdienlicher Ort. Grisha kümmerte das nicht. Er war jung, wohlgenährt und hatte Arbeit. Außerdem hatte er schon seit einem ganzen Mond keinen Ärger mehr mit dem Obersten Eunuchen gehabt. Das genügte ihm.

Auf dem Weg durch die Küche nahm er ein Fladenbrot sowie eine Handvoll Datteln und Oliven vom voll beladenen Tisch und aß etwas davon, während er zu den Bädern ging. Angeblich wurden sie inzwischen viel seltener benutzt als unter dem alten

Sultan. Die neuen Machthaber wuschen sich anscheinend nicht so oft, vielleicht weil sie alle bereits heilig waren. Was sie nicht daran hinderte, wie Kamele zu riechen. Am allerschlimmsten mieften die schwarz gekleideten Geistlichen, dachte Grisha, was wahrscheinlich erklärte, wieso sie so hochnäsig waren. Doch auch das war ihm egal. Dadurch hatte er weniger Arbeit, und das war gut so.

Im Eingangsbereich nahm er einen langstieligen Käscher und einen Eimer und ging weiter in die große düstere Marmorhalle, in der die Bäder untergebracht waren. Durch weit oben angebrachte Fenster fiel ein wenig Licht herein. Außerdem brannten ein paar Feuerschalen, von denen parfümierter Rauch in das Deckengewölbe hinaufstieg, wo Tauben flogen und den Leuten darunter auf den Kopf schissen. Es gehörte zu seinen Aufgaben, ihre Kacke wegzuschrubben.

An diesem Morgen war niemand da. Vielleicht war etwas passiert. Grisha hatte mit halbem Ohr gehört, dass irgendein hoher Würdenträger von Terroristen ermordet worden sein sollte. Pfeifend fischte er mit dem Netz Blätter, Federn und anderen Unrat aus dem Wasser und warf alles in seinen Eimer. Er hörte den alten Haniff husten. Wahrscheinlich schürte er gerade das Feuer, damit die hohen Würdenträger auch ja nicht im Wasser frieren mussten. Grisha ging zur Tür, die zu den Heizkesseln hinunterführte und rief: »O Gevatter Haniff, ich habe ein paar Datteln und Brot für dich.«

Der alte Kerl kam schnaufend die Stufen herauf. Er roch streng nach dem getrockneten Dung, mit dem er das Heizfeuer nährte. Grisha hatte nicht das Geringste gegen diesen Geruch einzuwenden. Er erinnerte ihn an seine Kindheit vor den schrecklichen Ereignissen, die ihn in die Stadt geführt hatten.

Die Menschen seines Volks waren Hirten gewesen und hatten ebenfalls mit Dung geheizt.

»Guter Junge«, brummte Haniff, während er die Datteln und das Brot entgegennahm. »So fängt der Tag gut an.« Auf seinem Daumen lag eine kleine Münze. Er schnippte sie in die Luft, wo sie einen silbrig glänzenden Bogen beschrieb, ehe sie auf Grishas offener Handfläche endete. »Die werden uns bald ausgehen, wenn wir hier unten nicht ein paar mehr Kunden sehen«, sagte Haniff. Die Badegäste verloren ständig Münzen und bescherten den Heizern damit ein willkommenes Zusatzeinkommen.

»Das steht alles in den Sternen«, sagte Grisha und ging zum Wasseraufbereitungsbecken, in das oft größeres, direkt aus dem Aquädukt stammendes Treibgut geschwemmt wurde. »Die Schwarzroben stecken überall ihre Nasen rein. Sie suchen nach ...«

Haniff streckte den Kopf durch die Tür heraus. »Nach was suchen sie?«

»Haniff, du kommst besser mal her.«

»Was ist los, Junge?«

»Da ist was im Sitzbecken.«

»Tja, das rauszuholen ist deine Aufgabe.«

»Nein, das hier nicht. Bitte, Haniff ...«

Grisha starrte wie gebannt auf das riesige Ding, das mit dem Gesicht nach unten im Becken trieb. Ein schmutziger Kaftan breitete sich darum aus, aus dem eine fette weiße Hand hervorlugte. Haniff nahm Grisha den Käscher weg, drehte ihn um und stieß mit dem Ende des Stabs das Ding an. Es begann langsam zu schaukeln und drehte sich schließlich wie eins der legendären Monster aus dem Mittelmeer um die eigene Achse, wobei sich ein steifer Arm aus dem Wasser hob und wieder zurückfiel. Als die Drehung komplett war, trieb das Ding mit dem Gesicht nach oben. Nur dass da kein Gesicht war. Die Ratten hatten es weggefressen. Grisha wandte sich ab und übergab sich auf den Boden.

»Wisch das besser weg, Junge«, sagte Haniff, »und dann verschwinde. Ich werde ihnen sagen, dass du heute später kommst. Damit willst du nichts zu tun haben.«

»Und was ist mit dir?«

»Ich bin zu alt, um sie zu interessieren.«

»Aber sollte ich nicht …?«

»Das ist der frühere Wesir, Cadali. Ich erkenne den Kaftan, auch wenn der Rest von ihm wie der Kadaver einer Kuh ausschaut, nachdem sich die Sandhunde darüber hergemacht haben. Also wisch deinen Dreck weg und zieh Leine.«

KAPITEL 45

Manel

Im Rübenkeller von Dorins Haus schlafen die zwei jungen Frauen. Himmel träumt, sie befände sich in einem kleinen Boot mit Akiba. Während er ihrer ungewissen Zukunft entgegenrudert, glitzert überall um sie herum das Sonnenlicht auf den Wellen. Himmel ist mit sich und der Welt im Reinen und schläft ganz entspannt.

Manel wirft sich dagegen im Schlaf herum. Sie ballt die Hände zu Fäusten und furcht die Stirn, denn sie träumt von …

… Pesha, ihrem Bruder, zwölf Jahre alt und mit dem gleichen hitzigen Temperament ausgestattet wie ihr Vater. Es ist der Tag der Invasion, und Mayas Soldaten sowie die vielen Tausend Überläufer aus Tumanbays Armee, die sich ihrer Sache angeschlossen haben, strömen durch die Stadt – wie schmutziges Wasser, das aus einer großen Müllgrube schwappt und durch Gräben und Rinnen schäumt und alles verpestet, mit dem es in Berührung kommt. Einer Niederlage haftet immer ein bitterer Nachgeschmack an. Wenn sie aus einem ehrenhaften Kampf herrührt, ist er auszuhalten, Verrat hinterlässt jedoch einen sauren Geschmack, der tief in die Seele einsickert. Doch so denken zwölfjährige Jungs nicht. Pesha schwingt eines von Vaters Schwertern. Es ist zu groß für ihn. Sein Herz quillt über vor Mut, und aus seinem Mund tönt ein Schlachtruf. Er blickt auf den Speer hinab, mit dem er am hölzernen Eingangstor festgespießt wurde, und allmählich schleicht sich ein entsetzter Ausdruck in sein Gesicht. Er wird leichenblass. Noch schreit er nicht. Bislang spürt er nichts … nur Überraschung. Wie konnte das passieren … ausgerechnet ihm? Manel rennt aus dem Haus, doch sie kommt zu spät, um ihn aufzuhalten. Ihre Mutter steht mit offenem Mund da, ihr Gesicht zu einer entsetzten Maske verzerrt. Sie hebt einen Arm und krümmt flehend die Finger. »Daniel, bitte hilf uns. Er ist doch nur ein Junge. Mein Kind, Pesha, Pesha …«

Sie rennt zu ihrem Sohn, doch was kann sie tun …? Soll sie versuchen, den Speer aus ihm herauszuziehen, oder besser seinen Kopf halten? Nun schreit er, sein Schmerz erfüllt die Welt. Er sieht weder seine Mutter noch seine Schwester. Er saugt Luft ein, seine dünne Brust hebt sich. Blut spritzt aus der Wunde und aus seinem Mund. Es erstickt ihn und färbt das Kleid seiner Mutter rot.

Wie eine Schlafwandlerin taumelt Manel auf Daniel zu. Den großen, wunderschönen, blauäugigen Daniel, der ihr gesagt hat, dass er sie liebe, der ihre Hand gehalten und sie geküsst hat …

»Du hast ihn sterben lassen«, schreit sie. Die Worte schmecken nach Asche.

Ein Soldat hält Pesha mit einer Hand fest und zieht an dem Speer, bis die Spitze mit einem schmatzenden Geräusch freikommt. Der Mann drängt ihre Mutter mit der Schulter beiseite, doch sie schafft es, Pesha aufzufangen. Manel glaubt, ohnmächtig zu werden, doch sie bohrt sich die Fingernägel in die Handflächen, bis sie bluten, und bleibt auf den Beinen. »Du hast ihn sterben lassen!«

Der Soldat fragt: »Was sollen wir mit den Frauen machen, Kommandeur?«

Daniel sah sie an. In seinem Blick liegt keine Feindseligkeit, kein Hass und auch sonst kein Gefühl. »Lasst sie für den Moment in Ruhe.« Er beugt sich zu ihr vor und sagt leise: »Begrabe deinen Bruder, Manel. Dann nimm deine Mutter und verschwinde mit ihr, bevor die Sonne aufgeht.«

Diese Worte klangen Manel beim Aufwachen immer noch in den Ohren. Durch die Luftlöcher fielen Sonnenstrahlen in den Keller. Himmel saß mit überkreuzten Beinen an der Wand. Sie hielt Manel einen Krug hin. »Wasser«, sagte sie. »Die Hausherrin hat es gebracht, aber du hast noch geschlafen.«

»Du hättest mich besser wecken sollen.« Manel nahm den Krug und trank daraus. Das Wasser war kühl und erfrischend. Sie kippte sich etwas auf die Hand und spritzte es sich ins Gesicht. »Ich habe geträumt. Wie geht es dir?«

»Besser, glaube ich. Die Dame hat mir etwas zum Anziehen gegeben, und ich habe mich ein wenig gewaschen.« Sie sah kurz zu Boden und hob dann wieder den Blick. »Vielen Dank. Du hast mir das Leben gerettet. Wenn du mich nicht gefunden und mitgenommen hättest, wäre ich gestorben. Und es tut mir leid, dass ich deinen Plan vermasselt habe.«

»Belass es beim Dank. Dieses Schwein hat den Tod verdient.« Ehe Manel noch mehr sagen konnte, schwang klappernd und quietschend die Falltür auf, und Dorin schaute herab.

»Seid ihr inzwischen beide wach? Gut. Kommt mit.«

Oben zeigte Amanthi Manel, wo sie sich waschen konnte.

Als sie damit fertig war, berührte Dorin sie am Arm. »Komm, Manel, wir müssen etwas erledigen.«

»Und was ist mit mir?«, fragte Himmel.

»Du bleibst hier, bis uns etwas einfällt. Komm, Manel. Da du schlecht in aller Öffentlichkeit durch die Stadt spazieren kannst, habe ich eine Kutsche bestellt. Das ist ein Privileg, das mir dank meiner Position an der Universität zusteht. Lehrer genießen immer noch ein wenig Respekt.«

Er führte sie eilig aus dem Haus und zur wartenden Kutsche. Sobald sie eingestiegen waren, schloss er die Vorhänge und rief dem Fahrer zu, dass er losfahren solle. Während sie durch die erwachende Stadt rumpelten, wurde Manel bewusst, wie lange sie schon nicht mehr in einer Kutsche gesessen hatte. Es erinnerte sie an die Zeit vor Mayas Besatzung, als ihr Leben noch von morgens bis abends durchgeplant gewesen war. Das war nun anders, und trotz aller Entbehrungen und Gefahren gefiel es ihr so besser.

Sie beugte sich vor, um hinauszuschauen, und ihr Blick fiel auf einen Geistlichen, der einen Wächtertrupp anführte.

»Mach das nicht!«, blaffte Dorin sie an und zog den Vorhang wieder vor das Fenster. »Wir dürfen nichts riskieren. Dort draußen gibt es zu viele neugierige Blicke.«

»Wohin fahren wir?«

»Mach dir darüber keine Sorgen, alles wird gut. Wir sind zu einem sicheren Ort unterwegs. Dir wird nichts passieren.«

Er wirkte weit weniger wütend als in der vergangenen Nacht. Vielleicht fühlte er sich ja sicherer, da sie nun nicht mehr in seinem Haus war.

Manel fragte sich, ob sie darauf hätte bestehen sollen, Himmel mitzunehmen. Sie ließ sie gar nicht gern mit dieser Amanthi allein, die sich heute Morgen ebenfalls verdächtig freundlich verhalten hatte.

Die Kutsche bog scharf ab. Dorin zog den Vorhang zurück und spähte hinaus. »Wir sind fast da.«

»Fast wo?«

»Es ist besser, wenn du das nicht weißt.«

Besser für wen?, dachte sie. »Darf ich dich etwas fragen?«

Er nickte.

»Der Mann, der gestern Nacht zu dir nach Hause gekommen ist. War das der Inquisitor Barakat?«

»Äh …«

»Himmel sagte, er sei derjenige, der ihr Kind weggenommen und ihren Vater getötet hat …«

»Vielleicht irrt sie sich. Es ist besser, wenn wir das nicht vertiefen.«

»Was machst du überhaupt mit ihm? Er steht für alles, wogegen wir kämpfen. Warum tötest du ihn nicht einfach?«

»Glaubst du etwa, das wäre so einfach?«

»Aber wieso besucht er dich zu Hause?«

Er schwieg einen Moment, dann fuhr er wütend auf: »Verstehst du denn gar nichts? Du bist so sehr in deiner eigenen kindischen Welt gefangen. Hierbei steht mehr auf dem Spiel, als du dir vorstellen kannst. Ich bin der Leiter des Medizinischen Instituts. Deswegen muss er mit mir sprechen.«

Sie wusste, dass er log, hakte aber nicht weiter nach.

»Du weißt nicht, wie anstrengend es ist, alle …« Er suchte nach einem Bild, um es ihr begreiflich zu machen. »… Glaskugeln in der Luft zu halten, ohne eine von ihnen fallen zu lassen. Deswegen ist es auch so wichtig, dass du tust, was man dir sagt. Mit Ungehorsam kann man keine Revolution durchführen.

Jeder muss die ihm zugewiesene Rolle spielen.« Er schlug ihre Hand beiseite. »Und lass endlich diesen verdammten Vorhang in Ruhe. Ständig stellst du Fragen und treibst dich irgendwo herum, wo du nichts zu suchen hast. Gestern Nacht hast du mich in Gefahr gebracht. Mich, meine Frau und unsere gesamte Mission. Jetzt sei still.« Die Kutsche hielt an. »Wir sind da.«

Sie stiegen aus. Der Fahrer ignorierte sie, schnalzte wortlos mit den Zügeln und ließ sie allein auf der Rückseite des alten und verlassenen Trosttempels zurück. Dies war der Ort, an dem sich die einst so prächtige Nekropolis der Stadt ausbreitete, mit ihren Tausenden Grüften und Mahnmalen, die an vergangene Leben und Religionen erinnerten. Auf der einen Seite wurde sie vom Bordellviertel und auf der anderen vom Tempel begrenzt. Was ganz typisch war für Tumanbay.

Durch das Durcheinander aus Marmor und Granit führten viele Wege, doch Dorin lief schnurstracks auf ein Gebäude zu, das Manel für die Hütte eines Leichenbestatters hielt. Er trat ein …

»Komm, folge mir.«

Das Innere war winzig; ein einzelner Raum mit einem Bettgestell, ein paar Stühlen und einem Tisch mit einer dicken Staubschicht darauf, auf dem eine Schüssel stand, in der leere Insektenpanzer lagen. Durch eine Tür in der Rückwand gelangten sie in einen schrankgroßen Raum, wo eine Wendeltreppe in die Tiefe führte. Die Tatsache, dass das eiserne Treppengeländer nicht mit Staub bedeckt war, verriet Manel, wohin sie unterwegs waren. Als Dorin hinabstieg und ihr bedeutete, ihm zu folgen, fragte sie sich, ob dies der Moment war, in dem sie sich umdrehen und davonlaufen sollte. Dorins Freundlichkeit und sein plötzlicher Wutausbruch hatten sie nervös gemacht. Doch der Gedanke an Himmel, die im Haus des Arztes wartete und ihr vertraute, spornte sie weiter an, und so folgte sie Dorin in die Dunkelheit hinunter.

»Halt dich am Geländer fest. Unten ist eine Schnur. Taste dich an ihr entlang.«

Die Finsternis war undurchdringlich. Sie konnte sowohl seinen als auch ihren eigenen Atem hören und spürte ihren Herzschlag. Das Seil schien kein Ende zu nehmen. Immerhin lag nichts auf dem Boden herum, sodass sie kein einziges Mal ins Stolpern geriet. Sie hielt eine Hand vor sich und streifte gelegentlich an etwas vorbei, dass sich wie Netze anfühlte. Schließlich erreichten sie eine Tür. Dorin klopfte an, und eine Klappe ging auf.

»Hohe Bäume.«

»Immer noch belaubt«, murmelte der Arzt.

Die Tür öffnete sich, und ein Mann, dessen Gesicht unter der Kapuze seines Kaftans nicht zu sehen war, trat mit einem Krummschwert in der Hand vor sie hin. Er hob eine Laterne und betrachtete Manels Gesicht.

»Das erste Mal?«

»Was?«

»Hier unten.«

»Ja«, erwiderte sie.

»Sie müssen dir wirklich vertrauen.« Er winkte sie durch und fügte hinzu: »Oder auch nicht.«

»Komm mit, Manel.«

»Wir sehen uns, wenn du wieder gehst«, sagte der Wächter. »Oder auch nicht.«

KAPITEL 46

Gregor

Gregor hielt einen Moment lang inne, wie er es schon oft vor den Türen zur Ratskammer getan hatte. Im Laufe der Jahre hatte er die verschiedensten Nachrichten überbracht, gute und schlechte, nützliche und zerstörerische, aber noch nie eine so schmerzliche wie diese. Er hätte nicht gedacht, dass es ihm etwas ausmachen würde, und dennoch war es so. Cadali, diese verräterische Schlange, war ein Teil seiner Welt gewesen, und durch seinen Tod war sie noch mehr ins Wanken geraten.

Er nickte dem wachhabenden Soldaten zu und trat ein.

Der mittlere Stuhl, auf dem normalerweise Effendi Rot saß, war leer. Barakat stand daneben, ein kleines Stück dahinter mehrere Würdenträger, Geistliche und Wächter. Scheinbar hatte es eine Machtverschiebung gegeben. Gregor blieb vor dem leeren Tisch stehen. Der Inquisitor nickte und wartete.

»Heute Morgen ist Cadali in den Bädern aufgefunden worden. Seine Handgelenke waren aufgeschnitten. Mehrere Tiere haben sich über seinen Leichnam hergemacht.«

»Was heißt das genau?«, fragte Barakat.

»Ratten haben das unbedeckte Fleisch gefressen, was mich

zu der Vermutung bringt, dass ihn der Tod irgendwo anders ereilt hat und seine Leiche während der Nacht ins Wasser gekippt worden ist. Dieses Schreiben hier wurde in den Gemächern des Wesirs entdeckt.« Gregor legte einen Zettel auf den Tisch. »Vielleicht wollt Ihr es ja lesen.«

Barakat nahm den Zettel und überflog ihn. »Ein Geständnis?« Er drehte sich zu den anderen um und begann, laut vorzulesen: »Ich, Cadali, habe den Regenten, Effendi Rot, getötet…« Barakat machte eine Pause und atmete einmal tief durch, ehe er fortfuhr: »Maya und ihre Gefolgsleute haben die Stadt ruiniert. Sie haben Sultan al-Ghuri ermordet, den ich geliebt und verehrt habe, und ich habe mir geschworen, dass ich an ihnen und ihrem Glauben Rache nehmen werde. Auf diesen Augenblick habe ich ein ganzes Jahr gewartet. Ich habe meinem geliebten Sultan gedient, wie es einem Wesir geziemt, und erwarte, im Paradies dafür belohnt zu werden.«

Barakat legte den Zettel zurück und stand einen Moment lang in nachdenklichem Schweigen da.

Gregor musste seine Gedanken nicht erst sortieren, sie waren ganz klar. Hätte er sie laut ausgesprochen, hätten sie folgendermaßen gelautet: *Das ist wunderschön, Barakat. Du bist also nicht nur ein Eiferer, sondern auch ein Dichter und Märchenautor…*

»Hm, da dachte ich, ich kenne das menschliche Herz, aber es ist offensichtlich unergründlich. Die Feinde lauern überall, meine Freunde…« Barakat sprach gezielt die Geistlichen an, die leicht ins Taumeln gerieten, als bliese ein heißer Wind durch sie hindurch. »Wir müssen noch wachsamer sein und sämtliche Volksfeinde aufspüren, verhören und bestrafen. Ich bezweifle, dass er allein gehandelt hat. Und die Sklaven, die zu den Sümpfen marschieren… was ist mit denen?«

Der abrupte Themenwechsel erwischte die Würdenträger auf dem falschen Fuß. Sie schauten einander an, während die Priester weiterhin stumm und reglos dastanden. Gregor glaubte fast, ihre Angst zu riechen und zu hören, wie sie den Atem anhielten.

Schließlich ergriff ein Kämmerer namens Pallamon das Wort. Er war einer von Sultan al-Ghuris alten Höflingen, der unter Maya zu einem neuen Glauben gefunden hatte. »Wir haben nichts gehört, Heiligkeit. Ich nehme an, dass sie noch marschieren oder bereits angekommen ...«

»Ich will, dass sie zurückgebracht werden.«

»Aber Heiligkeit, das Große-Damm-Projekt ... der Regent, Effendi Rot ...«

»Ist tot. Sie hätten niemals entsandt werden dürfen.«

»Diese Aufgabe ist für wichtig gehalten worden. Die Pest ...« Pallamon sah Gregor Hilfe suchend an, doch der gewährte ihm keine Unterstützung. Dies war nicht der richtige Zeitpunkt für eine Debatte. Stattdessen galt es, unerschütterliche Loyalität und tiefen Glauben zu demonstrieren. Gregor wusste, was er zu tun hatte.

»Du hast den Inquisitor gehört, Pallamon«, sagte Gregor mit fester Stimme. »Nun tu, was er sagt.«

Pallamon trat unbehaglich von einem Fuß auf den anderen. »Wie Ihr wünscht, Heiligkeit.«

»Wie *Gott* wünscht«, korrigierte Barakat und schaute ihm nach, als er ging. Dann drehte er sich wieder um und richtete seine Aufmerksamkeit auf Gregor. »Bist du sicher, dass er es war?«

Was für eine exzellente Taktik, dachte Gregor. Man kommt nicht allein zu einer Schlussfolgerung, sondern bezieht jeden um sich herum mit ein, bis sie allgemein für die Wahrheit gehalten wird und alle gleichermaßen kompromittiert sind.

»Wir haben sein Geständnis, Heiligkeit.«

»Ist es seine Handschrift? Bist du sicher?«

»Ich weiß es«, bestätigte Gregor.

»Ja, natürlich, du kennst sie. Ihr beide habt jahrelang zusammengearbeitet.«

Wie schlau, Gregor mit dem Verräter in Verbindung zu bringen – für den Fall, dass es je nötig sein sollte, ihm eine Mitschuld an dessen Verbrechen anzuhängen. Und gleichzeitig musste er sich noch mehr bemühen, seine Treue unter Beweis zu stellen. »Ich kenne seine Schrift gut. Wenn Ihr sie vergleichen wollt …«

»Nein, nein, das ist nicht nötig. Ich vertraue dir. Aus diesem Grund …«

»Inquisitor?«

»Aus diesem Grund habe ich dich befördert, weil ich dir vertraue.«

»Ich fühle mich geehrt von Eurem …«

Es blieb eine Unterhaltung voll unbeendeter Gedankengänge und überraschender Wendungen, denn nun sagte Barakat: »Allerdings muss man sich fragen, wer sonst noch dahinterstecken könnte. Hat dies etwas mit den Rebellen zu tun, die alles in Brand stecken und vergiften und die unseren geliebten Sultan Madu entführt haben?«

»Das kann man nicht mit Sicherheit sagen.«

Barakat reagierte blitzschnell wie eine Schlange: »Ich will nicht wissen, was ›man‹ denkt. Ich frage dich, Gregor.«

»Ich gebe zu, dass ihn irgendwer im Bad deponiert hat. Aber ich habe keinerlei Verbindung zwischen Cadali und den Rebellen gefunden. Sie hätten ihn verachtet und ihm sicher nicht vertraut. Aber ich ermittle weiter und werde jedem möglichen Kontakt nachgehen.«

Barakat nahm den Zettel und reichte ihn Gregor zurück. »Gut. Ich hatte schon Sorge, dass du zu schnell zu einem Schluss gelangst. Ich habe gehofft, dass du misstrauischer bist. Und das Eigenartige am Misstrauen ist …« Er lächelte. Offensichtlich trieb er ein Spiel, und zwar eines, von dem selbst die waghalsigsten Spieler die Finger lassen würden. »Die Sache ist die, dass ich manchmal mir selbst misstraue. Misstraust du dir auch selbst, Gregor?«

»Ich bin mir sicher, Heiligkeit, wenn irgendwer über jeden Verdacht erhaben ist, dann Ihr. Wenn Ihr erlaubt, würde ich mich jetzt gern an die Arbeit machen.«

»Natürlich.«

Gregor verbeugte sich und wandte sich zum Gehen.

»Und die andere Angelegenheit?«

»Welche andere Angelegenheit?«

»Das Waisenhaus. Der Direktor …«

Gregor erstarrte und drehte sich um. Was kam jetzt?

»Er wurde gestern Nacht ermordet. Hast du das nicht gewusst?«

Sie mussten diese Angelegenheit unter Verschluss gehalten haben. Er hatte nicht das Geringste davon mitbekommen.

Eine Tür ging auf, und ein Beamter trat ein. War er gekommen, um jemanden festzunehmen?

»Heiligkeit, es tut mir leid, Euch stören zu müssen, aber im Al-Hain-Viertel geht das Mehl zur Neige. Die Bäcker fragen, wann die nächste Lieferung eintrifft. Und der Schatzmeister bittet um ein Treffen heute Nachmittag zur dritten Stunde.« Der Mann verstummte und stand schweigend da.

»Also gut, zur dritten Stunde. Hamrat ...« Ein Priester trat vor. »Kümmere dich um die Mehllieferung. Wenn da irgendwer gepatzt hat, greifst du hart durch. Ich rechne mit der Verhaftung von fünfhundert Volksfeinden. Das sollte alle dazu veranlassen, dass sie sich besser konzentrieren.« Der Mann nickte und ging davon.

»Wollt Ihr, dass ich diesen Vorfall im Waisenhaus untersuche, Heiligkeit?«

»Natürlich will ich das«, erwiderte Barakat ganz leise. »Ich möchte wissen, ob da eine Verbindung besteht. Schließlich wollen wir doch nicht eines Nachts aufwachen und feststellen, dass wir in unseren Betten ermordet worden sind, nicht wahr? Du darfst jetzt gehen, Gregor.« Er lächelte mit unterkühlter Freundlichkeit.

Der Turm der Morgenröte. Das letzte Mal war er mit Cadali hier oben gewesen. Gregor stützte sich auf das Fenstersims und blickte nach Osten, über die Stadtmauer hinweg in die Wüste. War dort Frieden zu finden, etwas, das gegen den dunklen Schatten eingesetzt werden konnte, der sich immer schneller auf die Stadt herabsenkte? Er spürte sein Herz schlagen. Einmal hatte er zu seinem Bruder gesagt, er besitze kein Herz und dass niemand, der mit so einem Organ ausgestattet war, seine Arbeit verrichten könne. Nun bewies er sich selbst, dass das nicht stimmte. Seit dem Holzpodest, seit Ibn Bais Tod wusste er, dass er nicht unberührbar war. Er konnte seinen wachsenden Zorn und das Bedürfnis, etwas unternehmen zu müssen, nicht länger verleugnen. Doch er hatte das Gefühl, das Barakat oder vielleicht Maya selbst ihn einen gefährlichen Pfad entlangführte, auf dem jeder Fehltritt tödlich sein konnte. Er durchquerte den Raum zum Westfenster. War alles eine Falle? Er übersah etwas, aber was? Um aller Götter willen, was war es?

Das Waisenhaus war düster und Unheil verkündend. Kein Wunder, dass sie es hinter so hohen Mauern verbargen. Die Wächter schirmten es immer noch ab, doch Gregor gelangte problemlos hinein. Er war bekanntermaßen ein Mann des Inquisitors, und niemand wagte es, sich ihm in den Weg zu stellen. Gregor ging in die Küche, wo ein Spüler eine offene Tür bemerkt hatte. Der diensthabende Aufseher versicherte Gregor, dass zu Beginn der Ausgangssperre sämtliche Türen fest verschlossen gewesen seien.

»Dem Direktor war das sehr wichtig. Er wollte nicht, dass sich einer unserer Schützlinge davonmacht.«

Gregor kniete sich vor die Tür und sah, dass die Schraubenlöcher, aus denen das Schloss gerissen worden war, kaum beschädigt waren. Daher vermutete er, dass die Schrauben gelöst worden waren, entweder von den Eindringlingen oder schon vorher, vielleicht von jemandem aus dem Waisenhaus.

»Dies war früher eine Berufsfachschule, oder?«, fragte er.

»Ja, Effendi. Nach dem Sieg unserer großen Herrin Maya stand es leer, und die Behörden haben es beschlagnahmt, um hier die Kinder von Ketzern umzuerziehen.«

Gregor hatte das bereits gewusst und sich nur dafür interessiert, wie der Aufseher dazu stand. Er hatte Angst. Lag es daran, dass er beschuldigt wurde oder dass das neue Regime keine Ausreden duldete und die Strafe für Versagen so unvermeidlich wie tödlich war? Das machte es viel schwerer, eine Mittäterschaft festzustellen, da von Haus aus jeder mitschuldig war und das Schwert den Nacken nicht lange verhörte, bevor es zuschlug.

Das Schloss lag auf dem Boden. Keiner hatte sich getraut, es anzufassen. Gregor legte es auf die Seite. Er würde es später mitnehmen. »Lass uns hineingehen. Ich möchte sehen, welchen Weg der Eindringling wahrscheinlich genommen hat.«

Sie gingen durch die belebte Küche, die von Dampf, Geklapper und unappetitlichen Gerüchen erfüllt war, dann nach oben, durch das Speisezimmer – Gregors Meinung nach ein ziemlich freudloser Ort – und weiter hinauf zu den Gemächern des Direktors. Die Leiche war entfernt worden, ansonsten war der Tatort unverändert. Das Bettzeug war durcheinandergeworfen und blutverkrustet. Auf dem Holzboden hatte sich eine noch nicht ganz geronnene Blutlache gebildet. Nirgends war eine Waffe zu sehen.

»Wurde hier, auf dem Dach oder im restlichen Anwesen etwas gefunden – ein Messer, ein Kurzschwert oder sonst irgendeine Klinge?«

»Nichts, Effendi«, erwiderte der Aufseher.

Die Fensterläden standen offen. Auf dem Sims befanden sich drei hauchdünne Halbmonde aus getrocknetem Blut und drei Sandalenabdrücke, die davon zeugten, dass die Eindringlinge hier entlanggeflohen waren. Sie waren also zu zweit gewesen. Auf dem mit Sand bedeckten Flachdach unter dem Fenster erkannte Gregor weitere Fußspuren. Er folgte ihnen bis zu einer Brüstung, von der sich die beiden auf das Dach eines Lagerraums und dann in den Hof hinabgelassen hatten. Über die Mauer ragten Äste eines Baobabbaums. Sie hingen so niedrig, dass die Attentäter sie mit den Händen hatten erreichen können.

Gregor kletterte wieder durch das Fenster zurück. »Auf diesem Weg sind sie entkommen.«

»Sie?«, fragte der Aufseher.

»Sie waren zu zweit.« Er ging in den Vorraum, wo die Tür eines Schranks aufstand. Er bedeckte eine komplette Wand und enthielt Kleidung. Im Inneren roch es nach Kampfer, Lavendel und … Gregor schnupperte, kniete sich hin und schnüffelte erneut: Schweiß und der Kupfergeruch von Blut … Ja, da waren Flecken auf dem Boden.

»Sie waren im Schrank.« Aber weshalb hätten sie sich nach dem Mord verschwitzt und blutig, wie sie waren, dort verstecken sollen? Das ergab keinen Sinn. Sie waren doch sicher sofort davongerannt – oder etwa nicht? Gregor trat zurück und schloss die Augen, um nachzudenken.

»Du bist nicht das Gespenst.«

Er schlug die Augen wieder auf. Vor ihm stand ein Mädchen und sah zu ihm hoch. Der Aufseher streckte den Arm aus, um es zu vertreiben, doch Gregor packte die Kleine am Handgelenk.

»Du hast recht. Ich bin nicht das Gespenst. Ich heiße Gregor. Und du?«

Das Mädchen sah zum Aufseher hinüber. Gregor lockerte den Griff um seinen Arm und legte abwartend den Kopf schief.

»Schon gut, Hena«, sagte der Aufseher. »Du kannst ruhig mit ihm sprechen.«

»Du heißt also Hena?«, fragte Gregor und kniete sich vor das Mädchen hin.

Sie nickte.

»Kannst du mir etwas über das Gespenst erzählen, Hena?«

»Es waren zwei Gespenster. Frauen. Eine von ihnen hatte ein langes Messer. Ich habe geglaubt, sie wollten mich holen.«

»Dich holen, Hena?«

»So wie sie es mit den anderen Kindern gemacht haben. Für das große Werk.«

»Was ist das große Werk?«

Hena schüttelte den Kopf. Gregor sah zu dem Aufseher auf.

»Es war bekannt, dass der Direktor, äh … nachts Besuch von Leuten bekam. Vielleicht kam es zu einem Missverständnis … und zum Kampf?«

»Sie hatte recht«, sagte Hena.

»Was meinst du?«

»Sie sagt: ›Wenn du dich ganz ruhig hinlegst und die Augen schließt, dann kannst du das Schlaflied des Sandvogels hören.‹ Ich habe sie wirklich in der Wüste singen hören und von meiner Mama und meinem Papa geträumt.«

Gregor beugte sich vor und flüsterte ihr ins Ohr: »Ich habe das früher mal zu einem kleinen Mädchen gesagt, das ich kannte.« Einem Mädchen namens Manel. Was hatte sie getan? War sie etwa an dieser Tat beteiligt gewesen? Wenn das stimmte, bestätigten sich seine düsteren Vorahnungen, und er wurde tatsächlich langsam und unausweichlich in das Spinnennetz hineingezogen.

»Wo ist sie jetzt?«, fragte Hena.

»Ich glaube, sie hat sich verlaufen, Hena, und ich muss sie finden. Hat sie sonst noch etwas gesagt?«

»Nein, ich bin ins Bett gegangen und war …«

»… im glücklichen Land. Ja, mein liebes Mädchen. Dann lauf jetzt mal los.«

Sie eilte lächelnd davon.

Gregor stand auf. »Ich habe alles, was ich brauche, und werde jetzt gehen. Du musst mich nicht begleiten, ich finde allein hinaus. Ach ja, eins noch: Ich werde zurückkommen, und wenn es Hena dann nicht gut geht, wenn ihr irgendetwas zugestoßen ist, werde ich dich töten. Ganz langsam. Hast du mich verstanden?«

Der Aufseher erbleichte und nickte.

Der Trosttempel. Hier hatte sich sein Leben von Grund auf verändert. Heute war der Platz vor seiner bröckelnden antiken Fassade leer – bis auf den blinden Bettler, der wie immer mit seiner Messingschale vor sich auf den Stufen saß.

Gregor warf klirrend eine Münze hinein.

»Hmmm, noch mehr Gold, Kommandeur?«

»Für weitere Informationen. Treffen sie sich immer noch dort unten?«

»Ja.«

»Sind es noch genauso viele?«

»Manchmal mehr, manchmal weniger. Ich erkenne sie am Geruch. Der Platzanweiser des Theaters, der Krämer, der Olivenhändler, der Junge, der zu viel raucht, der hochtrabende Mann mit dem Parfüm, der Doktor, der nach Tod und nicht nach Leben riecht.« Er lachte leise.

»Der Doktor? Den hast du bisher noch nie erwähnt.«

»Er kommt nicht oft.«

»Ist auch ein Mädchen dabei? Eine junge Frau?«

»Nein …«

Gregor wandte sich enttäuscht ab. Das war seine beste Spur gewesen.

»... normalerweise nicht, aber heute schon. Ein Mädchen aus dem Café Schwarze Katze.«

»Woher willst du das denn wissen?«

»Sie roch nach Mandeln und Rosenwasser. Die Schwarze Katze ist das einzige Café, in dem immer noch Rosenwasser serviert wird. Ich sehe alles. Außerdem hat sie nach Angst gerochen.«

KAPITEL 47

Manel

Als Manel hinter Dorin durch die Tür trat, wurde sie von Kerzen und Lampen geblendet. Daher brauchte sie einen Moment, um zu erkennen, dass sie sich in einem großen Raum befand, der halb in Dunkelheit lag und voller Kisten stand. Auf einigen in einem Halbkreis angeordneten Kisten hockten sechs oder sieben Männer um Baracken herum. Ihm gegenüber saß … sie konnte kaum ihren Augen trauen und beugte sich vor, um die Gestalt besser sehen zu können. Dann sank sie auf die Knie. »Majestät … ich … ich hätte nie …« Es war tatsächlich Madu. »Ich … ich bin Eure Dienerin. Mein Vater hat Sultan al-Ghuri gedient, mein Bruder ist im Kampf für ihn gestorben.«

»Bitte, das ist doch nicht nötig.« Madu trat vor, nahm sie an der Hand und half ihr auf. Aus der Nähe wirkte er blass und verhärmt, als hätte er eine schwere Tortur hinter sich. Aber so war es ja auch, dachte Manel. Er hatte erleben müssen, wie seine Familie zerstört und seine Stadt erobert wurde …

Baracken sah sie an. »Manel, wir müssen miteinander reden.«

»Ja, bringen wir es hinter uns«, murmelte Dorin, der ein

Stück abseits stand. »Wenn ich nicht bald bei der Arbeit erscheine, werden sie meine Abwesenheit bemerken.«

»Also gut«, sagte Baracken. »Manel, der Doktor macht sich Sorgen.«

»Bitte keine Namen oder Titel, darauf hatten wir uns doch geeinigt«, sagte Dorin so schlecht gelaunt wie immer, als wäre Baracken ein Diener, den er maßregeln konnte. Manel war versucht, ihn daran zu erinnern, dass sie ganz genau wusste, wer er war, wo er lebte und mit wem er verheiratet war, doch sie beschloss, lieber zu schweigen, denn sie machte sich Sorgen – nicht nur um Himmel, die noch immer in seinem Haus war, sondern auch um ihre eigene Zukunft.

»Wir müssen disziplinierter sein«, schob Dorin nach.

»Nun gut. Also, Manel, ein paar von uns machen sich Sorgen, dass du nicht die bist, die du zu sein vorgibst.«

»Ich bin Manel, die Tochter von General Qulan, dem Kommandeur der Streitkräfte von Tumanbay, und genau wie er werde ich für Tumanbay kämpfen – wenn nötig bis zum Tod.«

»Nicht ganz«, sagte Baracken.

»Was?«

»Aus gut unterrichteter Quelle weiß ich, dass General Qulan Maya vor seinem Aufbruch zu den Dishwari-Sümpfen einen Treueeid geschworen hat«, sagte Dorin.

»Was? Wieso? Nein, er würde nie …«

Baracken schnitt ihr mit einer knappen Geste das Wort ab. »Warum hast du den Direktor des Waisenhauses getötet?«

»Es war ein Unfall. Er ist aufgewacht, hat uns gesehen und wollte Alarm schlagen.«

Khaled, den sie bislang noch gar nicht bemerkt hatte, sagte: »Wir mussten mit ihm sprechen. Tot nützt er uns nichts.«

»Es tut mir leid, ich …«

Erneut brachte Baracken sie zum Schweigen. »Wir wollten herausfinden, was dort geschieht, und das können wir dank dir jetzt nicht mehr.«

»Es muss mehr Disziplin geben«, sagte Dorin.

»Für wen arbeitest du?«, fragte Khaled.

»Ich verstehe nicht. Ich versuche …«

»Wir haben ihr genug Chancen gegeben. Sie hat jedes Mal versagt. Gott sei Dank haben wir ihr keine sensiblen Informationen anvertraut. So kann der Schaden noch eingedämmt werden.«

Manel spürte, wie ihr Blutdruck stieg. Sie wollte betteln, weinen und auf die Knie sinken. Stattdessen ballte sie die Fäuste und zwang sich nachzudenken. »Ich bin keine Verräterin.« Ihre Stimme klang ruhig, doch innerlich schrie sie. Sie atmete tief durch. Sie würden sie töten. Hier und jetzt, in dieser unterirdischen Gruft!

»Dieses Risiko können wir nicht eingehen.«

Sie hasste Dorin, aber es war ihre eigene Fehleinschätzung gewesen, die sie zu ihm getrieben hatte.

Baracken drehte sich zu Madu um. »Sultan?«

»Ich fühle mich damit nicht wohl. Ich kannte ihren Vater.«

»Wir können dieses Risiko nicht eingehen«, rief Dorin.

»Es steht zu viel auf dem Spiel, Madu«, sagte Baracken.

»Trotzdem, ich …!« Er verstummte, wirkte unentschlossen.

»Madu, ich bin loyal, das wisst Ihr«, rief Manel.

Er schüttelte den Kopf, eine Geste, die alles Mögliche bedeuten konnte. Schließlich murmelte er: »Ja.«

Khaled nahm sie fest am Arm. »Komm, Manel, ich habe in jener Nacht, als die Sterne fielen, auf dich gezählt. Es tut mir leid, dass es so enden muss.«

Sie versuchte, ihn abzuschütteln, doch nun packten sie auch noch andere Hände und schoben sie auf eine dunkle Ecke zu, in der eine Tür einen Spalt offen stand. Sie wollte sich übergeben und wäre vermutlich hingefallen, wenn die anderen sie nicht gestützt hätten. So durfte sie nicht sterben. »Ihr täuscht euch, ich bin loyal«, schluchzte sie. Es machte keinen Unterschied.

Die Tür ging komplett auf, und ihr Onkel trat hindurch. Er hielt ein Schwert in der Hand. Khaled musste sie loslassen. Das Schwert zischte, und die anderen Hände verschwanden ebenfalls. Ihre Besitzer fluchten über die schmerzhaften Schnitte, die Gregor ihnen zugefügt hatte. Einen Moment später hatte er den Raum durchquert und hielt Dorin die Klinge an den Hals.

»Geht alle weg von ihr.«

Keiner rührte sich. Es herrschte vollkommene Stille.

Doch nicht einmal mit einem Schwert an der Kehle konnte Dorin den Mund halten. »Wer bist du, und was willst du?«

»Das spielt keine Rolle. Ich nehme Manel mit.«

»Nein!«, sagte sie. »Ich will nicht mit dir gehen.«

»Lass uns verschwinden.«

»Kennst du ihn?«, fragte Khaled.

»Gregor, der Kommandeur der Palastwache«, sagte Dorin.

»Mein Onkel«, ergänzte Manel. »Und Barakats Wachhund. Ihr wollt nicht *mich*, sondern *ihn* töten.«

»Stimmt genau, der bin ich. Glaubt ihr etwa, ich wäre allein hergekommen?«

Einen Moment lang war nicht klar, wie die Sache ausgehen würde. Gregor war wie ein Magier, der einen Krummsäbel auf der Fingerspitze balancierte. Würde er aufrecht stehen bleiben oder umfallen? »Und wenn ich allein gekommen sein sollte, müsst ihr euch fragen, wieso ich das getan habe?«

Obwohl sie zu zwölft waren und ihn ohne Weiteres hätten niedermetzeln können, hatte er sie in die Ecke manövriert. »Ich beobachte dich bereits seit Monaten«, sagte er zu einem von ihnen. »Ich hätte dich auf dem Heimweg von der Schule festnehmen können, in der du auf Mayas Geheiß lehrst.« Er wandte sich um. »Und glaubst du etwa, ich wüsste nicht, dass du für die Bücher im Skriptorium des Palasts verantwortlich bist, Baracken? Ihr führt alle ganz normale Leben. Ihr habt Kinder und Eltern. Ich weiß, wer ihr seid, und ihr seid nur aus einem Grund noch am Leben: weil ich es euch erlaube. Ohne mich hättet ihr keine Ziege geschlachtet oder Kerze angezündet. *Ihr*, Madu …«

Madu trat unbehaglich von einem Bein aufs andere.

»Seit Monaten suchen alle nach Euch. Ich hätte Euch jederzeit zu Barakat zurückbringen können. Aber ich habe es nicht getan.« Er drehte sich wieder zu Baracken um. »Du sagst, dass im Waisenhaus etwas geschieht und ihr wegen Manel nicht herausfinden könnt, was es ist. Aber dieser Mann da weiß es bereits. Nicht wahr, Doktor Dorin?«

»Du bist verrückt!«

»Du bist immer wieder spätnachts im Institut und wirst dort regelmäßig vom Inquisitor besucht.«

Dorin räusperte sich und schluckte. »Natürlich. Ich leite das Institut.«

»Und was hat er dort zu suchen?«

Dorin, der wieder ein bisschen von seiner Arroganz zurückgewonnen hatte, blaffte zurück: »Du bist näher an ihm dran als ich. Wieso fragst du ihn das nicht selbst?«

»Worüber sprecht ihr beide, du und der Inquisitor?«

Dorin schaute sich unter den anderen Anwesenden um.

Vielleicht hoffte er auf Unterstützung, doch er bekam keine. »Über nichts.«

»Keiner spricht über nichts, Doktor. Der Inquisitor verbringt häufig fast die ganze Nacht dort. Was macht ihr in dieser Zeit?«

»Er ist ein Spion, ergreift ihn«, schrie Dorin. »Barakats Spion. Man kann ihm nicht vertrauen. Tötet ihn, tötet sie beide.«

Keiner rührte sich.

»Die anderen möchten es auch hören.«

Manel sah, wie Dorins Brustkorb anschwoll. Offenbar holte er tief Luft, um eine Antwort zu geben, mit der er sich vor den anderen rechtfertigen und Gregor in die Schranken weisen würde. Sie wartete ab, doch es kam nichts. Der Doktor ließ den Atem wieder entweichen und sackte in sich zusammen. »Die menschliche Seele. Jeder weiß, dass Barakat sie unbedingt finden will.«

»Wozu soll das gut sein?«, fragte Baracken.

»Ich weiß es nicht. Keine Ahnung. Er glaubt, dass wir die Seele entdecken und reparieren können. Darüber spricht er … sprechen wir. Wir untersuchen frische Leichen, um die Seele in ihnen zu lokalisieren. Ich muss es tun, um ihn bei Laune zu halten. Ich muss ihm zeigen, dass ich seine Ideen ernst nehme, so wie du beim Unterrichten ihre Regeln befolgen musst, Karim, und du den Schwarzen Wächtern gehorchen, Baracken. Das tun wir, damit sie uns weiterhin vertrauen. Zufrieden?«

»Fürs Erste«, erwiderte Gregor.

Baracken erhob sich von seiner Kiste. Manel hatte bislang gar nicht bemerkt, wie groß er war. Mit einem Mal schien er den Raum zu dominieren. »Wieso bist du gekommen, Gregor von der Wache?«

»Um meine Nichte zu beschützen.«

»Ich bin nicht auf deinen Schutz angewiesen.«

Gregor warf ihr einen kurzen Blick zu. »Nein, aber du wirst ihn trotzdem bekommen.« Dann wandte er sich wieder zu Baracken um. »Sie stellt nicht nur für euch, sondern auch für mich eine Gefahr dar. Ich will sie aus der Stadt wegschicken.«

»Und weshalb sollten wir dich am Leben lassen?«

»Damit wir unsere Arbeit zu Ende bringen können.«

»*Unsere* Arbeit?«

»Ja, unsere Arbeit, Effendi Baracken. Ich hätte euch doch schon längst alle festgenommen, wenn wir nicht auf derselben Seite stünden.«

»Also gut, lasst sie gehen«, knurrte der Anführer des Widerstands.

»Du musst aus Tumanbay raus.«

Die dicht stehenden Monumente schirmten den Pfad durch die Nekropolis gegen die Sonne ab. Onkel und Nichte gingen nebeneinanderher, doch Manel freute sich weder über Gregors Anwesenheit noch über seinen Vorschlag.

»Ich muss bleiben und kämpfen. Bislang haben wir noch nichts erreicht, und es gibt so viel zu tun.«

»Nicht hier und nicht jetzt, Manel. Sie haben deine Mutter mitgenommen.«

Manel blieb an einem Mausoleum mit einem auffälligen Relief stehen. Es stellte eine eigenartige Landschaft mit Elefanten und anderen Tieren dar, von denen sie einige nicht kannte. Manel sah um schmucke Säulen gewickelte Schlangen und aus dem Marmor gemeißelte Lichtstrahlen, die von einer Sonnenscheibe ausgingen. Die Scheibe selbst war beschädigt.

Tränen rannen ihr an den Wangen herab. »Ich weiß. Wir sind zur Hütte zurückgegangen. Da waren Soldaten. Es war mein Fehler. Wäre ich nicht beim Widerstand, hätten sie nicht nach ihr gesucht.« Sie sah Gregor nicht an, sondern betrachtete das Grabmal, während sie sprach.

»Ja, es war dein Fehler, natürlich. Hast du etwa geglaubt, sie ließen dich einfach so gewähren? Aber um ehrlich zu sein, haben sie allerdings ohnehin nach ihr gesucht. Rot wollte sie als Druckmittel gegen deinen Vater einsetzen.«

»Hat er … hat er wirklich Maya die Treue geschworen?«

»Was glaubst du?«

»Nicht in einer Million Jahren.«

»Ganz genau, nicht in einer Million Jahren. Sie haben ihn als Sklaven losgeschickt. Er soll gemeinsam mit anderen die Sümpfe säubern. Die Frau, Alkin – ich glaube, du kennst sie –, ist auch mitgegangen. Der Doktor wollte sie aus dem Weg haben.«

»Ich mag ihn nicht.«

»Und ich vertraue ihm nicht, was noch wichtiger ist und außerdem der Grund, warum du verschwinden musst.«

»Ich war ein Wildhüter«, sagte Manel. »Ich herrschte über das Land und war für die Tiere und die Vögel verantwortlich – auch für die Geschöpfe, die zwischen meinen Füßen kreuchten, und die Fische, die um mich herum im Wasser schwammen. Ich war der Herrscher über alles, was ich sah, und ich vertraute auf den Herrn im Himmel, bis ich zu Staub zerfiel, wie es dem Wesen aller Dinge entspricht.«

»Was ist das?«

»Das steht auf dem Grabmal da«, erwiderte sie. »Ich glaube, es ist alt.«

Gregor reckte den Hals und betrachtete die erhabenen Buchstaben. »Das muss es wohl sein, schließlich wurde dieser Ort bereits vor Jahrhunderten aufgegeben. Deswegen haben ihn deine Freunde wahrscheinlich ausgewählt. Deine Mutter ist am Leben. Sie versorgen sie mit allem, was sie braucht. Sie und dein Vater haben sich noch gesehen, bevor er weggeschickt wurde. Sie waren stark, Manel, genau wie du. Ich weiß, dass du mich nicht magst, aber ich will, dass es dir gut geht. Wenn du kämpfen möchtest, dann geh und tu es, aber nicht innerhalb der Stadtmauern.«

Konnte sie ihm trauen? In Dorin hatte sie sich getäuscht, und alles an Gregors Verhalten während der Besatzung sprach gegen ihn. Doch was war, wenn er die ganze Zeit auf der Lauer gelegen und das Knie nur gebeugt hatte, um Pläne schmieden zu können? Er war in vielerlei Hinsicht ein Schwindler, aber sie glaubte, nein sie hoffte, dass er immer noch ihr Onkel und im Grunde ein guter Mensch war.

»Erst muss ich noch jemandem helfen«, sagte sie. »Die Besatzer suchen auch nach ihr, und ich verlasse die Stadt nicht ohne sie. Ich habe ihr mein Wort gegeben.«

»Du bist wirklich genau wie dein verdammter Vater. Wer ist sie?«

Ja, das war der Gregor, den sie in Erinnerung hatte.

»Eine junge Mutter. Sie haben ihr das Kind weggenommen und ihren Vater hingerichtet, weil er Bücher besaß.«

»Bücher?«

»Er war ein Händler.«

Gregor zögerte einen Moment. »Bücher können heutzutage gefährlich sein. Ich habe eine Kutsche. Sag mir, wohin wir müssen.«

Manel wandte sich vom Grabmal ab und betrachtete ihn mit dem gleichen leicht verwirrten Blick, mit dem sie ihn schon als Kind oft angesehen hatte. Damals waren seine Tricks und Rätsel nur Spielereien gewesen, doch dies war kein Spiel. »Verschweigst du mir etwas?«, fragte sie.

»Mit dem, was ich dir verschweige, könnte man ganze Bücher füllen, Manel. Komm, wir müssen uns beeilen.«

War Dorin mittlerweile nach Hause zurückgekehrt? Hatte seine Frau Amanthi Wort gehalten und in der Zwischenzeit auf Himmel aufgepasst? Sie hatte keinen Grund, sie zu verraten. Trotz Dorins Anstellung im Institut konnten sie es sich nicht leisten, mit der Rebellion in Verbindung gebracht zu werden.

Gregor hielt die Kutsche vor dem Haupttor zum Anwesen an, sodass sie nicht zu sehen waren, als Manel die Glocke läutete. Anders als in der Nacht zuvor war die Schlupftür im Tor zugeschlossen. Vielleicht half der Doktor ja wirklich den Kranken aus der Nachbarschaft. Sie läutete ein zweites Mal, diesmal nachdrücklicher. Gregor fühlte sich sichtlich unbehaglich.

Eine Klappe öffnete sich, und eine Zofe spähte heraus. Auch sie war zuvor nicht da gewesen.

»Der Doktor ist nicht zu Hause. Wenn ihr krank seid …«

»Wir wollen nicht zum Doktor, sondern zur Hausherrin.«

»Sie ist nicht da.«

»Möglicherweise erwartet sie mich nicht zurück. Sag ihr, dass ich Manel heiße und mit ihr sprechen will. Jetzt gleich …«

Gregor beugte sich zur Öffnung vor. »Oder du bekommst große Probleme.« Die Frau riss ängstlich die Augen auf und schlug die Klappe zu. Sie hörten, wie sie davonrannte und »Herrin, Herrin …« rief. Danach herrschte Stille.

»Manel«, sagte Gregor schließlich, »das könnte schwierig werden. Deine Freundin ...«

»Ihr Name ist Himmel, und sie ist nicht meine ... ich weiß nicht, was sie ist, aber ich habe ihr versprochen ...«

»Ihr Vater hieß Ibn Bai. Er war eine Art Freund von mir. Sie glaubt, dass ich ihn umgebracht habe.«

»Und, hast du es getan?«

»So kann man das nicht sagen. Ich meine, ich habe es zwar getan, aber ...«

Das Tor ging auf, und die Dienerin winkte sie hindurch. Die Haustür stand offen. Als sie eintraten, wartete Amanthi bereits auf sie. Ihrer Miene nach zu urteilen hatte sie tatsächlich nicht mit Manels Rückkehr gerechnet. Die beiden schauten sich schweigend an.

»Wir sind wegen einer jungen Frau namens Himmel hier«, sagte Gregor. »Ich will für dich hoffen, dass sie immer noch da ist und ...«

Himmel stürmte mit einem Küchenmesser in der Hand aus einem Nebenraum herein, die zusammengekniffenen rot geränderten Augen fest auf Gregor gerichtet. Sie hob die lange Klinge.

»Nicht!«, rief Manel.

Amanthi kreischte.

Gregor packte Himmel am Handgelenk, die Messerspitze war nur einen Fingerbreit von seiner Brust entfernt. Die Dienerin stieß einen Schrei aus und fiel in Ohnmacht.

»Ich bin gekommen, um dir zu helfen«, sagte Gregor.

»Du wirst sterben, wie mein Vater«, zischte Himmel. »Und ich will, dass du mir in die Augen schaust, während ich dich töte.«

Gregor verdrehte ihr Handgelenk.

Sie schrie auf und ließ das Messer fallen.

»Ich habe es getan, weil er mein Freund war.« Manel hatte ihren Onkel noch nie so tief berührt sprechen hören. »Um seine Tochter davor zu bewahren, dass sie ihn umbringen muss. Das war der einzige Gefallen, den ich ihm noch erweisen konnte.«

Himmel schüttelte den Kopf. *»Neeein, neeein!«*

Manel berührte Himmel am Handgelenk, das Gregor immer noch gepackt hielt. »Lass sie los«, sagte sie. Gregor tat es. Manel stellte sich vor Himmel und sah ihr ins Gesicht. Sie war so angespannt wie eine Stahlfeder.

»Hättest du denn damit leben können, deinen Vater getötet zu haben?«, fragte Gregor.

»Er kann dir dabei helfen, dein Kind zu finden«, sagte Manel. »Er ist mein Onkel, und ich kenne ihn. Ich mag ihn nicht, aber er kann uns helfen.«

»Du bist in großer Gefahr. Du wurdest gesehen. Ich habe noch nichts gesagt, aber bald wird es jemand erfahren. Sie haben auch dich gestern Nacht vor Manels Haus gesehen und suchen nach dir. Ich kann dir helfen.«

Manel spürte, dass Himmels Anspannung ein wenig nachließ. Tränen traten ihr in die Augen, doch sie wischte sie weg und reckte entschlossen das Kinn vor. »Ich gehe nicht ohne mein Kind.«

»Hör mir zu, Himmel«, sagte Gregor, »du wirst dein Kind nicht wiederbekommen, wenn du tot bist. Ich werde es ausfindig machen. Ich kann das, und wenn du wieder da bist, wird es auf dich warten. Du musst jetzt gehen – um deines Kindes und deines Vaters willen. Er hätte es so gewollt.«

Amanthi schien aus einer Art Betäubung aufzuwachen. »Ihr könnt nicht hierbleiben. Geht jetzt, ihr alle.«

»Dein Gemahl wollte mich umbringen.«

»Er war schon immer unverhältnismäßig. Für ihn gibt es nur alles oder nichts. Mir geht es ums Überleben, und das kann ich nicht, solange ihr hier seid. Haut jetzt ab, bevor die Dienerin wieder zu sich kommt. Sonst wende ich mich an die Wächter. Oder wollt ihr mich etwa auch töten?«

Manel erkannte, dass sie nicht länger warten durften. »Himmel, vertraust du mir? Habe ich dich wie versprochen bis jetzt beschützt?«

»Ja, Manel.«

»Dann lass uns gehen.«

Gregor drehte sich zu Amanthi um. »Wenn du uns Kapuzenumhänge gibst, bist du uns für immer los, meine Dame.«

Als sie das alte Hafenviertel erreichten, stand die Sonne im Zenit. Gregor hielt die Kutsche in einer heruntergekommenen Gasse an. In der Mitte des Kopfsteinpflasters verlief eine Abflussrinne, überall lagen stinkende Fischabfälle herum. Er sprang vom Kutschbock und öffnete den Wagenschlag: »Kommt raus, schnell.«

Während er das Pferd im Schatten festband, half Manel Himmel beim Aussteigen. »Was ist das für ein Ort?«

»Die Rückseite des Fischmarkts. Kannst du ihn riechen?« Er grinste. »Die Schwarzen Wächter kommen nur selten hierher. Vielleicht mögen sie keine Fische, aber möglicherweise haben sie auch ein kleines bisschen Angst vor den harten Kerlen, die hier arbeiten. Früher oder später werden sie dieses Viertel räumen, aber heute noch nicht. Und das ist gut für uns. Kommt.«

Manel rührte sich nicht. »Nein, sag uns erst, wohin wir gehen. Keine Geheimnisse mehr. Von jetzt an will ich wissen, was passiert. Ich habe es satt, angelogen und ausgenutzt zu werden. Wir können entweder von hier weggehen und uns selbst einen Weg suchen, oder du verrätst uns, was du vorhast, und wir entscheiden danach, was wir tun. Du hast die Wahl.«

Genau wie Qulan, dachte Gregor. »Wir sprechen mit einem Mann, den ich kenne. Er heißt Iblis und kann euch durch die Stadtmauer bringen.« Gregor klopfte an einer mit Farbklecksen bespritzten Tür. Es war eindeutig ein vereinbartes Zeichen. Manel sah sich um, da sie das Gefühl hatte, beobachtet zu werden. Die Tür wirkte baufällig, als könnte sie jeden Moment unter seinen Fingerknöcheln zerbrechen. Als sie nach einer längeren Wartezeit aufschwang, erkannte Manel jedoch, dass sie in Wahrheit aus dicker Eiche bestand und auf der Innenseite mit Eisenbändern verstärkt war. Während die drei in die Dunkelheit traten und die Tür hinter ihnen wieder zufiel, wehte ihnen eine Wolke Fischgeruch entgegen.

Durch schmutzige Dachfenster fiel schwaches Licht herab. Flache Holztische füllten den Raum, in dem Männer in großen Schürzen Fische ausnahmen. Sie wischten die Eingeweide in große Eimer und warfen die Fische in die Salzkörbe, die von einer kleinen Armee von Trägern in eine andere Hütte transportiert wurden. An Haken hingen riesige Fische, größer als Menschen, und in einer Ecke wanden sich Tentakeln, unter denen schwarze Tinte hervorfloss. Der Lärm, der hier herrschte, traf Manel wie ein Schlag ins Gesicht.

Aus dem Durcheinander trat ein dünner Mann auf sie zu. Er sagte etwas Unverständliches und bedeutete Gregor, dass sie ihm folgen sollten. Himmel hielt sich ihren Kaftan vor das

Gesicht. Manel atmete durch den Mund. Gregor schien den Gestank gar nicht zu bemerken.

Der dünne Mann führte sie auf einer gewundenen Route zwischen mehreren Hütten hindurch. In einigen von ihnen wimmelte es von Arbeitern, andere waren leer oder enthielten aufgestapelte Holzkisten. Sie erklommen eine schmale Treppe, folgten ein paar Gängen und stiegen in etwas hinab, das ein Tunnelgewirr zu sein schien. Schließlich gelangten sie in einen Raum mit Steinwänden, in dessen Mitte ein Tisch stand. Abgesehen davon war er vollkommen leer. »Zwei?«, fragte der Dünne. »Du hast nur von einer gesprochen.«

»Jetzt sind es zwei. Die Situation hat sich verändert.«

»So einfach ist das nicht. Die Tunnel und die Torwächter … Für zwei ist es riskanter.«

»Deswegen springt auch mehr Gold für dich dabei heraus.« Gregor warf sechs Münzen auf den Tisch. Sie schimmerten in dem schwachen Licht. Der Iblis nahm eine und biss hinein.

»Vertraust du mir etwa nicht?«, fragte Gregor.

»Ich vertraue dir genauso sehr wie du mir, Effendi.«

»Nun, ich weiß immerhin, wo ich dich finden kann, Iblis.«

»Dann vertrauen wir uns gegenseitig.« Der Iblis berührte eine Stelle in der Wand, und eine Tür ging auf, die aus massivem Stein zu bestehen schien. »Geht durch diese Tür und den Gang entlang. Jemand wird euch begleiten. Ich warte draußen auf dich, Gregor, bis ihr euch voneinander verabschiedet habt.«

Gregor nahm ein Pergament aus der Tasche. »Der Führer wird den Weg kennen. Ihr erhaltet Vorräte und Wasser. Wenn irgendwas schiefgeht und ihr auf euch allein gestellt seid, geht ihr nachts weiter. Folgt der Hundenase. Diesen Stern kennst du ja, Manel, oder?«

»Er war der Erste, den Vater mir als Orientierungspunkt gezeigt hat«, sagte Manel. »Du warst damals dabei. Wir haben auf der Mauer unseres Anwesens gestanden. Ich erinnere mich noch gut an den Abend, weil du und Vater kein einziges Mal miteinander gestritten habt.« Sie lächelte.

»Das war eine schöne Zeit«, erwiderte Gregor. »Ihr braucht wahrscheinlich drei Nächte. Am Fuß der Weißen Berge liegt ein Dorf. Fragt dort nach dem Müller. Er wird euch über die Pässe führen.«

»Du hast das alles geplant?«, meldete Himmel sich nach langer Zeit zum ersten Mal zu Wort.

»Ich plane immer alles. Jetzt geht.«

»Und was ist mit dir?«, fragte Manel.

»Ich muss hierbleiben. Ich habe etwas zu tun.«

In der Steintür erschien eine Gestalt, ein junger für die Wüste gekleideter Mann, der zwei Bündel trug.

»Es ist Zeit, Effendi.«

»Geht mit ihm, Manel. Wir sehen uns wieder, das verspreche ich dir.«

Manel nickte. Dann nahm sie Himmel am Arm und trat rasch mit ihr durch die Tür.

Der Iblis kam wieder herein und schob die Tür zu. »Ihnen wird nichts passieren. Mehmed ist mein Neffe – ich vertraue ihm. Er wird sie zu den Bergen bringen. Danach müssen sie sich selbst durchschlagen.«

KAPITEL 48

Gregor

Seit Cadalis Tod war niemand in seinen Gemächern gewesen. Neben dem Sofa stand eine Kleidertasche mit einem Kaftan, Unterwäsche, Sandalen und so weiter. Hatte die Schlange etwa auf Gregor hören und fliehen wollen?

Gregor zog die Kleidungsstücke aus der Tasche und fand ganz unten eine Miniatur, den Kopf eines Kriegers mit einem Bronzehelm. Er war mit Gold und Lapislazuli besetzt. Gregor kannte sich mit derlei Dingen zwar nicht aus, aber er war schön und vermutlich viel wert – ein Stück transportabler Reichtum. Und dennoch hatte Cadali es sich in letzter Minute anders überlegt, Effendi Rot erstickt und sich selbst die Kehle durchgeschnitten und ertränkt. Komisch nur, dass nirgends eine Klinge herumlag. Außerdem hatte Cadali zwar immer gern Aufmerksamkeit erregt, aber das hier ging selbst für ihn zu weit.

Gregor stieß die hölzernen Fensterläden auf und ließ Sonnenlicht herein. Von hier oben betrachtet wirkte die Stadt unverändert, mit ihren blauen und grünen Hausdächern und den weiten Plätzen und Mauern, die sich bis zum Horizont erstreckten. Und alle Indizien schienen darauf hinzudeuten, dass

Cadali den Regenten tatsächlich umgebracht hatte. Doch beides war eine Illusion.

Gregor durchstöberte die Schubladen, Schränke und Regale. Zuletzt war Cadali eindeutig verzweifelt gewesen. Die Panik wegen seiner Kunstgegenstände und der Wunsch zu fliehen waren eindeutige Anzeichen gewesen, dass er sich nicht mehr im Griff gehabt hatte. Doch nichts in seinen Gemächern wies darauf hin, was ihn zu diesem letzten tödlichen Schritt veranlasst hatte.

»Was machst du da?«

Gregor blickte zum Inquisitor hoch, der wie immer vollkommen lautlos eingetreten war.

»Meine Arbeit.« Gregor schob die Schublade zu, vor der er gerade gehockt hatte, und stand auf. »Ich versuche herauszufinden, ob Cadali tatsächlich Teil einer groß angelegten Verschwörung war.«

Barakat ging zum Fenster und blickte hinaus. »Es sieht so friedlich aus. Und dennoch hat sich unter diesen Dächern, in den Häusern, Läden und Palästen die Ketzerei eingenistet. Was hast du gefunden?«

»Nichts Greifbares, aber ich suche weiter.« Gregor stellte sich neben den Inquisitor ans Fenster. Vor nicht allzu langer Zeit hatte er an einem anderen Fenster neben Cadali gestanden. Er fragte sich, ob eine Hand auf dem Rücken, ein Stoß, ein kurzes Gewirr aus wild fuchtelnden Gliedmaßen, ein Schrei und ein dumpfer Aufschlag vielleicht alles lösen würden. Als läse Barakat seine Gedanken, trat er zur Seite und nahm auf dem Sofa Platz. Dabei blickte er auf die ausgepackte Tasche und die Miniatur hinab. Er hob sie auf und legte sie auf seine Handfläche. »Sie ist so klein und fast gewichtslos, und dennoch hat sie Cadali wie ein Mühlstein in den Abgrund gezogen. An die Welt und ihre Kostbarkeiten gefesselt zu sein ist eine Krankheit, Gregor.«

»Davon verstehe ich nichts, Heiligkeit. Ich bin kein Sammler. In meinem Gewerbe sind Wünsche und Sehnsüchte nur Schlüssel, mit denen man den Verstand eines Menschen aufschließen kann. Aber ich hatte immer das Gefühl, Cadali wäre ...« Er seufzte.

»Ich bewundere dich, Gregor. So sorgfältig in allem, was du tust. Trotz all deiner Abgründe und Schattenseiten hast du etwas Reines an dir. Wenn du dich zu etwas entschließt, dann machst du es auch. Aber bist du wirklich loyal?«

»Ich hoffe, dass ich das bereits hinreichend bewiesen habe.«

»Meinst du, mir persönlich?«

»Wir sind doch beide Maya treu ergeben, Heiligkeit, nicht wahr? Sie zeigt uns den Weg.« Nachdem er Ibn Bai getötet und sich Manel erklärt hatte, war es inzwischen fast schön zu lügen. Vielleicht balancierte er ja am Rand einer Klippe entlang, aber wenigstens hatte er ein klares Ziel.

»Hast du dich verändert, oder bist du immer noch der Gleiche und hast nur die Richtung gewechselt?«

»Da wir Gottes Abbild sind, wäre es doch sicher eine Sünde, unsere grundsätzliche Natur verändern zu wollen, nicht wahr, Heiligkeit?«

»Veranstalte keine Wortgefechte mit mir, Gregor, das ist nicht gesund für dich. Aber sei's drum – ich bewundere Loyalität und möchte dich für deine bisherigen Dienste belohnen.«

»Das ist nicht nötig.«

»Da bin ich anderer Meinung. Du wirst mein persönlicher Repräsentant sein.«

»Heiligkeit?«

Barakat lachte laut und klatschte in die Hände. »Es gibt doch tatsächlich etwas, das Gregor nicht weiß. Ha!«

Und Barakat tut nichts ohne Hintergedanken, dachte Gregor. Er legte den Kopf ein wenig schief und zuckte die Achseln, als fühlte er sich ertappt.

»Du musst dein Pferd satteln und unsere Gäste begrüßen.«

»Heiligkeit?«

»Mayas Delegation. Sie sind gesichtet worden. Ich will, dass du mit der Schwarzen Wache hinausreitest und sie in Empfang nimmst. Sie kommen, um meine Position als Regent von Tumanbay zu bestätigen. Lass es mich wissen, wenn du wieder im Palast bist.«

Barakat als Herrscher – das waren keine guten Nachrichten … Gregor dankte allen sieben Göttern, dass es ihm noch rechtzeitig gelungen war, Manel aus der Stadt zu schaffen.

»Wohin soll ich den Boten schicken?«

»Zur Universität. Ich muss dort etwas Wichtiges erledigen.«

»Dann gratuliere ich Euch … zur neuen Position.«

»Ich mache, was Gott befiehlt. Auf dass sein Werk vollbracht werde. Wir leben nur, um zu dienen. Nun diene mir, Gregor, und rette deine Seele.«

KAPITEL 49

Gregor

Sie näherten sich der Innenseite des Tors. Gregor zog am Zügel seines Pferds. Hinter ihm ritt ein kleiner Trupp Schwarzer Wächter. Während der Torwächter auf sie zukam, wirbelte eine Böe den Staub um sie herum zu einer kleinen Windhose auf. Wie immer stand ein Geistlicher im Schatten unter den Seilen und Flaschenzügen des Öffnungsmechanismus. Sein Blick schien alles zu sehen. Vielleicht wirkten diese Priester ja deswegen so beunruhigend, weil sie alle gleich aussahen. Jedes Mal wenn man um eine Ecke bog und einer weiteren großen hageren Gestalt begegnete, deren Gesicht unter einem schwarzen Kopftuch verborgen war, schien es, als liefe man ständig ein und demselben Menschen über den Weg, der genau wusste, was man beim letzten Zusammentreffen gesagt hatte und was man als Nächstes von sich geben würde. Es war unheimlich.

»Was ist euer Begehr?«, fragte der Torwächter. Er war ein ganz normaler Gauner aus Tumanbay, der aus Gier zum Glauben an Maya übergetreten war. Gregor beugte sich hinunter und reichte dem Mann seine Dokumente, auf denen das Siegel des Inquisitors prangte. Es war der Schlüssel zu jedem Tor.

»Sehr gut, Effendi, ihr könnt passieren.« Der Mann winkte einer Gestalt, die aus einem Fenster im Torhaus herabschaute. *»Mach auf!«* Die Gestalt verschwand, und gleich darauf begannen die Taue und Flaschenzüge zu knarzen. Zahnräder drehten sich, Achsen kreischten, und die großen Torflügel schwangen zur Wüste hin auf. Sobald der Spalt breit genug war, hob Gregor eine Hand und ritt mit seinem Gefolge hindurch.

Vor der Befestigungsmauer hatte früher eine Zeltstadt gestanden, mit Tierpferchen, Wirtshäusern und Cafés, bunten Flaggen und allen möglichen Vergnügungsmöglichkeiten. Und natürlich hatte es auch jede Menge Halsabschneider gegeben, die ihren Opfern versprochen hatten, sie für einen »vernünftigen« Preis in die Stadt einschleusen zu können. Es war ein ganz eigener Handelsplatz außerhalb der Stadt gewesen. Doch nun knatterten dort nur noch ein paar wenige zerfetzte Zelte im Wind.

Gregor ritt auf der Maduk weiter. Einst war sie von Ständen gesäumt gewesen, in denen es alles zu kaufen gegeben hatte, was man sich nur vorstellen konnte. Mittlerweile fristeten hier bloß noch streunende Hunde und ein paar Verrückte ihr karges Dasein.

Die untergehende Sonne tauchte den Horizont und die Gesandtschaft, die von dort heranrückte, in ihr goldenes Licht. Im Staub und Hitzedunst waberten die großen Umrisse von Kamelen und ihren Reitern. Gregor ritt neben Feldwebel Garab, den er noch aus alten Zeiten kannte.

»Ich hatte nicht geglaubt, dass wir das je wieder tun würden, Kommandeur. Es ist schön, dass du zurück bist.«

»Falls ich tatsächlich wieder zurück bin, Garab. Heutzutage kann man sich über nichts sicher sein.«

Garab lachte. »Ich weiß nicht, Kacke stinkt nach wie vor, und die da oben scheißen immer noch auf uns. Aber was soll man machen, außer so gut wie möglich zurechtzukommen, stimmt's Effendi?«

»Und versuchen, nicht in die Scheiße zu treten. Ich gebe dir recht, Garab – du warst schon immer einer der Guten.«

»Und ich bin nicht der Einzige.« Garab ließ sich zurückfallen. Sie näherten sich dem Gesandten und seiner Entourage. Von ihren hohen Speeren wehten die vertrauten schwarzen Flaggen. Wie üblich um diese Uhrzeit drehte der Wind und wehte ihnen eine Staubwolke entgegen. Gregor schloss die Augen und hielt den Kopf gesenkt, bis der Ansturm der stechenden Sandkörner wieder nachließ. Dann hob er den Blick und … sah seinem Schicksal ins Gesicht.

»Heißt man so Mayas Gesandte willkommen? Mit einem müde aussehenden Meisterspion und einer Handvoll heruntergekommener Reiter?«

»Sarah?«

In alter Zeit, vor der Ankunft des Lehrers, hatte es geheißen, ein Mann oder eine Frau, die im Sterben lagen, sähen ihr Leben an sich vorüberziehen, als wollte es ihnen sagen: »Schau, Reisender, das sind die Pfade, auf denen du unterwegs gewesen bist, und die Zeiten, die du durchlebt hast. Und hier sind diejenigen, die du geliebt und denen du gedient hast. Schau sie noch einmal an und verabschiede dich von ihrer Wärme und ihrem Licht, denn du musst jetzt ins Reich der Dunkelheit und der Schatten weiterziehen, und nichts wird mehr so sein, wie es war.«

In diesem Moment wusste Gregor genau, was damit gemeint war.

»*Du* bist die Gesandte?«

»Ich glaube, das habe ich bereits gesagt.« Sie winkte, und ein Kamel näherte sich mit den wankenden Schritten, die diese Tierart perfektioniert hatte. Darauf saß ein großer Mann. Mittlerweile war die Sonne hinter den Stadtmauern versunken. Doch selbst im Zwielicht war zu erkennen, dass seine Augen genauso blau leuchteten wie Sarahs.

»Hallo Kommandeur, erinnerst du dich an mich?«

»Nicht so gut, wie mein Bruder Qulan es täte, Daniel. Wenn das Schicksal es will, werdet ihr euch eines Tages vielleicht wieder begegnen.«

»Gott befiehlt, und das Schicksal gehorcht. Soweit ich weiß, ist der General gerade in der Wüste und kämpft gegen Insekten und die Pest. Ich wünsche ihm den Sieg, bezweifle aber, dass diese Mission erfolgreich sein wird. Dir scheint es dagegen richtig gut zu gehen.«

»Das ist gut«, sagte Sarah. »Beim ersten Mal sind Daniel und ich als Sklaven nach Tumanbay gekommen. Wir haben vertraut und geglaubt. Wir waren sicher, dass dieses verdorbene Reich auf Treibsand stand. Und nun sind wir gekommen, um unser Werk zu vollenden.«

Sarah und Daniel waren tatsächlich als Sklaven in die Stadt gekommen und hatten Tumanbay ihr kaum merkliches Gift injiziert. Daniel hatte sich in General Qulans Vertrauen geschlichen, während Sarah Gregor das Misstrauen genommen und es in Liebe verwandelt hatte – ein Gefühl, das er sich viel zu spät eingestanden hatte. Für diese Dummheit verfluchte er sich noch immer.

»Was wollt ihr vollenden, Gesandte?«, fragte Gregor.

»Das *Werk*. Warum sitzt du da bloß herum, Gregor?«

Gregor sah in ihre blauen Augen, die durch ihn hindurchzublicken schienen. Er fragte sich, ob er unsichtbar für sie war. Hatte sie etwa alles vergessen, was sie miteinander durchgemacht hatten? Er hätte genauso gut eine Fliege sein können, die sie achtlos wegwedelte.

»Wach auf, Gregor«, sagte sie. »Bring uns zum Palast und such nach diesem Barakat.«

Außerdem fragte er sich, ob ein Dummkopf lernfähig war oder ob er nur immer tiefer in seiner Dummheit versank.

KAPITEL 50

Manel

Irgendwas stimmte nicht. Vielleicht lag es am Sandkompass, oder die Gestirne hatten sich verschoben. Möglicherweise hatte sie aber auch nur vergessen, wo von den Bergen aus betrachtet die Sümpfe lagen. Auf jeden Fall waren sie nun seit fünf Tagen unterwegs, das Wasser war aufgebraucht, eines der Maultiere war tot, und das andere konnte sich kaum noch auf den Beinen halten.

Mehmed, ihr junger Führer, hatte sich nach zwei Tagen aus dem Staub gemacht. »Verrückte Weiber, wilde Hunde werden euch ausweiden«, hatte er im Davonreiten gehöhnt. »Und eure Knochen werden im Licht der Monde ausbleichen.« Es war größtenteils Angeberei gewesen, da Manel ihm zuvor das Messer an die Kehle gehalten hatte, weil er versucht hatte, ihnen ihre wenigen Besitztümer zu rauben. Sie hatten ihm den Sandkompass und eine Wasserflasche abgenommen und ihn dann gehen lassen. Mittlerweile begann Manel, diese Entscheidung zu bereuen. Vielleicht hätten sie ihn stattdessen lieber fesseln und als Führer behalten sollen. Doch das wäre zu gefährlich gewesen, denn früher oder später hätten sie schlafen und ihn unbewacht lassen müssen. Und so zogen sie nun immer weiter unter der gnadenlosen Sonne dahin, und der Horizont sah jeden Tag gleich aus, ohne eine Spur von den Hügeln oder Sümpfen.

Das einzig Gute war Himmel. Die unaufhörlich scheinende Sonne schien sie zu heilen. Anstatt Manel aufzuhalten, hatte sie die Führung übernommen. Aber nun hockte sie sich hin. Da sie schon lange nicht mehr urinierten, fragte Manel sich, ob Himmel vielleicht krank war.

»Was ist los, geht es dir gut?«, rief sie.

»Komm und bring mir das Messer.«

War sie etwa von einem Skorpion gestochen worden? Manel betete darum, dass es nicht so war. Sie wollte hier draußen nicht allein sein. »Was ist denn, Himmel?«

Himmel streckte die Hand aus und nahm das Messer entgegen. Manel bemerkte, dass sie vor einem dornigen Gewächs mit einem dicken, dunklen Stamm kauerte. Es ragte nicht mehr als zwei Handbreit aus dem Sand heraus.

Himmel schnitt die Dornen ab und buddelte den Stamm aus. »Sie heißt Königin der Wüste. Hier, hilf mir, den Sand wegzuräumen …«

Manel tat wie geheißen. Die Wurzel schien weit hinunterzureichen. Schließlich packte Himmel sie mit beiden Händen und zog fest daran. Eine bauchige Knolle kam zum Vorschein.

»Sie speichert Wasser in den Wurzeln. Hier …« Himmel schnitt ein kleines V in die Knolle. »Halt sie dir an die Lippen und saug daran.«

Wieder gehorchte Manel. Was aus der Knolle herauskam, schmeckte scharf und mineralisch, war aber zweifellos Wasser. »Wie viel?« Sie reichte Himmel die Knolle, die ein zweites V hineinschnitt und ebenfalls daraus trank, ehe sie sie wieder Manel zurückgab.

»Es gibt noch mehr. Sie wachsen in Ansammlungen. Zwei sind mehr als genug für einen Reisenden.«

»Woher weißt du das?«

»Ich habe mal einige Zeit in der Wüste verbracht, mit jemandem, der wusste, wie man überlebt. Komm, hilf mir. Mit ein bisschen Glück finden wir so viele, dass es auch für das Maultier reicht.«

Manel machte sich an die Arbeit, und schon bald hatten sie einen ganzen Haufen Knollen vor sich liegen. Das Maultier verschlang sie im Ganzen und iahte vor Freude.

»Wenn die hier wachsen«, sagte Manel, »sind wir vielleicht am Rand der Wüste.«

»In der Nähe der Sümpfe, meinst du?«

»Das hoffe ich. Ich finde, wir sollten uns den restlichen Nachmittag lang ausruhen und abends weiterziehen, sobald es kühler ist.«

»Einverstanden. Und lass uns beten, dass du recht hast.«

»Wir werden sehen.«

Sie hatten dem Maultier so viel Last wie möglich abgenommen, aber die Stangen und Tücher zum Schutz gegen die Hitze des Tages und die nächtliche Kälte behalten. Jetzt bauten sie sie auf und legten sich in ihren Schatten.

Manel hatte nicht vor einzuschlafen, doch bereits nach wenigen Augenblicken fand sie sich im Haus ihres Vaters und in Daniels Gesellschaft wieder. Sie saßen auf dem Brunnenrand. Die Wassertropfen fielen wie Regen, und der kühle Wind, der in den Blättern der Bäume raschelte, wehte den süßen Duft der Aprikosen und den Honiggeruch der hübschen Blumen heran, die ihre Mutter so liebte.

Daniel sagte: »Abends riechen die Blumen besonders betörend. Kein Wunder, dass die Dichter das Paradies als Garten beschreiben. Es ist ein Ort, an dem man zu sich selbst findet. Wer hat so etwas Schönes geschaffen?«

Sie konnte sich selbst sehen, so jung, leidenschaftlich und verwundbar. »Ich … ich habe es versucht … aber es ist mir nicht gut gelungen …«

»Nein«, sagte er. »Verzeih, wenn ich dir widerspreche, aber dies ist eine Oase mitten in der Stadt.« Er streckte eine Hand aus. Manel bewegte sich nicht und sagte sich: *Nein, weich zurück. Lass nicht zu, dass er dich berührt!* Aber sie hörte nicht auf sich. Stattdessen hob sie eine Hand. Er nahm sie in seine und beugte sich vor. Dabei veränderte sich sein Gesicht. Nein, es war immer noch dasselbe, doch es wurde sichtbar, was unter der Haut lag. Es war, als höbe man einen Stein an und fände darunter eine Kamelspinne. Sie versuchte, sich ihm zu entziehen, schaffte es jedoch nicht. Seine blauen Augen bohrten sich in ihre, und er zischte: »Wie konntest du nur so blind sein? Kannst du nicht sehen, was direkt vor deiner Nase ist? Wach auf und öffne die Augen … *Wach auf!*«

Sie stieß einen Schrei aus und setzte sich auf. Es war dunkel.

Himmel kniete neben ihr. »Du hast im Schlaf geweint. Entschuldige, wenn ich …«

Manel saugte die kühle Nachtluft tief ein. »Nein, ich danke dir. Ich habe von … einer anderen Zeit geträumt. Das ist alles.«

»Von einer schlimmen Zeit?«

»Ja, es war schlimm.« Sie zitterte und schlang ihren Kaftan enger um sich.

»War es …? Ich meine …«

»Sprich weiter.«

»Du musst es mir nicht erzählen, wenn du nicht willst, aber … wie ist aus dir …?«

»Jemand wie ich geworden?«

»Ich weiß, wer du bist, deine Familie, dein Vater der General. Du hattest alles.«

»Das gilt auch für Tumanbay, und schau dir an, was jetzt daraus geworden ist. Nein, das ist nicht gerecht. Kann ich Wasser haben?«

Himmel reichte ihr eine Wurzel.

Manel schnitt sie an und trank ihren Inhalt. Das Wasser schmeckte, wie die Aprikosen in ihren Träumen gerochen hatten, und nach noch etwas anderem, das sie nicht ganz greifen konnte. »Ich schätze, ich habe ein privilegiertes Leben geführt. Auf jeden Fall ein geordnetes. Ich war immer neidisch auf meinen kleinen Bruder, der ausgehen konnte und sich irgendwann einer Bande Himmelsratten angeschlossen hat. Wovon Vater nichts ahnte.« Sie seufzte. »Vater hat es mir nie an Bildung fehlen lassen. Ich hatte Lehrer, die besten, und er selbst hat mir auch vieles beigebracht.«

»Zum Beispiel, wie man einen Sandkompass verwendet«, sagte Himmel.

»Ja, und Sternkunde und Mathematik. Trotzdem hat mich mein Leben eingeengt. So ist es mir zumindest vorgekommen. Und dann habe ich jemanden kennengelernt. Er hieß Daniel und hat unter meinem Vater gedient. Ich glaube nicht, dass er ein Offizier war, eher so etwas wie ein Ratgeber, und … er hatte blaue Augen und schien sehr … er hat mir Dinge versprochen, er hat mir Liebe versprochen, aber stattdessen hat er mir das Herz gebrochen.«

»Von so etwas habe ich gelesen. In der Bibliothek meines

Vaters gab es viele Geschichten dieser Art. Von Liebe und Verlust und Prinzessinnen und Schwindlern.«

»Er stand in Mayas Diensten. Er hat uns verraten, meinen Vater, mich und meinen Bruder. Er hat meinen Bruder getötet, als sie in unser Haus kamen …« Heiße Tränen brannten ihr in den Augen, und sie wischte sie wütend weg. Sie durften kein Wasser verschwenden. »In gewisser Weise sollte ich ihm vielleicht sogar dankbar sein, denn seither habe ich keine Angst mehr vor der Zukunft. Ich habe das Schlimmste bereits erlebt und erwarte mir nichts mehr.«

Das Maultier durchbrach mit lautem Iahen die Stille. »Wir sollten zusammenpacken und weiterziehen«, sagte Himmel.

Manel blickte zum Himmel auf, der wie jede Nacht hell funkelte. Die großen Sternhaufen erstreckten sich über das gesamte Firmament, und sie konnte die einzelnen Konstellationen erkennen. Doch heute Nacht war etwas anders. Sie leuchtete nicht ganz so hell und klar wie bisher. Es schien, als wäre die Atmosphäre dichter. Manel atmete erneut ein. Vielleicht morgen oder übermorgen oder … Sie holte noch einmal Luft, so tief sie konnte. »Ja, das ist es. Ich habe es schon beim Aufwachen gerochen, aber nicht erkannt. Atme ganz tief ein, Himmel. Was riechst du?«

»Ich weiß nicht. Was meinst du?«

»Wasser, Schlamm, den Sumpf.«

KAPITEL 51

Das Kind

Dorin ragte mit angewinkeltem Arm wie ein Raubtier über dem kleinen Körper auf. In der erhobenen Hand ein Messer, das nicht breiter zu sein schien als ein Lichtstrahl. Er war wie erstarrt, und das schon seit einer ganzen Weile. Das Tableau sah aus, als wäre es aus irgendeinem unglaublich feinen Material geschnitzt worden: Doktor und Patient, der mitfühlende Heiler und das kranke Kind.

Dorin trat zurück, ließ das Messer sinken und legte es in das kleine Samtfutteral zu seinen übrigen Schneidwerkzeugen.

»Wieso hast du aufgehört?«

Der Doktor antwortete nicht. Er stand, die Hände nun an den Seiten herabhängend, da und hob den Blick zum Himmel, als könnte der ihm helfen.

»Wieso hast du aufgehört? Wir sind ganz dicht vor dem Ziel. Das hast du doch gesagt, oder?«

»Das Kind ist tot. Es konnte nicht… es konnte nicht…« Dorin brachte den Satz nicht zu Ende.

»Ach ja, es gibt viele Kinder und immer welche, die krank sind und denen wir helfen können, Doktor«, sagte Barakat.

Dorin sah den Inquisitor nicht an und brummte etwas Unverständliches.

»Denk doch nur daran, wie viele wir retten können. Dein Name wird ins Buch des Lebens eingeschrieben sein. Tausende jetzt noch Ungeborene werden Doktor Dorin preisen, weil er so mutig war, nach etwas zu suchen, vor dem andere sich gefürchtet haben. Diese kleinen Kinder sind krank, sie werden sterben … Aber wenn du Erfolg hast, werden sie leben.«

Dorin drehte sich zum Inquisitor um. »Es ist schwer. Ich bin ein Doktor. Unter Gottes Führung sollte ich heilen, nicht verletzen.«

»Und wenn ein Körperteil infiziert oder vergiftet ist, würdest du es dann nicht amputieren, um den ganzen Rest zu heilen? Jeder von uns ist ein winzig kleiner Teil von Gottes Schöpfung. Wir dienen ihm, nicht uns selbst. Wir opfern unsere Gefühle seinem Willen. So soll es sein. Mach weiter, Dorin, bevor die Seele aus dem Körper entweicht. Wir haben noch bis zum Morgengrauen Zeit, dann wird sie zu ihrem Schöpfer zurückkehren. Das Werk wird weitergehen. Wenn nicht mit dir, dann mit jemand anderem.«

Dorin nahm das Messer, beugte sich über den Tisch und schnitt mit sicherer Hand tief in das Gewebe. Dabei ächzte er und nickte. »Das habe ich mir gedacht. Ja, vergebt mir, Heiligkeit, ich bin ein Mensch und daher schwach. Dieses Werk verlangt mir alles ab, und manchmal gerate ich ins Straucheln.«

»Ich verstehe. Wir haben alle unsere Defizite, nur der Schöpfer ist perfekt. Höre ich da Hoffnung in deiner Stimme?«

»Möglicherweise brauchen wir keine weiteren Exemplare.«

»Dann hast du sie also gefunden?«

»Da wir von den alten Autoren wissen, dass die Seele gasförmig ist, glaube ich schon seit einiger Zeit, dass sie in der Lunge sitzt und von der Bewegung der Luft gespeist wird. Sie befindet sich in diesen winzigen Kammern innerhalb von Kammern, diesem Labyrinth in einem Labyrinth, und bewegt sich mit jedem lebenspendenden Atemzug vor und zurück. Wollt Ihr es Euch anschauen?«

Barakat rührte sich nicht. »Ich würde nicht begreifen, was ich da sehe. Aber wenn du weißt, wo sie ist, können wir …« Er verstummte.

Dorin griff seinen Gedanken auf: »Können wir sie einfangen und in einem Schwebezustand halten. Erinnert Ihr Euch noch an den Salamanderatem, den ich vor einer Weile gezeigt habe? Ihr habt ihm damals keinen Wert beigemessen. Ich glaube, dass er als Reagens dienen kann, das die Seele lange genug in einem körperlichen Schwebezustand erhält, damit der Arzt … sein Werk daran verrichten kann.«

»Dann haben wir es also geschafft?«

»Fast. Ich muss meine Notizen überarbeiten und meine Quellen konsultieren. Und ich brauche noch mehr Salamanderatem, aber ja, wir nähern uns dem Moment des Erfolgs, Heiligkeit. Wenn es so weit ist, werde ich Euch die Seele in einer Flasche überreichen und mein Werk vollendet haben.«

»O nein, mein Freund, damit wird das wahre Werk erst beginnen. Geh nach Hause, freu dich und sage deiner Frau, dass dir ewiger Ruhm sicher ist. Die Zukunft wird uns gehören. Gemeinsam werden wir großartige Dinge vollbringen. Wir sehen uns morgen.«

Im Waisenhaus war es zu dieser späten Stunde leise. Nur gelegentlich durchbrach der Schrei eines träumenden Kinds die

Stille, als Barakat durch einen Korridor in einen abgesperrten Bereich ging. Es war ein langer Tag gewesen. Sein Bein schmerzte und war noch lahmer als sonst, aber er tröstete sich mit dem Gedanken, dass ein kleiner Schmerz ein geringer Preis dafür war, dass er Gottes Werk tun durfte. Er schloss eine Tür auf, ging durch einen Korridor und trat schließlich durch eine weitere Tür in ein Zimmer. Es war weder groß noch klein und gemütlich eingerichtet, mit Teppichen an den Wänden und einem kleinen Fenster mit geschlossenen Läden. Auf dem Boden lagen Spielzeuge verstreut. Er gab sich Mühe, auf keines zu treten. Eine ältere Frau erhob sich bei seinem Anblick aus dem weichen Sessel, in dem sie es sich bequem gemacht und gestickt hatte.

»Schwester, ist er …?«

Ehe sie antworten konnte, setzte sich die kleine Gestalt im Bett auf. »Papa!«

»Ich bin hier.«

»Ich habe geglaubt, du hättest mich verlassen, Papa. Ich dachte, du kommst nie zurück.«

»Aber jetzt bin ich ja da«, sagte Barakat. Er setzte sich auf das Bett und lächelte seinen Sohn an. »Ich war fleißig für dich, mein Lieber, so fleißig wie eine Biene. Und eine meiner besten Arbeiterbienen hat gefunden, wonach wir suchen.«

Die kleine Gestalt stemmte sich mühevoll hoch, befreite sich aus ihren Decken und schmiegte sich in Barakats Arme. »Ich hab dich lieb, Papa.«

»Ich hab dich auch lieb, Israv.«

TEIL 5

KAPITEL 52

Manel

Der Sand war Buschland gewichen, das in sanfter Steigung zu einem Hügelkamm hinaufführte. Manel erkannte die Landschaft nicht von ihrem letzten Besuch mit Alkin wieder, doch damals waren sie auch aus einer anderen Richtung gekommen. Kein Wunder also, dass alles anders wirkte. Sie rochen den intensiven, schlammigen Gestank der Sümpfe, auch wenn sie sie noch nicht sahen. Doch es stank nicht so heftig wie beim letzten Mal – was ein gutes Zeichen zu sein schien. Das Land stieg weiter an. Hinter den Hügeln war es von Rinnen und Rissen durchzogen, die natürliche Barrieren bildeten. Manel schätzte, dass sie mindestens einen Tag brauchen würden, um es zu durchqueren. Also entschlossen sie sich zu einer Rast, machten ein Feuer und aßen ein paar von Himmels Wurzeln und Beeren. Sie versicherte Manel, dass sie bereits ähnliche gegessen und die Mahlzeit unbeschadet überstanden habe.

»Ähnlich klingt nicht gerade vertrauenerweckend«, sagte Manel, während sie etwas betrachtete, das wie ein altes Stück Rinde aussah. Es hatte auf einer improvisierten Pfanne über dem Feuer gelegen.

Himmel nahm das Messer und schnitt das Ding auf. Dabei enthüllte sie eine Reihe von Früchten, die wie Bohnen in einer Schote lagen. Ein paar davon ließ sie zu dem Maultier hinüberkullern, das sie eine Weile beschnupperte und dann mit Begeisterung auffraß.

Himmel warf eine der Früchte zwischen den Händen hin und her und blies sich auf die Finger. »Die sind wirklich gut. Du musst sie nur ein bisschen abkühlen lassen, dann wirst du es schon sehen.« Sie nahm zwei Blätter von einer anderen Pflanze, die sie gesammelt hatte, und legte sie auf einen heißen Stein. Dann zerteilte sie die Frucht und wickelte jeweils eine Hälfte in ein Blatt. »Probier mal«, sagte sie und biss in ihre Portion. »Hmm.«

Manel streckte zögerlich die Hand aus. Wollte sie wirklich Maultierfutter essen? Doch das heiße Blatt roch zugegebenermaßen gut, und sie merkte, dass sie wirklich hungrig war.

Himmel grinste Manel an. Dabei troff ihr goldener Saft vom Kinn. Während der letzten Tage hatte sich ihre Stimmung komplett gewandelt. Es war, als hätte sie die traumatischen Ereignisse, die sie in das Waisenhaus geführt hatten, beiseitegeschoben. In Himmels Augen stand immer noch Trauer, und Manel vermutete, dass sie auch nie mehr verschwinden würde, aber sie war mit einer neuen Hoffnung vermischt. Sie wünschte, sie könnte ebenso hoffnungsvoll in die Zukunft blicken. Doch sie fürchtete, dass ihre Probleme noch längst nicht überwunden waren. Sie waren zu einem Soldatenlager unterwegs, in dem ihr Vater und andere als Sklaven gehalten wurden und wer wusste wie viele bereits an der Pest gestorben. Vielleicht wäre es tatsächlich klüger gewesen, dem Rat ihres Onkels zu folgen und sich in die Weißen Berge zu begeben. Aber dafür war es jetzt zu spät.

»Und, wie findest du es?«, fragte Himmel.

Ohne es zu bemerken, hatte Manel das Blatt genommen und hineingebissen. Ein Geschmack nach Mandeln und Aprikosen erfüllte ihren Mund. Die Frucht war ein bisschen zäh, aber das machte nichts. »Ich muss sagen, die schmeckt wirklich gut, Himmel. Du hattest recht.« Sie zog eine Faser aus dem Mund und warf sie ins Feuer, wo sie zischend verschrumpelte.

»Das zähe Zeug ist ein bisschen schwer zu kauen, aber gut für dich«, sagte Himmel und spuckte einen Klumpen ins Feuer. »Es ist ganz leicht, wenn du erst mal raushast, wie du es in der Backentasche aufbewahrst, bis der Batzen so groß ist, dass du ihn problemlos ausspucken kannst. Akiba hat immer gesagt, dass sie nur wegen der feinen Tischmanieren nicht in jedem Haushalt in Tumanbay und darüber hinaus serviert werden. Er hat versucht, meinen Vater dazu zu überreden, dass er Alkohol daraus destilliert und verkauft. Akiba konnte dem Sklavenhandel nichts abgewinnen.«

»Er war … ich meine, er ist dein Mann und der Vater deines …?«

»Meines Kinds, ja.« Zum ersten Mal sprach Himmel diese Worte aus, ohne sofort in Tränen auszubrechen. »Wenn ich ihn finde, gehen wir zurück und holen unser Kind. Wir wollten …« Sie verstummte.

»Sprich weiter.«

»Einmal wollte er deinen Onkel Gregor töten.«

»Das haben schon viele Leute gewollt, unter anderem auch ich. Ich glaube zwar, ich bin froh, dass er noch lebt, aber ganz sicher bin ich mir nicht.«

Himmel spuckte einen weiteren Klumpen ins Feuer.

Manel zog unterdessen wieder einen endlos langen Faden aus

dem Mund und verbrannte ihn. »Als ich klein war, hat er uns oft besucht und jedes Mal Süßigkeiten oder irgendein anderes Geschenk mitgebracht. Er hat immer gesagt, unser Haus sei der einzige Ort in Tumanbay, wo er lächeln könne. Damals mochte ich ihn. Er schien immer die große weite Welt mit all ihren Abenteuern mitzubringen. Jetzt weiß ich es nicht mehr so genau.« Manel zögerte und fragte sich, ob sie die Frage stellen konnte, die ihr am meisten auf den Nägeln brannte. Sie beschloss, das Risiko einzugehen, und hoffte, dass sie es nicht bereuen würde. »Was er im Haus des Doktors über deinen Vater gesagt hat …? Entschuldige, ich verstehe es, wenn du nicht darüber sprechen willst.«

»Nein, er hatte recht …« Tränen traten Himmel in die Augen und rannen ihr an den Wangen herab. Doch ihre Stimme klang ruhig und kontrolliert, auch wenn ihr die Wut und die Trauer, die sie empfand, deutlich anzuhören waren. »Der Inquisitor, Barakat, wollte, dass ich … meinen Vater hänge.«

»Gott steh uns bei. Kein Wunder, dass du …«

»Dass ich eine Zeit lang verrückt war?« Danach schwieg Himmel einen Moment und sah in die Ferne, ehe sie erneut das Wort ergriff: »Gregor hat es getan, damit ich es nicht machen musste. Dieser Barakat war wütend. Er war ganz weiß vor Zorn. Ich glaube, dein Onkel war in diesem Moment ebenfalls wütend. Ich weiß jetzt … ich weiß jetzt, dass er recht hatte. Hätte ich Barakats Wunsch entsprochen, hätte ich mir das nie vergeben. Ich glaube, mein Vater wusste das auch. Letzten Endes war er wohl froh, dass es … so passiert ist.« Sie schüttelte den Kopf und wischte sich die Tränen ab. »Danach weiß ich nichts mehr, bis ich im Krankenhaus aufgewacht bin.« Sie holte einen weiteren Klumpen aus der Wange und spuckte ihn gekonnt in die Flammen.

Manel zog derweil mit den Fingern ein Faserknäuel aus dem Mund.

Während die Sonne hinter den Hügeln versank und die Sterne am Himmel erschienen, wie sie es seit dem Anbeginn der Zeit taten, saßen sie schweigend da. Nach einer Weile rückten beide instinktiv näher an das Feuer heran und zogen das Zelttuch über sich.

»Wir müssen vorsichtig sein, wenn wir dort sind«, sagte Manel. »Da werden Wachen sein, Mayas Soldaten. Wir müssen uns ihnen ganz behutsam nähern …«

»Was werden wir tun?«, fragte Himmel.

Manel dachte darüber nach. Ja, *was* sollten sie tun? »Irgendetwas«, sagte sie schließlich. »Ich meine, es kommt mir vor, als hätte es angesichts von allem, was seit dem Fall der Stadt geschehen ist, immer nur jeweils eine Sache gegeben, die ich tun konnte.«

»So als wärst du irgendwohin geführt worden?«

Das Maultier furzte lange und laut, und ein übler Geruch wehte in ihre Richtung. Die beiden Frauen lachten. »Ach ja«, sagte Himmel. »Das ist die andere Sache, die ich dir nicht über die Früchte erzählt habe.«

»Ich glaube, wir sollten jetzt schlafen«, erwiderte Manel. »Morgen wird ein langer Tag.«

Sie ließen das Maultier im Schatten eines kümmerlichen Baums am Wasserloch stehen und krochen den Hügel hinauf. Dabei hörten sie gerufene Kommandos, das regelmäßige Klopfen von hölzernen Hämmern und das Kreischen, mit denen sich Holzspindeln drehten. Schließlich blickten sie von einem Felsüberhang auf das geschäftige Treiben hinab.

Vor ihnen erstreckte sich das morastige Land. Einige der Gräben, die es durchzogen, waren breit, andere schmal, viele waren mit Holzpfählen und Steinen gesäumt, die jedoch zersplittert und zerbröckelt waren. Das Wasser, dessen brackigen Gestank sie fast zu schmecken glaubten, hatte überall flache Tümpel gebildet. Aus den schleimigen Oberflächen ragten wie uralte Wächter Rohrkolben und kahle Baumstämme auf. Die Gräben waren um etwas verteilt, das früher – wie man an den matschigen Ufern erkennen konnte – ein Fluss gewesen sein musste. Er war mit Steinschleusen eingehegt und kanalisiert worden, doch die großen, mit Eisenbändern beschlagenen Holztore funktionierten nicht mehr. Sie baumelten zerbrochen von ihren Scharnieren und lagen halb versunken im pomadigen Wasser. Auf mehreren von ihnen hockten große Vögel. Sie stießen hohe unheimliche Schreie aus und flatterten träge davon, wenn sie sich von den Arbeitern gestört fühlten, die die Tore mit hölzernen Flaschenzügen in ihre Halterungen zurückhievten. In der Nähe dieser Trupps sahen sie Schmieden mit glühenden Kohlen und Ambossen. Handwerker hämmerten inmitten aufstiebender Funken auf Eisenteile ein.

Hinter dem Gewirr aus Schleusen öffnete sich die Landschaft zu einer Senke, die früher mal ein See gewesen sein mochte. Dort stieg das Land auf allen Seiten zu flachen Hügeln an, die eine natürliche Barriere bildeten. Sie sahen weitere Arbeiter, die den Seegrund freiräumten. Sie befüllten Schubkarren mit Erde und Steinen und bugsierten sie zu Planken, die zu den Hügeln hochführten. Es schien unvorstellbar, dass irgendwer die schwere Ladung auf diesen schmalen Pfaden hinauftransportieren können sollte. Doch Manel beobachtete, wie die Männer ihre Schubkarren an Tauen befestigten und von einem System aus Gegengewichten den Hang hinaufziehen ließen, während sie selbst kaum hinterherkamen. Überall schien Ordnung zu herrschen, obwohl keine Peitschen schwingenden Wächter oder Ketten zu sehen waren. Soweit Manel es aus der Ferne beurteilen konnte, klangen die Männer und Frauen glücklich, wenn sie einander oder den Wasserträgern etwas zuriefen, die volle Schläuche zwischen ihnen hin und her schleppten.

»Wo sind die Wachen?«, fragte Himmel. »Ich kann weder Soldaten noch Schwarze Wächter sehen.«

»Ich auch nicht. Irgendetwas stimmt da nicht, es sieht alles zu gut aus.« Doch tief in ihrem Inneren fühlte sie eine noch unausgesprochene Hoffnung aufsteigen. »Ich glaube, wir müssen dort hinuntergehen und uns als verirrte Reisende ausgeben. Du stammst offensichtlich nicht aus Tumanbay, Himmel. Du kannst eine Dame aus Vileppi sein und ich dein Page. Wir waren mit einer Karawane unterwegs und sind bei einem Überfall von den anderen getrennt worden. Seither wandern wir durch die Gegend.«

»Das kommt mir gefährlich vor. Vielleicht beobachten wir sie lieber noch eine Weile und versuchen besser zu verstehen, was da vor sich geht.«

Manel blieb stehen und packte Himmel schmerzhaft fest am Arm.

»Was ist los?«

»Ich glaube, ich weiß, wo die Wachen sind.«

»Doch nicht etwa …« Himmel wirbelte mit ängstlich aufgerissenen Augen herum.

Manel ließ sie los. »Nein, nicht hinter uns. Schau nach unten, gleich neben dem Fuß des Hügels, wo es gerade heller wird.«

Die aufgehende Sonne vertrieb die Schatten und beleuchtete die schmale Rinne, die zwischen den Steilhängen hindurch zu den Arbeitstrupps verlief. Sie wurde auf beiden Seiten von Pfählen gesäumt, deren Schatten sich allmählich längten. Auf jedem von ihnen steckte etwas Rundes, manchmal von einem Helm Gekröntes. Köpfe, ganze Reihen von Soldatenköpfen, von denen viele die schwarzen Kopftücher von Mayas Fußsoldaten trugen.

»Ich glaube, hier wird uns nichts passieren«, sagte Manel. »Lass uns weiter hinuntergehen.«

KAPITEL 53

Barakat

»Wie hast du geschlafen, mein Lieber?«

»Ich habe geträumt, Papa, dass ich auf einem magischen Teppich fliege.«

»Wie der, von dem ich dir erzählt habe?«

»Der aus der Geschichte von Pelamon und Rosa, in der sie dem bösen Dschinn entkommen und immer höher hinauffliegen, bis sie das Sternenfeld und den Granatapfelgarten erreichen, wo sie die magischen Kerne essen. Aber dann bin ich gefallen, Papa, und ich hatte Angst.«

»Hier, mein Süßer, nimm meine Hand. Du musst dich nie fürchten, weil ich immer auf dich aufpasse. Und ich weiß, dass bald alles gut wird, weil ein großer Meister die Seele entdeckt hat und sie erforschen wird.«

»Wie der Magier in der Geschichte?«

»Er ist weiser als jeder Magier, der je gelebt hat, und er wird die Geheimnisse der Seele erkunden und herausfinden, wie er deine heilen kann, damit du unter Gottes blauem Himmel herumrennen und spielen kannst.«

»Und werde ich zum Granatapfelgarten fliegen, Papa?«

»Du wirst bis zum Ende der Welt und wieder zurück fliegen, Israv. Gelobt sei Gott, dass er es möglich macht.«

»Ehrlich?«

»Ehrlich, mein Sohn. Jeder weiß, dass ich nie lüge. Du musst tapfer sein, mein lieber …«

»So tapfer wie Pelamon?«

»Noch tapferer, und manchmal wird es eine schwere Reise werden.«

»Aber wenn sie so schwer ist, wie sollen mich dann meine Beine tragen, Papa?«

»Hör zu, Israv, ich werde dir etwas verraten. Vor vielen Jahren, als ich ein Junge und nicht viel älter war als du jetzt, habe ich in einem weit entfernten Land gelebt. Und weil das die schlechten alten Zeiten waren, habe ich mich allein auf eine lange Reise machen müssen. Nach vielen Tagen habe ich mich in einem kalten Land verlaufen und bin aus großer Höhe abgestürzt. Das war ein Sturz, sage ich dir …«

»Wie mein Sturz vom fliegenden Teppich, Papa?«

»Ich bin mir sicher, dass er ganz ähnlich war, aber als ich aufgewacht bin, habe ich keinen liebevollen Papa bei mir gehabt. Als ich zu mir kam, lag ich auf dem Boden. Mein Bein war verdreht und tat schrecklich weh. Ich konnte nicht aufstehen und war ganz allein. Und als ich so dort lag, begann es zu schneien, und ich habe zu den großen Flocken hinaufgeschaut, die auf mich herabsanken, und Angst bekommen, dass ich sterben muss. Na, na, wein doch nicht. Halt dich an mir fest, und ich halt mich an dir fest, und dann erzähle ich dir, was dem kleinen Barakat in den Bergen widerfahren ist. Ich lag lange Zeit da, und der Schnee fiel auf mich, und es war so kalt, dass ich irgendwann die Schmerzen in meinem Bein nicht mehr spürte. Doch als ich gerade glaubte, mein letztes Stündlein hätte geschlagen, erstrahlte auf einmal ein schönes Licht, ein großartiges, wundervolles Licht voller Wärme und Liebe … Und ich wusste, dass das Gottes Liebe zu mir, einem einsamen Kind, war. Aber ich war gar nicht einsam, denn keiner von uns ist allein auf dieser Welt, wenn wir begreifen, dass Gott und seine unerschöpfliche Gnade uns immer begleiten.«

»Weinst du, Papa?«

»So wie ich damals geweint habe. Es waren Freudentränen, weil ich wusste, dass ich gerettet werden würde, da Gott mich brauchte. Und tatsächlich kamen schon bald danach Hirten, die nach verirrten Ziegen Ausschau hielten. Und sie nahmen mich mit und pflegten mich wieder gesund. Und genauso wird es auch dir ergehen, Israv.«

»Und mein Papa lügt nie.«

»Niemals, mein süßer Schatz. Und jetzt muss ich in den Palast und dort etwas erledigen. Aber ich komme wieder.«

KAPITEL 54

Qulan

Qulan blickte über das große saubere Gewässer hinweg. Die Oberfläche kräuselte sich unter dem Wind, der jeden Morgen, wenn die Sonne die Luft erwärmte, von den Gipfeln herabwehte. Das hatten sie als Erstes geschaffen, gleich nach der »Reorganisation«, wie Doktor Alkin es mit ihrem klugen Humor genannt hatte, als all jene, die Maya treu blieben, ihre Belohnung erhielten: Sie wurden zu dem umgestürzten Baum geschleift, mit dem Kopf auf den Stamm gelegt und dann ohne große Umstände von selbigem getrennt. Es hatte keine begleitende Zeremonie gegeben. Dafür war keine Zeit gewesen, und Alkin hatte noch nicht ihr unschätzbar wertvolles Geschenk präsentiert, das zusammen mit Qulans Willensstärke all das hier erst ermöglicht hatte.

Sobald dieses Wunder vollbracht war, machten sie sich an das nächste. Tagelang überlegten sie alle, bis auf die Doktorin und jene, die sie zu ihren Assistenten bestimmt hatte, was für die Aufgabe, die vor ihnen lag, nötig sein würde. Vor rund hundert Jahren hatte man den Plan gefasst, die Sümpfe mit den Regenfällen aus den fernen Bergen durchzuspülen und bis zum

Buschland Kanäle auszuheben, um dort Ackerland und Gärten zu bewässern, mit deren Erzeugnissen man die Stadt würde ernähren können. Mit der Zeit hatten sich die politischen Ziele jedoch verändert, und die großartige Anlage war ungenutzt geblieben, kaputtgegangen und schließlich in Vergessenheit geraten. Bis Alkin erst die Bedrohung durch die Pest erkannt und dann zumindest Effendi Rot davon überzeugt hatte, wie wichtig es war, das Bewässerungssystem wiederherzustellen.

Bei Qulans erstem Inspektionsgang, zu dem der Feldwebel und der Riese Akiba, seine selbst ernannten Leibwächter, mitgekommen waren, hatte der gesamte Komplex zunächst wie eine Ruine ausgesehen. Bei näherer Betrachtung hatte sich jedoch schnell herausgestellt, wie kompetent die ursprünglichen Erbauer gewesen waren: Die Schäden waren zumeist bloß oberflächlich und die zugrundeliegenden Strukturen nach wie vor solide.

Zunächst hatten sie das Quellgebiet gesäubert und das Sumpfwasser in die Haltebecken abgelassen. Nun warteten sie darauf, dass die Regenfälle begannen. Nach Doktor Alkins Berechnungen (die über zahlreiche Wissenschaftsdisziplinen beängstigend gut informiert war und von Qulan aus zahlreichen Gründen immer mehr geschätzt wurde) würden sie in zwei Monaten einsetzen und – sofern Qulan und seine Leute schnell genug arbeiteten und alles gut genug reparierten – die Anlage befüllen und den ganzen Prozess neu starten.

In jenen ersten Tagen hatten alle, von Qulan bis zu den einfachen Taschendieben aus den Elendsvierteln der Stadt, von früh bis spät unermüdlich geschuftet, um die Rinnen und Gräben bis zu den Quellbecken freizuräumen. Obwohl es noch nicht geregnet hatte, hatten sie sich schon zum Teil gefüllt, und auch wenn das Wasser nicht so sauber war, dass irgendwer darin hätte schwimmen wollen, so war es doch immerhin genug, um – wie es der Feldwebel ausgedrückt hatte – eine mittelgroße Galeere darin schwimmen zu lassen. Als das geschafft war, hatten sich die Arbeiter den Kanälen, den Schleusen und dem einst grünen und fruchtbaren Tal gewidmet, in dem die Felder und Obstgärten gelegen hatten, die der eigentliche Grund für die gesamte Anlage gewesen waren. Es war eine gewaltige Aufgabe, die mit dem Personal, das Qulan zur Verfügung stand, unmöglich erschien. Und es hatte Momente gegeben, in denen selbst sein unerschütterlicher Wille ins Wanken geraten war. Zu später Stunde, als die Nacht am dunkelsten war, hatte er Alkin gestanden, dass sie seines Erachtens nicht rechtzeitig fertig werden konnten.

»Rechtzeitig für was?«, hatte sie gefragt.

»Für das, was kommen wird«, hatte er geantwortet und es dabei bewenden lassen.

Alkin hatte ihn im flackernden Kerzenlicht nachdenklich angeschaut und erwidert: »Es besteht noch Hoffnung. Was hier geschieht, wird sich herumsprechen und andere anlocken.« Wie so oft hatte Qulan nicht verstanden, was diese faszinierende und mysteriöse Frau meinte, zumindest anfangs noch nicht. Doch dann hatte sich das ereignet, was er das zweite Wunder nannte.

Erst waren sie einzeln oder paarweise aufgetaucht, dann zu viert, fünft oder sechst. Und dann kamen jeden Tag immer mehr: Flüchtlinge, Ausgestoßene, Rebellen und Opportunisten. Viele von ihnen hatten ihre Tiere mitgebracht: Pferde von den Ebenen, Ochsen und Esel. Andere hatten etwas noch Wertvolleres zu bieten, nämlich ihre Fachkenntnisse. Sie waren Kanalarbeiter, Schmiede und Metaller, Tischler, Köche und Steinmetze sowie Armeeveteranen, die bei den Pionieren gedient hatten und wussten, wie man etwas vermaß und baute. Und so beschlich ihn jetzt, an diesem Morgen, allmählich das Gefühl, dass sie trotz allem eine Chance hatten. Nur eine kleine zwar, aber das Schicksal hatte es schon schlechter mit ihm gemeint.

»General«, sagte der Feldwebel. »Es gibt weitere Neuankömmlinge.«

»Du musst es mir nicht erzählen, Feldwebel. Du kannst sie selbst aussortieren und dorthin schicken, wo sie am meisten nützen.«

»Die willst du dir sicher persönlich anschauen.«

Irgendwas im Ton des Feldwebels ließ Qulan aufhorchen. Er hob eine Augenbraue. Der Feldwebel hob achselzuckend seinen verbliebenen Arm und deutete mit dem Daumen zum Lager. So eine Flapsigkeit hätte Qulan keinem anderen durchgehen lassen, doch dieser Mann war ein alter Kamerad.

»Also gut, Feldwebel, ich hoffe, dass ich damit nicht meine Zeit verschwende.«

KAPITEL 55

Manel

Himmel ritt auf dem Maultier, das Manel am Halfter führte. Als sie die von Fliegen umschwirrten Köpfe auf den Pfählen passierten – es waren ungefähr vierzig Stück, ein paar wirkten überrascht, andere beleidigt, und wieder anderen waren von Nagetieren die Gesichter abgefressen worden –, versuchte Manel, Mitgefühl für diese Leute aufzubringen, doch ihr Schicksal berührte sie nicht. In diesem Moment wurde ihr bewusst, wie sehr sie sich von der jungen Frau unterschied, die sie noch vor nicht ganz einem Jahr gewesen war.

»He, ihr beiden.« Von einem hölzernen Podest sah ein korpulenter Mann auf sie herab. »Was wollt ihr? Wir möchten hier keine Huren haben, also bring deine Freundin woanders hin, Bursche.«

»Wir sind bloß Reisende«, rief Himmel zurück. »Wir wollen uns eine Weile ausruhen.«

Der Mann schwang sich vom Podest und kam zu ihnen herüber. Er war staubbedeckt und trug ein Lehmtablett, das mit Zeilen und Zahlen bedeckt zu sein schien. »Bei uns kann man sich nicht ausruhen, hier arbeitet jeder. Seht ihr das denn nicht?

Wir haben keine Zeit für Faulenzer. Wenn ihr euch die Hände schmutzig machen wollt, kommt zu uns. Ansonsten müsst ihr weiterziehen.« Er sah Manel genauer an. »Bist du ein Mädchen? Zwei Frauen also. Nun, könnt ihr kochen?«

Himmel legte Manel eine Hand auf den Arm, bis sie das Messer wieder losließ. »Was macht ihr hier?«

»Wir retten die Stadt. Das sagt zumindest der General.«

»Welcher General?«

»General Qulan«, erwiderte er. »Findest du das etwa lustig?«

Manel schüttelte den Kopf. »Nein, gar nicht. Was ist mit den Wächtern passiert? Ich habe geglaubt, ihr wäret alle Sklaven.«

»Schau dich um, gute Frau.« Er winkte mit einer schwieligen Hand zu den aufgereihten Köpfen hinüber. »So sehen diejenigen aus, die nicht mitbekommen haben, aus welcher Richtung der Wind weht.«

»Dann bring uns zum General.«

»Der hat Besseres zu tun, als seine Zeit mit zwei Mädchen zu verschwenden.«

»Aber vielleicht möchte er seine Zeit gern mit seiner Tochter verschwenden.« Manel zog sich die Kufiya vom Gesicht und blickte dem Arbeiter geradewegs in die Augen.

Er dachte einen Moment nach und nickte. »Nun, du hast zumindest das gleiche Auftreten wie er. Kommt mit.«

Es gab Holzhütten und mehrere Zeltreihen wie in einem Armeelager.

Der staubbedeckte Mann ließ sie vor dem größten Zelt stehen. Das Lager war fast leer. Ein paar Kinder spielten, von einer Art Küche wehte Dampf auf, und ein Hirte trieb Ziegen in einen Pferch.

Himmel stieg vom Maultier. »Ich kann Ziegen nicht ausstehen. Die knabbern alles an.« Sie sah Manel an. »Du wirkst nervös.«

Manel zuckte die Achseln. »Ich habe meinen Vater schon seit …«

Und da war er. Mit einem einarmigen Mann an seiner Seite eilte er lächelnd auf sie zu und hob sie zum ersten Mal seit ihrer Kindheit schwungvoll in die Höhe. Er umarmte sie so fest, dass sie fast keine Luft bekam, bis er sie wieder absetzte. »Willkommen in meinem Lager und meiner Armee, Tochter.«

»Vater …« Mehr brachte sie nicht heraus, ehe sie von Erinnerungen an ihr altes Leben überwältigt wurde.

»Ich bin überglücklich, dich zu sehen«, sagte er und drückte ihre Schultern.

»Aber wie …?« Sie schaffte es nicht, die Frage zu formulieren. »All das hier«, brachte sie heraus und sah sich in der offenkundig militärisch organisierten Anlage um. Es überraschte Manel nicht, dass es ihrem Vater irgendwie gelungen war, das Blatt zu wenden. Sie wusste, dass er die außergewöhnlichsten Dinge schaffen konnte, aber …

»Wenn du wissen willst, *wie* all das hier sein kann, meine liebe Kara, oder sollte ich dich besser Manel nennen …? Dann lautet die Antwort: Dein Vater macht es möglich.« Manel drehte sich um und sah Alkin näher kommen. »Und was das *Warum* anbelangt: Diejenigen in der Stadt, die glaubten, man könnte eine Idee in Ketten legen, haben sich gründlich geschnitten.« Alkin stellte sich lächelnd neben Qulan. Ihre Hand streifte seine.

Manel fiel die Kinnlade herunter. Als eine Fliege auf ihr Gesicht zuflog, schloss sie den Mund rasch wieder. »Ich … du … äääh …«, stammelte sie überrascht.

»Na komm, Manel«, sagte Qulan. »Du bist doch nicht auf den Mund gefallen. Ich habe dir beigebracht, wie man sich klar und deutlich artikuliert.«

»Ich nehme an, dass sich deine Tochter in der Zwischenzeit selbst einiges Neues beigebracht hat«, sagte Alkin. »Es ist schön, dich wiederzusehen, meine Liebe. Das gilt natürlich auch für deine Freundin.«

»Sie heißt Himmel«, sagte Manel. »Onkel Gregor hat uns aus der Stadt geschleust. Wir haben einen Mann getötet …«

»Hat er es verdient?«

»Hundertfach«, entgegnete Himmel. »Er hatte mir mein Kind geraubt. Wenn ich kann, werde ich noch hundert weitere seiner Art umbringen.«

»Hier sind alle willkommen, die sich unserem Kampf anschließen wollen«, erwiderte Qulan beeindruckt. »Jeden Tag kommen Leute aus den Hügeln, von jenseits der Berge und aus den Städten der Ebenen. Wenn sie arbeiten und kämpfen können, nehmen wir sie auf.«

Manel fühlte eine Woge aus Emotionen in sich aufsteigen. Sie hatte ihren Vater nicht mehr gesehen, seit er vor langer Zeit aufgebrochen war, um mit seiner Armee gegen Maya zu kämpfen – einer Armee, die ihn anschließend in der Schlacht verraten hatte. Er wirkte unverändert standhaft und entschlossen, und nun führte er den Befehl über eine andere Art von Armee.

»Sie haben Mama«, sagte sie. »Sie haben herausgefunden, wo wir uns verstecken, und sie mitgenommen.«

»Ich weiß«, erwiderte Qulan. »Sie brachten sie zu mir, bevor sie mich wegschickten. Mit ihr als Druckmittel wollten sie mich dazu zwingen, einen Eid auf Maya zu schwören. Deine Mutter war stark und wird auch weiterhin stark sein. Und diese

Leute … sie werden dafür bezahlen. Aber das muss noch warten. Jetzt müssen wir uns erst mal mit den Problemen hier auseinandersetzen und sie lösen. Wir unterhalten uns später weiter.« Er nickte ihnen zu und ging davon.

Manel sah zu, wie er ein Pferd bestieg und mit mehreren Männern davonritt.

»Dein Vater ist … genau wie du«, sagte Himmel.

»Kommt mit«, sagte Alkin und deutete auf das Zelt. »Eine Sache müssen wir sofort erledigen.«

»Davor muss ich noch jemanden suchen«, erwiderte Himmel. »Ich muss herausfinden, ob er hier ist.«

»Wollt ihr sterben?«, entgegnete Alkin nüchtern. Es bestand kein Zweifel, dass sie die Frage ernst gemeint hatte.

Keine der beiden jungen Frauen antwortete.

»Gut, dann kommt jetzt mit mir.«

KAPITEL 56

Der Rat

Gregor kannte die Dächer des Palasts fast genauso gut wie die Korridore, Säle und sonstigen Räume im Inneren des Gebäudekomplexes. Als er noch stellvertretender Kommandeur der Palastwache gewesen war, hatte sein Mentor und Vorgesetzter ihn die Lage aller Dachluken auswendig lernen lassen, die zu den verborgenen Galerien und den hoch oben in den Gemächern der Mächtigen angebrachten Gucklöchern führten. Dort in den Schatten, fernab vom Licht der Kerzen und Öllampen, konnte ein eifriger Lauscher an viele unschätzbar wertvolle Informationen gelangen. Damals hatte Gregor als Erstes seinen eigenen Kommandeur ausspioniert und hinrichten lassen. Seither gab es außer ihm selbst vermutlich niemand mehr, der diese Gucklöcher kannte.

Über ihm flogen kleine zwitschernde Vögel hin und her, als er ein Geviert aus Dachziegeln anhob und sich auf ein schmales Sims hoch über der Ratskammer hinabsinken ließ. Weit unten sah er Sarah und ihre Würdenträger. Der Inquisitor war nicht anwesend, würde aber gewiss noch dazustoßen, da er nicht gern im Dunkeln tappte und mit Cadali eine gute, wenn auch nicht immer vertrauenswürdige Informationsquelle verloren hatte.

Gregor war nicht eingeladen worden. Bisher hatte Sarah durch nichts zu erkennen gegeben, dass sie bereits eng miteinander zu tun gehabt hatten. Die wenigen Male, die sie ihn hatte rufen lassen, war sie sehr nüchtern mit ihm umgegangen. Abgesehen davon war es, als existierte er für sie nicht. Doch das tat er, und jetzt lauschte er hier. Gregor gab sich keinen Illusionen hin: Sollte er entdeckt werden, konnte er keine Gnade von Sarah erwarten, aber er musste ihre Pläne kennen, wenn er etwas unternehmen wollte.

Der Vorsprung, auf dem er stand, war staubig. Er bewegte sich vorsichtig, um den Gesteinsbrocken auszuweichen, die die Arbeiter beim Entfernen der Fliesen hinterlassen hatten. Da sie auch die Buntglasfenster mitgenommen hatten, war es in dem Saal merklich heller als früher, und so konnte er deutlich Sarahs Gesicht sehen. Der Anblick versetzte ihm erneut einen Stich ins Herz.

Sie fixierte gerade einen zitternden Würdenträger. »Bist du sicher, dass all diese Dinge verschickt worden sind?«

»Es ist genauso gemacht worden, wie es hier geschrieben steht, Herrin.«

Sie sah zu einem Geistlichen hinüber, der ein wenig abseits an einem Fenster stand.

Der nickte. »Es hat alles seine Ordnung.«

»Also gut.« Obwohl Sarah und Rot miteinander verheiratet gewesen waren, schien sie besser mit den Priestern auszukommen als ihr Mann, der sie nie wirklich gemocht hatte. Zumindest war es Gregor so vorgekommen. Aber was wusste er schon über den Regenten und dessen Gemahlin, die er früher zu lieben geglaubt hatte? Nachdem Gregor sie verhört hatte, war er davon ausgegangen, sie durchschaut zu haben, doch das war ein Irrtum gewesen. Alles, was Sarah ihm je gesagt hatte, war gelogen gewesen.

»Der Marmor aus dem Atrium, der zum Markt von Farrah geschickt wurde«, wechselte der Würdenträger das Thema. »Wir haben von den Agenten dort erfahren, für wie viel sie ihn verkauft haben. Ich glaube, ihr werdet mit dem Erlös zufrieden sein.«

Sarah nahm das Dokument entgegen und überflog es kurz. Als sie es ihm zurückreichte, trat Barakat ein. Er verbeugte sich vor ihr und stellte sich an seine Position.

»Ihr seid spät dran, Inquisitor. Ich hätte Euch früher gebraucht.«

»Ich war leider unabkömmlich, Exzellenz. In einer Angelegenheit …«

»Die sich gewiss ohne Weiteres hätte aufschieben lassen«, fuhr sie ihn an. »Ihr verzettelt Euch.«

»Ich kann Euch versichern …«

Die Interaktion zwischen den beiden war faszinierend. Gregor freute sich, die ersten Schwächen bei Mayas sonst so resolutem Diener zu bemerken. Maya selbst war ein Mysterium. Sie hatte sich in der Stadt einen fast mythischen Ruf erworben. Wie ein Dschinn aus einem Märchen war sie allwissend und sah alles durch jedes Augenpaar. Doch sie ließ ihre Befehle durch fehlbare Männer und Frauen erteilen. Wenn sie ebenfalls eine Schwäche hatte, dann diese.

Barakat war sicher gewesen, dass man ihn zum Regenten ernennen würde. Die Ankunft von Sarah und Daniel war ein echter Schock für ihn gewesen. Gregor war aufgefallen, dass sich der Inquisitor während der letzten Woche zunehmend aus der

Öffentlichkeit zurückgezogen hatte. Die Verhaftungen gingen zwar weiter, da Barakats Agenten in seinem Namen handelten, doch er selbst war mit etwas anderem beschäftigt gewesen.

Sarah betrachtete Barakat mit schief gelegtem Kopf. Auf ihrem schönen Gesicht lag ein fragender Ausdruck. »Was könnt Ihr mir versichern?«

»Dass alles Nötige getan wurde.«

»Ihr könnt mir gar nichts versichern, Barakat, da Ihr hier nichts unter Kontrolle habt. Und auch sonst niemand.«

Der Inquisitor schaute sie an. Soweit Gregor es erkennen konnte, war er nicht von ihr eingeschüchtert. Allerdings wirkte er auch nicht ganz so gleichgültig wie sonst. Irgendetwas … stimmte nicht.

»Und Maya weiß es«, fuhr sie fort. »Was habt Ihr Euch bloß dabei gedacht, einen Mann wie Qulan allein aus der Stadt zu schicken?«

»Ich bin von Anfang an dagegen gewesen.«

»Ihr habt ihn aus der Stadt geschickt.«

»In die Sümpfe. Euer Gemahl, Effendi Rot, hat es so befohlen, Exzellenz.«

Das war fast eine direkte Herausforderung, dachte Gregor. Fühlte der Inquisitor sich zu so einer Auseinandersetzung mit der Regentin bereit?

»Wo er gerade eine Armee aushebt«, erwiderte Sarah ruhig.

»Nein«, stieß Barakat hervor und wippte auf den Fersen zurück, als hätte er einen körperlichen Schlag einstecken müssen. »Das ist unmöglich. Dort gibt es Wachen, die Pest … Mittlerweile müsste er eigentlich tot sein. Darum ging es ja. Hier konnten wir ihn nicht hinrichten. Damit hätten wir trotz der Kontrolle, die wir über die Stadt ausüben, einen Aufstand riskiert. Die Menschen mochten … mögen ihn aus irgendeinem Grund. Er sollte in ihren Augen ein nobles Opfer erbringen. So hat es mir zumindest Effendi Rot erklärt.«

»Dann wart Ihr also dagegen und gleichzeitig dafür, Barakat?«

»Es gab Wachen …«

»Das habt Ihr bereits gesagt. Und nun wissen wir, dass es dort keine Wachen mehr gibt. Was für eine Überraschung. Verfolgt Ihr vielleicht eigene Pläne?«

»Gott ist mein Zeuge, dass ich Maya diene.«

»Was beabsichtigt Ihr? Selbst die Listen mit den verschickten Gütern und Sklaven scheinen nicht zu stimmen. Ist das alles ein Ablenkungsmanöver?«

Gregor beugte sich vor, um ja kein Wort zu verpassen. Dabei schob er mit dem Knie etwas Staub vom Sims, der wie ein kleiner Wasserfall in die Tiefe hinabregnete.

»Ich werde von Gott geleitet«, zischte Barakat.

»Mehr habt Ihr nicht dazu zu sagen? Seid Ihr nicht der Mann, der niemals lügt?«

Barakat antwortete nicht.

»Daniel?«

So sehr, wie er Sarah ähnelte, hätte er wirklich ihr Bruder sein können. Sie waren beide schlank, blauäugig, attraktiv und mit einer Selbstsicherheit ausgestattet, die Vertrauen erweckte. Doch Gregor wusste, dass auch das eine Lüge war. Und zwar eine verdammt schlaue. Daniel kam aus der Ecke der Kammer, wo er bis jetzt auf einer Fensterbank gesessen und auf die Stadt hinausgeblickt hatte. Er blieb stehen und sah nach unten, auf den Dreck unter seinem Fuß. Dann sah er nach oben. Gregor zog sich in den Schatten zurück.

»Was ist?«, fragte Sarah.

Daniel kniete sich hin und zerrieb den Staub zwischen Daumen und Zeigefinger. »Kleine Mörtelbrocken. Wahrscheinlich hat eine Ratte oder ein Vogel sie herausgepickt. Der ganze Palast ist voll von diesen Viechern.« Er schaute noch einmal, ohne mit seinen blauen Augen zu zwinkern, nach oben.

Gregor hielt den Atem an.

Schließlich schüttelte Daniel den Kopf und senkte wieder den Blick. »Ich habe unter Qulan gedient. Ich habe in seinem Haus gewohnt und kenne seine Tochter ...«

Und du hast seinen Sohn ermordet, dachte Gregor, der sich vorbeugte und wieder zu atmen wagte.

»Mit genügend Zeit könnte er aus fünfhundert Sklaven durchaus eine Armee formen.«

»Wie viele Soldaten sind in der Stadt stationiert, Barakat?«

»Siebzehnhundert Mann, Exzellenz. Dazu kommen noch die fünfhundert Mitglieder der Schwarzen Garde und ungefähr siebenhundert Wachtmeister. Die meisten Frontsoldaten wurden an Maya überstellt.«

»Endlich könnt Ihr mal eine nützliche Information beisteuern«, erwiderte Sarah und wandte sich zu Daniel um. »Sind das genug?«

»Ich werde die regulären Soldaten und die Wächter mitnehmen«, sagte er. »Die sollten reichen.«

»Und wer wird die Mauern bewachen?«, fragte Sarah.

»Die Mauern werden sicher sein«, sagte Daniel. »Wenn du daran Zweifel hast, lass die Wachtmeister auf ihnen patrouillieren. Dann haben sie auch etwas Besseres zu tun, als Zivilisten zu schikanieren.«

»Wie lange wirst du für die Mobilmachung deiner Truppen brauchen?«, fragte Sarah.

»Nicht länger als einen Mond, würde ich sagen.«

»Geht das nicht schneller? Wir wollen dieses Problem im Keim ersticken. Maya mag keine Verzögerungen.«

»Wie gesagt, Exzellenz, ich kenne Qulan. Er wird seinen Haufen ausbilden. Wenn wir ihm mit unvorbereiteten Soldaten entgegentreten, und selbst wenn sie seinen zahlenmäßig sechs zu eins überlegen sind, besteht ein gewisses Risiko. Sicherheit geht vor Geschwindigkeit. Wenn du mir die Männer, die nötige Zeit und die Ausrüstung gibst, werde ich dir Qulans aufgespießten Kopf bringen.«

»Also gut, dann mach dich an die Arbeit, damit wir unser Werk hier vollenden können.«

Daniel verbeugte sich und verließ die Kammer.

»Der Sultan«, fuhr Sarah fort. »Ich muss mit ihm sprechen. Schließlich ist es seine Armee, die wir ausschicken werden. Er kann sie anführen. Das wird den Leuten gefallen.«

»Der Sultan scheint verschwunden zu sein, Exzellenz«, sagte Barakat.

»Ihr habt ihn entkommen lassen?«

»Ich wusste nicht, dass er ein Gefangener ist«, entgegnete er. »Oder dass mir die Rolle des Wärters zugedacht war.«

»Dann müssen wir ihn finden. Also gut, ich danke allen Anwesenden. Ihr könnt gehen.«

Als Gregor sich auf dem Dach den Staub von der Kleidung klopfte, hatte er das Gefühl, dass es das Risiko wert gewesen war. Sarah behandelte Barakat, als wäre er für sie nur ein Ärgernis, er hingegen verabscheute sie. Dass sie den Inquisitor derart unterschätzte, machte sie möglicherweise für den Angriff eines echten Gegners verwundbar.

KAPITEL 57

Manel

Das große Zelt war einfach und karg möbliert. Manel nahm an, dass hier niemand viel besaß. Schließlich waren die meisten als Sklaven hergekommen. Sie zog die Vorhänge zurück, die das Zeltinnere in der Mitte unterteilten, ließ sie nickend wieder los und ging zu einer Truhe, die mit Eisenbändern verstärkt und abgesperrt war.

»Bitte nicht anfassen«, sagte Alkin. Sie hatte sich die Hände in einer Schüssel gewaschen und trocknete sie gerade sorgfältig an einem Tuch ab.

Manel war aus irgendeinem Grund wütend. Die Frage war nur, auf wen – sich selbst oder ihren Vater? »Ich wusste nicht, ob mein Vater noch lebt«, sagte sie.

»Und du hast den ganzen weiten Weg auf dich genommen« – Alkin schloss die Truhe auf, nahm ein Elfenbeinkästchen heraus und stellte es auf den Tisch – »nur um mich hier anzutreffen.«

»Ich habe nicht damit gerechnet …«

Himmel deutete auf den Vorhang, den sie zurückgezogen hatte. »Bist du eine seiner Ehefrauen?«

Manel schnappte nach Luft.

»Ich bin nicht die neueste Frau deines Vaters«, erwiderte Alkin, während sie kleine Flaschen und flache Schalen aus dem Elfenbeinkästchen nahm und sie aufreihte. »Und er ist auch nicht mein neuster Gemahl. Du weißt, dass ich weit gereist bin. Dabei habe ich viele verschiedene Lebensweisen kennengelernt. Ich versuche, nichts zu verurteilen, sondern alles so anzunehmen, wie es kommt. Ich finde deinen Vater in vielerlei Hinsicht beeindruckend.«

»Er hat eine Frau.«

»Außerdem finde ich vieles, was in Tumanbay vor sich geht, schwer zu ertragen. Vielleicht haben mich unser beider Gespräche dazu gebracht, dass ich meine Meinung geändert habe, Manel. Nun, wer weiß? Im Moment sind dein Vater und ich jedenfalls Verbündete. Und jetzt möchte ich, dass ihr beide die Ärmel hochrollt.«

»Was, wieso?«, fragte Himmel. »Müssen wir das tun, um nicht zu sterben?«

»Du bist nicht dumm, junge Frau. Es stimmt. Das ist das, was dein Vater die Magie nennt, Manel.« Sie nahm etwas aus dem Kästchen, das wie Tierstacheln aussah, dann öffnete sie zwei der kleinen Fläschchen und vermischte ihren Inhalt in einer Schale. »Und es ist auch Magie, obwohl es sich eigentlich um etwas ganz Natürliches handelt. Als ich in Cathay war, grassierte dort eine ansteckende Krankheit. Die Ärzte fanden heraus, dass die Menschen sich nicht mit ihr infizieren, wenn man sie mit dem Stachel eines Marabuk-Fischs ritzt, der zuvor mit wenigen Erregern bestrichen wurde.« Sie gab ein weißes Pulver zu dem Flüssigkeitsgemisch hinzu und machte daraus eine Paste, in die sie die Spitze eines der Stacheln stippte. »Wir haben das schon oft getan. Andernfalls wären die meisten von uns bereits tot. Ihr werdet ein bisschen Fieber bekommen und unruhig träumen, aber wenn ihr aufwacht, werdet ihr genauso vor der Krankheit geschützt sein wie wir.« Alkin hob ihren rechten Ärmel und enthüllte eine kleine Vertiefung knapp unterhalb der Schulter, die wie eine Mondsichel aussah.

»Alle haben das getan?«, fragte Himmel und blickte zu Manel.

»Alle, die leben.«

Himmel rollte ihren Ärmel hoch. »Dann mal los.« Alkin nahm ein eigenartiges Gerät aus der Tasche und setzte es sich auf den Nasenrücken. Es hatte Bügel, die sie sich hinter die Ohren klemmte. Nun trug sie zwei aus Muscheln gefertigte Ringe vor den Augen, in die Gläser eingefasst waren. »Damit kann ich besser sehen.«

»Ich habe noch nie eine Frau gesehen, die ihre Haare so kurz trägt wie du«, sagte Himmel. »Abgesehen von Manel natürlich, aber die gibt sich als Junge aus.«

»Das ist praktischer, speziell in der Wüste. Halt jetzt still, das wird ein bisschen brennen – aber nur kurz.«

Himmel biss sich auf die Lippe. Es fühlte sich wie ein Wespenstich an, aber der Schmerz verging tatsächlich sofort wieder. Alkin steckte den Stachel mit der Spitze voran in ein Fläschchen, das eine blaue Flüssigkeit enthielt. Dann nahm sie den zweiten Stachel. »Manel?«

Manel zögerte. Durfte sie wirklich zulassen, dass diese Frau, die mit ihrem Vater zusammen war und damit einen doppelten Verrat beging, sie mit diesem Ding ritzte? Sie schüttelte den Kopf und wandte sich zum Gehen.

»Bisher hat nur eine von uns beiden versucht, die andere zu töten, Manel.«

Himmel riss überrascht die Augen auf und blickte Manel fragend an.

»Ich weiß, du bist wütend, aber dir ist sicher auch klar, dass dein Vater dich nie wissentlich in Gefahr bringen würde. Er vertraut mir. Tu du es bitte auch.«

»Ich habe es getan«, sagte Himmel, »und du bist viel mutiger als ich.«

Manel rollte ihren Ärmel hoch.

Als Alkin fertig war, steckte sie den Stachel zu dem anderen in die Flasche. »Dein Vater wartet auf dich, Manel. Draußen steht ein Pferd – jemand wird dich zu ihm bringen. Und was dein Vorhaben anbelangt, Himmel: Geh zur Schleuse am oberen Ende des Kanals. Jeder kann dir den Weg dorthin zeigen. Frag nach dem großen Kerl.«

»Wieso?«

»Wenn du ihn siehst, wirst du es wissen.«

Maya ritt neben ihrem Vater her und erzählte ihm, was nach dem Einmarsch von Mayas Streitkräften bei ihnen zu Hause geschehen war: »Sie sind eingedrungen und haben alles zerstört – den Brunnen, die Mandelbäume und deinen Obstgarten. Ich weiß nicht, weshalb sie so wütend auf die Blumen und Bäume waren. Es war, als hätte der Biss einer Giftspinne sie in den Wahnsinn getrieben.«

Sie ritten am Rand der Bauarbeiten entlang, und Manel sah, dass alles noch besser organisiert war, als sie gedacht hatte.

Qulan wartete schweigend ab. Offenbar wusste er, was sie ihm nicht sagen wollte, aber musste.

»Pesha nahm dein Schwert, Vater. Es war zu groß für ihn, und es waren zu viele Gegner.« Sie schüttelte den Kopf. »Einer wäre schon zu viel gewesen. Er war ja noch ein Kind, rannte aber wie ein Mann auf sie zu. Er hat sie trotzig angeschrien, und ...«

Qulan legte ihr eine Hand auf die Schulter. »Sprich nur weiter, Manel. Hab keine Angst. Ich weiß, dass Pesha nicht mehr unter uns weilt. Deine Mutter hat es mir erzählt, als sie zu mir gebracht wurde. Mein Sohn befindet sich jetzt im Paradies, aber hier auf Erden wird jemand für seinen Tod bezahlen. Schon mich nicht und erzähl mir alles.«

»Einer der Soldaten hat ihn mit seinem Speer am Tor aufgespießt. Mutter ist zu ihm hingerannt. Sie hat ihn gehalten, während er ...« Manel schluchzte und atmete ein paarmal tief durch, um sich wieder zu fassen. »Daniel war dabei. Er hat alles gesehen und hätte es verhindern können. Aber das hat er nicht getan.«

Die Erinnerung an seine Teilnahmslosigkeit verursachte ihr körperliche Schmerzen. Wie hatte er nur so grausam sein können, nachdem sie so viele intime Gedanken und Momente geteilt hatten?

»Ich hätte da sein sollen«, sagte Qulan. »Ich habe dich, Pesha und eure Mutter hängen lassen.«

Manel wusste, dass ihr Vater von seinen Soldaten Altes Steingesicht genannt wurde. Nun begriff sie, was sie damit meinten: Er war wie eine Statue, die stoisch alles ertrug, womit sie konfrontiert wurde. Doch Manel erkannte auch, dass ihr Vater für seine vermeintliche Unerschütterlichkeit einen hohen Preis bezahlen musste. Hinter seiner eisernen Fassade verbarg sich ein empfindsamer Mensch voller Schuldgefühle.

»Wir haben Pesha im alten Garten begraben, neben dem Feigenbaum. Der Boden war hart. Du weißt sicher noch, dass es eine trockene Jahreszeit war. Aber wir haben getan, was wir konnten, und als es dunkel wurde, haben wir ein paar Dinge genommen, darunter etwas von dem Gold, das du versteckt hast, und sind verschwunden. Die Straßen waren wie…« Manels Gedanken kehrten zu jener Nacht zurück. Die Leere, die Stille und das Wissen, dass die Türen sämtlicher Häuser und Geschäfte, an denen sie vorbeikamen, versperrt waren. Die Angst vor den anderen, die genauso viel Angst vor ihnen hatten. Verzweifelte Menschen, die wegliefen, ohne genau zu wissen, wovor. Alles schien vor Manels Augen auseinanderzubrechen. Ein paar verschwitzte Jugendliche stürmten heran und warfen sie zu Boden. Sie schauten mit erregten Gesichtern auf sie herab. Manel zog ihr Messer und schnitt einem von ihnen in die Hand, als er sie zu packen versuchte. Er wich zurück und zischte sie an. Die anderen kreisten sie ein und kamen näher. Manels Mutter packte ihre Hand so fest, dass es sich anfühlte, als würden ihre Fingerknochen brechen… Sie schrie und wehrte sich und konnte es nicht fassen, dass es Menschen aus Tumanbay waren, die ihnen das antaten… Und nein, von dieser Erfahrung würde sie ihrem Vater nichts erzählen, und auch sonst keiner lebenden Seele.

Qulan hielt sein Pferd an und sah zu einer Gruppe von Männern und Frauen hinüber. Sie zerrten an Seilen, um ein Schleusentor in seine Halterung zu hieven. Er glitt aus dem Sattel und packte mit an.

»Zuuugleich«, rief er, und Manel sah, wie seine Armmuskeln anschwollen.

Während das Tor in die Höhe glitt, zog der Vorarbeiter an einem Tau, um es in die richtige Position zu manövrieren. Manel erkannte, dass es der staubbedeckte Mann war, dem

Himmel und sie bei ihrer Ankunft als Erstes begegnet waren. Ein halbes Dutzend Jungen und Mädchen zogen an ähnlichen Tauen.

»Ein Stück runter«, rief der Vorarbeiter. »Langsam, ganz langsam …«

Schließlich versenkten sich die neu aussehenden Zapfen in den für sie vorgesehenen Halterungen in den steinernen Schleusenwänden. Jubel brandete auf.

Qulan klopfte den Umstehenden auf den Rücken und stieg wieder aufs Pferd.

Als sie ein Stück entfernt waren, sah Manel ihn an. »Eigentlich wollte ich dich fragen, wieso all diese Leute so schwer schuften, aber gerade ist es mir klar geworden: Sie tun es für dich, Vater.«

»Nein, sie arbeiten so viel, weil sie einen Grund dazu haben, Manel. Das ist es, was die Menschen in dieser Welt brauchen: etwas, das die Mühe lohnt. Und es stärkt sie, gewöhnt sie daran, Befehlen zu gehorchen, und bereitet sie auf den Kampf vor.«

»Werden sie denn kämpfen müssen?«

»Du glaubst doch wohl nicht etwa, dass Maya und ihre Leute uns hier in Frieden lassen, oder? Sie haben einen Fehler gemacht. Das wird Rot inzwischen auch begriffen haben.«

»Der Regent Rot ist tot, Vater. Er war krank oder … Keine Ahnung. Ich habe vor unserem Aufbruch davon erfahren.«

»Dann eben der Inquisitor oder wer auch immer jetzt das Sagen hat. Sie werden uns angreifen.«

»Was wirst du tun?« Sie schaute zu Boden, der plötzlich sehr weit weg zu sein schien. Einen Moment lang glaubte sie zu fallen. Qulan packte sie am Kragen und zog sie in eine aufrechte Position zurück.

»Das kommt von Alkins Arznei. Ich bringe dich ins Lager zurück. Und um deine Frage zu beantworten: Wenn sie kommen, werden wir kämpfen.«

»Vater …« Das Schwindelgefühl war abgeklungen, aber sie fühlte sich immer noch ein wenig benommen. »Alkin, ist sie … Ich weiß, es geht mich nichts an, aber …«

»Du hast recht«, erwiderte er, »es geht dich tatsächlich nichts an. Du musst dich ausruhen und wieder zu Kräften kommen, bevor es losgeht.«

KAPITEL 58

Himmel

Wo immer Himmel hinblickte, waren die Leute beschäftigt – mit dem Schleusensystem, den Erdarbeiten oder anderen, alltäglicheren Verrichtungen. Manche hüteten Tiere, andere kochten oder wuschen. Sie sah bunte Tücher und Kleidungsstücke an Wäscheleinen hängen. Als sie an einem Zelt vorüberging, bemerkte sie darin einen Bäcker, der gerade Teig knetete. Sie hätte sich genauso gut in einer Stadt befinden können, nur dass es hier keine Bösartigkeit gab, keine verstohlenen Seitenblicke und niemand, der sich abwandte. Himmel wagte nicht zu hoffen, dass es sich bei dem großen Kerl, von dem die Ärztin gesprochen hatte, um *ihren* großen Kerl, Akiba, handeln könnte. Sie musste an den Jungen denken, dem sie in der Wüste begegnet waren und der ihnen beiden das Leben gerettet hatte. Sie vermisste ihn. Er war immer gut gelaunt und leicht zu begeistern gewesen. Als sie nach Tumanbay kamen, hatte er ihren Vater mit seinen endlosen Fragen schier in den Wahnsinn getrieben. Doch auch Ibn Bai hatte den wissbegierigen Jungen sehr gemocht.

»Aber Effendi Bai, ein Schiff kann doch nur in die Richtung

segeln, in die der Wind weht, und nicht gegen die Windrichtung.«

»Das stimmt nicht immer, mein Lieber.«

»Wenn ich Samen in die Luft werfe, ungefähr so, dann fliegen sie mit dem Wind. Siehst du…? Oh, Entschuldigung, Effendi Bai, jetzt hängen sie alle in deinen Haaren, und es sind auch noch klebrige Samen. Wieso sind sie eigentlich klebrig, Effendi Bai?«

Schließlich beschloss ihr Vater, ihm das Lesen beizubringen, auch wenn der Junge (der keinen Namen hatte) anfangs nicht einsah, wozu das gut sein sollte. »Das sind doch nur Zeichen auf dem Papier, Effendi Bai. Ich kann mir alles, was ich zum Leben brauche, merken. Akiba liest nie, und schau ihn dir an: Er ist ein richtiger Mann!«

Junge hatte Akiba aus tiefstem Herzen bewundert und hätte ihm sogar noch mehr in den Ohren gelegen als Ibn Bai, wenn der große Mann ihn nicht immer wieder freundlich, aber bestimmt, weggescheucht hätte.

Es war Himmel gewesen, die den Jungen schließlich zum Lesen überredete, indem sie ihm ihre Lieblingsgeschichte von Oarzik und Shirin erzählte und mittendrin einfach abbrach. Als er sie zum Weitermachen drängte, sagte sie bloß: »Das Ende steht in diesem Buch da.«

Er lernte schnell und konnte bereits nach drei Monaten flüssig lesen. Was danach geschah, beschrieb Ibn Bai mit den Worten: »Des einen Glück ist des anderen Pech.«

Junge verbrachte den Großteil seiner Freizeit in der Bibliothek und war vor allem von Ibn Bais Karten fasziniert. Auf ein paar von ihnen waren fantastische Welten zu sehen, in denen es Drachen gab und Sirenen, die im tiefen blauen Meer sangen. Andere waren realistischer. Von ihnen erfuhr er, auf welchen Routen Ibn Bai als junger Händler in die östlichen Gewürzstädte jenseits des Meeres gereist war. Junge hatte sie mit großen Augen betrachtet und die Namen von Kontaktpersonen und Händlern gelesen, die Ibn Bai gelegentlich auf ihnen notiert hatte. Dazu Warnungen vor riskanten Streckenabschnitten und Banditen sowie andere, mysteriösere Namen – denn Ibn Bai war noch ein junger und unverheirateter Mann gewesen, als er diese sagenhaften Städte erkundete.

Sein Abschied war tränenreich gewesen. Selbst Akiba war weich geworden und hatte den Jungen zur Seite genommen. Er hatte ihm das Einzige gegeben, was er in dieser Welt besaß: seine guten Ratschläge. Ibn Bai hatte ihm einen Geldgürtel überlassen, wie ihn auch Himmel bei ihren Abenteuern getragen hatte, und die Taschen mit Goldmünzen gefüllt. Junge und Himmel waren in der Nacht vor seinem Aufbruch auf das Dach ihres Hauses gestiegen, wo es ihnen vorkam, als trieben sie in einem Meer aus Sternen.

Sie hatten schweigend nebeneinandergesessen. Himmel war damals bereits hochschwanger gewesen, und Junge waren seine kommenden Abenteuer im Kopf herumgespukt. Und so hatten sie beide ihren eigenen zeitlosen Moment unter der nächtlichen Himmelsschale erlebt. Als schließlich die ersten schwachen Sonnenstrahlen den östlichen Horizont erhellten und der frühe Gebetsruf über die Dächer und Minarette schallte, hatte sich Junge zu ihr umgedreht und »Pareem« gesagt.

»Was heißt das?«

»In der Wüste hast du mich gefragt, wie ich heiße. Mein Name lautet Pareem.« Er hatte gelächelt, und sie waren beide aufgestanden. Während der vergangenen Monde war er gewachsen und inzwischen so groß wie sie. Schon bald würde er sie überragen.

»Zeit zu gehen«, sagte er.

Akiba hatte ihn zur Stadtmauer begleitet. Wenn man es klug anstellte, hatte man damals die Stadt noch verlassen können … und dann war er aus ihrem Leben verschwunden.

Um Himmel herum polterten Steine zu Boden, und Staub stieg auf. Jemand packte sie am Arm und zog sie aus dem Gefahrenbereich.

»Vorsicht, Schätzchen, hier ist es gefährlich … und das in vielerlei Hinsicht.« Ihr Retter grinste sie an. Er war noch ein Junge. »Du weißt aber schon, dass hübsche Mädchen wie du nicht hier sein dürfen. Der General hat etwas dagegen.«

»Ich weiß«, sagte sie. »Er hat es mir gesagt.«

Ihr Ton verriet dem Jungen, dass er einen Fehler begangen hatte. Er verbeugte sich. »Entschuldige, meine Dame. Wie kann ich dir behilflich sein?«

»Die große Schleuse – ich versuche, sie zu finden.«

Er führte sie um den Geröllhaufen herum und deutete auf eine Ansammlung von Flaschenzügen und Gerüsten, die aus der Staubwolke aufragten. »Das da ist sie … Achtung!« Er hielt sie fest. Sie war ins Stolpern geraten. Die Steine verschwammen vor ihren Augen.

»Geht es dir gut, meine Dame?«

»Sie hat gesagt, dass mir etwas schwindelig werden könnte …«

»Du meinst Doktor Alkin, oder? Du hast gerade den Rattenbiss bekommen, stimmt's? Tja, den haben wir uns alle verabreichen lassen. Das ist angeblich der Grund, weshalb wir noch leben. Du solltest dich einen Moment setzen. Am besten hierhin …«

»Nein, es geht schon wieder. Ich muss … ich muss …« Der Boden raste ihr entgegen. Bevor er sie traf, wurde sie erneut aufgefangen und hochgehoben. Dann wurde alles um sie herum schwarz.

»Ich wusste … ich würde nicht aufgeben … Ich habe gehofft, dich zu finden, und sei es am anderen Ende der Welt. Und jetzt hast *du* mich gefunden …«

»Wir haben uns gegenseitig gefunden«, erwiderte sie.

Um sie herum klapperten und knallten Flaschenzüge, Hämmer und Keile, doch sie selbst waren von Stille eingehüllt. Himmel sah Tränen in seinen Augen. Sie rannen an seinem großen Gesicht herab und hinterließen Furchen auf der staubigen Haut. Obwohl sie ihre eigene Stimme nicht hören konnte, wusste sie, dass sie ihm von ihrem gemeinsamen Kind und ihrem Vater erzählte. Akiba zog sie fest an sich, und sie drückte sich an ihn. Schließlich drang seine Stimme durch die Stille zu ihr durch: »Wir werden zurückkehren und unser Kind suchen. So wie wir uns gefunden haben, das schwöre ich dir, Himmel, werden wir auch unser Kind finden. Früher habe ich mein Leben der Suche nach einem Mann gewidmet, den ich töten wollte. Doch dieser Weg hätte mich nur ins Grab geführt. Lass uns jetzt beide auf Ibn Bais Seele schwören, dass wir unser Leben geben werden, wenn es sein muss, um sein Enkelkind, unser Kind aufzuspüren. Und nicht einmal Mayas Armee soll uns davon abhalten. Das schwöre ich.«

»Und ich schwöre es auch.«

»He, Chef …« Der Einarmige, den Himmel bereits vor Qulans Zelt gesehen hatte, trat aus dem Staub auf sie zu. »Es gibt etwas zu tun, für das wir deine Muskeln brauchen.«

Akiba sah ihn an. »Ich habe meine Himmel gefunden.«

»Aye, und der General macht uns die Hölle heiß, wenn das heute nichts mehr wird.«

KAPITEL 59

Gregor

Sarah hatte ihn seit fast einem Mond nicht mehr zu sich gerufen. Es schien tatsächlich, als hätte er in ihren Augen nie existiert. Manchmal, wenn er seinen Pflichten nachging – die sich drastisch reduziert hatten, seit seine Offiziere in Daniels Armee versetzt worden waren –, fragte er sich, ob sie ihn bewusst ignorierte, um ihn zu bestrafen. Doch Gregor wusste, dass er sich damit nur etwas vormachte: Er spielte in Sarahs Gedanken keine große Rolle. Sie hatte hundert andere Dinge, um die sie sich kümmern musste. Er selbst stand auf ihrer Liste sicher ganz weit unten. Auch seine Arbeit für Barakat schien weniger zu werden. Vielleicht hatten die Kleriker und das Lumpenpack, das sie unterstützte, mittlerweile sämtliche Ketzer in der Stadt verhaftet, oder die Unzufriedenen hatten Tumanbay verlassen und sich auf den gefährlichen Weg durch die Wüste begeben, um sich Qulan anzuschließen. Gregor hatte versucht, den Iblis in der alten Fischfabrik zu kontaktieren, doch der schien ebenfalls keine Zeit für ihn zu haben. Und was Barakat anbelangte: Der erteilte nach wie vor Befehle und beaufsichtigte die Hinrichtungen, ansonsten schien er jedoch zunehmend mit irgendetwas anderem beschäftigt zu sein. Gregor musste herausfinden, was es war. Dann würde er vielleicht begreifen, weshalb Barakat ihn in letzter Zeit ansah, als wäre er ein Raubtier und Gregor seine Beute.

Als sie ihn schließlich rief, war es spätnachts und schwül. Es klopfte an der Tür zu seinen Gemächern. Als Gregor aufmachte, sah er einen schwarz gewandeten Geistlichen vor sich. Der Knauf seines Stocks, mit dem er auf sich aufmerksam gemacht hatte, war in Form eines Totenschädels geschnitzt.

»Du sollst mich begleiten.«

Gregor wurde flau im Magen. War es so weit, wurde er verhaftet? Doch der Mann war allein, und vielleicht war Gregor ja zu sehr von sich eingenommen, aber er konnte sich nicht vorstellen, dass jemand nur einen einzelnen Mann schicken würde, um ihn festzunehmen.

»Wohin gehen wir? Ich bin nicht komplett angezogen.«

»Das spielt keine Rolle. Komm mit.«

Die arrogante Selbstsicherheit des Priesters war wie ein Funke, der über die Schwelle stob und Gregors strohtrockene Geduld in Brand steckte. »Ich bin nicht angezogen«, wiederholte er. »Warte hier.« Damit schlug er dem Mann die Tür vor der Nase zu. Dummes Imponiergehabe, sicher, aber was zu viel war, war zu viel.

Vorsichtshalber zog er sich schnell an. Als er die Tür wieder aufmachte, war der Priester noch immer da – und nach wie vor allein.

»Folge mir.« Der Mann marschierte los, mit jenem gleitenden Gang, der scheinbar allen Geistlichen zu eigen war. Er sah aus, als würden seine Füße nicht den Boden berühren. Der Anblick war lachhaft, aber davon ließ Gregor sich nicht täuschen: Er wusste sehr gut, welche Gefahr von den Priestern ausging. Sie verfügten über große Macht, und ein Wort von ihnen genügte, um jeden – egal, ob Mann, Frau oder Kind – am Galgen baumeln zu lassen. Die Schwarzen Wächter waren ihnen treu ergeben und huldigten ihnen mit der Farbe ihrer Kopftücher. Die Priester berichteten an den Inquisitor, doch Gregor wusste nicht, ob sie einem Befehl von ihm gehorchen würden, der ihren eigenen Wünschen zuwiderlief. Sie waren Mayas Sturmtruppen. Gefühllos und unerbittlich bis in den Tod. Obwohl Gregor sich manchmal fragte, ob diese Mistkerle überhaupt sterblich waren.

Der Priester führte ihn durch den alten Staatssaal und drei Stockwerke hinauf zu den Gemächern, die früher Sultan al-Ghuri bewohnt hatte. Der Hauptraum war ein Sechseck mit Fenstern auf allen Seiten, durch die man die gesamte Stadt überblicken konnte.

Gregor war seit Beginn der Besatzung nicht mehr in al-Ghuris Privatunterkunft gewesen, und es überraschte ihn, wie wenig sie sich verändert hatte. Die edlen Fliesen waren unberührt, genau wie die bemalten Deckenbalken, mit ihren goldenen und blauen Fischmotiven. Nur die schweren Vorhänge vor den Fenstern waren abgenommen und durch Lamellenfensterläden ersetzt worden. Sarah hatte einen von ihnen halb aufgestoßen und blickte durch die Öffnung hinaus.

Sie winkte den Priester fort und betrachtete Gregor mit ihren faszinierenden, und wie er jetzt feststellte, unergründlichen blauen Augen. Sie schwieg und schien zufrieden mit der Stille. Auch Gregor sagte nichts, denn ihm fiel nichts ein. Doch schließlich hielt er es nicht mehr aus. »Ihr habt nach mir geschickt?«

»Ich bin überrascht, dass du noch hier bist, Gregor. Ich habe geglaubt, du wärest längst weitergezogen.«

»Wohin hätte ich denn gehen sollen?«

»Es gibt andere Städte und Länder, in denen ein Mann mit deinen Qualitäten eine Anstellung finden könnte.«

»Aber keine wie Tumanbay. Hier kam ich als Kind her, hier war ich Sklave, und hier bin ich in meine jetzige Position aufgestiegen. Woanders würde ich all das verlieren. Und außerdem war ich neugierig, wie es weitergehen würde.«

Der Knall, mit dem sie den Fensterladen zuschlug, war schockierend laut. »Mein Gemahl ist in diesem Palast gestorben. So ist es weitergegangen. Du hast ihn nicht beschützt, er dich dagegen schon, wie du vielleicht noch weißt. Und zwar vor dem Inquisitor. Sollst du auch mich beschützen, Kommandeur Gregor von der Palastwache?«

Er antwortete nicht. Sie war mit der Situation genauso vertraut wie er. Besser sogar.

»Wie ist Effendi Rot gestorben?«, fuhr sie fort. »Weißt du es? Steckst du dahinter?«

»Nein. Ich mochte den Mann, obwohl …«

»Na und, den Sklavenhändler Ibn Bai hast du auch gemocht und umgebracht.«

Er wollte ihr sagen, wie das für ihn gewesen war und was es ihn gekostet hatte, aber das würde er nicht tun. Er durfte ihr seine Gefühle nicht offenbaren. Denn das war es, was sie von ihm wollte, so wie er sie sich vor langer Zeit im Verhörraum hatte gefügig machen wollen.

»Es gibt nur wenig, was ich nicht weiß, Gregor«, sagte sie.

»Dann weißt du wahrscheinlich auch, weshalb ich Ibn Bai getötet habe.«

»Willst du etwa behaupten, du hättest ein Gewissen entwickelt? Wenn das stimmt, leben wir wirklich in einer Zeit der Wunder.«

Auch darauf erwiderte er nichts.

»Wie ist Rot gestorben?«

»Er wurde erstickt. Du weißt sicher, dass er krank war. Trotzdem bezweifle ich, dass Cadali genügend Kraft und Nervenstärke hatte, um ihn zu töten. Und das Geständnis war viel zu nüchtern für ihn. Cadali hätte es stärker ausgeschmückt.«

»Und dennoch war es in seiner Handschrift abgefasst. Das steht zumindest in deinem Bericht.«

»Trotzdem …«

»Wer war es dann?«

»Du hast gesagt, es gäbe nur wenig, was du nicht weißt – oder vermutest.«

Sie ging vom Fenster zum Sofa, einem reich verzierten Möbelstück aus Elfenbein und Gold mit roten Samtkissen. Sie nahm eines von ihnen in die Hand, sah es an, sah Gregor an, legte es wieder hin und setzte sich daneben. Sie lehnte sich zurück und schloss die Augen. Einen Moment lang wirkte sie wieder wie die einsame und verletzliche junge Frau, die sie bei ihrer Ankunft in der Stadt gewesen zu sein schien.

Ehe Gregor es sich anders überlegen konnte, sagte er: »Ich würde dich gern etwas fragen.«

Ihre Augenlider flogen auf, und ihre umwerfend blauen Augen fixierten ihn. Sie verzog die Lippen zu einem leichten Lächeln. »Ja.«

»Weshalb du? Als du als Sklavin nach Tumanbay gekommen bist, wieso habe ich da *dich* ausgesucht? Wieso habe ich dir vertraut und dich gerettet? Wir beide haben zusammengearbeitet.«

»Wo ich herkomme – ich meine den Ort, an dem ich aufgewachsen bin –, gibt es eine Baumart, die im Hochgebirge wächst, wo eigentlich keine Insekten hinkommen. Doch diese Bäume sondern einen Saft ab, den bestimmte Insekten über riesige Entfernungen hinweg riechen können. Wenn der Frühling beginnt, fliegen sie immer höher hinauf, bis in die kalten Regionen, wo es stürmt und sie sicher sterben werden. Der Baumsaft macht sie wahnsinnig, und Millionen von ihnen sterben. Du kannst dir gar nicht vorstellen, was für eine Verschwendung von Leben das ist. Aber ein paar von ihnen, diejenigen, die am besten für diese Aufgabe geeignet sind, kommen durch. Und den Bäumen ist egal, wer sie sind. Sie müssen nur ihre Samen verbreiten. Du hast geglaubt, du wärest frei, Gregor, aber das bist du schon lange nicht mehr. Vielleicht warst du es noch nie. Du hast nicht uns ausgesucht, wir haben dich gewählt.«

»Es ist doch ein ziemlicher Zufall«, sagte er, »dass ausgerechnet Effendi Rots Frau überlebt.«

»Rot hatte viele Frauen.«

»Und das Kind?«

»Hast du dich inzwischen etwa wirklich zu einem Gefühlsmenschen entwickelt? Sie hat Gott genauso gedient wie wir anderen auch.«

»Und was soll jetzt werden?«

Sie stand auf. Sarah war relativ klein und schmal, aber sie wirkte mächtig. Er konnte die Kraft spüren, die von ihr ausging, wie Hitze von einer Feuerschale. »Wir müssen uns vorbereiten«, sagte sie.

»Auf was?«

»Auf Maya.«

»Dann kommt sie also her?«

»Sie ist bereits hier, unter uns. Du musst nur die Augen aufmachen.«

»Du?«

Sie lachte. »Natürlich nicht. Glaubst du etwa, sie würde ganz offen in eine Stadt gehen, die gegen sich selbst Krieg führt? Sie verfolgt wie immer ein Ziel. Sie muss vom Hafiz gesalbt werden. So steht es geschrieben, und so soll es geschehen. Wenn die beiden Monde im perfekten Winkel zueinander stehen und zu einem einzigen verschmelzen und das heilige Öl sie berührt, wird sie sich verwandeln. Dann wird sie in direktem Kontakt mit dem göttlichen Willen stehen. Nach dieser großen Pilgerfahrt werden sie selbst und die Stadt für immer verändert sein.«

»Die Stadt wird sich verändern?«

»Natürlich. Es wird nichts mehr von ihr übrig sein. Keine Türme, die in den Himmel aufragen, keine Mauern, die Gottes Gnade aussperren, keine prächtigen Paläste, die ihn verhöhnen. Die Wüste wird sich zurückholen, was ihr gehört, und das Leben wird ganz einfach werden: Auf der einen Seite stehen die Diener Gottes und auf der anderen die Sklaven der Menschen.«

»Und ich?«

Diesmal lächelte sie voller Zuneigung. »Das ist der Gregor, den ich kenne. Eine ganze Stadt wird fallen, aber er fragt nur: ›Und ich?‹ Tja, irgendwie kann ich mir dich weder als Bauern noch als Hirten vorstellen. Vielleicht wirst du ja zusammen mit der Stadt verbrennen.«

»Wieso erzählst du mir das alles, Sarah?«

»Vielleicht weil ich dich retten will.« Sie streckte den Arm aus und ergriff sanft seine rechte Hand.

Als er noch ein junger Sklave in Tumanbay gewesen war, waren er und Qulan einmal auf einem Fischkutter weit aufs

Mittelmeer hinausgefahren. Ihr Herr hatte gewollt, dass sie erfuhren, wie die Fische, die er auf den Märkten verkaufte, dorthin gelangten. Dass sie sahen, wie sehr sich die Fischer anstrengen mussten, um die riesigen Netze aus dem tiefen Meer zu ziehen. Qulan hatte sich dafür mehr interessiert als er, doch als eines stürmischen Tages ein magerer Fang mit dem Netz heraufkam, hatte Gregor zusammen mit seinem Bruder und den anderen die Fische sortiert. Er griff in den Haufen aus glitzernden, sich windenden Leibern und schloss die Hand um etwas, das sich wie ein Schlauch anfühlte. Er zog daran und förderte eine Schlange zutage. Die anderen wichen zurück, ein paar von ihnen grinsten. Es gab einen hellen Blitz, wie in einem Gewitter, und Gregor kam es so vor, als würden seine Eingeweide aus ihm herausgezerrt und völlig verdreht wieder in ihn zurückgestopft. Er lag an Deck und schnappte nach Luft, als wäre er selbst ein gestrandeter Fisch. Dabei blickte er in einen Kreis aus lachenden Gesichtern hinauf. Jemand nahm eine lange Holzzange und warf damit das Tier, bei dem es sich offenbar um einen Aal handelte, über Bord. Die Fischer erklärten ihm, er habe großes Glück gehabt und dass schon viele ihrer Freunde an der Berührung dieses Biests gestorben seien, das in Anlehnung an den alten Gott des Wassers Callipes Rute genannt wurde.

So wie damals fühlte er sich auch jetzt, während ihre Finger ganz leicht sein Handgelenk und den Handrücken berührten. Als sie ihn das letzte Mal berührt hatte, hatte sie seine Wunden gesalbt – diesmal fügte sie dem Mann, der er zu sein glaubte, eine zu.

»Gregor?« Sie stand ein Stück von ihm entfernt am Fenster. Hinter ihr schimmerte die silberne Aurora der Zwillingsmonde durch die Lamellen.

»Ja?«

»Wir sind hier fertig, du darfst dich entfernen.«

»Exzellenz.« Er verbeugte sich und ging rückwärts aus dem Raum. Das Letzte, was er sah, war das rätselhafte Lächeln, das immer noch ihre Lippen umspielte.

Während er, diesmal ohne Eskorte, davonging, spürte er, wie ein Gedanke an die Pforte seines Verstandes klopfte und auf Einlass drang: Es würde noch sechzig Tage dauern, bis die beiden Monde sich überlappten und zu einem wurden. Dies könnte die Chance sein, auf die er gewartet hatte – außer es war in Wahrheit andersherum, und dieser Moment wartete auf ihn. Das war das Problem: Ein Insekt kann so etwas nie sicher wissen.

KAPITEL 60

Daniel

Daniel dachte darüber nach, dass nach einem Krieg, einem Feuer oder einer Flut alle leeren Häuser gleich waren. Es waren die Menschen, die sie mit Leben erfüllten. In den Räumen, die sie bewohnten, roch es nach Essen, Putzmitteln, Blumen, Körpern und Kindern, die einen eigenen Geruch absonderten. Es roch dort nach Hoffnung und nach Zukunft anstatt nur säuerlich nach der Vergangenheit.

Hier hatte er auf diesem Brunnenrand gesessen, unter dem Schatten dieses Baums, und beobachtet, wie General Qulan durch dieses Tor trat und von seiner Frau und seiner Tochter Manel begrüßt wurde. Manel … ja, er hatte hier an dem Brunnen gesessen, in ihre vertrauensvollen Augen geblickt und sie belogen. Sie war in diesem Haus seine Spionin gewesen. Doch ihre Aufgabe hatte nicht darin bestanden, ihn mit Informationen zu versorgen – die er sich als Helfer des Generals selbst beschaffen konnte –, sondern mit ihrer Leichtigkeit die Schutzwälle aufzuweichen, die Qulan um sich herum errichtet hatte.

Marisha verderben hieß diese Methode nach einem alten Land, das von den ersten Gefolgsleuten des Lehrers überfallen worden war. Es war eine große von Mauern umgebene Stadt gewesen, ganz ähnlich wie Tumanbay, in die sich die Auserwählten eingeschlichen hatten, indem sie sich als Anhänger der alten dort praktizierten Religion ausgaben. Sie waren willkommen geheißen und gefeiert worden, man hatte sie mit Unterkünften, Essen und Arbeit versorgt, und in einer dunklen Nacht, als der eine Mond den anderen verdeckte, hatten sie diejenigen ermordet, die sich mit ihnen angefreundet hatten. *Wenn die Schwestern ihre Gesichter verbergen*, so nannten die Stämme in diesem Teil der Welt seither eine Mondfinsternis.

Dieses Massaker war, egal, wie man es drehte und wendete, eine niederträchtige und unehrenhafte Tat gewesen. *Gott sieht alles, und seine Wege und Ziele sind unermesslich, was immer man in seinem Namen tut, ist ein heiliger Akt und wird verziehen werden*, hatte der Lehrer damals zu seinen Anhängern gesagt. *Marisha verderben.*

Die Vordertür hing schief in den Angeln, das Holz war gesplittert, die Schlösser zertrümmert. Er zog sie zur Seite und betrat das dunkle Atrium. Dort atmete er tief ein und versuchte eine Spur des Geruchs wahrzunehmen, der früher hier geherrscht hatte, doch da war nichts. Nur der Gestank nach Feuchtigkeit, Verfall und nassem Gips. Qulan hatte einen Wassertank auf dem Flachdach installiert. Der war leckgeschlagen, und sein ausgelaufener Inhalt hatte Pfützen auf dem Fliesenboden gebildet. Ja, an die Fliesen erinnerte er sich noch gut: praktisch, haltbar und doch in gewisser Weise elegant. Typisch für Qulan. Das Mobiliar war schon lange verschwunden, genau wie die Wandbehänge. Von beidem waren nur noch Spreißel und Fetzen übrig.

Er ging in den Privatraum des Generals, wo er und Wolf der Barbar am letzten Abend vor Qulans Aufbruch mit ihm gegessen hatten. Die Armee, mit der er am nächsten Tag in die Schlacht zog, war von Gläubigen unterwandert worden. Sie wandte sich gegen sich selbst und brachte Tumanbay so zu Fall. *Marisha verderben.*

Wie die anderen Zimmer war auch dieses leer geräumt worden, sogar die hölzernen Fensterläden fehlten. Doch eines war hier anders als im Rest des Hauses. Eine der Wände war mit großen ungelenken Buchstaben beschmiert worden: WIR WERDEN UNS ERHEBEN. Daniel lief ein Schauder über den Rücken. Er fragte sich, ob Manel diese Worte geschrieben haben könnte. Einen Moment lang war ihm, als spannte sich eine Schnur von ihm durch diese Wand bis zu ihr. Sie befand sich irgendwo da draußen. War sie in der Stadt oder bei ihrem Vater in den Sümpfen? Irgendwo wartete sie auf ihn. Er hatte sich geirrt, das Haus war nicht leer. Sie bewohnte es immer noch, und er merkte, dass er sie wiedersehen wollte. Herausfinden, wie sie sich seit damals verändert hatte. Die Würdenträger im Palast hatten angedeutet, dass sie möglicherweise in terroristische Anschläge verwickelt war und sich mit dem sogenannten Widerstand eingelassen hatte. Es schien, dass die Vergangenheit noch nicht mit ihm fertig war. Und er nicht mit ihr.

Daniel drehte sich um und ging.

KAPITEL 61

Gregor

Der blinde Bettler schnupperte und nickte. Gregor schnippte eine Münze in seine Schale.

»Bronze, Kommandeur.«

»Nicht so großspurig, mein Freund. Mittlerweile sind wir alle bescheidener. Sind sie dort unten?«

»Ja.«

»Hast du keine Angst, dass dich eines Tages die Schwarzen Wächter verhaften und dich foltern, bis du ihnen alles sagst, was du weißt?«

»Was weiß ich denn schon groß? Dass alles vergänglich ist?« Der Bettler lachte.

»Du wirst es nicht mehr so lustig finden, wenn du auf der Bank liegst.«

Eine Hand schoss vor, packte Gregor am Kragen seines Kaftans und zog ihn dicht an die leeren Augenhöhlen heran. »Und du auch nicht, mein Freund«, zischte der Alte. Dann stieß er ihn von sich und lachte erneut.

»Du bist verrückt«, sagte Gregor.

»Du wirst in die sieben Höllen fahren.«

Gregor ging rasch in die Nekropolis und passierte die Statue, an der zwei Monde zuvor Manels Blick hängen geblieben war. Wie es ihr jetzt wohl ging? Gut, hoffte er. Das und noch viel mehr schuldete er ihr.

An Ende des Tunnels wartete wie üblich ein Wächter auf ihn. Er öffnete die Klappe seiner dunklen Laterne und ließ das Licht auf Gregors Gesicht fallen.

»Friede sei mit dir. Große Bäume …«

»Du weißt, wer ich bin.«

Der Wächter hob sein Schwert und wartete.

»… immer noch belaubt.« Diese Leute waren Idioten und Amateure. Er hoffte, dass er nicht ein noch größerer Idiot war, weil er sich auf ihren Unsinn einließ.

Der Wächter trat zur Seite, und er ging in die sogenannte Kammer. Sie waren alle da und warteten. Ihre Unterhaltung verstummte. Er wusste, dass sie ihm immer noch nicht komplett vertrauten. Was er durchaus nachvollziehen konnte.

Baracken ergriff als Erster das Wort: »Was für Neuigkeiten bringst du uns, Gregor?«

»Endlich mal gute, hoffe ich«, fügte Madu hinzu, der so gesund und wach wirkte wie schon seit vielen Monden nicht mehr.

»Der Sultan spricht weise«, sagte Baracken. »Wir verzehren uns nach Hoffnung.«

So viel heiße Luft, dachte Gregor. Laut sagte er: »Dann können wir heute schon mal den Tisch für das Festmahl decken.« Damit hatte er ihre Aufmerksamkeit.

»Was meinst du damit?«, fragte Khaled.

»Ich spreche von einer Zeremonie im Qubat-Tempel, bei der alle Dreckskerle des Regimes zusehen, wie Maya vom Hafiz gesalbt wird.«

Khaled lachte. »Von dem alten Säufer?«

»Anscheinend geht es Maya nicht darum, wer, sondern was er ist – nämlich der direkte Nachfahre des Lehrers. Ein Titel, der seit Generationen weitergereicht wird.«

»Alle werden dabei sein?«, hakte Baracken nach.

»Maya, Sarah, Barakat, Daniel.«

»Daniel?« Madu sprang auf. »Ist er hier?«

»Schön zu sehen, dass es Euch so gut geht, Majestät. Und ja, er befindet sich in der Stadt.«

»Er ist vor einem Mond eingetroffen, zusammen mit der Regentin«, sagte Baracken.

Madus Gesicht verzerrte sich vor Zorn. »Und wieso weiß ich noch nichts davon?«

»Man hätte es Seiner Majestät sagen müssen«, pflichtete Khaled ihm bei.

»Was macht er?«, fragte Madu. »Sag es mir, Gregor.«

»Er bildet eine Armee aus, mit der er die Rebellen in den Sümpfen besiegen will.«

»Sprichst du mit ihm? Hat er sich erkundigt, wie …?«

Gregor schüttelte den Kopf. »Die meiste Zeit verbringt er mit den Soldaten und Wächtern im alten Armeeviertel und versucht, eine Kampfeinheit aus ihnen zu formen.«

»Das ist jetzt nicht wichtig«, sagte Baracken. »Wie kommen wir an Maya heran?«

Madu sah aufgewühlt aus. Er wandte den Blick ab und biss die Zähne zusammen, als hätte er eine Entscheidung getroffen. Gregor fragte sich, ob niemand sonst bemerkt oder wenigstens darüber nachgedacht hatte, welches Risiko von einem verliebten Madu ausging, der sich nach seinem blauäugigen Daniel sehnte. Trüge Gregor die Verantwortung, wäre der Sultan schon längst tot und seine Leiche hinge neben den anderen Opfern der Priester und ihrer Gefolgsleute. Dann könnte er sich wenigstens als Märtyrer nützlich machen und den Hass der Menschen gegen das neue Regime schüren. Gregor sah sich unter den Verschwörern um und sagte: »Wir sollten die Rebellen in den Sümpfen nicht vergessen. Wenn Qulan tatsächlich das Kommando über sie hat, könnte er alles Mögliche mit ihnen anstellen. Aber Baracken hat natürlich recht: Heute und hier müssen wir uns vor allem fragen, wie wir in Mayas Nähe gelangen können.«

Prem, ein Mitglied des Widerstands, das selten sprach – er war ein Anwalt und nicht auf den Kopf gefallen –, sagte: »Sie wird bewacht werden. Die Regentin ist immer von Schwarzen Wächtern umgeben, wenn sie den Palast verlässt. Maya werden sie noch viel besser beschützen wollen. Nicht mal eine Maus würde bis zu ihr durchkommen.«

»Wir werden unsichtbare Männer hinschicken«, sagte Gregor.

Bis auf den Anwalt brachen alle in Gelächter aus. Als es sich wieder gelegt hatte, bedeutete er Gregor fortzufahren.

»In meinem Beruf …«

»Als Spion des Sultans, der unschuldige Menschen foltert«, spottete Khaled. Offensichtlich mochte der Junge ihn genauso wenig wie er ihn. Gregor fragte sich, ob irgendwer aus Khaleds Familie in seinem Kerker gelitten hatte.

»… habe ich oft Hausangestellte als Informanten eingesetzt. Wieso? Weil sie alles sehen und von niemand wahrgenommen werden. Zumindest nicht als menschliche Wesen. Sie erledigen ihre Aufgaben und gehen wieder.«

»Schlägst du etwa vor, dass wir Mägde und Gärtner einsetzen?«, fragte Baracken.

»Wen würde man bei einer religiösen Zeremonie am ehesten erwarten?«

Prem runzelte nachdenklich die Stirn. »Priester, Priesterinnen, Mönche ... und heutzutage jede Menge Schwarze Wächter.«

»Ich habe die Aufgabe, die Mönche vom Orden des Lehrers vom Hafiz-Palast, wo sie sich vorbereiten werden, zum Tempel zu eskortieren, in dem die Zeremonie stattfindet. Ich schlage vor, dass wir sie durch unsere Leute ersetzen. Sie werden so gut wie unsichtbar sein.«

Nachdenkliches Schweigen breitete sich aus.

»Sie werden doch gefilzt, oder nicht?«, fragte Khaled schließlich.

»Natürlich, aber sie werden keine Waffen dabeihaben.«

»Und wie«, fragte Prem, »werden sie Maya und die anderen dann töten? Sobald sie irgendetwas in der Richtung versuchen, wird man sie erschlagen. Die Regentin wird ihre Leibwächter dabeihaben, genau wie Maya und Barakat. Sie werden sie nicht erwürgen oder ... zu Tode treten können. Tragen Mönche nicht Sandalen?«

Ibn Bai hatte Gregor einmal sein Verkaufsgeheimnis verraten. Er sagte, es ließe sich auf alles anwenden, was man an den Mann bringen wolle. Wenn der potenzielle Käufer auch nur eine Spur von Interesse an einem Produkt zeige, müsse man alles aus dem Weg räumen, wogegen er Einwände habe. Sobald das erledigt sei, habe er keinen Grund mehr, nicht zu kaufen, und das Geschäft sei besiegelt. Genau das tat Gregor gerade: Er ließ die Verschwörer Einwände erheben und entkräftete sie.

»Sie tragen Sandalen und werden wie gesagt keine Waffen dabeihaben, die man an ihnen finden könnte.«

»Und wie machen wir sie dann kalt?«, fragte Baracken.

»Die Mönche werden Gift unter den Fingernägeln haben. Unsichtbar, geruchslos und absolut tödlich, wenn sie ihr Opfer kratzen.«

»Ein Kratzer genügt?«, frage Prem. »Das könnte funktionieren.«

»Aber sie würden nicht entkommen«, warf Khaled ein. »Ich meine, sie würden doch sicher niedergemetzelt werden.«

»Ganz klar«, erwiderte Gregor. »Von dieser Mission gibt es keine Rückkehr.«

»Dann sollen wir also Menschen in den Tod schicken?«, fragte Prem.

»Das sollte doch eigentlich kein Problem sein, oder?«, entgegnete Gregor. »Ein nobles Opfer. Der Märtyrertod. Unsterblicher Ruhm. Ist es nicht das, worauf junge Männer wie du aus sind, Khaled?«

Khaled erbleichte und schluckte. »Ich … ich bin Mitglied des Rats. Ich könnte nicht …«

»Ihr wollt sie alle töten?«, übertönte Madu Khaleds Gewinsel. *»Alle?«*

Keiner antwortete.

»Daniel bleibt am Leben. Darüber diskutiere ich nicht. Ihm wird kein Haar gekrümmt. Wenn ihr mich als euren Sultan wollt, müsst ihr mir das bestätigen. Und zwar hier und jetzt.«

Niemand sagte etwas, aber es erhob sich ein zustimmendes Gemurmel, und das schien Madu zu genügen.

»Na gut«, sagte Gregor, »dann soll es so sein.« In diesem Moment hätten sie sich auf jede Forderung eingelassen. Es bedeutete gar nichts.

»Und das Gift?«, fragte Prem. »Ich gehe davon aus, dass Doktor Dorin es bereitstellt, richtig?«

»Solange ihr sicher sein könnt, dass er vertrauenswürdig ist.«

»So vertrauenswürdig wie du, Gregor«, sagte Madu.

Baracken mischte sich ein. »Er ist von Anfang an dabei. Er wird es tun.«

Das hoffe ich doch sehr, dachte Gregor, *weil wir sonst eine leere Schwertscheide tragen.* »Also gut, dann müssen wir nur noch acht Freiwillige finden, die nach ewigem Ruhm streben.«

Danach gab es nicht mehr viel zu sagen, und das Treffen wurde beendet. Sie gingen einzeln oder paarweise. Madu begleitete Gregor aus der Nekropolis heraus. Die Verschwörer trauten dem Sultan so sehr, dass sie ihn in einer geheimen Unterkunft in der Stadt wohnen ließen. Er hatte einiges an Gewicht verloren. Mit seiner Arbeiterkleidung und der großen vileppianischen Mütze, die er tief ins Gesicht gezogen trug, erinnerte er kaum noch an den sinnesfrohen jungen Mann von früher. Dennoch war er ganz wild darauf, mehr über seine alte Liebe Daniel zu erfahren.

»Hast du ihn gesehen, Gregor, und mit ihm gesprochen?«

»Er ist mit Sarah, der neuen Regentin, gekommen.«

»Ich erinnere mich an sie, sie war Rots Frau. Aber ich kenne sie kaum. Daniel hat mir gesagt, dass ich mich von der Ratskammer fernhalten soll. Und dann ist sie gegangen, und dann …« Tränen strömten ihm über die Wangen. »Dann war Daniel weg. Eines Morgens war er einfach nicht mehr da. Ich habe überall nach ihm gesucht und herumgefragt, ob irgendwer ihn gesehen hat. Aber die Leute haben nur gegrinst und mich hinter vorgehaltener Hand verspottet … sie haben mich verachtet, Gregor. Das haben sie schon immer. Aber jetzt mussten sie es nicht mehr verbergen.«

»Ich habe ihn seit seiner Rückkehr kaum zu Gesicht bekommen, Madu. Wir sind ein paarmal im Palast aneinander vorbeigegangen, und ich sehe ihn gelegentlich bei Ratssitzungen. Wenn sie mich dazu einladen. Was nicht oft vorkommt.«

»Du weißt, dass wir mal aus der Stadt fliehen und in den Palast meiner Mutter in den Weißen Bergen ziehen wollten.«

»Aber dazu ist es nie gekommen.«

»Er war die ganze Zeit Mayas Diener.«

»Die Welt ist voller Verräter.«

»Als ich gesagt habe, dass er von der Todesliste gestrichen werden soll, habe ich das auch so gemeint, Gregor.«

»Er hat dich ausgenutzt und verraten, Madu. Was könntest du ihm noch schuldig sein?«

»Du warst noch nie verliebt, oder?« Madu hielt Gregor am Ärmel fest. Sie blieben ausgerechnet vor Manels Monument stehen. *Ich war der Herrscher über alles, was ich sah, und ich vertraute auf den Herrn über mir, bis ich zu Staub zerfiel, wie es dem Wesen aller Dinge entspricht.*

»Ich liebe Daniel, und das werde ich immer tun, ganz gleich, wie sehr er mich verraten hat. Das zeichnet echte Liebe aus, weißt du? Sie wird ohne Vorbehalte, ohne Hoffnung und selbst in größter Verzweiflung gewährt. Man tut alles für einen freundlichen Blick, ein Wort, eine Berührung des geliebten Menschen. Und nichts kann etwas daran ändern. Keine Scham, keine Demütigung, kein … kein …« Er ließ Gregors Ärmel los. »Lass ihn bitte einfach am Leben.«

»Ja, das werde ich, wenn es in meiner Macht liegt.«

»Danke. Ich werde jetzt verschwinden. Du solltest wahrscheinlich warten, bis ich weg bin, bevor du auch gehst, Gregor.« Er schlüpfte zwischen den Gräbern hindurch und wurde schon bald von der Dämmerung verschluckt.

In der Nähe ertönte ein Vogelschrei. Ein weißer Umriss glitt über Gregor hinweg und verschwand hinter einem Mausoleum. Einen Moment später schwang er sich mit einem panisch quiekenden kleinen Tier im Schnabel wieder auf.

Gregor verzog die Lippen zu etwas, das ein Lächeln sein sollte, auch wenn nicht mal der blinde Bettler mit seiner Münzschale am Eingang zum Trosttempel darauf hereingefallen wäre. O doch, mit den Qualen einer hoffnungslosen Liebe kannte er sich sehr gut aus. Damit plagte er sich jede Nacht in seinen Träumen herum. Und inzwischen war Sarah wieder zurück. Was sollte er jetzt bloß tun?

Was kam als Nächstes?

Ach ja: Der Doktor, dieser geheimniskrämerische Mann.

KAPITEL 62

Dorin

Es war immer noch hell, als er Dorins Haus erreichte. Dennoch dauerte es eine Weile, bis er die Zofe auf sich aufmerksam gemacht hatte. Er erkannte, dass es eine andere Frau war als bei seinem letzten Besuch, auch wenn sie sich als genauso wenig hilfreich erwies. Anstatt ihn hereinzubitten, informierte sie ihre Herrin darüber, wer an der Tür stand, und linste misstrauisch durch das kleine vergitterte Fenster. Das Tor blieb verschlossen.

»Was willst du? Du hast gesagt, dass du uns in Ruhe lässt und dass wir dich nie wiedersehen. Genau das hast du beim letzten Mal versprochen.« Das Gesicht der Hausherrin wirkte genauso verschlossen wie das Tor.

»Ich muss mit deinem Gemahl sprechen.«

»Er ist nicht hier, er arbeitet.«

»Er arbeitet ungewöhnlich lange, meine Dame.«

»Er ist ein Doktor und Lehrer, der sich mit Leib und Seele seiner Arbeit verschrieben hat. Manchmal zu sehr.« Ihre Sorge dämpfte ihre wütende Abwehrhaltung.

»Das weiß ich. Er ist ein Mann, der für andere da ist. Deshalb will ich mit ihm sprechen.«

»Er bekommt nicht genug Anerkennung. Das solltest du denen mal sagen. Er verdient etwas Besseres von diesen Leuten.«

Gregor hätte sie darauf hinweisen können, dass er am Leben und frei war und genug verdiente, um sich ein solches Haus leisten zu können. Doch er tat es nicht. »Das sehe ich auch so«, sagte er stattdessen. »Er ist ein gefeierter Heiler und Dozent. Das sollte honoriert werden.«

»Und diese Sonderprojekte. Die fressen noch mehr Zeit auf, in der er sich eigentlich erholen sollte.«

»Sonderprojekte?«

»Frag mich nicht, er erzählt mir nie etwas darüber. Ich sage ihm, dass er sich nicht so leicht abspeisen lassen soll. Ein Mann muss sich ehrgeizige Ziele setzen.« Sie verstummte und dachte nach. »Er träumt«, fuhr sie schließlich fort. »Manchmal wacht er weinend auf, aber er verrät mir nicht, wieso. Er will es mir einfach nicht sagen.«

Als Gregor vor dem Waisenhaus eintraf, wo er als Nächstes nach dem Doktor suchen wollte, war es bereits dunkel. Der dortige Torwächter war entgegenkommender und ließ ihn sofort ein.

»Der Doktor, ist er da?«

»Ja, Effendi. Er kam zur gewohnten Zeit.«

»Wo kann ich ihn finden?«

»In den alten Bädern. Dort ist er meistens.«

»In den Bädern«, sagte Gregor. »Ich wusste gar nicht, dass es hier immer noch …« Die meisten Bäder in der Stadt waren demontiert und in Einzelteilen verkauft worden, um mit dem Erlös Mayas weitere Kreuzzüge zu finanzieren.

Der Wächter zuckte die Achseln. »Das sind eigentlich keine

Bäder mehr. Dort bewahren sie die Körper von den Toten auf. Da unten ist es kühl.« Er schüttelte den Kopf. »Arme kleine Scheißer. Durch dieses Tor kommen mehr rein als raus, das kann ich dir sagen, Effendi.«

Gregor gab ihm eine Münze und sagte, dass er mit niemand über ihre Unterhaltung sprechen solle.

Im Gegenzug erklärte der Mann ihm, wie er zu den Bädern kam.

Als Gregor die große Wendeltreppe hinunterstieg, wurde es tatsächlich merklich kühler. Durch die Fenster über ihm fiel silbernes Mondlicht auf die Stufen. Der Staub, der in der Luft lag, ließ die Strahlen massiv erscheinen. Sie sahen aus, als würden sie ihm den Weg versperren. Gregor musste sich eingestehen, dass dieser Ort und die Vorstellung, was er hier finden würde, ihn mit Entsetzen erfüllte. Er war kein Mann, der sich leicht fürchtete, und hatte im Laufe seiner Karriere weiß Gott selbst genug Angst und Schrecken verbreitet, doch dieser Abstieg unter die Erde erinnerte ihn an die Stadt unter der Stadt und daran, was ihm dort zugestoßen war.

Am unteren Treppenabsatz befand sich immer noch eine Tür. Die Messingbeschläge, die sie früher geziert haben mussten, waren allerdings verschwunden. Er stieß sie auf. Vor ihm, in einer Insel des Lichts inmitten eines Meers aus Dunkelheit, sah er eine Gestalt, die sich über einen Tisch beugte. Gregor hörte Knochen brechen. Die Zugluft von der geöffneten Tür ließ die Öllampe flackern. Dorin merkte es und blickte auf.

»Was machst du hier, Gregor?«

»Ich könnte dir dieselbe Frage stellen.«

»Ich bin der für das Waisenhaus zuständige Arzt. Weshalb sollte ich nicht hier sein?« Er legte die Stahlschere, die er in der Hand hielt, vorsichtig in eine Schale. Das Klappern, das sie dabei erzeugte, hallte unnatürlich laut in dem riesigen leeren Raum wider. Andererseits, dachte Gregor, erschien nur wenig von dem, was Dorin tat, natürlich.

»Zu dieser späten Stunde? Ich war erst am Institut und dann bei dir zu Hause. Keiner schien zu wissen, wo du steckst.«

Dorin nahm ein Skalpell und hielt es behutsam zwischen Daumen und Zeigefinger. »Ich bin beschäftigt.«

Gregor zog sein Schwert eine Handbreit aus der Scheide. »Was macht ihr beide, du und Barakat? Verrätst du deine Freunde, Dorin?«

»Wieso sollte ich das tun?«

»Weil in Wahrheit Barakat dein Freund ist.«

»Ha!« Dorin schleuderte das Skalpell von sich weg in die Dunkelheit.

»Du arbeitest für ihn.«

»Ich will nichts lieber, als dieses Tier zu vernichten ... ihn und das ganze andere Gesindel, diesen Abschaum, der unsere Stadt verpestet.«

»Was ist es?«

»Ich will, dass es aufhört, dass es endlich vorbei ist«, sagte Dorin. Gregor glaubte zu hören, wie ihm die Tränen kamen, und ließ das Schwert in die Scheide zurückgleiten. Er ging zum Tisch und blickte auf den kleinen Körper hinab, der dort lag. Das Gesicht war unberührt und machte fast den Eindruck, als würde das Kind bloß schlafen. Der Rest war das reine Grauen. »Was machst du da, Dorin?«

»Das Kind war tot. Er hat es bei mir abgeliefert. Das ist das letzte ... ich kann nicht mehr.«

»Erzähl mir, worum es geht«, sagte Gregor.

»Barakat will, dass wir die Seele finden und studieren, damit wir sie reparieren und dadurch dieses Kind heilen können.«

»Welches Kind soll geheilt werden?«

»Sein Kind. Er will sein Kind wieder gesund machen.«

KAPITEL 63

Madu

Madu lauschte. Lange Zeit war es still. Später herrschte in den tiefer gelegenen Stockwerken einiger Trubel, als die anderen Bewohner von der Arbeit zurückkehrten. Danach wieder Stille.

Er hörte ein Knarzen. Auf den alten Stufen, die zu seinem Dachbodenzimmer hinaufführten, waren Schritte zu vernehmen. Einer der Gründe, warum sie ihn hier einquartiert hatten, als er darauf bestand, wieder ins Tageslicht zurückzukehren, waren diese knarzenden Stufen gewesen. Wenn nötig konnte er durch das Fenster entkommen, über die Dächer laufen und in einer Hintergasse verschwinden.

Er rührte sich nicht, während das Knarzen lauter wurde und immer näher kam. Erneut wurde es still, dann klopfte es endlich.

Er konnte nicht mehr an sich halten: »Daniel?«

»Lässt du mich rein, oder muss ich die ganze Nacht hier draußen bleiben, Madu?«

»Nein, nein, natürlich …« Er durchquerte den Raum, zog den Riegel zurück und öffnete die Tür. Und da war er: Daniel lächelte, und sein Gesicht strahlte, genau wie früher. Madu trat zurück und ließ ihn eintreten. Er war nervös und wusste nicht, was er sagen oder wie er sich verhalten sollte. »Ich fürchte, meine Wohnverhältnisse sind nicht mehr das, was sie mal waren. Kein Palast, keine versteckten …« Er merkte, wie albern er klang, und verstummte.

Daniel schaute sich um. Dann ging er zum Fenster und blickte auf die Straße hinunter. Schließlich drehte er sich zu Madu zurück. »Alle suchen nach dir, seit du aus dem Palast verschwunden bist. Du machst dir gar keine Vorstellung.«

»Du nicht.«

»Ich was nicht?«

»Du hast nicht nach mir gesucht.«

»Ich war nicht hier, Madu.«

»Tja, das ist mir klar.« Madus Stimme klang trotzig und weinerlich. So hatte er sich ihr Wiedersehen nicht ausgemalt.

»Es war ein schwerer Schlag für Mayas Sache, dass ihr Sultan einfach so von der Bildfläche verschwunden ist. Das hat ihnen gar nicht gefallen.«

»Ich war nur eine Marionette, mehr nicht.«

Daniel zuckte die Achseln und setzte sich auf die Kleiderkommode am Fenster. Wie immer bewegte er sich elegant, doch er wirkte härter als früher, als hätte ihm das Leben übel mitgespielt. »Ja, du warst eine Marionette, und sie haben geglaubt, dass sie dich kontrollieren können. Doch da haben sie sich getäuscht. Ich wusste, dass du ein Kämpfer ist. Habe ich es dir nicht immer gesagt?«

»Ich weiß nur noch, was am Schluss passiert ist, als die Stadt fiel. Als du sagtest, wir sollten zusammenbleiben und alles, was geschehen würde … gemeinsam durchstehen.«

»Das alles habe ich nur getan, um dir das Leben zu retten, Madu.«

»Du hast mich zerstört, Daniel. Ich habe dich geliebt, und du hast mich verlassen. Ich saß da, auf meinem dämlichen Thron, während sie um mich herum die Stadt verwüsteten und mir Dinge vorlegten, die ich unterzeichnen und mit meinem Siegel versehen sollte. Gott allein weiß, was ich in dieser Zeit alles bewilligt habe und was in meinem Namen angerichtet wurde. Wundert es da wirklich irgendwen, dass ich meinen Verstand auslöschen wollte?«

»Du musst das verstehen, Madu. Ich war ein Soldat … Ich hatte meine Befehle.«

»Du warst General Qulans Soldat und hast ihn genauso betrogen wie mich.«

Daniel stürmte quer durch den Raum und packte Madu so fest an den Oberarmen, dass der vor Schmerzen aufschrie. »Ich habe ihn gerettet. Sie wollten ihn an Ort und Stelle verbrennen. Ich war es, der sie davon abgehalten hat, und auch du hast nur überlebt, weil ich Rot angefleht habe, dich zu verschonen. Ja, es war nicht schön, ja, du und ich mussten für das, was geschehen ist, einen hohen Preis bezahlen, und ja, wir könnten die ganze Nacht hier stehen, uns gegenseitig beschuldigen und darüber jammern, wie schlecht die Welt uns behandelt hat. Und wir könnten verbittern und als Feinde auseinandergehen.« Er stieß Madu auf das Bett und warf sich auf ihn. »Was denn? Bildest du dir etwa immer noch ein, wir hätten in diesen Palast in den Hügeln fliehen können? Ist es das, was du glaubst? Du weißt genau, dass das nie funktioniert hätte, Madu. Sie hätten uns aufgespürt. Es war nur ein Traum. Aber jetzt, jetzt haben wir uns wiedergefunden.«

Madu spürte Daniels Atem auf dem Gesicht und auf den Lippen wie die Berührung eines Geists aus einem Märchen. »Ich habe dich so vermisst.«

»Und ich habe dich vermisst, Madu, mein Liebster, so sehr…«

Daniels geliebtes Gesicht kam immer näher. Schließlich berührten sich ihre Lippen, und ihr Atem vereinte sich.

»Oh, bei den Göttern, Daniel, mein wunderschöner Daniel, verlass mich nur nie wieder.«

Madu wachte auf, als die Morgensonne seine Lider küsste. Er streckte den Arm aus. Die andere Seite des Bettes war leer. Er setzte sich auf. Daniel stand nur mit einer Unterhose bekleidet am Fenster und wusch sich.

»Ich habe diese Wasserschüssel hier genommen. Ich hoffe, es stört dich nicht.«

»Natürlich nicht. Wieso sollte es mich stören. Aber… Bist du…? Musst du schon so früh gehen?«

Daniel trocknete sich grinsend ab. »Das Leben besteht nicht nur aus Vergnügungen, mein Schatz. Die Pflicht ruft. Ich muss ein Treffen mit General Qulan vorbereiten.«

»Wie meinst du das? Er ist doch in den Sümpfen, oder nicht?«

»Ja, er kommandiert dort seine bunt zusammengewürfelte Armee. Dieser Mann gibt einfach nicht auf – selbst wenn er weiß, dass er geschlagen ist. In gewisser Weise bewundere ich das Alte Steingesicht. Weißt du noch, als er uns beide im Lager auspeitschen lassen wollte? Fünfzig Hiebe für jeden!«

»Das hätte mich sicher umgebracht«, erwiderte Madu. »Und du hast uns gerettet. Du hast mir gesagt, ich solle ihm erzählen…«

»… dass ich Maya kenne.«

»Damals hielt ich es für eine Lüge…«

»Das war es auch, mein Lieber. Niemand kennt Maya. Sie ist ein Mysterium.« Daniel zuckte die Achseln und kleidete sich rasch an. »Wie dem auch sei. Ich bin ein Soldat, und ich muss jetzt gehen.« Er kam zum Bett herüber und nahm Madus Kopf in beide Hände. »Es war schön, dich wiederzusehen. Was immer auch geschieht, vergiss nicht, wie sehr du mir am Herzen liegst, mein Liebster.«

»Wann können wir uns wiedersehen? Warte, wir müssen noch ...«

Daniel blieb in der halb geöffneten Tür stehen. Madu lauschte. Die Stufen knarzten unter zahlreichen Schritten. Daniel machte die Tür ganz auf und ließ zwei Priester herein. Ihnen folgte ein Trupp Wächter.

»Nein, Daniel, nein. Das kann nicht sein. Du kannst nicht ...«

»Bringt ihn in den Palast. Lasst ihn nicht aus den Augen. Er wird euch alles verraten, was ihr wissen müsst. Er weiß, wo die Ratten sich verstecken und was sie vorhaben.«

Madu rannte zum Fenster. Ehe er es erreichte, wurde er grob gepackt und zu Boden gerissen.

Daniel sah ihn an. »Du wirst sehen, dass es besser so ist, Madu. Sobald du dich komplett Maya anvertraust, wird alles gut.«

KAPITEL 64

Manel

Die Wolken hingen tief über den fernen Gipfeln, ständig donnerte es. Der Wind, der von den Hängen herabwehte, war so kalt, dass sich viele im Lager bei der Arbeit in zusätzliche Kleiderschichten hüllten.

Manel hatte den ganzen Tag sämtliche Schwerter im Lager gewetzt, und als sie keine mehr fand, Spaten, Hacken, Mistgabeln und Pickel an das Schleifrad gehalten. Es war eine unbarmherzige und zermürbende Beschäftigung gewesen, und als sie bei Anbruch der Nacht ins Lager zurückkehrte, wo Alkin ihre Lotionen und Arzneien verteilte, waren ihre Hände aufgerissen und blutig. Vor dem Zelt hatte sich eine Schlange gebildet. Manel lehnte das Angebot einer Vorzugsbehandlung ab und wartete wie alle anderen, während Alkin und ihre Helfer die Verstauchungen, Schnitte, Gehirnerschütterungen und Knochenbrüche des Tages behandelten. Als sie schließlich als Letzte drankam, war es bereits spät.

Alkin wusch Manel die Hände und verstrich eine übelriechende Paste auf den Handflächen.

»Sie stammt aus einer Wüstenwurzel«, erklärte die Ärztin.

»Deine Freundin hilft beim Sammeln – sie hat ein gutes Gespür für nützliche Pflanzen.«

Manel schnitt eine Grimasse. »Ja, Himmel steckt voller Überraschungen. Aber das gilt wahrscheinlich für die meisten Leute.«

Alkin zuckte die Achseln. »Ich bin schon lange der Meinung, dass es ein Fehler ist, andere Leute vorschnell zu beurteilen.«

»So wie Effendi Rot, der sicher war, dass mein Vater in den Sümpfen sterben würde.«

»Falls das wirklich sein Plan war. Manchmal frage ich mich, ob Rot nicht vielleicht gerissener war, als viele glauben.«

»Aber er ist tot«, sagte Manel.

Alkin wickelte einen Verband um ihre rechte Hand. »Damit die Paste nicht abgerieben wird. Du kannst sie morgens wieder abmachen. Die andere Hand, bitte.«

»Sobald sie ihren Fehler erkennen, werden sie eine Armee schicken, oder? Ich meine, sie können uns hier doch nicht einfach freie Hand lassen.«

»Richtig, das können und das werden sie nicht. Ist das nicht auch der Grund, weswegen du den ganzen Tag Spaten und Mistgabeln zu Schwertern umgearbeitet hast?«

»Nur wozu? Spaten und Mistgabeln? Was können wir damit schon groß gegen eine Armee ausrichten?«

Alkin zerriss das Ende des Verbands in zwei Streifen und verknotete ihn damit. »Das müsste reichen. Und jetzt solltest du was trinken. Du bist so niedergeschlagen, weil du müde bist.« Sie nahm eine Steinflasche und schenkte damit zwei Schalen voll. »Das hier ist ein Roséwein aus dem Süden. Ein paar Neuankömmlinge haben ihn mitgebracht.« Sie stellte die Steinflasche wieder ab. »Ich bin keine Generalin, und du auch nicht. Die Lage verändert sich ständig, nichts ist sicher. Hier, trink.«

Manel nahm ihre Schale und tat wie geheißen. Der Alkohol war warm. Er schmeckte süß, aber auch ein bisschen bitter und insgesamt sehr gut. Sie spürte, wie sich Wärme in ihrem geschundenen Körper ausbreitete.

»Bei unserer ersten Begegnung hast du mir erzählt, du hättest dich verirrt«, sagte Alkin. »Dass du die Tochter eines Generals bist, hast du verschwiegen.«

»Damals war ich niemand«, entgegnete Manel, »und vielleicht hatte ich mich tatsächlich verirrt. Sie haben meine Mutter und halten sie irgendwo in der Stadt fest.« Tränen brannten ihr in den Augen. Lag das am Rosé?

Alkin legte eine Hand auf ihren Verband. »Deiner Mutter wird nichts geschehen.«

Manel schlug Alkins Hand weg. »Woher willst du das wissen?«, stieß sie hervor. Kaum hatte sie die Worte ausgesprochen, bereute sie sie auch schon.

»Ich weiß, wie die neuen Machthaber denken«, entgegnete Alkin. »Deine Mutter ist ein wichtiger Trumpf im Spiel, den sie nicht aus der Hand geben wollen.«

»Vielleicht bist du ja eine von ihnen, Alkin. Aus welchem Land kommst du eigentlich? Wer bist du in Wirklichkeit?«

»Ich bin diejenige, die du vor dir siehst, Manel.« Der Docht der Lampe begann zu rauchen und stand kurz vor dem Verlöschen. Alkins Gesicht schien nur noch aus Schatten zu bestehen. Ein Ausdruck nach dem anderen huschte darüber, wie Wolken, die vor den Monden vorbeizogen. Und wie die Monde, dachte Manel, war auch diese Frau wunderschön und unbegreiflich.

»Wird mein Vater dich zur Frau nehmen?«

»Das hast du mich schon mal gefragt, und meine Gegenfrage ist die gleiche geblieben: Werde ich ihn zum Mann nehmen?« Sie füllte Manels Schale nach. »Entsetzt es dich, dass ich so etwas sage? Trink, es wird dir guttun.«

Manel stellte die Schale ab. Sie war sich nicht sicher, ob der Wein ihr wirklich guttat. Ihr Verstand schien zu gären. »Entsetzt? Keine Ahnung. Es ist so viel passiert, dass ich mir manchmal wünsche, alles könnte wieder so sein wie …«

»Das tust du nicht.«

»Nein, das stimmt, aber es ist nicht leicht, frei zu sein. Kann ich etwas Wasser haben?«

»Ziemlich starkes Zeug, diese Freiheit«, erwiderte Alkin. Sie holte einen Becher und reichte ihn Manel. Das Wasser darin war kühl und erfrischend.

Manel sah zu, wie Alkin den Roséwein aus Manels Schale, ohne einen Tropfen zu verschütten, in die Flasche zurückkippte.

»Das ist das Problem, wenn man seine eigenen Entscheidungen trifft, meine Liebe. Die wenigsten von ihnen sind richtig, aber man muss mit allen leben. Reue gehört zur Freiheit dazu.«

»Bereust du viel, Doktor?« Manels Kopf war wieder klarer.

Alkin streckte die Hand aus und löschte die Öllampe, worauf das Zelt nur noch vom Mondlicht erhellt wurde. Im Lager herrschte nach wie vor Betrieb. Manel war inzwischen seit zwei Monden hier. In dieser Zeit hatte sie es selten ruhig erlebt. Irgendetwas war immer los.

Sie wollte gerade aufstehen und gehen, als Alkin ihre Frage doch noch beantwortete: »Vor vielen Jahren reiste ich bis zum äußersten Rand der Zivilisation, hinter dem die bleichen Barbaren hausen. Ich wohnte in einer Stadt und studierte unter einem großen und gefeierten Arzt. Damals war ich fast noch ein Mädchen und habe mich Hals über Kopf in einen jungen Mann verliebt. Dabei passierte etwas, das bei ersten Lieben häufig vorkommt: Wir bekamen ein Kind, eine Tochter. Und noch etwas geschah: Der alte Khan starb, und unter dem neuen waren Leute wie ich in der Stadt plötzlich nicht mehr erwünscht. Ich musste fast ohne Vorwarnung fliehen. Und so ließ ich das Kind bei seinem Vater – denn er hatte eine Frau und liebte die Kleine. Und ich war bloß eine Reisende, die ihr nichts bieten konnte.«

»Und was geschah dann?«, fragte Manel.

»Jahre später, nicht lange bevor ich nach Tumanbay kam, war ich noch mal in dieser weit entfernten Stadt und … ich war neugierig auf mein Kind. Ich ging zum Haus des Mannes, den ich damals geliebt hatte, und erkundigte mich nach ihm. Dort lebten tatsächlich noch Leute, die sich an ihn erinnert haben. Sie erzählten mir, dass er tot sei. ›Und seine Tochter?‹, fragte ich. ›Ein schwarzhaariges Kind mit Mandelaugen.‹ Sie sagten mir, dass sie ebenfalls gestorben sei, mit achtzehn, an der Pest. Ich hatte vom Leben meiner Tochter nichts mitbekommen. Keinen Moment nach dem allerersten.«

Regen setzte ein. Die Tropfen prasselten auf das Zeltdach.

»Jeder Moment ist ein Geschenk Gottes«, sagte Alkin, »und wenn er vergangen ist, können wir ihn nicht mehr zurückholen …« Der Regen wurde stärker. »Genauso wenig, wie wir den Regen in die Wolken zurückstecken können, sobald er gefallen ist.«

»Das ist eine sehr traurige Geschichte«, sagte Manel.

»So wie alle guten Geschichten, meine Liebe. Du solltest jetzt besser gehen. Es ist spät, du bist müde, und ich … ich bin heute Nacht traurig.«

KAPITEL 65

Madu

Er wusste nicht, wie lange er in dem kleinen gesichtslosen Raum gefangen gehalten wurde. Sie gaben ihm zu essen, brachten ihm Wasser und stellten ihm einen Eimer hin. Der Eimer wurde ausgeleert, er schlief, dann wachte er auf, und alles ging von vorne los. Er war wütend, weinte und tat sich selbst leid. Er verfluchte sie, weil sie ihm keine Möglichkeit gaben, sein Leben zu beenden – weder einen Dolch noch einen Strick oder Gift. Doch dann wurde ihm bewusst, dass er ohnehin nicht den Mut dazu hatte. Er war ein Nichts und noch nie etwas anderes gewesen. Er war von seiner Mutter, von Daniel und von den Verschwörern herumgeschubst worden. Warum jetzt also nicht auch noch von Maya?

Als die Schwarzen Wächter schließlich zu ihm kamen, war er auf sie vorbereitet.

Einer der beiden sagte: »Majestät, wenn Ihr uns bitte begleiten würdet.«

Majestät? Zum ersten Mal seit sehr langer Zeit musste er laut lachen. Wie lange war es her, dass er sich zum letzten Mal mit seinen Freunden amüsiert hatte? Hatte er überhaupt je echte Freunde gehabt?

»Majestät?«

»Oh, ja. Also gut.« Madu ordnete, so gut es ging, seine Kleidung und folgte ihnen hinaus. Sie hatten ihn also in ein Zimmer im alten Harem gesteckt. Er betrachtete die Wandteppiche, die überraschenderweise nicht verhökert worden waren, und sagte: »Der da, auf dem Teppich dort, ist mein Vater. Der auf dem Pferd. Bevor sie … bevor er … gestorben ist und mein Onkel …« Auf dem Teppich waren auch Liebesszenen zu sehen, sowohl zwischen Männern und Frauen als Frauen und Frauen und Männern und Männern. Genau genommen war es also vor allem erstaunlich, dass sie ihn noch nicht zerstört hatten.

Die Wächter öffneten die Tür zu Sultan al-Ghuris Gemächern und traten zur Seite, um Madu einzulassen. Drinnen wartete Sarah auf ihn. Sie lächelte. Madu erinnerte sich vage an ihre erste Begegnung. Sie war damals die Zofe seiner Mutter gewesen. Später hatte er sie an Effendi Rots Seite gesehen, und dann war sie plötzlich verschwunden, genau wie Daniel.

»Willkommen zurück, Majestät. Ich hatte gehofft, Euch bei meiner Rückkehr anzutreffen, aber anscheinend seid ihr weg gewesen.«

Madu wurde bewusst, dass er sie nicht mochte. Aber das war egal. »Ich habe Euch nichts zu sagen, werte Dame.« Ja, immer schön höflich bleiben.

»Aber, Majestät, Euer Volk hat sich Sorgen gemacht.« Sie ging zu einem der Fenster. »Kommt, seht selbst.«

Warum nicht? Ein Blick konnte nicht schaden. Er gesellte sich zu ihr.

»Sie wollen wissen, dass ihr Sultan in Sicherheit ist und über sie herrscht. Es ist Eure Stadt, und Euer Platz ist hier. Als Ihr verschwunden seid, hat Maya sich Sorgen gemacht. Ich wurde hergeschickt, um Euch zu suchen und dafür zu sorgen, dass Euch nichts zustößt. Wir hatten Angst, Ihr könntet in die Hände von Rebellen gefallen sein, aber jetzt seid Ihr ja wieder da und bei bester Gesundheit. Ein Reich ohne Sultan ist ein Reich, dem Anarchie droht.«

»Ich bin kein Sultan … ich bin ein Sklave, wie alle anderen auch.«

Sie lächelte, als würden sie nur miteinander plaudern. »Wo wart Ihr denn?«

»Ich wollte allein sein und war wandern.«

»Ihr seid allein gewandert.« Ihr Gesicht war dicht an seinem, zu dicht. Er konnte die Hitze ihres Körpers spüren. Das war falsch. Er trat zurück, um seine Grenzen zu wahren. »Wo genau seid Ihr so allein gewandert? Immerhin wart Ihr eine ganze Weile unterwegs. Wer hat Euch Unterkunft gewährt, wer hat Euch zu essen gegeben?«

»Ich war allein.«

Ihre Augen waren so blau wie Daniels, und auch genauso geheimnisvoll und trügerisch. Er dachte an den Raum, den Eimer, die Tage und die Nächte, den Eimer, den Eimer.

»Ich weiß, wie sehr Ihr zu kämpfen hattet, Madu. Ich kannte Eure Mutter auch. Shajah verlangte so viel von Euch. Es muss schwer gewesen sein, ihren ehrgeizigen Erwartungen gerecht zu werden. Und dem Vorbild Eures Vaters und Eures Onkels. Kein Wunder, dass Ihr Euch von dieser Last erdrückt gefühlt habt und manchmal ins Stolpern geraten seid.«

Der Eimer, an den musste er sich erinnern, diesen verdammten Eimer mit seinen Fäkalien. »Ihr habt meine Mutter gekannt und sie umgebracht. Wie war das?«

»Wollt Ihr die Wahrheit hören? Sie hat mich überrascht. Ich

habe sie nach ihrem Bad erwürgt, mit ihrer eigenen Goldkette. Sie war sehr schön, als sie starb, Madu. Wie oft habt Ihr davon geträumt, selbst das Leben aus Eurer so schönen und grausamen Mutter herauszuwürgen?«

»Hört auf damit.«

»Seid Ihr wütend oder eifersüchtig?«

Der Eimer, denk an den Eimer. »Wieso bringt Ihr es nicht hinter Euch und richtet mich auf der Stelle hin? Ich bin der letzte Vertreter des alten Regimes. Nach meinem Tod wird es komplett ausgelöscht sein. Nur noch Scheiße in einem Eimer.«

Sarah kehrt zum Sofa zurück und setzte sich hin. »Das ist nicht meine Entscheidung, Madu«, sagte sie, plötzlich ganz geschäftsmäßig. »Maya will, dass Ihr lebt. Ich diene Maya und tue, was mir aufgetragen wird. So machen wir es alle. Wo sind sie, Madu, wo stecken die Rebellen?«

»Zu viel Verrat«, erwiderte er.

»Gott zu dienen ist kein Verrat. Dieser Eimer voll Scheiße, von dem du gesprochen hast? Wenn du ihn auf Geheiß Gottes im Herzen trägst, verwandelt sich die Scheiße darin in reinstes Gold. Wer einen gegen Gott gerichteten Verrat aufdeckt, wird reich gesegnet. Er hat dich schwer geprüft, Madu. Sie haben behauptet, sie würden dich lieben, aber sie haben dich betrogen. Du bist von der Frau ausgenutzt worden, die dir das Leben geschenkt und Liebe geschuldet hat. All diese Dinge kann Gott vergessen machen. Ich könnte dir die Informationen, die ich brauche, von den Schwarzen Wächtern entreißen lassen, aber das werde ich nicht tun. Ich will, dass du Gottes Liebe genauso erfährst, wie ich es getan habe. Ich will, dass du dich ihm hingibst, wie ich es getan habe, und vollkommenen Frieden findest.«

Tränen rannen an Madus Wangen herab. Er weinte unverhohlen wie ein Kind, aus ganzem Herzen …

»Rette dich selbst, Madu. Maya wird dir den Weg zu Gott weisen. Komm, setz dich zu mir und leg den Kopf auf meine Schulter. Wir werden vor Maya wie Bruder und Schwester sein.«

»Ich … kann das nicht mehr …« Die Worte gingen in seinem krampfhaften Schluchzen unter.

»Nein, das muss doch nicht sein. Trockne deine Tränen, mein Lieber, und freu dich auf eine neue Zukunft …«

So wie in diesem Moment hatte er seit seiner Kindheit nicht mehr geweint. Nicht einmal wegen Daniel. Er weinte um alles, was schon bald für ihn verloren sein würde. Um die schöne luxuriöse Welt, in der er gelebt hatte, und um die gute alte Zeit. Er weinte um all die herrlichen Momente an verruchten Orten und seine schlecht beleumundeten Gefährten. Das alles war gut gewesen, der Rest war nur ein Eimer voll Scheiße.

Madu stieg auf das Fenstersims und blickte zu Sarah hinab, die entsetzt aufstand. Ihre Lippen formten das Wort *Nein*. Sie streckte ihre klauenartigen Finger aus, um ihn zu packen und zurückzuhalten.

»Mein Volk, seht euren Sultan!«, brüllte er. *»Seht den mächtigen Madu und schaut zu, wie er in den Himmel hinauffliegt!«*

Und dann sprang er.

KAPITEL 66

Die Schlacht

Qulan stand mit dem Feldwebel an seiner Seite auf einer Anhöhe und blickte in die Wüste. Ihre Schatten waren lang, da die Sonne hinter den Hügeln versank. Um sie herum ging die Arbeit weiter, doch die beiden sagten nichts, sondern standen bloß da und spähten in die Ferne, während die letzten Sonnenstrahlen den Sand mit einer goldenen Patina überzogen.

Akiba gesellte sich zu ihnen. Er war gerannt und brauchte einen Moment, um zu Atem zu kommen. »Ein Stammesangehöriger ist gekommen, um Ziegen zu verkaufen. Er sagt, er habe um die dritte Stunde des Nachmittags herum Staub am Horizont aufsteigen sehen. Seiner Schätzung nach sind sie noch rund zwei Tage entfernt.«

»Konnte er sagen, wie viele es ungefähr sind?«, fragte Qulan.

Akiba streckte eine Faust aus und öffnete sie fünfmal hintereinander. »›Der Staubwolke nach zu urteilen, war es eine große Herde. Ein Mann wäre reich, wenn er nur halb so viele Ziegen hätte.‹ Das hat er gesagt.«

Der Feldwebel spie aus. »Es war klar, dass sie es uns nicht leicht machen würden.«

»Uns bleibt mehr Zeit, als ich erwartet hatte«, sagte Qulan, »und weniger als gehofft. Die Leute sollen sich jetzt ausruhen. Schickt sie ins Lager zurück.«

»Haben wir denn genug getan?«, fragte der Feldwebel.

»Es ist nie genug. Aber wir haben getan, was wir konnten, und jetzt geht uns die Zeit aus.«

»Sollen sie nur kommen«, stieß Akiba hervor. »Ich möchte, dass sie alle kommen. Sie haben uns unser Kind genommen ... Jetzt werde ich ihnen das Leben nehmen.«

»Ich hoffe, dass du das schaffst, mein Freund«, gab der Feldwebel zurück, »aber sie sind uns im Verhältnis zehn zu eins überlegen und glauben, sie hätten Gott auf ihrer Seite. Das macht sie tödlich.«

»Würdest du lieber aufgeben, Feldwebel?«, grollte Akiba.

»Seit ich denken kann, bin ich Soldat und zu nichts anderem gut. Ich war ein Sklavenkind, das aus dem Nirgendwo kam. Die Armee hat meinem Leben einen Sinn gegeben, außerdem einen General und Kameraden. Im Gegenzug will ich gern mein Leben für diesen erbärmlichen Haufen von Mistkerlen geben. Ich will nur, dass es losgeht, damit ich endlich zuschlagen kann.«

»Es wird schon bald beginnen«, sagte Qulan. »Sehr bald sogar.«

In der Wüste bricht die Nacht schnell herein. Daher leuchteten bereits die Sterne am Himmel, als die Männer die Arbeit niederlegten, ins Lager zurückkehrten, ihre Essensrationen aus der Kantine holten und Feuer anzündeten. Manche sagten, das helle Firmament sei ein gutes Omen, da der Himmel in letzter Zeit zumeist wolkenverhangen gewesen war. Andere waren sich da nicht so sicher. Doch alle wussten, obwohl Qulan nichts gesagt hatte, dass die Zeit gekommen war und dass sie sich morgen oder spätestens übermorgen ihrem Schicksal würden stellen müssen.

Seit Tagen hatten sie unter großem Zeitdruck gearbeitet und waren entsprechend erschöpft. Dennoch schliefen in dieser Nacht nur wenige von ihnen gut. Von Qulan ausgesandte Kundschafter – Veteranen, von denen er wusste, dass sie nicht leicht in Panik gerieten – kehrten mit Geschichten von flackernden Fackeln zurück, die sich wie an einer Perlenschnur quer durch die Wüste aneinanderreihten. Sie markierten die vorderste Linie der heranrückenden Armee. Ihre nächsten Berichte, die im Morgengrauen eintrafen, verhießen sogar noch Schlimmeres: Die schwarzen Banner, die Trommeln, die zum Frühstück riefen, und die Ruhe, mit der die Soldaten zu Werke gingen, ließen vermuten, dass sie sich als ernstzunehmende Gegner erweisen würden.

Die Leute begannen miteinander zu flüstern: *Wie können wir es mit diesem Feind aufnehmen? Wir haben nicht genügend Waffen. Wir haben zu viele Frauen und Kinder. Weshalb schickt der General sie nicht fort? Wieso verbringt er so viel Zeit mit dieser kurzhaarigen Ärztin. Was weiß die denn schon? Vielleicht sollten wir jemanden schicken, der mit den Anführern dieser Armee spricht und etwas mit ihnen aushandelt.*

Dann erging der Befehl: *Heute wird nicht gearbeitet, alle üben sich im Kampf.* Und das taten sie dann auch, aber nicht nur vormittags und abends wie bisher, sondern den ganzen Tag, bis ihnen vor Erschöpfung schlecht war.

»Wir sind hier, weil sie uns zum Sterben hergeschickt haben«, rief Qulan seinen Leuten zu, die sich vor ihm versammelt hatten. »Aber wir sind nicht gestorben, weil wir zusammengehalten haben. Gemeinsam haben wir beschlossen zu überleben. Und dann haben sich uns andere angeschlossen. Sie sind von den Hügeln, aus der Stadt und von jenseits des Meers gekommen. Wir sind hier, weil wir freie Männer und Frauen und Kinder sind. Wir befinden uns alle miteinander in der gleichen Lage, und wenn wir zusammenbleiben und zusammen kämpfen, werden wir durchhalten und den Sieg erringen. In dieser Armee gibt es nur ein Verbrechen, nämlich zu desertieren und seine Brüder und Schwestern im Stich zu lassen. Denn gemeinsam sind wir stark, und wir werden gewinnen!« Während sie jubelten, verflogen all ihre Zweifel und Ängste, und jeder von ihnen fühlte sich erholt und bereit für die Schlacht.

Am nächsten Tag würden sie nicht nur um ihr Leben, sondern auch für Tumanbay kämpfen. Dabei würde sich, auf die eine oder andere Weise, die Zukunft ihrer geliebten Stadt entscheiden.

In dieser Nacht schliefen sie gut, zum Teil weil sie selbst für ihre Verhältnisse sehr erschöpft waren, aber auch weil sie sonst nichts zu tun hatten. Qulan wusste seit seiner Kindheit, dass es fatal war, eine Wahl zu haben. Wenn man nicht in Versuchung war zu fliehen, eine Flasche Wein zu trinken, eine Pfeiſe voller Träume zu rauchen, eine Geliebte oder noch ein Stück Mamoul zu genießen, wurde alles auf einmal ganz einfach. Doch er wusste auch, dass seine Armee es mit etwas zu tun bekommen würde, das unbesiegbar zu sein schien – nämlich religiösem Fanatismus. Würden Hoffnung, Hacken, Spaten, ein paar Schwerter und Holzhämmer dagegen etwas ausrichten können?

Qulan schlief in dieser Nacht nicht gut.

Himmel erwachte in der Hütte, die sie sich mit Akiba teilte. Sie hatten dicht zusammengelegen und in der Wärme des anderen Trost gefunden. Während des Monds, den Himmel mittlerweile hier verbrachte, hatte sie zu einem Frieden zurückgefunden, den sie nicht mehr für möglich gehalten hätte. Natürlich klaffte in ihrem Leben noch immer die riesige Lücke, die ihr Vater hinterlassen hatte. Ibn Bai hatte ihr sehr nahe gestanden und immer ihre Liebe zum Lesen und Lernen gefördert, selbst wenn die Geschichten, die ihr gefielen, für ein Mädchen ihres Alters und ihres Standes nicht angemessen gewesen waren. Ihr ganzes Leben lang hatte sie ihm von ihren Entdeckungen und kleinen Abenteuern erzählt. Nun gab es niemand mehr, dem sie davon berichten konnte. Sie liebte Akiba, und er liebte sie. Dessen war sie sich genauso sicher wie seiner mächtigen Erscheinung und seiner Kraft. Er war ihr Berg. Doch auch in seinem Leben existierte eine schreckliche Leere, die einst mit einer Familie und einem Land gefüllt gewesen war. Dieser Verlust trübte alles, und daran würde sich auch nie etwas ändern.

Vielleicht hatte das ja auch etwas Gutes, dachte sie, als sie sich aus seiner Umarmung löste und in die Kantine ging, um Wasser, Fladenbrot und Hammelfleisch zu holen. Das Lager war bereits auf den Beinen, und als sie zurückkehrte, war auch Akiba wach.

»Wie ist es da draußen?«, fragte er.

»Anders als sonst«, entgegnete sie. »Die Leute sind wie … wie ein Hefeteigbrot, das man über dem Feuer backt. Sie gehen richtig auf und lächeln.«

Er wickelte sein Fladenbrot um das gewürzte Fleisch und biss hinein. »Das können sie auch. Heute ist der Tag, an dem sich alles entscheidet.«

»Was machen wir, wenn es schiefgeht, Akiba?«

Er zog einen kurzen Dolch aus dem Gürtel und hielt ihn ihr mit dem Griff voran hin. »Nimm ihn und richte ihn gegen den Ersten, der dich berührt, dann gegen dich selbst.«

»Und was ist mit dir?«

»Wenn es so kommt, werde ich bei meinen Ahnen sein, und wir treffen uns in der nächsten Welt wieder.«

»Wird deine Familie auch da sein?«

»Aye, und deine. Wir werden an einem großen Tisch sitzen und …«

Ein Gong ertönte. Akiba schob sich das halb gegessene Brot unter den Gürtel. »Das lasse ich mir später schmecken«, sagte er und ging zur Zeltöffnung. Dort angekommen, drehte er sich noch mal um: »Ich werde es zusätzlich mit Mayas Gehirn belegen. Geh du zu den Frauen und Kindern. Sorge dafür, dass sie … dass sie weiter aufgehen und lächeln! Und erinnere sie daran, dass alle kämpfen sollen, wenn es nötig ist.«

»Alle kämpfen.« Sie ging zu ihm, und sie hielten sich einen Moment lang an den Händen, wobei ihre fast in seinen riesigen Pranken verschwanden. »Erinnerst du dich noch an das Ruderboot, Akiba?«

»Ich teile das Boot mit dem Himmel!« Er lachte. »Ich habe dich für das lästigste Mädchen gehalten, das ich je entführt hatte, und habe mich gefragt, weshalb ich dich nicht über Bord werfe.«

»Ich habe gedacht, dass du ein Monster bist, und wäre es mir möglich gewesen, hätte ich dich auf jeden Fall über Bord geworfen. Gut, dass die Dinge nicht immer so laufen, wie wir es wollen. Geh jetzt und pass auf dich auf.«

Akiba gürtete sich das Schert um und streifte sich den Schild über die Schulter. Sie sahen sich noch mal einen Moment lang schweigend an, dann ging er hinaus.

Manel erwachte wieder einmal aus dem Traum, in dem Pesha auf die Soldaten zurannte, die ihr Anwesen betreten hatten. Es hatte wie immer damit geendet, dass ihr Bruder tot in den Armen ihrer Mutter lag und sie selbst in Daniels gleichgültiges Gesicht blickte. Sie setzte sich stöhnend auf. Überall um sie herum erhoben sich Frauen. Sie gingen Wasser und etwas zu essen holen oder kümmerten sich um kleine Kinder. Manel hätte ein eigenes Zelt haben können, doch sie wollte sich nicht wegen ihres Vaters irgendwelche Privilegien herausnehmen – eine Einstellung, die er guthieß.

Sie wusch sich rasch in einem Eimer in der Ecke, zog sich an, trank etwas Wasser und begab sich nach draußen. Die Sonne schien, aber es war immer noch kühl. Aus den überall im Lager verstreuten Küchen stiegen spiralförmige Rauchsäulen auf. Manel reckte sich und atmete tief den Geruch von kochendem Fleisch, Gewürzen, Pferden und Menschen ein. Er gefiel ihr.

Jemand rief: »Formiert euch. Sucht eure Divisionen und Markierungen und formiert euch …« Andere Stimmen fielen in den Chor ein: »Bewegt euch, sucht eure Divisionen …« Auf allen Seiten eilten Männer und Frauen zu den ihnen zugewiesenen Positionen. Einige von ihnen streiften sich provisorische Rüstungen über, und die meisten trugen seltsam anmutende Waffen.

Alkin stand vor ihrem Zelt.

»Ist er hier?«

»Er ist schon sehr früh mit seinen Leuten zu den Kanälen aufgebrochen.«

»Dann kommen sie also?«

»Wenn nicht, dann bemühen sich alle ganz umsonst. Aber ja, unsere Kundschafter melden, dass sie unterwegs sind. Du wirst schon bald den Staub sehen, den sie aufwirbeln.«

»Wirst du zuschauen?«

»Eine solche Schlacht würde ich mir um nichts auf der Welt entgehen lassen. Zumindest den Anfang. Danach werde ich im Lazarettzelt sein. Und du?«

»Natürlich. Gibt es da drinnen ein Schwert. Ich habe nur einen Dolch.«

Alkin ging hinein und kehrte einen Moment später mit einem Schwert mitsamt Gürtel und Scheide zurück. »Dein Vater hat es für dich dagelassen. Er hat gesagt, du würdest es abholen.«

Manel gürtete es grinsend um.

»Na los. Worauf wartest du noch?«

Qulan stand bei den Kanälen am oberen Ende des Tals. Zu seiner Linken befand sich der Große Damm von Heraz, den er und seine Kameraden während der letzten Monate instand gesetzt hatten. Das zwischen steilen Abhängen verlaufende Tal reichte bis zum tiefer gelegenen Sumpfland. Dahinter erstreckte sich die große Wüste Thar, auf die er nun seinen Blick richtete.

In der Ferne stieg eine riesige Rauchwolke in die Höhe und waberte in der Hitze der aufgehenden Sonne. Ein dumpfer Knall wie der Schlag eines gewaltigen Herzens ertönte. Er ging Manel durch Mark und Bein. Gleich darauf folgte ein weiterer und dann noch einer. Sie sah ihren Vater an.

»Das sind ihre Trommeln«, sagte er.

Gelegentlich erhaschten sie einen Blick auf Mayas Armee: Pferde und Kamele, schwarze Banner, glitzernde Rüstungen – eine gigantische wogende Masse, die fast am Horizont zu schweben schien wie eine Fata Morgana.

Manel konnte sich kaum vorstellen, dass so eine Armee in das enge Tal passen würde. Aber vielleicht war das ja die Strategie ihres Vaters: Eine vorrückende Streitmacht, die sich durch ein schmaler werdendes Gelände zwängen musste, konnte nicht mehr so schnell die Stoßrichtung ändern. Gleichzeitig würde es den zahlenmäßig unterlegenen Verteidigern leichter fallen, sie niederzumetzeln. Sie erinnerte sich daran, wie sie ihrem Vater Karten aus einem seiner Bücher gezeigt hatte, auf denen eine solche vor langer Zeit ausgefochtene Schlacht dargestellt gewesen war. Sie wusste auch noch, dass die in dieser Schlacht siegreiche Armee nicht aus mit Werkzeugen bewaffneten Sklaven bestanden hatte.

Die Sonne stand hoch am Himmel, als die Spitze von Mayas Armee das untere Ende des Tals erreichte. Als Erstes tauchten die schwarzen Fahnen auf, dann die Lanzen, deren Spitzen das Sonnenlicht reflektierten. Als Nächstes kamen die mit schwarzen Federbüschen verzierten Helme der berittenen Soldaten, die sich auf hohen schwankenden Kamelen näherten. Ihnen folgten unzählige Reihen von Fußsoldaten. Wie der Kopf einer Schlange wanden sie sich durch die Gräben und Felsen hindurch. Ein paar schnelle Kundschafter auf Pferden ritten seitlich am Tross entlang und voraus.

»Mann gegen Mann«, sagte Akiba. »Wir werden ihnen das Herz herausreißen.« Er grinste, und einen Moment lang glaubte Manel ihm.

Die Schritte der marschierenden Soldaten und der Herzschlag der Trommeln wurden immer lauter, bis es schien, als würde der Boden unter den Füßen der Rebellen beben.

»Es wird Zeit, dass wir anfangen«, sagte Qulan.

Akiba und der Feldwebel salutierten. »Sieg oder Tod, General.« Sie eilten auf einem Pfad davon, der vom Felsvorsprung zu einer darunter liegenden Hügelkuppe hinabführte, auf der sich die Rebellensoldaten versammelten.

Männer und auch ein paar Frauen rannten zu ihren Markierungen. Sie bildeten eine wahrhaft dilettantische Armee aus zahlreichen zusammengeschusterten Uniformen. Ihre Waffen waren nicht auf Hochglanz poliert, sondern verschrammt und dreckig und zeugten von harter Arbeit. Qulans Veteranen versuchten, die Kämpfer zu sortieren, indem sie die einen hierhin, die anderen dorthin verschoben. Das Ganze wirkte chaotisch, doch allmählich bildete sich eine Schlachtordnung aus zwei Keilen heraus, die von Akiba und dem Feldwebel angeführt wurden.

Als Manel auf das Durcheinander aus Menschen hinabblickte, von denen einige noch immer nicht ihre Positionen gefunden hatten, kam ihr das alles verrückt vor. Auf einmal stand ihr entsetzlich klar vor Augen, dass sie keine Chance hatten. Wollte ihr Vater einen ruhmreichen Schlusspunkt setzen und als tragischer Held in die Geschichte eingehen? Hatte er sich vorgenommen, wenn schon nicht zu gewinnen, dann doch wenigstens aufrecht zu sterben? So wie einer der legendären Generäle der Vergangenheit aus seinen militärhistorischen Büchern? Das Schreckliche daran war, dass er zweitausend Männer, Frauen und Kinder mit sich in den Tod reißen oder sie einer Sklaverei verdammen würde, die noch schrecklicher sein würde als die, aus der sie entkommen waren.

Qulan trat an den Rand der Anhöhe vor. »Ruhig, Leute, ganz ruhig. Wir haben genügend Tatkraft, Herz und Mut, um Mayas Arsch bis in die Hölle zurückzutreten, aus der sie gekrochen ist. Tut nur eure Pflicht, und alles wird gut.« Jubel brandete auf, doch er war von Akiba, dem Feldwebel und den Veteranen initiiert worden und klang Manels Meinung nach nicht wirklich zuversichtlich.

Jemand ergriff ihre Hand. Manel drehte sich um und erblickte Alkin. »Du musst dir keine Sorgen machen. Dein Vater ist Tumanbays größter General.« Sie lächelte und wirkte ganz gelassen, als würde sie ein Geheimnis kennen, das dem Rest der Welt noch verborgen war. Bei ihrer ersten Begegnung in der Wüste hatte sie Manel genauso angeschaut, als könnte sie der jungen Frau, die geschickt worden war, um sie zu töten, mit diesen Augen, die niemals zu blinzeln schienen, tief in die Seele blicken.

Nach einem letzten Doppelschlag verstummten Mayas Trommeln, und Mayas Heer kam zum Stillstand. Der Wind wehte über das Feld, und nur das Knattern der schwarzen Banner durchbrach die Stille. Die Soldaten in der vordersten Reihe wichen auseinander. Sie machten den Weg frei für einen berittenen Offizier mit einem leuchtend roten Federbusch auf dem Helm. Er hob eine weiße Fahne, die ihn als Unterhändler auswies, gab seinem Pferd die Sporen und galoppierte, gefolgt von zwei weiteren Reitern, auf die Rebellen zu.

»Sie wollen sprechen?«, fragte der Vorarbeiter. Heute Morgen war seine Kleidung nicht staubbedeckt. »Was in allen sieben Höllen gibt es denn noch zu bereden? Sollen wir ihn erledigen, General?«

»Nein, lasst ihn kommen.«

Qulan stand da, als wäre er aus Granit, und betrachtete seelenruhig die drei Reiter, die sich einen Weg durch die im Tal verstreuten Felsen bahnten.

Um Qulans Feldlager herum waren mehrere Gräben ausgehoben worden. Die spitzen Holzpflöcke, die aus ihnen herausragten, sollten die angreifende Armee aufhalten. Die Reiter blieben vor dem ersten dieser Gräben stehen und warteten.

»Lasst einen von ihnen durch«, sagte Qulan. Der Feldwebel gab den Befehl an die unten stehenden Männer weiter.

Ein paar Soldaten legten eine Holzrampe über den Graben und eskortierten den Reiter mit dem roten Helmbusch zu den Hügeln. Bei seinem Anblick kam es Manel vor, als schlösse sich eine Hand um ihr Herz, um es entweder sanft zu halten oder zu zerquetschen.

Der Reiter blickte mit einem selbstbewussten Lächeln zu ihnen herauf. »Wie schön, dich zu sehen, General.«

»Ich wünschte, ich könnte dasselbe zu dir sagen, Daniel«, gab Qulan zurück.

»Lass uns die Vergangenheit begraben, General. Ich bin hier, um dir zu helfen.«

»Da bin ich mir sicher.«

»Maya ist nicht rachsüchtig. Sie wird deine Kapitulation und Rückkehr in die Gefangenschaft akzeptieren. Selbst du musst doch einsehen, wie hoffnungslos eure Lage ist.« Er zog lässig am Zügel und wendete sein Pferd, um die kunterbunte Armee aus Männern und Frauen zu betrachten, die sich auf dem Hang des Hügels versammelt hatten. »Jeder, der jetzt seine Waffen streckt und mit mir kommt«, rief er, »wird am Leben bleiben.«

Keiner rührte sich, und abgesehen vom Wind blieb es still.

»Hallo, Daniel«, sagte Manel und trat zwischen Qulan und dem Vorarbeiter hervor.

Daniel riss die blauen Augen auf. Seine gelassene Haltung geriet ins Wanken, allerdings nur kurz. »Manel.« Er lächelte, als wäre er ehrlich erfreut, eine alte Freundin wiederzusehen. »Ich hatte nicht erwartet, dich hier anzutreffen, oder es, besser gesagt, nicht zu hoffen gewagt. Würdest du deinen Vater bitte zur Vernunft bringen?«

Manel sah ihn voller Verachtung an. Sie wollte schreien und ihm mit dem Schwert das selbstgefällige Grinsen aus dem Gesicht schlagen. Doch stattdessen blieb sie ruhig stehen und sagte nichts.

»Hast du das Recht, all diese Menschen zum Tod zu verurteilen, General? Du verlangst von ihnen, dass sie mit Schaufeln und Hacken kämpfen. Du hast eine Handvoll Kämpfer, hinter mir steht eine Armee. Es ist absurd, Qulan. Das Spiel ist aus.«

»Dann werden wir eben sterben.«

»Und deine Tochter. Ich will nicht, dass sie …«

»Was?«, rief Manel, die nicht mehr länger den Mund halten konnte. »Verletzt wird? Noch einmal?«

»Du musst nicht sterben, Manel. Komm jetzt mit mir.« Er streckte die Hand aus und bedeutete ihr, danach zu greifen und zu ihm herunterzuspringen. »Du wirst in Sicherheit sein. Darauf gebe ich dir mein Wort.«

»Ich habe dir vertraut, Daniel. Mein Vater hat dich in unser Haus eingeladen, meine Mutter hat dir ihre Gastfreundschaft angeboten, und du hast uns verraten. Mein Bruder wurde ermordet, und du hast dabei zugesehen. Er war noch ein Junge.«

»Das alles habe ich nur getan, um dir das Leben zu retten, Manel.« Er schien vollkommen mit sich im Reinen zu sein.

»Wir haben alle unsere Befehle. Dein Vater und ich sind Soldaten, du aber nicht.«

Manel machte einen Schritt auf ihn zu und nickte kaum merklich. »Doch, das bin ich.« Sie spie die Worte fast aus.

Daniel zuckte die Achseln und wandte sich wieder Qulan zu. »Du weißt, dass deine Frau unsere Gefangene ist, General. Wenn du nicht aufgibst, werden sie sie hinrichten.«

Qulan rührte sich nicht und hielt den Blick fest auf Daniel gerichtet. Von der Seite sah Manel die Adern in seinem kräftigen Hals pulsieren. Der Moment schien sich endlos hinzuziehen. »So sei es«, sagte er schließlich.

Daniel verneigte sich vor Manel und wendete sein Pferd. Er ritt durch die Rebellensoldaten den Hügel hinunter und über den Wehrgraben, wo seine Kameraden auf ihn warteten. Während Manel zusah, wie die Gestalten in der Ferne verschwanden, fragte sie sich, was in Daniel vorging. Als sie ihn am Brunnen ihres Vaters vertrauensselig angeblickt und ihm das Herz ausgeschüttet hatte, hatte er da irgendetwas für sie empfunden? Oder war sie für ihn immer nur ein Mittel zu einem eingebildeten höheren Zweck gewesen? Sie hatte eine harte Schule durchlaufen und war dadurch stärker und klüger geworden. Und nun wurde ihr bewusst, dass sie das in gewisser Weise Daniel zu verdanken hatte.

Ihre Grübeleien wurden von einem lauten Ruf unterbrochen. »Vorrücken!« Der Befehl war von ihrem Vater gekommen, der sein Schwert in die Höhe reckte. Manel dachte, dass man eine Statue in dieser Haltung von ihm hätte anfertigen können. Vor Maya hatten in der Stadt viele Statuen von toten Generälen gestanden.

Der Befehl wurde durch die Reihen der Soldaten weitergegeben: »Vorrücken … Vorrücken … Vorrücken …« Einen Moment später brach die ungeordnete Menge auf, wobei sie tatsächlich eine Art Marschformation einhielt. Hier und da sah Manel einzelne Soldaten stolpern, doch ihre Kameraden fingen sie auf und zogen sie ins Glied zurück. Akiba und der Feldwebel ritten im Schritttempo voraus. Manel hätte ihren Vater am liebsten angeschrien: *Du schickst sie in den Tod!*

Qulan drehte sich zu dem Vorarbeiter um und rief: »Geh auf deine Position.«

»Sehr wohl, General.«

Weitere Befehle wurden gerufen, und die Rebellenarmee teilte sich in zwei Flügel auf, die zu beiden Seiten des Tals Stellung bezogen. Den tiefer gelegenen Bereich in der Mitte ließen sie frei. Was hatte ihr Vater geplant? Wollte er Mayas Armee besiegen, indem er sie von oben mit Steinen und behelfsmäßigen Lanzen bewarf? Zum ersten Mal in ihrem Leben hatte Manel den Eindruck, dass ihr Vater sich täuschte. Sie hatte ihn schon oft als stur, rechthaberisch und sogar arrogant empfunden, doch sie hatte immer an ihn geglaubt. Die Lage war so hoffnungslos, dass sie darüber hätte lachen können, wenn ihr nicht so schlecht gewesen wäre.

Weiter unten im Tal gaben Mayas Trommeln nun wieder einen steten Marschrhythmus vor, und die feindlichen Soldaten setzten sich alle gleichzeitig in Bewegung. Wie ein schwarzer Teppich rollte die Armee allmählich auf sie zu.

Als Manels Vater einen Geröllhang hinaufhastete, blieb sie dicht bei ihm. Sie kletterten auf einen überhängenden Felsen, von dem man freie Sicht auf das Tal hatte.

»Ruhig, ruhig, ruhig …«, versuchten der Feldwebel, Akiba und die Veteranen derweil die verängstigten Rebellen zu besänftigen. Ein paar von ihnen weinten. Sie wussten, dass die Lage aussichtslos war. Nur General Qulan, Tumanbays sogenannter größter Feldherr, schien etwas anderes zu glauben. Dies war nicht die ruhmreiche Schlacht, die er ihnen in Aussicht gestellt hatte, sondern der blanke Horror.

Unterdessen kam der Feind immer näher. Die schwarz gekleideten Priester hielten ihre Banner hoch, Kamele wankten zwischen Tausenden von Fußsoldaten dahin, deren Schritte noch unheilvoller dröhnten als die Trommeln. Während sie unaufhaltsam vorrückten, senkte die erste Reihe ihre Lanzen, die doppelt so lang waren wie alles, womit die Rebellen bewaffnet waren. Schon bald würden die grausamen Stahlspitzen das Blut der Eroberten zu schmecken bekommen.

Für die unerfahrenen Rebellen war das ein so schrecklicher Anblick, dass ein einziger Fahnenflüchtling genügte: ein großer Mann dicht hinter der vordersten Reihe, der in Friedenszeiten Bäcker gewesen war. Man hatte ihn festgenommen, weil er zu leichtes Brot verkaufte, und tatsächlich war er nie der ehrlichste Handwerker gewesen, von mutig ganz zu schweigen. Er blickte dem immer näher kommenden Grauen mit weit aufgerissenen Augen entgegen und wusste, dass er es genauso wenig aufhalten konnte wie Mühlsteine, die Getreide zu Mehl zerrieben. Und so drehte er sich um und rannte durch die Reihen zurück. Selbst als er die Nachhut bereits hinter sich gelassen hatte, rannte er noch immer weiter, wobei er einen unmenschlich klingenden schrillen Schrei ausstieß.

Die anderen folgten ihm auf dem Fuß. Sie ließen die Waffen fallen, einige brüllten, andere schwiegen, doch alle rannten, so schnell sie konnten, in die Sicherheit hinter den Gräben zurück. Manel hörte erneut, wie Akiba und die Veteranen sie unter

Kontrolle zu bringen versuchten, doch ihre beruhigenden Rufe stießen auf taube Ohren.

Es schien, als bekäme Mayas Armee den Sieg auf einem Silbertablett serviert. Ein Schlachtfest bahnte sich an. Sie mussten die Feiglinge nur noch einholen. Mit markerschütterndem Geschrei schwärmten zuerst die Reiter aus und machten sich an die Verfolgung. Die Fußsoldaten stürmten hinterdrein. Sie schwangen ihre Fahnen wie Lanzen und skandierten Texte von den Heiligen Schriftrollen.

Qulan bewegte keinen Muskel und sah emotionslos zu, wie die Meute ohne jeden Anschein von Disziplin zurückrannte – ein verrücktes Gedränge aus verzweifelten Männern und Frauen, die weinten und die Götter, den Feind und wer immer ihnen sonst noch einfiel, um Gnade anflehten.

Manel kniff die Augen zusammen. Sie konnte es nicht mehr mit ansehen. War dies das Ende? Dann schlug sie sie wieder auf. Nun gut, wenn es das war, wollte sie zumindest mit einem Schwert in der Hand sterben. Die stählerne Klinge glitt zischend aus der Scheide. Vielleicht unterschied sie sich doch gar nicht so sehr von ihrem Vater, wie sie gedacht hatte.

Qulan drehte sich mit erhobener Augenbraue zu Alkin um.

Die schüttelte den Kopf. »Nein, noch nicht.« Sie konzentrierte sich auf die jubelnden Verfolger, die immer dichter zu den Rebellen aufschlossen. Außerdem näherten sie sich der Stelle, wo Manel, Qulan und Alkin wie erstarrt dastanden. Da Mayas Soldaten nicht nach unten sahen, bemerkten sie nicht die Linien, die in das Gras unter ihren Stiefeln eingebrannt waren.

Als sie die letzte überquerten, nickte Alkin und sagte leise nur ein Wort: »Jetzt.«

Qulan zog einen kurzen Holzstock aus dem Gürtel und hielt

ihn sich an die Lippen. Manel erkannte, dass es sich um eine Flöte oder Pfeife handelte.

»Ja, jetzt«, wiederholte Alkin.

Qulan blies einen langen hohen Ton, so klar wie Glas, der durch den Lärm und das Chaos unter ihnen schnitt.

Als Mädchen hatte Manel einmal zugesehen, wie ihre Mutter eine Brühe zubereitete. Die Flüssigkeit in der Pfanne war zunächst sämig gewesen, doch dann hatte Pushkarmi Eiweiß und ein paar Eierschalenstücke hinzugefügt. Sie hatte die Hitze erhöht und umgerührt, und auf einmal war die Brühe vollkommen klar geworden. Manel hatte gestaunt, es war wie Magie gewesen.

Und genauso magisch kam es ihr auch jetzt vor, als sich die durchgedrehte Rebellenmeute, die auf sie zuhastete, mit einem Mal in geordnete Kolonnen aufteilte. Die Frauen und Männer liefen zu den Hängen auf beiden Seiten des Tals. Manel hatte seit ihrer Ankunft beobachtet, wie die Rebellen diese Anstiege mit unzähligen Schubkarrenladungen voll Erde und Gestein zu eindrucksvollen Barrieren aufgehäuft hatten. Nun folgten sie ihren Anführern im Zickzackkurs die Hänge hinauf und bezogen am oberen Rand Stellung.

Als Nächstes rief Qulan: »Löst die Keile und öffnet die Schleuse.«

Manel hörte erst Gehämmer und kreischende Achsen, dann das laute Krachen von berstendem Holz. Gras und Erde explodierten, und Wasser schoss heraus. Es war nicht nur ein Tröpfeln, ein steter Strom oder ein Fluss, sondern eine tosende Flut aus weiß schäumendem Tod. Der Große Damm von Heraz, eines der Weltwunder und leuchtendes Beispiel für Ingenieurskunst und Erfindungsgeist, der den Horizont seit Jahrhunderten geprägt hatte, begann einzustürzen. Überall beulte sich das Mauerwerk aus und wurde von immer mehr Wassersäulen talwärts geschleudert. Sie sahen wie urzeitliche Raubtiere mit weißen Reißzähnen und Klauen aus …

Nun grinste Qulan. »Sie haben geglaubt, sie müssten nur gegen ein paar Hundert Leute kämpfen, aber tatsächlich bekommen sie es mit einer Flut zu tun!«

Mayas Soldaten hatten angehalten. Die erste Reihe wich entsetzt zurück und stieß gegen die zweite. Vom Wasser aufgeschreckt, gingen die Kamele durch. Sie warfen ihre Reiter ab und trampelten die Fußsoldaten um sie herum nieder. Männer stolperten über ihre Lanzen und prallten gegeneinander. Sie versuchten, sich zwischen ihren Kameraden hindurchzuzwängen, um aus der Flutschneise zu entkommen, doch die Armee war im schmalen Tal eingezwängt. Im nächsten Moment brandete das Wasser über sie hinweg und riss sie von den Beinen. Sie schlitterten über die Erde, die sich unter ihnen in Matsch verwandelte, und wurden vom Gewicht ihrer Rüstungen unerbittlich in die Tiefe gezogen.

Manel sah, wie von den Steilhängen am anderen Ende des Tals eine Felskaskade in die Tiefe stürzte und das Wasser aufstaute.

»Was glaubst du, weshalb wir alle so schwer geschuftet haben?«, fragte Alkin. »Wir wollten, dass der Kanal und die Schleusen rechtzeitig zum Beginn der Regenfälle fertig sind. Zwischenzeitlich haben wir schon befürchtet, dass sie ausbleiben …«

»Die dunklen Wolken«, sagte Manel. »In den Bergen hat es geregnet.«

»Es hat drei Tage gedauert, bis das Wasser bei uns war«, sagte Qulan. »Wir haben es mit den Schleusen zurückgehalten und die Tore mit Erde zugeschüttet, damit sie nicht zu sehen waren.«

»Warum hast du es mir nicht gesagt, Vater?«

»Das war Teil des Plans. Du hast scharfe Augen, und wir wussten: Wenn *du* nichts siehst, werden unsere Feinde auch keinen Verdacht schöpfen.«

Die stärksten Soldaten aus Mayas Armee, die es geschafft hatten, zumindest einen Teil ihrer Rüstung abzuwerfen, kletterten über ihre ertrinkenden Kameraden zu den Rändern des Tals. Dort versuchten sie, sich aus dem brausenden Wasser zu retten, doch nun waren die Rollen vertauscht. Qulans bewaffneter Haufen wartete bereits auf die Männer, die wie halb ersoffene Ratten keuchend und hustend die matschigen Hänge hinaufkletterten. Die Rebellen schwangen ihre Hämmer, Hacken und Mistgabeln mit tödlicher Entschlossenheit. Sie schlugen Schädel ein, zertrümmerten ungeschützte Arme und trennten mit geschärften Schaufelblättern verzweifelt tastende Hände ab. Anschließend traten sie die Gotteskrieger in die Fluten zurück.

Akiba und der Feldwebel koordinierten die Verteidiger. Akiba befand sich auf seiner Seite des Tals mitten im Getümmel. Einen Eisenhammer in jeder Hand und die Arme wie Windmühlenflügel schwingend, zermatschte er Schlag um Schlag Gesichter und Körper seiner Gegner zu einem blutigen Brei. Wenn es tatsächlich einen Dämon des Kriegs gibt, wie die Philosophen behaupten, dann kämpfte er an diesem Tag in Akibas Gestalt. Der Feldwebel spielte eine weniger aktive Rolle. Stattdessen feuerte er seine Untergebenen bei ihrem grausigen Treiben an. Dabei lachte er und rief: »Genau wie in den guten alten Zeiten, nicht wahr, General?«

Qulan wirkte entspannter, als Manel ihn seit ihrer Ankunft erlebt hatte. Jetzt erst merkte sie, unter welchem Druck er gestanden hatte. »Ich gratuliere dir zu deinem Triumph, Vater«, sagte sie.

Er schüttelte den Kopf. »Wir verdanken diesen Sieg vor allem dem Glück. Und Alkin. Ohne ihr Wissen wären wir verloren gewesen.«

»Und deiner Fähigkeit, andere Tag für Tag zu Höchstleistungen anzuspornen …«, erwiderte Alkin.

Sie sahen einander an.

Manel dachte an ihre Mutter, die irgendwo in Tumanbay in einer Zelle saß, und ließ die beiden allein.

Ein Stausee füllte das Tal. Da kein Wind mehr wehte, war seine Oberfläche, in der sich die Sonne und Vogelschwärme spiegelten, vollkommen glatt. Darunter waren die Umrisse von Tausenden Gefallenen zu sehen. Andere lagen schrecklich verkrümmt auf den Talflanken.

Die Rebellen feierten. Der große Mann, der den vermeintlich hektischen Rückzug eingeläutet hatte, ein Bäcker namens Bethula, den viele vor allem als Redner aus der Straße der Künstler kannten, wurde auf den Schultern durch das Lager getragen und bekam an jedem Halt, von denen es einige gab, ein Getränk in die Hand gedrückt.

Die Veteranen trieben die wenigen überlebenden Gegner in Viehpferche und stellten sie vor die Wahl, sich entweder den Rebellen anzuschließen oder zu sterben. Keiner widersetzte sich. Die beiden Priester, die es an Land geschafft hatten, wurden dagegen ohne Umschweife aufgeknüpft.

Manel hatte sich ein Pferd geliehen und ritt am Rand des

Tals entlang. Sie wollte allein sein und darüber nachdenken, was ihr als Nächstes bevorstand – die Rückkehr in die Stadt und zu ihrer Mutter. Manel wusste, dass es noch viel zu tun gab.

Hoch am Himmel kreisten Geier in der heißen Luft. Sie warteten darauf, dass die Leichen sich aufblähten und zur Wasseroberfläche aufstiegen. Sie konnten sich auf einen wahren Festschmaus gefasst machen.

Manel sah zu, wie sich einer der Aasvögel von seinen Kameraden absetzte und mit seinen zerrupften schwarzen Schwingen zum Rand des Sees hinabsank, wo ein Soldat an Land zu gelangen versuchte. Jedes Mal wenn er das Ufer erreichte, rutschte er wieder ins Wasser zurück und wurde weiter von der Strömung abgetrieben. Der Geier landete auf ihm und pickte mit dem Schnabel auf eine Wunde ein. Der Mann wedelte mit dem Arm und stieß ihn fort. Manel bemerkte etwas Rotes an ihm. Sie trieb ihr Pferd an und ließ es selbstständig einen Weg den Hang hinunter und zum neu entstandenen Ufersaum suchen. Schließlich stieg sie ab und ging zum Wasser.

»Irgendwie habe ich mir schon gedacht, dass von all diesen Leuten ausgerechnet du überleben würdest, Daniel.«

Daniel sah mit zusammengekniffenen Augen zu ihr hoch. Sein Gesicht war zerschnitten und voll blauer Flecke. Als er sich erneut aus dem schnell fließenden Wasser zu stemmen versuchte, sah Manel einen gebrochenen Knochen knapp oberhalb seines linken Knies aus dem Oberschenkel ragen. Er stieß einen Schmerzensschrei aus und fiel zurück. »Hilf mir, Manel.«

»Natürlich.« Sie hockte sich hin. »Nimm meine Hand.«

Er streckte den Arm nach ihr aus, und sie reckte sich ihm entgegen, doch zwischen ihren Fingern klaffte eine tödliche Lücke.

»Ich habe dich geliebt, Manel. Das musst du mir glauben.«

»Natürlich tue ich das. Ich habe dir in die Augen geschaut und die Wahrheit darin erblickt.«

»Hilf mir.« Die Strömung trieb ihn weiter ab.

»Ich *will* dir ja helfen, Daniel«, sagte sie und zog das Schwert. »Schau mir in die Augen, damit auch du die Wahrheit erblicken kannst. Du musst nur meine Hand nehmen ...«

Sie sah zu, wie der Abstand zwischen ihnen immer größer wurde. Daniel, Mayas mysteriöser Gefolgsmann, über den Manel so wenig gewusst und dem sie dennoch ihr Herz geschenkt hatte, wurde von den Fluten davongetragen. Schließlich verschwand er unter der Wasseroberfläche.

TEIL 6

KAPITEL 67

Gregor

Die auserwählten Rebellen begaben sich auf verschiedenen Routen, ein paar durch das alte Bordellviertel, andere am blinden Bettler vorbei und durch den Trosttempel, in die Nekropolis. Dort stiegen sie in das Tunnelnetzwerk hinab, das zu ihrem Unterschlupf führte. Sie alle waren Freiwillige. Wie von Gregor prophezeit hatten sich genügend Anwärter für diese Mission gemeldet. Nun probten sie ihren Einsatz bei der kommenden Zeremonie.

Baracken erläuterte ihnen jeden Schritt, so wie er es schon seit einem halben Mond jeden Abend tat. Trotz des Siegs über Mayas Armee hatte sich nichts geändert – das Attentat würde wie geplant verübt werden.

Die Nachricht von dem Debakel hatte die Stadt innerhalb von Tagen erreicht. Ein paar wenige Männer hatten es zurückgeschafft, schockiert und geschwächt von ihrem traumatischen Erlebnis und weil sie die Wüste ohne Proviant durchquert hatten. Sie sprachen von einer totalen Niederlage und völliger Vernichtung. Dem Regime schien das nichts auszumachen. Die Überlebenden wurden für ihren mangelnden Eifer mit einer öffentlichen Hinrichtung bestraft. Die Patrouillen, die nach wie vor von schwarz gekleideten Priestern angeführt wurden, durchstreiften wie gewohnt die Straßen. Die Plünderungen und Diebstähle gingen ebenfalls unvermindert weiter. Sarah hatte keine neuen Befehle ausgegeben und sich nicht öffentlich zu den Ereignissen geäußert. Mayas Salbung sollte unverändert zum festgelegten Zeitpunkt stattfinden. Das Desaster in den Sümpfen wurde komplett ignoriert, als hätte es niemals stattgefunden. Als wüsste nicht jeder, dass Qulans Sklavenarmee früher oder später durch die Wüste nach Tumanbay ziehen würde.

»Langsamer«, rief Baracken. »Behaltet das Tempo bei. Ihr seid Priester, keine Boten. Ihr macht das schon seit zehn Jahren jeden Tag. Es ist euch in Fleisch und Blut übergegangen, und ihr müsst nicht mehr darüber nachdenken. Ihr geht immer in derselben Geschwindigkeit zum selben Ort und singt dieselben Lieder … Ja, jetzt habt ihr es, so ist es gut …«

Die Männer liefen immer wieder im Kreis herum und stimmten dabei einen Singsang an, der sich seit Jahrhunderten nicht verändert hatte. Gregor fragte sich, was er bedeutete. Der Text war in einer alten Sprache, die weder er noch irgendjemand sonst verstand. Nur der Hafiz, der andauernd betrunken war, und sein Mönch Bello, diese Schlange, kannten sie. Doch Maya wollte diese Lieder hören, und das war alles, was zählte.

Baracken klatschte in die Hände. »Genug. Besser. Was sagst du, Gregor?«

»Mich hat es überzeugt. Gut gemacht. Habt ihr noch irgendwelche Fragen?«

Einer der Mönche – unter ihren Kapuzen waren sie schwer auseinanderzuhalten – fragte: »Wird die Zeremonie stattfinden? Haben sie sie wirklich nicht abgesagt?«

Klang aus seiner Stimme Hoffnung oder Sorge? Gregor konnte es nicht sagen. »Sie wird in zwei Tagen abgehalten, am Abend der dunklen Monde.«

»Gut«, erwiderte der Mann entschlossen. »Wann bekommen wir das Gift?«

»Baracken?«

»Doktor Dorin wird es vor der Prozession im Hafiz-Palast applizieren. Nur an der linken Hand. An den ersten beiden Fingern.«

»Wenn irgendwer von euch das Bedürfnis hat, in der Nase zu bohren«, sagte Gregor, »dann denkt dran, es ausschließlich mit der rechten Hand zu tun.«

Niemand lachte. Es waren ernsthafte junge Männer mit einer Aufgabe, die sie voraussichtlich nicht überleben würden. »Und vergesst nicht: keine Ringe und auch sonst nichts, anhand dessen man euch identifizieren kann. Vor dem Einlass wird jeder gefilzt. Verwendet kein Parfüm und auch kein Haaröl, und esst nichts, was irgendwelche Spuren hinterlassen könnte. Mönche ernähren sich ausschließlich von Haferbrei, ungewürztem Fisch und Wasser. In den nächsten beiden Tagen werdet ihr auch nichts anderes zu euch nehmen. Befolgt die Reinlichkeitsrituale und geht in Gedanken die Lieder durch. Nachdem wir uns heute Abend voneinander verabschiedet haben, werden wir uns erst im Hafiz-Palast wiedersehen.«

Khaled, der sich nicht als Märtyrer angeboten hatte, fragte: »Können wir wirklich sicher sein, dass der Hafiz nichts Außergewöhnliches bemerken und Alarm schlagen wird?«

Baracken sah Gregor an. »Kommandeur …?«

»Der Hafiz wird wie immer besoffen sein und nur imstande, den Anweisungen seines Akolythen Bello zu folgen. Und Bello …

wurde darüber informiert, was er zu tun hat. Ich habe ihm mit Folter und Tod gedroht, weil er den verblichenen Sultan Madu mit seiner ›Medizin‹ versorgt hat. Und wenn Bello eines weiß, dann, dass ich meinen Drohungen auch Taten folgen lasse. Keine Sorge, im Palast sind wir sicher.«

»Und ist dieses Gift auch effektiv?«, fragte ein anderer falscher Mönch. Diese Fragen waren bereits alle beantwortet worden, doch Gregor wusste, dass es den Männern nicht darum ging, die Fakten zu klären. Stattdessen wollten sie sich noch einmal abschließend versichern, dass ihr Opfer wirklich einen Sinn hatte – dass es Maya und ihrer Besatzung ein Ende bereiten würde.

»Baracken?«, fragte Gregor.

»Doktor Dorin und ich haben es einem Ochsen verabreicht. Er ist innerhalb von zehn Herzschlägen gestorben. Kein Mensch ist stärker als ein Ochse. Wenn ihr ordentlich kratzt, wird die Salbe in den Körper eindringen.«

»Wir können nicht sicher sagen, wie dieser Tag ablaufen wird«, ergriff Gregor wieder das Wort. »Aber seid alle intelligent und wisst selbst, was zu tun ist. Also entscheidet selbst und handelt dementsprechend. Und macht schnell. Diejenigen von euch, die Maya töten sollen, haben die wichtigste Aufgabe. Ihr müsst unbedingt durchkommen. Die anderen Ziele – Sarah, Barakat und Mayas Begleiter – sind nachrangig. Wenn ihr den Kopf abschneidet, wird auch der restliche Körper sterben.«

»Wie werden wir sie erkennen?«, erkundigte sich jemand.

»Sie wird im Mittelpunkt des Geschehens stehen«, sagte Khaled.

Gregor konnte den jungen Mann immer weniger leiden. Er war ein Klugscheißer, und das war bei solchen Missionen grundsätzlich gefährlich. »Weiß mittlerweile jeder von euch, wer Sarah ist«, fragte er. »Habt ihr sie gesehen und würdet sie erkennen?«, fragte Gregor.

Alle bejahten, aber er wollte kein Risiko eingehen und fragte noch mal jeden Rebellen einzeln, wann und wo er wie befohlen einen Blick auf die Regentin geworfen hatte. Schließlich war er zufrieden und fuhr fort: »Es wird nur noch eine andere Frau anwesend sein, und das ist Maya. Sie ist euer Ziel.«

»Wirst du auch da sein?«, fragte Khaled.

»Ja, und wenn nötig werde ich die Schwarzen Wächter von Maya ablenken, damit ihr zuschlagen könnt.« Gregor wartete auf weitere Fragen, aber es kamen keine mehr. Er wusste, dass er noch irgendetwas sagen sollte, das ihr Blut in Wallung versetzen würde, aber er war nicht Qulan. Er hatte darüber nachgedacht, ihnen zu erklären, dass in dem zu erwartenden Chaos möglicherweise zumindest ein paar von ihnen entkommen würden, aber deswegen waren diese jungen Männer nicht hier. Sie glaubten, ihnen wäre ein Platz im Paradies sicher, und würden es ihm nicht danken, wenn er dieses Schicksal infrage stellte. Gregor schaute Baracken an, der daraufhin nach vorne trat.

»Brüder, was wir am Abend der dunklen Monde tun, wird den Menschen so lange im Gedächtnis bleiben, wie die beiden Monde existieren. Und wie die Monde selbst werden auch eure Taten strahlend hell am Himmel stehen und für alle zu sehen sein. Ihr werdet es schaffen. Geht jetzt und bereitet euch vor. In zwei Tagen treffen wir uns im Palast des Hafiz. Ich verneige mich vor euch.« Baracken verbeugte sich tief, Gregor und Khaled machten es ihm nach. Vom Rest des Rebellenrats war niemand anwesend. Je weniger Verschwörer die Einzelheiten kannten, desto besser.

KAPITEL 68

Qulan

Die Kolonne sah nicht wie eine Armee aus. Man hätte sie für einen Bautrupp halten können, der kurz vor Sonnenuntergang von einer großen Sache, wie zum Beispiel einer Zikkurat oder einem Aquädukt, nach Hause zurückkehrte. Doch bei näherer Betrachtung war den zahlreichen Männern und Frauen anzusehen, dass sie sich nicht bloß waschen und zu Abend essen wollten. Ihr Blick und ihre Haltung verrieten, dass sie etwas vorhatten. Sie waren sehr wütend, und irgendjemand würde sich vor ihnen verantworten müssen.

Die Soldaten sprachen nicht viel, während sie marschierten, wie sie es von den Stammeskriegern in ihren Reihen gelernt hatten. Ihre gleitenden Schritte ermöglichten es ihnen, den oftmals wegrutschenden Sand relativ mühelos zu überqueren. Wasserträger liefen an der Kolonne auf und ab, doch es fiel auf, dass kaum jemand um einen Schluck bat. Allen war bewusst, dass sie mit ihren Vorräten haushalten mussten.

Qulan ging an der Spitze. Inzwischen besaßen sie so viele Pferde, dass er auch hätte reiten können, aber er hatte sich dazu entschlossen, wie alle anderen zu marschieren. Die Pferde, Esel und Kamele, die Mayas Niederlage überlebt hatten, trugen den Proviant und die Waffen, damit die Fußsoldaten schneller vorankamen. Die einzige Ausnahme bildeten die Kundschafter, die vorausgeritten waren, um sicherzustellen, dass sie unterwegs in keinen Hinterhalt gerieten.

Qulan war sicher, dass man in der Stadt inzwischen über den Ausgang der Schlacht Bescheid wusste, aber er wollte dort sein, ehe die Machthabenden mit ihm und seinen fünfhundert Kämpfern rechneten. Er hätte mehr mitnehmen können, schließlich war die Rebellenarmee mittlerweile auf über tausend Soldaten angewachsen, doch er hatte es für besser gehalten, die übrigen zum Schutz des Lagers zurückzulassen. Außerdem sollten sie aufräumen und die gefallenen Gegner beseitigen. Da die Pest noch immer grassierte, war es wichtig, dass sie die Luft nicht noch mehr vergifteten. Er hatte nur die besten Soldaten mitgenommen – seine Veteranen, die Neuankömmlinge, die über unverzichtbare Fähigkeiten verfügten, und die Frauen, die sich als ebenso unbarmherzige Kämpferinnen erwiesen hatten wie ihre Männer. Sie würden bei dieser Unternehmung eine ganz besondere Rolle spielen. Sie besaßen keine Uniformen, trugen aber alle himmelblaue Kopftücher, die sie aus den verschiedensten Stoffen hergestellt und mit Beeren und Kräutern aus den Sümpfen gefärbt hatten. Qulan wusste, wie wichtig ein verbindendes Element für eine Armee war. Bis zu einem gewissen Grad war das der General, also er, doch Generäle starben. Die Kopftücher würden die Soldaten dagegen bis zum Sieg oder zur Niederlage begleiten. Der Sandboden erbebte unter Hufschlägen. Akiba überquerte die Dünen vor ihnen und rutschte mit seinem Pferd in einer Staubwolke den Hang herab. Unten angekommen, hielt er vor Qulan an und ließ sich aus dem Sattel gleiten.

»Du hattest recht, General: Bis zur Stadtmauer ist es noch ein Tagesmarsch.«

»Werden wir bis Einbruch der Dunkelheit dort ankommen?«

»Ja.«

Qulan drehte sich zur Kolonne um, brachte sie mit erhobener Hand zum Stillstand und sagte leise zu seinem Hintermann: »Schlagt das Lager auf.«

Als der Befehl bis nach hinten durchgegeben worden war, machten sich die Soldaten effizient und geräuschlos an die Arbeit. Auch wenn man es dieser Armee nicht auf den ersten Blick ansah, waren alle hochkonzentriert bei der Sache.

Qulan winkte dem Feldwebel, der sich wie immer in Rufweite befand. »Keine Feuer, Feldwebel – sie könnten von der Mauer aus zu sehen sein.«

»Wie du wünschst, General.«

»Und wir treffen uns zur zwanzigsten Stunde in meinem Zelt. Bringe alle Sektionsführer mit.«

Manel war gemeinsam mit Alkin am Ende der Kolonne gegangen. Tagsüber hatten sie mit ihren Kräften haushalten müssen und nicht viel miteinander gesprochen, doch als die Sonne hinter dem Rand der Welt versank und die Luft abkühlte, suchte die Ärztin das Gespräch. »Nach der Schlacht hast du deinen Vater und mich allein gelassen.«

»Ja, und?«

»Bei deiner Rückkehr wirktest du verändert. Es geht mich zwar nichts an, aber wenn du dir etwas von der Seele reden möchtest …«

»Es hatte nichts mit dir oder Vater zu tun.«

»Das habe ich mir schon gedacht. Aber irgendetwas ist geschehen.«

»Ich habe einen Mann getötet, der einmal behauptet hat, er würde mich lieben. Ich habe ihm damals geglaubt. Dann hat er dabei zugesehen, wie mein Bruder gestorben ist. Diesmal hat er mir wieder gesagt, dass er mich liebt. Er hat gesagt, es täte ihm leid und dass er mit mir zusammen sein wolle. Ich habe ihm erklärt, dass ich ihm nicht glaube, und ihn ertrinken lassen. Er hat mich angefleht, ihm zu helfen, und ich habe in seine blauen Augen geschaut, während er unterging. Früher habe ich von diesen Augen oft geträumt. Ich habe sie für die freundlichsten und liebevollsten Augen der Welt gehalten. Wenn wir uns über Gedichte unterhielten, glitzerten Tränen in ihnen. Ich war jung und dumm.«

»Jung und dumm zu sein, wie du es nennst, Manel, ist keine Schande. Alt und dumm, nun, das ist etwas anderes. Wir leben, um zu lernen. Was glaubst du, was dein Vater an deiner Stelle getan hätte?«

Die Kolonne war zum Stillstand gekommen. Überall um sie herum wurden Zelte errichtet und Vorräte verteilt. Männer und Frauen streckten ihre Muskeln und ruhten sich nach dem langen Tagesmarsch aus. Manel und Alkin gingen zum Lazarettzelt, wo Alkins Helfer bereits wunde Füße, Verstauchungen und andere Zipperlein behandelten. Qulan hatte klargemacht, dass er mit niemand Mitleid haben würde, der leichtfertig eine Verletzung riskierte. »Wer nicht kampfbereit ist, sollte besser tot sein – denn das ist die einzige Entschuldigung, die ich akzeptieren werde.« Dafür liebten sie ihn, denn sie wussten, dass er an sich selbst und seine Tochter die gleichen Maßstäbe anlegte.

»Ich weiß es nicht, Alkin, ich bin nicht mein Vater. Das habe ich während der vergangenen Monde gelernt. Ich muss wohl oder übel meinen eigenen Weg finden. Weißt du noch, in der Wüste, als … nun, das war es, was du mir damals gesagt hast.«

Alkin lächelte. »Du bist zwar nicht dein Vater, aber du ähnelst ihm sehr.« Sie nahm Manels Hände und hielt sie fest. »Und ich glaube, dass du früher oder später mindestens genauso viel erreichen wirst wie er, Manel, Tochter von Qulan. Ich bin weit gereist und habe vieles gesehen. Ich kenne mich mit den Stärken und Schwächen der Menschen aus und weiß, wenn ich …« Sie strahlte, und Manel kam es vor, als wäre die Sonne noch einmal zurückgekehrt, um sie zu wärmen. »Aber ich rede zu viel, nicht wahr? Dabei haben wir eine Menge zu tun. Bevor du deiner großen Bestimmung folgen kannst, müssen wir uns um geschundene Füße und eingewachsene Zehennägel kümmern. Das ist nun mal der Lauf der Dinge.«

Der Kriegsrat kam zur verabredeten Zeit in Qulans Zelt zusammen. Die Sektionsführer, Akiba, der Feldwebel, Manel und Alkin versammelten sich auf der einen Seite des Tisches, Qulan auf der anderen. Zwischen ihnen lag eine Karte der Stadt.

»Tumanbay gilt als komplett abgeschottete Stadt«, begann Qulan. »Angeblich kann keiner rein oder raus, aber wir wissen, dass das nicht stimmt. Schließlich sind meine Tochter, ein paar von euch und viele von unseren Kämpfern auf verschiedenen Wegen herausgelangt. Manel?«

»Wir wissen von Schmugglerpfaden, General – Tore und Geheimgänge, die von Verbrecherbanden überwacht und kontrolliert werden. Wenn diese Leute eine Armee, und sei es auch nur eine kleine, heranrücken sehen und sich um ihre Profite und ihre Sicherheit Sorgen machen, werden sie die Tunnel dichtmachen. Dann kommen wir nicht mehr hinein.«

»Mit wie vielen kannst du in die Stadt eindringen, ohne Verdacht zu erregen?«

»Drei, vielleicht vier …«

»Feldwebel, Akiba, ich will, dass ihr meine Tochter durch die Tunnel in die Stadt begleitet. Wenn ihr dort seid … Erklär du ihnen bitte alles Weitere, Alkin.«

Die Ärztin beugte sich über die Karte. »Ich habe die Stadtpläne aus der Zeit des Verrückten Sultans studiert. Wenn ihr dorthin seht, zur anderen Seite der Stadt, jenseits der Fleischgasse. Ich meine den Bereich zwischen den beiden Hügeln, die, soweit ich weiß, Arsch des Sultans genannt werden …«

»Stimmt, so heißen sie«, sagte Manel.

»Es gibt da einen Fluss – na ja, mittlerweile ist er mit so viel Müll und Schlachtabfällen verstopft, dass man ihn nur noch als Bach bezeichnen kann –, aber früher war das ein Kanal. Und mit Kanälen kennen wir uns mittlerweile aus, nicht wahr?«

Die anderen lachten zustimmend.

»Auf ihm wurden die Steine aus den Steinbrüchen in Maitan nach Tumanbay geschafft. Er floss durch das alte Kanaltor in die Stadt. Hier. Das Tor gibt es immer noch. Ich habe es besichtigt, als ich in der Stadt war. Es ist zwar in Vergessenheit geraten, scheint aber, soweit ich es feststellen konnte, noch immer funktionsfähig zu sein.«

»Und das«, sagte Qulan, »ist unser Zugang.«

»*Soweit du es feststellen konntest*«, sagte Akiba. »Das klingt nicht gut. Was, wenn es blockiert ist.«

»Ich habe es genau inspiziert und Zeichnungen davon angefertigt. Vertrau mir: Das Tor ist zwar schwer, aber es lässt sich noch immer bewegen.«

»Der Letzte, der so etwas zu mir gesagt hat, stellte gerade einen Becher Wein vor mich hin«, murmelte der Feldwebel. »Als ich ihn ausgekippt habe, wollte er mir die Kehle aufschlitzen. Man nennt das den malabarischen Trinkspruch, weil alle Malabarer verräterischere Mistkerle sind!«

»So wie alle Feldwebel versoffene Mistkerle sind«, entgegnete Qulan. Die anderen lachten, und die Stimmung hellte sich auf. »Morgen früh bei Tagesanbruch werdet ihr durch die Schmugglertunnel in die Stadt eindringen und euch zu dem Tor begeben. Ihr werdet es sichern, sämtliche Wachen töten und bei Einbruch der Nacht öffnen. Wenn es so weit ist, gebt ihr Rauchzeichen. Im Licht der Vollmonde werden wir es deutlich sehen. Ihr beide kennt die Stadt und solltet kein Problem damit haben, den Wachen aus dem Weg zu gehen.«

»*Wir sollten kein Problem damit haben.* Das klingt auch nicht gut, General.«

»Wir sind fünfhundert, Akiba. Die Sektionen werden unterschiedliche Ziele angreifen – die Ämter, die Ministerien und die Baracken. Sie werden sich ausschließlich auf ihr jeweiliges Ziel konzentrieren und alles andere ignorieren. Die Schwarzen Wachen werden uns Widerstand leisten, aber wir haben das Überraschungsmoment auf unserer Seite. Wir wissen, wo die Baracken stehen und dass die meisten Wächter bei Mayas Aufstiegszeremonie sein werden.«

»Wird dieses Miststück wirklich dort auftauchen?«, fragte der Feldwebel fast ehrfürchtig.

»Man hat mir versichert, dass sie anwesend sein wird, Feldwebel.«

»Woher weißt du das alles, General?«

»Von meinem Informanten in der Stadt. Manel, da kommst du ins Spiel. Geh zu Gregor und sage ihm, dass er seinen Plan in die Tat umsetzen soll.«

»Vertraust du ihm etwa? Wenn er uns reinlegt – und das wäre nicht das erste Mal –, werden wir alles verlieren.«

»Wer die Niederlage fürchtet, hat bereits verloren, Manel. Die Kunst des richtigen Führens besteht darin, sich alles zunutze zu machen, was einen Sieg bewirken könnte. Darüber hinaus gibt es nur eines, was wir für unseren Triumph benötigen …«

Qulans Zuhörer beugten sich erwartungsvoll vor.

»Und das ist Glück. Lasst uns jetzt anfangen.«

Am nächsten Tag machten die fünfhundert Kämpfer in einem langen Wadi halt, in dem sie von der Stadtmauer aus nicht zu sehen waren. Die Stammeskrieger fanden eine Quelle, in der sich alle erfrischen konnten, und legten sie frei. Die Soldaten nahmen nur ein spärliches, kaltes Frühstück zu sich. Qulan, der stets praktisch dachte, hatte verlautbaren lassen, dass es im Falle einer Verwundung besser sein würde, einen leeren Magen zu haben.

Der Voraustrupp traf sich am Ausgang des Wadis.

»Wenn wir in Deckung bleiben, sollten wir es unbemerkt bis zum Tunneleingang schaffen«, sagte Manel. In Gedanken fügte sie hinzu: *Sofern er nicht in der Zwischenzeit entdeckt und versiegelt wurde.*

»Also gut«, flüsterte Akiba. »Sind wir bereit?«

Der Feldwebel ließ lächelnd die weißen Zähne aufblitzen und nickte. Er hielt einen gemeingefährlich aussehenden Dolch in der Hand. Die eingeölte Klinge schimmerte matt im Licht der untergehenden Monde.

Akiba ging los. Da er der Größte war, musste er in unbequem gebückter Haltung laufen. Manel folgte ihm, der Feldwebel bildete die Nachhut.

Sie befanden sich so nahe an der Stadt, dass sie in der Nachtluft ihre zahlreichen Aromen wahrnehmen konnten: Orangen und Dung, Rauch und Küchengewürze, der unvermeidliche Gestank der Kamele und Hunderte andere flüchtige Gerüche.

Manel blickte auf und betrachtete über den Rand des Wadis hinweg die von der Morgensonne beschienene Mauerkrone. Der Stadtwall sah schrecklich massiv und abweisend aus. Sie betete darum, dass der Schmugglertunnel noch existierte, und drückte die Goldmünzen, mit denen sie die Passage bezahlen wollten, so fest, dass ihre Hand schmerzte.

Eine schlanke Gestalt glitt über den Rand des Wadis und eilte zu ihnen. Akiba blieb stehen und zog angespannt das Schwert. Manel und der Feldwebel hielten den Atem an.

»Warte, Akiba, ich komme mit dir.«

Manel hatte Himmel seit ihrer Ankunft in den Sümpfen nicht mehr gesehen und brauchte einen Moment, um sie zu erkennen, da sie die Haare kurz trug und jugendliche Kleidung anhatte. »Das kannst du nicht«, sagte sie zu ihr. »Es ist gefährlich, wir schaffen es vielleicht gar …«

»Ich habe meinen Mann gefunden und werde ihn nicht noch einmal verlieren. Sag ihr, dass ich mitkomme, Akiba, und dass ich unser Kind finden werde.«

Akiba nickte. »Sie kommt mit«, sagte er und ging weiter.

Himmel folgte ihm.

»Wie du willst, Himmel. Aber duck dich.«

Himmel grinste zu ihr zurück. »Ich freue mich auch, dich wiederzusehen, Manel. Schön, dass du immer noch so herrschsüchtig bist.«

Manel lachte. »Dann ist also Akiba der Vater, der König, von dem du gesprochen hast. Er sieht tatsächlich aus wie ein König.«

»Ein König ohne Königreich«, flüsterte der große Mann.

»Vielleicht wirst du ja der nächste Sultan von Tumanbay«, sagte der Feldwebel.

Akiba lachte leise. »Das wäre nichts für mich.«

»Das sagst du jetzt noch«, sagte Manel. »Da drüben, unterhalb des Elefantenturms … da ist er, der Tunneleingang.«

Er sah leer und verlassen aus.

Manel kroch auf ihn zu und merkte, dass die anderen ihr folgten. Die alte Tür war mit schweren Ketten und einem großen Eisenschloss verriegelt. Sie klopfte das Erkennungszeichen, das die Schmuggler bei ihrem Aufbruch verwendet hatten, und betete, dass es immer noch gültig war. Nichts. Sie klopfte erneut und warte. *Das dauert zu lange,* dachte sie, *es ist keiner da.* Als sie es, ohne große Hoffnung, noch ein drittes Mal versuchte, glitt die Tür mitsamt Rahmen, Kette und Schloss in die Dunkelheit zurück.

Augen funkelten ihr entgegen.

»Vier Reisende«, sagte sie. »Ich habe Gold, mit dem wir euch bezahlen können.«

»Wer seid ihr?«

»Freunde des Iblis. Wir sind mit ihm hinausgegangen.«

Himmel stellte sich vor sie hin. »Wir müssen wieder rein.«

»Lauter Frauen?«, verlangte die Stimme zu erfahren.

»Unsere Ehemänner sind bei uns«, erwiderte Manel.

»Sagt ihnen, dass sie herkommen sollen.«

Himmel rief, und der Feldwebel und Akiba traten aus den Schatten. Der große Mann gab sich Mühe, möglichst klein und harmlos auszusehen. Dem Keuchen, das aus der Dunkelheit drang, nach zu urteilen, war er damit nicht sehr erfolgreich. Manel beschloss, etwas zu riskieren.

»Kommandeur Gregor hat uns an den Iblis vermittelt. Der Iblis wird sich für uns verbürgen.«

»Der Iblis hängt am Märtyrerplatz, der verbürgt sich für niemand mehr. Aber wenn du Gregor kennst, bist du ... eine Art Freundin.«

Manel fragte sich, ob ihr Onkel seine Informationen auf diesem Weg aus der Stadt herausschaffte. Er mochte zwar der Spion ihres Vaters sein, aber sie hatte nach wie vor ihre Zweifel, ob man ihm trauen konnte.

»Nun, die meisten versuchen, die Stadt zu verlassen, aber wenn ihr so verrückt seid, dass ihr hineinwollt, dann nur zu. Schließlich ist es euer Begräbnis.« Der Schmuggler löste sich aus dem Schatten. Er trug einen Kaftan und eine Maske, hinter der man ihn nicht erkennen konnte.

»Und dein Gewinn«, erwiderte Manel und gab ihm die Münzen. Er nahm sie entgegen, biss hinein und ließ sie in einer Tasche verschwinden. »Das ist noch die alte Gebühr. Mittlerweile ist sie gestiegen. Es ist alles schwieriger geworden. Die Schwarzroben drehen total durch, als würde jeden Moment die Welt untergehen.« Er hob zwei Finger.

Manel reichte ihm zwei weitere Münzen.

»Und der Torwächter am anderen Ende muss auch seinen Schnitt machen.«

Manel hörte ein Schwert aus der Schneide gleiten. »Wie wäre es mit einem echten Schnitt?«, knurrte der Feldwebel.

»Mein Freund ist ein bisschen ungestüm. Er kann es gar nicht erwarten, zurück nach Hause zu kommen und mit seiner neuen Braut die Freuden der Ehe zu genießen«, sagte Akiba.

Manel versteifte sich, sagte aber nichts und gab dem Mann zwei weitere Münzen. Hinter ihr wurde das Schwert in die Scheide zurückgeschoben.

Der Schmuggler grinste. »Ich mache nur meine Arbeit und versuche, meine Familie zu ernähren. Tretet ein.« Als der Feldwebel an ihm vorüberging, lachte er. »Glücklicher alter Bastard!«

Der Tunnel führte abwärts. Ihr Führer mahnte sie zur Vorsicht. Er hatte nur eine funzelige Laterne dabei, die kaum hell genug war, um den unwegsamen Boden zu beleuchten. Doch je länger sie liefen, desto glatter wurde der Pfad. Außerdem wurde es wärmer und schließlich sogar heiß. Sie durchquerten größere Räume, von denen einige Höhlen waren. In den Wänden funkelten Kristalle, die wie Sterne aussahen. Sie hörten Geräusche, gelegentlich sogar Stimmen und lachende Kinder. Aus der Ferne drang ein Tosen wie von einem großen Feuer.

»Wo sind wir?«, fragte Akiba.

»In der Stadt unter der Stadt«, erwiderte Manel. »Gregor hat mir erzählt, dass er einmal hier war.«

»Nicht sprechen«, fuhr der Schmuggler sie an. »Sie lassen uns durch, aber wir müssen uns respektvoll verhalten, solange wir hier unten sind.«

Sie gingen immer weiter, bis sie nicht mehr sagen konnten, ob sie sich vorwärts, rückwärts oder in Kreisen bewegten. Ohne genaue Ortskenntnisse oder eine detaillierte Karte konnte niemand aus diesem Labyrinth herausfinden.

Nach einer Weile verengten sich die Wände wieder, und sie befanden sich erneut in einer Art Gang. Ihre Beinmuskeln protestierten, während sie ihn hinaufstiegen. Es wurde ein wenig heller, und die Unterwelt, in der sie sich befanden, nahm einen blassen Grauton an. Schließlich erreichten sie den Fuß einer Treppe.

Der Schmuggler blieb stehen. »Diese Stufen führen zum Abwasserkanal im alten Leinenbezirk hinauf. Sie haben sämtliche Gullydeckel entfernt, damit dieser Schlampe das Eisen nicht ausgeht. Ihr solltet also problemlos hinausgelangen. Danach seid ihr auf euch allein gestellt.«

»Ich kenne die Gegend«, sagte Akiba. »Da oben ist ein Café, in dem ich oft gewesen bin.«

»Danke, mein Freund«, sagte Manel. »Ich werde Gregor berichten, dass du uns geholfen hast.«

»Mir ist nur wichtig, dass ihr sonst niemand erzählt, wie ihr reingekommen seid. Geht jetzt. Bald erklingt der erste Gebetsruf. Im Moment sollten die Straßen noch leer sein.« Er klopfte dem Feldwebel auf den Rücken. »Übernimm dich nicht, Opa.« Dann lachte er bellend und verschwand wie ein Dschinn, der in seine Flasche zurückkehrte.

»Und was ist mit dem Gold für den Torwächter?«, rief der Feldwebel.

Da aus der Dunkelheit hinter ihnen keine Antwort kam, stiegen sie zum Licht hinauf.

KAPITEL 69

Gregor

Der frühmorgendliche Gebetsruf ertönte, als Gregor den Hafiz-Palast betrat. Bello, der Mönch, schloss hinter ihm die Tür.

»Alles ist so geschehen, wie du es befohlen hast«, sagte er. »Die echten Mönche sind in unserem tiefsten Keller eingesperrt, und deine Rebellen warten auf dich.«

»Und der Hafiz?«

»Der bereitet sich gerade vor, Kommandeur. Er trinkt so viel Arak, wie nötig ist, um seinen Pegel zu halten.«

»Solange er das *Gleichgewicht* halten und seine Aufgabe erledigen kann, ist mir alles recht.«

»Wir haben alles in unserer Macht Stehende getan. Dem alten Mann wird doch nichts passieren, oder?«

»Du bist ja da, Bello, und kannst ihn beschützen.«

Der kleine Mönch zuckte die Achseln. »Mir fehlen die körperlichen Voraussetzungen, um ihn zu *beschützen.* Aber mir liegt sein Wohlergehen am Herzen, und vielen anderen in der Stadt geht es genauso. Wenn es eine Zeit nach Maya gibt, wirst du ihn brauchen.«

»Und dich auch, Bello?«

»Jeder von uns tut, was er kann, um zu überleben. In solchen Zeiten ist das alles andere als leicht. Aber ich sehe, dass ich dich langweile. Bitte, du kennst ja den Weg, Effendi Gregor. Geh und tu, was du tun musst.«

Gregor packte den fetten Mann vorn am Kaftan und zog ihn dicht an sich heran. »Was weißt du?«

Der kleine Mönch riss ängstlich die Augen auf. »Nichts, das schwöre ich dir. Überhaupt nichts.«

Gregor ließ ihn los. »Wenn es dabei bleibt, überlebt ihr beide vielleicht.«

Er eilte durch die früher öffentlich zugänglichen Bereiche des Palasts, die allesamt menschenleer und unaufgeräumt waren. Bello schottete den Hafiz offenbar von der Außenwelt ab und war selbst kein guter Hausmann. Die Mönche mussten in der Zwischenzeit bereits im Umkleideraum neben dem Haupttempel eingetroffen sein. Sie hatten damit gerechnet, vor der Zeremonie etwas zu trinken zu bekommen und sich ausruhen zu können. In Wahrheit hatten Baracken und seine Mitverschwörer ihnen jedoch einen ganz anderen Empfang bereitet. Als Gregor die Umkleide betrat, standen die Rebellen bereits umgezogen und aufbruchbereit um Khaled herum, der eine Schale in den behandschuhten Händen hielt. Dorin war nicht anwesend.

»Nur die ersten beiden Finger der linken Hand«, sagte Khaled. »Berührt mit ihnen nicht eure eigene Haut.« Er bemerkte Gregor. »Du bist spät dran, Kommandeur.«

Gregor gelang es, sich seine Verärgerung nicht anmerken zu lassen. »Wo ist Dorin?«

»Er hat Bescheid gegeben, dass er am Institut festhängt«, erwiderte Baracken. »Er sagte, er würde während der Zeremonie zu uns stoßen. Hast du den Ablaufplan, Gregor?«

»Natürlich.« Gregor klatschte in die Hände. »Hört alle zu: Die Eskorte und die Kutsche für den Hafiz treffen zur siebten Stunde des Nachmittags ein. Ihr Mönche werdet singend hinter der Kutsche hergehen. Es steht noch nicht fest, ob Sarah und Maya an dieser Prozession teilnehmen werden. Aber es spielt auch keine Rolle. Man wird euch im Palast empfangen und bei Mondaufgang, wenn die Zeremonie losgeht, zum Qubat-Tempel eskortieren. Ich werde dort sein … gebt nicht zu erkennen, dass ihr wisst, wer ich bin. Es werden Soldaten und Schwarze Wächter anwesend sein. Ihr werdet euch in einem Halbkreis um den Thron herumstellen. Dann tritt Maya ein. Sie wird auf dem Thron sitzen oder davorstehen. In dem Moment werdet ihr Maya näher sein als alle anderen im Raum. Nutzt diese Gelegenheit.«

»Das haben wir bereits unzählige Male besprochen und wissen, was zu tun ist«, sagte Khaled mit höhnischem Grinsen. »Vielen Dank, Gregor. Wir sind weder Idioten noch Amateure. Es war wirklich nicht nötig, das alles noch einmal wiederzukäuen.«

Nun, dachte Gregor, ein Gutes hatte die Sache wenigstens. »Doch, Khaled, mein Junge«, erwiderte er, »ich fürchte, das seid ihr.«

»Was meinst du?«

»Amateure. Ich habe nur etwas Zeit geschunden. Falls ich euch noch einen Rat geben darf: Wenn sie gleich kommen, um euch zu verhaften, ritzt euch selbst mit euren Giftfingern. Fasst euch ein Herz und macht schnell. Das wird auf jeden Fall weniger schmerzhaft sein als das, was sie ansonsten mit euch anstellen.« Damit ging er zur Tür.

Khaled, Baracken und die falschen Mönche starrten ihm entgeistert hinterher.

»W-was machst du?«, stotterte Baracken.

Gregor öffnete die Tür und blickte hinaus. »Ah, da seid ihr ja.« Er zog die Tür komplett auf und gab den Blick auf mehrere Soldaten frei. Sie wurden von zwei Priestern begleitet. In der drückenden Stille hinter ihm war nur ein Plätschern zu vernehmen. Jemand bepisste sich vor Angst. Gregor verdrängte die Genugtuung, die er empfunden hatte, weil er es dem Jungen, Khaled, gezeigt hatte. Dies war ein Theaterstück – und er musste seine Rolle darin spielen. »Kommt rein und verhaftet sie. Das sind alles Verräter.« Er hätte sie vor der Giftsalbe warnen können, entschied sich jedoch dagegen.

»Was hast du getan?«, kreischte Baracken entsetzt. »Du hast uns verraten. Du hast Tumanbay verraten.«

Die Soldaten marschierten an Gregor vorbei.

»Kratzt sie!«, schrie Khaled. »Tötet sie alle …« Er stürmte auf die Eindringlinge zu. Die Rebellenmönche folgten seinem Beispiel und rannten mit vorgereckten Fingern los.

Während Gregor davonging, hörte er das Zischen und die dumpfen Einschläge von Pfeilen, gefolgt von den Schreien der Verschwörer.

Er eilte in den öffentlichen Bereich des Tempels zurück. Die echten Mönche wurden gerade aus den Zellen befreit und an Bello vorbeigeführt. Der kleine Mönch betrachtete Gregor mit zusammengekniffenen Augen.

Gregor widerstand der Versuchung, ihm zu erklären, dass höchstwahrscheinlich Madu den Plan verraten hatte. Er blieb im Säulengang stehen, wo für den Fall, dass irgendwem die Flucht gelang, ein paar Wächter postiert waren. Er nickte ihrem Anführer zu. Es war früher selbst ein einfacher Wächter gewesen, mittlerweile aber zum Offizier befördert worden. Gregor ging davon aus, dass dieser Mann immer noch genauso unfähig war wie früher. Er salutierte zackig, was Gregors Erinnerung nach, abgesehen von seiner ungewöhnlichen Grausamkeit, schon immer das Einzige gewesen war, was ihn auszeichnete. Doch im Moment musste er mit ihm vorliebnehmen. »Hauptmann, ich brauche eine Kutsche. Jetzt.«

»Ja, Kommandeur. Wie du wünschst.« Der Mann eilte davon.

Gregor betrachtete den Schatten, den der Palastturm warf, und hoffte, dass ihm noch genug Zeit blieb, alles Nötige zu tun.

KAPITEL 70

Manel

Unter Sultan al-Ghuri und seinen Vorgängern waren die Abwasserkanäle alle fünfzig Jahre gereinigt worden. Zu diesem Zweck hatte man große Granitkugeln durch die größten Rinnen gerollt, die allen darin angesammelten Dreck lockerten und zermalmten. Anschließend wurden sämtliche großen und kleinen Leitungen mit Wasser aus dem Aquädukt durchgespült. Während der Schmutz ins Mittelmeer floss, musste die Stadt einen Tag und eine Nacht lang ohne frisches Wasser auskommen. Und anschließend war zwei Monde lang das Fischen in Küstennähe verboten gewesen. Das war die Blütezeit der Stadt gewesen. Die letzte Säuberung wäre ungefähr zu der Zeit fällig gewesen, als Maya in Tumanbay eintraf. Anfangs hatten die Leute darüber Witze gemacht – aber nicht lange.

Manel und die anderen hatten sich alles vor die Gesichter gebunden, was sie entbehren konnten, während sie sich vorsichtig auf den Wartungssimsen neben dem fauligen Strom vorantasteten. Die Luft war so beißend, dass ihnen die Augen tränten. Keiner von ihnen konnte in den gebogenen Tunneln aufrecht gehen. Während Himmel und Manel sich leicht bückten und der Feldwebel sich zusammenkauern musste, bewegte sich Akiba in einer Art tiefen Verbeugung voran.

Durch die Abflusslöcher über ihren Köpfen fiel trübes Licht herein, mit dessen Hilfe sie sich orientierten und gefährlich bröckelnden Stellen auswichen. Das Wasser toste ohrenbetäubend, sodass sie sich nur mit Zeichen verständigen konnten. Manel ging vorneweg. Nach einer Weile gelangte sie zu einer Stelle, an der Sprossen in die Mauer eingelassen waren. Sie führten zu einem verheißungsvollen Kreis aus reinem Tageslicht hinauf. Manel hob eine Hand, und die anderen hielten an. Dann deutete sie auf die Leiter und begann, sie zu erklimmen.

Der Schacht endete in einer ansteigenden Straße, auf der um diese Uhrzeit zum Glück wenig los war, da sich die Frommen beim Morgengebet befanden und die weniger Frommen so taten, als befänden sie sich beim Morgengebet. Sie kroch auf das Pflaster hinaus und drehte sich um, um erst Himmel und anschließend dem Feldwebel herauszuhelfen. Anschließend trat sie zurück und sah zu, wie Akiba der Öffnung entstieg und tief durchatmete.

»Ich hätte nie gedacht, dass ich für etwas so Simples wie frische Luft je derart dankbar sein würde«, sagte er. »Also gut – wo sind wir, wo ist das Café?« Sie schauten auf ein Labyrinth aus Flachdächern hinab, die sich so weit erstreckten, wie das Auge reichte. Sie gehörten zu den Häusern von Händlern, die zwar nicht reich, aber dennoch wohlhabend genug waren, um ihre eigenen vier Wände mit einem Garten und in manchen Fällen sogar einem kleinen Stück Land zu besitzen, das sie bewirtschaften konnten.

Manel sprang auf eine Mauer und blickte über die Siedlung hinweg. »Wenn das da der Blätterturm ist, sind wir in der Nähe der Weberstraße.«

»Diesen Turm konnte man vom Café aus sehen«, sagte Akiba. Obwohl er immer noch auf den Pflastersteinen stand, befand er sich mit Manel auf Augenhöhe. »Und dieses rechteckige Gebäude dort ist meines Erachtens die Leinenmanufaktur von Demetrius dem Cyzier. Dort wurde früher die Hälfte aller Thwarbs in der Stadt hergestellt.«

»Kennen die dich in dem Café?«, fragte der Feldwebel.

»Ja.«

»Gehen wir dann dort zuerst hin?« Der Feldwebel sah Manel fragend an.

Sie nickte. »Ich glaube, ja. Können wir ihnen vertrauen, Akiba?«

»Ich glaube, ja«, wiederholte er und grinste.

Er hatte recht. Als sie das Café betraten, führte der Betreiber sie in ein Hinterzimmer. »Hier fanden früher spezielle Veranstaltungen satt. Hochzeiten und andere Zusammenkünfte. Einmal pro Mond haben sich hier die hiesigen Segelflieger getroffen. Heute kommt kaum noch jemand her. Dich habe ich auch schon seit einer ganzen Weile nicht mehr gesehen, Akiba, mein Freund. Warst du geschäftlich unterwegs?«

»Das könnte man so sagen, Hasaan.«

»Das ist gut. Ich habe mir schon Sorgen gemacht, dass du vielleicht verhaftet worden bist. Heutzutage kann man ja nicht mal mehr die Nase zur Tür hinausstrecken, ohne dass man sich vor den Schwarzen Wächtern ausweisen muss. Aber es heißt, das sei bald vorbei.«

»Wirklich?«, fragte Manel. »Wer sagt das?«

Der Cafébesitzer senkte die Stimme. »Es geht das Gerücht, junge Dame, dass General Qulan kommt und dafür jemand anders gehen muss.« Er zuckte die Achseln. »Aber was weiß ich schon? Die Schwarzen Wächter haben irgendeine Feierlichkeit angekündigt. Angeblich wird sie persönlich hier auftauchen.«

»Wer?«, fragte Himmel.

Der Mann formte mit den Lippen das Wort *Maya* und zuckte die Achseln. »Was kann ich euch bringen?«

»Hast du immer noch guten Kaffee?«, fragte Akiba.

»Ja, aber nur noch für gute Kunden.« Er grinste.

»Dann vier Kaffee. Und hast du auch noch ...?«

»Honigkuchen? Natürlich.« Der Mann eilte davon, Manel und die anderen setzten sich an den Tisch.

»Wir müssen uns überlegen, wie's weitergeht«, sagte sie.

»Inwiefern?«, fragte der Feldwebel. »Das ist doch ganz klar: Wir gehen zu diesem Tor und machen es auf.«

»Ich muss meinen Onkel Gregor suchen. Er steht in Kontakt mit den Rebellen in der Stadt. Mein Vater braucht sie, wenn er hier eintrifft.«

Akiba beugte sich vor. »Und ich glaube, Himmel sollte uns nicht weiter begleiten. Der Feldwebel und ich werden das Tor erobern. Manel, du suchst deinen Onkel, und Himmel ...«

»Ich bleibe bei dir«, entgegnete sie. »Ich habe schon andere gefährliche Situationen überlebt und will mich nicht einfach aus dem Staub machen.«

»Das will ich dir auch gar nicht unterstellen«, sagte Akiba, »aber du und ich, wir wollen auch noch unser Kind finden. Wenn Gott mich heute sterben lässt, musst du überleben und ihn oder sie suchen.«

»Wir werden heute Abend wieder hier sein, das verspreche

ich dir, großer Mann«, sagte der Feldwebel. »Keine Sorge, Frau Himmel, ich werde ihn im Auge behalten.« Die Vorstellung, der schmächtige einarmige Feldwebel könnte den riesigen Akiba beschützen, war zwar komisch, doch niemand lachte darüber.

»Geh ins Haus deines Vaters«, sagte Akiba. »Ich treffe dich da.«

»Je weniger wir sind, desto besser kommen wir in den Straßen voran«, fügte Manel hinzu. Dass es auch ein Vorteil war, wenn sich Akiba und der Feldwebel im Fall eines Kampfes um niemand anderen Sorgen machen mussten, erwähnte sie nicht. »Auf der Maduk kommen wir zum Heldenplatz. Da können wir uns aufteilen und getrennte Wege gehen. Halt dich von der Zedernstraße fern, Akiba, und bleib …«

»In der Rattengasse. Von da geht es in den Mausweg. Ich weiß.«

»Kennst du die Federstraße, Himmel? Auf der kommst du, ohne irgendwelchen Wächtern in die Arme zu laufen, in die Nähe deines Hauses.«

Himmel nickte. »Ich verstehe, dass das am meisten Sinn ergibt. Es gefällt mir zwar nicht, aber ich sehe es ein. Und wo bleibt eigentlich der Kaffee? Ich habe schon ewig keinen ordentlichen Schluck mehr …«

Der Cafébesitzer stand in der Tür. Hinter ihm ragten drei grimmig dreinblickende Wächter auf.

»Die Ausweispapiere. Und zwar sofort!«

KAPITEL 71

Gregor

Er hatte immer noch genug Zeit, als er den Palast mit einem ironischen Lächeln durch das Verrätertor betrat. Es war unbewacht. In letzter Zeit gab es auf dem Gelände immer weniger Soldaten. Entweder konnte Maya sie nicht erübrigen, oder die neuen Machthaber hielten es nicht mehr für notwendig, den Palast zu bewachen, nachdem sie inzwischen all seine Schätze geplündert hatten. Gregor hatte sich sogar die Mühe gemacht, in den Küchen nachzusehen, in denen das Essen für die Baracken zubereitet wurde. Die wöchentliche Bestellung war nicht erhöht worden, was darauf hindeutete, dass Maya vermutlich keine zusätzlichen Soldaten mitbringen würde. Gregor war verwirrt: Deutete er etwa die Zeichen falsch?

Er eilte die schmale Treppe hinunter, die direkt zu seinen Gemächern führte. Wenn alles nach Plan verlief, würde er bei der heutigen Zeremonie in seiner Paradeuniform erscheinen müssen, und die hatte er seit der Eroberung der Stadt nicht mehr getragen. Mit etwas Glück würden eine Kleiderbürste und ein bisschen Silberpolitur genügen.

Als er bei seinen Gemächern ankam, wartete ein Wächter

vor der Tür. Trotz seines dichten schwarzen Barts kam er ihm irgendwie vertraut vor. »Kennen wir uns?«, fragte Gregor.

»Ja, Kommandeur. Wir haben uns das letzte Mal beim Fall der Stadt gesehen. Ich habe damals Effendi Rot bewacht.«

»Du heißt Hero. Ich habe dir gesagt, dass du abhauen sollst, aber du bist immer noch hier. Und anscheinend befördert worden.«

»Es ist mir eine Ehre, Maya zu dienen, vor allem an diesem wundervollen Tag«, gab Hero schneidig zurück – auch wenn sein Blick etwas anderes besagte.

Gregor nickte. »In der Tat, Hero. Was kann ich für dich tun?«

»Sarah lässt dich rufen, Kommandeur.«

»Ich gehe in Kürze zu ihr …«

»Jetzt gleich, Kommandeur. Ich soll dich zu ihr eskortieren.«

»Na gut, ich folge dir.«

Während sie mit gesenkten Köpfen nebeneinander hergingen, flüsterte Gregor, ohne die Lippen zu bewegen: »Ist Maya bereits eingetroffen?«

»Das kann ich nicht sagen, Kommandeur. Ich weiß nur, dass Befehle ausgegeben und wieder zurückgenommen werden. Dann werden sie erneut erteilt und gleich anschließend verändert. Ich stelle all das nicht infrage.«

»Nein, natürlich nicht. Und die Zeremonie findet im Qubat-Tempel …«

»Das weiß ich nicht, Kommandeur.«

»Kannst du mir gar nichts sagen, Hero?«

Der Wächter nickte zwei Klerikern zu, die ihnen entgegenkamen. Die beiden waren tief ins Gespräch versunken. Dann blickte er sich um, ob sich sonst noch jemand in Hörweite befand. Vor ihnen standen zwei Wächter am Eingang des Thronsaals. »Ich weiß nur«, sagte er schließlich, »dass der Qubat-Tempel gründlich durchsucht wurde. Die Schwarzen Wächter sind fast die ganze Nacht dort gewesen. Irgendwann hat man sie weggeschickt und später wieder zurückgerufen.« Sie kamen bei ihrem Ziel an. »Pass auf dich auf, Kommandeur.«

»Und du auf dich, Junge. Ich bin froh, dass du hier bist.«

Sie schauten einander einen Moment lang schweigend in die Augen. Als die beiden Wächter die Türflügel aufstießen, zog Hero sich zurück, und Gregor betrat den Thronsaal.

Sarah stand allein in der Mitte des Raums. Ihre stechenden blauen Augen fixierten ihn, und er fragte sich, ob er unter ihrem mitleidlosen Blick würde lügen können.

»Ihr habt mich rufen lassen, Herrin. Ich war gerade auf dem Weg zu Euch.«

»Und dennoch musste ich dich rufen lassen, wie du gerade selbst festgestellt hast.«

»Ich wollte zuerst noch meine Hofuniform anlegen. Ich habe wichtige Neuigkeiten.«

»Das wäre ja das erste Mal seit Langem, Gregor.« Sie drehte sich um, ging zum Fenster und stieß die Läden auf. Ihre Robe flatterte sanft in der noch immer frischen Morgenluft.

Gregor hatte sich immer wieder eingeredet, dass sie ihm nichts bedeute und seine Feindin sei. Doch sobald er sich in ihrer Gesellschaft befand, spürte er ein Ziehen im Herzen – und das wusste sie auch.

Er räusperte sich. »Sie sind alle festgenommen worden. Im Hafiz-Palast. Ein paar von ihnen sind verwundet. Wir mussten sie davon abhalten, sich selbst zu töten. Drei von ihnen haben es dennoch geschafft.« Darunter Khaled, der den sinnlosen Angriff angeführt hatte, dachte er. Wer hätte geahnt, dass der Junge über so viel Mut verfügte?

»Und die anderen in der Stadt?«

»Sie werden in diesem Moment festgenommen. Heute Abend oder spätestens morgen werden alle verhört werden.«

Sie winkte ab, als spiele es keine Rolle, was er sagte.

»Ihr wisst ja, dass sie während der Zeremonie einen Anschlag verüben wollten.«

Ein leichtes Lächeln umspielte ihre Lippen. »Woher soll ich das wissen?«

»Na ja, aus meinen Berichten natürlich …«

»Die verdächtig vage formuliert waren. Der Meisterspion enthüllt seine Informationen nur tröpfchenweise. Vergiss nicht, dass ich dich gut kenne, Kommandeur Gregor von der Palastwache. Ich habe in deinem Sessel in deinen Gemächern gesessen, deinen Wein getrunken und deine Befehle entgegengenommen.«

»Außerdem hat Sultan Madu es Euch ganz offensichtlich vor seinem Tod verraten.«

»Komm her, komm näher.« Sie hatte keine Angst vor ihm. Lauerten irgendwo in ihren Gemächern Schwarze Wächter, für den Fall, dass er sie angriff? Oder betrachtete sie ihn tatsächlich nicht als Bedrohung?

»Siehst du das Fenster hier? Dadurch hat sich der junge Sultan hinausgestürzt. Einen Moment lang stand er noch auf dem Sims und redete irgendeinen Blödsinn übers Fliegen … und dann flog er wirklich, nach unten auf die Steine.«

»Ihr hattet von ihm bekommen, was Ihr wolltet, und brauchtet ihn nicht mehr.«

»Von wem sprichst du, Gregor? Von Madu oder jemand anderem?«

Der Wind zerzauste ihre offenen Haare. Der Anblick brach ihm das Herz.

»Ich spreche vom Sultan, Herrin.«

»Ja, der Sultan. Am Ende erwies er sich als erstaunlich listig. Das hätte ich nicht von ihm erwartet. Natürlich wusste er, dass ich ihn früher oder später dazu bringen würde, mir alles zu verraten. Also hat er dagegen Vorsorge getroffen …« Sie klopfte auf das Fenstersims. »Er hat mir nichts gesagt. Aber ich hatte ja immer noch dich, Gregor, den Meister des Verrats.«

In der Stille, die auf ihre Worte folgte, hörte Gregor die schwarzen Banner auf der Mauer knattern, dazu die Schreie der Falken, die am Himmel über der Stadt jagten, und eine Glocke, die irgendwo läutete – vielleicht im großen Hafen, wo sie ein Schiff aus weiter Ferne ankündigte.

»Dann hoffe ich«, sagte Gregor schließlich, »dass ich Euch von meiner unverbrüchlichen Treue zu Eurer Sache überzeugen konnte, Herrin.«

»Oh, ich zweifle nicht an deiner Treue. Ich zähle sogar darauf.«

»Danke.« Er hielt den Moment für gekommen, eine weitere Information preiszugeben. »Ich weiß, wer Effendi Rot getötet hat. Derjenige wird Euch ebenfalls umbringen, wenn er nicht aufgehalten wird.«

»Mein Leben ist nicht von Bedeutung …«

»Ich kann denjenigen verhaften.«

Einen Moment lang schien es, als wüsste sie nicht, worüber er sprach. Dann schüttelte sie den Kopf. »Dann ist es wohl das Beste, wenn du gehst und es tust.«

»Wollt Ihr nicht wissen, wer…?«

»Ich weiß, wer es war. Ich habe es die ganze Zeit schon gewusst.«

»Und die Zeremonie? Werde ich an ihr teilnehmen?« Das war das Allerwichtigste. Er musste dabei sein und tun, worüber er sich im Moment kaum nachzudenken gestattete, um nicht ungewollt sein größtes Geheimnis zu verraten.

»Natürlich«, sagte sie. »Nun geh, Kommandeur, und tu deine Pflicht.« Die Tür öffnete sich, und sie entließ ihn mit einem Nicken. Dabei zeigte sie wieder dieses angedeutete Lächeln – aber vielleicht war es auch nur ein Schatten.

Gregor verbeugte sich und verließ rückwärts den Raum. Die Tür schloss sich vor ihm, und einer der Wächter legte ihm einen Arm auf die Schulter. »Kommandeur.«

Als er sich umdrehte, wurde es um ihn herum dunkel. Jemand streifte ihm einen Sack über den Kopf und zog eine Kordel um seinen Hals zusammen. Er wurde vom Boden hochgehoben. Dabei wurden seine Arme so fest auf dem Rücken zusammengedrückt, dass er glaubte, sie müssten ihm aus den Schultergelenken springen. Im nächsten Moment krachte er mit voller Wucht mit dem Kopf gegen einen Stein und verlor das Bewusstsein.

KAPITEL 72

Akiba

Akiba klopfte die Erde flach. Der Feldwebel verstreute derweil Steine auf der frischen Erde. Der Eigentümer des Cafés stand daneben und sah zu.

»Könnten wir jetzt den Kaffee bekommen?«, fragte Himmel ihn.

Manel schob den Mann auf den rückwärtigen Teil des Cafés zu, in dem sich die Küche befand. »Alles wird gut. Sobald irgendwem auffällt, dass sie verschwunden sind, wird die Welt bereits eine andere sein. Mach deine Arbeit, mein Freund, und bring uns den Kaffee. Ach ja, und auch den Honigkuchen.«

»Ja, meine Dame«, murmelte er und ging davon.

»Dafür hast du ein Talent, Manel«, sagte Akiba. »Genau wie dein Vater, obwohl er mehr …«

»Er hat mehr Erfahrung«, warf der Feldwebel ein. »Ich kannte ihn als jungen Offizier. Er konnte auch damals schon Menschen inspirieren. So wie du, junge Dame.«

Es war kein Problem gewesen, die Wächter auszuschalten. Sie waren arrogant und an eine verängstigte Bevölkerung gewöhnt, die jeden Tag geschundene Gestalten an Stricken baumeln sahen – mit Plakaten, die genau beschrieben, welcher Ungehorsam jeweils zu ihrem Ende geführt hatte. Sie waren in den Raum stolziert und hatten sich erwartungsvoll angegrinst, als sie zwei junge Frauen erblickten, die sie terrorisieren konnten. Akiba und den Feldwebel hatten sie erst bemerkt, als die beiden wie zuschnappende Schlangen vom Tisch aufgesprungen waren. Sie hatten die Hände nicht einmal in der Nähe ihrer Schwertgriffe gehabt, und so war alles ganz schnell gegangen. Der dritte Mann war schreiend Richtung Tür gerannt, als Himmel die Arme um seine Beine schlang und ihn so zu Fall brachte. Manel hatte sich auf ihn gestürzt und ihm die Kehle durchgeschnitten.

Der Cafébesitzer hatte die Hände gerungen und erklärt, dass er nichts mit ihrem Erscheinen zu tun gehabt habe und dass sie einfach hereingeplatzt seien. »Was soll ich denn jetzt tun?«, hatte er gefragt und kläglich auf die Leichen hinabgeblickt.

»Begrabe sie«, hatte Manel entgegnet. »Du hast hinten einen Garten, in dem du Kräuter ziehst, stimmt's?«

»Ja.«

»Und du hast auch einen Spaten, oder?«

»Ja.«

»Dann fang an zu buddeln.«

Als der Mann nun den Kaffee brachte, setzten sie sich an den Tisch zurück. Er hatte ein *Wegen-Krankheit-geschlossen*-Schild an die Tür gehängt. »Nur solange ich den Boden putze«, erklärte er und machte sich daran, das Blut von den Fliesen zu schrubben. »Zum Glück sind es keine Dielen«, murmelte er. »Aus dem Holz gehen solche Flecken nie mehr raus.«

Die vier genossen den Kaffee, den es in den Sümpfen nicht gegeben hatte.

»Wenn sie alle wie die drei sind«, sagte der Feldwebel, »werden wir keine Probleme haben.«

»Damit sollten wir besser nicht rechnen.« Akiba nahm ein Stück Honigkuchen und steckte es sich komplett in den Mund. »Der General hat zwar gesagt, dass alle Schwarzroben bei der Zeremonie dabei sein werden, aber darauf dürfen wir uns auch nicht verlassen. Und auch wenn die normalen Wächter genauso nutzlos sind wie die da« – er deutete mit dem Daumen in den Garten – »werden sie uns zahlenmäßig weit überlegen sein. Wir halten uns also besser bedeckt.«

Manel hielt drei aus Knochen gefertigte Abzeichen hoch, blau polierte Ovale, so groß wie Daumen, die sie den Leichen abgenommen hatte. »Damit weisen sie sich aus. Zeigt sie wenn nötig vor. Solange die Armee noch nicht da ist, müssen wir allen Schwierigkeiten aus dem Weg gehen. Wir sind nicht hier, um zu kämpfen, sondern um die Stadt zu reorganisieren. Ein toter Würdenträger ist mehr wert als hundert von den Typen, die wir da hinten verscharrt haben. Sind wir uns da einig? Kann's jetzt losgehen?«

Die anderen drei nickten und standen auf. Auf dem Weg hinaus blieb der Feldwebel kurz beim Cafébesitzer stehen. »Kein Wort zu irgendwem, mein Freund, oder wir kommen zurück und verbuddeln noch eine Leiche im Garten«, knurrte er und tätschelte dem Mann den Kopf, ehe er zusammen mit den anderen das Gebäude verließ.

KAPITEL 73

Gregor

Der Schmerz in seinem Schädel ließ nach. Wo war er? Um ihn herum war es dunkel. Er nahm einen scharfen Geruch wahr und schnupperte erneut. Sein Kopf pochte nicht mehr so stark. Sollte er die Augen öffnen? Nein, die Dunkelheit war besser, in ihr konnte er sich verstecken. Ach ja, verstecken, er musste irgendetwas verbergen. Aber was? Hatte er es vergessen? Wieder dieser scharfe Geruch, direkt unter seiner Nase. Er wollte nicht aufwachen und die Augen öffnen. Was würde er sehen?

»Mach die Augen auf. Dir geht's jetzt besser, stimmt's? Hm? Fühlst du dich besser? Versuche, mich anzuschauen.«

Gregor konnte die Augen nicht öffnen. Ächzend versuchte er, eine Hand zu heben, um die Lider zu massieren, doch auch das gelang ihm nicht. Was war mit der anderen Hand? Nein, die auch nicht. Er beugte sich vor, doch irgendetwas hielt ihn zurück. Waren das Riemen?

»So ist es gut, du bist wieder bei uns … öffne jetzt die Augen. Mach sie auf!«

Gregor tat es.

Dorin.

»Er kommt zu sich, Inquisitor.«

Barakat.

»Du bist gekommen, um mich zu verhaften, nicht wahr, Gregor?«

Sein Mund war trocken. Er wollte etwas trinken, aber er war geknebelt. Er konnte den Schweiß schmecken, mit dem der Stoff getränkt war. Wo war er? Er wusste es. Natürlich wusste er es. Immerhin hatte er selbst viele Stunden in einem solchen Raum verbracht und war wie Barakat und Dorin dagestanden und hatte auf Männer und Frauen hinabgeblickt, die wie er mit Riemen und Bändern gefesselt auf einem Stuhl gesessen und hilflos auf ihre Befragung gewartet hatten. Aber dies war nicht der Keller. Im Keller gab es keine Fenster. Keine Vitrinen voller Skalpelle und Sägen und – bei allen Göttern – langer Schrauben, Scheren und Hämmer. Er befand sich im Medizinischen Institut. Die Werkzeuge, die er sah, dienten normalerweise der Heilung, doch heute würden sie als Folterwerkzeuge eingesetzt werden.

Barakat beugte sich dicht an ihn heran. »Irgendwie haben wir beide immer gewusst, dass es so enden würde, nicht wahr, Gregor?« Er trat zurück. »Doktor, den Ersten, wenn du so gut wärst.«

Dorin hielt eine Stahlschere. Er packte den kleinen Finger von Gregors linker Hand und zog ihn straff, dann verzog er das Gesicht und schnitt ihn mit der Schere ab.

Ein entsetzlicher Schmerz schoss durch Gregors Körper. Während er in den Knebel brüllte und an den Fesseln zerrte, bekam er kaum mit, wie Dorin ein Messer aus einer Feuerschale nahm und die glühende Klinge rasch an den Stumpf drückte. Noch mehr unerträgliche Schmerzen. Einen Moment lang hatte Gregor das Gefühl, als würde er über allem schweben und auf sich, Dorin und Barakat hinunterschauen, auf die glühenden Kohlen in der Feuerschale und den Rauch, der von seinem versengten Fleisch aufstieg – dann wurde er in seinen Körper zurückgeschleudert und saugte heftig Luft durch die Nase ein.

Barakat beugte sich wieder zu ihm vor. »Da du so etwas selbst schon häufig gemacht hast, muss ich dir ja nicht erklären, wie es nun weitergeht.« Er hob eine Hand. »Nein, nein, versuch bitte nicht zu sprechen. Es gibt nichts zu sagen. Nichts, was ich von dir wissen möchte. Ich weiß alles. Glaubst du mir das? Natürlich tust du das, ich lüge nie. Jeder weiß, dass Barakat nie lügt. Du fragst dich vielleicht: ›Was wollen sie?‹ Wir wollen dir ganz einfach wehtun, Gregor. Und falls du insgeheim hoffst, dass irgendwer kommt und dich rettet … die Regentin Sarah vielleicht? Dann muss ich dir diese Hoffnung leider nehmen. Sie hat keine weitere Verwendung für dich. Sie hält dich bereits für tot. Keiner weiß, dass du hier bist.«

Mit Übelkeit erregender Gewissheit begriff Gregor, dass es stimmte – er war allein mit diesem Mann. Nein, nicht allein: Dorin war hier, und Dorin hasste Barakat …

»Doktor«, sagte der Inquisitor, »ich glaube, jetzt ist der zweite Finger dran.«

Im grellen Licht der Feuerschale sah Dorin vor Entsetzen ganz grau aus. Als er die Schere in die Hand nahm, wirkte er, als würde er sich jeden Moment übergeben. »Ich glaube, er versucht, etwas zu sagen.«

»Ach, ich bin sicher, dass er mich von seiner Loyalität überzeugen möchte. Wie sehr er die Rebellen verachtet. Er will mir sagen, dass er es war, der den Anschlagsplan aufgedeckt hat, und dass er tiefgläubig ist. Habe ich recht? Glaubst du etwa, dass du mir mit der Ermordung des Ketzers Ibn Bai einen Gefallen getan hast?«

Gregor schrie gegen den Lappen an, der seinen Mund verstopfte, doch es drangen nur gedämpfte Geräusche heraus. So kam er nicht weiter.

»Ich bin sicher, dass es vieles gibt, was du mir sagen möchtest. Keine Sorge, dazu kommen wir noch. Wenn wir hier fertig sind, werden wir deine Seele komplett erforscht haben.«

Gregor verstummte. Der rasende Schmerz in seiner Hand war zu einem Pulsieren abgeklungen, das mit seinem Herzschlag an- und abschwoll. Das konnte er ertragen.

»Gut, du hörst zu. Du willst sicher erfahren, weshalb ich, Barakat, dich leiden lassen will. Nun, du kannst dir sicher sein, dass es mit nichts zu tun hat, was du in Tumanbay gemacht hast. Hier habt ihr euch gut geschlagen, du und dein Bruder, nicht wahr? Ihr beiden armen Jungs aus der Steppe, wo das Leben so hart ist. Und dann der Winter in den Bergen. Wie wahrscheinlich war es, dass ihr es nach Tumanbay schafft?« Er beugte sich so weit vor, dass ihre Gesichter sich fast berührten, und flüsterte: »Drei sind besser als zwei, Gregor. Ich kann euch beiden helfen. Zwei werden gemeinsam sterben, aber drei! Einer ist immer wach und kann Ausschau halten …« Er trat zurück und sah ruhig, fast heiter auf Gregor herab. »Ich habe geträumt, dass ich weder Arme noch Beine habe.« Er wartete ab. »Hast du nichts zu sagen?«

Gregor wartete.

»Die Schneewehen. Der Junge mit dem verletzten Bein. Ich habe euch aufgehalten, und du hast angeboten, mich zu tragen.«

Schnee, er ist ganz kalt und hält sie in einer Welt aus wirbelndem Weiß gefangen. Sie würden hier draußen sterben. Das wusste er so sicher, wie er die quälenden Schmerzen in seinen Muskeln spürte, die Taubheit seiner Lippen, das Eis, das sich an seinen Wimpern bildete.

»Was ist los? Weshalb sind wir stehen geblieben?«

»Qulan ist zu weit voraus. Ich kann ihn nicht mehr sehen.«

»Aber warum sind wir stehen geblieben?« Varsi klang verdrossen – wie ein Kind, das er ja noch war. Gregor spürte seine eigene wütende Reaktion.

»Ich brauche eine Rast. Ich muss anhalten, du bist zu schwer.«

»Du hast gesagt, dass du mich trägst. Wir müssen weitergehen.« Wieder dieser anklagende Ton, als hätte er das Recht, getragen zu werden, wie irgend so ein Pascha.

»Warte, ich brauche einen Moment.«

»Wir werden uns verirren. Du hast es versprochen. Du hast versprochen, dass du mich trägst. Du hast gesagt, wir wären Brüder.«

Gregor schloss die Augen und wünschte sich, er könnte auch die Ohren vor dieser hartnäckigen Stimme verschließen. In der Dunkelheit hinter seinen Augenlidern spannte sich seine Wut wie ein scharlachroter Faden, und er erkannte eine wichtige Wahrheit: Es ist leichter, etwas Böses zu tun, wenn man es mit Hass rechtfertigen kann.

»Wir müssen weiter, heb mich wieder hoch. Du hast versprochen, du hast gesagt ...«

»Es tut mir leid, Varsi.« Gregor schlang ihm einen Arm um die schmale Brust und ging zum Rand des Pfads, wo der Fels in die Leere abfiel.

Varsi wehrte sich schwach gegen seinen Griff. »Nein, hör mir zu, wir sind zu dritt. Drei sind besser als zwei, Gregor. Ich kann euch beiden helfen.«

»Nein, das kannst du nicht, und das weißt du auch.«

»Zwei werden gemeinsam sterben, aber drei!« Er kämpfte mit seinen Worten, den einzigen Waffen, die er besaß, um sein Leben. »Einer ist immer wach und kann Ausschau halten ...«

Sie standen an der Grenze zwischen dem Felsen und dem Himmel.

»Du kannst uns nicht begleiten …«, rief Gregor. Die weiße Leere vor ihnen zog ihn so sehr an, dass er beinahe selbst abstürzte.

Varsi begann zu heulen. »Was machst du? Qulan, Qulan, hilf mir!«

Gregor fiel auf die Knie. Varsi scharrte mit den Füßen auf dem Boden und schrie wie ein Tier. Gregor stieß ihn von sich und rief etwas, er wusste nicht, was – und Varsi war verschwunden.

Als er Qulan einholte, schluchzte er. Der ältere Junge hatte ihn noch nie so verstört erlebt.

»Etwas ist passiert … etwas Schreckliches … ich konnte ihn nicht retten …«

»Ich habe geträumt, dass ich weder Hände noch Füße habe.« Barakat lächelte. »Hat Qulan es gewusst? Als du ihm irgendeine Lüge aufgetischt hast, hat er es da gewusst? Er hat dich doch sicher durchschaut, Gregor. Oder hat er lieber nicht darüber nachdenken wollen, was du getan hast? Ist das nicht die Art, wie ihr beide seither lebt? Was für eine erfolgreiche Partnerschaft. Sie hat euch bis ganz nach oben geführt. O ja, ich habe im Lauf der Jahre einiges über euch gelesen, den skrupellosen Administrator und den großen Kommandeur. Und sieh nur, was jetzt aus dir geworden ist … Doktor, schneid sie ihm alle ab!«

Dorin kam mit der blutigen Schere in der Hand näher. »Es tut mir leid, Gregor«, flüsterte er lautlos, während er sie öffnete.

Gregor riss die Augen auf und brüllte mit aller Kraft gegen den Knebel an.

»Einen Moment, Doktor. Ich bin auch nur ein Mensch und glaube, dass jeder eine Chance verdient, seine Fehler zuzugeben, bevor er diese Welt verlässt und in die Nachwelt eingeht – welche auch immer ihn aufnehmen wird. Ich wage zu behaupten, dass dein Empfang dort genauso schmerzhaft sein wird wie dein Aufbruch von hier, Gregor. Möchtest du Buße tun und um einen raschen Tod bitten?«

Gregor nickte hektisch und riss die Augen zu einem entsetzten Starren auf, das er selbst schon viel zu oft an anderen beobachtet hatte.

»Nimm seinen Knebel raus, Doktor.«

Dorin löste den Knoten und nahm das schmutzige Tuch heraus.

»Sprich.«

»Ich habe etwas … das du willst.«

»Du hast nichts.«

»Du hast ein Kind, einen Sohn.«

Barakat erstarrte. »Was weißt du über ihn?«

»Du hältst ihn unter Verschluss und willst ihn heilen.«

»Das reicht. Mach dich an die Arbeit, Doktor.«

»Warte, Barakat. Hast du ihn gesehen? Hast du deinen Jungen heute gesehen?«

»Was?« Der winzige Zweifel im Blick des Inquisitors – da war er wieder. Seine Hand schoss vor und packte Gregors Gesicht. Seine Nägel bohrten sich tief in die Haut. »Was hast du getan?«

»Du solltest überprüfen, ob er in Sicherheit ist.«

Barakat lief zur Zellentür, riss sie auf und stürmte hinaus.

»Dorin, gib mir Wasser, um der Liebe Gottes willen.« Es war warm, aber das Beste, was Gregor je getrunken hatte. Es tröpfelte über seine Lippen, befeuchtete sie und wusch den üblen Geschmack aus seinem Mund. »Warum machst du das, Dorin?«

»Du hast sie verraten, Gregor, sie alle.«

»Sie waren inkompetente Idioten. Sie hätten nie Erfolg gehabt, und Madu hatte sie ohnehin bereits hingehängt.« Gregor hoffte, dass die Schatten des toten Sultans ihm die Lüge verzeihen würden. »Es war wichtig, dass sie mir vertrauen, damit ich nahe genug an Maya herankomme, um sie selbst zu töten. Das habe ich niemand sonst zugetraut. Ihre Rolle war es zu sterben. Du weißt ja, dass die meisten von ihnen ganz wild auf einen Märtyrertod waren. Und dich habe ich nicht erwähnt, Dorin. Du bist aus dem Schneider. Wie spät ist es? Hat die Zeremonie bereits begonnen?«

»Nein. Barakat wollte … dich erledigen, bevor er hingeht.«

»Dann ist noch Zeit. Wir können es schaffen, aber dafür musst du mich befreien. Wir können beide hier raus.«

»Ich würde eher einem Nest voller Skorpione trauen als dir, Gregor.«

»Glaubst du, Barakat lässt dich nach dem hier ungeschoren davonspazieren? Du hast gesagt, dass du ihn hasst und dass dich die Dinge, zu denen er dich gezwungen hat, krankmachen. Du warst mal ein Arzt, kein Kinderleichenschänder. Du kannst dieser Stadt den Rücken kehren, noch mal von vorn anfangen und endlich zu Doktor Dorin werden, dem Mann, der du wirklich bist.«

KAPITEL 74

Himmel

Auf der Maduk herrschte großes Gedränge. Inmitten all der Menschen mussten sie sich keine Sorgen machen, dass sie gesehen und angehalten werden könnten.

»Wenn so viele Leute vom Gottesdienst nach Hause kommen, ist Tumanbay viel frömmer geworden, als ich es in Erinnerung habe«, sagte der Feldwebel.

»Nein, das sind keine Gottesdienstbesucher«, erwiderte Manel. »Sie sind nicht für den Tempel gekleidet. Irgendetwas anderes muss sie auf die Straße gelockt haben.«

»Es sieht aus, als wären wirklich alle unterwegs«, sagte Akiba, der weit aus der Menge herausragte. »Vielleicht wollen sie alle Maya bei dieser Veranstaltung sehen.«

»Ich will sie sehen«, erwiderte Himmel, »und ihr die verdammte Kehle durchschneiden.«

Akiba nickte zustimmend. »Das werden wir, wart's nur ab, wir werden sie für alles büßen lassen.« Er blieb stehen.

Sie hatten den Rand des Heldenplatzes erreicht, wo noch mehr Menschen durcheinanderliefen. Es war, als blickten sie über ein Weizenfeld hinweg, dessen Ähren von einem unberechenbaren Wind mal hierhin, mal dorthin geblasen wurden. Straßenhändler priesen in dem Getümmel laut ihre Waren an: *Mangos, süße Mangos. Warmer Mamoul, kalter Mamoul – ganz, wie ihr ihn mögt. Die besten Köfte. Weinblätter, so süß wie die Hügel von Dorn.* Es waren auch Wachsoldaten da, doch die wurden ebenso herumgeschubst wie alle anderen auch.

Bevor sie getrennter Wege gingen, blieben sie noch einen Moment lang zusammen stehen. Himmel nahm Akibas Hände in ihre und schaute in sein Gesicht hinauf. »Pass auf dich auf, mein Liebster.«

Er beugte sich herab und küsste sie. »Und du auf dich. Ich schwöre, dass ich unser Kind finden werde.«

Der Feldwebel grinste. »Nichts geht über wahre Liebe, habe ich mir zumindest sagen lassen.«

Manel grinste zurück. »Für die Liebe ist morgen wieder Zeit. Heute bringen wir diese Schlampe zu Fall. Mögen die Götter des Kriegs mit uns sein, damit wir heute Nacht entweder siegen oder ehrenvoll sterben.«

»Das gefällt mir«, sagte der Feldwebel. »Alles oder nichts. Den ganzen Einsatz auf den letzten Würfelwurf.«

Damit hatten sie ihr Motto gefunden und wiederholten es noch einmal gemeinsam: »Alles oder nichts.« Anschließend gingen sie in verschiedene Richtungen davon.

Da in der Federstraße nicht so viel los war wie auf der Maduk, kam Himmel viel leichter voran. In letzter Zeit hatte sie begonnen, mit ihrem Kind zu sprechen. Damit hielt sie ihn – sie war davon überzeugt, dass es ein Junge war – in ihrem Herzen lebendig. Er war irgendwo dort draußen und wartete auf sie. Es war immer die gleiche Litanei: »Ich will dich unbedingt kennenlernen. Es gibt so vieles, was ich dir über deine Großmutter und deinen Großvater erzählen muss. Und auch über die Abenteuer, die deine Mama und dein Papa, Ibn Akiba, erlebt haben. Ja, das sind alles deine Geschichten. Sie warten auf dich, als stünden sie in den Büchern einer großen Bibliothek, wie der deines Großvaters. Wunderbare Geschichten von weit entfernten Orten, Reisen, Schiffen, Städten, die Wüsten durchqueren, und glücklichen Ankünften.«

Sie kam an der öffentlichen Badeanstalt vorbei, einer der wenigen Institutionen, die Maya nicht hatte schließen lassen. Heute herrschte dort viel weniger Andrang als sonst. Himmel überquerte die Straße und eilte eine schmale Gasse entlang, die zwischen den weißen Häusern der Händler hindurch zu ihrem Haus, dem Haus ihres Vaters führte.

Bevor sie auf die Straße hinaustrat, blieb sie stehen und atmete ein paarmal tief durch. Gleich würde sie die vertrauten Wände und das Tor wiedersehen. War in der Zwischenzeit jemand Neues in das Anwesen eingezogen, oder war es vielleicht sogar zerstört worden? Himmels Nase kribbelte: Kater hatten an den Wänden ihr Revier markiert. Sie riss sich zusammen und ging weiter, und da war es: das Tor mit der Schlupftür darin. Sie stand leicht offen.

Himmel erinnerte sich daran, wie sie ein kleines Mädchen gewesen war, nicht hier, sondern in ihrem alten Haus. Sie muss damals noch sehr jung gewesen sein. In Gedanken hörte sie ihren Vater sagen: »Ich habe ein Rätsel für dich, meine Süße: Wann spaziert ein Fisch durch eine offene Tür?« Sie hatte lange darüber nachgedacht, war aber nicht auf die Antwort gekommen. Er hatte gelacht und gesagt: »Natürlich, wenn er sich zwischen Tür und Angel entscheiden muss. Verstehst du? Die Tür hängt an einer Angel, aber man kann mit einer Angel auch Fische fangen!« Himmel wusste noch, wie sehr er sich über dieses furchtbare Rätsel amüsiert hatte. Sein Gesicht war vor lauter Lachen ganz runzlig geworden. Himmels Mutter hatte nur die Achseln gezuckt und gesagt: »Also ehrlich!« Und dann hatten sie alle zusammen gelacht.

Himmel wischte sich die Tränen von den Wangen, stieß die kleine Tür auf und trat hindurch.

»Der Brunnen funktioniert noch«, sagte sie zu ihrem Sohn. »Vater war so stolz auf ihn.«

Auf der Wasseroberfläche trieben Blätter, und es lagen auch welche auf den Terrassenfliesen. Himmel stand einen Moment lang da und lauschte dem Plätschern. Es klang wie prasselnder Regen. Dann ein anderes Geräusch: Im Haus ging eine Tür zu. Wer war da drinnen?

»Ayeesha?«

Die große, gertenschlanke Zofe trat, gegen das helle Sonnenlicht anblinzelnd, auf die Terrasse. Sie wirkte nicht überrascht. »Was machst du hier, Herrin?«

»Ich bin wieder da.«

»Sie werden nach dir suchen.«

»Keine Sorge, Ayeesha. Ich bin so froh, dich zu sehen.« Himmel lief mit offenen Armen um den Brunnen herum.

Doch die Zofe hielt ein langes dünnes Küchenmesser in die Höhe. »Das hier ist jetzt mein Haus.«

Himmel blieb stehen. »Nein, es ist das Haus meines Vaters. Wir müssen miteinander reden, Ayeesha … ich meine, natürlich ist es dein Haus. Das wird es immer sein, und …« Himmel merkte, dass sie Unsinn redete.

Die Zofe hörte ihr gar nicht zu. Ihre Augen wirkten so hart wie Knöpfe. »Ich habe das Haus bekommen.«

»Was meinst du damit? Von wem …?« Doch dann wurde ihr alles klar. Der Inquisitor und seine Männer hatten es ihr überlassen. »Du hast ihn verraten? Wir haben immer geglaubt, dass jemand aus der Dienerschaft dahintersteckt, aber dich hatten wir nie im Verdacht, Ayeesha.«

»Er war ein Ketzer und hat den Tod verdient.«

»Er hat dich aufgenommen, als du hungrig warst. Er hat dir etwas zu essen gegeben.«

»Verschwinde aus meinem Haus!«

»Wie konntest du das nur tun?«

»Glaubst du etwa, ich wäre dazu geboren worden, eine Zofe zu sein?« Sie trat näher an den Brunnen heran und damit dichter an Himmel. Dabei wedelte sie mit der Klinge herum. »Wurde ich dazu geboren, Reste zu essen und hinter anderen herzuräumen, Almosen von ihnen zu empfangen? Was weißt du denn schon … Herrin?«

Himmel ging rückwärts um den Brunnen herum. »Ayeesha …«

»Nein, damit ist jetzt Schluss!« Die Zofe machte einen Satz, als bliese der Wüstenwind sie heran, und packte Himmel mit hasserfülltem Blick vorn am Kaftan. »Verschwinde von hier!«

Die beiden Frauen gerieten ins Stolpern und fielen gemeinsam hin. Himmel verschlug es den Atem, als sich Ayeeshas Ellbogen in ihren Bauch bohrte. Die Messerspitze schwebte über ihrem Gesicht.

»Du weißt nicht einmal, wie man kämpft. Du bist nur ein verwöhntes reiches Mädchen, das noch nie etwas selbst machen musste.«

Himmel hielt das Handgelenk der Zofe fest umklammert, doch die Messerspitze sank immer tiefer herab.

»Du musstest noch nie Fleisch schneiden. Soll ich dir zeigen, wie es geht?« Das Messer kam immer näher. »Komm schon, bitte mich darum. Ich will hören, wie du …«

Himmel ließ mit der rechten Hand Ayeeshas Arm los und stach ihr stattdessen mit dem Zeigefinger und dem Mittelfinger in die Augen.

»Du Miststück.« Die Zofe rollte von ihr herunter, sprang auf und fuchtelte wild mit dem Messer herum, während sie sich blinzelnd die Augen rieb.

Himmel zog sich unterdessen am Brunnenrand hoch und taumelte auf die andere Seite hinüber. Sie spürte, dass ihre Wange feucht war, und wischte darüber. Blut. Grellrotes Blut.

Ayeesha hielt das Messer wieder ruhig und kniff entschlossen die Augen zusammen. »Du kannst also doch kämpfen? Dann lass es uns jetzt zu Ende bringen.«

»Warte! Vater hat dich für seine loyalste Dienerin gehalten …«

»Schluss damit!«, stieß Ayeesha hervor.

»… aber er hat dir trotzdem nicht alles anvertraut und Dinge vor dir verborgen.«

»Ich weiß alles.«

»Von dem Gold, das er für Notfälle aufgehoben hat, weißt du aber nichts.«

Himmel sah Ayeesha an, dass sie mit ihrer Vermutung recht hatte. Die Zofe ließ das Messer sinken und hielt die Luft an. Auf einmal wirkte ihr Blick nicht mehr ganz so verrückt.

»Wenn du mich gehen lässt, zeige ich dir, wo es ist.«

»Du lügst.«

»Es ist im Brunnensockel. Komm, ich zeig's dir.« Himmel bewegte sich ganz langsam und achtete auf Ayeeshas Reaktion. Sie stieg über den Brunnenrand und stellte sich ins Wasser. Es war warm. Sie ging in die Mitte des Brunnens, wo die Steine zu einem Haufen aufgeschichtet waren, aus dem das Wasser sprudelte. Es fiel jetzt auf sie herab, rann an ihrem Gesicht herunter und durchweichte ihren Kaftan. »Er hat es gut versteckt. Allein findest du es nie.«

Der Blick der Zofe wurde neugierig. Sie befeuchtete ihre Lippen. »Zeig es mir.«

»Wenn ich das tue, lässt du mich dann gehen?«

»Und du kommst nie wieder zurück?«

»Niemals!«

Ayeesha kletterte ebenfalls in den Brunnen, sodass sich nur noch der Steinhaufen zwischen ihnen befand. Sie wussten beide, dass die jeweils andere log. »Also gut.«

Himmel kauerte sich hin und griff ins Wasser. Befand sich der Stein, der wie ein Spatenfisch geformt war, immer noch an der Stelle, die ihr Vater ihr gezeigt hatte? Ohne Ayeesha aus den Augen zu lassen, tastete sie herum. Da war er. Sie hob ihn an, zog das kleine Bündel darunter hervor und hielt es in die Höhe. Es war ein in Öltuch eingeschlagener Gegenstand. Ganz langsam wickelte sie ihn aus. Ayeesha starrte fasziniert auf ihre Hände.

Im Inneren des Tuchs befand sich ein Schlüssel.

»Es ist unter den Steinen. Wenn man es nicht weiß, würde man es nie finden.« Himmel nahm schnell einen Stein aus dem Haufen, steckte den Schlüssel ins Schlüsselloch und drehte ihn herum. Der Deckel einer Kiste sprang auf.

Als sie hineingriff, kam Ayeesha mit erhobenem Messer auf sie zu. »Gib es mir!«

Himmels Hand schloss sich um einen Lederbeutel. Sie zog ihn heraus und spürte, wie schwer das Gold darin war. Als das Messer auf sie herabsauste, schwang sie den Beutel mit aller Kraft …

KAPITEL 75

Barakat

Der Torwächter döste in seiner Hütte, während die Schatten im Hof länger wurden und die Sonne langsam der Nacht entgegensank, Träger kamen und gingen, Fuhrmänner entluden Küchenvorräte, und die Kinder psalmodierten in ihren Klassenräumen, was sie gelernt hatten. Doch von alldem bekam der Inquisitor nichts mit, als er taumelnd die breite Treppe hinaufrannte, an den Gemächern des neuen Direktors vorbei, tief in das Herz des alten Gebäudes, bis zu einem Raum, von dessen Existenz nur wenige wussten. Die Tür wurde von einem Mann mit einem Schwert bewacht. Er saß schläfrig auf einem Stuhl, wurde aber sofort hellwach, als er Barakats hektische Schritte hörte.

»Mein Sohn, wo ist mein Sohn?«

»Heiligkeit?«

»Der Junge.«

Das Gesicht des Mannes spiegelte seine Verwirrung wider. »Aber Heiligkeit, Euer Assistent ist doch gekommen … und hat ihn mitgenommen.«

»Der Doktor? Nein, das kann nicht sein. Er war die ganze Zeit bei mir.«

»Der andere, Heiligkeit. Der Ordnungshüter aus dem Palast.«

Wie zur Antwort begann die große Glocke, gefolgt von vielen anderen in der Stadt, feierlich zu läuten. Die Zeremonie begann. Er war zu spät.

»Der Ordnungshüter?«

Der Wächter bekam Angst. Was war geschehen? »Heiligkeit, er war schon einmal da, nach dem Mord am Direktor. Er sagte mir, er habe Euer Siegel und dass ich warten solle. Ihr würdet kommen und … und …«

Abgesehen von den Glocken und dem fernen Sprechchor der Kinder war nur die entsetzte Frage des Inquisitors zu hören: »Wohin hat er meinen Sohn gebracht?«

Der Wächter schüttelte den Kopf.

Das Medizinische Institut war leer, als er zurückkam. Die Studenten hatten wegen Mayas Aufstiegszeremonie den Tag freibekommen. Diese Narren würden tatsächlich ihren eigenen Untergang feiern, doch dafür hatte er jetzt keine Zeit – nicht mal für Maya.

Die Wächter standen immer noch vor dem Untersuchungsraum, wo er sie postiert hatte. Sie wirkten nicht nervös. Gregor war also immer noch dort drinnen. Er würde reden, bei allen Göttern, und wie er reden würde. Und dann würde er darum betteln, sterben zu dürfen.

Einer der beiden löste seine Schlüssel vom Gürtel und begann, sie nach dem richtigen zu durchsuchen. Barakat schnappte ihm den Ring weg, fand den langen Schlüssel und rammte ihn ins Loch. Dann stieß er die Tür auf.

Der Raum war leer. Der Doktor war auch verschwunden.

War er etwa ein Verräter? Dann würde er ebenfalls sterben. Barakat musste schreien, um die Glocken zu übertönen: »Wo sind sie?«

»Niemand ist herausgekommen. Die Tür ist seit Eurem Weggang verschlossen gewesen.« Die Wächter sagten eindeutig die Wahrheit.

Barakat kehrte in den Raum zurück. Hier war das infernalische Getöse der Glocken so laut, dass es ihm schwerfiel, einen klaren Gedanken zu fassen. Er zwang sich, langsam zu atmen, wie es ihm als Novize von seinen Meistern eingebläut worden war. *Atme, schau dich mit offenen Augen um und …* Er sah, dass der Rauch aus der Feuerschale in Richtung Tür wehte. War das ein leichter Luftzug? Natürlich, der Raum hatte ein Fenster, und es war geöffnet worden. Barakat zog die Läden auf und bemerkte, dass das Fenster verglast war – vielleicht wegen der Dinge, die hier drinnen geschahen. Die Scheibe war dick und so trübe, dass sie nur einen verschwommenen Ausblick bot. Der Riegel war gelöst. Er warf die Fensterflügel auf und lehnte sich hinaus. Unter sich sah er nur die nackte Außenmauer und drei Stockwerke tiefer die Straße, wo Menschenmassen mit Laternen zum Qubat-Tempel strömten. Niemand würde einen Sturz aus dieser Höhe überleben, nicht einmal dieser Teufel Gregor. Er blickte nach oben und entdeckte Dekorationssimse an der Fassade, auf denen Statuen von gefeierten Ärzten aus Tumanbays Vergangenheit standen. An ihnen konnte man bis zur Dachrinne hinaufklettern.

KAPITEL 76

Gregor

»Während meines Studiums sind wir ständig hier heraufgekommen«, keuchte Dorin.

Das Mondlicht fiel auf unzählige Dächer in allen Größen und Formen – eine Landschaft aus Schatten und Silbertönen. Es gab flache, spitze und auch gestufte. Einige waren mit Schindeln gedeckt, andere bestanden aus Granit. Dazwischen ragten Türme und Kuppeln auf.

»Hier oben hat man einen ganz besonderen Blick auf die Stadt…«

»Ja, aber vielleicht können wir den wann anders genießen«, sagte Gregor, während er an einem Dachgrat bis ganz nach oben kletterte. Von unten drang der Lärm der Menge zu ihnen herauf, die von den Glocken zum Qubat-Tempel gerufen wurde.

»Zumindest früher, als noch die goldenen Kuppeln im Sternenlicht gefunkelt haben. Das haben sie alles demontiert. Alles weggenommen.«

»Wenn du den Weg kennst, können wir immer noch vor Beginn der Zeremonie dort sein…« Gregor merkte, dass Dorin ihm nicht mehr folgte, und verstummte.

Der Arzt stand unter ihm an der Kante des Flachdachs und starrte auf die Stadt hinaus. »Sie haben Tumanbay ausgeblutet. Es ist kaum noch etwas davon übrig. Und wir haben keine Kraft mehr zum Kämpfen.« Dorin schien im Wind zu schwanken.

»Dafür haben wir jetzt keine Zeit«, rief Gregor ihm zu. »Die Zeremonie geht gleich los.«

»Nein, das schaffen wir nicht mehr.« Dorin setzte sich auf die Dachkante und ließ die Beine baumeln. »Als Studenten sind wir oft nachts hier oben gewesen und haben geraucht und geträumt. Damals lag noch das ganze Leben vor uns. Ich hatte vor, ein großer Arzt zu werden und ein Buch wie *al-Thaqafi* zu schreiben, das die Zeiten überdauern würde.« Er schüttelte den Kopf und lachte verbittert. »Tja, das ist jetzt alles vorbei.«

Gregor kauerte sich neben ihn. »Führt von hier ein Weg über die Dächer zum Qubat-Tempel?«

»Du musst runter zur Straße.«

»Wo?«

Dorin zeigte es ihm. »Folge dieser Kante. Du musst über eine kleine Lücke zwischen zwei Dächern springen. Danach siehst du eine Leiter in der Wand, an der du hinunterklettern kannst.«

Gregor lief rasch über die Ziegel. Ein Stück weiter wurde das Dach jedoch so steil, dass er sich mit den Händen daran entlanghangeln musste, wobei der Stumpf seines abgeschnittenen Fingers schmerzhaft pochte. Kurz bevor er das andere Ende des Dachs erreichte, fanden seine Füße keinen Halt mehr. Er vergrub die Finger in einer Spalte zwischen den Ziegeln und versuchte, auf den Knien zum Scheitelpunkt des Dachs hinaufzuklettern. Doch weiter oben war es sogar noch stärker geneigt, sodass er wieder zurückrutschte. Und diesmal gelang es ihm trotz seiner verzweifelten Bemühungen nicht, sich an den Dachziegeln festzuklammern. Plötzlich verschwand das Dach unter ihm, und er befand sich im freien Fall … nur um gleich darauf auf etwas zu landen.

Gregor hob den Kopf und sah sich um. Er befand sich auf einem Steinsims, ungefähr eine Körperlänge unterhalb der Dachkante.

Unten auf der Straße wurde es noch lauter. Die Leute gaben alle Zurückhaltung auf und schrien aufgeregt. Er blickte hinunter und stellte fest, dass er sich über der Hauptdurchgangsstraße befand, die direkt zum Qubat-Tempel führte. Eine Prozession teilte die Menge. An der Spitze ritt eine Gestalt auf einem weißen Pferd. Sie war in einen leuchtend roten Umhang gehüllt, der sich hinter ihr ausbreitete. Gregor konnte ihr Gesicht nicht erkennen. Der Reaktion der Menschen nach zu urteilen musste es sich jedoch um Maya handeln. Hinter ihr folgten zwanzig oder dreißig singende Mönche und danach der Hafiz, der gemeinsam mit seinem Akolythen Bello in einer offenen Kutsche saß. Ihre Eskorte schien aus sämtlichen in der Stadt verbliebenen Soldaten zu bestehen.

Gregor stand vorsichtig auf und griff nach der Regenrinne, um sich wieder aufs Dach hinaufzuziehen.

»Gregor!« Die Stimme klang in seinen Ohren wie das Gebrüll eines Riesen. Barakat kam über die Dächer zu ihm her. »Wo ist mein Sohn?«

Die Regenrinne war alt und von Rost überzogen. Wie lange würde sie halten?

»Wenn ich abstürze, wirst du dein Kind nie finden.« Direkt vor seiner Nase löste sich ein Eisennagel aus der Mauer. Rost zerbröselte unter seinen Fingern. Der Schmerz, der von seinem Stumpf ausging, war beinahe unerträglich. Endlich fand er mit einem seiner wild strampelnden Beine einen festen Halt und schaffte es, sich abzustützen.

Barakat sah mit verzerrtem Gesicht zu ihm herunter. Speichel troff von seinem Kinn. »Nimm meine Hand. Ich helfe dir.«

»Geh weg. Ich brauche keine Hilfe. Wenn du mir Platz machst, werden wir miteinander sprechen.«

Der Inquisitor wich zurück. »Dieses Spiel haben wir schon einmal gespielt, Gregor. Aber diesmal können wir beide dabei gewinnen.«

Gregor wuchtete die Ellbogen auf das Dach und stemmte sich an ihnen hoch. Barakat hatte keine Waffe, aber er stand ganz nah. Wenn er es darauf anlegte, konnte er Gregor packen und ihn in einen Ringkampf verwickeln. Dann würden sie allerdings beide in die Tiefe stürzen.

»Der Junge befindet sich in der Weberstraße, im dritten Haus. Er hat Wasser und Brot. Bis dorthin ist es nicht weit. Er ist im Dachboden. Geh jetzt oder …«

»Oder was, Gregor?«

»Nur wir beide sind hier oben …« Gregor richtete sich gerade auf. Er war nicht nur größer als Barakat, sondern auch deutlich stärker. Er hob drohend die Arme und nickte zur Straße hinunter.

Barakat verstand die unausgesprochene Drohung, schenkte ihr aber keine Beachtung. »Woher weiß ich, dass er noch lebt?«, fragte er. »Wie kann ich dir vertrauen?« Er flehte Gregor fast an, in seinen Augen standen Tränen. Er war wieder ein Kind, der kleine lahme Varsi, der in einer grausamen und unerbittlichen Welt um Menschlichkeit bettelte. In den Bergen war Gregor taub für seine Bitten gewesen. Vielleicht hatte er dadurch das Monster Barakat erschaffen. Und möglicherweise würde dieses Monster jetzt wieder verschwinden, wenn das Kind von damals ihm verzieh.

Gregor ließ die Arme sinken. »Du weißt, dass du mir vertrauen kannst, Varsi, weil du mich kennst. Du weißt, dass ich ein selbstsüchtiger Lügner bin. Ich habe schreckliche Dinge getan. Sieh mir in die Augen. Was siehst du in ihnen? Ich bin innerlich tot, weil ich damals gestorben bin, als ich dich von der Klippe stieß. Siehst du den Jungen, der dein Flehen um Hilfe ignoriert hat? Seither vergeht keine Nacht, in der ich nicht davon träume, wie er durch meine Augen schaut. Ich habe es getan, um mich selbst zu retten. Und ich könnte es auch jetzt wieder tun, um mich zu retten … aber …« Die Glocken waren verstummt. Man konnte nur noch das Geschrei von der Straße hören, doch es klang anders als zuvor … Irgendetwas passierte. Gregor roch Rauch. »Geh und finde deinen Sohn.«

Sie standen einen Moment lang da und sahen sich an. Schließlich drehte Barakat sich um, kehrte über die Dächer zurück und verschwand in der Dunkelheit.

Gregor sah zur Straße hinab. Die Prozession war längst weitergezogen, doch es herrschte noch immer dichtes Gedränge. Er hob den Blick zum Qubat-Tempel. Wenn er zwischen den Dächern einen Weg nach unten fand …

Da bemerkte er in der Ferne einen orangefarbenen Schimmer. Der Palast schien zu brennen. Funken stoben in den Himmel, und Rauchschwaden wehten über die Stadt, in der nun auch andere Feuer zu sehen waren: Das Grabmal der Märtyrer, das alte Observatorium, der Turm von Sultan al-Suliman … alles brannte.

KAPITEL 77

Dorin

»Was in Gottes …?« Mehr brachte Amanthi nicht heraus. Dorin war bei seiner Heimkehr in einem erbarmungswürdigen Zustand. Seine Kleidung war zerrissen, der Fez in seiner Hand zerknittert und sein Blick unstet.

Er hielt sich nicht mit langen Erklärungen auf. »Pack zusammen, was du tragen kannst. Schmuck, Geld …« Er lief in ihr gemeinsames Schlafgemach und riss sich unterwegs die Kleider vom Leib. Auf der Kommode stand ein Becher Wasser. Er schüttete ihn sich über den Kopf und stand zitternd da.

»Was ist los?«, verlangte Amanthi zu wissen. »Sprich mit mir.« Sie reichte ihm ein Handtuch, mit dem er sich trocken rieb.

»Hier gibt es nichts mehr für uns. Wir müssen gehen.«

»Aber was ist mit dem großen Werk? Hast du nicht getan, was er von dir verlangt hat?«

»Ich konnte fliehen. Pack schnell alles ein, Amanthi. Sie werden hinter uns her sein.«

Sie packte ihn an den Schultern und schüttelte ihn. »Was ist passiert?«

»Es spielt keine Rolle. Wir müssen verschwinden.« Er entwand sich ihrem Griff und setzte sich mit dem Kopf zwischen den Händen aufs Bett. »Kleidung«, murmelte er. »Irgendetwas Unauffälliges. Für dich auch. Ein brauner Kaftan. Und bedecke deine Haare.«

Sie fand, was er wollte, und warf es neben ihn aufs Bett. »Aber der Inquisitor vertraut dir doch, oder? *Oder?*«

Dorin begann sich anzukleiden und sah sie ausdruckslos an.

»Du Idiot! Du hast alles ruiniert, nicht wahr? Wieso hast du nicht einfach getan, was er von dir wollte. Du könntest längst Großwesir sein, wenn du nicht so ein weichherziger Dummkopf wärst. Als Leiter der Akademie hattest du dafür die besten Voraussetzungen. Du hattest einen hohen Status. Barakat hat dich gemocht ...«

»Ich habe Tumanbay verraten.«

»Du hättest ihm bloß seinen Willen lassen müssen. Mittlerweile könntest du den ganzen Laden leiten, wenn du nur ...«

Er packte sie an den Schultern und schüttelte sie heftig. *»Halt den Mund! Halt den Mund! Halt den Mund!«*

Sie starrte ihn entsetzt an.

»Verstehst du es denn nicht? Wir können nirgends unterschlüpfen. Sie haben während der vergangenen Monde die gesamte Stadt leergeplündert, und jetzt brennen sie sie nieder.«

Jemand hämmerte an die Tür.

Dorin nahm den Becher und übergab sich hinein. Dann ließ er ihn auf den Fliesenboden fallen, wo er zerbrach. »Ich ... ich habe nicht geglaubt, dass sie so schnell hier sein würden.«

Amanthi legte sich einen Finger an die Lippen, löschte die Lampen und deutete zum Fenster.

Dorin zog den Vorhang ein winziges Stück zurück.

»Kannst du etwas sehen?«, flüsterte sie.

»Es ist wieder dieses Mädchen«, sagte er verärgert, aber auch erleichtert.

»Ist sie allein?«

Dorin spähte erneut hinaus. Manel stand allein auf der Veranda. Es schien niemand bei ihr zu sein. Er ging zur Tür.

»Sei nicht blöd«, zischte Amanthi. »Das ist eine Falle. Lass sie da stehen.«

Doch er hörte nicht auf sie und öffnete die Tür einen Spaltbreit.

»Ich suche nach meinem Onkel Gregor«, sagte Manel. »Es ist sehr wichtig, dass ich ihn finde.«

»Und wieso kommst du damit zu mir?«

»Weil sich alles um dich dreht, nicht wahr?«

Amanthi erschien und stieß ihren Gemahl zur Seite. »Geh weg. Hier gibt es nichts für dich…«

»Ich habe eine Botschaft von meinem Vater, General Qulan. Er marschiert auf die Stadt zu. Deine Rebellen müssen anfangen zu kämpfen. Das ist ihr Augenblick. Er kommt. Er wird jeden Moment in Tumanbay sein. Was immer ihr geplant habt…« Dorin brachte sie mit seinem Lachen zum Verstummen. Es war ein schrilles humorloses Gackern.

»Es gibt keine Rebellen mehr. Die sind alle tot. Sie brennen die Stadt nieder.«

»Mein Onkel! Wo ist…?«

»Gregor ist allein. Er kann nichts tun. Es ist alles vorbei…« Dorin konnte nicht mehr sprechen, weil er von einem schrecklichen Lachanfall geschüttelt wurde. Tränen rannen ihm an den Wangen herab und versickerten in seinem Bart.

Amanthi wich entsetzt vor ihm zurück.

»Nein, du irrst dich«, sagte Manel. »Es muss jemanden geben, irgendetwas ...«

Die einzige Antwort, die sie von Dorin erhielt, war dieses furchtbare Lachen.

Manel wandte sich ab und ging.

KAPITEL 78

Qulan

Die Mauern waren unbemannt. Qulan ließ das Fernglas über die Wehrgänge gleiten. Im Licht der Vollmonde konnte er die Türme und Torhäuser sehen, aber nirgends Wächter. Was war da los? Sie wussten doch, dass er kam. Selbst wenn sie erst in zwei oder drei Tagen mit ihm rechneten, würde ein kluger Anführer in der Zwischenzeit nach Staubwolken am Horizont Ausschau halten lassen.

Etwas erregte seine Aufmerksamkeit. Er bewegte das Fernglas an den schwarzen Flaggen vorbei zu der entsprechenden Stelle zurück, und da war es, in der Nähe der Spitzen und Türme des Palasts. Ein Fleck, genauer gesagt Rauch, der in den Himmel aufstieg.

»Ist es das, General? Ist das das Signal?«

»Ich glaube nicht. Es ist an der falschen Stelle.« Er schwang das Fernglas wieder gen Osten, wo der alte Kanal verlief. Er konnte nicht feststellen, ob das Signalfeuer angezündet worden war, da gleichzeitig von zehn verschiedenen Stellen in der Stadt Rauch aufstieg. Mit einem Mal erstrahlte die Zentralkuppel des Hafiz-Palasts in einem orangefarbenen Licht. Qulan ließ das Fernglas sinken. »Sie fackeln die Stadt ab«, sagte er und spürte, wie sich die fünfhundert Soldaten hinter ihm regten.

Ein Offizier, einer seiner Veteranen, der früher die Kavallerie befehligt hatte, näherte sich. »Soll ich die Armee in Bereitschaft versetzen?«

»Ja, Juvan. Wenn wir jetzt nicht angreifen, verlieren wir alles.«

Qulan eilte zum Zelt zurück. Davor wartete Alkin auf ihrem Pferd. In einer Hand hielt sie die Zügel, mit der anderen reichte sie ihm seinen Schwertgurt.

»Wir brechen noch heute Nacht auf«, sagte er und schnallte sich die Waffe um. »Hoffentlich haben mein Feldwebel und Akiba das Tor des alten Kanals geöffnet. Wenn nicht, müssen wir es einreißen. Jetzt geht's um alles.«

»Du wirst vermutlich viel zu tun haben.«

»So ist es immer. Ich …« Er verstummte und betrachtete ihre gepackten Satteltaschen.

»Du bist ein Macher«, sagte sie, »und ich eine Reisende.«

»Nein!«, stieß er zu seiner eigenen Überraschung aus und legte ihrem Pferd eine Hand auf den Nacken.

Alkin sah ihn mitfühlend an. »Das war ich schon immer.«

»Und ich ein Soldat, aber Alkin … was wir geschafft haben, haben wir gemeinsam erreicht. Wir haben …«

Sie zog einen Handschuh aus und legte ihm zwei Finger an die Lippen. »Mach es nicht noch schwerer, als es ohnehin schon ist.«

Er nahm ihre Hand und hielt sie sanft fest.

»Du bist verheiratet«, sagte sie. »Und ich werde nie jemandes Frau sein, weder die zweite noch die erste. Du hast Arbeit hier in der Stadt …« Sie entzog ihm ihre Hand. »Unter anderen

Umständen hätten wir vielleicht gemeinsam reisen können, aber so ist es nicht möglich. Ich werde deine Geschichte aufschreiben …«

»Ich finde, die ist weder die Tinte noch das Papier wert.«

»Als Teil der Geschichte von Tumanbay.«

Ein junger Soldat erschien. »Alle sind bereit, General. Wie lauten deine Befehle?«

»Meine Befehle? Wir nehmen die Stadt ein.«

Der Soldat nickte erfreut. Er lief in die Nacht hinaus und rief: »Wir nehmen die Stadt ein. Hört den Befehl des Generals. Wir nehmen die Stadt ein!«

Qulan machte sein Pferd los. Er bestieg es und drehte es am Zügel zum glühenden Himmel herum. »Willst du denn nicht das Ende der Geschichte miterleben?«, fragte er und sah zu Alkin hinunter.

»Nun, das werde ich bestimmt hören. Es wird in aller Munde sein.«

»Das stimmt.« Er beugte sich hinunter und küsste sie. »Lebe wohl, meine Freundin.«

Sie streckte die Arme aus, und sie hielten sich einen Moment lang fest.

»Wenn du überlebst, würdest du einen guten Sultan abgeben«, sagte sie. »Ich werde auf jeden Fall nach Tumanbay zurückkehren. Vielleicht sehen wir uns dann ja wieder.«

Qulan nickte, dann richtete er sich gerade auf und ritt davon, ohne sich noch einmal nach ihr umzublicken.

Seine Männer erzählten sich immer wieder, noch nie habe jemand das Alte Steingesicht weinen sehen. Und auch jetzt bekam keiner mit, wie er sich die Tränen aus den Augen wischte, während er auf die Stadt zugaloppierte.

KAPITEL 79

Gregor

Gregor hatte einmal in irgendeinem heiligen Buch gelesen, dass Männer und Frauen am Ende aller Tage keine Angst haben, sondern jubelnd vor Freude ins Paradies aufsteigen würden. Als er sich durch die Menge zum Qubat-Tempel drängte, war er davon überzeugt, dass es stimmte. Es war, als wären alle Menschen von derselben Giftspinne gebissen worden und würden nun fröhlich ins Feuer hineintanzen.

Arme umschlangen ihn, und ein verschwitztes Gesicht tauchte vor ihm auf. »Ich habe sie über die Menge hinweg gesehen! Gepriesen sei Maya!«

Gregor stieß den Dummkopf zurück ins Gewühl, wo unter die Füße der wie verrückt herumtollenden Menschen geriet.

»Das ist der Beginn von allem!«

»Große Tage liegen vor uns! Wir werden errettet!«

»Heute Nacht wird Gott uns in die Arme nehmen und ins Paradies tragen«, rief eine biedere Matrone, die es eigentlich besser hätte wissen müssen.

Gregor hielt sie auf. »Geh heim, Mütterchen, kehr zu deiner Familie zurück.«

Sie riss sich von ihm los und tanzte weiter. Einen Moment später begann sie zu schreien, als Flammen am Saum ihres Kaftans leckten und sie in eine brennende Blume verwandelten.

Hier gab es nichts für Gregor zu tun. Er konnte in dem dichten Rauch ja nicht einmal mehr einzelne Gesichter ausmachen. Es war keiner mehr da, mit dem er hätte reden können.

»Gesegnet sind die Verrückten, denn sie erkennen die Wahrheit.«

»Sagt euch von den Sünden und dem Zweifel los. Vertraut euch Maya an!«

Er bahnte sich, wild um sich schlagend, einen Weg durch die Menge und auf den Tempel zu. Am Haupttor hatte eine Einheit der Stadtwache Barrieren errichtet, um die hysterische Menge auf Abstand zu halten. Gregor machte kehrt und ging seitlich am Tempel entlang, bis er zu einer schmalen Gasse gelangte. Er kannte sämtliche Ein- und Ausgänge aller wichtigen Gebäude der Stadt. Rasch kroch er, ohne auf die Ratten und den Gestank zu achten, in einen Abflusskanal und ließ die rasende Menge hinter sich zurück. Nach einer Weile wurde der Gang breiter, und er konnte wieder aufrecht gehen. Schließlich tastete er sich durch die Dunkelheit bis zu einer Steintreppe vor und stieg ins Tempelgelände hinauf.

Vielleicht war es ja noch nicht zu spät.

Er rannte zu einem Seiteneingang und stieß ihn auf. Der Vorraum dahinter war leer, und aus dem Inneren des Tempels waren weder Gebete noch Gesänge zu hören.

Er zog einen schweren Damastvorhang beiseite und gelangte in einen riesigen Raum. Auch hier hielten sich keine Wachen oder Mönche auf. Durch die Fenster hoch oben in der Kuppel fielen Mondstrahlen herein und durchstachen wie massive Säulen den Weihrauch.

Mit dem Schwert in der Hand ging er weiter, bis er eine rot verhüllte Gestalt erblickte, die auf dem großen Thron vor dem Altar saß. Unter der dunklen Kapuze sah er ihre Augen funkeln.

Ohne nachzudenken, stürmte er vor und stieß die Klinge in … nichts. Der Umhang fiel in sich zusammen. Oder war er etwa schon die ganze Zeit leer gewesen? Wie ein ordentlich abgelegtes Kleidungsstück lag er über die Rückenlehne des Throns drapiert und fiel in roten Wellen über die Armlehnen bis zum Boden hinab.

Gregor starrte ihn wie betäubt an.

»Hallo Gregor. Wusste ich's doch, dass du Barakat irgendwie entkommen würdest.«

Er wirbelte herum und beobachtete, wie Sarah aus dem Schatten am Rand des Tempels trat. »Wo ist sie?«

»Maya?« Sie kam auf ihn zu, genauso schön, intelligent und nachdenklich, wie sie Gregor bei ihrer ersten Begegnung vorgekommen war. Damals war sie gerade als Sklavin in den Palast gekommen. »Dein Bruder und seine Sklavenarmee werden bald hier sein. Er hat sich wacker geschlagen und einen großen Sieg errungen.« Im Näherkommen sah sie mit ihren durchdringenden blauen Augen zu ihm auf. »Das bereitet uns aber keine Sorgen.«

»Wieso nicht?«

»Nachdem Maya nun dieses bedeutende Pilgerziel besucht hat, braucht sie Tumanbay nicht mehr.«

»Wo ist sie? Und wo stecken alle anderen? Hier sollte doch eine große Zeremonie abgehalten werden.«

»Die hat auch stattgefunden. Und jetzt sind sie und ihre Gefolgsleute wieder in der Stadt verschwunden. Du wirst sie nicht sehen, aber sie sind da. Vielleicht sind sie deine Nachbarn oder deine Freunde. Sie werden vor deinen Blicken verborgen bleiben, bis sie es für richtig halten, sich erneut zu offenbaren.«

Gregor versuchte, das alles zu verstehen. Die Stadt war aus dem Inneren von Mayas unsichtbaren Gefolgsleuten erobert worden. Sie waren aus dem Nichts gekommen. Waren sie auch wieder ins Nichts zurückgekehrt? Existierte Maya überhaupt, oder war sie bloß eine Idee, ein Gift, das den Verstand ganz gewöhnlicher Männer und Frauen zersetzte? »Du bist immer noch hier«, sagte er schließlich.

Ihre Mundwinkel verzogen sich zu einem Lächeln. »Ich bin deinetwegen geblieben, Gregor.« Sie legte ihm eine Hand auf die Schulter. Die Berührung war sowohl tröstlich als auch erregend. Sanft zog sie ihn an sich heran, bis ihre Lippen über seine Wange strichen. »Tumanbay ist am Ende. Maya hat alles aus diesem Ort herausgeholt, was sie braucht. Jetzt ist es Zeit, Abschied zu nehmen. Wirst du mich begleiten? Die Pferde stehen bereit. Wir können in die Wüste hinausreiten und zusehen, wie die Stadt verbrennt.« Sie küsste ihn, und das war das Schönste, was er je erlebt hatte.

Er runzelte die Stirn. Nichts von alldem schien richtig zu sein. Irgendetwas, das er gehört hatte, eine Warnung, klang ihm in den Ohren, aber er bekam sie nicht richtig zu fassen. Schließlich fiel es ihm ein: Die Warnung war von Shajahs Zofe gekommen. Kurz bevor sie sich selbst das Leben nahm, hatte sie Gregor gesagt: »Sie wird in deinem Kopf erwachen.«

Verwirrt löste er sich von Sarah und schaute sich mit der Hand auf dem Schwertknauf in dem riesigen leeren Raum um.

»Ah, ich verstehe. Du bist gekommen, um mich zu töten. Nur zu. Das Leben ist eine Lüge, nur der Tod und Gott sind real.« Ihre unglaublich blauen Augen blickten in seine und sahen darin jedes Geheimnis, das er je zu verbergen versucht hatte. »Ist es nicht das, was du tun musst, Gregor? Mich umbringen? Ist es nicht das, was du tun *willst*?«

Er trat ein paar Schritte zurück, als hätte er Angst vor dem, was er tun könnte, und lehnte sich an eine Säule. »Als ich dich das erste Mal im Palast gesehen habe«, sagte er, »hatte der Oberste Eunuch mich in den Sklavenkeller hinuntergeführt, damit ich einen Blick auf dich werfe. Er hat mir gesagt, du hättest seit deiner Ankunft darum gebettelt, dein Kind zurückzubekommen. Sie hatten es dir weggenommen. Wir haben dich durch die Gitterstäbe beobachtet. Du hast nicht gewusst, dass wir da waren, und hast geweint. Diese Tränen waren echt, oder etwa nicht?« Er wartete ab. Aber sie sagte nichts und beobachtete ihn nur … ja, wie? Verärgert? Ungeduldig? »Ich muss glauben, dass sie echt waren, Sarah. Dass irgendetwas in dieser Welt voller Täuschungen wahr gewesen ist. Sag mir, dass sie echt waren, dass irgendetwas stimmte.«

»Ach, Gregor, was ist bloß aus dem großen Ränkeschmied geworden, dem alles und jeder egal war?«

»Sag mir, dass sie echt waren.«

»Ich kann nur sagen …« Sie verstummte.

Ein Geräusch drang aus der Dunkelheit. Ein Schritt? Oder war etwas heruntergefallen?

Sarah öffnete überrascht den Mund. Auf einmal war sie nicht mehr da, sondern nur noch ein Körper, der wie sie aussah und aus dem knapp unterhalb der Rippen eine Klinge ragte. Gregor fing sie auf, als sie langsam in sich zusammensackte.

Hinter ihr stand Manel und sah mit unerbittlicher Miene auf sie hinunter. »Das war für meinen Bruder.«

»Was hast du getan, Manel?«

»Ich habe die Bestie getötet, Onkel, weil du nicht dazu fähig warst. Jetzt können wir frei sein, jetzt können wir alle frei sein.«

Er blickte auf das tote Gesicht in seinen Armen und versuchte, irgendetwas davon zu bewahren: ihr Leben, die Liebe, die er für sie empfand, oder wenigstens das Blau ihrer Augen – doch selbst das verblasste, während das Licht in ihnen erlosch.

Er hörte einen Säugling weinen und befand sich in einer Hütte – es war die Hütte seiner Familie. Um ihn herum waren seine Brüder und Schwestern, und seine Mutter sagte: »Warte bitte noch, nicht jetzt. Es ist zu früh.« Und sein Vater erwiderte: »Nein, bald beginnt der Winter, und dann ist es zu spät. Wenn Schnee fällt, schafft er es nie über die Berge.«

Es war der Anfang der Reise gewesen, die ihn nach Tumanbay geführt hatte und hier in diesem Augenblick endete.

Doch er erinnerte sich auch noch an etwas anderes: Als sein Vater ihn zur Tür gebracht hatte, hatte seine älteste Schwester ihn umarmt. Sie hatte ihm ihr Brot gegeben und seine Haare zerzaust. Sie hatte ihm ihr Essen überlassen, alles, was sie besaß. Ehe er in die Zukunft hinausgetreten war, hatte er sich noch mal umgedreht und Tränen in ihren Augen gesehen.

Standen in Sarahs toten Augen nun auch Tränen? Er konnte sie nicht sehen, da ihm das sichere Wissen, dass er sie geliebt hatte, den Blick trübte. Nein, er liebte sie immer noch, wie er seit jenem letzten Blick auf seine Schwester keinen Menschen mehr in dieser Welt geliebt hatte. Sarah lag, immer noch warm, in seinen Armen. Er hatte alles und nichts. Er hatte in seinem Leben anderen unendlich viele Schmerzen zugefügt, doch wie es schien, hatten die Götter den schlimmsten Schmerz für ihn selbst aufgespart.

»Onkel, Onkel …« Manel schüttelte ihn. »Du musst dich zusammenreißen. Es ist vorbei.« Gregor nickte, doch er hörte Manel gar nicht richtig zu.

»Du musst sie loslassen. Steh auf. Wir müssen dafür sorgen, dass die Feuer gelöscht werden. Und zwar schnell, damit wir die Stadt noch retten können.«

»Maya war hier«, murmelte er. »Es gab eine Zeremonie. Ich … habe sie erstochen, aber sie war nicht da …«

»Wenn Maya sich immer noch in der Stadt aufhält, dann finden wir sie und sorgen dafür, dass sie sich vor Gericht für ihre Verbrechen verantworten muss.«

»Du verstehst nicht … sie ist überall, wie der Nebel, wie Sonnenlicht oder die Monde über dem Wasser. Überall, überall … und ich bin nirgends.«

KAPITEL 80

Flüchtlinge

Die Dunkelheit hob sich wie ein großer Vorhang und enthüllte eine veränderte Stadt. Es gab keine großen Kuppeln und auch keine hohen Türme mehr. Selbst der Sultanspalast, der als eines der Wunder der bekannten Welt galt, sah stellenweise aus wie der Kadaver eines riesigen Meeresgeschöpfs, das aus den Tiefen hochgeholt worden war, um nun am Ufer zu verrotten. Wo das Dach eingestürzt war, ragten uralte Balken aus dem Gebäude, die wie Rippen aussahen.

Rauch waberte über der Stadt, während General Qulans Sklavenarmee die letzten Feuer bekämpfte. Die Männer und Frauen waren in der Nacht eingetroffen. Sie hatten sich sofort an die Arbeit gemacht und mit einem System aus Pumpen und Schläuchen Wasser für die Löscharbeiten aus dem Aquädukt über der Stadt abgezweigt. Erst jetzt im Morgengrauen wurde das volle Ausmaß der Schäden sichtbar.

Qulan hatte für Ordnung gesorgt und Hilfe für die Stadt organisiert. Essen, Wasser und andere dringend notwendige Versorgungsgüter mussten bereitgestellt werden, um die geplagten Bürger von Tumanbay vor Hungersnöten und Epidemien zu bewahren. Die Priester schienen sich ebenso wie die Schwarzen Wächter in Luft aufgelöst zu haben. Dennoch ging Qulan kein Risiko ein und stellte verlässliche Soldaten ab, die an den Stadttoren jeden kontrollierten, der kam oder ging.

Während der folgenden Tage herrschte in den Straßen eine Art ungläubiger Schockzustand. Die Bürger liefen wie betäubt umher und starrten die Zerstörungen an. Es war, als versuchten sie zu verstehen, wie sie in diesen Wahnsinn hineingeraten waren. Viele brachen in ihre Heimatorte in den Provinzen auf. Sie waren ursprünglich von Tumanbays sagenhaftem Reichtum und den damit verbundenen Aufstiegschancen angelockt worden, und nun verließen sie die Stadt bettelarm und schwer gezeichnet von den Ereignissen der vergangenen Monde.

Auf der Maduk stauten sich die Menschen, die hinauswollten, viele zu Fuß und mit ihren wenigen verbliebenen Habseligkeiten bepackt. Andere waren mit Wagen unterwegs, auf denen ältere Leute, Frauen und Kinder saßen und mit leerem Blick vor sich hin starrten. Nur wenige besaßen gültige Ausweisdokumente. Die meisten konnten lediglich das vorzeigen, was Mayas Beamte ihnen ausgestellt hatten. Als der Andrang zu groß wurde, gingen die Torwächter schließlich dazu über, den Verkehr einfach durchzuwinken.

Ein Wagen, der von einem ausgezehrten Esel gezogen wurde, blieb unmittelbar hinter dem Tor stecken. Die Wächter verließen ihren Posten und versuchten, beseelt von dieser neuen Ära der Kameradschaft, den Karren wieder flottzubekommen. Doch es half nichts. Zwei Räder saßen in einem Schlagloch fest.

»Ihr müsst aussteigen«, sagte einer der Wächter und schlug seitlich gegen den Wagen. Er blieb stehen, um den Insassen beim Aussteigen zu helfen. Als Erstes erschien eine alte Frau mit einem bandagierten Arm. Sie wurde von ihrer Tochter begleitet, die einen Säugling trug. Ihnen folgten mehrere Kinder, die allein unterwegs zu sein schienen, und zuletzt ein Mann mit einem ungefähr neun oder zehn Jahre alten Jungen, der sich erstaunt umschaute.

»Nimm meine Hand«, sagte der Wächter. Doch der Junge schien sich bedroht zu fühlen und wich ängstlich vor ihm zurück.

»Schon gut, schon gut, mein Kind«, sagte der Mann und schob den Jungen weiter. »Diese Leute sind hier, um uns zu helfen.« Er legte einen Arm um den Jungen und stieg mit ihm vom Wagen. »Vielen Dank, Effendi«, sagte er zu dem Wächter. »Ihr seid eine große Hilfe.« Dann überquerte er die Straße, wobei er sich auf das Kind stützte und ein lahmes Bein nachzog.

Der Wächter sah ihm einen Moment lang mit gerunzelter Stirn nach. Irgendwie kam ihm der Mann vertraut vor. Erinnerungen an die dunklen Zeiten gingen ihm durch den Kopf: die Patrouillen, die Hausdurchsuchungen, die Hinrichtungen …

»Komm und hilf mit schieben«, rief einer seiner Kameraden ihm zu.

Der Wächter schüttelte den Kopf. »Unmöglich«, murmelte er und konzentrierte sich wieder auf die unmittelbar vor ihm liegende Aufgabe.

KAPITEL 81

Himmel

»Bist du sicher, dass das der richtige Ort ist?«

»Diese Adresse stand in dem Verzeichnis. Die Straße, das Haus und die Leute waren in den Augen des Regimes akzeptabel.«

Die Mauer, die das Anwesen umgab, war niedrig und auf der gesamten Länge von Spalierobstbäumen – vor allem Aprikosen- und Birnbäumen – gesäumt, die den Garten gegen die Straße abschirmten. Das Haus selbst war dreistöckig, aus weißen Steinen erbaut und mit schindelgedeckten Kuppeln gekrönt. Seine Bewohner waren reiche Leute, denen es unter Maya an nichts gefehlt hatte.

Im Garten standen Brunnen, die im Moment jedoch ausgetrocknet waren. Nach Mayas Verschwinden war unter anderem der große Aquädukt beschädigt worden, was dazu führte, dass die Brunnen, öffentlichen Bäder und Tränken der Stadt nicht mehr mit Wasser versorgt wurden. In diesen Tagen des Zorns waren viele Rechnungen beglichen und Gebäude verbrannt worden, doch wie immer schienen manche Menschen sämtliche Stürme unbeschadet umschifft zu haben.

Zwei Jungs, wohl ungefähr sechs und acht Jahre alt, warfen einen Ball hin und her.

»Sie haben schon zwei Söhne«, sagte Akiba. »Warum sollten sie noch mehr Kinder wollen? Das muss der falsche Ort sein. Wahrscheinlich hat man uns wieder falsch informiert. Wir müssen zurück und weitersuchen. Es tut mir leid.«

»Warte, Akiba.«

Sie waren bereits bei anderen Adressen gewesen und immer wieder enttäuscht worden. Es stimmte, in solchen Zeiten wurden Fehler gemacht, doch Himmel fühlte, dass sie hier richtig waren.

»Wir sollten gehen, Himmel.«

Eine Zofe kam aus dem Haus, um die Kinder hereinzurufen. Sie trug einen Säugling auf dem Arm, der in ein grünes Tuch gewickelt und somit wohl ein Mädchen war. Himmel reckte den Hals. Die Zofe hielt die Kleine hoch, sodass sie in den Garten schauen konnte.

»Ich kann sie sehen, ganz deutlich. Sie hat deine Nase, Akiba.«

»Vielleicht ist sie nicht … Wir können nicht sicher sein …«

»Doch«, erwiderte sie. »Ich bin sicher.«

»Sie wirkt glücklich«, sagte Akiba.

Er hatte recht, der Säugling gluckste vergnügt und verzog dabei das Gesicht wie Ibn Bai.

Die Zofe kehrte zum Haus zurück, führte die Jungs hinein und schloss die Tür hinter sich.

»Also gut«, sagte Akiba. »Wir wenden uns ans Gericht und melden unseren …«

Himmel sprang auf und ging durch das Tor zum Haus.

Akiba lief neben ihr her. »Was tust du da? Wir müssen den offiziellen Weg …«

Doch es war zu spät. Himmel pochte bereits an die Tür.

Bumm, bumm, bumm!

Akiba seufzte und ergriff ihre Hand. Einen Moment später hörten sie, wie ein Riegel zurückgezogen wurde, und die Tür schwang auf.

Danksagungen

Dieser Roman ist mithilfe vieler Menschen veröffentlicht worden. Da die Welt von Tumanbay zuerst in Hörspielform existierte, möchten wir uns bei den Produzent*innen Emma Hearn und Nadir Khan bedanken, außerdem bei unseren Co-Autor*innen Ayeesha Menon, Andrew Mulligan und Mac Rogers, den Toningenieur*innen Steve Bond und Eloise Whitmore, dem Komponisten, Sacha Puttnam, sowie bei allen Schauspieler*innen, die so viel von sich preisgegeben haben, um die verschiedenen Protagonisten auszuleuchten: allen voran Rufus Wright, Matthew Marsh, Olivia Popica, Christopher Fullford, Raad Rawi, Nabil Elouahabi, Aiysha Hart, Danny Ashok, Vincent Ebrahim, Nina Yndis, Gareth Kennerley, Nathalie Armin, Antony Bunsee, Anjli Mohindra, Amir El-Masry, Jacob Krichefski, Vivek Madan, Tia-Lana Chinapyel und Hiran Abeysekera.

Die Romane verdanken ihre Entstehung der kompetenten Unterstützung durch Euan Thorneycroft von AM Heath sowie unserer Lektor*innen Emad Akhtar und Francesca Pathak bei Orion Books.

Außerdem möchten wir uns bei unseren Agentinnen Georgina Ruffhead und Georgia Glover von David Higham Associates sowie Tanya Tillett von The Agency bedanken.

JSD & MW